HEYNE <

D1998466

Das Buch

Seit seiner Kindheit spielt der junge Lord Ward den einfältigen Narren, wohl wissend, dass sein tyrannischer Vater ihn sonst als Rivalen sehen und einkerkern oder – schlimmer noch – töten würde. Als der alte Lord stirbt, gibt Ward seine Maskerade auf. Doch sein Vater hat ihn über den Tod hinaus gestraft und sein Erbe, Burg Hurog, einem Verwandten überschrieben. Um Ruhm zu erlangen und so die alte Festung Hurog, einst Hort der Drachen, zurückzugewinnen, zieht Ward in einen Krieg gegen die Vorsag im Süden – nicht ahnend, dass in Wahrheit eine böse Intrige des Königs die feindlichen Krieger unterstützt. Trotz mächtiger Freunde gerät Ward in eine Gefangenschaft, die allein darauf abzielt, seinen Verstand zu brechen. Dann aber erkennt er, dass in seinem Blut eine Kraft schlummert, die ihn mit den mächtigen Drachen von einst verbindet. Doch die dunklen Zauberer des Königs sind ihm längst einen Schritt voraus und fordern ihn zu einem Kampf auf Leben und Tod …

»›Drachenzauber‹ ist ein kluger, phantasievoller und mitreißender Roman mit unglaublich liebenswerten Helden.«

Romantic Science Fiction & Fantasy

Die Autorin

Patricia Briggs, Jahrgang 1965, wuchs in Montana auf und interessiert sich seit ihrer Kindheit für Phantastisches. So studierte sie neben Geschichte auch Deutsch, denn ihre große Liebe gilt Burgen und Märchen. Nach mehreren Umzügen lebt die erfolgreiche und preisgekrönte Autorin zahlreicher Fantasy-Romane mit ihrem Mann, drei Kindern und etlichen Haustieren in Washington State. Bei Heyne ist außerdem ihr Roman »Ruf des Mondes« erschienen.

PATRICIA BRIGGS

DRACHEN ZAUBER

Roman

Deutsche Erstausgabe

WILHELM HEYNE VERLAG
MÜNCHEN

Titel der amerikanischen Originalausgaben
DRAGON BONES / DRAGON BLOOD
Deutsche Übersetzung von Regina Winter

FSC
Mix
Produktgruppe aus vorbildlich bewirtschafteten Wäldern und anderen kontrollierten Herkünften
Zert.-Nr. SGS-COC-1940
www.fsc.org
© 1996 Forest Stewardship Council

Verlagsgruppe Random House FSC-DEU-0100
Das FSC-zertifizierte Papier *München Super*
für Taschenbücher aus dem Heyne-Verlag
liefert Mochenwangen Papier.

Deutsche Erstausgabe 07/2007
Redaktion: Angela Kuepper

www.heyne.de
Printed in Germany 2007
Karte: Andreas Hancock
Umschlaggestaltung: Nele Schütz Design, München
Satz: C. Schaber Datentechnik,Wels
Druck und Bindung: GGP Media GmbH, Pößneck

ISBN: 978-3-453-52309-8

Für Colin, Amanda und Jordan.
Möget ihr stets von Drachen träumen.

N
Hurog
Shavig
Tyrfannig
Avinhelle
Iftahar
Neurod
Menogue
Estian
Seefurt
Tallven
Callis
Oranstein
Buril
Silbermoor
Vorsag
Die Fünf Königreiche

ERSTES BUCH

1 WARDWICK VON HUROG

Hurog bedeutet Drache.

Noch ein wenig außer Atem vom Aufstieg, ließ ich mich oben bei den uralten Bronzetoren nieder, die einer meiner Ahnen vor langer Zeit flach in die Wand des höchsten Berges eingesetzt hatte. Die Tore waren riesig, jeder Flügel so breit, wie ich groß war, und doppelt so hoch. Wegen des schrägen Untergrunds lag die Oberseite des einen Tors mehrere Fuß höher. Auf jedem Torflügel, abgetragen von all den Jahren des harschen Wetters im Norden, wachte das Relief eines Bronzedrachens über das Tal darunter.

Unter mir hockte Burg Hurog auf ihrem von Menschen gebauten Horst. Die dunklen Steinmauern erhoben sich schützend um den Bergfried, immer noch mächtig, auch wenn jetzt wohl kaum die Gefahr eines Angriffs bestand. Nach Maßstäben der Fünf Königreiche war Hurog nur ein kleiner Besitz, mehr oder weniger imstande, sich von der mageren Ernte zu ernähren, die das nördliche Klima und der steinige Boden hergaben. Aber vom Seehafen, der im Osten zu erkennen war, bis zu dem Berg mit dem kahlen Gipfel im

Westen gehörte das Land Hurog. Wie die meisten Burgen in Shavig, dem nördlichsten Königreich des Hochkönigs in Tallven, verfügte Hurog über mehr Land als Wohlstand. Es war mein Erbe; eines Tages würde es mir zufallen, so, wie ich schon das blonde Haar und die Körpergröße von meinem Vater geerbt hatte.

In der alten Sprache bedeutete *Hurog* Drache.

Einer Eingebung folgend, stand ich auf und öffnete meinen beschädigten Geist, sodass ich spüren konnte, wie sich die Magie um mich sammelte und durch meine Adern rauschte, als ich den Kriegsschrei von Hurog ausstieß.

Hurog.

Es würde einmal mir gehören – wenn mein Vater mich nicht vorher umbrachte.

»Er wird uns umbringen.« Ich hörte die leise Stimme meines Vetters Erdrick von der Flussseite des Weges her.

Zwischen dem Weg, dem ich folgte, und dem Fluss standen die Weiden so dicht, dass Erdrick mich ebenso wenig sehen konnte wie ich ihn. Ich war versucht weiterzugehen, denn meine Vettern und ich waren nicht gerade Freunde, aber die unangenehme Überzeugung, dass ich dieser »er« war, von dem Erdrick sprach, ließ mich innehalten.

»Es ist nicht meine Schuld, Erdrick.« Beckram, Erdricks Zwillingsbruder, versuchte, ihn zu beruhigen. »Du hast sie doch gesehen. Sie ist davongerannt wie ein verschrecktes Kaninchen.«

Die beiden hatten also wieder einmal meine Schwester geärgert. Erdrick mochte recht haben; diesmal würde ich ihn vielleicht tatsächlich umbringen.

»Das nächste Mal solltest du ein Mädchen, dessen Bruder so groß ist wie ein Ochse, lieber in Ruhe lassen.«

»Gut, dass sein Hirn zu seinem Körper passt«, stellte Beckram gelassen fest. »Komm, verschwinden wir hier. Sie wird schon wieder auftauchen.«

»Er wird wissen, dass wir es waren«, prophezeite Erdrick finster wie immer.

»Wie denn? *Sie* kann es ihm nicht sagen.«

Meine Schwester war seit ihrer Geburt stumm.

»Sie kann auf uns deuten, oder? Ich sage dir doch, er wird uns umbringen!«

Zeit, sie mir zu schnappen und herauszufinden, was sie getan hatten. Ich holte tief Luft und konzentrierte mich darauf, wie ein dummer Ochse und nicht wie ein rachsüchtiger Bruder auszusehen, bevor ich durch das Gebüsch am Ufer brach, wo der Abwasserkanal der Burg sich in den Fluss ergoss. Bei meiner Größe und meinem Gesicht erwartete niemand Intelligenz. Das hatte ich immer ausgenutzt. Der dumme Wardwick stellte für Vater keine Gefahr dar.

Sie mochten zwanzig sein und ich erst neunzehn, aber ich war einen Kopf größer als beide und vierzig Pfund schwerer. Außerdem kam ich von der Jagd, also hing die Armbrust über meiner Schulter, und ein Jagdmesser steckte in meinem Gürtel. Sie waren unbewaffnet. Nicht, dass ich vorgehabt hätte, eine Waffe gegen sie einzusetzen. Das wäre nicht nötig gewesen.

Meine Hände würden genügen.

»Wer wird dich umbringen?«, fragte ich und riss mein Hemd von einem Zweig los, an den es hängen geblieben war, als ich durch die Büsche brach.

Erdrick, stumm vor Schreck, starrte mich nur in wortlosem Entsetzen an. Beckram war aus zäherem Material gemacht. Er verzog das lebhafte Gesicht zu einem liebenswerten Lächeln, als freue er sich, mich zu sehen.

»Ward! Guten Tag, Vetter. Warst du auf der Jagd? Hattest du Erfolg?«

»Nein«, erwiderte ich.

Die beiden waren von dem hellen, rötlich braunen Haar über die gut geschnittenen Gesichter und die eher bräunliche Haut bis hin zu den seltsam lilablauen, Hurog-blauen Augen beinahe identisch, was das Äußere anging, aber nicht im Geiste. Beckram war verwegen und charismatisch, was Erdrick dazu verdammte, ein Leben als sein Hände ringender Schatten zu führen.

Ich schaute zum Fluss hin, zu den Bäumen und zu der Öffnung des Abflusskanals unserer Burg. Als mein Blick auf Letztere fiel, holte Erdrick tief Luft, also sah ich sie mir genauer an. Das Gitter, das dafür sorgen sollte, Tiere fernzuhalten, schloss nicht mehr richtig. Ein kleiner Fuß war im Schlamm am Eingang zum Abfluss bis zum Knöchel eingesunken.

Ich ging hinüber zu dem Gitter und starrte es eine Weile an. Erdrick bebte vor Anspannung. Ich griff nach oben und riss an dem Gitter. Es ließ sich leicht ein Stück zurückziehen – weit genug, dass meine schlanke Schwester hätte hineinschlüpfen können.

Nach einer langen Pause wandte ich mich Beckram zu. »Ist Ciarra hier hineingegangen? Das da ist ihr Fußabdruck.«

Er ging in seinem Kopf mehrere Antworten durch, bevor er sagte: »Das dachten wir ebenfalls. Wir wollten gerade nach ihr suchen.«

»Ciarra!«, rief ich in den Gang. »Komm raus, Racker!«

Ich nannte sie bei ihrem Spitznamen, für den Fall, dass die Akustik des Ganges meine Stimme verzerrte. Ich war der Einzige, der sie Racker nannte. Mein Brüllen hallte in den Tiefen des Tunnels wider wie das eines Drachen. Es kam keine Antwort, aber das war verständlich.

Ich brauchte die schlammigen Spuren nicht, um zu wissen, dass sie irgendwo da drinnen war. Das Einzige, was mir – außer ein paar Tricks – von der magischen Begabung geblieben war, die ich als Kind gehabt hatte, war die Fähigkeit, Personen und Dinge auf magische Weise zu finden. Ciarra war irgendwo da drin, ich konnte sie spüren. Ich schaute nach dem Sonnenstand. Wenn sie zu spät zum Abendessen kam, würde der Hurogmeten, unser Vater, sie schlagen. Ich setzte den Rucksack ab, in dem ich die Armbrustbolzen und ein bisschen Proviant mitgenommen hatte.

»Was habt ihr mit ihr gemacht?«, fragte ich.

»Ich habe versucht, sie zu warnen. Ich sagte ihr, dass es da drin gefährlich ist«, flehte Erdrick, bevor Beckram ihn aufhalten konnte.

»Ach?« Ich richtete mich auf und trat einen Schritt näher zu Beckram.

»Sie ist ein albernes Huhn«, stotterte Beckram, der nun doch die Nerven verlor und zurückwich. »Ich wollte ihr nicht wehtun. Es war nur eine harmlose Tändelei.«

Ich schlug ihn. Wenn ich gewollt hätte, hätte ich ihn umbringen oder zumindest seinen Kiefer brechen können. Aber ich hielt mich zurück und verpasste ihm nur ein wunderschönes blaues Auge. Es betäubte ihn lange genug, dass ich meine Aufmerksamkeit Erdrick zuwenden konnte.

»Wirklich, Ward, er hat ihr nur gesagt, wie schön ihr Haar ist«, sagte er.

Ich starrte ihn einfach nur weiterhin an.

Schließlich begann Erdrick sich zu winden und murmelte: »Aber du weißt, wie er ist – es geht nicht darum, *was* er sagt, sondern *wie* er es tut. Sie ist davongerannt wie eine verschreckte Hirschkuh und ins Freie gelaufen. Wir sind ihr gefolgt, weil es hier draußen für ein Mädchen allein gefährlich sein kann.«

Erdrick mochte ein ärgerlicher Schwächling sein, aber für gewöhnlich sagte er die Wahrheit. Dank der Magie der Zwerge gab es in den Abflusskanälen keine Ratten und Insekten. Mein Bruder Tosten hatte sie allerdings in seinen Geschichten mit allen Arten von Ungeheuern bevölkert.

Die Öffnung, durch die der Racker geschlüpft war, war nicht annähernd groß genug für mich. Ich zog fest an dem Gitter, aber es schepperte nur.

»Du wirst nicht durchpassen«, prophezeite Beckram, der sich hingesetzt hatte und vorsichtig sein Auge betastete. Er musste wirklich ein schlechtes Gewissen haben, denn sonst hätte er versucht zurückzuschlagen. »Erdrick und ich konnten es auch nicht. Sie wird schon rauskommen, wenn sie bereit ist.«

Inzwischen war es beinahe Zeit zum Abendessen. Ich konnte es nicht ertragen, wenn Vater sie schlug. Ich würde es nicht noch einmal zulassen, aber es war zu früh, ich war noch nicht gut genug, um ihn zu besiegen. Also zog ich mein dickes Lederwams aus und legte es zu den Jagdutensilien.

»Bringt meine Sachen in die Burg«, sagte ich, packte das Gitter fest und zog. Es gab selbstverständlich eine einfachere Möglichkeit, aber die würde einem Idioten nicht einfallen. Ich musste mich weiterhin anstrengen, bis meine Vettern gegangen waren oder Beckram die Geduld verlor …

»Nimm den Stift heraus, dann können wir das verdammte Ding wegziehen«, murmelte Beckram. Ich hatte mich nicht getäuscht, er hatte wirklich ein sehr schlechtes Gewissen.

»Stift?«, fragte ich. Ich trat zurück, um mir das Tor noch einmal besser anzusehen, und achtete sorgfältig darauf, dabei kaum einen Blick auf das einzige und schwere Scharnier zu werfen.

»Den Bolzen, der das Scharnier zusammen hält«, seufzte Erdrick.

»Ah.« Ich starrte das Scharnier lange genug an, bis Erdrick schließlich sein Messer zog und den dicken alten Bolzen herausarbeitete. Dabei ruinierte er seine Klinge.

Nachdem der Stift weg war, ließ sich das Eisengitter leicht aus dem Gelenk befreien, und ich hob es von der Öffnung weg.

»Verdammt«, murmelte Beckram leise, als ich es nahe der Öffnung wieder absetzte.

Das Gitter war tatsächlich schwer. Wenn ich nicht darauf aus gewesen wäre, meine Vettern zu beeindrucken, hätte ich um Hilfe gebeten. Aber so würde sich Beckram vielleicht an meine Kraft erinnern, wenn er das nächste Mal daran dachte, den Racker zu erschrecken.

So nahe am Fluss war der Tunnel pilzförmig, mit einem Weg auf beiden Seiten eines tiefen, schmalen Grabens, in dem das Abwasser träge lief. Die Wege waren allerdings für Zwerge gedacht, nicht für jemanden, der die meisten Männer überragte. Seufzend ließ sich mich auf alle viere nieder und begann, durch den übel riechenden Schlamm zu kriechen.

»Racker!«, rief ich, aber alle Geräusche wurden von dem moosartigen Bewuchs gedämpft, der die Wände überzog.

Der Gang bog sich, und hinter der Biegung verschwand der letzte Rest Tageslicht. Vor mir leuchteten auf beiden Seiten der Wand Zwergensteine auf, als ich näher kam, und entsandten ihr hellblaues Licht in den Gang. Die meisten Burgen hatten keine Abflusssysteme mehr, nicht einmal der neue Palast des Hochkönigs in Estian. Steinarbeiten in diesem Maßstab waren die Domäne der Zwerge gewesen, und die Zwerge waren verschwunden und hatten ihre Geheimnisse mitgenommen.

Der Gang verengte sich zu einer großen Röhre, und ich wusste, dass die Außenmauern der Burg sich nun über und direkt vor mir befanden. Nicht, dass ich das Abflusssystem zuvor schon erforscht hätte, aber es gab Kopien der alten Pläne in der Bibliothek, in einer Ecke vergraben, wo niemand sie beachtete. Wie auch immer, der Tunnel verengte sich um zwei Drittel, sodass ein eindringendes Heer ihn nicht benutzen konnte, um die Mauern zu untergraben. Nicht einmal ein Kind hätte in dieser Enge einen Pickel oder eine Schaufel schwingen können.

Schweiß trat mir auf die Stirn von der Anstrengung, Ciarra weiterhin mithilfe meiner Magie zu folgen. Ich gebrauchte Magie nur selten, denn es erinnerte mich immer daran, wie es gewesen war, als ich noch mehr hatte tun können; aber um Ciarras willen, die allein und inzwischen wahrscheinlich verängstigt war, war ich froh über das wenige, das mir noch geblieben war.

Ich kroch in den schmaleren Abschnitt und versuchte, dabei nicht daran zu denken, was sich in der Brühe befand, in die ich gerade meine Hand gesetzt hatte. An Angenehmerem war zu vermelden, dass meine Nase begonnen hatte, sich zu verteidigen, denn der Gestank kam mir nun weniger überwältigend vor.

Auch in dem engeren Gang gab es Zwergensteine. Sie leuchteten nicht hell genug, dass ich sehen konnte, wodurch ich da kroch, aber das war vielleicht auch besser so. Ciarra entfernte sich jetzt weiter von mir; sie war erheblich kleiner als ich und würde von der Enge des Ganges nicht so behindert werden.

Als Ältester hatte ich immer auf meinen Bruder und meine Schwester aufgepasst. Tosten hatte Hurog vor zwei Jahren verlassen und war in Sicherheit. Aber da Ciarra sowohl abenteuerlustig als auch stumm war, hatte ich viel zu tun gehabt, um für ihre Sicherheit zu sorgen. Eigentlich hätte sie heute Mutter helfen sollen. Aber ich kannte Mutter, und ich kannte auch meine Schwester. Da mein Onkel und meine Vettern zu Besuch waren, hätte ich lieber zu Hause bleiben sollen, aber die Berge hatten mich gerufen.

Wir würden nun auf jeden Fall zu spät zum Abendessen kommen, es sei denn, Vaters Jagdgesellschaft brauchte länger als sonst. Aber wenn wir beide etwas falsch machten, konzentrierte sich Vater für gewöhnlich auf mich und nicht auf meine Schwester. Der Gang wurde noch enger und verzweigte sich dann, was mich die drei Fingerbreit Wachstum dieses Sommers bedauern ließ, als ich mich in die sauberere und engere Abzweigung zwängte. Ich konnte die Zwergensteine weiter vorn leuchten sehen, wo jemand sie aktiviert hatte, während der andere, breitere Tunnel dunkel gewesen war. Typisch Racker, den engsten Weg zu nehmen.

Ich kroch voran und kämpfte gegen das Gefühl an, dass die Mauern um mich zusammenbrächen. Als ich ein Stück weiter gekommen war, bog sich der Gang um ein paar Körperlängen steil nach oben, bevor er beinahe ebenso abrupt wieder abwärts verlief. Ich stieß mir den Kopf an einer niedrigen Stelle und hielt inne, um kurz nachzudenken. Man brauchte kein Zwerg zu sein, um zu wissen, dass Abflusskanäle deshalb funktionierten, weil Wasser nach unten floss.

Dieser Gang war also eher dazu angelegt zu verhindern, dass Wasser hindurchfloss, und nicht, um weiteren Unrat zum Fluss zu leiten. Ich schloss die Augen und versuchte mir den Plan vorzustellen, aber es war Monate her, dass ich ihn gefunden hatte. Damals hatte ich mir ein paar interessante Einzelheiten angesehen, mich aber dann nicht weiter darum gekümmert. Wie hätte ich wissen sollen, dass meine Schwester sich einmal hier herumtreiben würde?

Ich rieb mir den Kopf und kam zu dem Schluss, dass es sich bei diesem Gang um einen Fluchttunnel handeln musste. Alle alten Burgen hatten welche, ein Erbe aus Zeiten, als Hurog noch wohlhabend vom Zwergenhandel war und eine Belagerung lohnte. Ich dachte immer noch darüber nach, als ich Ciarra plötzlich nicht mehr halbwegs in meiner Nähe wahrnahm, sondern erheblich weiter unten. Mir stockte der Atem.

Sie musste gefallen sein, dachte ich, während ich hektisch weiterkrabbelte. Vielleicht durch eine Falltür, die Belagerer davon abhalten sollte, einem unserer Ahnen zu folgen, wenn er durch diesen Gang vor seinen Angreifern floh … Ihr Götter, meine kleine Schwester!

Ich bewegte mich weiter wie ein Frosch, schob mit den Beinen und zog mich auf die ungeschickte Weise vorwärts, mit der ich in dem kleinen Gang begonnen hatte, und dabei dachte ich die ganze Zeit: *Es ist zu weit unten. Sie ist zu tief gefallen.*

Einen Augenblick kroch ich noch weiter, und im nächsten konnte ich nicht einmal mehr blinzeln. Mein Gesicht wurde taub, und Magie breitete sich rings um mich herum aus. Unter meinem Kopf begannen die glatten Steine des Ganges rot und grün zu leuchten, bei Weitem heller als das schwache Licht der Zwergensteine. Es war so hell, dass ich meine tränenden Augen schließen musste. Deshalb überraschte es mich vollkommen, als der Boden des Ganges unter mir verschwand und ich stürzte.

Sobald die Magie nachließ, lag ich in vollkommener Dunkelheit flach auf dem Boden. Ich stützte mich auf, aber die Decke hatte sich über mir geschlossen, und mir blieb kaum genug Platz, um den Kopf vom Boden zu heben. Meine Hände steckten unter mir fest, und so sehr ich mich auch wand, ich konnte sie nicht befreien. Ich geriet in Panik und kämpfte wild gegen die Steinmauern an, die mich umschlossen. Ich schrie wie ein albernes Mädchen, aber es war niemand da, der mich hätte hören können.

Dieser Gedanke brachte mich schließlich dazu, mit meinem nutzlosen Gezappel aufzuhören. Falls jemand mich gehört haben sollte, würde mein Vater bestimmt dafür sorgen, dass ich noch erheblich länger hier im Dunkeln festsaß. Männer gerieten nicht in Panik, sie weinten nicht und trauerten auch nicht.

Ich tat es dennoch. Ich blinzelte die Tränen weg, aber meine Nase tropfte. Ich hatte den Kontakt zu Ciarra verloren, als der Zauber mich getroffen hatte. Erneut suchte ich mithilfe meiner Magie nach ihr und hoffte, dass sie im gleichen Zauber festsaß wie ich, aber sie befand sich immer noch tief unter mir. Sie bewegte sich nicht. Ich musste zu ihr gelangen.

Dieser Gang war erheblich enger als der, durch den ich zuvor gekrochen war. In meiner wilden Panik stellte ich fest, dass die Decke inzwischen wieder so fest war, wie sie sich anfühlte, ganz gleich, ob ich gerade hindurchgefallen war oder nicht. Etwas blockierte den Weg nach hinten, aber kühle, frische Luft traf mein erhitztes Gesicht, und deshalb würde ich nach vorn kriechen, falls es mir gelang, meine Hände unter dem Körper hervorzuziehen.

Ich hatte mir bereits bewiesen, dass ich nicht beide gleichzeitig frei bekommen konnte, also begann ich nun mit dem linken Arm, der ein Stück weiter vorn festsaß als der rechte.

Das Entsetzen über den Gedanken, mit beiden Armen an den Seiten im Tunnel festzustecken, ließ mich einen oder zwei weitere Panikanfälle erleiden. Als ich damit fertig war und schwitzend und bebend im Dunkeln lag, blieb mir jedoch noch immer nichts anderes übrig, als zu versuchen, den Arm hochzuziehen. Der schwierigste Teil bestand darin, den Ellbogen an meiner Brust und den Schultern vorbeizubringen, und ich kämpfte lange, bevor ich mir eingestand, dass es so nicht ging.

Einen Augenblick blieb ich schwitzend und entspannt liegen. Dann verlagerte ich hoffnungslos mein Gewicht nach rechts und versuchte es noch einmal.

Der linke Arm kam frei.

Ich streckte ihn nach vorn und bewegte ihn. Als die Erleichterung mich wieder klar denken ließ, erkannte ich, was geschehen war. In entspanntem Zustand nahmen meine Schultern weniger Raum ein, als wenn ich mich anstrengte. Der rechte Arm kam leichter heraus als der linke, aber als ich fertig war, war die Kälte des Steins tief in meine Knochen gedrungen, und ich zitterte.

Mit beiden Händen ziehend und den Rest meines Körpers so gut es ging schiebend, konnte ich mich nun vorwärtsbewegen. Meine Unterarme schmerzten, weil ich sie gegen den rauen Stein pressen musste, wenn ich zog, und meine Schultern waren wund gerieben, weil sie breiter waren als der Gang; wenn ich hier herauskäme, würden sie wohl ein paar Zoll schmaler sein.

Ich schob auch mit den Füßen, oder zumindest mit den Zehen. Da sie solch seltsame Übungen nicht gewohnt waren, verkrampften sie sich nach einer Weile. Ich streckte sie, so gut ich konnte, aber es war zum Verrücktwerden, sich nicht einfach bücken und sie mit den Händen reiben zu können.

Mir kam es so vor, als wäre ich eine Ewigkeit auf diese Weise gekrochen, bevor die vollkommene Dunkelheit nachließ. Irgendwo vor mir gab es Licht.

Widersinnigerweise fiel es mir jetzt fast schwerer, weiterzukriechen, so als mache das Wissen, dass es Hoffnung gab, plötzlich alles schwieriger. Nach einer Weile wurde es noch heller. Selbstverständlich ging ich bei meinem Glück davon aus, dass das Licht von einem Zwergenstein kam, der den Gang versiegelte. Aber mein Pessimismus erwies sich als unberechtigt. Der Gang bog sich, und ich erkannte, dass das Licht aus einem Loch im Boden kam.

Ich schob den Kopf über den Rand und sah weit unter mir den Boden einer großen natürlichen Höhle. Zu den Seiten hin wurde mein Blick von den gedrehten Stalaktiten blockiert, die die Öffnung umgaben. Ich konnte nicht erkennen, ob Ciarra irgendwo da unten war, aber meine Magie flüsterte mir zu, dass sie sich wahrscheinlich in dieser Höhle befand.

Rechts von dem Loch hatte man zwei Metalldornen in den Stein getrieben. Am Ende jedes Dorns war ein Seil angebunden. Eines war etwa einen Fuß lang und am Ende ausgefranst, das andere baumelte durch das Stalaktitendickicht, bis ich es aus den Augen verlor. Es war sehr alt, und ich war kein Leichtgewicht. Aber dort unten wartete Ciarra auf mich, also packte ich es und hielt mich daran fest, während ich den Rest meines Körpers aus dem Tunnel in das Loch zog. Die Erleichterung, die feste Umarmung des Steins hinter mir zu haben, war so gewaltig, dass es mich einen Augenblick beinahe von Ciarra abgelenkt hätte.

Das Seil war keine Leiter – obwohl es vielleicht einmal zu einer gehört hatte –, aber immer noch besser als nichts. Nachdem ich die Höhlendecke hinter mir hatte, sah ich, dass es nur zwei Drittel des Wegs bis zum Boden reichte. Ich fragte mich, was ich die letzten zehn Fuß tun sollte, aber das hätte ich nicht zu tun brauchen. Das Seil riss bereits, bevor ich sein Ende erreichte.

Als ich auf dem Boden aufkam, rollte ich mich ab, wie es mir die Waffenmeisterin meines Vaters so lange eingebläut hatte, dass es mir in Fleisch und Blut übergegangen war. Es tat trotzdem weh. Nachdem ich mich ein- oder zweimal überschlagen hatte, hielt mich eine Art Vorsprung auf. Ich lag einen Augenblick halb betäubt da und war zu sehr damit beschäftigt, zu Atem zu kommen, um mich zu fragen, wo ich sein mochte. Schließlich bekam ich wieder Luft und stand mühsam auf.

Ich war gegen die Überreste einer zerbrochenen Säule gerollt, die in vergangenen Zeitaltern wohl vom Boden bis zur Decke gereicht hatte. Die Höhle war riesig, sie maß mindestens das Doppelte der großen Halle in der Burg. Die Öffnung des Tunnels, aus dem ich gefallen war, befand sich nahe dem Rand, wo die Decke noch verhältnismäßig niedrig war. In der Mitte der Höhle zog sie sich erheblich höher, vielleicht so hoch wie die Mauern von Hurog, obwohl sich so etwas hier unten schwer abschätzen ließ. Überall gab es Zwergensteine, heller als die im Abflusssystem, und man konnte in der Höhle besser sehen als selbst bei Tag in der Burg.

Keine zerschmetterte Leiche lag am Boden. Ciarra war nirgendwo zu sehen. Aber sie musste in der Nähe sein.

»Hallo!«, rief ich laut. »Racker?«

Eine kleine Gestalt warf sich auf mich und stieß dabei mit dem Kopf gegen meine Rippen. Ich packte Ciarra um die Taille und schwenkte sie zweimal um mich herum, bevor ich sie fest auf den Boden absetzte und schüttelte.

»Du hast mich zu Tode erschreckt, Racker! Wie bist du auf die dumme Idee gekommen, ins Abflusssystem zu rennen?«

Ciarras langes blondes Haar, das heller war als meins, hing ihr wirr bis auf den Rücken. Sie trug ebenso wie ich eine Tunika und eine Hose, und ihre Füße waren nackt. Sie schaute jämmerlich drein, aber mir machte sie nichts vor: Reue war das nicht.

»Also komm«, sagte ich resigniert, »lass uns einen Weg nach draußen finden.«

So erleichtert ich zunächst auch gewesen war, sie zu finden: Wenn wir nicht mehr hier herauskämen, wäre das kaum besser, als bei dem Sturz zu sterben. Den Weg, auf dem ich hereingekommen war, würden wir ganz bestimmt nicht nehmen können. Die Zwergensteine ließen jedoch vermuten, dass diese Höhle einmal benutzt worden war; es musste einen besseren Weg nach draußen geben.

Die Höhle schien einmal ziemlich offen gewesen sein, aber ihre ursprüngliche Form und das Geröll, wo große Stalaktiten vor Urzeiten abgebrochen und geborsten waren, machten sie jetzt unübersichtlich. Es war schwer zu sagen, was sich alles hier einst befunden hatte. Vielleicht hatte sie einmal als Schatzkammer gedient, aber davon gab es nun keine Spur mehr. In der Mitte der Höhle, wo die Decke höher war, mehrten sich die Stalagmiten und das Geröll. Ciarras Füße mussten so fest wie Hufe sein, da sie selten Schuhe trug, aber ich hob sie trotzdem über die größten Schutthaufen hinweg. Als ich über einen abgebrochenen Felsstumpf kletterte, sah ich, was sich hinter dem Durcheinander befand.

Es hatte immer Gerüchte darüber gegeben, dass in Hurog Schätze verborgen lagen, aus der Zeit, als die Zwerge noch zur Burg kamen und Handel mit Edelsteinen und Metallen trieben. Und tatsächlich gab es hier einen Schatz, aber von einer Art, die ich lieber nicht gesehen hätte. Ich vergaß Ciarra für einen Augenblick, rutschte den Steinhaufen hinunter und ging näher heran.

Der Drachenschädel, immer noch mit einem eisernen Maulkorb versehen, war so lang wie ich groß war. Eiserne Fesseln banden die Füße, und vier weitere Fesseln umgaben die zarten Knochen der Flügel. Mein unseliger Vorfahre, der dieses Verbrechen begangen hatte, musste das Fleisch des Drachen durchbohrt haben, um die Flügel mit Eisen zu sichern.

»Wie konnte er so etwas tun!«, rief ich empört, obwohl die Tat lange zuvor geschehen war und jene, die es getan hatten, mich nicht mehr hören konnten. Meine Stimme hallte von den Höhlenwänden wider und kehrte zu mir zurück. Ich blinzelte die Tränen weg.

Zart besaitet – so nannte mein Vater mich, wenn er am wütendsten war. Er hasste diese Eigenschaft noch mehr als meine Dummheit. Ein Mann mit empfindsamem Herzen konnte hier nicht überleben, pflegte er zu sagen, und was noch schlimmer war, auch die in seiner Nähe würden sterben. Ich glaubte ihm. Dennoch konnte ich mir die Tränen nicht verbeißen, obwohl ich die Augen weit aufriss, damit sie mir nicht übers Gesicht liefen.

Es gab keine Drachen mehr. Keinen einzigen. Und es waren die Drachen in unseren Bergen gewesen, um derentwillen die Zwerge gekommen waren. Sie hatten mit Handelsgütern für das Privileg ihres Anblicks gezahlt und damit eine Zeit eingeläutet, in der Hurog die reichste Burg in den Fünf Königreichen gewesen war.

In Hurog hatten die letzten Drachen gelebt. Nach ihrem Verschwinden kehrten auch die Zwerge nicht mehr zurück, und das Land, das zu Hurog gehörte, begann zu sterben, wie die Drachen gestorben waren. Sie waren vor Kummer dahingegangen, erzählten die alten Geschichten, und hatten nichts als Erinnerungen zurückgelassen und das Wappen meiner Familie, um die Welt daran zu erinnern, dass es sie einmal gegeben hatte – und was Hurog einst gewesen war.

Meine Familie hatte zu den Beschützern der Drachen gezählt; einige hatten ihr Leben gegeben, um für ihre Sicherheit zu sorgen, nachdem der erste Hochkönig oder, wie ein paar alte Geschichten es wollten, die Götter selbst ihnen diese Aufgabe übertragen hatten. *Hurogmeten* hieß in der alten, beinahe vergessenen Sprache von Shavig *Hüter der Drachen.*

Mein Leben lang hatte ich mich an den Ruhm geklammert, der Hurog einmal zuteil geworden war. Bei meinen Kinderspielen war ich Seleg gewesen, der berühmteste aller Hurogmeten, und hatte Hurog gegen Eindringlinge verteidigt, die vom Meer her kamen. Wenn ich mit dem Racker und Tosten allein gewesen war, hatte ich die zerschlagene alte Schoßharfe herausgeholt und die Lieder gesungen, in denen es um Drachen ging und um zwergische Edelsteine, so groß wie Pferdeköpfe.

Und nun fand ich hier, begraben im Herzen von Hurog, den Beweis dafür, dass meine Ahnen alles verraten hatten, wofür Hurog stand. Ich streichelte den Schädel unter dem schwarzen eisernen Maulkorb, kniend, wie es dem Geschöpf angemessen war, dem die Hurogs so lange gedient hatten.

»Sie war wunderschön«, sagte eine leise Tenorstimme hinter mir.

Ich riss den Kopf herum und sah einen Jungen, der ein oder zwei Jahre jünger zu sein schien als ich. Es war niemand, den ich kannte – ein Fremder im Herzen von Hurog.

Er hätte mir bis zur Schulter gereicht, wenn ich gestanden hätte, aber das ging vielen ausgewachsenen Männern nicht anders. In Hurog überragte mich nur mein Vater. Das Haar des Jungen war sehr dunkel, vielleicht sogar schwarz, und seine Augen funkelten hell und blauviolett. Er hatte scharfe, beinahe raubvogelhafte aristokratische Züge – das Aussehen, an dem es mir so mangelte.

Er starrte mich an, die Arme um den Oberkörper geschlungen. Seine Haltung erinnerte mich an ein Vollblutpferd, das kurz davor stand, beim ersten lauten Geräusch oder barschen Wort davonzustürmen. Ciarra hockte neben mir und ließ sich von dem seltsamen Jungen nicht stören; sie streichelte weiter den Drachenschädel, als wäre es der Kopf eines Burghunds. Ich bewegte mich, bis ich mich zwischen ihr und dem Fremden befand.

»Sie hatte silberne Augen«, sagte der Junge. »Und wenn sie sang, schlugen die Herzen vieler Männer schneller. Er hätte sie in Ruhe lassen sollen. Das habe ich ihm auch gesagt.« Seine Stimme war atemlos und zitterte ein wenig.

Ich beobachtete ihn, zweifellos mit diesem geistlosen Gesichtsausdruck, der meinen Vater stets um den Verstand brachte. Aber ich dachte nach. Ich war tief unter der Burg, und ein Junge, den ich nie zuvor gesehen hatte, befand sich ebenfalls hier. Die letzten Drachen waren vor sieben oder acht Generationen verschwunden, und dennoch behauptete dieser Junge, mit dem Mann gesprochen zu haben, der den Drachen in Ketten legen ließ.

Ich wusste, wer er war.

Der Junge, der mich mit großen, gekränkten Augen ansah, war das Familiengespenst. Oh, wir wussten alle von ihm, obwohl wir es anderen gegenüber nie erwähnten. Es gab niemanden in der Familie, dem nicht schon einmal etwas Unerklärliches zugestoßen war.

Mochte einen das Gespenst, so konnte es sehr hilfreich sein. Die Stricknadeln der Zofe meiner Mutter fanden sich immer in ihrem Handarbeitsbeutel, wenn sie sie suchte, obwohl ich sie bei mehreren Gelegenheiten gerade erst anderswo gesehen hatte. Wenn es einen nicht mochte … nun, meine Tante war nicht wieder zu Besuch gekommen, seit sie dem Racker eine Ohrfeige verpasst hatte.

Niemand, den ich kannte, hatte den Jungen je gesehen, obwohl es Familiengeschichten über Leute gab, die ihn sehen konnten. Ich hatte etwas Furchterregenderes erwartet, nicht einen Jungen mit der Haltung eines Hundes, der zu oft geschlagen worden war – auch wenn es ein Hurog-Hund war. Seine Züge mochten feiner sein als meine, aber in der Form der Wangenknochen gab es immer noch eine gewisse Ähnlichkeit. Von den Farben einmal abgesehen, sah er ganz ähnlich aus wie mein jüngerer Bruder Tosten, und seine Augen waren wie die von Tosten und Ciarra Hurog-blau.

Er beobachtete mich mit der ruhigen Aufmerksamkeit eines Falken, dem man die Haube abgenommen hatte, und wartete meine Reaktion auf seine Worte ab.

»Das hier ist Blasphemie«, sagte ich entschlossen und berührte die zerbrechlich aussehenden weißen Knochen. Magie drang durch meine Fingerspitzen auf mich ein, und ich zischte unwillkürlich.

»Es ist Macht«, erwiderte der Junge mit leiser Stimme, die bewirkte, dass sich meine Nackenhaare sträubten. »Hättest du der Versuchung widerstehen können, sie zu nutzen? Du bist ein Magier, Ward, selbst wenn deine Magie so gut wie verschwunden ist. Du weißt, was diese Macht bedeutet. Sie bedeutet Essen für das Volk und Reichtum und Macht für Hurog. Was hättest du getan, wenn dein Volk Hunger gelitten hätte und du dir diese Macht nur hättest aneignen müssen?«

Gebannt von der Kraft der pulsierenden Magie, starrte ich ihm in die Augen und brachte kein Wort hervor; ich wusste nicht, was ich antworten sollte. Ciarra packte mich am Unterarm, aber ich sah sie nicht an. Im Blick des Jungen standen Verzweiflung und Schrecken – die Art von Angst, die bewirkt, dass ein Kaninchen reglos vor dem Fuchs sitzen bleibt. Ich hatte so etwas noch nie im Gesicht eines Menschen gesehen.

Er wartete.

Schließlich sagte ich: »Nein, so etwas hätte ich nicht tun können.«

Er wandte sich ab, und meine Finger berührten den Schädel nicht länger. Ich wusste nicht, welche Antwort er gesucht hatte, aber es war offenbar nicht die, die ich ihm gegeben hatte. »Eine sehr glattzüngige Antwort für einen einfältigen Mann«, sagte er, aber in seiner Stimme lag mehr Kummer als Spott.

»Es ist leicht zu erkennen, wie dumm es war, so etwas zu tun.« Ich griff zu und hob die Kette auf, die von dem dicken eisernen Maulkorb zu einer in den Boden geschraubten Öse führte, die größer war als meine Faust. »Aber wenn Menschen verzweifelt sind, tun sie oft dumme Dinge.«

Ich sah ihn wieder an und erwartete beinahe, dass er verschwand oder zurückwich, aber er blieb, wo er war, obwohl die Angst immer noch in seinem Blick stand. Trotz der Magie, die er gebraucht hatte – wenn es denn tatsächlich seine Magie gewesen war und nicht die der Drachenknochen – und obwohl ich wusste, dass er Hunderte von Jahren älter war als ich, tat er mir leid. Ich wusste, was es bedeutete, Angst zu haben.

Als ich jünger gewesen war, hatte ich Angst vor meinem Vater gehabt.

»Ich habe etwas für Euch, Lord Wardwick«, sagte er förmlich und streckte die geschlossene Hand aus. Die Knöchel seiner Faust waren weiß, seine Züge angespannt.

Immer noch kniend, weil ich ihn nicht verschrecken wollte, hielt ich meine Hand unter seine, und er ließ einen Ring hineinfallen. Der Ring war schlicht und so abgewetzt, dass man von den Verzierungen nur noch ein paar Wölbungen ertasten konnte, obwohl er aus Platin bestand, einem viel härteren Metall als Gold. Ich wusste, dass es Platin war und nicht Silber, denn dieser Ring gehörte meinem Vater.

»Ich bin Oreg«, sagte er, als der Ring in meiner Hand landete. »Ich gehöre dir, ebenso, wie du Hurog gehörst.«

So wie er sich gab, hätte ich beinahe Blitze erwartet, wie der Zauberer meines Vaters sie aufflammen ließ, wenn er spektakulärere Leistungen zustande brachte; aber ich spürte nur das kalte Metall des Rings in meiner Hand. »Das ist der Ring meines Vaters.«

»Er gehört jetzt dir«, sagte er. »Von seiner Hand in deine.«

Ich runzelte die Stirn. »Warum hat er ihn mir nicht selbst gegeben?«

»So wird es nicht gemacht«, sagte er. Dann blickte er einmal kurz nach oben. »Komm jetzt, sie suchen schon nach dir. Wenn du mir folgen würdest?«

Den Ring in der Hand, folgte ich ihm zu einer Öffnung in der Höhlenwand, die mir zuvor entgangen war; Ciarra blieb dicht bei mir. Hinter der Öffnung begann ein schmaler Gang, der sich so häufig mal hierhin und dahin wand, dass ich am Ende nicht mehr wusste, ob wir nach Norden oder nach

Süden unterwegs waren. Irgendwann gingen die Wände von Felsen zu bearbeitetem Stein über, aber das fiel mir erst auf, nachdem es geschehen war.

Schließlich blieb der Junge stehen und drückte gegen einen Stein, der für mich genauso aussah wie alle anderen. Ein Teil der Wand, so breit, dass ein Mensch hindurchschlüpfen konnte, schwang auf, und ich verließ den Gang mit einem ungläubigen Ausruf. Der Teil des Abflusssystems, in den ich gekrochen war, hatte sich unter der Erde befunden, und ich war noch ein Stück tiefer in die Höhle mit den Drachenknochen gefallen. Ich hätte beim Grab meines Großvaters geschworen, dass die Gänge, durch die der Geist uns geführt hatte, absolut eben verliefen. Aber wie war es dann möglich, dass wir nun in meinem Schlafzimmer im zweiten Stock der Burg standen?

Die Tür zu dem Gang schloss sich hinter Ciarra und mir, und als ich mich umdrehte, war Oreg nicht mehr zu sehen und würde demnach das Rätsel unseres Weges nicht für mich lösen. Magie? Ich hatte nichts weiter gespürt als die üblichen Strömungen, die stets in der Burg präsent waren.

Die Tür zu meinem Zimmer wurde aufgerissen. Ciarra schoss mit ihrer typischen Schnelligkeit unter mein Bett.

»Ward!«, rief Duraugh, mein Onkel und der Vater der Zwillinge, und kam herein, ohne um Erlaubnis zu bitten. Wie mein Vater war er ein großer und kräftiger Mann, wenn auch nicht so groß wie ich. In seiner Jugend hatte er Ruhm erworben, und die Dankbarkeit des Königs hatte ihm eine tallvenische Erbin als Braut und einen Titel verschafft, der ihn höher stellte als meinen Vater, seinen älteren Bruder. Aber obwohl Iftahar, sein Besitz, größer und reicher war als Hurog, verbrachte er einen großen Teil seiner Zeit hier.

Mein Vater sagte oft: »Es ist das Blut, das da spricht. Hurogs sind an dieses Land gebunden.«

Mein Onkel ging mir für gewöhnlich aus dem Weg; ich wunderte mich, dass er überhaupt wusste, wo mein Zimmer war.

»Onkel Duraugh?«, fragte ich und versuchte, gefasst und angemessen geistlos zu wirken. Geistlos war nicht sonderlich anstrengend für mich. Ich hatte nie dazu geneigt, viel zu reden, und ich nehme an, viele hätten mich selbst dann für dumm gehalten, wenn ich nicht versucht hätte, so zu tun.

Er betrachtete mich von Kopf bis Fuß und wieder zurück und registrierte den Schlamm und das Blut. Er hob die Hand an die Nase; ich selbst hatte mich an den Gestank gewöhnt.

»Als die Zwillinge sagten, du seiest im Abflusssystem, hielt ich das für einen Witz. So etwas würde ich von einem Jungen erwarten, der halb so alt ist wie du. Deine Anwesenheit wird in der großen Halle verlangt – aber es wäre wohl besser, wenn du dich vorher umziehst.«

Ich bemerkte zum ersten Mal, dass er immer noch seine Reitkleidung trug, die dunkle Flecke von frischem Blut hatte. Er war an diesem Morgen mit Vater und seiner Jagdgesellschaft losgezogen.

Ich steckte den Ring, den Oreg mir gegeben hatte, lässig an den Ringfinger meiner rechten Hand und fragte: »Hattet ihr eine gute Jagd?«, während ich die Überreste meines Hemds auszog. Das Blut von den Kratzern, die ich mir in dem engen Gang an den Schultern zugezogen hatte, war getrocknet, und das Hemd ließ sich nicht so leicht lösen.

Ich griff nach dem Tuch, das neben der Schale mit sauberem Wasser auf dem Nachttisch lag.

»Elendes Pech«, erwiderte er. »Dein Vater wurde abgeworfen. Der Hurogmeten liegt im Sterben.«

Ich ließ das Handtuch fallen und starrte ihn an.

Er schaute mir ins Gesicht, von dem ich wusste, dass es bleich vor Schrecken war – eine ehrlichere Reaktion, als ich andere für gewöhnlich sehen ließ. Dann drehte er sich auf dem Absatz um, verließ das Zimmer und schloss die Tür hinter sich.

Ciarra kam unter dem Bett hervor und umarmte mich fest. Sie wirkte nicht traurig, nur besorgt. Ich weiß nicht, warum sie sich um mich Sorgen machte. Ich hasste ihn.

»Es geht mir gut, Racker«, sagte ich, aber ich erwiderte die Umarmung. »Komm, lass uns deine Zofe finden; du musst dich ebenfalls säubern.«

Zum Glück befand sich die Zofe und Hüterin meiner Schwester in Ciarras Zimmer, wo sie Flickarbeiten erledigte. Sie verzog das Gesicht, als ich Ciarra in den Raum schob.

Ich eilte zurück in mein Zimmer, wo ich den Rest meiner Kleidung auszog, mich rasch wusch und dann die Hofkleidung anlegte, die ich bei förmlicheren Anlässen trug. Die Ärmel des Hemds waren zu kurz, und es spannte über den Schultern, aber es würde genügen müssen.

Als ich die Tür öffnete, wartete Ciarra schon draußen. Sie hatte genug Zeit gehabt, sich ebenfall zu waschen, und trug respektable Kleidung. Nun hätte man ihr das tatsächliche Alter von sechzehn Jahren schon eher abgenommen, statt sie für zwölf zu halten. Sie sah Mutter sehr ähnlich, zierlich und schön. Aber es war die wilde Leidenschaft meines Vaters, die in Ciarra glühte, geläutert von ihrem guten Herzen.

»Schon gut«, sagte ich, und ich bezog aus ihrer Umarmung ebenso viel Trost wie sie aus der meinen. »Ich verstehe. Komm mit mir nach unten, Racker.«

Sie nickte, löste sich von mir und wischte sich rasch mit dem Ärmel über die Augen. Dann holte sie tief Luft, zog ein wenig die Nase kraus, weil sie sich offenbar besser gewaschen hatte als ich, und streckte herrisch die Hand aus. Ich lächelte trotz der Ereignisse, die sich zweifellos gerade in der großen Halle unter uns abspielten, und bot ihr meinen Arm. Sie nahm ihn und schritt mit der königlichen Haltung, die sie gegenüber Fremden und jenen Leuten an den Tag legte, die sie nicht leiden konnte, neben mir die Treppe hinab.

Sie hatten vor der Feuerstelle ein behelfsmäßiges Bett aufgebaut. Mutter kniete daneben, das Gesicht blass und gefasst, obwohl ich sehen konnte, dass sie geweint hatte. Vater mochte Tränen nicht.

Stala, die Waffenmeisterin, trug immer noch ihre Jagdkleidung. Sie hielt den Helm in einer Hand und hatte die andere auf die Schulter meiner Mutter gelegt. Stala war Mutters Halbschwester. Sie stellte, wie Vater gern prahlte, den größten Teil der Mitgift meiner Mutter und den Hauptgrund dafür dar, dass die Blaue Garde während der Herrschaftszeit meines Vaters ihren Ruf bewahrt hatte.

Stala war im Heer des Königs ausgebildet worden und hatte dort zwei Dienstzeiten absolviert, bevor jemand auch nur bemerkt hatte, dass sie kein Mann war. Danach war sie zu ihrer Familie zurückgekehrt und Mutter schließlich nach Hurog gefolgt, wo Vater ihr die Stelle einer Waffenmeisterin angeboten hatte, obwohl kein anderer Kriegsherr im Land ihr auch nur einen zweiten Blick gegönnt hatte. Ihr Haar war inzwischen silbergrau, aber ich konnte mich erinnern, dass es einmal kastanienbraun gewesen war wie das von Mutter. Stala konnte meinen Vater bei allem außer im Ringkampf besiegen.

Sie sah bekümmert aus, als sie meinem Blick begegnete, aber in ihren Augen stand auch eine deutliche Warnung. Als sie entdeckte, dass ich es bemerkt hatte, warf sie einen vorsichtigen Blick zum Zauberer meines Vaters, der dabei war, hektisch etwas auf ein Stück Schafshaut zu kritzeln.

Ich zog meine Schwester mit mir zu einer Stelle, wo Vater uns sehen konnte. Er war blass, und er lag regloser unter den blutfleckigen Decken, als ich ihn je gesehen hatte. Wie Ciarra hatte auch er immer über grenzenlose Energie verfügt. Jetzt waren das einzig Lebendige an ihm die Augen, die mich in vergeblichem Zorn anstarrten, einem Zorn, der wuchs, als er den silberfarbenen Ring an meiner Hand bemerkte. Ich fragte mich, ob er ihn wirklich dem Familiengespenst überlassen hatte, um ihn mir zu geben, oder ob Oreg ihm den Ring einfach abgenommen hatte.

Ich berührte Stalas Schulter. »Was ist geschehen?« Anders als alle anderen in der Familie behandelte Stala mich stets, als wäre ich vollkommen normal. Das lag vermutlich zum Teil daran, dass ich ein Schwert ebenso gut führen konnte wie jeder andere.

»Bestie war wilder als sonst«, sagte Stala mit einem Blick zu mir. Ihre Stimme drückte deutlich aus, wie sehr sie das Pferd meines Vaters ablehnte. Der Hengst mochte temperamentvoll sein, verfügte aber über solche Kraft und Geschwindigkeit, dass ich der Ansicht war, er sei es wert, sich mit seinen Problemen abzugeben. Meine Tante war anderer Ansicht; sie sagte, ein Pferd wie Bestie zu reiten sei, als kämpfe man mit einem fehlerhaften Schwert – es brach immer gerade dann, wann man es am meisten brauchte. »Er hat den Hurogmeten auf einen abgestorbenen Baum geworfen. Die meisten Wunden sind nicht ernst, aber etwas in ihm ist gebrochen. Ich bin erstaunt, dass er so lange überlebt hat.«

»... zu Hause sterben, wie mein Vater«, keuchte der Hurogmeten und starrte mich an.

Ich hatte ihn nie so alt gesehen. Vater hatte immer zwanzig Jahre jünger als Mutter gewirkt, obwohl er tatsächlich der ältere von beiden war. An diesem Tag jedoch schien er uralt zu sein, und meine Mutter sah nicht älter aus als Ciarra.

»Schlimm genug, das hier alles einem Idioten hinterlassen zu müssen«, sagte er zu mir, »aber noch schlimmer wäre es zu sterben, ohne ihm die entsprechenden Eide abverlangt zu haben. Wenn du stirbst, wirst du deinem Erben geben, was ich dir gegeben habe – schwöre es.« Seine Stimme brach, aber es fehlte seinen Worten nicht an Nachdruck.

Er konnte nur den Ring meinen. »Ja«, sagte ich und rieb ihn.

Er nickte, wirkte aber nicht erleichtert. »Gut. Bist du fertig, Licleng?«

»Ja, Herr«, erwiderte der Zauberer und streute Sand über das, was er geschrieben hatte. Dann schüttelte er das Pergament und reichte es meinem Vater.

Vater, der sich selbst auf dem Totenbett nichts vormachen ließ, las das Geschriebene. Dann winkte er nach der Feder und unterschrieb mit einer blutigen Hand, die so sehr zitterte, dass seine Unterschrift beinahe nur Gekrakel war.

»Du bist zu jung, um Hurog zu übernehmen. Zu weich. Zu dumm«, sagte er zu mir. »Kann nicht viel gegen die Weichheit tun – obwohl die Götter wissen, dass ich es versucht habe – und auch nicht gegen die Dummheit.«

Die Dummheit ist deine Schuld, dachte ich, sprach es aber nicht aus. Als ich zwölf gewesen war, hatte er mich halbtot geschlagen. Nachdem ich mich erholt hatte, hatte ich mich verändert, wenn auch nicht ganz so, wie die meisten Leute glaubten.

Nach ein paar weiteren schmerzerfüllten Atemzügen fuhr er fort: »Hätte statt Muellen Stala heiraten sollen, aber ein junger Mann ist stolz.« Mutter ließ sich nicht anmerken, ob seine Worte sie kränkten; sie hörte ohnehin nur, was sie hören wollte. »Der Hurogmeten kann nicht die Tochter einer Bäuerin heiraten, ganz gleich, wer der Vater des Mädchens ist. Aber ein Kind von Stala wäre nicht so weich gewesen wie du. Mein Bruder wird über Hurog herrschen, bis du einundzwanzig bist – dann mögen Sipherns Wölfe dem armen Hurog gnädig sein.«

Mein Vater, der Hurogmeten, schob dem alten Zauberer das Pergament zu. Die Feder zerdrückte er, getrieben von Schmerz oder von Zorn über die Ungerechtigkeit des Lebens, das ihm einen Weichling und Idioten als älteren Sohn gegeben hatte, einen jüngeren, der davongelaufen war, und eine stumme Tochter. Zu besorgt über die Gegenwart, um mir wegen der Zukunft Gedanken zu machen, nickte ich einfach nur.

Der Hurogmeten grinste mich trotz der Schmerzen, die er offensichtlich hatte, boshaft an. »Das Einzige, was ich dir direkt hinterlassen habe, ist Bestie. Ich kenne Duraugh, er würde das Tier umbringen lassen. Wenn du ihn nicht reiten kannst, benutze ihn für die Zucht.«

Stala schnaubte. »Damit all seine Nachkommen ebenfalls sein Temperament haben – obwohl keiner von deinen das deine geerbt hat.« Ich war nie sicher gewesen, ob Stala meinen Vater wirklich nicht leiden konnte oder ihm nur seine Bosheit mit gleicher Münze zurückzahlte. Sie hatten jahrelang miteinander geschlafen, aber vermutlich war ich der Einzige, der das wusste.

Der Hurogmeten machte eine abfällige Geste mit der rechten Hand. »Duraugh?«

Mein Onkel kam näher und wollte sich an die Stelle bewegen, wo meine Schwester stand. Ich trat vor ihn und verstellte ihm den Weg, bevor er sie einfach wegschieben konnte. Mit etwas mehr als hundertachtzig Pfund war ich erheblich schlechter wegzuschubsen als sie.

Onkel Duraugh zog eine Braue hoch, dann ging er zur anderen Seite des Betts und schob sich vor Mutter. »Ja, Fen?«

»Du wirst dich um Hurog kümmern.«

»Selbstverständlich.«

»Gut.« Mein Vater seufzte. »Duraugh, Tosten wird Wards Erbe sein. Finde ihn, wo immer er sein mag.«

»Ich weiß, wo er ist«, erwiderte ich unklugerweise. Aber ich hatte einfach nicht widerstehen können. Es war die einzige Gelegenheit, die ich je haben würde, meinem Vater gegenüber anzudeuten, dass er sich in mir geirrt hatte.

Der Hurogmeten sah mich überrascht an. Er hatte mich blutig geschlagen, als mein jüngerer Bruder vor zwei Jahren verschwunden war. Danach hatte er angenommen, ich hätte es ihm gesagt, wenn ich irgendetwas über Tosten wusste; alle gingen davon aus, dass ich zum Lügen zu dumm war.

»Wo?«, fragte er, aber ich schüttelte den Kopf.

Wenn mein Onkel erfuhr, wo Tosten war, würde man meinen Bruder hierher zurückholen, und das wollte ich nicht. Ich hatte ihn eines Herbstabends kurz nach seinem fünfzehnten Geburtstag dabei erwischt, wie er versucht hatte, sich die Pulsadern aufzuschneiden, und ihn überzeugt, dass es bessere Möglichkeiten gab, Hurog zu verlassen.

»Er ist in Sicherheit.« Ich hoffte, dass das der Wahrheit entsprach.

Mein Vater seufzte erneut und schloss die Augen. Dann riss er sie sofort wieder auf und rang verzweifelt nach Luft. Zum ersten Mal in seinem Leben verlor er einen Kampf.

Mutter stand auf. Eine gespenstische kleine Melodie summend, starrte sie Vater noch kurz an, dann drehte sie sich um und verließ das Zimmer.

Ich kam mir verloren und verraten vor, so als hätte ich schließlich nach gewaltigem Aufwand von Zeit und immenser Anstrengung ein Spiel gewonnen; aber der Gegner war bereits vom Feld geflohen, ehe ihm auch nur aufgefallen war, dass ich gesiegt hatte. Und genau das war selbstverständlich auch geschehen.

Ciarra packte mich fester und lehnte die Wange gegen meinen Oberarm, ihr Gesicht eine ausdruckslose Maske. Ich selbst sah, wie ich aus langer Übung wusste, vage kuhähnlich aus; die dunkelbraunen Augen, die Mutter mir vererbt hatte, trugen sehr zu der allgemeinen Ochsenhaftigkeit meiner Miene bei.

Mein Onkel sah mich forschend an. »Hast du verstanden, was gerade geschehen ist?«

»Der Hurogmeten ist tot«, antwortete ich.

»Und du bist der neue Hurogmeten, aber ich werde zwei Jahre lang an deiner Stelle herrschen.« Duraugh senkte den Blick, und unter der strengen Miene war nicht nur Trauer, sondern auch Erregung zu erkennen. Duraugh wollte Hurog unbedingt haben.

»Ich bekomme Vaters Pferd«, sagte ich, nachdem ich längere Zeit überlegt hatte, was wohl die dümmste Bemerkung war, die ich machen könnte. »Ich werde gleich zu ihm gehen.«

»Zieh dich lieber erst um«, riet mein Onkel. »Wenn du zurückkehrst, werden deine Mutter und ich beschlossen haben, wie wir deinen Vater ehren können. Wir werden deinen Bruder zur Beisetzung zurückrufen müssen.«

Über meine Leiche, dachte ich, nickte aber dennoch. »In Ordnung.«

Ich drehte mich um, als hätte ich den Racker an meinem Arm vergessen. Ciarra stolperte und musste versuchen, mit mir Schritt zu halten, also klemmte ich sie mir unter den Arm und trug sie in schnellem Schritt die Treppe hinauf. Sie wurde wirklich zu alt für so etwas, aber wir mochten es beide, und es würde meinen Vater … meinen Onkel daran erinnern, wie stark ich war. *Nur ein weiterer Teil des Spiels,* dachte ich. *Es ist alles Teil des Spiels.*

Also nahm mein Onkel den Platz meines Vaters als mein Gegner ein.

2 WARDWICK

Vater fehlte mir. Ich hielt immer wieder über die Schulter Ausschau nach ihm, obwohl er sicher begraben war.

Die Stallknechte, die den Hengst meines Vaters aus der Box zerrten, wirkten nicht besonders erfreut, und von dem Pferd konnte man das Gleiche behaupten.

»Er kam einige Zeit vor der Rückkehr der Jagdgesellschaft hierher zurück, Herr«, sagte Penrod, der Stallmeister meines Vaters. Er war einer von vielen, die meine Mutter mitgebracht hatte, ein Mann aus dem Flachland von Tallven. Er war mit der Blauen Garde geritten, als Vater vor beinahe zwei Jahrzehnten in den Kämpfen des Königs gefochten hatte, und hatte schließlich nach dem Tod des alten Stallmeisters dessen Posten übernommen. Anders als viele höherrangige Diener in der Burg behandelte mich Penrod stets mit dem gleichen Respekt wie meinen Vater.

»Wir sind immer noch dabei, den Sattel des Hurogmeten vom Blut zu säubern«, berichtete er. »Ich nehme an, es war dieser Geruch, der Bestie so aufgebracht hat.«

Ich beobachtete den wiehernden und bockenden Hengst und wartete, Ciarra ein kleiner, aufmerksamer Schatten neben mir. Ich sah Penrod an, dass er noch mehr sagen wollte.

»Er ist zu gut, um getötet zu werden, Herr«, stellte er schließlich fest. »Sein Vater kam als Handelsware zu uns, und er starb früh, als Euer Vater ihn dazu hernahm, um Banditen zu jagen. Wir haben nur zwei seiner Nachkommen, und einer davon wurde kastriert, bevor jemand die Qualität der Tiere erkannte. Der Hurogmeten …« Er zögerte, vielleicht, weil ihm klar wurde, dass ich nun der Hurogmeten war, zumindest dem Titel nach. »Euer Vater wollte noch nicht mit ihm züchten, weil er glaubte, dass es ihn noch wilder machen würde, als er ohnehin ist. Wenn Ihr ihn also tötet …« In seiner Stimme lag das leidenschaftliche Flehen eines Künstlers, der die Zerstörung seines besten Werks befürchtet.

»Ihn töten?«, fragte ich nach einiger Zeit, als hätte ich ihn gerade erst gehört. »Warum sollte ich etwas so Dummes tun?« Ich lachte innerlich, als Penrod gegen eine Bemerkung ankämpfte, die ihm auf der Zunge lag, und siegte.

»Das wüsste ich wirklich nicht, Herr. Aber Euer Onkel war erst vor ein paar Minuten hier. Er hält es für das Beste.«

Und hatte es Penrod vorgeschlagen, in der Hoffnung, der Stallmeister könnte mich überreden. Jeder andere in Penrods Position hätte es zweifellos gehasst, ein solch unberechenbares Tier in seinem Stall zu haben. Aber mein Onkel hatte den Mann falsch eingeschätzt. Penrod kannte sich gut genug mit Pferden aus, um zu wissen, dass der größte Teil von Besties Aggressivität auf Menschen zurückzuführen war. Es hätte ihm das Herz gebrochen, den Hengst töten zu müssen.

Ich schüttelte den Kopf und tat damit die Äußerung meines Onkels ab. »Nein.«

Mein Vater war ein Reiter ohnegleichen gewesen. Er hatte selbst auf dem wildesten Pferd im Sattel bleiben und es dazu bringen können, alles zu tun, was er wollte. Er hatte die Tiere geritten, bis er sie gebrochen hatte und auch ein geringerer Reiter mit ihnen zurechtkam. Anschließend hatte er ein anderes Tier gefunden – oder zumindest war das so gewesen, bevor er zum ersten Mal auf Bestie saß. Der Hengst hatte nun seit vier Jahren gegen ihn angekämpft und schließlich gesiegt.

Drei leise fluchende Stallknechte strengten sich an, das Tier ruhig zu halten, damit ich es mir ansehen konnte. Es war trotz des Geschirrs, das sie ihm angelegt hatten, ein Kampf. Dieses Geschirr war dazu gedacht, von Lust getriebene Hengste zurückzuhalten, und hatte stumpfe Metallknöpfe an Stellen, wo sie dem Pferd wehtun würden, wenn es sich dagegen stemmte. Eine Kette, die um seine Nase gewickelt war, konnte dem Hengst die Luftzufuhr abschneiden und ihn wenn nötig bewusstlos machen.

Bestie war riesig; das ließ ihn langsam wirken, was er tatsächlich nicht war. Er konnte sich schneller drehen (und bocken), als er sich vorwärtsbewegte, aber er war auch kein schlechter Renner. Die meisten Tiere von seinem Körperbau hatten keine große Ausdauer, aber Vater hatte Bestie auch dann weiter geritten, wenn seine Männer die Pferde wechseln mussten, um Schritt zu halten. Besties Fell hatte eine dunkle, schlammbraune Farbe, die an Bauch, Flanken und Nase in ein helleres Rostbraun überging. Es gab auch noch andere hellere Flecke nahe seinen Flanken und an seinem Rumpf, weil er jahrelang mit Peitsche und Sporen traktiert worden war.

»Sein Zügel und der Sattel sind hier, Herr. Falls Ihr reiten möchtet.« Penrod, zufrieden, dass ich das Pferd nicht töten lassen würde, gab sich nun wieder respektvoller. »Obwohl es vielleicht besser wäre, ihn einfach auf die Weide zu schicken.« Er räusperte sich. »Ich habe vorgeschlagen, ihn in ein Zuchtprogramm zu nehmen, aber Euer Onkel sagte, das werde nicht geschehen, solange er für Hurog verantwortlich sei. Er sagte, ein Temperament wie das von Bestie sollte nicht vererbt werden.«

»Dann können wir ihn nicht zur Zucht verwenden«, sagte ich bedauernd.

Penrods respektvolle Miene ließ häufig selbst klügere Männer als meinen Onkel glauben, dass der Stallmeister ihrer Meinung sei – meinen Vater zum Beispiel. Duraugh hatte den Stall vermutlich in dem Glauben verlassen, Penrod werde mich drängen, Bestie zu töten. Diese Fehleinschätzung wollte ich ausnutzen. Wenn mein Onkel in den nächsten beiden Jahren zurechtkommen wollte, würde er die Unterstützung der Leute in der Burg gewinnen müssen, und das galt noch mehr, wenn er vorhatte, längerfristig meinen Patz einzunehmen.

Es würde nicht schaden, wenn ich selbst ein paar Männer für mich gewinnen könnte. Penrod mochte mich bereits, wenn auch mehr, weil ich seine Schutzbefohlenen gut behandelte, als aus irgendeinem persönlichen Grund. Er war ein kluger Mann, oder er hätte nie in seiner Stellung überlebt, wenn man bedachte, wie sehr sich seine Ideen von denen meines Vaters unterschieden.

»Wir sollten ihn vielleicht in eine andere Box bringen«, sagte ich schließlich. »Seine ist dunkel. Und klein. Ich mag keine kleinen Räume – vielleicht geht es ihm ebenso.« Mein Abenteuer im Abflusssystem heute hatte mir das sehr deutlich gemacht.

Die Stallknechte wurden müde, aber dem Pferd ging es

nicht besser. Bestie hatte bereits einen anstrengenden Ritt hinter sich. Ich war dem Hengst für das, was er getan hatte, etwas schuldig, aber ich fragte mich, wieso ich mich nicht mehr darüber freute.

»Diese Box ist die einzige, in der wir ihn halten konnten«, erklärte Penrod, als ob ich das nicht schon gewusst hätte.

»Die große Koppel bei den alten Ställen ist für Hengste gebaut«, sagte ich. Und nur für den Fall, dass er nicht verstand, was ich meinte, fügte ich hinzu: »Wir müssen natürlich gut aufpassen, dass das Seitentor sicher verriegelt ist.«

Penrod stand einen Augenblick vollkommen reglos da und gab vor, das Pferd zu beobachten. Dann sah er mich an. Die Hengstkoppel wurde zur Zucht benutzt und hatte einen gemeinsamen Zaun mit der Weide der Stuten. Wenn jemand das Seitentor aus Versehen (oder mit Absicht) offen ließe, würde Bestie alle rossigen Stuten auf der Weide bespringen.

Ich hätte es dabei belassen können. Penrod hatte die Andeutung gut verstanden, aber ich brauchte ihn. Mein Onkel würde zwei Jahre haben, meine Leute für sich zu gewinnen. Ich musste dafür sorgen, dass die Menschen von Hurog, wenn der Zeitpunkt kam, auf mich hörten und nicht auf Duraugh. Also musste ich Penrod wissen lassen, dass ich mehr sein konnte, als er bisher gedacht hatte. Ich zwinkerte ihm zu.

Penrod wurde noch starrer und war so schockiert, dass er sich einen Augenblick von dem Pferd abwandte, um mich anzustarren. Es war sicher schwierig für ihn, seine Ansichten über jemanden so schnell ändern zu müssen, aber er hatte immerhin die Möhre, die ich ihm in Form von Besties Überleben angeboten hatte, als zusätzliche Motivation. Wieder schaute er das dunkle Pferd an.

»Ich werde dafür sorgen, dass er in die Koppel gebracht wird, wenn Ihr glaubt, dass er ebenso wie Ihr selbst keine engen Räume mag.« Unter Penrods ausdrucksloser Stimme vibrierte angespannte, wilde Freude.

»Dunkle Räume«, murmelte ich. »Ich mag es nicht, wenn es dunkel ist.«

»Ja«, sagte er mit einem dünnen Lächeln.

Sobald er meine Anweisungen befolgt hatte, meinem Onkel nicht zu gehorchen, gehörte er mir. Und mit ihm würden mir all jene zufallen, die im Stall arbeiteten. Das bedeutete auch, dass schließlich alle erfahren würden, dass ich nicht so dumm war, wie ich tat; andererseits war ich mir nicht sicher, ob Dummheit sich noch günstig für mich auswirkte. Das Spielfeld war dabei, sich zu verändern.

Stirnrunzelnd betrachtete ich das Pferd meines Vaters. »Bestie ist irgendwie kein geeigneter Name.« Es gab Blumen im Garten meiner Mutter, die beinahe die gleiche Farbe hatten wie das Fell des Hengstes. Eine Weile musste ich warten, bis meine Lippen bei dem Gedanken daran, was mein Vater dazu gesagt hätte, zu zucken aufhörten. Erst dann konnte ich weitersprechen.

»Ich werde ihn in Zukunft Blümchen nennen«, sagte ich.

Ciarra trat einen Schritt beiseite und starrte mich so ungläubig an, dass sie keine Worte brauchte.

»Mutter hat Blumen von dieser Farbe in ihrem Garten«, erklärte ich.

»Blümchen«, sagte Penrod steif und dachte zweifellos daran, wie das auf einem Stammbaum aussehen würde. Dann musste er plötzlich lächeln. Er nickte den drei Stallknechten zu, die mit angespannter Miene dastanden und den Hengst festhielten. »Schwierig, vor etwas Angst zu haben, das Blümchen heißt.«

Ich nickte und rief den Stallknechten zu: »Bringt ihn in den runden Pferch, dann nehmt das Geschirr ab.« Und an Penrod gewandt: »Ich brauche eine lange Peitsche, wie die, die wir nehmen, um die Jährlinge zuzureiten. Und fünf oder sechs Kupfertöpfe. Schick jemanden in die Küche, um sie zu holen. Und einen leeren Getreidesack.«

Ich hatte lange Zeit gehabt, darüber nachzudenken, was ich mit Bestie, nein, mit *Blümchen* tun würde. Es hatte keinen Sinn zu warten, bis Vater kalt war, um sein Pferd zu stehlen. Eine düstere Anwandlung ließ mich den Mund verziehen, bevor ich sie verscheuchen konnte. Nein, ich würde nicht um Vater trauern. Stattdessen würde ich den Rest des Tages damit verbringen, mir sein Pferd anzueignen.

Im Ausbildungsring blieb Bestie so weit von mir entfernt, wie er konnte, was ich für den Augenblick vollkommen in Ordnung fand. Vier Jahre ließen sich nicht an einem einzigen Abend ungeschehen machen – und auch nicht an einem Dutzend Nachmittagen. Aber wenn ich Glück hatte, konnte ich vielleicht schon heute einen gewissen Fortschritt erzielen.

Ich hielt den Sack mit Töpfen in einer Hand und achtete vorsichtig darauf, keinen Lärm zu machen. In der anderen Hand hatte ich eine Peitsche, die doppelt so lang war wie ich groß. Die Hälfte dieser Länge wurde von einem Schaft gebildet, an dem die Peitschenschnur hing.

»Also los«, sagte ich einigermaßen lässig, sobald ich in der Mitte des Rings stand. Gleichzeitig fuchtelte ich mit der Peitsche, und der Hengst begann zu galoppieren, nachdem er vage einen Tritt in meine Richtung versucht hatte.

Ich ließ ihn ein Dutzend Mal um die kleine Koppel laufen. Er glaubte zu wissen, worum es ging. Alle Pferde meines

Vaters begannen in diesem Ring, um die grundlegenden Befehle zu lernen. Aber ich hatte ihn hierhergebracht, damit er, wie ich hoffte, eine andere Lektion lernte.

Nun verlangsamte er den Schritt zu einem Kanter, eher, weil es für ein Pferd mit seiner Schrittlänge schwierig war, um einen so kleinen Ring zu galoppieren, als weil er müde gewesen wäre.

»Also los«, sagte ich wieder und fuchtelte mit der Peitsche vor seinem Gesicht. Ein unerfahrenes Pferd hätte sich umgedreht und wäre in die andere Richtung gerannt, aber er wusste zu viel über Peitschen. Er legte die Ohren an und bäumte sich vor mir auf, und nur für den Fall, dass das nicht genügte, stürmte er auf mich zu.

Ich hätte ihn mit der Peitsche schlagen und vertreiben können. Aber er wusste bereits, dass Peitschen wehtaten. Damit hätte ich ihm nichts beigebracht. Also schüttelte ich stattdessen den Sack mit den Kochtöpfen, schrie und ging entschlossen auf ihn zu, wobei ich mit dem festen Ende der Peitsche auf den Sack schlug. Es klang wie in der Küche, wenn jemand den Koch geärgert hatte.

Der Lärm war zu viel für das Tier. Bestie wirbelte auf den Hinterbeinen herum, rannte in die andere Richtung, als wäre ein Rudel Wölfe hinter ihm her, und machte steifbeinige Sprünge, wenn seine Größe es nicht besser zuließ. Nach der vierten Runde waren seine Brust und die Flanken mit Schaum bedeckt. Schließlich senkte er den Kopf und sah mich an – nicht herausfordernd, sondern um Erlaubnis bittend, stehen bleiben zu dürfen.

Ich zog die Peitsche dicht an mich und sagte: »Brr.«

Er blieb stehen, wie man ihm beigebracht hatte, wandte mir aber dabei das Hinterquartier zu, also schüttelte ich die Peitsche und ließ ihn noch einmal rennen. Ich wartete, bis er erneut den Kopf senkte. Als ich ihn diesmal zum Stehen brachte, sah er mich an. Wir hatten beide genug.

»Guter Junge«, sagte ich und legte Peitsche und Sack ab. Ich ging zu ihm und tätschelte ihm sanft die nasse Schulter. »Wir werden dich schon noch in ein Blümchen verwandeln.«

Sein ganzer Körper bebte von seinem angestrengten Atem; er war zu müde und zu entmutigt, um sich dafür zu interessieren, wer ich war. Er beobachtete mich mit mattem Blick und erwartete offenbar nicht viel. Es war Angst, nicht Zorn, was ihn gefährlich gemacht hatte. Ich bezweifelte, dass er je von einem anderen geritten werden könnte, aber er würde mir am Ende vertrauen.

Ich legte ihm ein normales Halfter an, nicht das, was er üblicherweise trug. Es hatte lange gedauert, ihn bis zu diesem Punkt zu ermüden, aber ich bezweifelte, dass sich jemand in den nächsten paar Stunden wegen seiner Aggressivität Sorgen machen müsste. Am nächsten Tag würde ich besser einschätzen können, ob wir Fortschritte gemacht hatten. Ich hatte ihm nicht ein einziges Mal wehgetan. Daran würde er sich auch dann noch erinnern, wenn die Auswirkungen des Galoppierens verschwunden waren.

Seine Ohren zuckten. Ich drehte mich um und sah den Racker neben mir stehen. Sie hätte sich einem Pferd wie Bestie nicht ohne guten Grund genähert, also überraschte es mich nicht, dass mein Onkel am Zaun stand. So viel ich wusste, machte Onkel Duraugh ihr Angst, vor allem, weil er der Vater der Zwillinge und der Bruder unseres Vaters war.

Ich musste fest am Leitseil ziehen, um den Hengst dazu zu bringen, sich zu bewegen – daran würde ich noch arbeiten müssen. Aber das Wichtigste zuerst. Penrod nahm ihn mir ab, sobald wir durchs Tor kamen, während ein Stallknecht in den Ring ging, um die Töpfe und die Peitsche zu holen.

»Wir werden das Begräbnis morgen Nachmittag veranstalten«, sagte mein Onkel. »Es ist zu warm, um noch länger zu warten, obwohl das bedeutet, dass deine Tante nicht rechtzeitig hier sein wird.«

Ich sah ihn an, dann ließ ich jegliche Intelligenz aus meinem Gesicht entweichen. *Ah,* würde er denken (das hoffte ich jedenfalls), *der Idiot erinnerte sich daran, dass sein Vater heute gestorben ist.* Ich nickte.

Er wartete und hoffte offenbar auf eine weitere Reaktion. »Ich sehe, du willst Penrods Rat nicht annehmen. Ich habe nach dem Tod des Hurogmeten mit ihm gesprochen. Dieses Tier muss getötet werden.«

Wenn du nur wüsstest, dachte ich.

»Er ist hübsch«, sagte ich. »Hitziges Blut und kleine Räume. Große Geschöpfe wie er und ich brauchen Platz.« Ich dachte an den Gang, der zur Drachenknochenhöhle führte, und die aufgeriebenen Stellen an meinen Schultern begannen zu schmerzen. »Viel Platz.«

»Er hat deinen Vater umgebracht, Ward. Er ist gefährlich.«

Ich sah ihn an. »Wenn er ihn nicht beherrschen konnte, hätte er ihn nicht reiten sollen.« Das war Vaters eigener Lehrsatz gewesen, mit Varianten wie: »Wenn er ihn nicht schlagen konnte, hätte er den Kampf nicht anfangen sollen.«

Duraugh drehte sich um, als wolle er gehen, aber dann fuhr er abrupt noch einmal zu mir herum und kam näher, bis wir uns direkt gegenüberstanden.

»Ward«, sagte er entschlossen, »deine Mutter mag aus Tallven stammen, aber du bist als Shavigmann geboren und aufgewachsen. Du weißt, dass unser Land von Magie beherrscht wird. Ich habe in den Gebirgshöhen gegen Skellet gekämpft …«

Ciarra huschte bei der Erwähnung der rastlosen Toten hinter mich.

»... und ich habe ein Dorf gesehen, das von den Nachtgängern zerstört wurde.« Duraugh deutete vage nach Süden. »Die Leute aus Tallven lachen über unsere Angst vor Flüchen, aber du bist kein Flachländer, oder?«

Ich wusste nicht, worauf er hinaus wollte, aber ich spielte mit. Ungeschickt zog ich den Kopf ein, um ihm besser in die Augen sehen zu können, und flüsterte: »Wir haben einen Fluch.«

Aber was für ein jämmerlicher Fluch das war! Es gab keine Gedichte und keine geheimnisvollen Hinweise, nur etwas, das aussah, als hätten ein paar Heranwachsende es in eine Steinwand gekratzt. Wenn es nicht die Wand der großen Halle gewesen wäre, hätte es wahrscheinlich niemanden mehr gekümmert. Der einzige Grund, wieso Besucher nicht lachten, wenn sie es sahen, bestand darin, dass es in altmodischen Runen geschrieben war, die nur wenige lesen konnten.

»Weißt du, worum es dabei geht?«

Ich blinzelte meinen Onkel einen Augenblick an, bevor ich zu dem Schluss kam, dass selbst ein Idiot es wissen könnte. »Das Haus Hurog wird das Opfer einer Bestie aus den Tiefen der Hölle werden.«

»Opfer einer Bestie, Ward. Dieser Hengst ist die Bestie, von der im Fluch die Rede ist. Fen hielt es für einen guten Namen für ein Schlachtross. Und tatsächlich hatte er einen treffenderen Namen gewählt, als er ahnte. Dieser Hengst ist eine Höllenbestie«, sagte er eindringlich. »Er hätte schon vor langer Zeit getötet werden sollen. Siehst du das denn nicht?«

Ich wusste, dass man Bestie nach dem Ungeheuer aus der Unterwelt benannt hatte, das die Seelen der Toten fraß, die im Leben nicht gut genug gewesen waren, um nach ihrem Tod in den Häusern der Götter zu weilen. Aber wer hätte gedacht, dass Onkel Duraugh es so ernst nehmen würde? Ich war der Ansicht, dass der Fluch bereits eingetreten war. Weil die Knochen des Wesens, das wir schützen sollten, in Ketten in einer verborgenen Höhle unter der Festung lagen, war Hurogs Wohlstand verschwunden, und es gab keine Drachen mehr auf der Welt.

Hurog brauchte keine Bestie aus der Unterwelt, um sich noch weiter zu zerstören. Mein Vater war verrückt gewesen. Meine Mutter aß Traumwurzel und bemerkte nicht, was rings um sie herum vorging. Meine Schwester war stumm, obwohl kein Heiler und kein Magier einen Grund dafür finden konnte. Mein Bruder hatte versucht, sich umzubringen.

»Siehst du das nicht?«, fragte Duraugh, der in seiner Leidenschaft offenbar vergaß, dass er mit dem Familienidioten sprach.

»Ich kann gut sehen«, erwiderte ich, um ihn daran zu erinnern. »Aber was hat das alles mit dem Pferd zu tun?«

Mein Onkel war ein gut aussehender Mann; er sah besser aus als mein Vater, wenn auch nicht so gut wie seine eigenen Söhne. Aber der Zorn ließ ihn hässlicher wirken; vielleicht gefiel mir seine Reaktion deshalb so gut. Ciarra vergrub das Gesicht an meinem Rücken, als er sich mühsam wieder zusammennahm.

»Bestie war der Untergang deines Vaters. Wenn du das nicht erkennst, wird er auch der deine sein.«

»Er ist ein Pferd«, sagte ich störrisch. »Und ich habe seinen Namen geändert. Bestie macht den Leuten nur Angst. Blümchen. Er heißt jetzt Blümchen.« Der Name gefiel mir besser, je öfter ich ihn aussprach.

Oreg, der Junge aus der Drachenknochenhöhle, kam zu mir, als ich an diesem Abend ins Bett gehen wollte. Ich sah nicht, wie er hereinkam, aber als ich nach dem Waschen mein Gesicht abtrocknete, saß er auf meiner Bettkante. Ich nickte ihm zu, setzte mich auf einen Hocker neben dem Bett und schnitt mir mit dem Messer über dem leeren Nachttopf die Fußnägel.

Er beobachtete mich eine Weile. Aber es ist ziemlich langweilig zuzusehen, wie sich jemand die Zehennägel schneidet; also fing er schließlich an zu reden.

»Weißt du, wofür der Ring gedacht ist?«

Ich schüttelte den Kopf. Es folgte ein langes Schweigen, währenddessen ich mich den Fingernägeln widmete.

»Weißt du, wer ich bin?«

Diesmal nickte ich. Er stand auf und begann, leise vor sich hin murmelnd, auf und ab zu gehen. Schließlich blieb er vor mir stehen und legte die Hand auf mein Messer, damit ich aufhörte. Seine Hand war warm und fest. In den Bänkelsängergeschichten fühlten sich Gespenster immer kalt und flüchtig an.

»Also, wer bin ich?«, meinte er frustriert und verärgert. Ich fragte mich, ob er mich beobachtet hatte, wenn ich mich nicht dumm stellte. Hatte er mich durchschaut?

»Weißt du denn nicht, wer du bist?«, erwiderte ich und starrte ihn aus großen Augen an.

Er ließ sich gereizt auf den Boden sinken und schlug die Hände vors Gesicht. Sein Nacken sah irgendwie verwundbar aus. Er erinnerte mich an meinen Bruder Tosten.

Ich starrte ihn lange an. Mein Geheimnis vertraute ich niemandem so leicht an. Nicht einmal Ciarra, obwohl sie vermutlich ahnte, was los war.

»Also, wer bist du?«, fragte ich barsch. »Ich kenne ein

paar Gespenstergeschichten. Und ich glaube nicht, dass du wirklich ein Gespenst bist.«

Er riss den Kopf hoch, als er den Unterschied in meiner Stimme hörte. Ich legte das Messer weg, schob mit dem Fuß den Nachttopf unter das Bett und bereitete mich darauf vor zu lauschen.

»Es ist also wahr.« Er flüsterte, mehr hoffnungsvoll als überzeugt. »Du hast dich all diese Jahre verstellt. Ich dachte es mir schon, aber ich wusste es nicht genau.«

Er beobachtete mich eine Weile, aber ich wusste nicht, wie ich ihm alles erklären sollte, ohne dumm und melodramatisch zu klingen.

»Weißt du, wer Burg Hurog gebaut hat?«, fragte er schließlich.

Er wirkte nervös. Irgendwo hatte er wohl gelernt, dass es gefährlich sein konnte, Fragen zu stellen. Aber ich kam zu dem Schluss, dass er nichts mit dem Spiel zu tun hatte. Er gehörte mir, ebenso wie Hurog mir gehörte. Ich berührte den Platinring leicht mit dem Daumen.

»Nein. Ich weiß nur, dass der Erbauer den Auftrag des Königs erhielt, sich um die Drachen hier zu kümmern.«

Oreg schnaubte verbittert. »Dann weißt du nichts. Der Titel kam erst Jahrhunderte später. Burg Hurog ist alt und wurde im Zeitalter des Kaiserreichs von einem echten Magier erbaut – nicht einem wie diesem Narren, den dein Vater eingestellt hat. Als der Magier sich vom Hof zurückzog, errichtete er sich hier eine Burg, wo niemand ihn behelligen würde, weil alle Angst vor den Drachen hatten.«

Er senkte den Blick und zeichnete ein Muster auf den Boden. »Er wollte ein Haus, das sich um sich selbst kümmern würde, damit er sich nicht mit Dienern abgeben musste, die überall herumwuselten, und mit Soldaten, die im Hof übten.

Er hatte zwei Söhne von seiner Frau, einer schlichten Person, die vernünftig genug war zu sterben, als sie noch jung war. Ein Sohn wurde Offizier und starb in irgendeinem Krieg, der zweite war selbst ein Zauberer. Ich war sein Sohn von einer Sklavin, und zunächst hatte er mich an die Familie eines Adligen verkauft, aber dann gab er ihnen Geld, und sie schicken mich zu ihm zurück.«

Er hielt inne. Ich war nicht sicher, ob ich wollte, dass er fortfuhr. Ich hatte genug Bänkelsänger gehört, um zu wissen, worauf diese Geschichte hinauslief, oder vielleicht hatte ich auch zu viel Erfahrung mit meinem eigenen Vater, um viel von dem seinen zu erwarten.

»Als ich hierher kam, war er allein; es gab keine Diener. Er gab mir eine Schale Suppe aus einem Topf, den er an der Feuerstelle gekocht hatte. Als ich erwachte, war ich die Burg.«

Ich starrte ihn an, während ich über seine letzten Worte nachdachte. *Er war die Burg,* hatte er gesagt. Ich erinnerte mich daran, wie wir durch die Geheimtür mein Zimmer betreten hatten, obwohl ich *wusste*, dass wir uns tief in dem Berg befanden, auf dem Burg Hurog stand. Ich wägte die möglichen Antworten ab, die ich hätte geben können, und beschloss am Ende, überhaupt nicht auf diese Äußerung zu reagieren.

»Danke, dass du dich heute um den Racker gekümmert hast, Oreg.« Ich hatte gelernt, dass man manchmal mehr Antworten erhielt, wenn man etwas vollkommen Unerwartetes äußerte, als wenn man Fragen stellte.

Er hob ruckartig den Kopf und sah mich verärgert an. Was immer er in meinem Gesicht sehen wollte – ich glaube nicht, dass er es fand. »Ich habe immer versucht, auf sie aufzupassen«, sagte er. »Es war nicht viel. Eine Tür, die sie an einen ruhigen Ort entkommen ließ, wo ihr Vater sie nicht finden konnte, aber ihre Brüder schon.«

Wir saßen eine Weile in kameradschaftlichem Schweigen beisammen, während ich darüber nachdachte, was er mit den Worten gemeint hatte, er sei die Burg. Ich spielte mit dem ungewohnten Ring an meinem Finger.

»Du kannst den Ring nicht abnehmen.« Oreg zuckte zusammen, als wäre ihm gerade erst wieder eingefallen, wieso er hierhergekommen war. »Er gibt dir die Herrschaft über die Burg. Erst wenn du im Sterben liegst, wirst du ihn wieder abnehmen können. Dann musst du ihn deinem Erben geben.«

»Und wenn ich ihn einer anderen Person gebe?«, fragte ich, nachdem ich vergeblich versucht hatte, den Ring abzustreifen. Ich wünschte, ich hätte das gewusst, bevor ich ihn an den Finger gesteckt hatte. Ringe waren unpraktisch, wenn man kämpfte, sie veränderten den Griff am Schwert und blieben an allem Möglichen hängen. Ich hätte ihn zumindest an die linke Hand stecken können.

»Die Person, der du ihn gibst, wird dein Erbe sein.«

»Ah«, sagte ich. »Erzähl mir mehr über den Zauber, den Ring, die Burg und dich selbst.«

Seine Miene wurde seltsam ausdruckslos. Ich kannte diesen Gesichtsausdruck. Immerhin hatte ich ihn in dem polierten Schild an meiner Wand so lange geübt, bis er zu meinem normalen Aussehen geworden war. Wenn er Kuhaugen gehabt hätte wie ich, hätte er ebenso dumm ausgesehen. So wirkte er nur verschlossen.

»Ich bin ein Sklave«, sagte er. »Dein Sklave, an dich gebunden durch deinen Ring. Ein Seelensklave. Was immer du von mir verlangst, werde ich tun, wenn ich dazu in der Lage bin – und ich habe große Macht.«

Ich dachte daran, was das für einige meiner verrufenen Vorfahren bedeutet hatte. Er war ein hübscher Junge, ebenso wie mein Bruder. Armer Sklave.

»Wenn ich dich bitten würde, hier zu sitzen und dich nicht zu bewegen, was würde passieren?«, fragte ich.

»Ich würde hier sitzen und mich nicht bewegen«, sagte er mit trostloser Ehrlichkeit, »bis du mir etwas anderes befiehlst. Ich muss tun, was immer du mir sagst.« Er wirkte angespannt, aber wenn er schon immer da gewesen war, hätte er eigentlich wissen sollen, dass ich Leute nicht quälte, die mir ausgeliefert waren. Aber wahrscheinlich würde er ebenso wie Bestie … wie *Blümchen* Zeit brauchen, um das wirklich zu begreifen.

»Als du sagtest, du wärest die Burg, meintest du das buchstäblich? Oder bist du durch Magie an sie gebunden?«

»Ich glaube nicht, dass es da einen großen Unterschied gibt«, sagte er und betrachtete seine Hände.

»Weißt du, was in der Burg geschieht?«

Er legte den Kopf schief und richtete den Blick ins Nichts. »In der großen Halle wird das Feuer für die Nacht zugedeckt. In einer Ecke schnuppert eine Ratte nach Fressen. Dein Onkel steht vor der Feuerstelle, die Hände auf dem Rücken, und wippt ein wenig auf den Fersen …«

»Das genügt«, sagte ich. »Kannst du gleichzeitig mehrere Orte sehen?«

»Nicht besser, als du gleichzeitig auf die Wand gegenüber und hinter dich schauen kannst.«

»Kannst du auch hören, was geschieht?«

»Ja.«

Ich rieb meine Hosenbeine. Ich konnte mit Blümchens Angst arbeiten, weil ich ihn verstand. Penrod hatte ich auf die gleiche Weise für mich gewonnen. Ich musste lernen,

Oreg so gut zu verstehen wie das misshandelte Pferd. »Tut es dir weh, wenn die Burg beschädigt wird?«

»Nein«, sagte er, dann fuhr er beinahe widerstrebend fort: »Ich kann es spüren, aber es tut nicht weh.«

»Bewohnst du die gesamte Burg oder nur die älteren Teile?«

»Die gesamte Burg und alles, was dazu gehört. Innere und äußere Mauern, Stallungen, die Schmiede – selbst das Abflusssystem.«

»Wenn du die Burg bist, wie kommt es, dass du immer noch einen Körper hast?«, fragte ich und nickte zu seinem Menschenkörper hin.

»Es hat meinen Vater amüsiert.«

Ich dachte eine Weile über das nach, was er gesagt hatte. »Wenn die Burg beschädigt wird, tut es dir nicht weh. Tut es dir weh, wenn man deinem Körper Schmerz zufügt?«

»Ja«, flüsterte er und spannte sich an.

Wenn ich die letzten fünfzehn Jahre als Sklave meines Vaters verbracht hätte, hätte ich ebenfalls geflüstert. Und nach allem, was man hörte, war mein Großvater noch schlimmer gewesen. Ich gähnte demonstrativ. Es war spät, ich musste schlafen.

»Mein Vater hat dich nie erwähnt.«

»Strategisch gesehen ist es besser, wenn ich ein Geheimnis vor deinen Feinden bleibe – ein harmloses Gespenst, das durch die Flure streift.« Er zögerte, dann fügte er hinzu: »Ich ziehe es ebenfalls vor, verborgen zu bleiben. Ich mag Menschen nicht besonders.«

Das würde ich auch nicht tun, dachte ich, *wenn ich so viele Jahre den Hurogs gedient hätte.*

»Also gut«, sagte ich. »Hier sind meine Befehle für die nächste Zeit. Beschütze weiterhin meine Schwester. Ich möchte dich jeden Abend hier sprechen, wenn ich allein bin. Davon einmal abgesehen, kannst du tun, was du willst.«

»Willst du, dass ich dich ebenfalls beschütze?«

Ich grinste. Er mochte mächtig sein, das nahm ich ihm durchaus ab, aber er wog nur halb so viel wie ich. »Ich hatte Jahre, um zu lernen, das selbst zu tun. Wenn ich das nicht kann, was für ein Hurogmeten bin ich dann?«

»Es gibt ohnehin viele, die sagen, du wärest nicht geeignet«, sagte er mit einer gewissen Herausforderung im Ton.

Ich wusste nicht genau, ob er meine Reaktionen prüfen wollte oder immer noch zum Teil mein Getue glaubte. Vielleicht wusste er mehr über die Wahrheit als ich. Plötzlich fühlte ich mich sehr müde.

»Ja. Es wäre auch traurig, wenn sie mich für befähigt hielten, nachdem ich mich jahrelang so angestrengt habe, meinem Vater meine Dummheit zu demonstrieren. Ich kann es ihnen wohl kaum übel nehmen.«

Er lachte, aber ich hatte das Gefühl, dass er es nur tat, weil er es für notwendig hielt, und nicht, weil meine Worte ihn wirklich belustigten. »Warum stellst du dich dumm?« Er zögerte kurz und fügte vorsichtig hinzu: »Das habe ich mich immer gefragt. Es kam mir so seltsam vor, dass du all diese Stunden in der Bibliothek verbracht hast. Du hast gelesen und gelesen, aber es schien, als verstündest du nicht, was du liest.« Bei diesen Worten erhob er sich vom Bett und entfernte sich lässig aus meiner Reichweite.

»Dachtest du, ich sehe mir die Bilder oder die hübschen Tinten an?«, fragte ich amüsiert.

»Was ist passiert, als dein Vater dich schlug? Du hast also keinen Hirnschaden davongetragen? Selbst ein Idiot müsste zugeben, dass dein Hirn in Ordnung ist, wenn er dich jetzt sähe.« Er grinste schüchtern, ein Junge, der seine Meinung sagte, oder ein Sklave, der seinem Herrn schmeichelte, aber er achtete dennoch darauf, dass ein paar Möbelstücke zwischen ihm und mir blieben.

Wie Blümchen, dachte ich, würde er lernen, dass ich ihm nicht wehtun würde. Ich hatte einen Einblick in seine Qualen gewonnen; es war nur gerecht, ihm die gleiche Gelegenheit zu geben. »Die Prügel haben durchaus Schaden angerichtet«, sagte ich. »Ich konnte danach lange Zeit nicht mehr sprechen.« Ich erinnerte mich daran, wie beängstigend es gewesen war, Gedanken zu haben, die sich nicht in Worte verwandeln ließen.

»Du hattest nicht einfach nur Angst?«, fragte Oreg.

Als ich ihn ansah, wusste ich, dass ihm sehr klar war, was es bedeutete, so verängstigt zu sein, dass man nicht sprechen konnte. Mitleid schnürte mir beinahe den Hals zu. »Nein.«

»Du konntest einige Zeit auch nicht mehr laufen«, fuhr er nachdenklich fort.

Ich nickte. »Und nicht stehen und auch sonst nichts.« Stala und ich hatten Jahre gebraucht, um meine linke Seite so zu kräftigen, dass ich mit der linken Hand wieder so schnell war wie mit der rechten. Manchmal träumte ich, dass diese seltsame, überwältigende Taubheit meinen linken Arm erneut befiel.

»Du hattest einmal magische Fähigkeiten – du konntest Blumen für deine Mutter zum Blühen bringen.« Oreg schien sich ein wenig zu entspannen. Er hatte sich auf der Bank neben der Tür niedergelassen.

»Ich kann immer noch mithilfe meiner Magie Leute finden. Ciarra hat mich heute fast zu Tode erschreckt, als ich spürte, dass sie plötzlich so weit unter mir war. Ich nehme an, sie ist nicht aus dem unterirdischen Gang gefallen wie ich? Du hast sie einen anderen Weg entlanggeführt?« Er nickte. »Aber darüber hinaus habe ich keine magischen Fähigkeiten mehr. Ich kann Magie wahrnehmen, aber selbst keine ausüben.«

»Doch du bist nicht dumm. Warum hast du so getan als ob?«

»Damit mein Vater mich nicht umbrachte.« Ich versuchte, dieses instinktive Wissen in Begriffe zu fassen, die ein anderer verstehen konnte. »Mein Vater ist – war – der Hurogmeten. Du weißt vielleicht besser als jeder andere, was das bedeutet. Für ihn war Hurogmeten das Wichtigste, was ein Mensch sein konnte, noch besser als Hochkönig, aber der Titel war nur zeitweilig und würde weitergegeben werden wie dieser Ring, wenn er starb.«

»Aber alle Menschen müssen sterben«, stellte Oreg sachlich fest. »Dein Großvater hat Hurog Fenwick anvertraut. Er hätte durch seine Kinder weitergelebt.«

»Er hat meinen Großvater umgebracht«, sagte ich. Es war das erste Mal, dass ich es laut aussprach.

Oreg schien vollkommen zu erstarren. Dann flüsterte er: »Dein Großvater wurde von Banditen getötet. Dein Vater brachte ihn hierher, damit er hier sterben konnte.«

»Mein Großvater wurde von dem Pfeil meines Vaters in den Rücken getroffen. Vater hat es zugegeben, als er einmal sehr betrunken war.«

Wir waren auf der Jagd gewesen, nur wir beide, als ich neun oder zehn Jahre alt war. Wir schlugen in den Bergen ein Lager auf, und Vater begann zu trinken, sobald wir das Zelt aufgebaut hatten. Ich erinnerte mich nicht mehr daran, was im Einzelnen zu seinem Geständnis führte, aber ich hatte immer noch den Blick vor Augen, den er mir hinterher zuwarf. Er hatte dieses Geheimnis nicht preisgeben wollen, und schon damals wusste ich, dass dieses Wissen gefährlich war. Ich tat so, als hätte ich ihn nicht verstanden, als wäre seine Stimme zu schleppend gewesen.

Vielleicht war es dieses betrunkene Geständnis gewesen, das ihn endgültig gegen mich aufgebracht hatte, aber ich glaubte, dass seine Feindseligkeit noch tiefer gereicht hatte.

»Er betrachtete mich als Rivalen um Hurog. Die Zeit war sein Feind, und ich war ihr Standartenträger.« Das war ein Satz, wie ihn mein Held Seleg in sein Tagebuch hätte schreiben können. Es hätte auf Papier auch besser gewirkt als laut ausgesprochen, also versuchte ich es ein bisschen weniger dramatisch. »Mein Vater verlor nicht gern im Kampf.«

Ich stand auf und ging zu dem polierten Metallrechteck, das an der Wand hing. Ich sah meinem Vater ähnlich – das Gesamtbild war ohne die Hurog-blauen Augen nicht so aufsehenerregend, aber dennoch eine jüngere Version von ihm. Die Größe kam von der Seite seiner Mutter, aber die Züge waren Hurog. »Ich war sein Nachfolger, eine stete Erinnerung daran, dass er Hurog eines Tages verlieren würde. Ich bin nicht einmal sicher, ob er es sich jemals bewusst gemacht hat, aber von dem Tag an, als ich zum ersten Mal ein Schwert in der Hand hielt, betrachtete er mich als Gefahr. Wenn du aufgepasst hast, wirst du dich vielleicht daran erinnern, dass die Prügel, die für meine ›Veränderung‹ verantwortlich waren, nicht der erste Anlass waren, zu dem er mich bewusstlos schlug. Wenn er damit weitergemacht hätte, hätte er mich umgebracht, bevor ich alt genug gewesen wäre, um mich zu verteidigen. Und ich hatte das Beispiel meiner Mutter vor Augen, dem ich folgen konnte.«

»Wenn sie in ihren Träumen versank, hat er sie nicht so oft geschlagen wie sonst. Oder ihr Bett aufgesucht«, stimmte der Junge ernst zu.

»Mein Sprachproblem ließ meinen Vater ohnehin denken, dass ich zum Idioten geworden war, also beschloss ich, das auszunutzen.«

»Und warum machst du jetzt, nachdem er tot ist, damit weiter?«

Ich musste mir meine Antwort selbst ertasten. »In den nächsten beiden Jahren wird mein Onkel hier herrschen. Wie mein Vater wurde auch er dazu erzogen zu denken, dass die Stellung des Hurogmeten das Größte ist, was ein Mann erreichen kann. Ich bin nicht sicher, ob er die Herrschaft freiwillig abtreten wird.«

»Bist du so überzeugt, dass er ein Schurke ist? Er war ein netter Junge …« Oregs Stimme verklang zu einem Flüstern. »Zumindest *glaube* ich, dass es Duraugh war, aber manchmal kann ich mich nicht mehr so gut erinnern.«

Ich schloss die Augen. »Ich kenne ihn nicht besonders gut; ich weiß nur, dass er wenig Geduld mit Idioten hat. Die Götter allein wissen, dass ich auch nicht wollte, dass ein Idiot für Hurog verantwortlich ist. Dazu ist es zu schwierig, hier zu überleben.« Ich zuckte die Achseln und sah Oreg an, der irgendwie nun zu meinen Füßen hockte. »Ich traue ihm nicht.«

Ich hatte mit Oreg mehr gesprochen als je zuvor mit einer anderen Person, wenn man von Ciarra einmal absah. Reden fiel mir immer noch schwer, und es machte mich müde. Ironischerweise fühlte sich Ehrlichkeit erheblich merkwürdiger an als das Lügen.

»Vertrau deinen Instinkten«, sagte Oreg schließlich. »Es wird niemandem wehtun, wenn du noch eine Weile vorsichtig bleibst.«

Dann ging er, aber nicht durch den Geheimgang oder die Tür, sondern er verschwand einfach und ließ mich mit meinen Erinnerungen allein.

Meine Instinkte, wie? Vater war tot, und ich wusste nicht einmal, ob es Freude oder Trauer war, was ich empfand. Hurog gehörte endlich mir, und doch wieder nicht. Sollte ich mich den anderen offenbaren? Sagen: »Es wird euch vielleicht interessieren zu hören, dass ich nicht wirklich ein Idiot bin«? Ich war mir nicht einmal sicher, ob noch irgendetwas anderes von mir übrig war außer dem dummen Gesicht und der ununterbrochenen Wachsamkeit dahinter. Ich würde abwarten.

Ich stützte die verschränkten Arme auf den Zaun und atmete die frische Morgenluft ein, als Harron, einer der Stallknechte, mir von der Aufregung der vergangenen Nacht erzählte.

Jemand hatte das Tor zur Koppel der Stuten offen gelassen, und Blümchen war schnaubend und stampfend auf der Koppel mit der besten Stute meines Vaters gefunden worden … »Die auch noch gerade rossig war, so ein Unglück«, sagte Harron vergnügt. Die anderen Stuten standen sicher in ihren Boxen, aber Motte war ruhelos gewesen. Penrod hatte angenommen, eine Nacht auf der Koppel könnte sie beruhigen. Das hatte er auch meinem Onkel gegenüber erwähnt.

Während Harron mir das erzählte, sahen wir zu, wie eine Gruppe von Stallknechten zusammen mit meinem Onkel Blümchen mit Halftern, Seilen und Eimern voller Hafer jagten. Blümchen entzog sich seinen Verfolgern mit hoch erhobenem Schweif und einem Schütteln des hinreißenden Kopfes. Onkel Duraugh erspähte mich und überließ es den anderen Männern, die Arbeit zu beenden. Als er durch den Zaun kletterte, schickte ich Harron aus, um mir Hafer und ein Halfter zu holen.

»Irgendein Idiot hat das Tor zur Stutenkoppel offen gelassen«, knurrte mein Onkel.

Es war eine Gelegenheit, die ich nicht verpassen sollte.

»Ich habe es gestern Abend überprüft«, log ich. »Blümchen war in der Hengstkoppel.«

Mein Onkel starrte mich an.

»Ich habe auch nach der Stute gesehen«, erklärte ich ernst. Ich würde lernen müssen, vorsichtiger zu sein. Vater sah nur, was er sehen wollte, aber mein Onkel litt vielleicht nicht an der gleichen Schwäche. Wenn ich jede Gelegenheit nutzte, die er mir gab, würde ihm womöglich auffallen, was ich tat.

»Hier, Ward!«, schnaufte Harron und schob einen Hafereimer in meine Richtung – nach oben. Auf dem Eimer lag das Halfter, um das ich gebeten hatte.

Ich griff nach dem Eimer und stieg über den Zaun.

»Sie haben es bereits mit Hafer versucht«, sagte mein Onkel. »Sie werden ihn schon erwischen. Lass die Leute ihre Arbeit tun.«

Ich ging weiter, sagte aber über die Schulter: »Ich dachte, ich könnte die Stute einfangen.«

Motte zeigte sich, anders als der von seinem Trieb geleitete Hengst, sehr interessiert an dem Futter. Außerdem kannte und mochte sie mich – und mein Vater ritt keine Stuten. Als sie roch, was ich mitgebracht hatte, trabte sie zu mir, tänzelte ein wenig vor Freude und schüttelte die silbergraue Mähne.

»Das hat dir gefallen, wie?«, fragte ich sie verschwörerisch. Wir ignorierten beide die Stallknechte, die auf der anderen Seite der Weide vergeblich hinter dem Hengst herjagten. »Ich würde annehmen, dass er ein wenig rau zu den Damen ist, da er sich so wenig auskennt. Aber du hast mehr

Erfahrung. Sieht aus, als hättest du ihm gezeigt, wie man es macht.« Sie freute sich sichtlich über die Bewunderung in meiner Stimme und nahm die Leckerei, die ich ihr gebracht hatte, ebenso zierlich wie gierig entgegen.

Sie ließ zu, dass ich ihr das Halfter anlegte. Es war zu groß, aber bei ihr spielte das keine Rolle. Ich betrachtete sie forschend, aber abgesehen von einem rauen, trockenen Fleck Fell an ihrem Nacken, wo er sie offenbar gepackt hatte, war sie unverletzt.

Ich führte sie auf die Hengstkoppel, und das launische Geschöpf achtete nicht einmal mehr auf Blümchen, dem endlich aufgefallen war, dass ich seine Stute stahl, und der nun laut wieherte. Harron, der sah, was ich plante, wartete an dem Tor zwischen Weide und Koppel und schloss es, nachdem der Hengst auf die kleinere Koppel gestürmt war. Inzwischen hatte ich die Stute durch das gegenüberliegende Tor wieder hinausgeführt und schloss es hinter uns, bevor der wütende Hengst anfing, es mit den Hufen zu traktieren.

Grinsend kam Harron angerannt und nahm mir Motte ab. Sie warf Blümchen noch einen Blick zu, dann folgte sie dem Stallknecht ruhig zurück zum Stutenstall.

»Woher wusstest du das?«, fragte Duraugh.

»Was?«, fragte ich und starrte ihn blinzelnd an.

»Wie du den Hengst einfangen solltest.«

Ich schnaubte. »Hast du je versucht, ein Pferd einzuholen? Ich schon. Ich habe den größten Teil des Tages gebraucht, um festzustellen, dass es schneller war als ich.« Ich beugte mich näher zu ihm und fuhr verschwörerisch fort: »Pferde sind schneller und stärker, aber ich bin schlauer.« Sein Gesicht wurde bei diesen meinen Worten ausdruckslos, und ich lachte innerlich.

Penrod war durch den Zaun geklettert und näher gekommen.

Ich nickte dem Stallmeister zu und sagte sachlicher: »Außerdem hat Penrod auf diese Weise immer den alten Kriegstreiber eingefangen, wenn er aus seiner Koppel verschwand – was er ungefähr einmal an Tag tat. Futter funktionierte nicht, aber wenn man eine rossige Stute vorbeiführte, war er ihr Sklave.« Kriegstreiber, der letzte Hengst meines Großvaters, war in seiner Intelligenz und seiner Ausgelassenheit beinahe wie ein Mensch gewesen.

Penrod nickte grinsend. »Das verdammte Vieh konnte jeden Verschluss öffnen, den wir uns ausdachten. Und er war schnell! Es gab nur eine einzige Möglichkeit, ihn wieder einzufangen – eine Stute. Am Ende haben wir sein Tor hinter ihm zugenagelt.«

Ich erwiderte das Grinsen. »Und dann ist er einfach rausgesprungen.«

Also hatte Vater ihn getötet. Ich konnte immer noch sehen, wie zufrieden er gewesen war, als der letzte Rest der Herrschaft seines Vaters sterbend am Boden lag. Penrods gute Laune wich schnell wieder seiner professionellen Maske. Er erinnerte sich zweifellos an das Gleiche wie ich.

Mein Onkel war unseren Gedanken nicht gefolgt und lächelte immer noch. »Kriegstreiber hatte ich ganz vergessen. Er war ein großer alter Kämpfer. Mein eigener Hengst stammt aus seiner Linie.«

Wäre es wirklich so dumm, Duraugh von der Scharade zu erzählen, die ich aufgeführt hatte? Wenn er mich kannte, wirklich kannte, würde er mich vielleicht mögen. Vielleicht könnte er mich bei der Aufgabe anleiten, über Hurog zu herrschen. Trotz der mitternächtlichen Streifzüge in der Bibliothek und der unauffälligen, besessenen Aufmerksamkeit für die Herrschaftsmethoden meines Vaters kam ich mir unwissend vor. Mein Onkel hatte die letzten zwei Jahrzehnte erfolgreich seinen eigenen Besitz verwaltet.

Ich öffnete den Mund, aber er kam mir zuvor.

»Die Beisetzung findet heute Nachmittag statt. Ich habe Axiel gesagt, er soll dir etwas Angemessenes aus der Garderobe deines Vaters herauslegen. Mir ist gestern aufgefallen, dass du aus deiner Hofkleidung herausgewachsen bist, und Axiel sagte mir, dass du nichts anderes hast. Ich wäre dir dankbar, wenn du nach drinnen gehen und dich umziehen würdest. Es gibt wohl keine Möglichkeit, Tosten rechtzeitig zur Beisetzung nach Hause zu bringen, aber sag mir, wo ich ihn finden kann, und ich werde noch heute nach ihm schicken.«

Diese Erwähnung meines Bruders hatte er vollkommen lässig eingeflochten.

»Axiel ist der Diener meines Vaters«, sagte ich.

Tosten und ich waren alles, was zwischen meinem Onkel und Hurog stand.

»Er ist einverstanden, sich jetzt um dich zu kümmern«, erklärte Duraugh mit offensichtlicher Ungeduld. »Ward, wo ist dein Bruder?«

Iftahar, der Besitz meines Onkels in Tallven, mochte größer und reicher sein als diese Burg, aber es war nicht Hurog. Keine Drachenklauen hatten die Steine der Wachtürme zerkratzt. Meiner Ansicht nach würde selbst ein Mann, der bereits einen wohlhabenderen Besitz hatte, Hurog haben wollen.

»Ward?«

»Weiß ich nicht«, sagte ich.

»Aber du hast Fen doch gesagt …«

»Oh, er ist in Sicherheit«, erwiderte ich. »Ich weiß nur nicht, wo.«

Axiel, der Kammerdiener meines Vaters, erwartete mich vor meinem Zimmer, gekleidet in die Hurog-Farben Blau und Gold. Er war ein kleiner Mann, aber zäh wie gekochtes Leder. Meine Mutter hatte mir, als ich danach fragte, erzählt, der Hurogmeten habe ihn nach einer Schlacht mit zurückgebracht.

Wenn er genug getrunken hatte, behauptete Axiel, der Sohn des Zwergenkönigs zu sein, und niemand war waghalsig genug, ihm zu widersprechen, denn der kleine Mann war ein hervorragender Kämpfer.

Seine bräunliche Haut und das dunkle Haar hatten, solange ich mich erinnern konnte, gleich ausgesehen. Die meisten in Hurog, ich eingeschlossen, trugen ihr Haar in dem Stil, den die Herrscherfamilie von Tallven bevorzugte – schulterlang und offen. Axiel, der kein Shavigmann war, trug es im alten Stil von Shavig, ungeschnitten und geflochten. Der lange Zopf war beim Kampf ein Nachteil, aber die alten Shavigmänner hatten dies als eine Art Ehrenzeichen betrachtet: Sie waren so geschickt, dass ein geringer Nachteil nichts änderte.

Axiel war ein Leibdiener im Stil von Tallven – eher Leibwächter als Kammerdiener oder Knappe. Man sah ihm keine Trauer über den Tod meines Vaters an, aber schließlich war er der Diener des Hurogmeten gewesen. Er hatte zweifellos gelernt, seine Gefühle ebenso gut zu verbergen wie ich.

»Axiel?«

»Herr.« Dann fügte er hinzu: »Lord Duraugh hielt es für angemessen, dass Ihr bei Eurem neuen Rang einen Leibdiener habt.«

Ich nickte.

»Ich habe für Euch die Ersatz-Hofkleidung des Hurog …, äh, Eures Vaters vorbereitet.« Er öffnete die Tür zu meinem Zimmer für mich.

Es gab einen kleinen Raum über den höchsten Regalen der Bibliothek, hinter den dekorativen Vorhängen, die sich über den gesamten oberen Bereich der Wände zogen. Ich hatte diese versteckte Nische zufällig gefunden und angenommen, dass mein Vater der Einzige war, der ebenfalls davon wusste – und er benutzte die Bibliothek nie. Von diesem Versteck aus hatte ich viele Nachmittage damit verbracht, Axiel zu beobachten, wenn er mit Messer und Schwert übte. Sein Stil war vollkommen anders als der meiner Tante, und ich stellte fest, dass es mich zu einem besseren Kämpfer machte, hier und da kleine Teile davon in meine eigene Kampftechnik einzuarbeiten.

Wenn Axiel auf meiner Seite stünde, würde ich erheblich sicherer sein, als wenn er meinem Onkel diente. Vor der Feuerstelle blieb ich stehen und schaute in die grauen Überreste des Feuers der vergangenen Nacht. Aber sicher wovor? Vor Vaters Tod hatte ich um mein Leben gekämpft. Wofür kämpfte ich jetzt?

»Wenn Ihr gestattet?« Obwohl es klang, als bäte er um Erlaubnis, begann Axiel sofort, mir mit großer Geschicklichkeit meine Kleidung auszuziehen. Während ich mich wusch, ging er hinüber zu meinem Bett.

»Herr?«

Ich blickte von der Waschschüssel auf und sah, dass er zwei Arten von Kleidungsstücken hochhielt.

»Ich habe diese Kleidungsstücke aus den Gemächern Eures Vaters mitgebracht.« Er hielt die vertrauten grauen Sachen hoch, die mein Vater bevorzugt hatte. »Aber es muss noch jemand hier gewesen sein, denn nun finde ich das hier.«

Ich nahm ihm die anderen Sachen ab. Dunkelblauer Samt, so dunkel, dass er beinahe schwarz aussah, mit einem aufgestickten Hurog-Drachen in Rot, Gold und Grün vorn auf der Schulter. Der Samt allein hätte zehn Goldstücke gekostet, wenn nicht mehr, und von meiner Mutter vielleicht abgesehen, gab es hier niemanden, der gut genug sticken konnte, um die Arbeit an dem Drachen geleistet haben zu können. Das Hemd hatte einen blassen Goldton, und diese Art Stoff war mir noch nie untergekommen.

»Was ist das?«, fragte ich.

»Seide, Herr. Ihr habt diese Sachen auch noch nie gesehen? Sie stammen nicht aus der Garderobe Eures Vaters, und nach allem, was ich weiß, gehören sie auch nicht zur Kleidung Eures Onkels.«

»Ich werde sie anziehen«, sagte ich und fuhr mit dem Finger über das Hemd. »Wenn sie passen.«

»Angemessen für die Beisetzung des Hurogmeten«, musste Axiel zugeben. »Aber wo kommen sie her?«

»Vielleicht war es das Familiengespenst«, sagte ich nach einem Augenblick des Nachdenkens vollkommen ernst.

»Das Gespenst?«

»Du weißt doch sicher von dem Gespenst?«, fragte ich und zog das Hemd über den Kopf. Es passte, als wäre es für mich angefertigt worden. Und vielleicht stimmte das ja auch. Sein Vater hatte keine anderen Diener gewollt, hatte er gesagt.

»Ja, selbstverständlich, Herr. Aber warum sollte es so etwas tun?«

Ich zuckte die Achseln und zog die Samttunika über die Seide. »Frag ihn doch.« Dann tauschte ich meine Hose gegen die weite Seidenhose aus, die zum Hemd passte.

Ich warf einen Blick in das polierte Metall, das ich als Spiegel benutzte, und bemerkte, dass die ungewohnte Eleganz meiner Kleidung mich schneidig und heroisch wirken ließ. Also achtete ich besonders darauf, dass ich außerdem auch dumm aussah, bevor ich das Zimmer verließ.

Die Beisetzung war eine großartige Angelegenheit; mein Vater hätte es gehasst. Aber er war nicht da, um Einspruch zu erheben. Meine Mutter trug grauen Samt – ihr Hochzeitskleid – und sah ätherisch und schön aus. Mein Onkel neben ihr wirkte stark und loyal – der ideale Mann, um Hurog zu schützen.

Meine Schwester sah aus wie eine erwachsene Dame. Sie war inzwischen beinahe so groß wie Mutter. Ich stellte ein paar schnelle Berechnungen an und erkannte, dass Mutter in Ciarras Alter bereits verheiratet gewesen war. Ciarra trug ebenso wie ich blauen Samt, aber ihr Drache war ein kleines Stickmuster rund um den Halsausschnitt. Oreg hatte eine arbeitsreiche Nacht hinter sich.

Als ich dort auf meinem Platz am offenen Grab gegenüber der Burg wartete, hatte ich einen guten Blick auf die Begräbnisprozession, und sie hatten einen ebenso guten Blick auf mich, ihren neuen (und derzeit machtlosen) Herrn.

Ich war auf einem fügsamen grauen Wallach, der sich in Hurog-Blau besonders gut machte, hierhergeritten. Alle anderen kamen zu Fuß den Hügel herauf. Stala, in Blau gekleidet, führte die Sargträger hinter Erdrick und Beckram an, die die Nachhut der Familiengruppe darstellten.

Von uns allen war Stala vielleicht die Einzige, die wirklich um meinen Vater trautere. Ihr Gesicht war jedoch, wie ich bemerkte, gefasst und tränenlos.

Ein wenig abseits vom Rest der Zeremonie, sah ich zu, wie die Träger ihn vorsichtig in die dunkle Erde senkten, so wie mein Vater zugesehen hatte, wie man seinen eigenen Vater zur Ruhe gebettet hatte. Zweifellos hatte er so etwas wie Zufriedenheit empfunden, als der hölzerne Kasten den Boden berührt hatte.

Ich schaute über das Grab hinweg Mutter an und erkannte an der angespannten Miene meines Onkels, dass sie wieder summte. Meine Erinnerung an Zeiten, als meine Mutter fröhlich war und lachte, stundenlang mit mir gespielt und Türme aus Bauklötzen gebaut hatte, während mein Vater in den Kriegen des Königs focht, waren nur noch vage.

Meine Schwester sah zu, wie der Sarg mit dem Hurogmeten in die weiche Erde gesenkt wurde. Sie zuckte zusammen, als mein Onkel ihr die Hand auf die Schulter legte. Ich musste an meinen Bruder denken, der alles aufgegeben hatte, um von meinem Vater wegzukommen.

Möge dich die Bestie aus der Unterwelt dafür verschlingen, was du aus deiner Familie gemacht hast, dachte ich. Aber vielleicht genügte es als Rechtfertigung für die Götter, dass einer ein Hurog war, denn trotz aller Befürchtungen meines Onkels erhob sich kein finsteres Ungeheuer aus dem Schatten des Grabs, um die Leiche meines Vaters zu rauben.

Ich stieg vom Pferd, nahm eine Handvoll Erde und warf sie ins Grab. *Bleib, wo du bist,* dachte ich. Bittere Wellen fruchtlosen Zorns drohten, meine Fassung zu untergraben. Wenn Vater ein anderer Mann gewesen wäre, hätte jetzt mein Bruder neben mir gestanden und mir bei der überwältigenden Aufgabe, Hurog am Leben zu halten, helfen können. Ich hätte eine Mutter gehabt, die imstande war, die Last der alltäglichen Aufgaben in der Burg zu übernehmen, damit ich frei wäre, die Banditen zu jagen, die unsere Felder verwüsteten. Ich hätte hier nicht gestanden, wütend und mit Tränen, die mir über die Wangen liefen, während die Sargträger, Männer der Blauen Garde, Erde in das Grab meines Vaters schaufelten.

Am Ende war ich wohl der Einzige, der weinte. Vielleicht war ich auch der Einzige, der trauerte. Aber meine Trauer galt nicht dem Mann, der dort im Grab lag.

»Weiß mein Onkel von dir?«, fragte ich Oreg, der sich am Ende meines Betts ausgestreckt hatte. Von meinem Hocker vor der Feuerstelle aus beobachtete ich ihn, während ich mein Stiefelmesser schliff. Die Kleidung, die ich zur Beerdigung meines Vaters getragen hatte, hing im Schrank. Stattdessen trug ich die schweißfleckigen Sachen, die ich an diesem Abend bei den Übungskämpfen mit der Blauen Garde angehabt hatte. Nicht einmal die Beisetzung des Hurogmeten war ein Grund, diese Kämpfe zu unterbrechen.

»Nein.« Oreg schloss die Augen, die Züge entspannt. »Dein Vater verriet niemandem mehr, als er musste.«

Ich hielt das Messer so, dass das Licht es besser traf. Zwar konnte ich es nicht sehen, aber ich wusste, dass es eine leicht gekrümmte Schneide entwickelt hatte, sonst wäre es nach all der Zeit, die ich an ihm gearbeitet hatte, schärfer gewesen. Also bückte ich mich, nahm den Lederriemen aus meinem Schleifkasten und machte mich an die Arbeit.

Oreg rollte sich herum, damit er mich besser sehen konnte. »Heute Abend ist ein Mann gekommen, um mit deinem Onkel zu sprechen.«

»Der Aufseher des Feldes mit der Salzlawine«, sagte ich und zog das Messer über den Riemen.

»Der Zauberer deines Onkels hatte nicht mehr Glück als der alte Knasterbart.« Ich wusste inzwischen, dass Oreg Licleng nicht ausstehen konnte – er bezeichnete ihn als »aufgeblasenen Schreiber«. »In diesem Winter werden Menschen hungern.«

Ich fuhr noch ein paarmal mit dem Stein über die Schneide. Dann leckte ich meinen Arm und zog das Messer über den nassen Bereich. Diesmal schnitt das Messer das Haar sauber ab.

»Ja, aber Hurog wird überleben.« Ich beschloss, das Thema zu wechseln. Es gab nichts, was ich an der Ernte ändern konnte. »Danke für die Kleidung. Ich nehme an, du warst auch für Ciarras Kleid verantwortlich.«

Er nickte. »Solche Dinge kann ich sehr gut.«

»Hast du die Sachen selbst bestickt?«, fragte ich.

Er schüttelte den Kopf. »Das war Magie. Aber manchmal, wenn ich Zeit habe, sticke ich auch. Ich ...« Er schloss die Augen. »Ich habe oft zu viel Zeit.«

Ich streckte mich und warf noch ein Scheit ins Feuer, das schon ziemlich heruntergebrannt war. Selbst im Sommer war es abends in dem alten Steingebäude kühl.

3 WARDWICK

Ich saß fest in dem Netz, das ich selbst geknüpft hatte. Statt mich loszureißen, versuchte ich mir einzureden, dass ich dort sicherer war.

»Zumindest kann er kämpfen«, hörte ich einen der Männer zu einem anderen murmeln. Ich konnte an der Stimme nicht erkennen, wer es war, und meine Augen waren auf meinen Gegner gerichtet.

»Beim Zweikampf, wenn er sich nicht an Befehle erinnern muss. Aber in zwei Jahren wird er es sein, der die Befehle gibt. Bis dahin bin ich nicht mehr hier.« Den seltsam nasalen Tenor von Stalas Stellvertreter konnte man nicht verwechseln. In den drei Wochen seit dem Tod meines Vaters hatte ich diverse Variationen über dieses Thema gehört.

Ein leiser Fluch meines Gegners brachte meine Aufmerksamkeit zurück zum Kampf. Ilander aus Avinhelle war neu in der Garde, und dies war das erste Mal, dass er mich als Gegner beim Zweikampf gezogen hatte.

In der Blauen Garde dienten Männer aus vieren der Fünf Königreiche: Shavig, Tallven, Avinhelle und Seefurt. Wenn ein Mann es hier ein paar Jahre aushielt, konnte er in jeder Wache Erster oder Zweiter werden. Es gab keine Oransteiner in Hurog, weil die Blaue Garde unter meinem Vater vor fünfzehn Jahren eine maßgebliche Rolle bei der Niederschlagung der Oransteinischen Rebellion gespielt hatte.

Ilander mochte neu sein, aber er wusste, dass meine Tante mich ausgebildet hatte, seit ich ein Schwert in der Hand halten konnte, also hätte er mich nicht für einen so leichten Gegner halten sollen. Und vorsichtshalber hatte er mich die ganze Woche beim Drill beobachtet, nachdem Stala die Teilnehmer an den wöchentlichen Zweikämpfen angekündigt hatte. Aber Drill war Drill, und Zweikämpfe waren Kampf. Beim Drill »vergaß« ich immer wieder die Muster, besonders, wenn Stala sie oft veränderte. Ich wurde langsamer und weigerte mich, all meine Kraft gegen einen Gegner zu nutzen, der sich nur dafür interessierte, die Bewegungen richtig auszuführen. War es meine Schuld, wenn Ilander mich deshalb für langsam und ungeschickt hielt? Ilander, der es wirklich komisch fand, dem dummen Jungen Streiche zu spielen?

Ich lächelte ihn strahlend an und zuckte ungeschickt mit dem Schwert, in einem schwächlich wirkenden Versuch, seinen tödlichen Vorstoß zu parieren. Danach sah er wirklich schlecht aus, als meine Abwehr funktionierte. Er knurrte und schwang das Schwert in der fehlgeleiteten Annahme, dass ich seinem Körper nicht erst einen mörderischen Schlag versetzen und danach immer noch seine Klinge abfangen könnte, bevor er mir etwas Wichtiges abschnitt – wie zum Beispiel den Kopf.

Stala steckte zwei Finger in den Mund und stieß einen schrillen Pfiff aus, als die Spitze meines Schwerts über seine Bauchrüstung glitt, aber es war meine Klinge, die sein Schwert aufhielt. Bei einem ernsthaften Kampf wäre er tot gewesen. Und wenn ich die Klinge nicht aufgehalten hätte, wäre ich tot gewesen, Übungskampf oder nicht. Er wollte weitermachen; ich sah den Zorn in seinem Blick, als ich ihn freundlich anschaute.

»Guter Kampf«, sagte ich ernsthaft, trat zurück und ließ sein Schwert von meinem gleiten. »Es war ein guter Kampf, nicht wahr, Stala?«

Stala schnaubte. »Ilander, du bist kein Junge mehr. Du weißt, dass du nicht zornig auf deinen Gegner werden solltest. Wenn du jemandem gegenübersteht, der bereits gezeigt hat, dass er stärker ist als du, von schneller nicht zu reden, ist es der Gipfel der Dummheit, einen solch weiten, schwungvollen Schlag zu versuchen. Du hast Glück, dass du nicht ernsthaft verletzt wurdest.«

»Tut mir leid, wenn ich dich wütend gemacht habe, Ilander«, sagte ich und bedachte ihn mit einem meiner besten Kuhblicke. »Ich werde es nicht wieder tun.«

Ilander, der bei Stalas beißender Bemerkung zusammengezuckt war, fand zurück zu seiner Wut. Er lief rot an, und seine Nasenlöcher waren weiß und zuckten. »Du …«

»Vorsicht«, bellte Stala, und Ilander klappte mit einem hörbaren Klicken der Zähne den Mund zu. Als sie davon ausgehen konnte, dass er nichts weiter sagen würde, entspannte sie sich. »Geh und wasch dich. Du hast den Rest des Tages frei. Lucky wird deine Wachschicht übernehmen.«

Lucky stand direkt rechts hinter Stala im Kreis. Da er recht intelligent war, nahm er Haltung an. Sie sah ihn nicht einmal an, sondern richtete den Blick weiter auf den Boden. »Ich habe dir doch gesagt, dass du kein Geld von den Neuen nehmen sollst, Lucky. Wie viel hast du von ihm bekommen?«

»Ein Silberstück.«

»Weil du gewettet hast, er könne Ward nicht besiegen.«

»Ja, Sire.«

»Weißt du was? Manchmal kann ich besser zaubern als Licleng. Pass auf. Puff!« Sie hob theatralisch die Hände. »Die Wette ist ungeschehen.«

Er dachte daran zu widersprechen und öffnete sogar zweimal den Mund, um etwas zu sagen. Aber am Ende beschränkte er sich auf: »Ja, Sire.«

Nachdem sie sich um Lucky gekümmert hatte, wandte Stala ihre Aufmerksamkeit mir zu. »Ward, du bist nicht mal ins Schwitzen geraten.«

Ich verzog nachdenklich das Gesicht, kam aber zu dem Schluss, dass es wirklich zu viel wäre, wenn ich jetzt an meiner Achsel schnupperte, und beschränkte mich darauf zu nicken.

»Wenn alle hier fertig sind, werden wir beide es versuchen, ja?«

Ich lächelte und nickte. Selbst wenn mich niemand zuvor für dumm gehalten hätte, hätte dieses Lächeln alles klar gemacht. Niemand konnte Stala besiegen. Wie Lucky fragte ich mich, wie viel sie wusste. Ahnte sie zum Beispiel, dass ich Ilander bewusst in die Falle gelockt hatte? Hatte sie vor, mich bei dem Kampf dafür zu bestrafen?

Als ich die Treppe zur Burg hinaufhinkte, schwitzte ich genug, dass es sogar Stala zufrieden gestellt hatte. Jede Bewegung tat mir weh, aber das war zu erwarten gewesen. Stala war groß für eine Frau, und mehr als dreißig Jahre des Kämpfens hatten ihr Muskeln verliehen. Ich war stärker, schneller und hatte eine längere Reichweite als sie, aber Stala kämpfte ohne alle Regeln. Bei diesen Übungszweikämpfen zählte es nur zu gewinnen, und sie gewann gern.

Vorsichtig rieb ich mir das linke Auge und entfernte ein paar Sandkörner. Ich konnte keine schmutzigen Tricks anwenden, ohne mich zu verraten, aber ich lernte sie trotzdem alle.

Als ich die Tür öffnete, wartete Oreg schon, ein Grinsen auf den Lippen. Ich verzieh ihm, sobald ich den Zuber mit heißem Wasser sah. Sofort zog ich die unangenehm feuchte Kleidung aus und stieg ins Wasser. Die Wanne war für meinen Vater gebaut worden – seine einzige Hinterlassenschaft außer Axiel, die ich mir angeeignet hatte –, also passte ich hinein. Ich seufzte, als die Hitze die Steifheit aus meinen schmerzenden Muskeln zog.

»Muss ich dir dafür danken oder Axiel?«, fragte ich und griff nach einem Stück Seife.

»Axiel hat das Wasser geschleppt, aber ich habe es wieder aufgeheizt.«

»Danke«, sagte ich, zog den Kopf unter Wasser und blieb dort eine Weile. Aber der Makel dessen, was ich an diesem Morgen getan hatte, klebte immer noch an mir. Oh, es war keine Schande, gegen meine Tante zu verlieren. Alle verloren, wenn sie gegen Stala kämpften – aber die meisten brachten sie nicht einmal dazu, für ihren Sieg zu arbeiten. Was mich beunruhigte, war der Kampf mit Ilander.

Ich kam wieder hoch, um Luft zu schnappen.

»Ich habe dich kämpfen sehen«, sagte Oreg, setzte sich auf meinen Hocker und ließ ihn auf zwei Beine kippen, ohne die Füße auf den Boden zu setzen. Meine Fähigkeit, Magie zu spüren, war eher vage, und Oreg durchtränkte jeden Bereich, in dem er sich aufhielt, mit so viel davon, dass es mir schwerfiel zu sagen, wann er keinen Zauber wirkte. Es fühlte sich genau so an wie die Magie von Hurog, und ich fragte mich manchmal, ob er selbst die Magie war, die ich hier stets spüren konnte, oder ob er sie nur gebrauchte.

Oreg setzte Magie erheblich öfter ein als die meisten Zauberer, die ich kannte – selbst als die guten bei Hof. Ich wusste allerdings nicht, ob er tatsächlich mächtiger war, weniger diskret oder einfach nur versuchte, mich zu beeindrucken.

»Du meinst, als meine Tante mir beinahe die Gedärme herausgerissen hätte?«

»Nein.« Er lächelte die Wand hinter mir an. »Als du diesen neuen Mann zum Narren gehalten hast. Ilandei? Nein, das ist ein tallvenischer Name, und er kommt aus Avinhelle. Ilander.«

Mein Vater war tot. Mein Onkel kümmerte sich als gewissenhafter Regent so gut um die Angelegenheiten von Hurog, als ginge es um seinen eigenen Besitz – vielleicht sogar besser. In den letzten drei Tagen hatte er den größten Teil seiner Zeit mit dem Versuch verbracht, das Land zurückzuerobern, welches das Salz genommen hatte. Er ließ Muschelbruch vom Meer in Wagen herbringen und leitete persönlich seine Ausbreitung auf dem Feld an. Es würde nicht funktionieren. Mein Ahne Seleg hatte etwas Ähnliches versucht, als es zum ersten Mal zu einem Salzeinbruch gekommen war, aber es hatte nicht funktioniert. Ich hatte es in seinem Tagebuch gelesen.

Ich hätte Duraugh drei Tage Arbeit ersparen können. Aber ein Idiot wäre wohl kaum imstande gewesen, das kaum leserliche Gekritzel zu entziffern, das auf einem staubigen Regal in der hintersten Ecke der Bibliothek aufbewahrt wurde. Meine Schuldgefühle rangen mit meiner Angst. Aber es war keine Angst um mein Leben mehr – nein, nichts annähernd so Edles.

Um mich also von den Schuldgefühlen abzulenken, die ich empfand, weil ich zuließ, dass Duraugh solche Anstrengung in ein sinnloses Projekt steckte, hatte ich mit einem unglücklichen Soldaten gespielt. Und das, während mein Onkel sich bemühte, das Beste für Hurog zu tun.

»Du hast es ihm wirklich gezeigt«, fuhr Oreg wenig hilfreich fort. »Diesen Trick wird er so schnell nicht wieder versuchen. Nicht bei dir. Er hat gelernt, den Hurogmeten mit Respekt zu behandeln.«

Ich beobachtete Oreg forschend. War das nur eine beiläufige Bemerkung, oder wollte er sich einschmeicheln? Erkannte Oreg, dass ich mit meinem schlechten Gewissen rang? Ich wusste es nicht. Die Fürsorge meines Vaters hatte dafür gesorgt, dass ich Menschen recht gut deuten konnte, aber Oreg ließ sich nicht mit den anderen vergleichen. Er war schon sehr lange ein Sklave.

Ich griff nach einer weiteren Seifenscheibe und benutzte sie, um den Metallgeruch des Schwerts von meinen Händen zu waschen.

»Wie war mein Onkel als Junge?«, fragte ich, um ihn von dem Kampf abzulenken.

»Ich glaube, ich mochte ihn.« Oregs Hocker schaukelte vor und zurück. »Es ist lange her. Früher einmal konnte ich mich an alles erinnern, aber damit habe ich aufgehört. Jetzt vergesse ich die Dinge so schnell ich kann.« Er hatte plötzlich eine ausdruckslose, nach innen gerichtete Miene, die mir Unbehagen bereitete. So etwas war für gewöhnlich ein Vorbote seiner seltsameren Augenblicke.

»Du denkst, ich sollte es ihm sagen«, bezichtigte ich ihn. »Du warst derjenige, der mir riet, mich auf meine Instinkte zu verlassen.«

Vorsichtig setzte er den Hocker wieder auf alle vier Beine ab, dann stand er auf und begab sich außer Reichweite. Blümchen machte erheblich schneller Fortschritte als er, aber Blümchen musste auch nur vier Jahre Misshandlung vergessen. »Was könnte er dir denn schon antun? Du bist keine zwölf mehr. Ich denke … ich denke, es schadet dir mehr, dass du dich dumm stellst, als dass es dich schützt.«

»Ich werde ausreiten«, sagte ich, stand spritzend auf und ignorierte, wie er bei meiner plötzlichen Bewegung zusammenzuckte. Schnell griff ich nach einem Handtuch und trocknete mich ab. »Ich brauche einen klaren Kopf.«

Während ich mich abtrocknete, konnte ich mir ein höhnisches Grinsen über mich selbst nicht verkneifen. Oreg hatte recht: Ganz gleich, wie vertrauenswürdig mein Onkel sich zeigte, es war Zeit, die Verstellung zu beenden – aber genau damit begann meine Furcht. Ich wollte Duraugh gegenüber nicht zugeben, dass ich mich sieben Jahre aus Angst vor meinem Vater unter einer Maske der Dummheit verborgen hatte. Es war verhältnismäßig leicht gewesen, es Oreg zu sagen, aber Oreg kannte Vater auch, wie ich ihn gekannt hatte. Er war hier gewesen, als Vater mich in seiner eifersüchtigen Wut beinahe totgeschlagen hatte.

Die Ironie war nicht von der Hand zu weisen: Ich hatte mich ein Drittel meines Lebens dumm gestellt, aber jetzt wollte ich nicht dumm dastehen.

Ich stieß ein schnaubendes Lachen aus und ging zum Schrank, um frische Kleidung zu holen. »Also gut. Wenn ich zurückkomme, werde ich meinem Onkel sagen, dass ich nicht so dumm bin, wie ich aussehe.«

Ich hatte Blümchen noch nicht viel geritten, und der Ritt, den ich vorhatte, würde ihm in diesem Stadium nicht gut tun. Mein übliches Pferd für Ausflüge in die Berge war eine große Dunkelfuchsstute, die ich wegen der Spur von

Weiß an ihrer Stirn Feder nannte. Sie hatte eine breite Brust, starke Knochen und rannte so gern, wie ich es von ihr brauchte.

Für sie bedeutete das wilde Galoppieren über die Hänge der Hurog-Berge Spaß, für mich war es eine dringend benötigte Gelegenheit zu fliehen. Während wir über schmale Pfade und in steile Schluchten rasten, musste ich mich auf den Weg konzentrieren, und meine Gedanken konnten sich nicht immer wieder um Dinge drehen, die ich nicht beherrschen konnte.

Während wir rannten, gab es nur die Bewegung ihres großen Rumpfs unter meinen Unterschenkeln und das Dröhnen ihrer Hufe. Ich roch den Schweiß ihrer Anstrengung und hörte den gleichmäßigen Rhythmus ihres Atems. Wenn dieser Rhythmus brach, machte ich Halt.

Der Weg, auf den ich sie heute führte, war herausfordernd, voll mit abgebrochenen Ästen, umgefallenen Stämmen und abrupten Wendungen. Wir kannten ihn beide gut. Für gewöhnlich hielten wir oben auf einem zerklüfteten Felskamm nahe einem vom Blitz getroffenen Baum an und wandten uns dann in vernünftigerem Tempo wieder Hurog zu. Aber als wir an diesem Tag an dem Baum vorbeiflogen, war Feder immer noch frisch und ich immer noch hin und her gerissen, das Richtige zu tun oder eine Situation zu vermeiden, die peinlich für mich sein würde.

Oben an einem steilen Hang bogen wir um eine scharfe Ecke. Ich lehnte mein Gewicht nach innen, um ihr dabei zu helfen. Und dann gab der weiche Boden unter ihrem äußeren Huf nach.

Sie wäre gestürzt, und wir wären den ganzen Weg bis zum Fuß des Berges gerollt, hätte ich nicht mein beträchtliches Gewicht verlagert und Feders Kopf herumgezogen, sodass wir schnell den Hang hinuntergaloppieren konnten, der kaum besser als eine Klippe war.

Ich umklammerte sie mit den Beinen und beobachtete ihre Ohren, sodass ich die Richtung erkennen konnte, in der sie den größeren Felsen ausweichen würde. Ich musste ihren Kopf gerade richten, ohne dadurch ihre angestrengten Versuche zu stören, ihre Beine unter sich zu behalten, während unser gemeinsames Gewicht uns weiter nach unten zog. Wäre der Hang nicht so steil gewesen, hätte ich mein Gewicht zurückwerfen und sie bitten können, auf den Hinterbeinen zu rutschen, aber hier hätte sich so etwas als tödlich erwiesen. Am Fuß des Hangs gab es ein Gebüsch, das sich um ein paar umgefallene Bäume gebildet hatte, und irgendwie gelang es ihr, in einem Tempo hinüberzuspringen, das ein Pferd, welches noch bei Verstand war, nie angeschlagen hätte.

Wäre sie auch nur ein winziges bisschen weniger mutig gewesen, hätten wir es nie geschafft. Ich weiß wirklich nicht, wie sie auf den Beinen bleiben konnte – und auch nicht, wie ich mich bei diesem Sprung auf ihrem Rücken hielt –, aber wir waren immer noch aufrecht, als sie stolpernd zum Stehen kam. Ihr Atem wiegte mich, und ihr Schweiß von Schreck und Anstrengung wärmte mir die Beine.

»Ganz ruhig, Feder«, sagte ich und tätschelte ihren Hals. Dann murmelte ich: »Was für ein gutes Mädchen du bist« und anderen solchen Unsinn, bis kein Weiß mehr in ihren Augen zu sehen war und sie mit einer dieser unglaublichen Verrenkungen, zu denen Pferde imstande sind, den Kopf an meinem Knie rieb.

Ich schwang mich aus dem Sattel und landete auf wackligen Beinen. Sorgfältig betastete ich Feder, aber sie hatte nur zwei kleine Schnitte und lahmte nicht. Bis wir die Hälfte des

Heimwegs hinter uns hatten, war sie wieder abgekühlt und entspannt – anders als ich. Mit meiner Dummheit hätte ich uns beide beinahe umgebracht. Wenn wir nach Hause kamen, würde ich meinem Onkel alles erklären.

Die Stallknechte waren mit zwei fremden Pferden beschäftigt, die noch müder aussahen als meine arme Feder, als ich in den Stallhof ritt. Dem Grau und Gold an ihrem Zaumzeug nach zu schließen gehörten sie Garranon.

Garranon war ein oransteinischer Adliger und – noch wichtiger – der Favorit des Hochkönigs. Gewöhnlich verbrachte er seine gesamte Zeit bei Hofe oder bei der Jagd auf den Landsitzen seiner Bekannten, denn es war oransteinischen Adligen und selbst dem Favoriten des Königs verboten, viel Zeit auf ihren eigenen Ländereien zu verbringen – eine Folge der Oransteinischen Rebellion. Ich konnte mir nicht vorstellen, was Garranon hier wollte.

Niemand außer Oreg befand sich in der großen Halle, als ich hineinkam. Er stand mit gespreizten Beinen da, die Hände auf dem Rücken verschränkt, und starrte die uralte Botschaft an, den Hurog-Fluch, der in die Wand gemeißelt war.

Er wirkte so konzentriert, dass ich die Botschaft ebenfalls betrachtete, aber sie hatte sich nicht verändert. Die Runen sahen immer noch aus, als wären sie mit einem Jagdmesser eingeritzt, auch wenn kein Messer, das ich je gesehen hatte, so tief in Stein eindringen konnte. An einigen Stellen reichten die Kerben beinahe eine Fingerlänge tief in den Stein, und an anderen war es kaum mehr als ein verblasster Kratzer. Die Runen war beinahe so groß wie ich.

»Oreg?«, fragte ich, nachdem ich mich noch einmal überzeugt hatte, dass der Raum leer war. Ich war der Einzige, der ihn sehen konnte. Er benutzte irgendeine Magie, die verhinderte, dass andere ihn bemerkten, mit Ausnahme von mir und Ciarra. Ich hatte schnell gelernt, sehr vorsichtig zu sein, wenn ich mich an öffentlichen Orten mit ihm unterhielt. Man erwartete von mir, dumm zu sein, nicht verrückt.

Magie sammelte sich so intensiv in dem Raum, dass mir heiß wurde. Viel mehr Magie, als sie Oreg üblicherweise umgab.

»Oreg?«, fragte ich ein wenig nachdrücklicher.

»Ich habe das hier geschrieben«, sagte er und deutete auf die Runen. »Ich habe es getan, nachdem er den Drachen tötete. Ihre Augen schimmerten in silbernen Wellen, und er hat sie umgebracht, also habe ich ihm Hurogs Zukunft gezeigt.«

»Sieht aus, als wäre es viel Arbeit gewesen«, stellte ich in einem Versuch fest, seine Aufmerksamkeit abzulenken. Ich erkannte nun schneller, wann Oreg einen seiner Anfälle haben würde. Manchmal sprach er dann mit Menschen, die nicht da waren, oder starrte einfach durch mich hindurch. Für gewöhnlich verschwand er danach schnell, und wenn ich ihn das nächste Mal sah, war er wieder in Ordnung. Aber ein- oder zweimal war es mir auch gelungen, seine Aufmerksamkeit auf mich zu lenken und den Anfall aufzuhalten.

»Er konnte es nicht einmal lesen – dieser ungebildete *Mistkerl.«* Beim letzten Wort lag roher Hass in seiner Stimme.

»Es ist Alt-Shavig. Nicht viele Leute können es lesen«, stellte ich fest.

»Er ließ mich schlagen, als ich ihm sagte, was da stand.« Während dieser Worte teilten sich die Fäden seines Hemds in einer geraden Linie den Rücken entlang, von seiner rechten Schulter zur rechten Hüfte. Er zuckte zusammen, und eine weitere Reihe von zerrissenen Fäden erschien. Ungläubig sah ich zu, wie Blut die Ränder des Stoffes färbte, aber Oreg wandte die Aufmerksamkeit nicht von der Wand ab.

»Oreg«, sagte ich und versuchte ruhig zu bleiben, obwohl ich nun sogar das Knallen einer Peitsche hören konnte, als ein dritter unsichtbarer Schlag ihn traf.

Meine Mutter konnte Illusionen schaffen. Manchmal kam ich in ein Zimmer der Burg, und es war voller Ranken und exotischer Blüten aus ihrer Heimat im südlichen Tallven. Das hier fühlte sich jedoch nicht wie eine Illusion an: Blut tropfte von Oregs Rücken auf den staubigen Boden.

»Das ist lange her. Er kann dir nicht mehr wehtun«, sagte ich.

»Er hätte mich töten können«, fuhr Oreg in diesem unnatürlich ruhigen Ton fort. Ich trat zwischen ihn und die Wand, damit er mich sah, aber als ich sein Gesicht erblickte, brachte ich kein Wort mehr heraus. Es war bis zur Unkenntlichkeit geschwollen, und weißer Knochen war durch einen Riss in seiner Wange zu sehen. »Aber das tat er nicht. Er ließ einen anderen die Peitsche schwingen. Weißt du warum?«

»Nein«, flüsterte ich. »Sag es mir.«

»Weil er Hurog nicht verlieren wollte. Er wusste, wie sehr ich sterben wollte. Er trug den Ring, also konnte nur er mich töten, und er wusste genau, dass ich ihn deshalb so weit getrieben hatte, damit er es tat. Also ließ er mich von einem anderen auspeitschen.«

»Oreg«, sagte ich und berührte seinen Kopf sanft, denn das war die einzige Stelle, die nicht von uraltem Schmerz gezeichnet war.

»Ward?«, sagte mein Onkel direkt hinter mir. »Mit wem redest du da?« Er sprach leise, ganz ähnlich, wie ich mit Oreg gesprochen hatte, den er offensichtlich nicht sehen konnte.

So viel also zu meinem Plan, Duraugh zu erklären, dass ich eigentlich vollkommen normal war.

»Ich wollte die Worte an der Wand lesen«, sagte ich, ohne mich umzudrehen. »Mein Bruder Tosten hat einmal versucht, sie mir beizubringen, aber ich erinnere mich nur noch an einen Teil.«

»Ah.« Er klang sehr erleichtert. »Garranon und sein Bruder sind hier.«

Ich wandte mich abrupt von Oreg ab und versuchte, nicht zu reagieren, als er mit einem schrillen Klagen begann, sobald ich den Schild der Dummheit wieder fest vor mich zog. Die Besucher waren in der Tür stehen geblieben, während mein Onkel auf mich zuging, aber ich brauchte nur ein paar Schritte, um sie zu erreichen.

»Garranon!« Ich packte seine Hand und bewegte sie trotz seiner würdevollen Versuche, sich zu entziehen, wie einen Pumpenschwengel. Dann schlug ich ihm auf den Rücken, wobei ich ihn mit der anderen Hand immer noch festhielt.

Er gab ein gedämpftes Keuchen von sich. Mein Onkel legte mir den Arm um die Schultern und zog mich unauffällig weg. »Lord Garranon und sein Bruder Landislaw sind in der letzten Woche den ganzen Weg vom Hof hierher geritten«, sagte er.

Garranon war durchschnittlich groß, hatte feinknochige Züge, lockiges braunes Haar und schmale Lippen, die zu schnell lächelten. Er sah jünger aus, als er war, worin, wie ich annahm, seine Anziehungskraft auf den König bestand. Sein Bruder Landislaw sah ihm sehr ähnlich, aber irgendwie gelang es ihm, die gleichen Züge rau statt aristokratisch wirken zu lassen. Die schmale Nase wirkte bei ihm stark und maskulin. Seine Lippen waren fest, das Lächeln liebenswert. Wenn man die beiden zusammen sah, dachte man an einen

Gelehrten und einen Krieger, oder an einen Hirsch und einen Vollblutstier – zumindest behaupteten das die Damen bei Hofe.

Nachdem ich allen ein angemessen unbehagliches Gefühl verursacht hatte, indem ich sie anstarrte, nickte ich. »Am Hof ist es langweilig. Ich wäre auch hierhergekommen.«

Landislaw lachte. »Ich muss ehrlich sagen, ich habe diese letzte Woche tatsächlich mehr genossen als die Zeit am Hof. Es tat mir leid, dass der Ritt vorüber war.« Landislaw war jemand, der nur zu gern aus den Schwächen anderer Leute Kapital schlug und sie herumschikanierte, und ich konnte ihn überhaupt nicht leiden.

Garranon rieb sich immer noch unauffällig die Schulter, aber er hatte höfische Manieren. »Ich möchte Euch mein Beileid aussprechen.«

Ich sah ihn fragend an.

»Für Euren Vater«, sagte er.

»Oh«, sagte ich, als wäre mir das erst jetzt gedämmert. »Ja, für meinen Vater. Ist vor einiger Zeit gestorben.«

Verwirrt über meinen Mangel an angemessener Trauer, wusste selbst Garranon nicht mehr, was er sagen sollte. Ich mochte Garranon mehr, als ich je einen Favoriten des Hochkönigs hatte leiden können. Und jetzt, da seine Anwesenheit bedeutete, dass ich Duraugh nicht gleich die Wahrheit zu sagen brauchte, mochte ich ihn sogar noch mehr.

Mein Onkel fing den Ball geschickt auf. »Nun, da Ward hier ist, werdet Ihr uns vielleicht sagen, was Euch herbringt.«

»Jagd?«, fragte ich. Oreg gab nur noch ein leises Knurren von sich, aber das Geräusch von Leder, das auf Haut schlug, hallte immer noch von den Wänden wider, und die bedrückende Magie verhinderte, dass ich mich wirklich auf unsere Gäste konzentrieren konnte.

»Ja, wir sind tatsächlich auf der Jagd – aber nicht die Art, die Ihr meint. Landislaw hat von einem Bekannten eine Sklavin erworben. Jetzt findet er heraus, dass sein Freund die Sklavin überhaupt nicht hätte verkaufen dürfen.« Eine Sklavin? Arme Dinger, sie waren in Estian am Hof des Hochkönigs nichts Ungewöhnliches, ebenso wie in anderen Teilen der Fünf Königreiche. Shavigleute hielten keine Sklaven.

»Sie gehörte seinem Vater«, fügte Landislaw mit einer aalglatten Grimasse hinzu.

»Und dieser Vater«, fuhr Garranon säuerlich fort, »ist der Schwarze Ciernack.«

»Der Geldverleiher?«, fragte mein Onkel eindeutig schockiert. Vielleicht hatte er die Gerüchte über Garranons Bruder noch nicht gehört.

Oh, Landislaw hatte keine Schulden, ganz im Gegenteil. Er brachte nur Freunde vom Hof in nette kleine Spielhöhlen, die so gerade eben heruntergekommen genug waren, um die gelangweilten jungen Höflinge zu reizen. Diese Etablissements gehörten Ciernack. Wenn Landislaws Freunde dort Geld verloren, war das schließlich nicht seine Schuld.

»Der Geldverleiher«, stimmte Garranon zu. »Bevor Landislaw sie zurückgeben konnte, ist sie davongerannt. Also haben wir sie seitdem gejagt. Wenn Landislaw nicht gehört hätte, wie jemand ihr Geschichten darüber erzählte, dass Hurog eine Zuflucht für Sklaven sei, dann hätten wir sie wahrscheinlich nie gefunden. Nach den Spuren zu urteilen, denen wir gefolgt sind, befindet sie sich in einem unterirdischen Gang unten am Fluss. Ich weiß nicht, wie sie dort reingekommen ist – wir konnten dieses Gitter nicht bewegen. Aber ihre Fußabdrücke gingen hinter dem Gitter weiter.«

Garranon richtete das Wort eher an mich als an meinen Onkel. Das gehörte zu den Dingen, die ich an ihm mochte. Die meisten Leute bei Hof strengten sich gewaltig an zu vergessen, dass ich anwesend war, selbst wenn ich direkt neben ihnen stand.

Ich starrte stirnrunzelnd zu Boden. »Abfluss.«

Garranon schnippte mit den Finger. »Selbstverständlich – ich habe mich schon gefragt, was das für ein Gang ist. Ich hatte vergessen, dass diese Burg« – er machte eine weit ausholende Geste – »von Zwergen errichtet wurde.«

»Nein«, verbesserte ich ihn. »Nur das Abflusssystem.«

»Ah.« Garranon nickte. »Wie auch immer. Unsere Sklavin ist in Euer Abflusssystem geflohen, und wir können nicht an dem Gitter vorbeikommen, das den Eingang zum Gang verschließt.«

Zumindest nicht, wenn ich nicht dabei bin, dachte ich. Soweit ich wusste, war es immer noch möglich, das Gitter aus dem Scharnier zu heben, weil ich vergessen hatte, es wieder richtig zu schließen. Oreg musste es zugemacht haben, nachdem die Sklavin hineingerannt war. Er hatte mehr Grund als jeder andere, sich um entflohene Sklaven zu sorgen. Vielleicht war es ja das gewesen, was seinen Anfall ausgelöst hatte.

Hinter mir war das Geräusch der Peitsche rhythmisch geworden, aber Oreg selbst gab keinen Laut mehr von sich.

»Wir haben die Männer und die Hunde dort gelassen und sind hierher geritten, um in Erfahrung zu bringen, wie man in die Abflusskanäle gelangt«, sagte Garranon.

»Nein«, sagte ich.

»Du warst schon dort, Ward«, erinnerte mein Onkel mich mit einem Stirnrunzeln. »Du weißt doch sicher, wie man hineingelangt.«

Ich nickte. Das tat ich tatsächlich. »Keine Sklaven in Hurog.«

Garranon und sein Bruder sahen mich misstrauisch an, aber mein Onkel verzog das Gesicht. Er wusste, was ich meinte – ich konnte die Befürchtungen in seinen Augen deutlich erkennen. Ich hatte nicht viel für Sklaverei übrig – und auch nicht für Landislaw. Wenn Oreg das arme Ding retten wollte, würde ich ihm mit Freuden dabei helfen.

»Wir sind ihr bis zum Tunnel gefolgt«, sagte Landislaw langsam und betont, vielleicht, weil er glaubte, ich werde es dann besser verstehen. »Sie ist durch dieses Gitter geschlüpft. Wir konnten sie so weit verfolgen. Aber sie wird nicht wieder herauskommen, da wir Männer dort gelassen haben, um diesen Ausgang zu bewachen. Wir müssen wissen, wie man hineingelangt.«

»Der einzige Weg führt durch das Gitter«, sagte ich leise.

»Und, könnt Ihr es öffnen?« Landislaw gab sich keine Mühe mehr, freundlich zu sein. Er war offenbar wirklich nervös. Es störte mich nicht, ihn schwitzen zu sehen. Einer der Jungen, die Landislaw in das Netz des Schwarzen Ciernack geführt hatte, hatte sich umgebracht. Er war ein guter Junge gewesen, und freundlich zu seinen dummen Freunden.

»Ja«, stimmte ich ihm zu.

»Dann lasst uns gehen und diese Sklavin herausholen«, forderte Landislaw und ignorierte die Hand seines Bruders an seiner Schulter.

»Es gibt keine Sklavin«, sagte ich und lächelte ihn an, als halte ich ihn für schwer von Begriff.

Mein Onkel senkte den Kopf und schüttelte ihn langsam.

Landislaw hatte vielleicht vergessen, dass die Dummheit mit meinem Kopf zu tun hatte und nicht mit meinem Körper, denn nun packte er mich an den Oberarmen.

»Ringkampf!«, rief ich vergnügt und schleuderte ihn ein paar Dutzend Fuß durch die Halle zu den Mastiffs, die sich für gewöhnlich um die Feuerstelle sammelten, wenn niemand sie zum Jagen rausschickte. »Ich mag Ringkämpfe.«

»Aber *nicht«,* warf mein Onkel mit fester Stimme ein, »hier im Bergfried, bitte, Ward.«

Ich schaute gekränkt drein und zeigte auf Landislaw. »Er hat angefangen.«

Garranon hatte sich abgewandt, sodass ich der Einzige war, der sein Grinsen sah.

»Ich glaube nicht, dass er vorhatte, einen Ringkampf mit dir zu beginnen, Ward«, erwiderte Duraugh in gequältem Ton. Er ging zu dem vor sich hin schimpfenden Adligen, der die liebevollen Zungen eines halben Dutzends Hunde abwehrte. »Komm hierher, Flinkfuß, und benimm dich. Platz, Fleck. Landislaw, nehmt meine Hand. Ihr erinnert Euch vielleicht, dass mein Neffe nichts lieber mag als einen guten Ringkampf. Er hat recht gute Manieren, aber nur, solange man ihn nicht anfasst.« In seinem kühlen Ton lag ein deutlicher Tadel.

Landislaw bedachte mich mit einem kalten Blick, aber schließlich war *er* es gewesen, der gegen die guten Manieren verstoßen hatte, und das wusste er. Er nahm die Hand meines Onkels und stand wieder auf.

»Ich denke, ich weiß, was Ward Euch sagen wollte«, fuhr Duraugh fort und führte Landislaw wieder dorthin, wo Garranon und ich warteten. »Wie jemand Eurer Flüchtigen bereits gesagt haben muss, gibt es in Hurog keine Sklaven.«

»Das weiß ich«, entgegnete Garranon, »aber was hat es mit unserer Sklavin zu tun, dass Ihr Euch entschieden habt, keine zu haben?«

»Ihr versteht das nicht, meine Herren«, entschuldigte sich mein Onkel. Er wiederholte es noch einmal: »Es gibt hier keine Sklaven. Wenn Eure Sklavin es auf Hurog-Land geschafft hat, ist sie keine Sklavin mehr.«

Landislaw starrte ihn ungläubig an. »Das soll wohl ein Witz sein.«

Garranon wandte sich ebenfalls meinem Onkel zu, obwohl er seinen Bruder weiterhin am Arm festhielt. »Lord Duraugh, Ihr könntet in diesem Fall doch sicher eine Ausnahme machen.«

»Nein«, sagte ich mit fester Stimme, obwohl mein Onkel nickte. »Es gibt keine Sklaven in Hurog. So wahr ich der Hurogmeten bin, der Hüter dieses Landes, gibt es hier keine Sklaven. Alle, die nach Hurog kommen, sind frei, in Frieden hier zu leben. Hurog ist eine Zuflucht für alle.« Ich brauchte eine ganze Weile, um das herauszubringen, da ich kein besonders schneller Redner war.

Mein Onkel erkannte das Lied, das ich zitierte, eine der bekannteren Sagas über meinen Helden, den Hurogmeten Seleg. Dabei war es nicht einmal Seleg gewesen, der die Tradition der Zuflucht vor der Sklaverei begonnen hatte, sondern ein früherer Hurogmeten, der Leute gebraucht hatte, die ihm halfen, das Land zu bebauen. Aber Seleg hatte sie wiederbelebt. Die beiden anderen Männer, die keine Hurogs waren, starrten mich an, als hätte ein Ochse plötzlich angefangen zu sprechen.

»Ward, das ist nur eine Geschichte«, sagte Duraugh vorsichtig. Er wollte herausfinden, dachte ich, wie er mich überreden konnte.

Ich lächelte. »Mutter hat mir gesagt, ich solle wie Seleg sein.« Ich konnte die Verzweiflung in den Augen meines Onkels deutlich erkennen.

Jeder, der auf Hurog-Land lebte, kannte die Geschichten, und es gab hier niemanden, der den alten Seleg nicht verehrte. Sobald sie sich erinnerten, wie stolz Seleg darauf gewesen war, dass Hurog Flüchtlingen Zuflucht bot, würden sie alle auf meiner Seite stehen, ob mein Onkel zustimmte oder nicht, und das wusste er. Landislaw würde ohne seine Sklavin nach Hause zurückkehren müssen. Armer Landislaw.

Duraugh starrte mich mit finsterer Miene an. »Meine Herren, lasst mir ein wenig Zeit, um mit Ward zu sprechen …«

»Sollte eingesperrt werden …«, murmelte Landislaw.

Mein Onkel hob die Stimme. »Ich bin sicher, Ihr und Eure Gefolgsleute seid sehr müde. Ich werde ein paar Männer der Blauen Garde an dem Abflusstunnel stationieren, damit Ihr alle Euch ausruhen könnt. Nach einem guten Essen und ein wenig Schlaf werdet Ihr Euch besser fühlen. Ward, du solltest dich umziehen. Ich werde bald nachkommen, um mit dir über etwas zu sprechen, das geschehen ist, nachdem du heute Früh ausgeritten bist.«

Oreg schrie plötzlich auf, und ich konnte nicht vermeiden, dass ich zusammenzuckte.

Garranon erstarrte, einen seltsamen, lauschenden Ausdruck auf seinen Zügen. »Was war das? Dieses Geräusch. Als stürbe jemand …« Seine Stimme verklang, als ihm klar wurde, dass sonst niemand reagierte.

»Ein Gespenst«, sagte ich lässig. »Ich gehe und ziehe mich um.« Ich verbeugte mich vor allen und sprang die Treppe hinauf, wie es zu meiner Rolle als Idiot passte. Sobald alle gegangen waren, wollte ich zurückkehren und nach Oreg sehen.

In meinem Zimmer wartete Axiel auf mich. Stumm half er mir, mich auszuziehen und zu waschen. Er machte nicht einmal mehr eine Bemerkung über die neuen, von Oreg genähten Kleidungsstücke, die auf dem Bett bereitlagen, sodass ich sie beim Essen tragen konnte. Ich würde mit Oreg über diese Dinge reden müssen. Es störte mich nicht, dass Axiel etwas über das »Familiengespenst« wusste, aber es wäre nicht angemessen, wenn es zu einem Thema für die Klatschmäuler würde.

Meine Zimmertür ging auf, gerade als Axiel die Schnüre an meinem linken Arm zurechtzog – der rechte war bereits fertig.

»Könnte ich einen Augenblick mit dir allein sprechen?«, fragte mein Onkel.

Ich nickte. Axiel beendet die Verschnürung und verbeugte sich kurz. »Ich bin in meinem Quartier, wenn Ihr mich braucht.«

Duraugh wartete, bis der Diener gegangen war, dann begann er auf und ab zu gehen. »Aus dem Mund von Kindern und …« Seine Stimme verklang, bevor er »Narren« hinzufügen konnte. »Woher hast du deinen Sinn für Recht und Unrecht, Ward? Sicher nicht von Fen. So gern ich ihn hatte, er war wie unser Vater, und der hätte sich krank gelacht, wenn jemand ihn daran erinnert hätte, dass Hurog eine Zuflucht sein sollte.«

Ich blieb stehen, wo ich war, und folgte seinem Hin und Her mit dem Kopf – was besonders dumm aussah. Ich hörte auf, als ich mich daran erinnerte, dass ich ihm die Wahrheit sagen wollte.

Er blieb mitten im Schritt stehen, als wären es nur meine Bewegungen gewesen, die ihn antrieben. »Ich bin hierhergekommen, um dir zu widersprechen. Wenn diese Geschichte öffentlich wird, werden alle geflohenen Sklaven in den Fünf Königreichen hierher kommen. Man wird bei Hof über uns lachen. Aber das wäre dir egal, oder?« Er klang nicht, als ob er wirklich eine Antwort hören wollte, also antwortete ich ihm nicht direkt.

»Es gibt keine Sklaven in Hurog.«

Duraugh seufzte, aber es klang beinahe wie Erleichterung. Er starrte an mir vorbei, und als er wieder sprach, war es, als rede er mit sich selbst. »Es gibt keine Sklaven in Hurog. Das alte Gesetz, das vom ersten Hochkönig in unsere Urkunde aufgenommen wurde, besagt: Wenn Sklaven ihren Fuß auf Hurog-Land setzen, sind sie von diesem Zeitpunkt an frei. Dass mein Vater und dessen Vater sich entschieden, das zu vergessen, macht es nicht weniger wahr. Landislaw und Garranon werden sich bei Ciernack eben auf ihr Glück verlassen müssen. Selegs Wort gilt in Hurog noch immer.«

»Garranon ist in Ordnung«, sagte ich. »Landislaw kann verrotten.«

Duraugh runzelte die Stirn. »Du magst ihn nicht? Warum nicht?«

Dies war meine Gelegenheit, ihm zu sagen, dass ich klüger war, als er wusste, aber meine Zunge war nie besonders flink gewesen, und am Ende zuckte ich nur die Achseln. Ich würde warten, bis Garranon weg war.

»Wenn du ihn mögen würdest, hättest du die Sklavin dann ebenfalls für frei erklärt?«, fragte mein Onkel.

Ich sah ihn stirnrunzelnd an. Das war eine gute Frage. Beruhte der größte Teil meiner Entscheidung auf Bosheit? Hätte ich mich an die alten Gesetze erinnert, wenn die Sache nicht mit Landislaw zu tun gehabt hätte? Ich dachte an Oreg, der in der großen Halle klagte, und an den angeketteten Drachen irgendwo unter der Burg. Zu viele Hurogs hatten im Lauf der Jahrhunderte ihre Gesetze vergessen.

»Es gibt keine Sklaven in Hurog«, wiederholte ich.

Mein Onkel bedachte mich mit einem seltsamen Lächeln und verbeugte sich halb in einer Geste des Respekts. »In der Tat.« Er schloss die Tür hinter sich.

Der einzige Sklave, der in Hurog verblieben war, fragte: »Ward? Du wirst sie ihnen also nicht ausliefern?«

Als ich mich umdrehte, stand Oreg vor dem Paneel in der Wand, das sich zu den Geheimgängen hin öffnete. Die Schnitte, Schwellungen und Peitschenspuren waren weg, und er schien wieder vollkommen klar zu sein, obwohl er die Arme um den Oberkörper geschlungen hatte und nervös von einem Fuß auf den anderen trat.

Ich wünschte mir plötzlich, dass ich wüsste, wie ich auch ihn befreien könnte. Vielleicht sollte ich das nächste Mal, wenn ich am Hof war, mit einem der Zauberer des Königs reden, obwohl ich nicht sicher war, ob ich einem anderen wirklich unsere Familiengeheimnisse verraten sollte. Ich bezweifelte auch, dass einer dieser Zauberer einen Bann lösen konnte, der so viele Jahre bestanden hatte. Alle wussten, dass die Zauberer zuzeiten des Kaiserreichs mächtiger gewesen waren.

»Ich werde sie ihm nicht ausliefern«, sagte ich.

Oreg hob das Kinn. »Wirklich nicht?«

»Wirklich nicht.« Ich hoffte, dass meine entschlossene Stimme genügte, um ihn zu überzeugen. »Hast du dafür gesorgt, dass sie Bettzeug und Essen hat?«

»Ja«, flüsterte er, »aber sie hat immer noch Angst. Sie ist in der Höhle mit den Drachenknochen.« Mit sanfterer Stimme fügte er hinzu: »Sie hat mich nicht gesehen. Ich habe einfach nur warme Sachen und Essen in die Höhle gebracht. Ich hätte es dir gleich heute Früh sagen sollen.«

»Du hast sie in der Höhle eingeschlossen?«, fragte ich. »Sie war den ganzen Tag dort?«

Er nickte.

»Ich werde mit ihr sprechen«, sagte ich. »Sie sollte in der Burg sicher sein, selbst wenn Garranon und Landislaw noch hier sind. Oder sie kann in der Höhle warten, wenn sie will und wenn du nichts dagegen hast.«

Oreg hatte sich um Hilfe an mich gewandt. Gestern hatte Blümchen leise gewiehert, als ich zu seiner Koppel kam. Es gab tatsächlich so etwas wie Wunder. Nun starrte Oreg mich unsicher an – er sah so jung aus wie mein Bruder an diesem letzten Tag. Manchmal konnte ich vergessen, was Oreg war, aber nicht nach der Szene in der großen Halle vor ein paar Minuten. Er hatte Hilfe gesucht, aber er traute mir noch nicht genug, um sie wirklich anzunehmen.

»Sie ist bei uns in Sicherheit«, erklärte ich.

Er rührte sich nicht, aber das Paneel hinter ihm öffnete sich. Er drehte sich auf dem Absatz um und ging hindurch. Ich folgte ihm, und das Paneel schloss sich wieder hinter mir. Diesmal war der Weg in die Drachenhöhle sehr kurz, als befände sie sich direkt neben meinem Zimmer und nicht tief im Herzen von Hurog. Als ich in die Höhle kam, bemerkte ich zwei Dinge: das Erste war ein seltsames, summendes Geräusch und das Zweite war die Magie, die die Höhle füllte wie dicke Suppe einen Topf. Ich konnte ein leichtes Glitzern zwischen den Steinen erkennen, und meine Nackenhaare sagten mir, dass ich aus den Schatten beobachtet wurde.

Als ich stehen blieb, drehte Oreg sich zu mir um und sagte: »Sie versucht, Magie zu wirken, aber sie ist nicht stark genug, um die Schutzzauber zu brechen, die ich um die Knochen gelegt habe.«

Wir waren nicht leise gewesen, als wir hereinkamen, aber sie schien uns nicht zu bemerken, als wir durch das Geröll zu dem sandigen Bereich gingen, wo die Drachenknochen lagen. Sie saß vor dem Schädel. Ihr Haar hing in verfilzten, schmutzigen Strähnen bis halb zur Taille hinab. Sie war so schmutzig, dass man kaum etwas über sie sagen konnte, selbst in dem Licht, das die Zwergensteine spendeten. Das Summen, das ich gehört hatte, war ihr Gesang, obwohl es anders klang als alles Singen, das ich je vernommen hatte.

Ich beobachtete sie so gebannt, dass ich einen Augenblick brauchte, um festzustellen, dass die Ketten nicht mehr an dem Skelett befestigt waren. Ich hatte selbst daran gedacht, war aber zu dem Schluss gekommen, dass es zu sehr danach roch, die Schuld meiner Familie verbergen zu wollen. Die Überreste eines Drachen tief in Hurog wären nicht überraschend – dass er gefesselt war, machte unsere Schuld für jeden deutlich. Also hatte ich es so gelassen, wie es war.

»Willkommen, Reisende, an der Feuerstelle von Hurog.« Das war die traditionelle Begrüßung, die ihre Stellung als mein Gast bestätigte, ob sie das nun erkannte oder nicht.

Sie war wohl sehr in ihren Zauber versunken gewesen, denn als sie meine Stimme hörte, hörte sie auf zu summen und sprang auf wie ein erschrockenes Kaninchen. Bevor ich noch mehr sagen konnte, machte sie mit der rechten Hand eine Wurfgeste, und ein flammendes, knisterndes *Etwas* löste sich mit blendender Geschwindigkeit von ihrer Hand und sauste auf mich zu.

Dann verharrte es mehrere Fuß vor uns und ging aus.

»Frieden, kleine Schwester«, sagte Oreg leise. »Es tut mir leid, dass ich Euch hier zurückgelassen habe, aber ich musste zunächst herausfinden, was der Hurogmeten wünschte, bevor ich wusste, was ich für Euch tun konnte.«

Sie hob den Kopf. »Ich bin nicht Eure Schwester.« Ihre Stimme bebte, und das machte alles an ihrem Akzent undeutlich, bis auf die Tatsache, dass sie einen hatte.

»Warum seid Ihr nach Hurog gekommen?«, fragte ich ruhig.

»Ich dachte, Hurog wäre ein Ort der Zuflucht, wo Drachen und Sklaven in Sicherheit sind. Die anderen haben mich ausgelacht. Dann kam ich hierher und stellte fest, dass sie recht hatten.« Sie zeigte auf die Ketten des Drachen, die neben ihr lagen.

Ich kam zu dem Schluss, dass sie wahrscheinlich aus Avinhelle stammte, obwohl Ilanders Akzent sehr viel ausgeprägter war. Die Leute aus Avinhelle hielten häufig Sklaven, also wäre das verständlich. Aber etwas an ihr wirkte irgendwie falsch; sie war nicht so untertänig, wie man es von einer Sklavin erwartete.

»Ihr seid hier in Sicherheit«, sagte ich ernst. »Ihr könnt in Hurog bleiben, wenn Ihr möchtet. Es wäre vielleicht klüger, hier unten zu warten, bis Garranon und Landislaw weg sind, aber auch das ist Euch überlassen.«

»Wer seid Ihr, der das sagt?«, fragte sie höhnisch, nachdem sie uns beide einen Augenblick angestarrt hatte. »Ihr seid beide kaum mehr als Kinder.« Die Wirkung dieser Worte verlor irgendwie ein wenig, als ihre Stimme brach.

Die Müdigkeit war ihr um Mund und Augen deutlich anzusehen. Garranon und Landislaw waren ebenfalls müde gewesen, aber sie hatten den Weg hierher zu Pferd zurückgelegt. Sie war … Ich schaute nach unten und verschluckte einen Ausruf. Sie war barfuß gewesen.

»Oreg«, sagte ich und ignorierte ihre Frage. »Siehst du ihre Füße?«

Er schaute nach unten. »Ich hole einen Eimer Wasser und etwas von Penrods Hamamelis-Gebräu aus dem Stall«, sagte er und verschwand.

Die Frau riss die Augen auf und setzte sich abrupt hin. »Wer seid Ihr?« Diesmal lag keine Anklage ihrer Stimme.

»Ich heiße Ward«, sagte ich freundlich. »Mein Vater, Fenwick von Hurog, ist vor ein paar Wochen gestorben, also bin ich jetzt der Hurogmeten – obwohl mein Onkel über Hurog herrscht, bis ich einundzwanzig bin.«

»Und er?« Sie deutete vage dorthin, wo Oreg gestanden hatte.

»Oh, Oreg?« Ich überlegte, was ich ihr sagen könnte. »Er ist ein Freund.«

»Er ist ein Zauberer«, sagte sie beinahe zu sich selbst.

»Nun«, gab ich zu, immer noch in meiner Rolle als Idiot versunken, denn das war nun einmal meine Art, mit anderen umzugehen. »Ich glaube nicht, dass er wirklich ein Zauberer ist. Wir haben einen Zauberer hier, aber er sieht kein bisschen aus wie Oreg.«

»Zauberer sehen nicht alle gleich aus«, sagte sie überrascht.

»Onkel Duraughs Zauberer und Vaters Zauberer tun das schon«, widersprach ich.

»Das liegt daran, dass sie Brüder sind, Ward«, murmelte Oreg, der zurückgekehrt war, sanft.

Ich blinzelte ihn an. Es fiel mir leichter als sonst, dumm zu tun – ich war nicht daran gewöhnt, dass er vor mir plötzlich verschwand und wieder erschien. »Ach ja, das hatte ich vergessen.«

Ich bedeutete der Frau, sich auf eine zerbrochene Steinplatte zu setzen, die ein bisschen zu niedrig war, um bequem zu sein.

»Ich kann das ziemlich gut«, sagte ich, nahm Oreg den Eimer ab und stellte ihn in bequemer Entfernung vor sie. »Meine Schwester hat sich dauernd die Füße aufgerissen, weil sie keine Frauenschuhe tragen wollte. Ich habe ihr ein paar gute Holzfällerstiefel besorgt. Mutter mochte die Stiefel nicht, aber sie brauchte auch ihre Füße nicht zu verarzten.« Als ich mit dieser kleinen Ansprache fertig war, wirkte sie ein wenig ruhiger.

Ich nahm die Steingutflasche mit Penrods Gebräu und zog den Korken heraus. Dann goss ich eine großzügige Portion in den Eimer. Vorsichtig steckte sie die Füße ins Wasser und schnappte nach Luft, als das Desinfektionsmittel die Schnitte berührte. Ich tauchte die saubere Gemüsebürste, die Oreg mir gegeben hatte, in den Eimer, und zog einen Fuß heraus.

Sie hatte sich ziemlich wehgetan. Ihre gesamte Fußsohle war wund, und Dreck hatte sich tief eingegraben. Da ich wusste, dass ich nichts tun konnte, um die Schmerzen des Schrubbens zu verringern, machte ich mich daran, es gleich beim ersten Mal richtig zu erledigen, damit ich es nicht noch einmal tun musste. Als ich überzeugt war, alle kleinen Steine und allen Dreck aus dem Fuß geholt zu haben, schob ich ihn wieder ins Wasser und griff nach dem anderen.

Alles in allem war sie eine seltsame Sklavin. Zum einen hatte sie gezeigt, dass sie über Magie verfügte, als sie uns dieses Ding entgegengeschleudert hatte. Sicher, vielleicht konnten auch Magier Sklaven werden, aber ich hatte noch nie von einem gehört. Zum anderen war sie zwar müde, hatte aber nichts von der matten Hilflosigkeit an sich, die ich bei allen Sklaven bemerkt hatte, denen ich je begegnet war.

»Was wird Euer Onkel tun, wenn er erfährt, dass ich hier bin?«, fragte sie angespannt.

»Er weiß es schon«, antwortete ich stirnrunzelnd. Eine Stelle am zweiten Fuß war bereits infiziert.

»Ward?«, fragte Oreg mit distanzierter Miene. »Dein Onkel sucht nach dir. Das Essen ist fertig.«

»Kannst du das hier zu Ende bringen?«, fragte ich.

Er nickte, den Blick immer noch ins Weite gerichtet. »Wenn du dich beeilst, wirst du ihn in deinem Zimmer antreffen.«

Man hatte Garranon und Landislaw zu beiden Seiten meiner Mutter platziert, gegenüber von meinem Onkel und dem Racker, während ich am Kopf des Tisches saß. Garranon war höflich wie immer, aber Landislaw schwieg finster.

»Nun«, sagte Duraugh, »was gibt es Neues am Hof? Ich war seit der Wintermesse nicht mehr dort.«

Garranon legte den Bissen, den er gerade hatte essen wollen, wieder zurück, und sagte: »König Jakoven macht sich immer noch wegen Vorsag Sorgen.« Vorsag lag direkt südlich der Fünf Königreiche, an der Südgrenze von Oranstein. »Kariarn, der neue Herrscher, soll wankelmütig sein, und es ist fraglich, ob er die Verträge einhalten wird, die sein Vater abgeschlossen hat.«

»Es war auch fraglich, ob sich Kariarns Vater an die Verträge halten würde«, erwiderte mein Onkel. »Ich bin dem jungen Mann bereits begegnet und würde sagen, was ihn angeht, lässt sich die Frage leichter beantworten. Er wird sich so lange daran halten, wie es ihm passt, und keinen Augenblick länger. Ich habe gehört, dass es bereits zu vorsagischen Grenzüberfällen in Oranstein kam.«

Garranon nickte. »Ich habe die meisten meiner Leute zusammen mit meinem Waffenmeister zurück zu meinem Besitz geschickt.«

»Aber Euer Besitz befindet sich mehr als sechs Wegstunden von Vorsag entfernt!«, rief mein Onkel verblüfft. Nun machte er nicht mehr nur höflich Konversation – sein Interesse war erwacht. »Wenn Banditen so tief ins Land eingedrungen sind, wieso schickt der König keine Soldaten?«

»König Jakoven akzeptiert Kariarns Behauptung, dass es sich nur um ein paar einzelne Banditenklane handelt, die aktiver geworden sind, oder sogar um Oransteiner, die selbst diese Überfälle begehen.« Ich hatte noch nie gehört, dass Garranon ein Wort gegen den Hochkönig geäußert hätte, aber nun lag in seiner Stimme ein bitterer Unterton. »Jakoven wird wegen ein paar Überfällen keinen Krieg erklären.«

»Krieg?« Ich versuchte, begierig zu klingen, wie man es von einem Idioten, der gut kämpfen konnte, erwarten würde.

Garranon zuckte die Achseln. »Der König wird wegen Oranstein keinen Krieg beginnen, solange die Vorsag nicht anfangen, sich Land zu nehmen statt Wohlstand und Leben.« Er sagte das so lässig, dass ich mich fragte, ob ich mir die Bitterkeit zuvor nur eingebildet hatte. Garranon war Oransteiner, aber seit nunmehr fünfzehn Jahren auch der Geliebte des Königs.

Äußerlich wandte ich meine Aufmerksamkeit dem Essen zu. Krieg würde bedeuten, Hurog in den Händen anderer zu lassen, während Duraugh, ich und die Blaue Garde quer durch die Fünf Königreiche nach Oranstein ziehen würden. Da eine schlechte Ernte drohte, würde das Hurog überhaupt nicht gut tun, wenn man einmal davon absah, dass weniger Bäuche zu füllen wären.

Wie mein Onkel hatte auch ich den vorsagischen König Kariarn am Hof bereits kennengelernt. Er gehörte zu diesen Männern, die nicht besonders begünstigt waren, was ihr Aussehen anging, einem aber das Gefühl gaben, dass es sich anders verhielt. Er war mit Knochenamuletten behängt gewesen und stets in Begleitung einer Handvoll Magier. Es hieß, er sei selbst ein Magier, aber das glaubte ich nicht. Seine Haltung gegenüber der Magie war für einen Zauberer falsch: voller Furcht und Besessenheit, während die Zauberer, die ich kannte, sich daran freuten.

»Oder nicht, Ward?«, fragte Landislaw.

Ich blickte auf. »Was? Ich habe nachgedacht.«

Er lächelte. »Euer Onkel erzählte uns gerade vom Pferd Eures Vaters. Er sagte, es sei ein Mörder, aber es folge Euch überall hin wie ein Schoßhündchen.«

»Es ist nicht schwer, ein Pferd dazu zu bringen, dass es einem folgt«, verkündete ich vergnügt. »Aber eine ganz andere Sache, es zu reiten. Er hat mich diese Woche schon dreimal abgeworfen.«

»Hm«, murmelte Landislaw neutral. »Ich sagte gerade zu Eurem Onkel, dass Ihr offenbar seltsame Geschöpfe wie diesen Hengst sammelt. Ihr habt es auch am Hof getan. Erinnerst du dich an dieses ungeschickte Mädchen letztes Jahr, Garranon? Und selbst Eure Schwester … auch wenn eine Frau, die nicht sprechen kann, nichts Schlechtes ist. Und nun versucht Ihr, meine Sklavin dieser Sammlung hinzuzufügen.«

Duraugh und Garranon lächelten höflich; Ciarra wirkte nervös und bemühte sich, unsichtbar zu sein.

Mutter blickte auf und sagte auf die zerstreut verträumte Weise, die sie um diese Tageszeit oft hatte: »Aber selbstverständlich tut er das. Wenn er nicht der Erbe wäre, hätte man ihn als Lehrling zu den Magiern geschickt, doch sein Vater wollte nichts davon hören. Hochkönig Jakoven persönlich hat es Fen befohlen. Wir haben nicht mehr annähernd genug Magier. Aber bevor Fen ihn schicken konnte, gab es diesen schrecklichen Unfall. Und danach war Ward nicht mehr geeignet, Magie zu lernen.« Sie wandte sich wieder ihrem Essen zu.

Landislaw starrte sie stirnrunzelnd an. »Was hat das mit Wards Streunern und Heimatlosen zu tun?«

Mutter kaute zimperlich und schluckte, dann spülte sie den Bissen mit einem kleinen Schluck Wein herunter. »Er kann andere auf magische Weise finden – wie die Leute, von denen die Geschichten erzählen. Er findet auch Dinge, die andere verloren haben – und sie finden ihn.« Ihre Pupillen waren Nadelspitzen, obwohl die mit Öltuch bedeckten Oberlichter die Halle nur trüb beleuchteten. Ich fragte mich, welches der Kräuter aus ihrem Garten sie diesmal genommen hatte. Traumwurzel wirkte sich nicht auf die Pupillen aus.

Ich hatte beinahe erwartet, dass es ihr nach Vaters Tod besser ginge, aber stattdessen schien sie sich in der Rolle der trauernden Witwe zu verlieren. Von der Frau, die dafür gesorgt hatte, dass meine Bauklötze sich quer durchs Zimmer bewegten, war nichts mehr übrig geblieben.

»Ich glaube nicht, dass es so funktioniert«, widersprach mein Onkel. »Wenn er immer noch mithilfe von Magie Personen und Dinge finden könnte – und Fen sagte mir, dass seine Fähigkeiten verschwanden, als …« Er warf mir einen Blick zu, aber ich kaute sorglos und recht laut weiter an einer rohen Möhre. »Als er verletzt wurde. Wenn er immer noch ein Finder wäre, würde er Dinge finden, nicht sie ihn.«

»Ja, mein Lieber«, sagte Mutter, genau, wie sie es immer zu Vater gesagt hatte. »Ich bin sicher, du hast recht.«

Ich hüstelte, denn mein Onkel tat mir leid. Es ist schwer, sich mit jemandem zu streiten, der von einem Argument wegrutscht wie nasses Hafermehl von einem Löffel. Garranon wirkte besonders unbehaglich, und ich dachte mir, dass es wahrscheinlich kein Vergnügen war, am gleichen Tisch zu essen wie Mutter und ich.

Ich aß den letzten Rest Brot auf meiner Holzplatte und stand auf. Duraugh sah mich an und versuchte, mich mit einem Stirnrunzeln daran zu erinnern, dass es unhöflich für einen Gastgeber war, die Halle zu verlassen, wenn andere noch aßen. Aber ich wollte es ihm überlassen zu erklären, dass Hurog Landislaws Sklavin behalten würde.

»Blümchen«, sagte ich. »Er braucht ein paar Möhren.« Ich zeigte ihnen die Handvoll, die ich vom Tisch genommen hatte. Der Racker griff nach dem Rest des Brots und folgte mir rasch.

»Also gut«, sagte ich, bevor mein Onkel Ciarras Manieren bemängeln konnte. »Du kannst mitkommen. Aber halte dich zurück. Wenn Blümchen dir wehtut, wird er sich hinterher Vorwürfe machen.«

4 WARDWICK

Davonlaufen ist feige. Nicht, dass Feigheit unbedingt schlecht sein muss. Wie meinte Tante immer sagte: »Mäßigung in allen Dingen.«

Nachdem ich mit Blümchen fertig war, folgte mir Ciarra zu meinem Zimmer und brachte mich dazu, eine Runde Diebe und Könige mit ihr zu spielen.

Dieses Spiel beruhte lediglich auf reinem Glück, und sie hatte immer gewaltiges Glück – oder sie wusste, wie man betrog.

Oreg sah uns von seinem Lieblingshocker aus zu und lachte leise oder verdrehte die Augen, wenn sie mich fertigmachte. Oreg verbarg sich nie vor Ciarra, solange sonst niemand anwesend war.

»Ins Bett«, sagte ich streng, nachdem sie mich wieder einmal geschlagen hatte.

Sie lachte, küsste mich auf die Wange und tanzte aus dem Zimmer.

Ich wartete, bis sich die Tür fest hinter ihr geschlossen hatte, bevor ich mich Oreg zuwandte. »Wie geht es unserem Flüchtling?«

Er lächelte mir träge zu. »Sie schläft. Sie wird in der

Höhle bleiben, bis die beiden weg sind. Sie mag Landislaw nicht besonders.«

»Ich ebenso wenig«, gab ich offen zu. »Ich werde froh sein, wenn sie von hier verschwunden sind.«

Jemand klopfe höflich an meine Tür.

»Ich sehe noch mal nach unserem schlafenden Gast und überlasse dich Garranon«, sagte Oreg und verschwand. Sein Hocker blieb noch kurz auf zwei Beinen stehen, bevor er mit lautem Klappern zurückkippte.

Ich hatte mich noch nicht umgezogen, also brauchte ich nicht einmal einen Morgenmantel überzustreifen, als ich die Tür öffnete. Garranon stand direkt vor der Tür.

»Hallo«, sagte ich mit einem unbeschwerten Grinsen und hielt die Tür für ihn auf.

Er nahm mir die Tür aus der Hand und schloss sie hinter sich. Dann kam er näher und sagte: »Ich brauche Eure Hilfe, Ward.«

Ich blinzelte dümmlich. Er brauchte *meine* Hilfe?

»Das hier habe ich heute Abend im Gepäck meines Bruders gefunden«, berichtete er und nahm ein kleines Tuchbündel aus dem Beutel, den er am Gürtel trug. »Ich frage mich, ob Ihr so etwas schon einmal gesehen habt.«

Als ich mich vorbeugte, um näher hinzusehen, hob er das Tuch und blies das graue Pulver, das es enthalten hatte, in mein Gesicht. Bevor ich zu Boden fiel, sah ich noch, wie er zurücktrat und sich die Nase zuhielt.

Ich erwachte und träumte, dass ich wieder zwölf war und mich nicht bewegen konnte. Leute unterhielten sich in meiner Nähe, aber ich verstand nicht, was sie sagten. Ich schrie und heulte und schnatterte vor Angst, aber nicht einmal ein Flüstern kam über meine Lippen. Schließlich wurde es draußen ruhiger, und einen Augenblick führte ich das darauf zurück, dass auch meine Ohren aufgehört hatten zu funktionieren.

Dann drang Oregs Stimme durch den Nebel, der mich umgab.

»Ich musste warten, bis sie weg waren, Ward«, sagte er eindringlich. »Sei nicht böse auf mich. Bitte, bitte nicht. Ich werde dich befreien. Es wird alles gut.«

Als die Fesseln der Magie, die Garranon benutzt hatte, zerbrachen, kam ich keuchend auf die Knie. »Ihr Götter«, flehte ich, und Tränen liefen mir über die Wangen.

»Still, still«, flüsterte Oreg und tätschelte mir nervös die Hand. Er hielt sich immer noch so weit wie möglich von mir fern, denn er fürchtete, dass ich ihn schlagen würde, weil er mich nicht früher gerettet hatte. Seine Angst und die Tatsache, dass ich mich wieder bewegen konnte, ließen mich zur Vernunft kommen.

»Schon gut«, sagte ich. »Danke.« Meine Stimme klang so heiser, als hätte ich geschrien.

Ich wischte mir das Gesicht mit zitternden Händen und erkannte, dass ich auf meinem eigenen Bett saß. Ich versuchte nachzudenken. *Warum hatte Garranon mich mit einem Zauber gefangen und dann in meinem eigenen Zimmer gelassen?*

Oreg hob den Kopf. »Sie kommen zurück. Was soll ich tun?«

»Nichts«, sagte ich. »Nicht, bevor ich dich bitte.«

Jetzt konnte ich draußen die Stimmen hören. Mein Onkel war sehr zornig.

»Lass sie dich nicht sehen.«

Ich streckte mich wieder auf dem Bett aus und schloss die Augen.

»Nicht so steif«, warnte Oreg, also entspannte ich mich so gut ich konnte, als die Tür aufging.

»Nein, wirklich«, sagte Garranon mit gelangweilter Stimme, »Ward ist einfach nicht geeignet, über Hurog zu herrschen. Damit er die richtige Fürsorge erhält, werden wir ihn in das königliche Asyl in Estian bringen, wie sein Vater es bereits vor längerer Zeit verlangte. Ich habe Euch das Dekret des Königs gezeigt. Ihr braucht Euch nicht einmal Gedanken wegen der üblichen Gebühren für diesen Dienst zu machen. Da ich weiß, wie es um Hurog steht, habe ich die Gebühr selbst beglichen.«

Mein Vater hatte vorgehabt, mich ins Asyl des Königs bringen zu lassen.

»Das war vor fünf Jahren«, erklärte mein Onkel. »Fenwick fürchtete, dass Ward größeren Schaden davongetragen hatte, als es tatsächlich der Fall war.«

»Der Hurogmeten weigerte sich nur, die Gebühren zu zahlen«, verbesserte Garranon ihn trocken, »was ich nun erledigt habe. Euch braucht jetzt nur noch zu interessieren, wer Hurog hält. Wenn Ihr mir helft, die Sklavin zurückzubringen, werde ich dafür sorgen, dass Ihr an Wards Stelle Hurogmeten werdet.«

Mein Onkel atmete überrascht oder aufgeregt tief ein. Dann gab es eine Pause. Wieso brauchte er so lange, um zu akzeptieren? Hier war seine Gelegenheit, Hurog zu übernehmen, ohne Schuld auf sich zu laden.

Garranons Stimme war aalglatt. »Der König wird in dieser Sache auf mich hören, besonders, da Wards jüngerer Bruder seit über zwei Jahren verschwunden ist. Lange genug, um ihn für tot zu erklären.«

»Ihr bindet mir die Hände«, sagte mein Onkel.

»Ihr habt Euch die Hände selbst gebunden, als Ihr dem Jungen erlaubtet, Entscheidungen zu fällen«, erwiderte Garranon ruhig. »Als wir feststellten, dass das Mädchen hierher wollte, dachte ich, wir könnten das Dekret brauchen. Ich habe Euren Neffen am Hof gesehen. Er rezitierte stundenlang Balladen über Seleg.«

Nur in der Gesellschaft von Leuten, die mich wirklich ärgerten, dachte ich.

»Ich wusste, er würde sich an den alten Weg halten. Er ist zu … zu unschuldig, als dass man darüber mit ihm verhandeln könnte. Anders als Ihr und ich.«

Eine Hand berührte mich und ruhte kurz auf meiner Stirn – die Hand meines Onkels. »Foltert Ihr auch Welpen?«, murmelte er.

»Um meinen Bruder zu schützen, würde ich das tun.« Garranons Stimme war kalt.

»Ich werde mit König Jakoven sprechen.« Duraughs Tonfall war warnend. »Ich bin nicht ohne Einfluss.«

Ich konnte es nicht sehen, ohne die Augen zu öffnen, aber ich hörte Garranons Lächeln in seiner Stimme. »Er wird es sich nicht anders überlegen. Ich werde diese Sklavin bekommen.«

Nicht, solange Oreg etwas mitzureden hat, dachte ich. Solange sie Hurog nicht Stein um Stein auseinandernahmen, würde sie sicher sein.

»Lord Duraugh«, fuhr Garranon fort, »warum betrachtet Ihr es nicht so … Wie lange würde Hurog überleben, wenn ein Idiot hier herrschte?«

Aus dem Klang der Stimme meines Onkels hörte ich, dass er auf und ab ging. »Und was, wenn ich Hurog nicht will? Seht es Euch doch an. Es ist nur eine alte Burg, kleiner als meine eigene. Der einzige Grund, wieso sie überhaupt noch steht, besteht im Starrsinn der Shavigleute. Es liegt zu weit im Norden, als dass man hier mehr als das Notwendigste erwirtschaften könnte. Dieses Jahr werden wir nicht einmal das schaffen. Die alten Minen sind erschöpft, und das schon seit Generationen.« Er versuchte, sich selbst davon zu überzeugen, aber ich hörte in seiner Stimme den gleichen bis in die Seele reichenden Hunger nach Hurog, den auch ich verspürte. Ich fragte ich, ob es Garranon wohl auffiel.

»Arm? Was ist mit dem Zwergenschatz? Ich habe gehört, hier wären Gold, Edelsteine und magische Amulette verborgen«, erwiderte Landislaw. Ich hatte nicht gewusst, dass er im Zimmer war, bevor er etwas gesagt hatte. Ich konnte nicht erkennen, ob er es ernst meinte oder ob es sich um eine seiner leeren, beißenden Bemerkungen handelte – oder beides.

»Nach diesem Schatz wurde schon gesucht, bevor mein Großvater zur Welt kam«, fauchte mein Onkel gereizt. »Falls es diesen Schatz je gab, ist er lange verschwunden.«

»Hurog könnte auch an den Hochkönig fallen«, warnte Garranon. »Seine Interessen haben ihn tief in Schulden getrieben. Wenn eine einflussreiche Person« – nun klang er eindeutig drohend –, »vorschlagen würde, dass er Hurog als Pfand behält, könnte er die Pferde und alles Wertvolle verkaufen und Hurog dem Verfall überlassen. Wenn Ihr helft, die Sklavin meines Bruders zu fangen, werde ich dafür sorgen, dass Hurog Euch gehören wird.«

Stille senkte sich herab.

»Im Interesse meines vermissten Neffen Tosten werde ich Euch aushändigen, was Ihr wollt«, gab mein Onkel schließlich nach. »Ihr werdet die Sklavin bekommen, sobald wir sie herausgeholt haben.«

»Ich hatte gehofft, Ihr würdet vernünftig sein, Duraugh. Aber Ihr verzeiht mir sicher, wenn ich meine eigenen Wachen vor Wards Tür aufstelle. Am Morgen wird eine Gruppe meiner Männer ihn zum Asyl eskortieren. Landislaw und ich bleiben hier, bis Ihr die Sklavin gefunden habt.«

»Wie Ihr wünscht«, stimmte mein Onkel zu. Ich hörte, wie er näher zum Bett kam. Wieder berührte er meine Stirn, dann verließ er das Zimmer ohne ein weiteres Wort.

»Er könnte uns Ärger machen«, stellte Garranon fest.

»Nein«, widersprach Landislaw. »Der Junge wird gut zu den anderen adligen Peinlichkeiten passen, die Jakoven in seinem Asyl gesammelt hat. Duraugh weiß das. Seine Position wird sich kaum verändern. Hurog wird besser dran sein, und ich ebenfalls.«

»Wirst du dein Versprechen halten?«, fragte Garranon. »Wirst du dich in Zukunft von Ciernacks Spielhöllen fernhalten?«

»Selbstverständlich«, antwortete Landislaw. »Selbstverständlich.«

Garranon ließ einen seiner Leute als Wache im Zimmer zurück und ging; sein Bruder begleitete ihn. Allein bis auf das Schlurfen von Garranons Wächter, dachte ich über meine Möglichkeiten nach.

Auf keinen Fall würde ich gestatten, dass man mich ins Asyl des Königs brachte. Vater hatte mich einmal dorthin mitgenommen, um die armen Menschen zu sehen, die dort lebten – wahrscheinlich, weil er mehr über das Schicksal herausfinden wollte, das er für mich vorgesehen hatte. Der Besuch hatte mich mit tiefem Mitleid für die Insassen dieser Anstalt erfüllt.

Aber ich wusste, dass ich das Asyl ohnehin nie erreichen würde. Garranon ahnte nicht, was er sich vorgenommen hatte, wenn er mich aus Hurog herausbringen wollte. Oreg war meine Geheimwaffe, aber ich nehme an, auch meine Tante hätte kein Problem damit gehabt, ihn aufzuhalten. Sie gehörte nicht zu den Leuten, die sich wegen der möglichen politischen Konsequenzen ihrer Taten sorgte, und die Blaue Garde war Garranons Leuten zahlenmäßig überlegen.

Kalte Angst erfüllte dennoch mein Herz. Mein Vater hatte schließlich doch eine Möglichkeit gefunden, mir Hurog vorzuenthalten. Hurog-Erde steckte in meinen Knochen, und seine Magie rauschte in meinem Blut. Wenn ich nicht in Hurog war, verspürte ich eine Leere in mir, die nichts sonst füllen konnte. Ohne Hurog war ich nichts.

Stala würde Garranon vertreiben können, aber der Hochkönig würde solchen Verrat nicht ignorieren. Hurog würde schließlich fallen – zerstört von mir.

Ich musste gehen. Und es war meine eigene Schuld.

Garranon war klug, denn sonst hätte er den Krieg nicht überlebt, den sein Vater begonnen hatte. Er war nur ein oransteinischer Adliger von mittlerem Rang, aber er hatte schon als Junge mächtigere Männer zu Fall gebracht als meinen Onkel. Er wusste, wie man dieses Spiel spielte.

Und der Schwarze Ciernack war in seinem Reich der Korruption, in den raueren Vierteln der königlichen Stadt Estian, ebenso mächtig wie der König selbst. Also hatte sich Garranon auf den schwächeren Gegner konzentriert: auf mich, den Idioten.

Wenn ich meinem Onkel an dem Tag, als mein Vater starb, die Wahrheit gesagt hätte, hätten inzwischen ganz Shavig und der größte Teil der Fünf Königreiche gewusst, dass mit mir alles in Ordnung war, und Garranon hätte den König nicht um das Dekret gebeten. Es war meine eigene Schuld. Ich selbst hatte Hurog verraten.

Doch als Erstes musste ich fliehen. Danach konnte ich mich immer noch ausgiebig dafür geißeln, dass ich tatsächlich so dumm gewesen war, wie ich mich gestellt hatte. Anschließend würde ich eine Möglichkeit finden, Hurog zurückzugewinnen.

Nachdem ich meine Entscheidung getroffen hatte, döste ich ein wenig, bis der Atem der Wache ins träge Muster des Schlafs überging und ich vorsichtig die Augen öffnete. Aber ich musste sie gleich wieder schließen, weil jemand an die Tür klopfte.

»Wer ist da?«, knurrte der Soldat.

»Ich habe Euch etwas zu essen und zu trinken gebracht.« Das war Axiel.

Axiel brachte kein Essen. Er war der Leibdiener des Hurogmeten. Dienerinnen brachten Essen.

Der Mann öffnete die Tür, und ich hörte, wie Axiel ins Zimmer kam und zum Tisch nahe der Feuerstelle ging. Die Wache schloss die Tür, und ich hörte nichts mehr. Keine Schritte, keine Stimmen, nichts, bis Axiel mich aus nächster Nähe ansprach.

»Nun«, fragte er, »was hat er mit Euch gemacht, Junge?«

Plötzlich konnte ich mir recht gut vorstellen, wie sich Oreg und Blümchen fühlten. Wie weit konnte ich einem Diener meines Vaters trauen?

»Ein Zauber«, sagte ich und setzte mich hin. Ich ließ die Fassade von Ward dem Dummen fallen (eine Angelegenheit subtiler Veränderungen in Aussprache und Gesichtsausdruck), als ich fortfuhr. »Es ist nur schwierig, einen Zauber zu wirken, der an einem Hurogmeten in Hurog hängen bleibt.«

Axiel starrte mich einen Augenblick an, und ich nutzte die Gelegenheit, um einen Blick hinter ihn zu werfen, wo Garranons Mann gefesselt und geknebelt am Boden lag. Ich wusste, dass Axiel gut war, aber all das zu erreichen, ohne dass ich es auch nur hörte, war mehr als gut.

Ich versuchte ein Lächeln. »Ich denke, ich sollte lieber hier verschwinden, es sei denn, du weißt, wie ich mich Garranons Dekret, mich ins Asyl zu stecken, widersetzen kann, ohne dass der König gegen Hurog zieht.«

Einer seiner Mundwinkel zuckte plötzlich nach oben. »Könnt Ihr für mich definieren, was ein Dekret ist, Ward? Oder reicht Euer Intellekt dafür nicht aus?«

»Schuldig«, sagte ich.

Er lachte leise. »Ich habe beobachtet, wie Ihr mit Stala geübt habt, und mich immer gefragt, wie ein dummer Mann auf diese Weise kämpfen kann. Ich hätte wissen müssen, dass Ihr nicht so dumm seid, wie Ihr tut.« Dann wurde er wieder ernst. »Wir sollten tatsächlich lieber gehen. Als Stala hörte, dass man Euch gefangen genommen hat, hat sie Ausrüstung in den Stall gebracht und mich hergeschickt.«

»Es gibt noch andere, die mit uns kommen müssen«, sagte ich, denn so weit hatte ich bereits über meine Flucht nachgedacht. »Ciarra kann nicht bleiben. Sie wächst zu einem hübschen Mädchen heran, und es gibt zu viele Männer, die glauben, sie könne sich nicht verteidigen, weil sie nicht schreien und niemandem erzählen kann, was ihr zugestoßen ist.«

»Und nun werdet Ihr nicht mehr da sein, um ihnen Angst einzujagen«, stimmte Axel zu.

»Ciarra und Bastilla – die ehemalige Sklavin – warten schon darauf aufzubrechen«, sagte Oreg von der anderen Seite des Zimmers.

Axiel hatte das Schwert gezogen und war auf halbem Weg zu Oreg, bevor dieser seinen Satz beendet hatte, woraus ich schloss, dass Oreg aus irgendeinem Grund beschlossen hatte, sich zu zeigen.

»Warte, Axiel«, sagte ich leise, für den Fall, dass jemand draußen vor meiner Tür vorbeiging.

Axiel hielt inne, steckte das Schwert aber nicht in die Scheide.

»Axiel, das hier ist …« Ich zögerte. »Ein Vetter von mir.« Dank meinem Vater und meinem Großvater gab es viele dieser Hurog-»Vettern«. »Er ist ein Zauberer und der Grund, wieso Garranons Zauber nicht an mir hängen blieb. Oreg, das hier ist mein Leibdiener Axiel.« Oreg kannte ihn selbstverständlich bereits, aber ich wollte Axiel nicht verwirren.

Oreg verbeugte sich mit altmodischer Förmlichkeit. Axiel nickte zur Erwiderung und steckte die Klinge ein. Ich wollte ihm nicht zu viel Zeit lassen, um nachzudenken, bis mir eine bessere Möglichkeit eingefallen war, Oreg zu erklären.

»Oreg, gibt es einen Geheimgang zu den Ställen? Im Flur sind Wachen.«

»Selbstverständlich«, sagte er. Er wandte sich der nächsten Wand zu, nicht dem Paneel, das er zuvor benutzt hatte, und drückte einen Stein, als gäbe es dahinter einen mechanischen Hebel. Ein Teil der Wand glitt lautlos zurück und beantwortete, wie ich hoffte, alle Fragen, die Axiel darüber hatte, wie Oreg in mein Zimmer gekommen war – selbst wenn die Antwort nicht korrekt war.

Auf dem Weg, den Oreg uns entlangführte, gab es Treppen, Zwergensteine und Staub, wie es sich für einen echten Geheimgang gehört. Vielleicht war es ja auch einer. Als wir eine Stelle erreichten, wo ein weiterer Gang abzweigte, blieb Oreg stehen.

»Es wird schneller gehen, wenn ich mit Axiel gehe und die Pferde hole, und du holst die anderen«, sagte er. »Sie sind in der Höhle.«

»In Ordnung«, erwiderte ich. »Axiel, wir treffen uns auf dem Weg nach Tyrfannig, wo die beiden Felsen aufragen wie Kaninchenohren.«

Er nickte. Mit Stalas Hilfe würden sie kein Problem damit haben, die Pferde aus der Burg zu bringen.

Ich starrte den nach links abzweigenden Weg entlang, als wüsste ich, wohin er führte. Sobald ich um eine Ecke gebogen war und die anderen mich nicht mehr sehen konnten, blieb ich stehen und setzte mich hin, denn ich wusste genau, dass ich die Höhle nicht finden würde, indem ich meilenweit durch die Flure eilte.

Leider gab es im Augenblick nichts weiter, was ich tun konnte. Was *sollte* ich nur tun? Ich hatte Hurog verloren. Das Dekret des Königs konnte nur von Jakoven selbst zurückgenommen werden. Und ich hatte weder das Geld (nicht einmal, wenn mir die Mittel von Hurog immer noch zur Verfügung gestanden hätten) noch den Einfluss, um den König zu veranlassen, es sich anders zu überlegen. Ich war nur ein dummer Junge, der ins Asyl des Königs gehörte. Das wäre meinem Vater nie passiert. Er war ein Kriegsheld.

Oreg verschwendete keine Zeit damit, dem Gang zurück zu folgen, sondern erschien einfach ein paar Schritte vor mir. Er nahm einen Geldgürtel ab, den ich zuvor nicht an ihm bemerkt hatte, und reichte ihn mir. »Ich habe Axiel gesagt, ich hätte etwas vergessen und würde ihn später einholen. Dann bin ich im Arbeitszimmer vorbeigegangen und habe Geld aus der Stahlkassette genommen. Es sind ein paar Goldmünzen, aber überwiegend Silber und Kupfer.«

Ich betrachtete die Münzen und stellte ein paar rasche Berechnungen an. Nach der Ernte würden die Steuern fällig sein. Es gab auch Reparaturen, für die bezahlt werden musste, und es war nicht einfach, Geld zu verdienen. Mir war nicht einmal klar gewesen, dass es in Hurog so viel Geld gab, wie sich im Gürtel befand, aber es reichte immer noch nicht, um den König zu bestechen. »Wie viel hast du zurückgelassen?« Ich band mir den Gürtel um die Taille.

»Genug, um das Notwendige zu erledigen. Dein Vater hatte mehr als nur eine einzige Geldkassette. Diese hier war seit seinem Tod versteckt. Hurog steht nicht so schlecht da, wie er immer getan hat.«

»Ah«, sagte ich, denn etwas Besseres fiel mir nicht ein. Ich musste an all die Dinge denken, die er mit ein bisschen mehr Gold für Hurog hätte tun können.

»Was hast du jetzt vor?«, fragte Oreg.

Ich wollte gerade etwas sagen, als mir nach all den Gedanken an meinen Vater und die beträchtliche Summe, die ich in der Hand hielt, eine Idee kam. »Mein Vater hat mir ein Geschenk gegeben, das mir vielleicht erlauben wird, Hurog zu behalten: den Unterricht durch Stala. Ich weiß, wie man eine Truppe anführt, wie man Schlachten plant und, was Siphern verhindern möge, wie man sich zurückzieht. Ich habe vor, ein Kriegsheld zu werden.« Wie mein Vater.

»Du bist ausgebildet«, gab Oreg nach wenig schmeichelhaftem längerem Schweigen zu, »aber du hast weder Erfahrung noch ein Heer – von einem Krieg nicht zu reden.«

Ich schnaubte. »Mein ganzes Leben war ein einziger Kampf. Ich habe Erfahrung. Wenn ich mich mit einem Schwert beweisen kann, wird das sehr dabei helfen, das Dekret des Königs zu annullieren. Ein Neunzehnjähriger, der selten an den Hof kommt, lässt sich leicht loswerden; einen Kommandanten, der seine Fähigkeiten im Kampf bewiesen hat, kann man nicht so leicht ignorieren. Und was den Krieg angeht – in Oranstein kämpfen sie gegen Überfälle der Vorsag. Es ist noch kein richtiger Krieg, aber es wird bald einer sein.«

Oreg starrte mich an, als hätte ich den Verstand verloren. Daran war ich im Allgemeinen gewöhnt, aber es gefiel mir nicht, dass ausgerechnet er es tat, besonders, wenn ich mich nicht dumm gestellt hatte.

»Kommandanten haben für gewöhnlich Heere«, stellte er fest. »Und Helden sind üblicherweise tot. Das ist kein Zufall – tote Helden können sich nicht gegen Könige verschwören.«

Ich grinste über seinen trockenen Tonfall. »Das ist sicher sehr bequem für alle Beteiligten. Aber ich habe nicht vor zu sterben. Mit so viel Geld« – ich tätschelte den Gürtel – »kann ich vier oder fünf Söldner einstellen, und ich habe Axiel. Das reicht für den Anfang.«

»Du hast mich ebenfalls«, verkündete Oreg. »Ich habe Axiel gebeten, mir auch ein Pferd zu satteln.«

»Was?« Sein Gesicht lag im Schatten, also konnte ich nicht sicher sein, wie er das meinte. »Oranstein ist sehr weit von hier entfernt.«

»Ich weiß«, sagte er.

Ich kniff die Augen zusammen. »Ich dachte, du wärest Hurog?«

»Das bin ich.« Er sah halb schüchtern, halb selbstzufrieden aus. »Aber dieser Körper kann mit dir gehen, solange du diesen Ring trägst. Ich kann sogar Magie wirken – nur nicht so gut.«

»Kannst du kämpfen?«, fragte ich. Ein Zauberer würde zweifellos hilfreich sein.

»Besser als Ciarra, nicht so gut wie du.«

»Das ist ein ziemlich weiter Bereich«, sagte ich.

Er lächelte tückisch.

»Also komm, wenn du mit dabei sein willst. Kümmern wir uns um die Frauen, und dann treffen wir uns mit Axiel.«

Bastilla, die ehemalige Sklavin, und Ciarra warteten in der Höhle auf uns, zusammen mit einem kleinen Haufen von Ausrüstung. Ganz oben lag mein Kettenhemd. Ich hatte mein Schwert mitgenommen, als ich das Zimmer verließ, aber mein Kettenpanzer war im Schrank geblieben. Ich hatte Oreg bitten wollen, ihn zu holen, aber er hatte das vorausgesehen.

»Oreg«, sagte ich aufrichtig, »deine Kompetenz ist bewundernswert.«

Ciarra half mir in das schwere Kleidungsstück, und es ließ sich auf meinen Schultern nieder wie eine vertraute Umarmung. Während ich Gürtel und Scheiden zurechtrückte, berichtete ich über das Dekret und Garranon.

Als ich fertig war, sah Ciarra mich stirnrunzelnd an. Sie tippte sich zweimal an die Stirn. *Nicht dumm, Ward,* besagte die Geste.

»Nein«, erwiderte ich. »Willst du mit uns kommen?«

Sie grinste begeistert, und ich beschloss, ihr nicht zu sagen, dass ich vorhatte, einen sicheren Ort zu finden, wo ich sie zurücklassen konnte. Das würde ich erst tun, wenn ich tatsächlich einen solchen Ort gefunden hatte – immer ein Kampf nach dem anderen. Dann wandte ich mich der Frau neben meiner Schwester zu.

»Bastilla, es tut mir leid, dass wir Euch hier die Freiheit nicht geben konnten, aber ich werde dafür sorgen, dass Ihr nicht wieder in die Sklaverei zurückkehren müsst.«

Sie reagierte nicht auf das, was ich sagte, sondern sah mich nur forschend an.

Ich war froh, dass sich die Kaninchenfelsen weniger als eine halbe Meile von der Burg entfernt befanden, denn ich musste Bastilla den größten Teil des Weges tragen. Sie wäre lieber zu Fuß gegangen, aber sie war zu langsam.

Penrod und Axiel warteten mit acht Pferden hinter dem hellen Felsen, der sich über die Wipfel des Espenhains erhob, welcher sie umgab. Sechs Pferde waren gesattelt, und zwei weitere trugen schweres Gepäck. Sechs mit Sätteln, aber wir waren nur zu fünft.

»Ich dachte, Ihr könntet einen weiteren Mann brauchen«, sagte Penrod.

Penrod hatte in der Garde gekämpft, und er übte immer noch jeden Tag wie die anderen Stallknechte mit Stala. Mein Vater hatte gewollt, dass alle imstande waren, Hurog zu verteidigen. Drei Kämpfer und ein Zauberer bildeten noch keine große Streitmacht, aber es war ein guter Anfang.

Penrod fuhr fort: »Mein Stellvertreter wird Eurem Onkel sagen, dass Ihr zusammen mit einer fremden Frau in den Stall kamt und die besten Pferde mitnahmt. Als ich protestierte, habt Ihr mir befohlen mitzukommen, damit sich jemand um die Pferde kümmern kann.«

»Auf diese Weise werden sie auch nicht die Burg auseinandernehmen, um nach Bastilla zu suchen«, stellte Oreg anerkennend fest. Er streckte Penrod die Hand hin. »Ich bin Oreg, ein Vetter von Ward. Er hat mir erlaubt, mich hier zu verstecken, während ich mich entschieden habe, was ich mit mir anfangen soll. Nun sieht es so aus, als käme ich mit Euch.«

Mit einiger Bewunderung für Oregs Gewandtheit stellte ich ihm Penrod vor, und dann machte ich Bastilla mit Axiel und Penrod bekannt. All das musste notwendigerweise kurz gehalten werden.

»Wir sollten uns beeilen«, sagte Axiel. »Stala glaubt, sie kann uns ein wenig Zeit verschaffen, aber wir müssen jetzt aufbrechen.«

Also wandten wir uns den Pferden zu. Ich bemerkte, dass Blümchen eins davon war. Er schnaubte mich an und stieß die Nase gegen meine Brust. Er war noch kein sicheres Reitpferd, aber ich freute mich dennoch, ihn zu sehen. Die Anwesenheit von Feder überraschte mich jedoch.

»Du hast eine Stute mit dem Hengst mitgebracht, Penrod?«, fragte ich. Feder zuckte träge mit dem Ohr in meine Richtung, als Ciarra auf ihren breiten Rücken stieg. Ciarra war die Einzige, die ich auf Feder reiten ließ.

Penrod lachte leise und schnallte den Gurt an seinem muskulösen Wallach fester. »Blümchen weiß, dass Sattel und Zaumzeug Arbeit bedeuten. Er ist schon öfter mit Stuten unterwegs gewesen und kann sich benehmen. Feder wäre unruhig geworden, wenn wir sie zurückgelassen hätten. Niemand hier ist gut genug, um sie zu reiten. Wenn dabei ein Fohlen herauskommt, ist das nicht schlecht.«

Es brauchte einige Zeit, um Pferde und Menschen zusammenzubringen. Oreg zum Beispiel hatte noch nie zuvor auf einem Pferd gesessen – etwas, womit Penrod nicht gerechnet hatte, als er die Tiere ausgewählt hatte. Schließlich sattelten wir eins der Packpferde, ein etwas ruhigeres Tier, und Oreg ließ sich auf seinem Rücken nieder. Bastilla konnte – den Göttern sei Dank – reiten.

Es war unmöglich, die Spuren von so vielen zu verbergen, also versuchte ich es nicht einmal. Wir brauchten unseren Vorsprung nötiger als Geheimhaltung.

»Wohin reiten wir?«, fragte Penrod, der sich neben mir hielt.

»Nach Süden«, antwortete ich. »Zunächst nach Tyrfannig. Wenn wir schnell weiterkommen, könnten wir am Morgen dort sein. Ich denke, dann werde ich uns die Überfahrt auf einem Frachter kaufen, der einen der größeren Häfen in Seefurt anläuft, vielleicht Neurod. Von dort können wir nach Oranstein weiterreiten und sehen, was uns erwartet.«

Als wir weiterritten, spürte ich, wie die Magie, die Hurog durchdrang, immer mehr verebbte. Es war ein trostloses, deprimierendes Gefühl. Und ich wusste, es würde noch schlimmer werden, bevor es besser wurde; so geschah es immer, wenn ich Hurog verließ. Ich glaube nicht, dass es meinem Vater ebenso gegangen war, wenn er fortgeritten war – vielleicht lag es daran, dass ich mit Magie zur Welt gekommen war und er nicht. Aber ich fühlte mich wie ein Säufer, dem man sein Bier weggenommen hatte. Nach einer Weile würde ich mich wieder daran gewöhnen, aber es war immer unangenehm, besonders jetzt, da ich tief im Herzen nicht einmal sicher war, ob ich je nach Hause zurückkehren würde.

»Habe ich richtig gehört – sagtet Ihr Oranstein?«, fragte Axiel und trieb sein Pferd an, um Schulter an Schulter mit mir und Penrod zu reiten. »Warum Oranstein?«

»Dort wird es zum Krieg kommen«, sagte ich. »Und ich denke, das ist meine beste Gelegenheit, Hurog zurückzuerwerben. Du brauchst dich mir nicht anzuschließen.«

Zu meiner Überraschung brachte Axiel, der Leibdiener meines Vaters, der in zahllosen Schlachten an Vaters Seite gestanden hatte, keins von den Argumenten vor, die Oreg gegen meinen Plan gehabt hatte. Stattdessen grinste er, sodass ich seine weißen Zähne im Dunkeln sehen konnte. »Es wäre mir eine Ehre, Euch zu begleiten.«

»Wenn wir nach Oranstein gehen«, fragte Penrod, »sollten wir dann nicht einen Hafen weiter südlich als Neurod anlaufen? Die Straße von Neurod nach Oranstein führt über mehrere Bergpässe, und es wird Spätherbst sein, bis wir sie erreichen. Ich habe das einmal getan, und um ehrlich zu sein, Herr, möchte ich es nicht noch einmal tun müssen.«

Ich nutzte das Gespräch, um mich von dem wachsenden Unbehagen abzulenken, das mich befiel, je weiter wir uns von Hurog entfernten. »Ich habe nicht vor, wirklich den Seeweg zu nehmen. Wir werden eine Überfahrt kaufen und Garranon das Schiff jagen lassen, während wir tatsächlich über Land weiterziehen, durch Tallven bis nach Estian und von dort aus südlich direkt nach Oranstein.«

5 WARDWICK

Ich weiß nicht, ob diese Flucht das Richtige war. Menschen sind gestorben, und das wären sie vielleicht nicht, wenn ich geblieben wäre. Menschen, die ich liebte. Aber es schien die einzige Möglichkeit zu sein.

Was im Dunkel der Nacht vernünftig und abenteuerlich erschienen war, wirkte im Morgenlicht erheblich dümmer. Aber uns fiel kein besserer Plan ein.

Als wir durch die Bergausläufer kamen, lag Tyrfannig vor uns. Die weit verstreuten Gebäude, rosig im Morgenlicht, waren mir so vertraut wie die narbigen Mauern von Hurog.

Ich wandte mich Oreg zu, der neben mir ritt, und murmelte: »Kannst du von hier aus erkennen, was in Hurog los ist?«

»Von überall«, sagte er. Sein Körper entspannte sich, und sein Blick schweifte in die Ferne. »Man hat deine Flucht entdeckt. Garranon lässt im Stall die Pferde satteln.«

»Danke.«

Tyrfannig war, selbst wenn man ein Pferd sehr hart ritt, vier Stunden von Hurog entfernt. Wir hatten beinahe fünf gebraucht. Ich wollte, dass wir Tyrfannig mindestens eine Stunde verlassen hatten, wenn Garranon dort eintraf.

»Penrod«, rief ich. »Du und Axiel, ihr solltet alles an Ausrüstung kaufen, was uns noch fehlt. Ich nehme ein Zimmer in einem Gasthaus, damit Bastilla sich ausruhen kann, und lasse Oreg und Ciarra zu ihrem Schutz zurück, und dann kümmere ich mich selbst um ein paar Dinge.«

»In Ordnung«, sagte er. »Ich werde es Axiel sagen.«

Als Penrod davongeritten war, fragte Oreg: »Kann ich mit dir kommen?«

Ich wollte keine Gesellschaft, aber etwas in seiner Stimme ließ mich fragen, was los war, statt es ihm einfach zu verweigern.

»Ich kann mich nicht weit von dir entfernen, wenn ich von Hurog weg bin.«

»Wie meinst du das?«

»Es ist unangenehm«, sagte er mit einem kleinen, entschuldigenden Lächeln. »Nicht so sehr für dich.«

»Wie weit ist zu weit?«, fragte ich. »Ich werde mich nicht weiter als eine Meile vom Gasthaus entfernen. Ist das nahe genug?«

Er starrte einen Augenblick die Ohren seines Pferds an, dann sagte er mit deutlichem Widerstreben: »Das sollte in Ordnung sein.«

Da Neurod der nächstgrößere Hafen an der Küste war, gab es mehrere Schiffe, die dorthin fuhren. Eins zu finden, das ablegte, bevor die Verfolger aus Hurog Tyrfannig erreichten, war schon schwieriger. Schließlich hörte ich, dass die *Kormoran* mit der Morgenflut auslaufen würde, und ich musste mich beeilen, um den Schreiber des Schiffs zu finden, bevor er die offizielle Passagierliste im Hafenbüro einreichte.

Ich zahlte für unsere Überfahrt, und er warnte mich, dass der Kapitän nicht auf Passagiere warten würde, die zu spät kämen. Ich versicherte ihm, das sollte kein Problem sein;

wenn wir das Schiff verpassten, würden wir eben das nächste nehmen. Der Schreiber hielt mich für einen reichen Dummkopf, was mich nicht störte. Ward von Hurogs Name und pro Passagier sechs Silberstücke wurden auf der Liste festgehalten, wo Garranon sie finden würde.

Von den Docks aus ging ich zur Südseite der Stadt. Die Straßen waren hier ein wenig ungepflegter, die Häuser kleiner. Ich kam an drei Schänken, sieben Krämern und einer Schmiede vorbei, bevor ich kurz einen Küferladen betrat. Dann kehrte ich zu einer ärmlichen kleinen Schänke zurück, die nach dem Gehörnten benannt war. Der Name stellte entweder eine Blasphemie dar (der gehörnte Gott war eine viel geschmähte Gestalt aus alten Zeiten) oder ein Wagnis (ein Gehörnter konnte auch einer sein, dessen Frau mit anderen Männern schlief). Wie auch immer, der Name würde den Seeleuten sicherlich gefallen.

Wie um diese Tageszeit zu erwarten, befand sich niemand im Schankraum bis auf einen abgerissenen Bänkelsänger, der sich zu sehr auf das Lied konzentrierte, das er auf seiner alten Harfe spielte, um auf mich zu achten. Ich fand einen sauberen Krug auf dem Regal direkt hinter der Küchentür und nahm mir ein Bier aus dem offenen Fass.

Dann setzte ich mich hin und lauschte der Musik. Der Harfner war besser, als ich erwartet hätte, denn er war noch jung, aber er hätte gut daran getan, seine alte Harfe gegen ein besseres Instrument einzutauschen.

»Der Wirt wird erwarten, dass du für dieses Bier bezahlst«, sagte er schließlich und strich sich das hellblonde Haar aus den Augen.

»Ich habe ein paar Kupferstücke«, erwiderte ich.

»Ich habe gehört, der Hurogmeten sei tot.« Er spielte ein paar traurige Akkorde und beobachtete mich dabei.

Ich nickte und trank einen Schluck. »Ich glaube nicht, dass du zu seinem Grab pilgern solltest.«

Er schwieg.

Schließlich setzte ich den leeren Krug ab. »Ich hatte angenommen, dass du beim Küfer arbeitest, Tosten, und nicht hier für betrunkene Seeleute spielst.«

Mein Bruder reckte trotzig das Kinn vor. »Ich bin nicht für die Arbeit mit Holz geeignet. Aber ich kann Harfe spielen. Es mag keine echte Arbeit sein ...«

Ich unterbrach ihn. »Du kannst es gut genug. Verwechsle mich nicht mit Vater. Ein guter Musiker wird wahrscheinlich besser bezahlt als ein Küferlehrling.« Er wandte den Blick ab, also nahm ich an, dass ich mich geirrt hatte. Ich räusperte mich. »Dass ich dich beim Küfer gelassen habe, hatte mehr mit deiner Sicherheit als mit deiner Begabung zu tun. Ein hübscher Junge wie du muss mit Seeleuten vorsichtig sein.« Er erstarrte ein wenig, denn er wusste inzwischen, was ich meinte – das war, als ich ihn in Tyrfannig gelassen hatte, nicht der Fall gewesen.

»Du bist der neue Hurogmeten«, wechselte er dann abrupt das Thema. Ich konnte ihm nicht ansehen, was er gerade dachte.

Tosten war immer zurückhaltend gewesen. Ich glaubte nicht, dass er mich besonders mochte. Mein lärmendes Dummkopf-Theater hatte ihn nervös gemacht, wie ein lauter Hund ein hochgezüchtetes Pferd. Das Toben und die Schläge meines Vaters – obwohl Tosten sie seltener erlebte als ich – waren noch schlimmer gewesen. Er hatte sich ungeheuer angestrengt, um das zu sein, was Vater wollte, und nicht erkannt, dass Vater nie zufrieden sein würde.

»Nein, ich bin nicht der Hurogmeten.« Dann hielt ich inne, um darüber nachzudenken. Tatsächlich hatte ich keine

Ahnung, was das Dekret des Königs bezüglich des Titels vorsah. »Zumindest herrsche ich derzeit nicht in Hurog.«

Das erweckte seine Neugier. »Warum nicht?«

»Es sieht so aus, als hätte Vater beschlossen, mich für untauglich zu erklären, und die Politik hilft ihm dabei auch noch nach dem Tod. Solange unser Onkel nicht zu gierig wird, gehört Hurog dir.«

Das Schweigen dauerte so lange, bis mein Nacken von der Anspannung kribbelte. Wenn Tosten Hurog haben wollte, würde es ihm gehören. Ich glaubte nicht, dass er es tun würde, aber es war immerhin möglich. Er war mein Bruder; ich würde nicht mit ihm kämpfen. Tosten starrte die dunkle Mauer der Schänke an, während seine Finger, lang und schlank wie die von Oreg, sich auf dem Tisch langsam zur Faust ballten.

»Wie kann das sein?« Seine Stimme brach, als wäre sein Hals sehr trocken.

»Nach mir bist du der Erbe unseres Vaters«, sagte ich.

»Das ist mir klar«, sagte er gereizt. »Aber niemand außer dir weiß, wo ich bin. Ich meinte, wie willst du es anfangen?«

Ich sah ihn stirnrunzelnd an. Er hatte das letzte Wort besonders betont. »Was anfangen?«

Er schnaubte. »Glaubst du denn, ich hätte dich und Vater all diese Jahre beobachten können« – er klang, als wäre er uralt –, »ohne zu wissen, was Hurog dir bedeutet? Nachdem du mir herausgeholfen hattest, dachte ich darüber nach, wieso du dich so dumm stellst, obwohl du es nicht bist, und ich erkannte, dass du vorhattest, alles zu vernichten, was zwischen dich und Hurog geriet. Vater hat seine Kinder zerstört, und du wolltest ihn zerstören.« Er setzte die Harfe ab, stand auf und kam auf mich zu. »Und jetzt hast du mich hier allein. Du solltest dich lieber beeilen. Der Wirt wird bald zurückkommen; er ist unterwegs, um ein neues Fass Bier zu holen.«

Ich starrte ihn an und kam mir ebenso dumm vor, wie ich zuvor getan hatte. Ich hatte keine Ahnung, wovon er redete. Warum sollte mich interessieren, dass der Wirt auf dem Rückweg war?

»Sieh mal«, sagte ich. »Ich muss verschwinden, egal wie, oder man steckt mich ins Asyl des Königs für unerwünschte Adlige und peinliche Verwandte. Wenn du nach Estian gehen und dich dort in der Halle der Bänkelsänger ausbilden lassen willst, kann ich dir das Geld dafür geben. Der Küfer kennt viele Leute, er wird eine Eskorte für dich finden. Wenn du Hurog willst … nun, ich *glaube*, Duraugh ist in Ordnung, aber du solltest eine Weile in der Nähe von Stala bleiben. Ich werde Penrod mit dir zurückschicken …« Und Oreg, wenn das möglich war. »Vielleicht auch Axiel.« Wenn er Hurog wollte, würde ich kein Heer brauchen. Ich sah mich um. »Aber ich möchte dich nicht hier lassen, das wäre gefährlich. Wenn du irgendwo anders hin willst …« Ich hielt mitten im Satz inne, denn plötzlich dämmerte mir, was er zuvor wirklich gemeint hatte. »Du glaubst, ich bin hier, um dich umzubringen.«

Ich musste wirklich dumm sein, dass ich so lange gebraucht hatte, um das zu verstehen. Aber der Gedanke, meinen Bruder umzubringen, war so weit von der Wahrheit entfernt, dass ich nie gedacht hätte, er könnte so etwas glauben.

Tosten, der mir ins Gesicht sah, begriff das nun ebenfalls.

»Es tut mir leid«, flüsterte er. Er bewegte die Hand, als wolle er sie mir entgegenstrecken, aber dann riss er sie zurück und packte die Harfe so fest, dass es wehtun musste.

Mir war schwindlig von dem plötzlichen Einblick in seine Vorstellung von mir als jemand, der so angestrengt um

Hurog kämpfte und so darin verbissen war, dass er den Tod seines Vaters nur als den letzten Schritt zum Sieg betrachtete.

»Wenn du stirbst, wird der König Hurog für den Thron beanspruchen«, sagte ich und trat zurück. Ich brauchte einen Ort, an dem ich mich zusammenrollen und meine Wunden lecken konnte; ich musste die nagende Erschöpfung loswerden, die mich daran erinnerte, dass ich mich nicht mehr auf dem Boden von Hurog befand. Ich musste gehen.

»Du hast den Küfer verlassen, weil du dachtest, dass er mein Verbündeter ist«, sagte ich und wusste, dass dies zumindest ein Teil der Wahrheit war, obwohl Tosten auch die Musik immer geliebt hatte. »Nun, wie auch immer. Solange du Geld einbringst, sollte der Wirt dir Zuflucht gewähren.« Zu meiner Überraschung klang meine Stimme wie eh und je.

Ich griff nach dem schweren Beutel mit Münzen, den Oreg mir gegeben hatte, und teilte den Inhalt in zwei Hälften. Eine davon steckte ich wieder in den Beutel. Es würde nicht genügen, um eine Söldnertruppe anzuweben, aber ich würde schon eine Möglichkeit finden. Die andere Hälfte sollte ausreichen, um Tosten eine Ausbildung zu bezahlen, wo immer er sie haben wollte.

Er sagte meinen Namen, als ich durch die Tür ging.

Ich traf mich mit den anderen im Gasthaus. Sie waren bereit aufzubrechen, und bald schon hatten wir Tyrfannig hinter uns gelassen. Wir wagten nicht, die Hauptstraße nach Estian zu nehmen; die Gefahr, Garranon dort zu begegnen, war zu groß. Also wählten wir dieraueren Wege. Wir ritten den ganzen Tag und machten Halt, bevor es zu dunkel war, um etwas sehen zu können.

Stalas Mahnung, die Leute, die für mich kämpften, so gut wie möglich kennenzulernen, hallte in meinen Ohren wider, und ich teilte Bastilla zur ersten Wache mit mir ein. Sie war so müde, dass sie kaum mehr aufrecht sitzen konnte, aber ich war immer noch frisch genug, um wach bleiben zu können, bis Penrod uns ablösen würde.

Direkt oberhalb unseres Lagerplatzes befand sich eine kleine Anhöhe, und ich bedeutete Bastilla, mir zu folgen, als die anderen sich niederlegten. Sie hinkte, aber sie fiel dennoch nicht zurück.

Als ich mich auf einen umgestürzten Baumstamm setzte, verschränkte sie die Arme und lehnte sich gegen einen Baum. Ich konnte sie im Schatten nicht genau sehen, aber ich hatte sie an diesem Tag während des Ritts beobachtet, mein Blick immer wieder angezogen von der makellosen Schönheit ihres Profils. Oreg hatte ihr die Möglichkeit zu einem Bad verschafft, und nun, da ihr dunkles Haar sauber war, zeigte es einen rötlichen Schimmer. Sie war älter als ich, vielleicht sogar ein paar Jahre älter als Mutter, aber ich bezweifelte, dass sie die vierzig überschritten hatte.

»Nun«, sagte ich. »Erzählt mir ein wenig über Euch.«

»Was wollt Ihr wissen?«

Ich lächelte. »Wir haben vielleicht keine Sklaven in Hurog, aber ich war schon am Hof. Sklaven benehmen sich nicht wie Ihr. Sklaven sind leise und zurückhaltend. Eine Sklavin hätte zum Beispiel nicht versucht zu verbergen, wie sehr ich ihr wehtat, als ich ihr die Füße wusch, denn Sklaven wissen, wenn man Schmerzen herunterspielt, lädt man nur mehr davon ein. Sagt mir, wer Ihr seid und warum der Schwarze Ciernack Euch unbedingt haben wollte.«

Sie schwieg.

»Sie ist eine Magierin«, sagte Oreg. Es war schwierig, ihn im Dunkeln zu sehen. Ich hatte nicht gehört, dass er näher gekommen war.

»Das wusste ich bereits«, sagte ich. Bastilla hatte sich bei seinen Worten umgeschaut, also war mir klar, dass er auch für sie zu sehen und zu hören war.

»Ich bin tatsächlich eine Sklavin, ob Ihr es glaubt oder nicht«, sagte sie schließlich. »Und keine besonders gute Magierin, aber ich bin die einzige Sklavin Ciernacks, die auch über Magie verfügt. Er findet mich nützlich.« Sie machte eine Geste, und eine kalte weiße Flamme erschien in ihrer Hand. Sie hielt sie hoch und starrte lange in mein Gesicht. Ihre Haut war sehr hell, aber das mochte auch an der Farbe des Lichts liegen. Ihre Augen glitzerten von der Anstrengung. Ich weiß nicht, was sie in meiner Miene suchte, und auch nicht, ob sie es fand, bevor sie das Licht wieder verlöschen ließ.

»Ich verstehe«, sagte ich. »Woher hat er Euch? Aus Avinhelle?« Ihr Akzent mit den weichen Konsonanten klang nach dem Westen.

Sie zögerte, dann nickte sie. »Aus der Zuflucht der Cholyten.«

»Ihr wart Chole angeschworen?« Die Schutzgöttin von Avinhelle verlangte, dass Magier ihr in ihren Tempeln dienten – sie waren tatsächlich Sklaven, aber keine gewöhnlichen. Zum ersten Mal glaubte ich, was sie von sich gab. »Wie hat er Euch dort herausgeholt?«, fragte ich. Die Cholyten wurden gut verteidigt.

Ich konnte das bittere Lächeln in ihrer Stimme hören. »Mein Leben wurde teuer erkauft. Die Cholynn brauchte offenbar Geld, um sich mehr Macht beim Hochkönig zu verschaffen.«

»Sie hat Euch ihm verkauft.«

Bastilla nickte.

»Ihr solltet wissen, dass Ihr jederzeit gehen könnt. Wir sind so weit von Avinhelle entfernt, wie es innerhalb der Fünf Königreiche möglich ist, aber ich kann Euch eine Eskorte nach Hause bezahlen.« Und danach nicht viel mehr, wenn der Rest von uns es bis nach Oranstein schaffen wollte.

Sie schüttelte den Kopf. »Meine Familie hat mich an die Cholynn verkauft. Sie wären verpflichtet, mich zurückzuschicken, und die Cholynn würde mich einfach wieder dem Mann aushändigen, an den sie mich verkaufte. Ich habe kein anderes Ziel. Wenn Ihr mich mitnehmt, werde ich mich nützlich machen.« Sie senkte den Kopf und ließ sich wieder gegen den Baum sinken.

»Woher wusstet Ihr von Hurog?«, fragte Oreg plötzlich. »Hurog ist sehr lange keine Zuflucht für geflohene Sklaven mehr gewesen. Wenn Ihr vor ein paar Monaten eingetroffen wäret, hätte der Vater meines Herrn Euch Eurem Besitzer sofort zurückerstattet.«

Sie lachte freudlos. »Ciernack hat einen Sklaven, dessen Aufgabe darin besteht, das Feuer im Raum am Brennen zu halten, wenn die Männer trinken. Er erzählte mir, dass einmal ein großer Herr vorbeikam und Geschichten über eine legendäre Festung erzählte, die man Hurog nannte. Der Junge muss sehr gut zugehört haben, denn er kannte drei oder vier Geschichten auswendig.«

Ich lachte und kam mir noch dümmer vor. »Nein, er hat sie wahrscheinlich einfach viel zu oft mit anhören müssen. Als ich das letzte Mal bei Hofe war, bin ich mehrmals in Ciernacks Haus gewesen und habe diese Geschichten jedem, der das Unglück hatte, sich in der Nähe zu befinden, wieder und wieder erzählt.« Ich hatte versucht, einem Freund aus Ciernacks Fängen zu helfen. Und versagt.

Es waren also meine Geschichten gewesen, die Bastilla nach Hurog geführt hatten. Selbst diese kleine Einzelheit meines Untergangs hatte ich selbst bewirkt.

Ich rieb mir das Gesicht. »Seid Ihr sicher, dass Ihr bei uns bleiben wollt? Es könnte gut sein, dass Ihr Euch bald inmitten eines Kriegs in Oranstein befindet.«

»Besser bei Euch, Herr, als mich auf der Straße verkaufen zu müssen.«

»Also gut«, sagte ich mit lässiger Fröhlichkeit, »dann werdet Ihr eben bei einer Söldnertruppe anheuern müssen.« Ich beugte mich näher zu ihr und sagte leise: »Denn Ihr wisst, dass ein Söldnerführer gut daran tut, einen Zauberer zu haben, um die Magie, die gegen ihn gesandt wird, abzuwenden.«

Sie schwieg einen Augenblick, dann sagte sie: »Wie macht Ihr das? Einen Augenblick seid Ihr ein dummer Tölpel, im nächsten ein hoher Herr, und einen Augenblick später ein … ein …«

»Taveln Kirrete, zu Euren Diensten.« Ich verbeugte mich mit großer Geste, aber reichlich ungeschickt.

Oreg lachte leise. »Den hatte ich ganz vergessen. Er war ein Söldner, der vor ein paar Jahren nach Hurog kam, um mit der Blauen Garde zu kämpfen«, erklärte er Bastilla. »Er hatte eine sehr hohe Meinung von sich, und er verließ uns einen Tag nachdem Stala, Wards Tante, den Boden mit seinem Gesicht aufgewischt hatte. Er konnte den Gedanken, dass eine Frau ihn geschlagen hatte, nicht ertragen. Ward spielt ihn besser, als er es selbst könnte.«

Ich verbeugte mich leicht, um das Kompliment entgegenzunehmen. Selbst Oreg kannte nicht die ganze Wahrheit. Jeder, den ich darstellte, der adlige Herr eingeschlossen, war eine Rolle. Der Adlige stammte aus Geschichten über Seleg und aus Selegs Tagebüchern, die in der Bibliothek versteckt waren. Ich war seit meinem zwölften Lebensjahr keine wirkliche Person mehr gewesen.

»Ein jüngerer Sohn«, sagte ich laut. »Taveln kann ich nicht sein, den kennen zu viele.«

»Wie meint Ihr das, ein jüngerer Sohn?«, fragte Bastilla.

»Ich kann auch nicht Ward von Hurog sein; ihn würde man wahrscheinlich gleich nach Estian schicken. Jeder weiß, dass er ein Idiot ist, der eingesperrt gehört. Ich denke, ich werde ein jüngerer Sohn sein, der in Ungnade gefallen ist und versucht, sich seinen guten Namen zurückzugewinnen. Als ich floh, habe ich Pferde und Geld von zu Hause mitgenommen, zusammen mit meinem treuen Diener ... Überlegen wir mal, sollte das Axiel oder Penrod sein? Ich denke Penrod, er sieht aus wie ein alter treuer Diener ... und meinem Knappen Ciarra, die wir Ciar nennen werden, weil es sicherer ist, sie als Jungen auszugeben. Axiel wird ein mittelloser Mann sein, dem wir auf der Straße begegnet sind, ein Kämpfer, dessen Herr an einer Krankheit gestorben ist ... der Seuche. Oreg ist mein Vetter oder Bastardbruder oder so etwas.«

»Ist er das wirklich?«, fragte Bastilla neugierig.

Das lenkte mich von dem Garn ab, das ich spann. Ich runzelte die Stirn. »Ja, aber er spricht nicht gern darüber.«

»Nein?«, fragte Oreg und zog die Brauen hoch.

»Nein«, erwiderte ich entschlossen.

»Und was ist mit mir?«, fragte Bastilla und beugte sich vor.

»Sie ist der Grund deiner Schande?«, schlug Oreg vor.

»Nein.« Ich schüttelte den Kopf. »Zu melodramatisch. Ich denke, wir sind Euch in Tyrfannig begegnet. Eine Zauberin aus Avinhelle, die in diesem Hafen im Norden festsaß.«

»Nach einem Schiffsunglück?«, fragte sie eifrig. »Zu weit von zu Hause entfernt, um mir die Rückreise leisten zu können, also nahm ich eine Stelle bei einer Söldnertruppe an?«

»Sicher.« Ich nickte. Ich mochte sie, und nicht nur wegen ihrer Schönheit.

»Ich dachte, du hättest etwas gegen Melodramen«, murmelte Oreg.

»Es ist wirklich seltsam«, sagte Bastilla, die plötzlich ernst geworden war. »Ich hätte nie geglaubt, dass ich einmal bis hierher kommen würde, so weit von zu Hause entfernt. Die Cholyten dürfen den Turm nicht verlassen. Einige von ihnen haben dieses Leuchten an sich, von ihrer Zwiesprache mit der Göttin. Aber ich konnte sie nie spüren. Die Tränke, die man uns gab, um diese Zwiesprache zu fördern, haben bei mir nie gewirkt. Die Cholynn war sehr verärgert, weil ich weder der Göttin noch dem Turm viel nützen konnte.« Unter ihrem Unbehagen hörte ich auch, dass sie sich schämte.

Oreg schnaubte. »Sie hat Euch allen Drogen versetzt, um Eure Kräfte abschöpfen zu können. Dabei sind Drogen absolut nicht notwendig, damit einen die Götter berühren. Ihr braucht nur die Asketen in Menogue zu fragen. Sie haben die Macht von Aethervon, genug davon, um den Turm der Cholynn zu braten, und sie sind nicht nach einem Jahr im Tempel schon eine erschöpfte Hülse.«

Ich räusperte mich und hoffte, das Bastilla, die immerhin aus Avinhelle kam, nicht viel über die tallvenische Geschichte wusste.

»Menogue? Die Ruinen vor Estian? Ich habe gehört, sie wären im Reformationskrieg zerstört worden.« Vor mehreren hundert Jahren. »Und der Orden von Aethervon mit ihnen.«

Das Schweigen dauerte einige Zeit, dann sagte Oreg: »Ich bin so etwas wie ein Historiker. Manchmal glaube ich, dass ich mehr in der Vergangenheit lebe als in der Gegenwart.«

Sie nahm ihm das selbstverständlich ab. Die Wahrheit war erheblich weniger glaubwürdig.

»Wie seid Ihr beiden einander begegnet?«, fragte Bastilla einen Augenblick später. »Axiel und Penrod kennen Euch nicht. Ihr seid zu jung, um ein so guter Zauberer zu sein; selbst die Cholynn konnte sich nicht teleportieren, ohne vorher eine komplizierte Zeremonie zu vollziehen, und Ihr tut es einfach so.«

Ich nahm an, dass sie mit Oreg sprach, da ich mich nirgendwohin teleportiert hatte.

»Oreg gehört zur Familie«, sagte ich.

»Ein Bastard«, bestätigte Oreg. »Ich bin älter, als ich aussehe. Ein Zauber …« Er brach ab, dann begann er erneut, und diesmal forscher: »Ich wollte den Familiensitz sehen. Es war einfach hineinzugelangen, ohne dass mich jemand bemerkte, aber dann haben Ward und seine Schwester mich entdeckt.«

Er log ebenso gut wie ich; er sagte dabei so viel die Wahrheit wie möglich, um einen falschen Eindruck zu vermitteln. Vielleicht lag es uns im Blut.

Es war immer noch dunkel, als ich erwachte, weil jemand meine Schulter berührte, und ich sah, dass Penrod neben mir kniete. So leise wie möglich stand ich auf und griff nach meinem Schwert. Ich folgte Penrod in den Wald und wieder auf die Anhöhe, auf der ich zuvor Wache gehalten hatte, wo Oreg bereits wartete.

Ich sah sofort, was er mir zeigen wollte. Keine halbe Meile entfernt zeichnete sich das unmissverständliche orangefarbene Glühen eines Lagerfeuers in der dunklen Nacht ab.

»Hast du nachgeschaut?«, fragte ich.

Penrod schüttelte den Kopf.

»Bleib hier, ich werde es mir einmal ansehen. Halte weiter Wache. Wenn du Kampfgeräusche hörst, weck die anderen.«

Es ist nicht einfach, sich im Wald leise zu bewegen. Im Dunkeln, nur mit dem Licht des Mondes, war es unmöglich. Ich war mir ziemlich sicher, dass die Leute im Lager, wenn sie nicht taub waren oder sehr tief schliefen, mich hören würden, lange bevor ich sie erreichte.

Im Lager war nur eine einzige Gestalt zu erkennen. Sie hatte sich in einen dünnen Umhang gehüllt und hockte auf einem großen Stein vor dem Feuer, mit dem Rücken zu mir. Es gab nur eine Rolle mit Decken.

»Ich dachte, es wäre sicherer, wenn du mich findest, als wenn ich einfach in euer Lager reite«, sagte mein Bruder lässig, obwohl ich ziemlich sicher war, dass er mich unter dem Baum, unter dem ich hockte, nicht sehen konnte.

»Ins Feuer zu starren ist schlecht für deine Nachtsicht«, stellte ich fest, ohne näher zu kommen. Ich hatte keine Ahnung, was Tosten hier wollte.

»Ich will nicht zu den Harfnern nach Estian gehen«, sagte er. »Und ich will auch kein Küfer werden. Ich will nicht in einer Schänke arbeiten. Und am allerwenigsten will ich Hurog.« Seine Stimme klang angespannt. »Es tut mir leid, Ward. Wenn du nicht wärst, läge ich längst am Hügel begraben, neben den anderen Ahnen, die den leichtesten Ausweg aus ihrem Leben wählten.«

Ich seufzte und trat in den Schein des Feuers, sodass er mich ebenso gut sehen konnte wie ich ihn.

»Mach dir keine Gedanken«, sagte ich. »Du kennst mich eben nicht besonders gut. Nur genug, um zu wissen, dass ich nicht so dumm bin, wie du dachtest.« Ich schob einen kleinen Stock ins Feuer.

Tosten hatte nur gesehen, was ich ihm gezeigt hatte. Unser mitternächtlicher Ritt nach Tyrfannig vor ein paar Jahren war kaum weniger dramatisch gewesen als das Zusammentreffen am Vortag. Er war damals schwach vom Blutverlust gewesen, und ich hatte es eilig gehabt. Nicht die richtige Zeit für lange Gespräche.

Es war nicht seine Schuld, dass ich, wenn ich ihn anschaute, den fröhlichen Bengel sah, der er als kleiner Junge gewesen war, während er einen Fremden erblickte, der aussah wie unser Vater.

»Vater hätte es getan. Er hätte dich umgebracht, weil du ihm im Weg warst.«

»Wie er es bei dir versucht hat.« Tostens Stimme war leise und enthielt kein Urteil. »Ein paar Leute aus Oranstein kamen heute in die Schänke. Sie fluchten über ein Schiff, das bereits ausgelaufen war. Der Ältere, der Gefährlichere von beiden, sagte, er werde einen Mann nach Neurod schicken, aber wahrscheinlich wärest du – er erwähnte deinen Namen – längst entkommen. Er sagte, Ciernack werde eben Geld als Ersatz für seine Sklavin nehmen müssen. Das werde ihn mehr kosten, als er sich leisten könnte, und das Geld werde aus dem Erbe des jüngeren Bruders kommen. Kannst du damit etwas anfangen?«

Ich nickte, froh, mich weniger schmerzhaften Themen zuwenden zu können. »Was hast du getan – sie belauscht?«

»Nein, ich habe für sie gespielt. Wahrscheinlich konnte man sie bis auf die Straße hinaus hören – zumindest den Jüngeren. Er tat seinen Widerwillen dagegen, den Rest des Jahres in Buril verbringen zu müssen – wo immer das sein mag – sehr laut kund.«

»Buril ist Garranons Landsitz in Oranstein. Landislaw, sein jüngerer Bruder, ist jedoch am Hof aufgewachsen. Er wird es als das Ende der Welt betrachten.« Ich hatte ohnehin vorgehabt, Buril zu meiden, aber es war gut zu wissen, wohin diese beiden unterwegs waren. Schließlich umriss ich die

Ereignisse, die zu meiner Flucht geführt hatten, so knapp wie möglich.

»Und was hast du jetzt vor?«, fragte Tosten. Das Feuerlicht flackerte, also konnte ich seine Miene nicht erkennen.

»Ich werde in Oranstein gegen die Vorsag kämpfen.«

Tosten reagierte ähnlich wie Axiel. Er nickte einfach nur, was dazu führte, dass ich mich fragte, ob er noch richtig im Kopf war. »Das könnte funktionieren. Eines Kriegshelden kann man sich nicht so einfach entledigen.« Er schien keinen Zweifel daran zu haben, dass ich zum Helden werden würde.

»Das dachte ich auch«, stimmte ich zu.

Tosten senkte den Kopf, und das Haar fiel ihm ins Gesicht. »Ich würde gern mit euch kommen.«

Er fühlte sich schuldig. Er hatte mich gekränkt, und jetzt wollte er mich dafür entschädigen.

»Geh und lerne von den Bänkelsängern in Estian«, sagte ich. »Ich habe genug Kämpfer.«

»Ich bin gut, Ward. Das weißt du.«

Er hatte recht. Oh, er war nicht so gut wie Vater und ich. Seine Technik gründete auf Tempo und Beweglichkeit, nicht auf Kraft, aber das machte ihn nicht weniger tödlich, ganz gleich, was Vater gesagt hatte. Tosten würde unsere Gruppe stärker machen. Fünf Kämpfer und eine Zauberin, und nur Ciarra, die wir bewachen mussten.

»Wenn du mir helfen möchtest, könntest du das ebenfalls in Estian tun«, sagte ich. »Ich brauche einen sicheren Platz für den Racker.«

Er hob den Kopf, und ich sah die gleiche störrische Miene, wie Ciarra sie aufsetzen konnte. »Ich werde nicht nach Estian gehen. Du brauchst mich nicht mit dir kommen zu lassen, aber ich werde dir folgen. Vergiss nicht, ich habe viel Geld.«

Ich schloss die Augen. Es gab viele Gründe, ihn willkommen zu heißen, und nur einen, ihn wegzuschicken: Ich wollte meinen Bruder nicht in Gefahr bringen. Aber ich nahm mir vor, die Situation in Oranstein erst einmal ganz genau zu erkunden. Wenn es zu schlimm aussah, würde ich ihn zusammen mit Ciarra wegschicken. Er würde gehen, wenn es ihrem Schutz diente.

»Pack deine Decken«, sagte ich schließlich. »Komm mit in unser Lager.«

Dann half ich ihm, das Feuer zu löschen und seine Sachen zusammenzusuchen.

Als es hell wurde, rief ich alle zusammen. Ciarra saß neben Tosten und tätschelte ihm wieder und wieder die Wange, um sich zu überzeugen, dass er auch tatsächlich da war. Tosten warf unauffällige Blicke zu Oreg.

»Von jetzt an«, sagte ich, »gehören wir zusammen. Wir arbeiten zusammen und helfen einander so gut, wie wir können. Jeden Morgen werden wir uns im Kampf üben. Heute wird Axiel Oreg, Bastilla, Ciarra und Tosten unterrichten. – Axiel«, fuhr ich fort, »ich weiß nicht, wie viel Oreg und Bastilla können. Ciarra ist eine Anfängerin, und du wirst dich erinnern, dass Tosten sich sehr gut mit Messern und dem unbewaffneten Kampf auskennt. Ich arbeite mit Penrod. Am Abend arbeite ich mit Axiel und Penrod mit Tosten. Wenn wir erst besser sind, können wir das ändern, aber Übung bedeutet Überleben, also werden wir uns so anstrengen, wie es auf einer Reise möglich ist.«

Ich schlug ein mörderisches Tempo an, sowohl bei den Kampfübungen als auch bei den Ritten. Wir nahmen alle ab, sogar die Pferde. Eine Woche später befanden wir uns drei Tage vor Estian.

»Ellbogen nach innen, Bastilla«, rief ich, als ich sie beim Kampf mit meiner Schwester beobachtete.

Sie war keine schlechte Kämpferin, was bewies, dass der Ruf der Cholyten nicht ungerechtfertigt war, aber sie hatte nicht meine Tante als Ausbilderin gehabt. Vor allem ihre Fußarbeit ließ zu wünschen übrig, was zum Teil allerdings auch daran lag, dass ihre Wunden noch nicht vollkommen abgeheilt waren. Ciarra, kleiner und jünger, war eine erheblich bessere Schwertkämpferin.

Meine Schwester sah kaum mehr wie das zarte Kind aus, das sie in Hurog gewesen war. Feste Muskeln zeichneten sich an ihren Armen und Schultern ab, als sie einen von Bastillas Schlägen abwehrte.

Penrod tippte mir auf die Schulter und zeigte auf Tosten und Oreg, die ebenfalls kämpften. Ich ging zur anderen Seite des Lagers und beobachtete sie.

Wie Ciarra war auch Oreg unterwegs aufgeblüht. Er ritt nun besser und konnte sich auf beinahe jedem unserer Pferde halten. Seine Kampffähigkeit lag tatsächlich irgendwo zwischen meiner und Ciarras, inzwischen aber erheblich näher an meiner. Ihn zusammen mit Tosten zu beobachten war, als sehe man zwei flirrende Schatten, einen hellen und einen dunklen. Ihre Hände bewegten sich so schnell, dass es mir schwerfiel, den Bewegungen zu folgen, und genau aus diesem Grund hatte Penrod mich auf sie aufmerksam gemacht.

Mein Bruder war ein wenig eingerostet gewesen, aber schnell besser geworden. Es war seine Haltung, die immer noch ein Problem darstellte. Wie alle anderen hatte er Oreg als einen unserer vielen unehelichen Verwandten akzeptiert, aber das schien seine Ablehnung nur zu verstärken. Tatsächlich wirkte Tosten unglücklich. Ich fragte mich ernstlich, wieso er sich entschieden hatte, mit uns zu kommen. Er sprach beinahe nur mit Ciarra. Oreg verachtete er. Wäre Oreg ein normaler Junge gewesen, hätte ich begonnen, um ihn zu fürchten. Stattdessen machte ich mir nun Sorgen um Tosten.

Oreg musste sich anstrengen, um Tostens scharfe Klinge aufzuhalten.

»Vergiss nicht, Tosten, dass das hier nur ein Übungskampf ist«, rief ich und sah grimmig zu, bis die Heftigkeit seiner Schläge nachließ.

Axiel warf mir von dort, wo er unser Frühstück bereitete, einen Blick zu und nickte zustimmend.

»Axiel«, sagte ich und behielt ein wachsames Auge auf Tosten und Oreg. »Erzähl mir von der Belagerung von Farnish.«

»Nicht schon wieder Farnish«, keuchte Oreg und wich dem Schwert meines Bruders aus. »Bitte, alles, nur nicht das!«

Axiel war ein sogar noch wendigerer Kämpfer als Stala, und dank seines Unterrichts wurde ich schnell besser. Außerdem nutzte ich seine taktischen Kenntnisse. Penrod war schnell und schlau. Er besiegte mich häufig bei Übungskämpfen. Bei jeder Gelegenheit ließ ich die beiden älteren Männer Geschichten über Oranstein erzählen, über Kämpfe und Schlachten und siegreiche Strategien. Sie neckten mich damit, aber sie redeten, bis sie heiser waren, weil sie mir helfen wollten. Axiel begann damit, welche Fehler die Verteidiger gemacht hatten. Ich lauschte und lernte.

Nach dem Frühstück und den Geschichten ritten wir den ganzen Tag durch Grasland. Das fiel den Pferden leichter als die rauen Küstenstraßen, aber es war öde für die Reiter. Eine Meile sah aus wie die davor und die folgende. Es war schwer zu glauben, dass wir Oranstein je erreichen würden.

Nach den Übungskämpfen und dem Abendessen stahl ich mich in der letzten Stunde vor der Dämmerung davon, um wie immer auf Blümchen allein auszureiten. Manchmal jagte ich, manchmal arbeitete ich nur mit dem Hangst und brachte ihm die Dinge bei, die ein Kampfross wissen musste, und darüber hinaus noch einiges. Es hielt mich frisch und gab mir ein wenig Zeit, ich selbst zu sein – wer immer das sein mochte. Bei den anderen gab ich mich als Seleg, mein legendärer Held, und lieh mir seine Ruhe und seine Fähigkeiten als Anführer, was nur Oreg auffiel, der mit stillem Sarkasmus reagierte. Und als wir uns Estian näherten, konnte ich erkennen, wie die anderen Selegs ruhige Selbstsicherheit akzeptierten und ebenfalls sicherer wurden – selbst Oreg. Nur Blümchen hörte meine Zweifel.

»Nun, Axiel«, keuchte ich, als ich nach einem Übungskampf flach auf dem Bauch lag und zusah, wie Oreg mit Ciarra focht. »Was hältst du von uns als Söldnertruppe? Sind wir genug, oder muss einer von uns nach Estian gehen und rekrutieren?«

»Jemand hat ihn als Attentäter ausgebildet«, erwiderte er mit einem Nicken zu Oreg hin. Axiel war nicht annähernd so erschöpft wie ich, aber ich war zufrieden, die Schweißflecke an seiner Kleidung zu sehen.

»Oreg – ein Attentäter?« Ich beobachtete den Kampf aufmerksamer.

»Ich sprach nicht von Ciarra«, sagte er trocken. »Er hat es abgewandelt, aber das da sind die Bewegungen eines Attentäters. Wo habt Ihr ihn gefunden? Es kann nicht viele als Attentäter ausgebildete Magier im Land geben.«

»Er hat *mich* gefunden«, erwiderte ich ganz ehrlich. »Er ist ein Hurog – ein Bastard, aber immer noch ein Hurog. Ich weiß nicht viel über seinen Hintergrund, aber ich will verflucht sein, wenn ich ihn behandle, wie mein Vater es getan hat.«

»Ah«, sagte Axiel. Einen Augenblick später fügte er hinzu: »Ich glaube nicht, dass wir noch mehr Leute brauchen. Zuschlagen und schnell wieder verschwinden, mitternächtliche Überfälle – das ist die beste Arbeit für uns. Dabei können wir uns mehr auf unsere Fähigkeiten verlassen als auf das Glück.«

»Es ist allerdings auch weniger ruhmreich«, sagte ich. »Aber ich habe wohl wirklich nicht die Nerven für Kämpfe, die man nur knapp und entgegen aller Wahrscheinlichkeit gewinnt. Dafür hat Stala gesorgt.«

»Niemand, der solche Kämpfe gewinnt, gibt einen guten Anführer ab«, stimmte Axiel zu, und irgendwie gelang es ihm, trotz seiner Bassstimme meine Tante zu imitieren.

Ich beendete das Zitat. »Ein guter General gerät nie in einen solchen Kampf. Triff sie, wo sie schwach sind.«

»Meide sie, wo sie stark sind«, ergänzte Tosten, der zum Feuer gekommen war und sich jetzt im Schneidersitz neben mir niederließ. »Konzentriere dich auf ihre Nachschubzüge und die Soldkassen.«

Der Kampf zwischen Oreg und Ciarra wurde zu einer Posse, als sie anfing, über seine wütenden Grimassen zu kichern. Die Laute, die sie von sich gab, waren seltsam, aber sie brachten mich zum Lächeln. Oreg warf sie sich schließlich über die Schulter und wirbelte mit ihr herum, bis er ins Taumeln geriet.

6 ESTIAN: ERDRICK, BECKRAM UND GARRANON

Es war nicht nur meine Geschichte. Einiges davon habe ich erst viel später erfahren. Während wir immer noch auf Estian zuritten, ereigneten sich Dinge in der Stadt, die später eine wichtige Rolle spielen sollten.

Eigentlich hätte die Abhandlung, die Erdrick sich aus der Bibliothek des Königs geliehen hatte, genügt, um ihn zu beschäftigen, aber schließlich musste er sich zu sehr darauf konzentrieren, die Geräusche zu ignorieren, die aus dem Zimmer seines Bruders nebenan kamen. Er drehte sich im Bett herum, um es bequemer zu haben, und blätterte um. »Sie könnten wenigstens leiser sein«, murmelte er, als ein besonders schriller Schrei durch die Wand drang. »Es ist einfach widerwärtig. Die Königin ist älter als Mutter.« Sie sah allerdings erheblich besser aus, das musste er zugeben.

Der Sex störte ihn nicht; er hatte solche Geräusche aus dem Zimmer seines Bruders ignoriert, seit die Zofe ihrer Mutter ihn verführt hatte. Es war der Gedanke an Beckrams Hals unter dem Scharfrichterbeil, der ihn beunruhigte – und genau das hatte seinen Bruder vermutlich dazu verleitet, diese Affäre zu beginnen. Wie immer war es Beckram, der spielte, und Erdrick, der sich wegen der Gefahren sorgte, denen sein Bruder sich aussetzte.

Erdrick schnaubte – eine Äußerung, mit der er die Verachtung seiner selbst kundtat. Er wäre am Tag zuvor beinahe zu Tode erschrocken, als die Königin ihn mit Beckram verwechselt hatte. Sie sollte es wirklich besser wissen, als ihn so in aller Öffentlichkeit zu begrabschen. Immerhin war es nicht nur Beckram, der sterben würde, wenn die Wahrheit herauskäme. Der Ehebruch der Königin hatte die Todesstrafe für beide Beteiligten zur Folge.

Und Erdrick hatte sich in dieser vergangenen Woche mehr als nur einmal unter dem Blick des Königs gewunden. Ein Mann, der sich allein dadurch hervortat, wie viele Manuskripte über Ackerbau er aus der Bibliothek des Königs auslieh, hätte keine solche Aufmerksamkeit erregen sollen – es sei denn, der König glaubte, Beckram vor sich zu haben. Erdrick bezweifelte nicht, dass der König Bescheid wusste. Er hatte versucht, seinen Bruder zu warnen, aber der hatte nur die Schultern gezuckt. Erdrick tröstete sich mit dem Gedanken, dass es nicht Zorn gewesen war, was er im Blick des Königs gesehen hatte, nur Nachdenklichkeit.

Garranon hob den Kopf aus den weichen Kissen, um den Mörder seines Vaters anzusehen, und sagte mit sanfter Stimme: »Ich habe Nachricht von meinem Besitz, dass die Überfälle im Westen immer schlimmer werden.«

Jakoven, Hochkönig der Fünf Königreiche, winkte gleichgültig ab und schob die bestickte Samtdecke auf den Boden. »Die Vorsag werden nicht bleiben. Das Land hat für sie keinen Wert, sie sind Banditen, keine Bauern.«

»Euer Majestät, es sind Eure Leute, die sie umbringen. Eure und meine.« Obwohl seine Worte dringlich waren, achtete Garranon darauf, ebenfalls gleichgültig zu klingen, als er die Laken geradezupfte, wo die Decke sie verzogen hatte.

»Mein Junge«, tat der König das freundlich ab, »du machst dir zu viele Gedanken. Schlafe jetzt. Du bringst mich um meine Ruhe.«

Garranon vergrub das Gesicht im Kissen und zwang seinen Körper, sich zu entspannen. Er nahm seinen Hass und schob ihn sorgfältig wieder hinter die Schranken zurück, die er schon vor Jahren gelernt hatte zu errichten, als man ihn als Zwölfjährigen in Estian abgesetzt hatte, zusammen mit seinem achtjährigen Bruder, um den er sich kümmern musste, weil alle anderen tot waren, Märtyrer für die Freiheit von Oranstein. Er hatte schon früh gelernt, dass Mangel an Vorsicht den Tod bringen konnte. Und noch schlimmer, es konnte auch dazu führen, dass Frauen und Kinder vergewaltigt und umgebracht wurden. Er würde nicht sein wie sein Vater. Er plante, manipulierte, veränderte eine Kleinigkeit nach der anderen. Wenn ihn das mitunter mehr kostete, als er ertragen konnte, sagte er sich, dass zumindest sein Bruder noch am Leben war. Was Garranon tat, würde seiner Familie nicht schaden, nur seiner Seele.

Und seine Seele schmerzte nun wegen dem, was er dem armen Ward von Hurog angetan hatte. Garranon hatte das Leben eines harmlosen Jungen zerstört, und es hatte noch nicht einmal zu etwas geführt, weil Ward schließlich zusammen mit Ciernacks Sklavin geflohen war. Wenn es möglich gewesen wäre, hätte Garranon dem König gesagt, er hätte das Dekret nicht abgeliefert; der König hatte es ihm überlassen, ob er das tun wollte oder nicht. Aber unter seinen Leuten waren Spione, und zu viele von ihnen wussten, dass er Ward hatte ins Asyl bringen wollen. Also war Ward nun ein Flüchtling, dem Gefangenschaft drohte, und Garranon hatte beinahe all sein Geld hergeben müssen, um das Leben seines Bruders zu erkaufen – wenn es ihm denn gelungen war;

Ciernack galt nicht gerade als vertrauenswürdig. Die Götter allein wussten, welchen Schaden Landislaw Buril antun würde, aber hier in der Hauptstadt war er zu sehr in Gefahr.

Spannung zog Garranons Magen zusammen, bis er brannte. König Jakoven hatte Ward ebenso für untauglich erklärt, um Garranon fester an sich zu binden, als um des Goldes für die königliche Schatzkammer willen. Es war Jakoven gleich, wer auf Hurog saß, einer so armen Burg, dass sie die meisten Steuern nicht mit Gold, sondern mit Waren zahlte. Nachdem der alte Hurogmeten, der mächtige Krieger, den alle gefürchtet hatten, tot war, hatte Hurog keine Bedeutung mehr. Aber der König würde dafür sorgen, dass es Garranon etwas bedeutete.

Wenn Garranon nun zu Wards Gunsten sprach, bestand durchaus die Möglichkeit, dass Jakoven den Jungen umbringen ließ. Der König wurde leicht eifersüchtig, wenn Garranon Zuneigung fasste, sei es zu einer Person oder einer Sache.

Der Arm des schlafenden Königs rutschte von Garranon herunter, während dieser sich fragte, ob der Weg, den er gewählt hatte, tatsächlich zu etwas führen würde. Er war zweifellos nicht in der Lage gewesen, Oranstein zu helfen.

Was immer er in der Öffentlichkeit oder zu seinem Geliebten sagte, Jakoven wusste genau, dass Kariarn Oranstein haben wollte. Er wartete nur darauf, dass Oranstein fiel, damit die Vorsag gezwungen waren, Tallven und Seefurt über die Bergpässe hinweg anzugreifen und das Heer des Königreichs damit den strategisch vorteilhafteren Boden hatte.

Es war erst fünfzehn Jahre her, seit die Rebellion in Oranstein niedergeschlagen worden war. Zu viele würden sich an die Kämpfe gegen dieses Land erinnern, um sich über »ein paar« Überfälle aufzuregen. Erst wenn Oranstein voll und ganz von dem gierigen vorsagischen Heer verschlungen worden war, würden die Adligen der verbliebenen vier Königreiche ihre Empörung und ihren Zorn kundtun und in dieser Stimmung alles billigen, was Jakoven tat.

Es war eine gute Strategie, wenn einen Oranstein nicht kümmerte. Als Garranon Landislaw nach Hause schickte, hatte er ihn angewiesen, Männer auszubilden, um Buril zu schützen – und den Besitz wenn nötig zu evakuieren.

Wenn der Tod des Königs Oranstein retten würde, hätte Garranon ihn schon lange umgebracht. Aber selbst als Junge war ihm klar gewesen, dass Jakovens Tod zu nichts weiter als zu seinem eigenen Tod führen würde. Es war besser, den König zu benutzen, denn als Mörder zu sterben, obwohl er wusste, dass sein Vater nicht so gedacht hatte. Aber wenn er die Anerkennung seines Vaters gesucht hätte, dann hätte er sich umgebracht, wie seine Mutter es getan hatte. Wenn sein Vater sehen könnte, wie er hier die Hure des Königs spielte, würde er seinem ältesten überlebenden Sohn sofort die Kehle durchschneiden.

Garranon starrte den dicken Teppich im königlichen Schlafzimmer an, während der König schlief.

»Es gibt Neuigkeiten, Erdrick«, sagte Beckram, sobald Erdrick die Verbindungstür öffnete.

Das Morgenlicht fiel auf das Pergament, das Beckram in der Hand hielt. Er klang so nüchtern, dass Erdrick die Garde des Königs vor der Tür erwartete.

»Was ist los?«

Beckram warf seinem Bruder den Brief zu. »Lies.«

Sobald er die Schrift auf dem Pergament sah, das er vom Boden aufhob, wusste Erdrick, dass der Brief von seinem Vater kam. Er las ihn zweimal.

Ward zum Asyl verurteilt? Armer, armer Ward. Erdrick

wusste, was Hurog seinem Vetter bedeutete, ob er nun ein Idiot war oder nicht. Man konnte kein Hurog sein, ohne zu wissen, wie stark alle, die dort lebten, an diese Burg gebunden waren. Der Hurogmeten hatte noch aus dem Grab die Hand ausgestreckt, um seinem Sohn ein letztes Mal wehzutun. Dieses Bild ließ ihn schaudern; der verstorbene Hurogmeten hatte ihm immer Angst gemacht.

»Ich möchte wirklich wissen, woher Vater weiß, dass ich mit der Königin schlafe«, sagte Beckram angriffslustig.

Du schläfst *nicht mit ihr,* hätte Erdrick beinahe gesagt. Aber sein Bruder hatte etwas gegen den Humor anderer Leute, also sagte er stattdessen: »Er erwähnt es nicht.«

»Er sagt, ich solle meinen Einfluss auf den königlichen Haushalt nutzen, um den König dazu zu bringen, Ward wieder als Hurogmeten einzusetzen.«

Also gut, es war Zeit, es zuzugeben. »Nun ja, ich dachte, Vater sollte wissen, dass du die Familie zu Verrätern machst. Damit er vorbereitet ist.«

Beckram zischte leise. »Dem König ist das egal; sie hat weder ihm noch irgendeinem anderen einen Erben geboren. Und er hat Garranon und all die Jungen, die er in sein Bett locken kann.«

»Hat sie dir das gesagt?«

Beckram bedachte ihn mit einem seltenen ehrlichen Lächeln – einem Lächeln, das Erdrick daran erinnerte, wieso er seinen Zwillingsbruder liebte. »Nein, das hat mir der König gesagt, als er mir gestattete, sie zu nehmen.« Er lehnte sich zurück. »Obwohl ›gestatten‹ das falsche Wort ist; es handelte sich eher um einen Befehl.«

Erdrick wusste nicht, ob er jetzt erleichtert sein oder sich noch mehr Sorgen machen sollte. Der König spielte seltsame Spiele. »Sei trotzdem vorsichtig.«

Beckram nickte geringschätzig. »Ich verstehe wirklich nicht, wieso sich Vater wegen Ward solche Sorgen macht. Jeder weiß, dass Ward dumm ist – zu dumm, um sich angemessen um einen Besitz wie Hurog zu kümmern. Selbst dem Hurogmeten, so geizig er war, fiel es schwer, auf diesem Besitz von einem Jahr zum anderen zu überleben. Dennoch …« Er zögerte einen Augenblick. »Ich mag Ward vielleicht nicht besonders …«

Weil er dich, so dumm er sein mag, daran erinnert, was du tun solltest, statt zu tun, was du willst, dachte Erdrick.

»Aber ich möchte auch nicht, dass er in das königliche Asyl gesteckt wird. Kannst du dir das vorstellen? Ich glaube, er wäre so zornig, dass er töten würde. Aber vielleicht können wir einen Kompromiss erreichen. Vater würde ihn aufnehmen. Der arme Tosten ist dank unseres toten Onkels wahrscheinlich schon lange Fischfutter, womit Hurog an Vater fiele.«

»Vater will Hurog nicht«, sagte Erdrick. Er wusste, dass das seinen Bruder überraschen würde. Duraugh hatte mit allem, was er sagte, stets die Annahme des Hurogmeten genährt, dass Hurog der Gipfel seines Ehrgeizes war, ganz gleich, wie sehr die Vernunft dem widersprach.

»Was?«

»Es macht ihm Angst. Er sagt, die Burg ist verflucht. Erinnerst du dich an Großvater? Onkel Fen war schlimmer. Vater wird seine Pflicht tun, aber er will die Burg nicht wirklich. Du vielleicht?«

Beckram dachte darüber nach und verzog das Gesicht. »Ein Hurog zu sein, bringt einem einen gewissen Ruf ein – als besäße man ein Menschen fressendes Tier. Aber Hurog zu besitzen, würde meinem Liebesleben eher schaden. Kannst du dir vorstellen, dass irgendeine Frau an diesem trostlosen

Ort leben will? Und es würde mir zufallen, während du Iftahar bekämest, das reicher und wärmer ist.« Er schauderte demonstrativ. »Also gut, ich werde mit ihr reden.«

Beckram schloss die Tür hinter sich, bevor er aufhörte zu lächeln. Er hätte sich zwar lieber die Zunge herausgeschnitten, als es zuzugeben, aber er machte sich ebenfalls Gedanken wegen seiner Affäre mit der Königin. Ihr letzter Geliebter war mit dem Gesicht nach unten in dem kleinen Brunnen im Haupthof gefunden worden – eine Tatsache, die man bei Hof gern verschwieg.

Beckram wusste nicht, welche Fehler der arme Narr gemacht hatte, aber er war entschlossen, sie zu vermeiden. Er hatte sorgfältig darauf geachtet, sich aus der Politik herauszuhalten. Er hatte nie um eine Gunst gebeten. Er sprach mit niemandem über die Königin – wenn man von Erdrick einmal absah, und das zählte nicht –, obwohl selbstverständlich alle von der Affäre wussten.

Aber sicher war es keine Gunst, sie zu bitten, das Dekret über Ward zurückzuziehen – ganz im Gegenteil. Hurog war nicht wirklich so schlimm. Nicht viele würden ihr Leben aufs Spiel setzen, um es wegzugeben.

Wer hätte gedacht, dass er einmal für Ward sein Leben aufs Spiel setzen würde!

Nun, dachte er, als er den Flur entlang zum Garten ging, wo sich die Damen meist vor dem Essen mit den beliebtesten Herren trafen, er würde eben dafür sorgen müssen, dass Ward niemals davon erfuhr. Ward umarmte Leute, die ihm halfen, und Wards Umarmungen waren weder würdevoll noch sanft. Beckrams Schritte wurden schwungvoller – sein Leben aufs Spiel setzen; das gefiel ihm.

Tehedra Foehne Tallven, Königin von Tallven und der Fünf Königreiche, hatte sich bequem in ihrer Lieblingsecke des Gartens niedergelassen und ließ ihre Zofe an ihrem Haar arbeiten. Die Ecke war abgelegen und vom Rest des Gartens aus beinahe nicht einzusehen, und wenn sie sich dort befand, wussten die anderen Damen, dass sie sie in Ruhe lassen sollten.

Der süße Duft des blühenden Busches, für dessen Namen sie sich nie interessiert hatte, war so beruhigend wie die Hände der Zofe. Einer dieser Büsche hatte auch in dem Haus, in dem sie ihre Kindheit verbracht hatte, vor dem Fenster gestanden, und seine weißen Blütenblätter hatten ebenfalls diesen zarten Hauch von Rosa am Rand gehabt. Wenn sie die Augen schloss, konnte sie beinahe die tadelnde Stimme ihrer Mutter hören und die tiefere, wohlklingendere Stimme ihres Vaters, der sie tröstete.

»Ah, meine Schöne möchte den Morgen wohl verschlafen?«

Unwillkürlich begann sie zu lächeln, aber sie verstärkte dieses Lächeln gewaltig zu etwas Künstlichem, als sie die Augen öffnete. Auf keinen Fall sollte die Zofe berichten können, dass ihre Herrin so etwas wie Zärtlichkeit für ihren Geliebten empfand.

»Beckram, mein Lieber.«

Er lächelte und ließ den Blick mit einer Bewunderung über sie schweifen, von der sie annahm, dass sie zumindest zum Teil der Wahrheit entsprach. Er mochte noch jung sein, aber sie hatte die Figur einer Frau, die halb so alt war wie sie. Sie fragte sich, wieso der König wohl ausgerechnet Beckram ausgesucht hatte. Wollte er sie prüfen? Onev war nicht so jung gewesen, aber sanfter und weniger schlau. Es hatte ein ganzes Jahr gedauert, bis Jakoven ihn schließlich umbringen ließ. Sie hoffte, dass Beckram länger leben würde. Sie wünschte sich, sie könnte ihn retten, aber man hatte sie schon vor langer Zeit eines Besseren belehrt. Also würde sie es genießen, so lange es dauerte, und versuchen, sich nicht zu sehr an ihn zu gewöhnen. Es half, dass er immer nur Unsinn redete. Der Liebhaber vor Onev war gern gesegelt. Es war ihr gelungen, nach seinem Verschwinden sogar seinen Namen zu vergessen, aber daran erinnerte sie sich noch.

»Meine Liebe, Ihr lasst selbst den Sommersüß-Busch erröten, weil Ihr ihn so überstrahlt«, sagte er und deutete auf ihren Lieblingsbusch.

»So heißt er?«, fragte sie, erstaunt, weil sie gerade daran gedacht und er ihre unausgesprochene Frage beantwortet hatte. Nun würde sie sich an ihn erinnern, dachte sie, jedes Mal, wenn sie den Busch sah.

Er lachte. »Ich glaube schon, aber mein Bruder wäre der richtige Mann für diese Frage. Oh, und was habt Ihr ihm angetan? Er war heute Früh wirklich nervös.«

Sie musste sich anstrengen, um weiterhin die Fassade zu wahren. »Gestern Abend standen wir nebeneinander – ich dachte, Ihr wäret es. Ich …« Wie lächerlich, deshalb verlegen zu sein! Aber sie spielte ihre Rolle, und das hatte sie schon länger getan, als dieses Kind am Leben war. Also gelang es ihr, sich weiterhin nach außen ungerührt zu geben. »Ich habe ihn in den Hintern gekniffen. Ich dachte, er würde ohnmächtig werden.« Sie verdrehte die Augen. Obwohl sie von so viel Unschuld gerührt gewesen war.

Wieder lachte Beckram und ließ sich mit der Geschmeidigkeit der Jugend zu ihren Füßen nieder. »Er sieht alles zu ernst.« Er nahm einen ihrer Füße in die Hände und rieb ihn sanft, mit gerade genug Druck, dass es nicht kitzelte.

»Mhm«, sagte sie. »Das fühlt sich gut an. Wo habt Ihr das denn gelernt?«

Er zögerte kurz und verlor in einem Augenblick verblüfften Erkennens seine Maske. »Von meinem Vetter Ward«, brachte er schließlich heraus. »Ich war zwölf, und mein Lieblingspferd hatte sich das Bein verrenkt.«

Nein, dachte sie. Sie wollte nichts von seiner Familie hören. Sie wollte nicht, dass er zu einer Person wurde. Aber es war zu spät, sein Gesicht war nun ernst, beinahe finster.

»Mein Bruder möchte Bauer werden«, sagte er.

»Oh?« Erdrick war vielleicht ein sichereres Thema. Es gab wohl nicht viele Leute, die sicherer waren als Erdrick, dachte sie.

»Und wenn ich den Besitz meines Vaters erbe, werden wir uns die Aufgaben teilen. Er wird das Land bebauen, und ich werde mich um das Kämpfen und um die Politik kümmern.« Beckram blinzelte gegen das helle Sonnenlicht an. Er wirkte hier draußen wie zu Hause, dachte sie hilflos. Er ist ein Kind der Sonne, und ich bin die schwarze Witwe, die ihn gefangen hat. Sie gab ein neutrales Geräusch von sich.

»Das Problem ist, im Augenblick sieht es so aus, als würde nichts daraus.«

Er wirkte nicht besonders bedrückt, also erwartete sie eine weitere vergnügte Bemerkung darüber, dass ihre Schönheit ihn veranlasste, am Hof zu bleiben, sodass er kein guter Krieger mehr sein würde. Sie stieß einen ermutigenden Seufzer aus.

»Der König hat meinen Vetter Ward für untauglich erklärt, Hurogmeten zu sein. Wenn sie ihn finden, wird er gefangen genommen und ins Asyl gebracht werden.«

»Sie können ihn nicht finden?« Sie erinnerte sich an Ward. Er mochte einfältig sein, aber er war sanftmütig, ein

Charakterzug, den sie bei Männern selten fand. Er tanzte immer mit den hässlichsten Mädchen. Sie konnte ihn sich nicht in dem Kerker vorstellen, den ihr Mann eingerichtet hatte, um die Personen aufzunehmen, die zu wichtig waren, um sie zu töten – wie seinen jüngeren Bruder. *Schrecklich, schrecklich,* dachte sie. Sie hatte immer befürchtet, dort selbst einmal zu landen. Aber sie hatte auch viel Zeit gehabt zu lernen, wie man die Fassade aufrechterhielt. Ihr Lächeln versagte nie, und in ihrer Frage lag nichts als höfliches Interesse.

»Nein. Aber er wird schon wieder auftauchen.« Beckram zögerte und sah sie ernst an, nun ganz junger Mann und kein schmeichelnder Liebhaber mehr. »Könntet Ihr den König vielleicht bitten, ihm Hurog zurückzugeben? Ward ist einfältig, aber nicht verrückt. Verrückt war mein Onkel.«

Sie ertappte sich dabei, wie sie zustimmend nickte, denn sie erinnerte sich an die berüchtigten Wutanfälle des alten Hurogmeten. Sie nahm an, ihr Gemahl hatte ihn mehr als nur ein wenig gefürchtet.

Beckram fuhr fort: »Weder mein Vater noch ich wollen Hurog haben. Es ist eine nette Kuriosität, solange es anderen in der Familie gehört, aber es ist verdammt unbequem. Ich hätte viel lieber den derzeitigen Besitz meines Vaters, und Erdrick wäre viel lieber mein Verwalter.«

Sie spürte, wie die Hand ihrer Zofe an ihrem Haar zögerte. Entsetzen erfasste sie. Ihr Gemahl würde neugierig werden, wenn sie ihn wegen so etwas behelligte; er würde wissen wollen, wieso Beckram um eine solch merkwürdige Gunst bat. Sie selbst konnte auch nach all diesen Jahren am Hof immer noch glauben, dass der Junge es ehrlich meinte. Aber Jakoven würde das niemals tun.

»Ach, kommt schon«, sagte sie und lächelte neckisch in einem Versuch, ihm dabei zu helfen, sich zu retten. »Es muss doch noch einen besseren Grund geben. Ihr müsst dabei doch auch etwas zu gewinnen haben.« Sie konnte es für ihn tun, dachte sie, wenn er nur einen besseren Grund anbringen würde. Der König hatte stets dafür gesorgt, dass ihre Geliebten für ihre Dienste gut entlohnt wurden.

Beckram schüttelte den Kopf. »Ich hasse einfach den Gedanken, dass er in einem Raum eingesperrt sein wird. Er gehört nach Hurog.« Er lächelte schüchtern, und das ließ ihn Jahre jünger wirken. »Er ist groß und träge – aber zäh.« Er berührte leicht sein Auge, ohne für sie ersichtlichen Grund. »Er kennt jeden Stein auf Hurog-Land, weiß, wie jedes Tier dort gezüchtet wurde. Es ist sein Zuhause. Ich denke, nachdem er mit Onkel Fenwick leben musste, hat er es verdient.«

O du armer Junge, dachte sie und berührte sanft sein Haar. *Das wird der König niemals glauben – dass du persönlichen Nutzen aufgibst, weil du deinen Vetter magst. Er wird einen Plan zu seinem Sturz wittern.* Hurog hatte zwar kein Geld, aber politische Macht, und wenn sogar sie sich daran erinnerte, würde Jakoven es ganz bestimmt tun. Wenn Shavig noch einen eigenen König hätte, wäre es einer aus der Hurog-Familie, eine Tatsache, welche die Adligen von Shavig ganz bestimmt nicht vergessen hatten.

Aber sie war schon sehr lange Jakovens Gemahlin. Also lächelte sie nur. »Ich werde ihn selbstverständlich darum bitten. Aber macht Euch keine großen Hoffnungen. Er ändert selten seine Meinung, nur weil ich ihn um etwas bitte. Und jetzt geht und holt mir etwas zu trinken.«

Er sprang auf und verbeugte sich tief. »Königin meines Herzens, das wird sofort geschehen.«

Sheira, ihre Zofe, kämmte sie weiter, nachdem er gegangen war, und Tehedra musste sich anstrengen, um sich ihr nicht zu entziehen. Es war nicht die Schuld des Mädchens, dass sie alles dem König berichten musste. Verflucht sollte der Junge sein, weil er so dumm war, sich in den Tod zu reden!

Garranon musste sich anstrengen, um nicht die Augen zu verdrehen. Selbst wenn die Leute aus Oranstein ein Jahr lang gesucht hätten, hätten sie keine ungeeignetere Person finden können, um ihren Fall vorzutragen, als den alten Haverness. Die Audienzen am Morgen waren selten angenehm für Garranon, aber diese hier würde quälender werden als sonst.

»Wir gehören Euch, mein König. Wir haben uns Euch bei unserem Lebensblut angeschworen«, sagte Haverness.

Diesen Schwur nehmt Ihr erheblich ernster als der König, dachte Garranon traurig. Haverness musste doch wissen, worauf er sich hier einließ! Garranon hatte der Delegation aus Oranstein bereits erklärt, dass der König ihnen nicht helfen würde. Er hatte versucht, ihnen darzulegen, dass sie alles noch schlimmer machen würden, wenn sie ihn bedrängten. Aber sie hatten ihn ignoriert.

Haverness von Callis sah aus wie der alte Krieger, der er war. Er war der einzige Oransteiner bei Hof, der den Mut hatte, sein Haar noch so zu tragen, wie es vor der Rebellion in Oranstein Mode gewesen war: rasiert von der Schläfe bis zum Ohr, und überall sonst kurz geschnitten. Garranon wusste, dass Jakoven Haverness für einen geschlagenen Mann, für einen Versager hielt. Wenn Garranon stattdessen einen Helden vor sich sah, behielt er das lieber für sich.

Entschlossen wandte er seine Aufmerksamkeit anderen Dingen zu. Der König ging seinen morgendlichen Pflichten in einem der größeren Empfangsräume nach. Die Tamerlain war an diesem Morgen hier, wie so oft; sie behauptete, es helfe gegen ihre Langeweile, nun, da Menoque verlassen war. Ihr golden und gelb gefleckter Körper wirkte beinahe schockierend in seinem Kontrast zu den dunklen Farben, in die die Adligen gekleidet waren. Sie war in Größe und Gestalt einem Bären ähnlich, aber graziler, wie eine riesige Waldkatze. Ihr Kopf war ebenfalls katzenhafter, mit beweglichen Zügen und scharfen weißen Reißzähnen. Sie wirkte so beeindruckend und gefährlich, wie man es von der Hüterin eines Tempels erwartete, und das Einzige, was nicht in dieses Bild zu passen schien, war der überlange flauschige Schwanz. Garranon fragte sich, wieso in diesen überfüllten Räumen noch nie jemand darauf getreten war – immerhin hatte sie ihm schon vor Jahren versichert, dass er der Einzige war, der sie sehen konnte.

Ihr herrischer Blick traf den seinen über die Menge hinweg.

»Callis ist in arger Bedrängnis, Euer Majestät. Ihr müsst doch wissen, dass das keine gewöhnlichen Räuberbanden sind. Wenn sie Oranstein genommen haben, werden sie als Nächstes Tallven und Seefurt angreifen.« In Haverness' Stimme lag eine leidenschaftliche Intensität, die Garranon zwang, seine Aufmerksamkeit einen Augenblick wieder dem alten General zuzuwenden. Als er erneut die Tamerlain beobachten wollte, war sie verschwunden.

»Wir sind vertraut mit den Ereignissen im Süden«, erklärte der König freundlich. »Aber wir sind auch vertraut mit den großartigen Fähigkeiten der Kämpfer von Oranstein. Ich wette …« Die vorgebliche Ehrlichkeit des Königs ließ Garranon einen Schauder über den Rücken laufen. Er achtete darauf, weiterhin eine ausdruckslose Miene zu wahren, denn es gab hier zu viele, die Jakovens zahmen Oransteiner sorgfältig beobachteten. »Ich wette, mit hundert Männern könntet Ihr die Banditen selbst vertreiben.«

Haverness kannte den König. Er verbeugte sich tief und wollte etwas sagen, als er unterbrochen wurde.

»Diese Wette nehme ich an«, sagte eine Stimme, die Garranon überraschte, denn er hatte den unehelichen Halbbruder des Königs zuvor nicht bei der Audienz bemerkt. Alizon Tallven schlenderte auf Haverness zu und tätschelte ihm den Rücken. »Obwohl ich lieber auf der Seite von Haverness stünde. Ich habe nämlich im letzten Krieg gegen ihn gekämpft.« Alizon mochte aussehen wie ein Geck, aber er war schon mit zweiundzwanzig militärischer Berater und General seines Vaters gewesen.

Der König lehnte sich zurück. Der Kontrast zwischen den beiden Männern war verblüffend, besonders, da ihre Mütter Schwestern gewesen waren. Der König sah aus, wie ein Herrscher aussehen sollte: ausgeprägte Züge, graue Augen mit kühlem, abschätzendem Ausdruck. Er sah nicht besonders gut aus – nein, das wäre zu gewöhnlich gewesen. Er hatte eine schmale, aristokratische Nase, mit einem leichten Hubbel, wo sie einmal gebrochen war. Das lockige Haar – nun vollkommen grau war, obwohl Garranon sich an Zeiten erinnern konnte, als es noch schokoladenbraun gewesen war – trug er militärisch kurz.

Alizon, der älteste der drei Söhne des letzten Königs, färbte sein Haar. Heute war es kastanienbraun, und es fiel ihm bis auf die Schultern. Er war hochgewachsen und wolfsschlank und bewegte sich mit seltsamer Anmut. Es war schwer, ihn sich an der Spitze eines Heeres vorzustellen. Er war von seinem offiziellen Posten zurückgetreten, als sein Halbbruder den Thron bestieg. Garranon nahm an, dass er aus diesem Grund dem Schicksal von Jakovens jüngerem Bruder entgehen konnte, der sich im Asyl des Königs befand.

»Ihr wollt wetten, dass Haverness und hundert Soldaten die Banditen vertreiben können?«, fragte Jakoven amüsiert.

»Mithilfe der Bewohner von Oranstein selbstverständlich«, stimmte Alizon zu. »Und ich denke, er allein sollte diese hundert auswählen.«

Der König lachte leise, und Garranon glaubte beinahe, dass er ehrlich amüsiert war. »Und was setzt Ihr bei dieser Wette?«

»Mein Streitross gegen Großvaters Schwert.«

Garranon bemerkte, dass Jakoven ernsthaftes Interesse zeigte. Der König hätte das Pferd seines Halbbruders nur zu gern gehabt.

»Also gut«, sagte Jakoven schließlich. »Callis soll hundert Mann aussuchen; wenn sie die Banditen in den nächsten sechs Monaten hinter die Grenze zurücktreiben können, werde ich Euch Großvaters Schwert geben. Wenn nicht, werdet Ihr mir das Streitross überlassen.«

»Immer vorausgesetzt selbstverständlich, Haverness ist einverstanden«, murmelte Alizon.

Es war ihnen gelungen, die Bitte des alten Kriegers in eine Belanglosigkeit zu verwandeln, dachte Garranon, und mit der Ehre des Mannes zu spielen.

»Ich akzeptiere Eure Wünsche, wie mich mein Schwur verpflichtet.« Es lag Würde in der Haltung des alten Mannes. Garranon hoffte, dass alle das erkannten. Es machte ihn stolz, selbst aus Oranstein zu stammen, wenn er einen Mann wie diesen sah. Sein Vater hätte eine hohe Meinung von Haverness gehabt.

»Er ist ein tapferer Mann«, murmelte der König und sah Garranon an.

Entsetzen verknotete seine Gedärme, und eine leise Stimme in seinem Kopf flüsterte: *Er weiß es, ihr Götter, er weiß es.* Aber tatsächlich gab es nichts, was der König wissen konnte.

Garranon hatte nichts für Oranstein getan. Das einzige Geheimnis, das ihm schaden könnte, war immer noch verborgen: Nur er selbst wusste, wie sehr er den König hasste.

»Er hat mehr Mut als die meisten.« Garranon ließ Bewunderung in seine Stimme einfließen. »Es ist schade, dass ein Mann wie er auch ein solcher Narr ist. Er gestattet, dass seine Liebe zu Oranstein ihn blind macht gegenüber dem, was die Fünf Königreiche brauchen. Es wäre wohl wirklich das Beste, ihn nach Oranstein zu schicken; er wird nie so hart kämpfen wie für seine Heimat.«

Dankbar bemerkte er, dass der scharfe Blick des Königs Spuren erster Langeweile zeigte, während Haverness selbst bei dieser Beschreibung errötete. Jakoven wandte sich seinem Sekretär zu. »Schreibt die Entscheidung und Alizons Wette nieder. Oh, und gebt dem Mann eine Woche, um seine Auswahl zu treffen und die Leute zu bewaffnen. Wir werden die Ausrüstung finanzieren. Wenn Ihr damit fertig seid, will ich den nächsten Bittsteller hören.«

Während der König sich um die weiteren Angelegenheiten kümmerte, beobachtete Garranon die Anwesenden und fragte sich, ob die Welt jemals richtig und gerecht gewesen war, wie er einmal geglaubt hatte.

Wo sind die Männer von Ehre?
So viele Jahre vergehen.
Wo ist der der tapfere Mann mit Schild und Schwert,
Gegen den keines Feiglings Held kann bestehen?

Dieses traurige kleine Lied ging ihm durch den Kopf. Er hatte es irgendwo auf dieser dummen Jagd nach der geflohenen Sklavin in einem Gasthaus gehört. *Eines Feiglings Held.* Das gefiel ihm; es beschrieb ihn hervorragend.

»Dumm von Jakoven, dem alten Bastard freie Hand zu lassen.«

Das weiche Mondlicht schien den im Schatten liegenden Garten nur noch dunkler zu machen. Garranon sah sich um und war nicht überrascht, die Tamerlain auf einer der dekorativen Balustraden zu entdecken, welche als Stütze für eine Unzahl von Kletterranken dienten. Das Marmorgeländer schien sich unter dem Gewicht des Geschöpfs zu biegen.

Wenn sie nichts gesagt hätte, hätte er sie nicht bemerkt, obwohl sie sich nicht verbarg. Das hell gefleckte Fell, so auffällig im Tageslicht, verschwamm vollends mit den dschungelartigen Schatten des Gartens. Dieses magische Wesen hatte sich schon vor langer Zeit einem verängstigten Jungen gezeigt, aus Gründen, die er nie verstehen würde. Langeweile, hatte sie behauptet, als er sie fragte.

Die Tamerlain war die Hüterin von Menogue, aber niemand glaubte mehr an sie, vor allem nicht, nachdem Menogue zerstört worden war. Sie hatte einmal gesagt, der Untergang von Menogue sei vom Schicksal vorherbestimmt gewesen, aber bei diesen Worten hatte sie mit dem Schwanz gezuckt wie eine zornige Katze. Da nur noch wenige Reisende die Ruinen des Tempels aufsuchten, interessierte sie sich mehr für das Geschehen am Hof in Estian und den oransteinischen Geliebten des Königs.

»Es war dumm vom König? Wie kommst du darauf?«, fragte er. Er wusste aus ihrer entspannten Haltung, dass sie allein im Garten waren.

Sie drehte sich auf dem nur eine Handspanne breiten Geländer auf den Rücken und rieb sich genüsslich an der festen Oberfläche, ohne das Gleichgewicht zu verlieren. »Wie kommt es, dass Oranstein sich nicht gegen die Vorsag verteidigen kann wie früher?«

»Weil die …« Der Gedanke, wohin dieser Satz führen würde, ließ ihn einen Augenblick zögern. »Die Adligen, die auf ihren Ländereien sein sollten, befinden sich hier in Estian, und das schon seit dem Ende des letzten Krieges. Aber es liegt nicht nur daran, Tamerlain. Seit der Rebellion sind fünfzehn Jahre vergangen. Auf den Gütern gibt es keine ausgebildeten Kämpfer mehr, weil man uns nicht gestattet, ein Heer zu haben. Die meisten kampferfahrenen Adligen wurden getötet – während der Rebellion, oder sie kamen später auf geheimnisvollere Art um. Der einzige Grund, dass Haverness noch nicht vom Pferd gefallen ist oder bei einem Ritt in den Wald versehentlich für einen Hirsch gehalten wurde, liegt daran, dass er keinerlei Falschheit an sich hat. Nicht einmal der patriotischste Dummkopf würde auf die Idee kommen, Haverness für eine Untergrundbewegung zu rekrutieren, denn er würde dem König sofort davon erzählen.«

»Viele Männer werden ihm im Krieg folgen«, schnurrte sie beruhigend. »Er ist ein Held – und vielleicht nicht ganz so lächerlich ehrenhaft, wie du glaubst. Und es gibt andere hier. Dich zum Beispiel.«

»Es ist unwahrscheinlich, dass er mich wählen wird, nachdem ich ihn so in Verlegenheit gebracht habe.«

»Mag sein«, gestand sie ihm zu, sprang vom Geländer und landete auf weichen Pfoten. Ihre Krallen klickten leise auf dem Backsteinweg. »Aber du wolltest wissen, wieso ich den König für dumm halte. Denk doch, was geschehen wird, wenn Haverness mit seinen hundert Mann Erfolg hat! Alle in den Fünf Königreichen werden wissen, dass der König diese Wette aus reiner Bosheit abgeschlossen hat. Und alle lieben es, wenn ein zu Unrecht Verfolgter triumphiert. Es könnte genügen, um Jakovens Zugriff auf den Thron zu schwächen. Wenn ich an der Stelle des Königs wäre, hätte ich Alizon schon lange getötet. Intelligente Männer sind gefährlich.«

»Wieso interessiert dich das denn alles so sehr?«, fragte Garranon gereizt. »Was bedeutet es dir schon, was hier geschieht?«

Sie veränderte sich plötzlich, wie sie es zuvor erst ein einziges Mal getan hatte. Es schien, als erhöbe sich eine Menschenfrau aus der Masse ihres Tierkörpers. Ihre Haut war so fleckig, wie ihr Fell gewesen war, aber davon abgesehen hätte sie eine ganz gewöhnliche nackte Frau sein können. Selbst die Farbe ihrer Augen war von gelb zu einem warmen Bernsteinton geworden. Wäre sie ein Mensch gewesen, hätte er sie für jünger als zwanzig gehalten.

Die Tamerlain kam auf ihn zu und berührte seine Wange. »Die Zeit ist nahe, Garranon von Buril. Es war sehr lange dunkel, nicht nur für mich, sondern auch für andere magische Geschöpfe. Die Zwerge verbergen sich in ihren Zufluchten, aber selbst dort suchen Krankheit und Unfrieden sie heim. Etwas hat die Magie des Landes vor langer Zeit besudelt. Nun könnte das Land gerettet werden.«

»Du meinst, die Vorsag zu vertreiben, wird etwas an diesem besudelten Zustand ändern?«, fragte er. Sie hatte schon oft von der besudelten Magie gesprochen, aber noch nie so ausführlich.

Sie lächelte. »Ich weiß es nicht, aber vielleicht ist es möglich. Es ist schwer, in die Zukunft zu schauen, selbst für Aethervon.«

»Aethervon?« Garranon sah sie überrascht an.

»Dass Menogue in Trümmern liegt, bedeutet nicht, dass Aethervon seine Versprechen vergessen hat.« Die Tamerlain senkte den Blick. »Im Ausgleich dafür, dass seine Anhänger

Menogue erhielten, versprach Aethervon dem Hochkönig, auf sein Königreich aufzupassen.« Ihr Blick verlor kurz die Konzentration, als sie witterte. »Er kommt.« Sie nahm ihre andere Gestalt an und verabschiedete sich mit den üblichen Worten: »Lebe wohl, Kind.«

Unsicher, was er mit dem, was sie ihm gesagt hatte, anfangen sollte, ließ sich Garranon auf dem Geländer nieder, auf dem sie gesessen hatte, und rieb mit dem Daumen über eine abgebröckelte Stelle.

»Garranon«, sagte Jakoven. »Ich erinnere mich, dass du genauso dagesessen hast, als du damals zu mir kamst. Was macht dich so traurig?«

Garranon richtete sich auf, obwohl die Hand des Königs ihn ermutigte, sich gegen seine Schulter zu lehnen. *Schluss mit den Lügen,* dachte er. *Sie würden ohnehin nicht funktionieren.* »Oranstein, mein Lehensherr.«

Seine Antwort verärgerte Jakoven; die Hand auf seiner Schulter war nun reglos. »Dein Vater hat dich verlassen, um für die Freiheit von Oranstein zu kämpfen. Er hat dich schutzlos zurückgelassen – niemand war mehr da, um dich zu verteidigen, als die Soldaten kamen und deine Schwester umbrachten, während du zusahest. Und sie haben dich und deinen Bruder vergewaltigt, nicht wahr? Wenn dein Vater seinem Wort treu geblieben wäre, wäre er dort gewesen, um euch zu retten.«

Vor dir, dachte Garranon mit plötzlicher Heftigkeit. Einen Augenblick befürchtete er schon, die Worte laut ausgesprochen zu haben. Aber die Hand des Königs wurde wieder sanfter.

»Du warst so verletzt, als du zu mir kamst«, murmelte Jakoven. »So klein und verängstigt. Es tat mir weh, dich auch nur anzuschauen und die Angst in deinen Augen zu sehen.

Also habe ich es besser gemacht.« Er streifte Garranons Nacken mit den Lippen.

Garranon ließ sich von dem sanften Ton nicht täuschen; er wusste, dass Jakoven die Worte sehr bewusst gewählt hatte. Besonders die Erwähnung seines Bruders. Aber Landislaw war nun in Oranstein und sicher vor Jakoven. Vielleicht, dachte er, während sein Körper auf die Zärtlichkeiten des Königs reagierte, vielleicht würde er sich Haverness ja tatsächlich anschließen. Es wäre gut, seine Frau und sein Land wiederzusehen.

7 WARDWICK

Aethervon stellte für die frommen Bewohner von Tallven immer ein Problem dar. Wenn er wirklich ein Gott war, wieso hatte er dann erlaubt, dass man seinen Tempel zerstörte? Zum Glück neigen die meisten Tallvens nicht dazu, etwas anderes anzubeten als Gold, daher machen sie sich nicht allzu viele Gedanken darüber.

»Sag mir noch einmal, wieso wir so dicht an Estian vorbeiziehen, Ward«, sagte Tosten und schwang sein Schwert in meine Richtung.

»Weil der beste Weg durch die Berge direkt nach Süden führt«, sagte ich und parierte. »Nach dem, was du erzählt hast, haben Garranon und sein Bruder es offenbar aufgegeben, die Flüchtige zu finden. Sie werden die schnellere Straße nach Estian genommen haben, also werden wir ihnen nicht begegnen.«

Wir übten Muster, die er und ich kannten, seit wir ein Schwert halten konnten. Stala ermutigte stets das Reden bei dieser Art von Übungskämpfen, denn sie war der Ansicht, die Arbeit des Mundes verlange, dass der Körper sich vollkommen auf die Reflexe verließ. Ich war mir dessen nicht ganz sicher, aber ich wusste, dass nicht zu befürchten stand, dass er auch nur den kleinsten Teil des Musters ausließ.

»Glaubst du, dass wir Estian heute erreichen werden?«,

fragte Tosten und beschleunigte seine Schläge, sodass ich ebenfalls schneller werden musste.

»Ja.« Ich wurde ein bisschen schneller als er.

»Würden wir nicht rascher weiterkommen, wenn wir weniger kämpften?«, fragte er keuchend, aber dann beschleunigte er noch mehr.

»Ja. Aber wir müssen bereit sein, wenn wir Oranstein erreichen.« All das brachte ich heraus, ohne zwischendurch Luft zu holen, und ich konnte auch mit seinem Tempo mithalten. »Ich will nicht, dass einer von uns« – Keuchen – »getötet wird, weil er nicht weiß, wie man mit dem Schwert umgeht.« Um meine Atemlosigkeit wettzumachen, wurde ich erneut schneller. Aus dem Augenwinkel sah ich, dass die anderen aufgehört hatten zu üben und uns beobachteten.

»Warum wirkt Ward schneller?«, hörte ich Bastilla fragen.

»Weil er es ist.« Axiel klang so zufrieden wie ein stolzer Vater. »Er muss größere Entfernungen zurücklegen, um auf Tostens Schläge reagieren zu können. Deshalb ist ein großer Mann sonst fast immer langsamer als ein kleinerer.«

»Es überrascht mich jedes Mal, Ward kämpfen zu sehen«, fügte Oreg hinzu. »Er spricht so langsam und klingt beinahe einfältig, selbst wenn er nicht versucht, diesen Eindruck zu erwecken. Er bewegt sich auch so.«

»Nein«, widersprach Axiel. »Er bewegt sich gut. Er sieht nur langsam aus, genau wie Penrods Wallach. Er ist das schnellste von unseren Pferden, aber er sieht aus, als bewege er sich nur halb so schnell wie die anderen.« Er hob die Stimme. »Ward, Tosten, macht langsamer. Sonst wird noch jemand verletzt.«

»Willst du es ihnen wirklich zeigen?«, fragte Tosten grinsend. Das verblüffte mich. Er hatte nie dazu geneigt, so leicht zu lächeln.

»Was hast du denn im Sinn?« Es würde schnell geschehen müssen, denn ich konnte dieses Tempo nicht mehr viel länger halten.

»Schließ die Augen.«

Stala hatte uns das beigebracht. Wir hatten dabei selbstverständlich Holzschwerter und vollständige Rüstungen benutzt, damit die größte Gefahr in einer unangenehmen Prellung bestand – es sei denn, wir wären vollkommen unfähig gewesen. Und für gewöhnlich verband sie nur einem der Übenden die Augen, und die Muster wurden mit halber Geschwindigkeit ausgeführt.

»Du auch?«, fragte ich.

Zur Antwort schloss er die Augen, also tat ich es ebenfalls, und wir wurden beide nicht langsamer. Das Schlimmste daran, mit geschlossenen Augen zu kämpfen, war immer, dass es mich aus dem Gleichgewicht brachte, bis ich mich daran gewöhnt hatte. Andererseits förderte es meine Konzentration ungemein. Die intensivste Sinneswahrnehmung erfolgte durch mein Schwert, bis es sich beinahe anfühlte, als träfe Tostens Waffe meinen Arm statt der funkelnden Klinge. Es war berauschend, noch besser, als auf Feder durch die Berge zu galoppieren – und ungefähr genau so weise.

Wir machten weiter, bis der Rhythmus von Metall auf Metall abgerissen klang; einer von uns war müde, oder wir beide. »Fertig auf drei«, flüsterte ich.

»Eins«, sagte er leise.

»Zwei«, erwiderte ich.

»Drei«, sagte er.

Ich sprang außer Reichweite, öffnete die Augen und sah, dass er das Gleiche getan hatte. Schwindlig, weil ich jetzt zusätzlich zu meinen anderen geschärften Sinnen auch wieder sehen konnte, musste ich mich schnell hinsetzen, damit ich nicht hinfiel.

»Idioten«, sagte Axiel. »Solche Dummheiten werden einmal euer Tod sein.«

Tosten und ich grinsten ohne jede Reue, und ich spürte, wie sich zum ersten Mal seit langer Zeit die alte Verbindung zwischen uns Brüdern wieder bildete.

Unsere Haltung half nicht, Axiel zu besänftigen. »Ich habe Stala immer gesagt, dass ich diese Sache mit den verbundenen Augen für dumm halte. Es ermutigt die *Steran*, hirnlose Dinge zu tun, wie gerade eben.«

Mir war nicht mehr so schwindlig, also stand ich wieder auf und hielt Axiel mein Schwert hin, wie es ein reuiger Schüler tun sollte.

Er schüttelte abwehrend den Kopf, musste aber leise lachen. »Das hätte ich für alle Schafe in Hurog nicht missen wollen – aber verratet es niemandem.«

»Was sind *Steran?*«, fragte Oreg mit solcher Unschuld in der Stimme, dass ich scharf zu ihm aufblickte. Er wollte mich auf etwas hinweisen, aber ich verstand nicht, was es war.

»Dumme Jungen«, antwortete Axiel mit solch gut verborgenem Unbehagen, dass es mir nicht aufgefallen wäre, hätte Oreg nicht meine Aufmerksamkeit geschärft. Wie jeder junge Adlige in den Königreichen beherrschte ich mehrere Sprachen. Aber mit dem Begriff *Steran* war ich nicht vertraut.

»Knurriger alter Zwerg«, neckte Oreg leise.

Axiels Gesicht wurde verschlossen, aber bevor er etwas sagen konnte, mischte sich Tosten ein, wie er überhaupt jede Gelegenheit nutzte, Oreg anzugreifen. »Du unhöflicher Bastard«, sagte er. »Du solltest mehr Respekt vor Leuten zeigen, die älter sind als du.«

Ein Ausdruck unheiliger Schadenfreude breitete sich auf Oregs Zügen aus.

»Zeit, das Lager abzubrechen«, sagte Axiel abrupt. Es war das erste Mal, dass er außerhalb der morgendlichen und abendlichen Übungen Anweisungen gab. Es diente vielleicht dem Zweck, Oreg und Tosten davon abzuhalten, sich zu streiten, aber ich fragte mich, ob es nicht mehr mit Oregs Bemerkung über Zwerge zu tun hatte.

Ich dachte daran, der Sache auf den Grund zu gehen, kam dann aber widerstrebend zu dem Schluss, dass es besser wäre, Axiel sich selbst zu überlassen. Das hatte er sich mit seinen langen Jahren des Dienstes in unserer Familie verdient. Außerdem hatte es mir noch nie gefallen, anderer Leute Spiele zu spielen, nicht einmal die von Oreg. Aber wie unwahrscheinlich war es wirklich, dass Axiels Vater ein Zwerg gewesen sein sollte? Etwa so unwahrscheinlich wie Oregs Behauptung, so alt zu sein wie Hurog. Ich konnte Zwergenblut akzeptieren – es war der andere Teil, den ich eher bezweifelte: Wenn er wirklich, wirklich betrunken war, behauptete er immer, sein Vater sei der Zwergenkönig.

Blümchen war bester Laune und zeigte das, indem er tänzelte und schnaubte. Die warme Sonne fühlte sich auch auf meiner Haut gut an, und zum ersten Mal, seit wir Hurog verlassen hatten, fühlte ich mich wieder wie sonst auch. Meine unterbrochene Verbindung zu Hurog gab mir immer noch das Gefühl, als fehle ein wichtiger Teil meiner selbst, aber es war inzwischen erträglich, eine verheilte Narbe, als hätte ich vor längerer Zeit einen Arm oder ein Bein verloren.

»Ward?«, sagte Oreg schüchtern und ritt neben mich.

»Ja?«

»Wo willst du heute Abend unser Lager aufschlagen? Wir werden Estian erst spät am Nachmittag erreichen.«

»Der Weg, auf dem wir uns befinden, stößt in ein paar Meilen auf die Hauptstraße. Mein Vater ritt gern am frühen Morgen nach Estian hinein. Ich dachte, wir schlagen unser Lager auf, wo wir es immer getan haben, und reiten morgen an der Stadt vorbei.«

»Wäre es möglich, stattdessen in Menogue zu lagern?«

»Im Interesse der Gelehrsamkeit?«, fragte Bastilla, die neben mir ritt.

Oreg lächelte erfreut und nickte.

Bastilla hatte sich viel besser in meine Gruppe eingewöhnt, als ich es von einer schönen Frau erwartet hätte. Ich nahm an, dass sie sowohl mit Axiel als auch mit Penrod schlief, aber es kam deshalb nicht zu Problemen.

»Menogue liegt im Nordosten von Estian. Das ist ein Umweg von mindestens fünf oder sechs Meilen in einer Richtung«, sagte ich. »Also insgesamt über zehn.«

»Ich weiß«, erwiderte er. »Ich würde dennoch gern über Nacht dort bleiben. Du hast Tosten gesagt, dass unser Tempo nicht wichtig ist.«

»Es spukt in den Ruinen.« Der Weg war breit genug, dass auch Tosten neben uns reiten konnte. »Axiel kennt alle Geschichten darüber. Er ist vorausgeritten, um den Weg auszuspähen, aber ich wette, er wird uns heute Abend alles darüber erzählen.«

Sein Tonfall war freundlich. Etwas an dem Übungskampf dieses Morgens hatte seine Laune gebessert.

»Es spukt?« Ich legte ein leichtes Zittern in meine Stimme, und es gelang mir, Oreg nicht anzusehen. »Das hatte ich ganz vergessen. Vielleicht sollten wir dort lieber doch nicht übernachten.«

Tosten schnaubte. »Das Theater kannst du dir sparen, Ward.« Er grinste Bastilla an. Ich konnte sehen, dass sie auch bei ihm ihren Zauber gewirkt hatte. »Wir haben selbst in Hurog ein Gespenst. Ich habe es nie gesehen, aber Ihr hättet meine Tante hören sollen – Lady Duraugh, nicht Stala –, als es sie besuchte.« Bastilla hatte Stala nie kennengelernt, aber sie kannte unsere Geschichten.

»Bei Tageslicht ist es nicht schwer, sich über Gespenster lustig zu machen«, sagte ich. »Wenn die Ruinen im Dunkeln lebendig werden, wird es dir schon schwerer fallen.«

Penrod war näher gekommen, um zu hören, worüber wir sprachen. »Ruinen?«

»Oreg möchte in den Ruinen von Menogue übernachten, wo es spukt«, erklärte Bastilla.

Der alte Stallmeister grinste. »Die Nacht in spukigen Gemäuern verbringen? Klingt ganz wie zu Hause.«

Es war Axiel, der den Weg fand, den wir nehmen mussten. Ich wäre daran vorbeigeritten. Es gab Anzeichen dafür, dass er einmal eine breite Straße gewesen war, aber ich bezweifelte, dass man in weiteren hundert Jahren auch nur noch eine Spur davon erkennen könnte. Gerüchte über Geister und Flüche hielten die Neugierigen fern. Und das, obwohl die Bewohner von Tallven behaupteten, wir Nordländer seien abergläubisch.

Um ehrlich zu sein, wenn ich nicht gewusst hätte, was Oreg war, hätte ich dem Vorschlag ebenfalls nicht zugestimmt. Wie mein Onkel gesagt hatte, wusste niemand so gut wie ein Nordländer, wie lästig echte Magie sein konnte. Weder Axiel noch Bastilla waren sonderlich begeistert. Aber Tosten überschlug sich praktisch vor Aufregung, und das gab mir den letzten Anstoß. So vergnügt hatte ich ihn noch nie erlebt.

Unser Weg wand sich zwischen Bäumen hindurch, die während Menogues Herrschaft nicht existiert hatten, uns aber nun überragten und Schatten spendeten. Brombeerbüsche verbargen die Überreste von Steinbänken und Statuen.

Die Pferde waren nach einem langen Tag müde, und sie schnaubten und schwitzten, als sie uns den steilen Hügel hinauftragen mussten. Penrod zog die Füße aus den Steigbügeln und ließ sich vom Pferd gleiten. Axiel, der vor ihm ritt, tat es ihm nach. Ich musste über mich selbst lächeln, als ich aus dem Sattel rutschte, denn ich freute mich nicht darauf, den Hügel hinaufzusteigen, aber wenn Penrod es tat, der ebenso frisch aussah wie an diesem Morgen, obwohl er doppelt so alt war wie ich, dann würde ich es halt auch tun.

Sobald meine Füße den Boden berührten, hörte ich auf zu grinsen, und die Haare auf meinen Armen sträubten sich. Ich hatte am ganzen Körper eine Gänsehaut. Es war nicht das Gleiche wie in Hurog. Die Magie in diesem Hügel durchfloss mich nicht wie ein Meer, füllte nicht die leeren Stellen meiner Seele, aber sie war eindeutig vorhanden. Und sie war neugierig.

Ich weiß nicht, warum ich das dachte. Man hatte mir beigebracht, Magie sei eine Naturkraft, wie der Wind oder die Sonne. Aber in Hurog hieß mich die Magie willkommen und erfüllte mich mit Kraft und Frieden, wenn ich es brauchte – selbst wenn sie meinem Ruf nicht mehr folgte. Was immer mich jedoch nun durch den weichen Boden unter meinen Füßen berührte, war neugierig und … nicht sonderlich freundlich. Oreg kam neben mich, packte meinen Ellbogen und zog mich weiter, bevor die anderen bemerkten, dass ich stehen geblieben war.

»Ja«, murmelte er leise, sodass das Klirren der Zaumzeuge und des Stampfen der Hufe seine Worte vor den anderen verbarg. »Du spürst es auch, nicht wahr? Bastilla nicht. Wie seltsam.«

»Es ist wie Hurog«, murmelte ich zurück.

Er lächelte grimmig. »Ja und nein. Es sind beides Stätten alter Macht.«

»Welche Macht?«, fragte Tosten und kam neben uns, wie er es oft tat, wenn Oreg und ich uns unterhielten, obwohl er Oreg selten direkt ansprach.

»Menogue«, antwortete ich und nickte zu den Ruinen hin, die dunkel vor uns aufragten.

Tosten rieb sich die Arme und sagte: »Dieser Ort macht mich nervös, so als beobachte uns jemand, der nicht besonders freundlich ist.«

»Macht schon, beeilt euch«, rief Bastilla. »Ihr blockiert den Weg. Wenn wir schon auf diesem elenden Hügel ein Lager aufschlagen sollen, lasst es uns wenigstens tun, solange es noch hell ist.«

Ich warf einen Blick zurück und sah, dass sie, ungetrübt von Stolz, immer noch zu Pferd saß. Aber ich ging ohne ein Wort schneller. Sie hatte recht.

Weiterzugehen beendete meine Fragen, weil ich einfach nicht den Atem dazu hatte – etwas, dessen ich mich geschämt hätte, wäre es nicht allen anderen ebenso ergangen. Als der Hang steiler wurde, ließ ich die Zügel locker auf Blümchens Rücken liegen und ging hinter ihm, um mir von seinem Schwanz über den rauen Boden helfen zu lassen. Das war ein alter Bergsteigertrick, und ich hatte, bevor ich den Schwanz des Hengstes packte, vergessen, dass Blümchen nicht an solche Vertraulichkeiten gewöhnt war. Aber als er nicht austrat und Penrod weiterhin folgte, machte ich mir keine Gedanken mehr und nahm dankbar seine Hilfe an. Bei einem Blick zurück sah ich, dass Tosten das Gleiche tat, Oreg jedoch ohne sichtbare Anstrengung weiterkletterte. Bastilla war schließlich ebenfalls abgestiegen und ein wenig zurückgefallen. Feder, die eine leichtere Last trug, als sie gewohnt war, brachte Ciarra an uns vorbei, als bewege sie sich auf ebenem Boden.

Die Hügelkuppe ragte vor uns auf wie ein Leuchtfeuer in einem Schneesturm. Blümchen spürte es ebenfalls, oder vielleicht fühlte er sich gedemütigt, weil Feder ihn überholt hatte – jedenfalls wurde er schneller, bis ich einen Laufschritt anschlagen musste, um ihm folgen zu können.

Oben auf der Hügelkuppe mochte es noch hell sein, aber der Weg lag im Schatten von Bäumen, und ich geriet ins Stolpern. Da ich mich nicht den Rest des Weges schleifen lassen wollte, ließ ich Blümchen los und hielt mich an einer abgebrochenen Steinsäule fest, die zu den Ruinen gehörte.

Als ich wieder erwachte, lag ich flach auf dem Rücken, und ein Fremder beugte sich über mich. Er hatte keine der Tätowierungen unseres Ordens, und seine Kleidung war mir auch nicht vertraut. Etwas an seinem Gesicht … er sah aus wie ein Hurog … Und ich sah einen Drachen am Himmel, wild und furchterregend, tiefblaue Schuppen mit goldenen Rändern.

Hurog.

Es war Tosten, der sich über mich beugte und mich besorgt ansah. »Hast du dir wehgetan, Ward? Was ist passiert?«

Eine gute Frage, aber mein Körper kribbelte von Kopf bis Fuß. Und ich wusste nicht, was ich sagen sollte. Ich hatte offenbar nicht lange dort gelegen, denn ich hörte, wie Oreg und sein Pferd rasch näher kamen.

»Was ist denn?«, fragte Oreg.

»Ich bin gestolpert«, sagte ich, obwohl es die Säule gewesen war, die mich umgeworfen hatte, und nicht etwas am

Boden. Ich zwang mich zu einem Grinsen. »Es fühlt sich nur so gut an, hier im Gras zu liegen, dass ich dachte, ich bleibe eine Weile.«

Ich bemerkte, dass meine Hand immer noch den Sockel der Säule berührte, und zog sie weg. Zum Glück hörte das pulsierende Kribbeln innerhalb von ein paar Herzschlägen auf. Ich war nicht verletzt, nur der Kopf tat mir weh.

»Es ist alles in Ordnung«, sagte ich und stand auf. Dabei stieß ich mit dem Kopf gegen den von Blümchen, was uns beiden nicht gut tat, und er trat empört zurück. »Gehen wir weiter.«

Ich hoffte, dass der Schatten mein Gesicht verbarg, denn ich wollte nicht, dass jemand meine Angst sah. Was an diesem Morgen geklungen hatte wie ein Abenteuer, hatte sich in etwas anderes verwandelt, und plötzlich entwickelte ich ernsthaftes Widerstreben gegenüber Oregs Wunsch, hier über Nacht zu lagern.

»Ich hoffe, du weißt, was du tust, Oreg«, sagte ich leise.

Er lächelte dünn, antwortete aber nicht.

Als wir die Kuppe erreichten, hatten Axiel, Penrod und Ciarra bereits die Pferde abgesattelt und kümmerten sich um sie. Blümchen wieherte, gesellte sich zu den anderen Tieren und wartete darauf, dass ich ihm ebenfalls die heiße, kratzige Decke und das Zaumzeug abnahm.

»Können wir uns ein bisschen umsehen, ob die Mönche irgendetwas hinterlassen haben?«, fragte Bastilla und pflockte ihr Pferd an.

Penrod warf einen Blick zum Himmel. »Wir werden nicht viel länger Licht haben.«

Ciarra sah mich erwartungsvoll an und wippte auf den Fußballen. Sie hatte Feder bereits angepflockt. Ich wusste, was Ciarra tun wollte, aber nach meiner Erfahrung mit der

Säule am Weg war ich nicht sicher, ob die Ruinen wirklich ungefährlich waren.

»Also gut«, sagte ich widerstrebend. »Ausnahmsweise werden wir heute Abend nicht üben. Geht und seht euch um. Aber vergesst nicht, dass dieser Ort einmal einem Gott geweiht war. Seid respektvoll und fasst nichts an.«

Noch bevor ich zu Ende gekommen war, hatten sich Bastilla und Ciarra schon auf den Weg gemacht. Sobald er mit seinem Pferd fertig war, folgte ihnen Tosten zusammen mit Penrod. Axiel nahm die kleine Schaufel vom Packsattel und begann, eine Feuergrube auszuheben. Oreg, der eher gelangweilt wirkte, sammelte trockenes Holz, das am Boden lag.

Ich ließ mir Zeit und striegelte Blümchen, bis sein Fell glänzte und nur dort noch eine gewisse Rauheit zeigte, wo der Sattelgurt gerieben hatte. Schließlich stampfte er auf, denn er wollte endlich zusammen mit den anderen grasen. Ich steckte die Bürste in eine Satteltasche und ließ ihn gehen. Ich pflockte ihn nicht an – er würde bei seiner Herde bleiben.

»Ich werde mich auch ein bisschen umsehen«, sagte ich. Axiel knurrte nur leise, aber Oreg ließ seinen Haufen Feuerholz, wo er war, und folgte mir.

Penrod oder Axiel hatten einen Lagerplatz in einiger Entfernung von den Hauptgebäuden ausgewählt. Das brachte uns an die Nordostecke der Hügelkuppe, wo wir am weitesten von Estian entfernt waren und die Überreste des Tempelturms zwischen uns und der Stadt standen.

Die Hügelkuppe war ein etwa zwei Hektar großes flaches Feld. An den Hängen des Hügels wuchsen hohe Bäume, aber auf der Kuppe selbst nur Gras. Früher einmal, nahm ich an, war der größte Teil dieser Fläche gepflastert gewesen. Nun lag Erde über den alten Steinen, doch die Schicht war zu dünn, als dass etwas anderes als Gras gedeihen würde.

»Warum hast du uns hergebracht?«, fragte ich Oreg, als wir allein waren.«

Oreg zog den Kopf ein, sodass ich sein Gesicht nicht sehen konnte. »Warte ab. Es könnte wichtig sein, oder auch nicht.«

Ich blieb stehen. »Ist es gefährlich?«

Er lächelte ein wenig. »Leben ist gefährlich, Ward. Tod ist das einzig Sichere. Aber die Tamerlain sorgt dafür, dass sich hier keine bösen Geister ansiedeln. Es ist alles in Ordnung.«

Ich starrte ihn einen Augenblick an. Die Tamerlain war die legendäre Hüterin des Tempels, ein großes Raubtier, das von Dämonen der Nacht lebte und nur auf dem Hügel von Menogue anzutreffen war. Manchmal war ich nicht sicher, ob Oreg den Verstand verloren hatte oder nicht, aber er wirkte tatsächlich ruhig und nicht besorgt um unsere Sicherheit. Ich nickte, überwiegend, weil ich nicht wirklich den Hügel wieder hinabsteigen wollte, und ging weiter auf die Stelle zu, wo der größte Teil der Mauern stehen geblieben war.

Es sprach für die Angst der Tallvens vor Menogue, dass ein großer Teil des Tempels noch hier war und man die Steine nicht weggeschleppt hatte, um anderswo damit zu bauen. Es kursierten Geschichten über unangenehme Dinge, welche Leuten zustießen, die etwas aus Menogue mitnahmen – Krankheiten und Pech. Mein Vater hatte einmal die zynische Bemerkung gemacht, dass Zugang zu einem Schatz von Baumaterial die natürliche Ordnung der Dinge durcheinanderbringe. Bei freiem Zugang zu Baumaterial konnten selbst einfache Bauern gute Steinhäuser errichten, wie die Kaufleute. Sie würden sich für etwas Besseres halten. Also verbot man den Bauern die Steine, und Aberglaube war immer die billigste Bewachung gewesen.

Das Ergebnis bestand darin, dass Oreg und ich, als wir uns den noch stehenden Mauern näherten, über viel loses Geröll klettern mussten. Einige der umgestürzten Steine waren größer als ich, und viele davon zeigten Spuren ausführlicher Bearbeitung, auch wenn sie häufig gerissen und zerbrochen waren. Ich staunte über die Qualität der Arbeit.

»Wurde der Tempel von Zwergen gebaut?«, fragte ich Oreg.

»Wie?« Dann grinste er. »Du nimmst den Zwergen also ihre Behauptung ab, dass sie die Einzigen seien, die wissen, wie man Stein bearbeitet? Nicht, dass sie keine Meister gewesen wären – von ihnen stammt die Arbeit in der Bibliothek von Hurog –, aber es gab auch gute menschliche Steinmetzen, so wie diejenigen, die das hier geschaffen haben. Solche Kunstfertigkeit kam jedoch schon vor Jahrhunderten aus der Mode. Stuck und Holzschnitzereien sind billiger und schneller.«

Das Stück erhaltener Mauer, auf das ich zuging, hätte die höchste Mauer von Hurog überragt. Früher einmal war es sogar noch höher gewesen, aber die Krone war heruntergefallen. Die Mauer bog sich leicht und war in vier Fuß hohe Bereiche unterteilt, jeder ein Stück weiter zurückgesetzt als der darunter. Ich stellte mir vor, dass das Ganze einmal Teil einer Kuppel gewesen war. Die einzelnen Bereiche waren mit Reliefs überzogen, aber immer noch zu weit entfernt, als dass ich in den wachsenden Abendschatten Einzelheiten erkennen konnte.

Wir umgingen ein paar Steinhaufen und kletterten über einen weiteren hinweg zu einer kleinen geräumten Fläche nahe der Mauer.

»Das hier war der innere Tempel«, sagte Oreg wenig betrübt. »Er war mit leuchtenden Farben bemalt, blau und lila, orange und grün. Nirgendwo gab es etwas Vergleichbares.«

Nachdem ich es wusste, konnte ich tatsächlich erkennen, dass die Wand einmal bemalt gewesen war. Wo die einzelnen Teile zurückgesetzt und dadurch vom Wetter geschützt waren, sah man es sogar noch recht deutlich. Im untersten Bereich waren seltsam übertriebene Personen dargestellt, die offenbar den nächsten Teil mit ihren Steinhänden hielten. Als ich näher hinschaute, erkannte ich, dass sie alle unterschiedliche Gesichtszüge und Kleidung hatten. Ein paar standen auf den Händen und stützten den oberen Teil mit den Füßen. An einer Stelle bog sich der Rand des nächsten Bereichs sogar ein wenig nach oben, wo ein sehr kräftiger kleiner Mann ihn schob. Nahe der ersten Bresche in der Mauer gab es einen kleinen Burschen, der besonders heimtückisch dreinschaute. Als ich genauer hinsah, konnte ich erkennen, dass seine Hände die Steinplatten über ihm gar nicht berührten.

Die zweite Reihe von Bildern zeigte Bäume, aber von einer Art, mit der ich nicht vertraut war. Die darüber …

»Bei Siphern«, rief ich, was Oreg, der geduldig darauf gewartet hatte, dass ich es bemerkte, in Lachen ausbrechen ließ.

Wie die meisten Götter Tallvens war Aethervon eine Gottheit von Gegensätzen: Kummer und Vergnügen. Die Leutchen in der dritten Reihe wirkten, als hätten sie wirklich Spaß miteinander.

Ich betrachtete eine bestimmte Szene. »Das hätte ich anatomisch nicht für möglich gehalten.«

»Die Frau muss sehr beweglich sein«, sagte Oreg grinsend.

Ich sah ihn zweifelnd an. »Ich glaube nicht, dass ich dieser Mann sein möchte, wenn sie das Gleichgewicht verliert.«

»Vielleicht«, spekulierte er scheinbar vollkommen ernst, wengleich seine Augen immer noch funkelten, »ist das Risiko es wert.«

Ich schüttelte den Kopf und setzte meine Erforschung fort, wobei Oreg im inneren Tempel zurückblieb. Ich entdeckte Ciarra, die oben auf einem breiten Stück Mauerrest stand, von dem aus sie auf das tief unter dem Hügel liegende Estian hinabschaute. Ich trat vorsichtig hinter sie, um dafür zu sorgen, dass sie nicht stürzte.

»Groß, wie?«, fragte ich. Ciarra hatte Estian nie zuvor gesehen.

Sie schüttelte den Kopf und machte eine schrumpfende Bewegung mit den Händen. Ich schaute wieder hinab und dachte darüber nach, was sie gesagt hatte. Estian war eine alte Stadt, vielleicht älter als Hurog. Oreg würde es wissen. Aus dieser Höhe vermittelte eine Reihe von Stadtmauern, die immer wieder hinzugefügt worden waren, wenn die Bevölkerung über den sicheren Raum hinauswuchs, den Eindruck, dass die Stadt von einer Spinne geplant worden war. Die alten inneren Mauern wirkten weicher durch die Gebäude, die man gegen sie gelehnt hatte.

Ich kniff die Augen zusammen. Die äußerste Mauer war schmaler und niedriger als die, die ihr vorausgegangen war. Es gab nur wenige Gebäude zwischen den beiden äußeren Ringen. Zum größten Teil befanden sich hier nur die geschwärzten Überreste des Feuers, das Estian etwa zur Zeit meiner Geburt verwüstet hatte.

Ciarra hatte recht. Estian schrumpfte.

Ich schlief schlecht in dieser Nacht; ich hörte immer wieder Glocken. Aber als ich mich die ersten beiden Male hinsetzte und umsah, schliefen alle. Beim dritten Mal waren Ciarra und Oreg, die Wache standen, beide verschwunden.

Ich weckte Tosten auf und ging zu Axiel, während mein Bruder Penrod aufweckte. Axiel öffnete die Augen, noch bevor ich ihn ansprechen konnte, aber weder ihm noch mir gelang es, Bastilla aufzuwecken, die schlief, als hätte ihr jemand Drogen versetzt.

»Ich bleibe bei ihr«, bot Penrod im Flüsterton an.

Ich nickte, und wir anderen machten uns auf die Suche nach Ciarra.

»Es ist zu dunkel, um Spuren zu finden«, flüsterte Axiel. »Wir müssen uns aufteilen und einen Treffpunkt vereinbaren.«

»Treffen wir uns an der Mauer«, sagte ich und zeigte zu den Umrissen des höchsten Mauerabschnitts, wo die komischen kleinen Leute den Turm auf ihren Schultern getragen hatten. Ich wusste, wo meine Schwester war, ich hatte sie und Oreg schon vor einiger Zeit mithilfe meiner Magie aufgespürt. Sie waren nicht direkt an der Mauer, aber irgendwo in unmittelbarer Nähe. Aus irgendeinem Grund, den ich mir selbst nicht so recht erklären konnte, wollte ich jedoch zunächst allein dorthin gehen. Dieses Gefühl war so intensiv, dass ich später zu dem Schluss kam, dass es nicht von mir selbst ausgegangen war. Aber ich schickte Axiel und Tosten weg.

In der Sommernacht erklangen die Geräusche von Insekten und nächtlichen Jägern, die auf Beutezug waren. Die weiße, geisterhafte Gestalt einer Harr-Eule flog über mich hinweg und gab das eigentümliche Geräusch von sich, nach dem sie benannt war. Die verstreuten Steine machten es unmöglich zu laufen, aber ich verschwendete keine Zeit und kletterte und stakste so schnell ich konnte zur Mauer.

Ciarra stand ganz oben, an der gleichen Stelle, wo sie zuvor am Abend gestanden hatte. Der kühle Nachtwind zauste ihr Haar, als sie auf Estian hinabschaute. Oreg hatte sich auf dem Boden am Fuß der Mauer zu einer Kugel zusammengerollt.

»Ciarra«, sagte ich und kniete mich neben den geduckten Oreg. »Oreg, was ist los?«

»Ich kann nicht«, rief er. »Ich kann es nicht aufhalten! Ich habe es versucht, wirklich versucht … Aethervon …«

»Ciarra, weißt du, was mit ihm los ist?«, fragte ich.

Nun sah sie mich an, und meine Nackenhaare sträubten sich, und eine eisige Faust umklammerte mein Herz, denn ihre Augen leuchteten orangefarben in der Nacht. Sie streckte die Hand aus, und etwas erschien im Dunkeln, ein großes Tier, das Ciarra noch kleiner wirken ließ, als sie ohnehin war. Es schob seinen Kopf unter ihre Hand, wie eine Katze, die gestreichelt werden will. Ich war nahe genug, um den Raubtiergeruch seines Atems riechen zu können.

»Ciarra?«

Meine Schwester lächelte sanft und begann zu sprechen. »Wardwick von Hurog, es wird wieder Drachen geben, wenn du bereit bist, den Preis dafür zu zahlen.« Ihre Stimme war vollkommen tonlos. Sie hätte jedem gehören können, einem Mann oder einer Frau, einem Kind oder einem Greis.

»Still«, sagte ich zu Oreg, der immer noch leise, gebrochene Worte vor sich hin murmelte.

»Kind des Drachenmörders, wähle deinen Weg mit Sorgfalt, denn am Ende wird alles von deiner Entscheidung abhängen, aber das Herz des Drachen ist völlig verfault.« Diesmal gab es Basstöne in ihrer Stimme; es hätte die meines Vaters sein können.

Halb betäubt erinnerte ich mich an die Geschichten, die ich über Menogue gehört hatte. Es hatte hier einen Seher gegeben, der im Auftrag des Gottes sprach. Der letzte Seher war umgekommen, als Menogue geschleift worden war.

»Ich habe sie nicht …« Axiels Stimme verklang, als er um einen großen Steinblock bog und uns sah.

»Sohn des Zwergenkönigs, was bringt dich hierher?« Diesmal war sie vollkommen weiblich, mit einer Sinnlichkeit, die nicht zu meiner Schwester gehörte.

»Prophezeiung und Notwendigkeit«, antwortete er nach einem Augenblick, als er registriert hatte, was hier geschah. »Mein Volk stirbt.«

»Dein Vater hatte einen Traum«, stimmte Ciarra zu, die nun wie ein Kind klang, viel jünger als ihr Alter. »Und du wirst für die Läuterung gebraucht.«

»Ciarra!« Das war Tosten. Er klang außer Atem, als wäre er gelaufen.

»Sänger«, sagte sie in wohlklingendem Tenor.

Er erstarrte, als er die Stimme hörte.

»Fördere vergessenes Wissen wieder zutage, und nutze es gut. Bänkelsänger standen dem Weg des Geistes stets nahe, und Melancholie folgt ihnen auf dem Fuß. Aber du bist auch ein Krieger. Diese Welt braucht Lied und Schwert.«

»Was hast du mit Bastilla und Oreg gemacht?«, fragte ich, denn ich hatte langsam genug von Aethervons Spielchen. Oreg schauderte und bebte unter meinen Händen und flüsterte gequält vor sich hin, und das machte mich wütend.

»Die Frau ist zu früh erwacht«, sagte Ciarra, diesmal mit der wie von Weitem kommenden, gleichgültigen Stimme meiner Mutter. »Sie wird unter dem Bann der Tamerlain bis zum Morgen schlafen.« Das große Tier entzog sich Ciarras Berührung und sprang nach unten.

Weit offene Augen starrten mich an und versuchten, mich in ihren Bann zu ziehen. Ich riss den Blick los und wandte mich wieder Ciarra zu. »Und Oreg?« Mein Mund war trocken; es fiel mir nicht leicht, das bärengroße Raubtier zu ignorieren, das so dicht vor mir stand.

»Still jetzt, Tamerlain. So wirst du niemals einen Drachen fangen«, erklang die Stimme meines Vaters voller Heiterkeit. »Dieser da ist zu weit gegangen und musste daran erinnert werden, was er ist.« Oreg zuckte bei den Worten zusammen, was mich an den Tag erinnerte, als er sich selbst in Hurogs großer Halle Wunden zugefügt hatte.

Es machte mich wütend, so, wie es mich wütend gemacht hatte, wenn mein Vater Ciarra schlug. Ich sprang brüllend auf und erschreckte die Tamerlain damit so, dass sie zurückwich. »Das reicht jetzt! Du brauchst ihn nicht so zu quälen. Und lass meine Schwester in Ruhe.«

Sie sah mich durch glühende Augen an und sagte, immer noch mit der Stimme meines Vaters: »Willst du mich etwa dazu zwingen?«

Zorn ließ mich beben, und die Magie aus den Grundmauern des alten Tempels folgte meinem Ruf, durchdrang mich von den Füßen aufwärts und zwang sich ihren glühenden Weg durch meinen Körper und meinen Geist.

Ciarra lächelte, winkte, und die Magie verschwand wieder, als hätte es sie nie gegeben. Mein Körper fühlte sich nun an, als flösse Eiswasser statt Blut durch meine Adern, und ich sackte auf die Knie und hielt meinen Kopf, der schier zu platzen drohte.

»Ward!« Tostens warme Hände schlossen sich um meine Schultern.

»Nein, nicht mit meiner Macht.« Ciarras Stimme war nun wieder das geschlechtslose Flüstern ihrer ersten Worte. »Das hier ist nicht der Horst des Drachen.«

Ciarra schloss die Augen und fiel von der Mauer auf uns zu. Axiel fing sie auf. Ihr Körper war schlaff, und sie erwachte nicht, als Tosten ihre Wangen tätschelte. Die Tamerlain zuckte zweimal mit der Schwanzspitze und verschwand.

Ich zwang meine Panik und die bohrenden Kopfschmerzen beiseite, die mich in die Knie zwingen wollten. »Axiel und Tosten, ihr bringt Ciarra zurück ins Lager und haltet sie warm. Oreg und ich kommen nach.«

»Geht es dir gut?«, fragte Tosten leise.

Ich nickte und biss die Zähne zusammen. »Ja. Gut. Geht.«

Tosten riss bei meinen Tonfall den Kopf hoch wie ein junges Pferd, das versuchte, der Berührung des Gebisses zu entgehen.

Er warf einen Blick zu Axiel, sagte: »Gehen wir«, und stapfte davon, ohne sich noch einmal umzudrehen.

Axiel sah ihm nachdenklich hinterher und warf dann einen Blick auf Oreg. »Wenn Ihr nicht vorsichtig seid, wird Tosten Oreg hassen – wenn er es nicht bereits tut.«

»Ich werde mich um Tosten kümmern«, sagte ich kurz angebunden. »Kümmere du dich um meine Schwester.«

Axiel nickte und folgte Tosten in die Dunkelheit, meine Schwester über der Schulter. Ich hätte mich selbst um Ciarra kümmern sollen, aber Tosten und Axiel würden das ebenso gut tun, und Oreg hatte nur mich. Aethervon hatte gesagt, er habe Oreg an das erinnert, was er war.

»Es ist alles in Ordnung«, sagte ich und ließ mich unbequem auf dem Boden nieder, denn jeder Muskel in meinem Körper tat weh. »Aethervon ist verschwunden. Du bist in Sicherheit.« Was war Oreg wirklich? Ein Sklave? Hurog?

Er wich vor meiner Berührung zurück und drückte sein Gesicht grausam fest gegen den Stein. »Er wollte sie nicht gehen lassen«, sagte er. »Ich habe es versucht, aber er wollte sie nicht gehen lassen. Es ist meine Schuld, meine Schuld, meine Schuld!«

»Still«, sagte ich.

»Du hast mir aufgetragen, sie zu beschützen, und ich konnte es nicht. Es tut weh, es tut so weh …«, stöhnte er.

Ich hatte selbst Schmerzen, und das lenkte mich ab. Ich hätte beinahe nicht verstanden, was er sagte. »Es genügt, dass du es versucht hast«, brachte ich mühsam hervor. »Hörst du mich, Oreg? Es ist immer genug, es zu versuchen. Ich erwarte nicht, dass du sie vor allem schützen kannst.«

Ich hatte ihm tatsächlich aufgetragen, sie zu beschützen, daran erinnerte ich mich. Er hatte versucht, meinen Anweisungen zu folgen. Mir war nicht klar gewesen, dass es solche Konsequenzen haben würde, wenn er versagte. Bei meinen Worten entspannte er sich und hörte auf, den Kopf gegen den Stein zu stoßen. Einen Augenblick später bemerkte ich, dass er das Bewusstsein verloren hatte. Die Schmerzen, die Aethervon mir zugefügt hatte, schienen sich zu der Art von Muskelschmerzen verringert zu haben, die ich von zu viel Übungskämpfen gewöhnt war. Resigniert raffte ich mich auf und packte mir Oreg auf die Schulter, um zum Lager zurückzukehren.

Ich fand Axiel, Penrod und Tosten am Feuer. Keiner von ihnen sagte ein Wort, als ich Oreg auf sein Lager sinken ließ und zudeckte. Sobald ich mich ans Feuer setzte, stand Tosten demonstrativ auf, ging zu seinen Decken und rollte sich auf ihnen zusammen, mit dem Rücken zu mir.

Axiel beobachtete ihn, dann sagte er: »Ich habe Penrod erzählt, was passiert ist. Bastilla und Ciarra scheinen nun zu schlafen. Ich hoffe, dass es ihnen gut geht, wenn sie ausgeschlafen haben.«

»Ich wünschte, ich könnte sie sofort hier wegbringen«, sagte ich. »Ich werde mich erst wieder sicher fühlen, wenn wir diesen Hügel weit hinter uns gelassen haben.«

Penrod nickte.

»Hat Aethervon Euch etwas Hilfreiches gesagt, bevor ich kam?«, fragte Axiel.

»Nein«, antwortete ich. »Er sagte nur etwas über Fäulnis im Herzen des Drachen – als ob ich nicht schon wüsste, dass es schwere Zeiten für Hurog sind.« Aber er hatte bestätigt, dass die Geschichten über Axiel stimmten. Ich schob den schwelenden Zorn über die Qualen von Oreg und Ciarra beiseite und dachte genauer nach. »Und er sagte etwas darüber, dass die Drachen zurückkehren würden, wenn ich meine Entscheidungen sorgfältig träfe.«

Penrod schüttelte den Kopf, aber Axiel hob aufmerksam den Blick, wie ein Hund, der die Leine sieht. Ein kleines zufriedenes Lächeln umspielte seine Lippen.

Nachdem alle eingeschlafen waren, legte ich die Hände zu einer Schale zusammen und starrte sie mehrere Minuten an. Schließlich erhob sich ein kleines silbriges Licht, kühl und hell, ein paar Zoll über meinen Fingerspitzen – eine Kinderübung für Magie. Unausgebildet, wie ich war, konnte ich mit meiner Magie nicht mehr ausrichten, aber zumindest gehörte sie mir wieder.

8 WARDWICK

Es fiel den Oransteinern schwer zu entscheiden, gegen wen sie lieber kämpfen würden, gegen uns Nordländer oder die Vorsag. Sie mochten uns beide nicht besonders.

Mein Vater sagte immer, man wusste, dass man in Oranstein war, wenn der Wind zunahm und es anfing zu regnen.

Tallven, durch das wir bisher gereist waren, war ein überwiegend flaches Land mit ein paar hügligen Steppen – gutes Getreideland. Oranstein ähnelte mehr Shavig, meiner Heimat, denn es war felsig und von Bergen gesäumt. Aber in Shavig war es nie so feucht.

Axiel zügelte sein Pferd, bis ich direkt neben ihm ritt. Er war mit Schlamm bespritzt und sah kein bisschen aus wie der Sohn eines Königs. Er hatte Aethervons Aussage nicht wieder erwähnt, also sprach ich dies ebenfalls nicht an.

»Wo das Land flach ist, es aber keine Wege hindurch gibt, ist es sehr wahrscheinlich sumpfig. Wir werden auf der Straße bleiben müssen, bis wir in die Berge kommen«, sagte er.

Penrod auf meiner anderen Seite nickte. »Wartet nur, bis es dunkel wird und die Moskitos herauskommen«, sagte er vergnügt.

Während wir auf der alten Straße weiterritten, wurde der Wind heftiger, und es fing an zu regnen. Gegen Mittag, als wir schon ordentlich nass waren und uns elend fühlten, erreichten wir das erste Dorf.

Ich nieste. »Wir haben nur noch wenig Getreide. Penrod, du und Bastilla, ihr könnt feilschen gehen, und wir schlagen ein Stück weiter die Straße entlang ein Lager auf. Erkundigt euch nach Neuigkeiten über die Banditen, wenn das möglich ist.«

Penrod nickte, und wir anderen ritten weiter. Wir fanden eine Reihe von Bäumen um einen Felsvorsprung – immerhin kein Sumpfland – und stellten dort zum ersten Mal unser Zelt auf. Weil wir keine Zeltstangen mitgebracht hatten, mussten wir zwei Bäume finden, die im richtigen Abstand voneinander standen, damit wir das Zelt zwischen ihnen aufhängen konnten. Das überließ ich Axiel und Oreg und ließ mir von Ciarra bei den Pferden helfen, die so nass waren und sich offenbar ebenso jämmerlich fühlten wie wir selbst.

Ich hatte gerade Blümchens Sattel abgenommen, als er erstarrte und den Weg entlangschaute. Einen Augenblick später hörte ich, dass jemand wild auf uns zugaloppierte.

Penrod erreichte das Lager noch vor Bastilla, aber es war sie, die rief: »Banditen. Im Dorf – ein Dutzend oder so.«

»Sattelt die Pferde«, befahl ich, warf den Sattel wieder auf Blümchen und schnallte den Gurt fest. Ich hatte nicht erwartet, so weit von Vorsag entfernt auf den Feind zu stoßen, was dumm von mir gewesen war. Ein derart vernachlässigtes Land wie Oranstein wimmelte wahrscheinlich vor Banditen, ob sie nun aus Vorsag kamen oder von anderswo. Blümchen, der meine Aufregung spürte, tänzelte und warf den Kopf hin und her, als ich wieder auf seinen Rücken stieg.

Ich hatte oft mit meinem Vater Banditen gejagt, aber das hier war das erste Mal, dass ich die Truppe anführte.

Als die anderen im Sattel saßen, sagte ich: »Wir bleiben zusammen, bis ich einen anderen Befehl gebe. Achtet auf die Dorfbewohner – wenn ihr nicht sicher seid, ob der Mann, dem ihr gegenübersteht, Bandit oder Dorfbewohner ist, tötet ihn nicht. Habe ich etwas vergessen, Axiel?«

»Nein«, sagte er.

»Penrod?«

»Die Männer aus dem Dorf arbeiten anscheinend anderswo, denn die einzigen Männer, die ich sah, gehörten zu der Bande«, sagte er. »Die Hauptstraße ist gepflastert, aber mit lockerem Schlamm bedeckt. Die Pferde werden dort nicht gut Halt finden. Fürchtet euch nicht abzusteigen und zu kämpfen. Das hier sind keine Soldaten aus Vorsag, nur schlecht bewaffnete, gewöhnliche Banditen. Es ist sehr unwahrscheinlich, dass sie auch nur so gut ausgebildet sind wie Ciarra.«

»Ciarra«, sagte ich, da er mich an sie erinnert hatte. »Du bleibst im Sattel. Du hast nicht das Gewicht, gegen einen ausgewachsenen Mann zu kämpfen, ganz gleich, wie schlecht ausgebildet er ist.« Ich hätte ihr am liebsten gesagt, sie solle im Lager bleiben, aber Penrod hatte recht: Solange es sich um eine normale Räuberbande handelte, würde sie keine Probleme haben. Und noch wichtiger: Sie wäre ohnehin nicht geblieben. Stala sagte immer, dass ein guter Kommandant nie Befehle gab, von denen er wusste, dass seine Leute ihnen ohnehin nicht gehorchen würden.

Ich sah mich um und überzeugte mich, dass alle zu Pferd saßen, dann rief ich: »Also los!«

Wir galoppierten zurück zum Dorf. Als wir hereinkamen, war niemand auf der Straße zu sehen, aber wir hörten den Schrei einer Frau und folgten ihm zwischen eine Reihe von Hütten.

Es waren vielleicht fünfzehn Banditen, abgerissen und schmutzig. Ein Mann hatte einen selbst gemachten Bogen, mit dem er auf zwanzig Schritt keine Festungsmauer getroffen hätte, die anderen waren mit rostigen Schwertern bewaffnet, die aussahen, als hätten ihre Besitzer sie auf einem fünfzehn Jahre alten Schlachtfeld gefunden. Sie waren von der Unterhaltung so abgelenkt gewesen, dass sie die Pferde erst hörten, als wir sie praktisch erreicht hatten.

Die Banditen hatten die Frauen des Dorfs zusammengetrieben. Vor ihnen, auf dem nackten kalten Boden, lag ein junges Mädchen, das zwei Männer niederhielten, während ein Dritter sich die Hose aufschnürte.

Ich vergaß, das Zeichen für den Angriff zu geben. Blümchen stürmte mitten ins Getümmel, und mit der Wucht seines Tempos köpfte ich den Möchtegern-Vergewaltiger mit dem ersten Schwertschlag. Die Leiche fiel auf das Mädchen, aber dagegen konnte ich nichts tun. Axiel folgte meinem Beispiel, wenn schon nicht meinen Befehlen, und erwischte einen der Männer, die sie festgehalten hatten, aber die anderen Banditen flohen.

»Keine Gnade!«, rief ich und trieb Blümchen hinter einem der Männer her.

Es war Metzgerarbeit. Keiner von denen, die ich tötete, versuchte auch nur, meine Schläge abzuwehren, von angreifen gar nicht zu reden. Nachdem ich den dritten getötet hatte, der alt genug war, um mein Großvater zu sein, konnte ich keinen mehr finden. Die meisten meiner Leute hatten sich mit den Banditen zerstreut. Der Einzige in der Nähe war Penrod, der abstieg und eine Leiche über den Rücken seines Pferdes warf.

Ich ritt zu ihm, musste aber zunächst Blümchens Ärger aussitzen, weil ich ihn aufhielt, wenn er doch so viel Spaß hatte. »Warum bringst du die Leiche zurück?«, fragte ich. Penrod hatte immer gute Gründe für das, was er tat.

»Wir müssen sie durchsuchen und alles zurückgeben, was den Dorfleuten gehört«, sagte er. »Dann sollten wir die Toten verbrennen, wie man es in Oranstein tut, damit ihre Geister hier nicht verweilen.«

Das hätte ich wissen sollen. Ich hatte mit meinem Vater Banditen gejagt, aber meine Aufgabe war immer gewesen, mit den Nachrichten zurück zur Burg zu reiten; mit dem Aufräumen hatte ich nichts zu tun gehabt. »Ich werde es den anderen sagen. Axiel verfolgt einen, der es bis zu den Bäumen geschafft hat. Bastilla ist bei den Frauen geblieben. Hast du gesehen, wohin Tosten, Oreg und Ciarra geritten sind?« Ein guter Kommandant in einer echten Schlacht hätte es gewusst.

»Tosten und Oreg haben die drei verfolgt, die in der Gegenrichtung aus dem Dorf gerannt sind, auf unser Lager zu. Ciarra war hinter mir, aber ich glaube, sie ist bei Bastilla im Lager geblieben.«

»Also gut«, sagte ich. »Ich hole sie zusammen, und du kannst Axiel Bescheid sagen, dass wir die Leichen sammeln.«

»Das weiß er wahrscheinlich schon«, erwiderte Penrod. »Aber ich werde es ihm sagen, nur zur Sicherheit.«

»Ich komme zurück, sobald ich die anderen gefunden habe.« Blümchen schlug bereitwillig wieder einen Galopp an.

Als ich näher kam, drängten sich die Dorffrauen mit den Kindern zu einer Gruppe um das blutende Kind, das die Banditen hatten vergewaltigen wollen, wie eine Herde von Stuten, die einem Rudel Wölfe gegenübersteht. Ich sah mich nach meinen Begleitern um und entdeckte Bastilla, die aus dem Wald kam.

Blümchen tänzelte auf der Stelle. Er war als Streitross ausgebildet, und der Geruch von Blut erregte ihn eher, als dass er ihn ängstigte. Für mich roch es wie zur Schlachtzeit im Herbst, und ich ignorierte angestrengt, dass es Menschen gewesen waren, die wir getötet hatten, und keine Rinder. Man musste lernen, das zu tun, oder es wurde einem bei jedem Kampf schlecht.

»Bastilla, hast du Ciarra gesehen?«

»Nicht, seit sie einen in diese Richtung verfolgt hat.« Sie deutete mit dem blutigen Schwert auf die Hütten.

Ich brachte Blümchen wieder zurück zu der Reihe von Hütten und zur Hauptstraße. Feder stand vor einem stabil aussehenden Gebäude und schnaubte, als wir näher kamen. Aus der Hütte drangen keine Kampfgeräusche.

Rohe Angst ließ das Blut in meinen Ohren rauschen und verwandelte sich dann in Zorn. Ich hatte ihr doch gesagt, sie solle auf dem Pferd bleiben! Langsam stieg ich ab. Tempo half nicht, denn was immer sich in dieser Hütte ereignet hatte, war bereits vorüber.

Ich öffnete die Tür und trat auf die Schwelle. Zunächst sah ich überhaupt nichts, da meine Augen noch ans Tageslicht gewöhnt waren. Dann griff mich etwas an, traf mich fest in die Rippen.

Mein Angreifer war zu nah für ein Schwert, also ließ ich meines fallen und griff nach dem Dolch, aber dann erkannte ich, dass es Ciarra war, die ich festhielt und die ihren Kopf an meiner Brust vergrub. Ich riss sie aus der Hütte und sah sie mir schnell an. Ihr Schwert war mit trocknendem Blut bedeckt, ebenso wie ihre Kleidung von der Brust abwärts. Sie zitterte am ganzen Körper, und mir ging es nicht viel besser: Ich hätte sie beinahe erstochen.

»Bist du verletzt?«, fragte ich, meine Stimme zornig und rau.

Sie schüttelte den Kopf und zeigte dringlich auf die Hütte.

Ich hob mein weggeworfenes Schwert wieder auf und betrat die Hütte vorsichtig. Sie war ein wenig größer als eine der Pferdeboxen in Hurog. Ein Bett aus Seilen war in der linken Ecke angebracht, die Feuerstelle befand sich rechts. Auf so engem Raum war der Gestank nach durchtrennten Eingeweiden deutlich wahrzunehmen, aber ich musste warten, bis meine Augen sich an die Dunkelheit angepasst hatten, bevor ich ihn sah.

Der Bandit hatte sich um seine Bauchwunde zusammengerollt, aber seine Augen standen offen, und er lebte noch. Ciarra hatte ihm diese Wunde verabreicht, und sie würde tödlich sein. Der Mann sah unterernährt aus und war vielleicht in Tostens Alter, aber sein bartloses, tränenüberstömtes Gesicht wirkte jünger.

Mein Zorn über Ciarras Waghalsigkeit verschwand viel zu schnell, und plötzlich war ich schwach vor Entsetzen.

»Bitte«, keuchte er in einem schweren oransteinischen Dialekt.

Ich sah es in seinen Augen – er wusste, dass die Wunde tödlich war. Er wusste, was ihn erwartete, wenn mein Mut nicht ausreichen würde. Seleg, dachte ich, Seleg hätte ihn nicht leiden lassen. Ich hob den Dolch, dann ließ ich die Hand sinken. Seleg hätte ihn gerettet. Kinder zu töten, das war etwas für brutale Männer wie meinen Vater … und mich.

Ich packte den Dolch fester und ließ die scharfe Klinge von unten in sein Hirn gleiten, genau, wie Stala es mir beigebracht hatte. Für einen Mann mit meiner Kraft und meinem Tempo war das der sicherste, schnellste Weg, jemanden zu töten. Er hatte nicht einmal Zeit zusammenzuzucken.

Ich wischte Schwert und Messer an seinem Hemd ab und

steckte sie ein. Dann hob ich ihn hoch und trug ihn aus der Hütte. Ciarra warf mir einen Blick zu, dann drehte sie das Gesicht zu Feders Mähne. Ihre Schultern zuckten von ihrem Schluchzen. Ich ließ sie zurück.

Bastilla versuchte gerade, mit den Frauen zu sprechen, als ich aus der Hütte kam. Ich entnahm ihrer frustrierten Miene, dass sie nicht besonders weit gekommen war; offenbar beherrschte sie die Landesprache nicht, und die Frauen weigerten sich, Tallvenisch zu verstehen. Drei Leichen lagen bereits auf einem Haufen, und ich legte den Jungen, den ich trug, neben ihnen ab.

»Lass sie gehen, Bastilla«, sagte ich in klarem, wenn auch schlichtem Oransteinisch. Mein Vater war stets verblüfft darüber gewesen, wie schnell ich Sprachen lernte, obwohl er behauptete, ich höre mich in einer so dumm an wie in der anderen. »Sie werden sich beruhigen, wenn wir weg sind, ohne ihnen wehgetan zu haben. Wenn du jemanden umgebracht hast, musst du die Leiche herbringen. Wir verbrennen sie, damit sie diesen Ort nicht heimsuchen.« Ich wiederholte, was ich gesagt hatte, noch einmal auf Tallvenisch, damit Bastilla mich verstand. Meine Stimme klang in meinen Ohren seltsam heiser.

Nun kehrten auch Oreg und Tosten zurück. Tostens Pferd triefte vor Schlamm und zitterte.

»Es ist in ein Sumpfloch gefallen«, sagte Tosten knapp.

»Wir müssen die Leichen sammeln«, sagte ich.

Tosten sah mich gereizt an. »Mein Pferd ist nicht in der Verfassung dazu.«

»Ich hole sie«, bot Oreg an, schaute von mir zu Tosten und schüttelte leicht den Kopf.

Ich verkniff mir, was ich hatte sagen wollen. Es war ungerecht, mein Entsetzen an Tosten auszulassen. Er sah blass und erschüttert aus. Wenn das Schänkenleben in Tyrfannig nicht erheblich spannender war, als ich annahm, hatte er an diesem Tag wohl zum ersten Mal getötet.

Bastilla wirkte kühl und geschäftsmäßig, als hätte sie schon öfter Banditen umgebracht. Entweder hatte ihre Zeit als Sklavin sie gegenüber dem Tod abgehärtet, oder in den Tempeln der Cholyten geschahen Dinge, von denen ich lieber nichts wissen wollte. Oreg machte ebenso wie sie den Eindruck, als gehöre Töten zu seinem Alltag. Die Anweisung, die Leichen der Banditen aufzulesen, störte ihn kein bisschen.

Tosten zog ein Bein über den Rücken seines Pferdes und rutschte herunter. Er versetzte mir einen gedemütigten Blick, gab mir die Zügel in die Hand und eilte dann auf ein Gebüsch zu. Ich tätschelte seinem Pferd den Hals und führte es ein wenig herum, um mich zu überzeugen, dass es nicht lahmte. Die entsetzten Blicke der Dorffrauen bewirkten, dass ich mich sehr unbehaglich fühlte.

Tosten sah blasser aus, als er zurückkehrte, um sein Pferd wieder zu nehmen, und wollte mir nicht ins Gesicht schauen.

»Stala sagt, einige der abgebrühtesten Soldaten, die sie kennt, müssen sich nach jeder Schlacht übergeben«, meinte ich. Das schien nicht zu helfen, also gab ich ihm etwas zu tun. »Ciarra braucht dich. Sie hat einem Mann eine Bauchwunde zugefügt. Ich habe ihn getötet, aber es war schlimm. Sie ist da drüben.« Ich deutete auf die andere Seite der Hütten.

Vielleicht konnten sie einander helfen.

Schließlich hatten wir alle toten Banditen gesammelt. Wenn man bedachte, wie unorganisiert wir durch meine Schuld gewesen waren, war es erstaunlich, dass wir sie tatsächlich alle erwischt hatten. Axiel, Penrod und Oreg durchsuchten sie und nahmen ihnen alles ab bis auf die Kleidung. Der Anführer hatte eine Nadel aus Silber und Bernstein an seinem Ärmel. Als Oreg sie auf den kleinen Beutehaufen legte, machte eine der Dorffrauen unwillkürlich einen halben Schritt auf sie zu, dann bremste sie sich.

Ich schickte Bastilla, um Tosten und Ciarra zurück in unser Lager zu bringen, bevor jemand es fand und sich mit unseren Packpferden und der Ausrüstung davonmachte. Sie kehrte zurück und führte Blümchen am Zügel – oder genauer gesagt wurde sie von ihm zurückgezerrt. Ich hatte vergessen, dass ich ihn bei Ciarra gelassen hatte.

»Das waren die Letzten«, sagte Axiel und wischte sich die blutigen Hände an einem zerfetzten Hemd ab. »Jetzt brauchen wir etwas, um sie zu verbrennen.«

»Nein«, sagte Oreg. »Ich kann das übernehmen.« Er deutete auf den Leichenhaufen, und die Leichen begannen zu schwelen, als bestünden sie aus Holz und nicht aus Fleisch.

Bastilla stellte sich neben ihn und berührte seinen Arm. Beinahe sofort schlug uns eine Hitzewelle entgegen. Magie, Hurog-Magie, traf mich, und ich taumelte einen Schritt zurück. Einen Augenblick kam es mir beinahe so vor, als wäre ich wieder zu Hause, und dieses schreckliche, leere Gefühl war verschwunden. Ich war wieder ganz. Es fühlte sich wunderbar an.

»Nicht so viel, Mädchen«, fauchte Oreg. Er warf mir einen besorgten Blick zu. »Tut mir leid«, sagte er. Dann verging die Magie.

Ich hätte beinahe aufgeschrien, so weh tat es. Zum Glück beobachtete mich niemand außer Oreg, also hatte ich Gelegenheit, mich zu erholen. Bis zu diesem Augenblick war mir nicht wirklich klar gewesen, das Hurog und Oreg tatsächlich ein und dasselbe waren. Er hatte es mir gesagt, aber ich hatte ihn mir dennoch als einen Menschen vorgestellt, der an die Burg gebunden war – so wie ich, nur enger. Doch es verhielt sich anders; das spürte ich jetzt in seiner Magie. Er *war* Hurog. Ich fragte mich, was geschehen würde, wenn er im Kampf fallen sollte; etwas, woran ich früher hätte denken sollen.

»Licleng hätte das an seinem besten Tag nicht tun können«, stellte Penrod ehrfürchtig fest.

Seine Stimme brachte meine Aufmerksamkeit wieder zu den Banditen zurück. Wo sie gelegen hatten, gab es nun nur noch verbrannte Erde. Es hatte weniger Zeit gebraucht, sie zu Asche zu verbrennen, als man für fünf tief Atemzüge benötigt hätte.

»Das will nichts weiter heißen«, stellte Axiel fest. »Licleng konnte keine Kerze anzünden, ohne dass ihm ein brennender Span dabei aushalf.«

»Es war Bastilla«, erwiderte Oreg und schaute mich weiterhin besorgt an.

»Gehen wir«, sagte ich. »Die Pferde sind müde. Und je eher wir aufbrechen, desto schneller kann das Dorf beginnen, sich zu erholen.« Ich nickte zu den Frauen und Kindern hin.

Unser Lager lag nicht weit von einem klaren Bach entfernt, und wir wuschen uns darin. Tosten und Ciarra hatten das Zelt fertig aufgeschlagen, also brauchten wir uns nur um die Pferde zu kümmern und das Essen vorzubereiten. Weder Tosten noch Ciarra aßen viel.

Ciarra mied mich und klebte an Tosten. Das tat weh, aber ich verstand sie. Wenn ich vor mir selbst hätte fliehen können, hätte ich es ihr nachgetan. Ich bedauerte nicht, den armen Jungen aus seinem Elend erlöst zu haben, nur, dass es überhaupt notwendig gewesen war – und der Vorfall hatte mich daran erinnert, dass ich, so sehr ich mich auch anstrengte, der Sohn meines Vaters war.

Die Leute fragten sich oft, wieso mein Vater, der die Bewohner von Tallven eindeutig noch weniger leiden konnte als Oransteiner (weil er den Oransteinern keinen Zehnten zahlen musste), bei der Rebellion so hart auf der Seite des Königs gekämpft hatte. *Ich* hatte das gewusst, seit ich meinen ersten Banditen getötet hatte. Sobald mein Schwert ins Fleisch drang, liebte ich es: Ich liebte es, mich gehen zu lassen und mit voller Kraft zuzuschlagen. Selbst den Jungen zu töten, hatte mir die Euphorie des Kampfes nicht vollkommen ausgetrieben. Manchmal fragte ich mich, wann ich wohl aufwachen und entdecken würde, dass ich mich in meinen Vater verwandelt hatte.

Ich teilte Tosten und Ciarra gemeinsam für die dritte Wache ein und übernahm selbst die zweite mit Oreg. Ich hatte nicht vor, sie für ihre Schicht zu wecken. Wenn sie schlafen konnten, würde ich sie schlafen lassen.

Ich blieb hellwach, bis Penrod kam, um mich für meine Wache zu wecken. Als es aussah, als schliefen er und Axiel, hockte ich mich neben Oreg, der im Feuerlicht sein Hemd flickte.

»Was passiert, wenn du im Kampf umkommst?«, fragte ich.

»Die Mauern von Hurog werden einstürzen, bis kein Stein mehr auf dem anderen steht.« Nachdem er diese Bardenzeilen in dramatischem Ton ausgesprochen hatte, verknotete er den Faden und sagte in ganz anderem Tonfall: »Glaubst du wirklich, wenn mein Vater mir einen so leichten Ausweg gelassen hätte, wäre ich ihn nicht schon längst gegangen? Man kann mich verwunden, aber nur der Träger des Rings kann mich töten.«

»Ah.« Ich schaute in die Dunkelheit hinaus, und dann fiel mir ein, dass er zuvor schon einmal etwas Ähnliches gesagt hatte. »Nur ich.«

»Sprich mit mir«, sagte er einen Augenblick später. »Du bist angespannter als Blümchen in Gegenwart einer Stute.«

Ich zögerte. »Kämpfe überraschen mich immer. Dass Menschen so leicht sterben. Und jedes Mal, wenn ich mein Schwert ziehe, erwarte ich, dass es diesmal anders ist. Dass es …« Ganz gleich, wie ich es formulierte, es würde sich dumm anhören.

»Wie in den Liedern ist? Voller Ruhm und Ehre?«

Ich hatte recht gehabt. Es klang dumm. Warum glaubte ich es also immer noch?

»Das hier war keine Schlacht«, sagte Axiel leise. Seine Haltung sagte mir, dass er wohl nur den letzten Teil des Gesprächs gehört hatte. »Das hier war nichts als eine Jagd nach Ungeziefer.«

»Ich wollte dich nicht wecken«, entschuldigte ich mich.

Er zuckte die Achseln, setzte sich hin und schlang die Arme um die Knie. »Ich bin nach einem Kampf immer ruhelos.«

»Dieser Junge, den ich getötet habe.« Ich schluckte, denn meine Kehle war trocken. »Er sollte irgendwo mit seiner Familie Land bebauen und nicht Leute bestehlen, damit er überleben kann. Wo ist der Herr dieser Region?«

»Der Junge war eine Giftschlange, Ward«, sagte Axiel. »Es ist egal, wie groß sie sind, sie töten einen trotzdem. Er hätte gejubelt und Euch unter Schmerzen sterben lassen, wenn die Rollen anders verteilt gewesen wären. Echte Schlachten sind … nun, sie sind gleichzeitig besser und schlimmer. Sie nehmen einem alles, alles Getue, alles, was man an Fassade aufgebaut hat. In einer Schlacht kann man sich nicht vor sich selbst verstecken. Nimm Penrod: Er hat diese ruhige Selbstsicherheit auf dem Schlachtfeld gelernt. Für andere … Ihr kennt den Hochkönig?«

Ich nickte, obwohl es nicht wirklich eine Frage gewesen war.

»Sein Vater war ein solch großer Krieger, dass sein Name immer noch mit Ehrfurcht ausgesprochen wird. Euer Vater kämpfte unter seinem Befehl. König Jorn verfügte über eine seltene Mischung aus Mut und Weisheit, und sein Erbe, Jakoven, erwies sich als ausgesprochen klug. Er konnte ein Schlachtfeld ansehen und es abschätzen, wie es zu nutzen war, als wäre er ein doppelt so alter Mann. Er konnte mit einem Schwert umgehen. Er hätte ein guter Kommandant sein sollen, aber es steckte einfach nicht in ihm. In seiner ersten Schlacht führte er die meisten seiner Männer in den Tod, weil er den Mut verlor. Sein Vater gab ihm danach einen Kommandoposten an einem sicheren Ort, wo seine Begabung nützlich sein würde. Aber wir wussten alle, dass Jakoven versagt hatte. Ich glaube, das hat ihn verändert. Nicht nur, dass er den Mut verloren hatte, sondern dass wir es alle wussten.

Das hier war keine Schlacht«, wiederholte er. »Aber es war notwendig. Erstens haben wir dieses Dorf und all die anderen Dörfer gerettet, die diese Banditen zerstört hätten. Und zweitens, weil Ihr vorhabt, diese Gruppe in einen Kampf zu führen; es waren zu viele unter uns, die noch nie gekämpft hatten, um zu töten. Der Unterschied von einem Übungskampf zu einem echten ist gewaltig.«

»Niemand hat die Nerven verloren«, stellte ich fest.

»Niemand hat die Nerven verloren«, stimmte Axiel zu und schob sich eine dunkle Haarsträhne aus dem Gesicht. »Ciarra wird sich erholen und Tosten ebenfalls.«

Der nächste Morgen war grau und elend. Alles war feucht. Es hatte in der Nacht nicht geregnet, aber über dem Land hing dichter Nebel. Auch das Feuerholz war feucht. Wenn Oreg nicht bei uns gewesen wäre, hätten wir nie ein Feuer haben können. Nach dem Frühstück begannen wir mit den Übungen.

Der Kampf des Vortags machte alle ernster als sonst – oder ich selbst war so finster, dass niemand es wagte, die Stimmung aufzuhellen. Selbst Oreg war ungewöhnlich schweigsam.

Axiel hielt die Kämpfe plötzlich abrupt auf. Ich nickte Penrod zu, meinem derzeitigen Gegner, und ging nachsehen, wieso er das getan hatte.

Ein hoch gewachsener, grobknochiger Mann wartete in vorsichtigem Abstand von unserem Lager, ein Packpferd an der Seite. Er hatte offenbar vor, uns zu sich kommen zu lassen, statt auf uns zuzugehen – was klug ist, wenn man sich Kämpfenden nähert. Jeder Bauer aus Hurog hätte einfach gegrüßt und wäre direkt auf uns zugestapft, aber Shavig war, solange sich jemand erinnern konnte, nicht mehr angegriffen worden. Auf meine Geste hin blieben die anderen zurück, während ich auf den Mann zuging.

»Herr«, sagte er in brauchbarem Tallvenisch, sobald ich mich auf bequeme Hörweite genähert hatte. »Meine Frau sagte mir, dass wir Euch und Euren Leuten ihre Sicherheit schulden.«

Er sprach diese Worte ohne die Dramatik aus, die sie verlangten. Er hätte genauso gut über das Wetter reden können. Ich bemerkte, dass er ein Schwert hatte. Den Bauern von Oranstein war durch ein Gesetz, das nach der Rebellion erlassen worden war, das Tragen von Waffen mit scharfen Schneiden verboten. Aber es war sogar ein *gutes* Schwert, nicht nur die Waffe eines durchschnittlichen Soldaten. Ich sah ihn mir näher an.

Er war etwa so alt wie Penrod, obwohl die Jahre nicht so freundlich mit ihm umgegangen waren. Er trug eine Wollmütze, die er bis auf die Ohren heruntergezogen hatte. Das mochte mit dem Wetter zu tun haben, aber die Mütze würde auch den leicht zu erkennenden Haarschnitt verbergen, den die Adligen von Oranstein trugen. Was ihn allerdings wirklich verriet, war das Packpferd. Diese kleinen Tiere mit den flachen Seiten und der schmalen Brust, die die oransteinischen Adligen bevorzugten, konnten zwei Wochen mit nur wenig Nahrung auskommen.

Das Pferd, das er führte, war alt. Ein anderer hätte es für halb verhungert gehalten und angenommen, dass es bald sterben würde. Aber mein Vater hatte eines dieser Tiere von einem seiner Feldzüge mitgebracht, also wusste ich, was ich vor mir hatte. Gerade Beine, hoch angesetzter Schweif und ein Schwanenhals sagten mir, dass es nicht für einen Bauern gezüchtet worden war.

Ein Adliger, dachte ich. *Einer von denen, die sich am Ende des Krieges geweigert haben, sich zu ergeben.* Wie schrecklich, das Leben seiner Frau dem Feind zu verdanken. Kein Wunder, dass er so ruhig wirkte. Ich hätte wetten können, dass er viel lieber sein Schwert genommen und es mir in den Hals gerammt hätte – aber er musste tun, als wäre er ein Bauer.

»Etwas amüsiert Euch?«, fragte er, dann fügte er rasch »Herr« hinzu.

»Ich dachte daran, dass Ihr wahrscheinlich froher wäret, wenn wir uns gegenseitig umgebracht hätten«, erklärte ich ganz offen. »Wenn es hilft – wir haben nicht einen einzigen Mann aus Tallven in unserer Gruppe. Die meisten von uns kommen aus Shavig – und wir sind hier, um gegen den vorsagischen Abschaum zu kämpfen.« Dann fügte ich ebenfalls »Herr« hinzu.

Er sah mich an, dann lächelte er dünn. »Es hilft. Es hilft auch, dass es meine Tochter war, die Ihr vor der Vergewaltigung bewahrt habt. Ich heiße Luavellet.« Er bot mir die Hand, und ich nahm sie. »Meine Frau sagte, dass Ihr unterwegs seid und vielleicht Proviant eintauschen wollt. Wir sind zu dem Schluss gekommen, dass wir Euch zumindest versorgen sollten. Ich habe auch ein paar Ausrüstungsgegenstände mitgebracht, die Ihr vielleicht nicht habt, da Ihr aus einem trockeneren Klima kommt.«

»Ich danke Euch«, erwiderte ich ehrlich. »Ihr werdet uns selbstverständlich dafür bezahlen lassen.«

Er zog die Brauen auf eine Weise hoch, die mich an meinen Großvater erinnerte, wenn er besonders hochfahrend war. »Davon will ich nichts hören.« Wir hatten beide aufgehört, uns mit »Herr« anzureden.

»Wir haben Geld«, sagte ich. »Lasst uns mit Euch feilschen, dann könnt Ihr mir für den Rest Informationen geben. Ich bin hier, um herauszufinden, was die Banditen aus Vorsag bisher getan haben.«

»Wieso kümmert Euch das?«, fragte er. Es lag keine Feindseligkeit in seiner Stimme.

Ich spürte, dass ich ihm ehrlich antworten wollte. »Ich habe etwas gegen Banditen, aber ich wäre normalerweise nicht durch das halbe Königreich gereist, um sie zu bekämpfen. Ich muss meiner Familie meinen Wert beweisen, und das schien mir der beste Weg zu sein, es zu tun.«

»Es wird Krieg geben, Junge«, sagte er.

Ich nickte. »Ja, und ich werde schon eine Weile hier sein, bevor der König seine Leute schickt.«

Er lächelte zum Himmel auf, aber sein Blick war traurig. »Warum sind sie immer so jung? Der König wird keine Leute schicken. Er wird warten, bis die Vorsag uns alle niedergemetzelt haben. Dann greift er sie von den Flanken an und lässt sie von der falschen Seite der Berge aus kämpfen.«

Plötzlich begriff ich. Ich hatte gewusst, dass es Krieg geben würde, schon aus der Art, wie Garranon die Situation in Oranstein erklärt hatte. Und wenn *ich* es gesehen hatte, ginge es jedem mit einem Blick für Strategie ebenso. Axiel hatte König Jakoven als Strategen bezeichnet. Er war auch ein kaltblütiger Mistkerl.

Ich konnte es sogar noch weiterführen. Wenn Luavellet, isoliert in seinem Dorf, wusste, was der König vorhatte, dann wussten es wohl auch die Vorsag. Hatten sie es nur auf Oranstein abgesehen? Wenn das der Fall war, dann würden sie versuchen, die Bergpässe zu erobern und sich dort einzugraben. Wenn nicht, würden sie sich teilen und an zwei Fronten angreifen, wahrscheinlich an der Küste von Seefurt – es sei denn, König Kariarns war ein Narr. Was das für mich bedeutete, wusste ich noch nicht.

»Ihr habt Eure Schuld gerade abbezahlt«, sagte ich schließlich. »Jetzt müsst Ihr nur noch unser Geld für die Vorräte nehmen.«

An diesem Abend schützte uns ein geöltes Tuch, das Luavellet uns gegeben hatte, vor dem nassen Boden. In dem rutschigen Schlamm zu kämpfen war unmöglich. Wenn es so bliebe, würde ich mir etwas überlegen müssen, aber zunächst einmal hatten wir den Abend frei.

Axiel erzählte noch ein paar Geschichten von Kämpfen, und dann holte Tosten die Harfe heraus. Er bewies uns schnell, dass er recht gehabt hatte, als er die Küferei zugunsten der Harfe aufgab. Ciarra lehnte sich an seine Schulter. Seine Musik umgab mich bald wie eine warme Decke.

Penrod holte eine kleine Soldatentrommel aus dem Gepäck und machte mit. Bastilla sang mit angenehmer, wenn auch dünner Altstimme, aber es war die Mischung aus Axiels Bass und Tostens goldenem Tenor, die die Magie vervollständigte. Ich hatte so etwas nicht mehr gehört, seit ich das letzte Mal am Hof gewesen war. Ich lehnte mich gegen einen der Bäume, an die wir das Zeltseil gebunden hatten, entspannte mich und schloss die Augen. Jemand zog eine feuchte Decke um meine Schultern.

»Vorsichtig«, sagte Penrod leise. »Ich glaube, er hat seit vor dem Kampf kein Auge mehr zugetan.«

9 ESTIAN: BECKRAM, ERDRICK, GARRANON

Mein Vater sagte immer, Jakoven sei ein bösartiger, tückischer, gefährlicher Feigling. Wären die Feigheit und der alljährliche Zehnte nicht gewesen, den der König verlangte, denke ich, der Hurogmeten hätte den Hochkönig gemocht.

»Nur für einen einzigen Abend«, flehte Beckram. »Ciernack hat eine Schwerttänzerin aus Avinhelle hergebracht.«

Erdrick verschränkte die Arme und setzte sich aufs Bett. »Das hast du schon das letzte Mal gesagt, als wir die Plätze getauscht haben. Und dann hat es drei Tage gedauert.«

»Bitte, Erdrick.« Beckram lächelte gewinnend. »Du kannst es so gut.«

»Ich kann es gar nicht gut«, sagte Erdrick gereizt. »Und das weißt du auch.« Er sah den Triumph in Beckrams Blick und wusste, er hätte bei einem einfachen »Nein« blieben sollen. Nun hatte sich der Streit über seine Bereitschaft seiner Fähigkeit zugewandt.

»Deine höfischen Manieren sind makellos, das weißt du genau. Und heute Abend wird von jedem das Beste erwartet. Du kannst dich sogar mit Kopfschmerzen oder Ähnlichem früher zurückziehen.«

»Du zeigst nie dein bestes Benehmen«, fauchte Erdrick.

»Wenn du jetzt damit anfängst, wird das alle misstrauisch machen.«

»Nein.« Beckram klang unerwartet finster. »Sie werden nur denken, dass ich hochnäsiger geworden bin, seit der König Vaters Stellung in Hurog bestätigt hat.«

»Es ist nicht deine Schuld. Du hast es versucht.« Erdrick stand auf und berührte die Schulter seines Zwillingsbruders.

Beckram rieb sich das Gesicht. »Warum hat der König mich dann angelächelt, als er die Ankündigung machte? Ich hätte diese Sache nie erwähnen sollen. Ich hätte warten sollen, bis Vater mit ihm sprechen konnte.«

»Vater hätte auch nicht mehr erreicht als du.«

Beckram lächelte über die Unterstützung seines Bruders, aber auch das vertrieb nicht die Verzweiflung aus seinen Augen. »Ich muss es irgendwie falsch angefangen haben. Du weißt es, und ich weiß es auch.« Er rieb eine Stelle an seinem Leinenärmel. »Von allem anderen abgesehen, Erdrick, kann ich diese Leute heute Abend einfach nicht ertragen. Ich muss irgendwo hingehen, wo ich kein Theater spielen muss. Nur heute Abend. Ich brauche einen einzigen Abend, an dem ich nicht an den König, die Königin und an Vater denke. Er macht sich solche Sorgen um Ward.«

»Ebenso wie du«, stellte Erdrick fest.

Beckram zog ungläubig die Brauen hoch. »Ich mag ihn nicht einmal.«

»Du beneidest ihn«, verbesserte ihn Erdrick scharfsinnig. »Dumm oder nicht, er ist ein guter Mann. Du kannst ihn besser leiden als dich selbst.«

Beckram wurde rot vor Zorn. »Er ist ein Idiot. Wenn er nicht so ein Dummkopf wäre, wäre nichts von dem hier notwendig.«

»Vater wird sich darum kümmern«, sagte Erdrick. »Vater kennt sich mit diesen Dingen aus.«

Beckram nickte und griff nach der Hand seines Bruders. »Danke, Rick. Trag meinen blaugoldenen Anzug, den kennen alle. Wenn du darin erscheinst, werden sie nur mich sehen.«

Erdrick sah seinem Bruder hinterher, als dieser mit lebhaftem Schritt wieder in sein Zimmer zurückkehrte, und fragte sich, wie er dazu gekommen war, zuzustimmen. Er führte sich noch einmal das gesamte Gespräch vor Augen und konnte sich ein Lächeln nicht verkneifen, als ihm klar wurde, dass er seine Zustimmung nie wirklich gegeben hatte. Typisch Beckram. Erdrick stellte das Buch, das er gelesen hatte, wieder ins Regal zurück. Er hatte gehofft, es an diesem Abend zu Ende lesen zu können, aber es sah so aus, als müsse er stattdessen mit den Hofpfauen umherstolzieren.

Garranon duckte sich unter Haverness' Schwertklinge und zog den Arm zurück, um zum tödlichen Schlag auszuholen, aber Haverness' Messer kam wie aus dem Nichts und berührte seine Kehle.

»Euer Kampf«, sagte Garranon mit einem Lächeln, um anzuzeigen, dass er es nicht übel nahm. Tatsächlich war er erfreut, dass es ihm so lange gelungen war, den alten Mann abzuwehren. Haverness mochte für die Politik zu offen und geradeaus sein, aber nur wenige konnten sich mit seinem Können als Schwertkämpfer messen.

Haverness zog das Messer zurück und steckte es ein. Er sah Garranon grimmig an. »Werdet Ihr mir jetzt sagen, um was es geht? Ich nehme an, Ihr habt mich nicht im Namen Eures Vaters aufgesucht, um einen Übungskampf gegen mich auszufechten?«

Garranon sah sich in dem Übungsraum um. Obwohl er leer war, sagte er: »Gehen wir spazieren.« So würde sie niemand belauschen können.

Der alte Mann sah ihn kühl an. »Ihr spielt Theater.«

»Das gebe ich zu. Aber ich bin derjenige, der in Gefahr ist, wenn der König herausfindet, wieso ich mit Euch sprechen will. Bitte, kommt mit mir.«

Nach beleidigend langem Zögern steckte Haverness das Schwert ein und bedeutete Garranon voranzugehen.

Garranon sagte kein Wort, solange sie sich im Flur befanden, der zum Garten führte, wo das Geräusch fließenden Wassers ihre Stimmen übertönen würde. Niemand, an dem sie vorbeikamen, schien sich zu wundern; ihre Waffen und ihr Schweiß verrieten sofort, wieso der neu ernannte Vorkämpfer von Oranstein mit dem Favoriten des Königs in den Garten gehen wollte.

Der süße Blütenduft schien beinahe überwältigend, als sie aus den stickigen Fluren hinaus in den Garten im Herzen der Festung traten. Es war noch früh, und der Garten war menschenleer.

»Habt Ihr wirklich vor, hundert Mann anzuwerben, um die Vorsag zu besiegen?«, fragte Garranon abrupt.

Haverness zog die Brauen fragend hoch. »Ich bin seiner Majestät gehorsamster Diener.« Garranon konnte keine Bitterkeit in der Stimme des Mannes wahrnehmen.

»Wer wird mitkommen?« Garranon zuckte beinahe zusammen, nachdem ihm das herausgerutscht war. Er hatte nicht danach fragen wollen, und es überraschte ihn nicht, als Haverness' Miene ausdruckslos wurde.

»Mein Schreiber hat eine Liste, aber ich kann mich nicht genau erinnern.«

Garranon machte eine wegwerfende Handbewegung und

versuchte es mit einem anderen Kurs. »Ich wollte nur wissen, ob Ihr noch Platz für mich habt. Zuzeiten meines Vaters hatte Buril dreihundert ausgebildete Männer. Das kann ich nicht bieten, aber es gibt sechzig Bewaffnete, und ich kann weitere hundert ungeübte Rekruten schicken.«

»Oh, das ist es also, was Ihr glaubt, das ich tue?«, flüsterte Haverness beinahe zu sich selbst. Seine Züge erstarrten zu einer kalten Maske.

»Es ist das, von dem ich hoffe, dass Ihr es tut«, erwiderte Garranon ruhig. »Mir ist gleich, ob der König es weiß oder nicht, obwohl er sich im Augenblick offenbar mehr für die Affären seiner Königin interessiert. Er kann sein Einverständnis jetzt nicht mehr zurückziehen.«

Noch einmal umrundeten sie den Garten, bevor Haverness erneut das Wort ergriff. »Ihr seid wie Euer Vater.«

»Ja.«

»Askenwen hat sich geweigert, auch nur ans Mitkommen zu denken.« Askenwen war der reichste der oransteinischen Adligen, ein junger Mann, der das Hofleben genoss. »Ihm gefällt es in Tallven. Oranstein ist zu feucht, sagt er. Wisst Ihr, wie man seinen Vater während des Kriegs nannte?«

»Den reißenden Wolf«, erwiderte Garranon mit einem dünnen Lächeln.

»Der reißende Wolf hielt ein ganzes Heer mit nur zwanzig Männern drei Tage lang auf, sodass unsere Truppen sich auflösen und wir uns zu unseren Häusern zurückziehen und unsere Familien schützen konnten, nachdem der Krieg verloren war. Sein Sohn zieht es vor, sich in der Schattenstadt in der Schänke des Schwarzen Ciernack zu betrinken.« Haverness schüttelte den Kopf, den Mund zu einem bitteren Lächeln verzogen. »Ihr solltet Euch nicht zu früh darauf freuen, diesen Krieg zu gewinnen. Jakoven hat gute Arbeit geleistet, als er unsere jungen Männer zu Wallachen machte. Ich nehme an, wir werden alle als tapfere Märtyrer enden, auf die Jakoven sich beruft, wenn er sich schließlich entscheidet, die Königreiche zu verteidigen.«

»Ein Martyrium wird ziemlich überschätzt«, stellte Garranon fest. »Es ist überwiegend nutzlos – das meines Vaters eingeschlossen, wenn ich das sagen darf.« Er holte tief Luft. »Askenwens jüngerer Bruder Kirkovenal hat gestern einen Streit angefangen.«

»Tatsächlich?« Haverness klang gedankenverloren.

»Ihm wurde eine Geldstrafe wegen Ruhestörung auferlegt, da der König davon ausging, die Verteidigung der Ehre Oransteins sei nicht genügend Grund, zwei loyale tallvenische Untertanen zusammenzuschlagen.« Garranon ließ den Blick auf einem kleinen Teich ruhen, auf dem Seerosen trieben. »Er hat Gronfeld für seinen Bruder verwaltet, seit er alt genug war, um eine Feder zu benutzen.«

»Er ist ein Junge.«

»Achtzehn. Alt genug, um ein Schwert zu halten, oder?«, erinnerte Garranon Haverness sanft. »Alt genug, um die Männer von Gronfeld gegen den Feind zu führen.« Und nicht nur gegen den Feind aus Vorsag.

Haverness verstand das. »Die Rebellion ist tot.«

Nicht, solange ich lebe, dachte Garranon. »Ja«, sagte er. »Aber wenn wir die Vorsag nicht besiegen, wird auch Oranstein tot sein. Ich kann Euch helfen.«

Haverness setzte dazu an, etwas darauf zu sagen, aber ein königlicher Page unterbrach ihn.

»Lord Garranon«, keuchte der Junge, bevor er stehen blieb, um nach Luft zu schnappen. »Der König wünscht Eure Anwesenheit beim Frühstück in seinen Gemächern.«

Garranon sah, wie Haverness' Züge erstarrten, und hätte am liebsten laut geflucht. Der alte Mann hatte ihn gerade akzeptieren wollen, als der Page ihn daran erinnerte, mit wem Garranon das Bett teilte.

Er holte tief Luft und schickte den Jungen mit ein paar höflichen Worten auf den Weg. Bevor Haverness etwas sagen konnte, sprach er selbst: »Die Wasserspiele hier sind ein Wunder, findet Ihr nicht auch? All das hier zeigt Jakovens Fähigkeiten.«

»Die seiner Magier.«

Garranon schüttelte den Kopf und sah Haverness fest in die Augen. »Nein, es ist der Hochkönig selbst. Er hat seine Geheimnisse, unser Jakoven; Ihr solltet ihn nicht unterschätzen. König Kariarn von Vorsag möchte Euch vielleicht glauben machen, dass er ein Zauberer ist, aber das stimmt nicht. Er beschäftigt jedoch mindestens vier ausgezeichnete Magier.«

Haverness schluckte die Information über Jakoven, aber dann erwiderte er: »Es gibt in ganz Vorsag keine vier guten Magier.«

Garranon zuckte die Achseln. »Dennoch, wenn man Arten, Jakovens Erzzauberer, glauben darf, dienen vier Adepten Kariarn. Ich verfüge noch über viele andere Informationen, die Ihr nützlich finden könntet … wenn Ihr mich mitnehmt.«

Haverness nickte langsam und senkte den Blick. »Ich werde darüber nachdenken.«

»Selbstverständlich«, erwiderte Garranon ruhiger, als er sich fühlte. Er wusste genau, dass er zur Rechten des Königs stehen würde, wenn Haverness mit seinen Hundert Estian verließ. »Ich danke Euch für den Kampf. Bitte entschuldigt mich, der König wünscht meine Anwesenheit.«

Erdrick stand in Beckrams Hofanzug vor dem Spiegel und betrachtete sich. Er schloss die Augen und stellte sich vor, wie er Beckrams verwegene Selbstsicherheit um seine Schultern zog wie einen Umhang. *Das ist wirklich das letzte Mal,* dachte er, aber er wusste nicht, ob er es ernst meinte oder nicht. Es war auch befreiend, Beckram zu sein, befreiend und erregend. Als Erdrick die Augen wieder öffnete, sah er im Spiegel seinen Bruder. Er zupfte den Halsausschnitt der Tunika gerade und schlenderte in den Flur.

Trotz all seiner Proteste gegenüber Beckram fühlte Erdrick sich recht wohl in der Haut seines Bruders. Am überfüllten Hof tändelte er, bezauberte die Damen und tauschte geistreiche Bemerkungen mit den Männern aus. Aber er konnte sich nicht überwinden, in die Nähe der Königin zu gehen. Sollte sein Bruder sich doch hinterher mit ihr versöhnen, wenn sie sich daran störte.

Beim Abendessen ließ sich Alizon, der Halbbruder des Königs, auf dem leeren Platz neben ihm nieder. »Euer Vater wurde also an Stelle seines Bruders zum Hurogmeten ernannt«, sagte er in gelangweiltem Tonfall.

»Wirklich unangenehm«, sagte Erdrick in Beckrams träger Stimme. »Armer Vater. Hurog ist im Winter kalt und im Sommer feucht. Die Hälfte der Bauern sind Freie – Leibeigene sind so viel einfacher. Die meiste Zeit über kann der Hurogmeten kaum seine Leute ernähren, den Rest der Zeit haben sie nichts zu beißen.«

»Aber es ist ein sehr alter Titel.«

»Das und ein halbes Kupferstück werden Euch einen Laib Brot verschaffen. Und das Schlimmste dabei ist« – Erdrick gelang genau der richtige, entnervte Ton –, »dass mein kleiner Bruder bei diesem Handel am besten abschneidet. Iftahar ist erheblich wohlhabender und wärmer als Hurog.«

»Ihr habt den König also nicht gebeten, Hurog Eurem Vater zu geben?«, fragte Alizon und blickte auf.

»Komme ich Euch so dumm vor?«, erwiderte Erdrick empört. »Warum sollte ich so etwas tun? Ich will Hurog nicht.«

Nachdem Alizon gegangen war, wischte sich Erdrick den Schweiß vom Nacken. Der Halbbruder des Königs machte ihn nervös. Das hier war wirklich das letzte Mal, dass er Beckrams Stelle eingenommen hatte.

Er trank den Wein aus und ließ sich von einem vorbeikommenden Diener einen neuen Becher geben. Als er schließlich aufstand, um sich auf sein Zimmer zurückzuziehen, konnte er die Wirkung des Alkohols deutlich spüren. Also entschied er sich, den längeren Weg durch den Garten zu nehmen. Die kühle Nachtluft würde ihm helfen, sein Gleichgewichtsgefühl zurückzugewinnen.

Wenn man von der Bibliothek einmal absah, war der Garten sein Lieblingsplatz in der Burg. Das Geräusch des fließenden Wassers von den Brunnen und künstlichen Bächen erinnerte ihn an zu Hause. Er schnupperte an einer Blüte, die sich geisterhaft weiß in der Dunkelheit abzeichnete. Es enttäuschte ihn festzustellen, dass sie überhaupt keinen Duft hatte.

Als jemand ihn an der Schulter packte, dachte er immer noch an Blumen.

Beckram, der in der Schänke des Schwarzen Ciernack saß, musste husten und trank einen großen Schluck gegen den plötzlichen Schmerz in seiner Kehle. Des beunruhigte ihn einen Augenblick, aber als der Schmerz schnell wieder verschwand, kam er zu dem Schluss, dass es ein Muskelkrampf gewesen sein musste. Er wandte seine Aufmerksamkeit wieder der Tänzerin zu, die dabei war, ihr Schwert auf eine Weise einzustecken, die kein Mann ihr je nachmachen konnte.

Jakoven wich rasch vor dem spritzenden Blut zurück und wartete, bis der Mann am Boden aufhörte zu zucken. Er leckte einen Tropfen der dunklen Flüssigkeit, die von seinem Messer tropfte, dann warf er die Waffe auf den Boden neben dem Jungen. Das Messer war keins, das jemand wiedererkennen würde, aber das zählte nicht. Jeder würde wissen, wer es getan hatte.

»Keine Geliebten mehr für meine Königin«, sagte er laut. Er schubste die Leiche mit dem Fuß, aber der Junge bewegte sich nicht mehr. Der Hochkönig starrte in das blasse Gesicht. »Nicht einmal ein dummer Junge aus Shavig war sicher. Also, Beckram, was denkt Ihr? Sollte sie Selbstmord begehen, wenn sie von Eurem Tod erfährt? Oder sollte sie sich entscheiden, sich auf einen meiner Landsitze zurückzuziehen? Ihr seid keine große Hilfe, wie? Schon gut, ich werde es morgen entscheiden.«

Im Schatten ballte Alizon, der nur einen Augenblick zu spät eingetroffen war, die Fäuste und dachte: *Zu viele Leichen, Jakoven.*

Beckram pfiff vergnügt vor sich hin, als er die Kleidung wechselte. Die Schwerttänzerin war so gut gewesen, wie die Gerüchte sagten, und noch besser. Er wäre gern länger geblieben, aber nagende Sorge um seinen Bruder hatte ihn früh nach Hause zurückkehren lassen. Vielleicht waren es nur Schuldgefühle, weil er Erdrick wieder einmal gebeten hatte, ihn zu vertreten.

Er öffnete die Tür zum Zimmer seines Zwillingsbruders und fand es leer. Es war später, als Erdrick für gewöhnlich wach blieb, aber das Fest würde bis zum Morgengrauen dauern.

»Nun, Bruder, hast du etwa ein Mädchen verführt? Damit musst du vorsichtig sein, ich will nicht, dass die Königin eifersüchtig …« Er hielt inne, als ihm ein anderer Gedanke kam. »Nein, das würdest du nicht tun, oder? Nicht mit der Königin.« Aber vielleicht, dachte er, war das der Grund für seine Ruhelosigkeit an diesem Abend.

Er schaute an sich herab, um sich zu überzeugen, dass er Kleidung trug, wie Erdrick sie tragen würde, und entfernte vorsichtshalber den gelben Schal, den er ums Knie trug. Dann ging er ein klein wenig gebeugt in den Flur hinaus.

Es waren immer noch viele Menschen im Hauptsaal, also brauchte Beckram einige Zeit, um zu erkennen, dass Erdrick nicht unter ihnen war. Als er die Königin entdeckte, die mit einer ihrer Damen klatschte, entspannte er sich. Nicht, dass er geglaubt hatte, sein Bruder könne ihn so verraten, nicht wirklich.

»Erdrick?«

Er war ein besserer Erdrick, als Erdrick Beckram war, und er zögerte nicht, sofort auf den Namen seines Bruders zu reagieren. »Lord Alizon?«

Der ältere Mann wirkte müde. »Für gewöhnlich kommt Ihr nicht zu solchen Veranstaltungen, Erdrick.«

Beckram lachte das leise, halb verlegene Lachen seines Bruders. »Nun, ich bin auf der Suche nach Beckram. Er hat sich eins meiner Bücher ausgeliehen, um eine Falte aus einem Tuch zu pressen, und jetzt kann ich es nirgendwo finden.«

»Ah.« Der Bruder des Königs zuckte die Achseln. »Ich habe ihn hier in der letzten Zeit nicht mehr gesehen. Nach dem Essen sagte er etwas darüber, frische Luft schnappen zu wollen.«

»Dann schaue ich im Garten nach«, meinte Beckram.

Alizon nickte. »Wenn ich ihn sehe, sage ich ihm, dass Ihr nach ihm sucht.«

Als der Junge aus Shavig davonging, trank Alizon einen Schluck Wasser, um den üblen Geschmack der Angelegenheiten seines Bruders loszuwerden.

Zuerst hielt Beckram den Garten für leer. Es war ein wenig kühl, denn der Herbst würde nicht mehr lange auf sich warten lassen. Das Unbehagen, das ihn früher als seine Freunde nach Hause gebracht hatte, war mit der Feststellung, dass sein Bruder ihm nicht die Geliebte gestohlen hatte, nicht verschwunden.

Er stand mitten im Hof und tippte ungeduldig mit dem Fuß auf. Dann beschloss er, ins Bett zu gehen. Etwas musste mit dem Bier, das er heute Abend getrunken hatte, nicht in Ordnung gewesen sein – das erklärte doch sicher dieses seltsame Gefühl. Der verdammte Palast war zu groß, um nach seinem Bruder zu suchen, der wahrscheinlich einfach nur auf einer vergessenen Couch irgendwo seinen Rausch ausschlief.

Er ging auf den Eingang zu, der seinem Zimmer am nächsten war, aber dann hielt er inne, weil er Blut roch. Als die Luft den üppigen Geruch zu seiner Nase trug, starb etwas in ihm. Er wusste plötzlich mit absoluter Sicherheit, dass seinem Bruder etwas zugestoßen war.

»Rick?«, rief er dennoch, aber er hörte nur eine schwache Brise, die die Blätter flüstern ließ.

Ein schwindelerregendes Gefühl von Unwirklichkeit befiel ihn, als er durch das sorgfältig bepflanzte Beet ging und dem Geruch nach Tod zu der Gestalt folgte, die dort halb im Schatten verborgen lag. Das Entsetzen wich zunächst der Trauer, dann dem Zorn, je länger er in das Gesicht seines toten Bruders starrte. Er erinnerte sich an das bleiche Antlitz des letzten Geliebten der Königin, als er ertränkt aufgefunden worden war, und verfluchte sich dafür, dass er Erdrick gebeten hatte, seinen Platz einzunehmen. Er hätte es besser wissen sollen.

Der Drang, Jakoven umzubringen, war überwältigend. Er wusste, er würde es schaffen, obwohl der König einen sehr guten Ruf als Schwertkämpfer hatte. Immerhin, wer würde schon so dumm sein, den Hochkönig bei einem Übungskampf zu besiegen? Außerdem hatte Stala Beckrams Schwertarbeit gewaltig verbessert. Ja, er konnte Jakoven umbringen. Es gab Orte, an die der König seine Wachen nicht mitnahm.

Aber wenn er das tat, würde sein Vater beide Söhne verlieren, einen an Mord und den anderen an die Axt des Scharfrichters. Beckram klammerte sich an diesen Gedanken und ertrug den Schmerz, den er mit sich brachte: Er konnte nicht offen Rache nehmen. Er würde sich um seines Vaters willen an die Schwüre gegenüber dem König halten müssen.

Vorsichtig schloss Beckram die Augen seines Bruders. Er küsste die kalte Stirn und murmelte ein paar liebevolle Worte. Dann schob er den Arm unter Erdricks Schultern und Knie und zog ihn näher.

Es war nicht einfach aufzustehen, denn Erdrick wog nicht weniger als Beckram selbst, und sie waren beide keine kleinen Männer. Beckram taumelte ein wenig, passte sich dem Gewicht an und machte sich auf den Weg.

Einen Augenblick stand Beckram unbemerkt im Eingang und sah sich um. Sein Blick fiel auf Haverness und fand noch ein Dutzend weitere Adlige, die genau die Männer waren, die er suchte. Männer, deren Loyalität gegenüber dem Thron nicht bezweifelt werden konnte und die unbestechlich waren.

Zufrieden betrat er gemessenen Schrittes den Raum und ließ sich das Tempo von seinem Pulsschlag diktieren. Er wusste sofort, wann ihn die etwa hundert Personen bemerkten, die immer noch getanzt hatten, denn es wurde plötzlich still. Alle in diesem Raum wussten von den früheren Geliebten der Königin. Alle wussten, dass Beckram in der letzten Zeit ihr Geliebter gewesen war. Alle wussten, dass sie Erdrick sahen, der Beckrams Leiche zu dem König trug, der ihn umgebracht hatte.

Der König blieb, wo er war, und sah ihm mit ausdrucksloser Miene entgegen. Beckram hörte das leise Geräusch, das die Königin von sich gab, aber er hatte nur Augen für Jakoven. Als der König noch fünf Schritte entfernt war, den traditionellen Abstand für einen Lehensschwur, kniete sich Beckram nieder und legte seinen Bruder auf die weißen Marmorfliesen. Er blieb knien.

»Mein König«, sagte er und setzte dabei seine Stimme so ein, wie sein Vater es ihn gelehrt hatte, damit sie bis in die letzten Ecken des Raums trug. »Hurogs haben der Krone von Tallven gedient, seit es Hochkönige gibt. Mein Vater, sein Bruder, ihr Vater vor ihnen haben Euch gedient. Ich beabsichtige, das Gleiche zu tun. Haverness?«

O tapferer Mann, dachte Beckram, als er aus dem Augenwinkel sah, wie sich der Adlige aus Oranstein näherte.

Haverness wartete mit seiner Antwort, bis er hinter dem König stand. Alles genau der Tradition entsprechend, dachte Beckram mit der gleichen unheimlichen Ruhe, die er empfand, seit er den Saal betreten hatte.

»Hurog?«, fragte Haverness.

Es verblüffte Beckram, so angesprochen zu werden; man hatte ihn zuvor stets Iftahar genannt, nach dem Besitz seines Vaters, aber es war wohl angemessen. Seine Seele war nun sicher in dem kalten schwarzen Stein von Hurog eingeschlossen.

»Wie viele Männer gehen mit Euch, Haverness?«, fragte Beckram, ohne den Blick vom König zu wenden.

»Vierundachtzig.«

»Und Ihr brecht wann auf?«

»In zehn Tagen.«

»Würdet Ihr mich mitnehmen?«

»Hurogs sind hervorragende Kämpfer. Es wäre mir eine Ehre.«

Zum ersten Mal, seit er den Raum betreten hatte, sah er den König nicht mehr an. Er betrachtete das graue Gesicht und das schwarze Blut seines Zwillingsbruders. *Keine staubigen Bücher mehr,* dachte er.

Dann wandte er sich wieder dem König zu, denn er wollte seine Reaktion sehen. »Dann solltet Ihr den Namen Beckram von Hurog auf Eure Liste setzen.«

Ein überraschtes Keuchen erklang überall im Raum.

»Als Erstes muss ich jedoch meinen Bruder Erdrick nach Hurog bringen, um ihn zu begraben. Er hatte im Garten einen Unfall – vielleicht war es auch Selbstmord.« Beckram betrachtete die klaffende Wunde, dann sah er sich im Saal um. »Nein, ich nehme an, es war ein Unfall. Er muss gestolpert und sich an einem Dorn im Garten die Kehle aufgeschnitten haben.« Er hob seinen Bruder vom Boden – Erdrick wirkte nun viel leichter – und ging zur nächsten Tür. Erst als er im Flur war, bemerkte er, dass Haverness und Garranon ihn begleiteten.

»Wann brecht Ihr auf?«, fragte Garranon.

»Jetzt«, erwiderte Beckram schlicht.

»Habt Ihr genug Gold, um Euch unterwegs Pferde zu mieten?«

»Ich komme schon zurecht.«

Garranon nahm seinen Beutel ab und band ihn an Beckrams Gürtel. »Da sollte genügen.«

»Ich schicke zwei meiner Männer als Ehrengarde mit«, sagte Haverness. »Sie werden Euch an den Stallungen treffen.«

»Ich werde nicht warten.«

»Wenn sie zu spät kommen, werden Sie Euch einholen.«

Dann verließen sie ihn, und er ging den Rest des Wegs zu seinem Zimmer allein. Er musste Erdrick absetzen, um die Tür zu öffnen, und diesmal war es schwieriger, ihn wieder hochzuheben. Die Kraft seines Zornes ließ nach, und nur noch Schuld blieb.

Er legte Erdrick aufs Bett, während er packte. Er nahm Garranons Beutel und steckte ihn in die Satteltasche, dann sah er sich unsicher in dem Raum um. Was sollte er alles packen?

Am Ende wickelte er Erdrick einfach in die Steppdecke auf dem Bett und stolperte mit beinahe leeren Satteltaschen nach draußen. Er weckte die Stallknechte nicht, sondern legte seine Last auf einem Heuhaufen ab und sattelte beide Pferde selbst. Die auf Hurog gezüchteten Wallache schnaubten ein wenig über die Leiche, aber Rosenholz, Erdricks ausgebildetes Streitross, blieb geduldig stehen, als Beckram seinen toten Bruder über den Sattel legte und ihn mit Seilen festband.

Dann stieg er auf sein eigenes Pferd und ritt los. Er kam an zwei Männern in den Farben von Haverness vorbei, die zum Stall rannten, zügelte sein Pferd aber nicht. Er würde keinen Augenblick länger im Heim des Mannes verbringen, der seinen Bruder getötet hatte. Er bemerkte nicht einmal, dass es Garranon und Haverness waren, die ihm die Palasttore öffneten.

»Haverness, ich muss mit Euch kommen«, sagte Garranon heiser. »Wenn ich noch länger hierbleibe, werde ich Jakoven die Kehle selbst durchschneiden – und so etwas Dummes würde Oranstein überhaupt nichts nützen.«

Haverness warf ihm einen seltsamen Blick zu, dann schaute er seinen Leuten hinterher, die dem jungen Mann aus Shavig im Galopp folgten. »Das wäre in der Tat dumm. Also gut, Garranon, reitet mit uns für Oranstein.«

»Oranstein lebt.« Garranon machte ein Fingerzeichen, das alte Zeichen der Rebellen von Oranstein.

Haverness erwiderte es sofort und sagte dann in seiner Muttersprache: »Das freie Oranstein.«

Garranon fragte sich, ob sich nicht jeder Haverness' Loyalität dem König gegenüber sicher gewesen war.

Beckrams gemietete Pferde taumelten, als Hurog dunkel und drohend am morgendlichen Horizont auftauchte. Zwei Tage und drei Nächte war er unterwegs gewesen, achtmal hatte er die Pferde gewechselt, und der größte Teil von Garranons Gold war dafür draufgegangen, so weit zu kommen. Seit der zweiten Nacht hatte er Haverness' Männer nicht mehr gesehen.

Direkt vor dem Tor zügelte Beckram sein Pferd. Als er das Pferd eines Freundes zuschanden geritten hatte, indem er es achtlos über einen zu hohen Zaun getrieben hatte, hatte sein

Vater das Tier bezahlt. Diesmal gab es nichts, was sein Vater wieder gutmachen konnte.

Beckram stieß ein erschöpftes Lachen aus, das nichts Heiteres an sich hatte. Er hatte seinen Bruder nach Hurog gebracht, damit sein Vater alles wieder gutmachte, und es war ihm nicht einmal klar gewesen. Er ließ die Pferde weiterstolpern.

Die Hufgeräusche auf dem Pflaster brachten die Wachen heraus, aber sie erkannten den Sohn ihres Herrn und öffneten das Tor. Obwohl der Morgen gerade erst dämmerte, war Duraugh schon im Hof und sprach mit einem der Bauern, als Beckram hereinkam.

»Erdrick?«

Beckram blinzelte und fragte sich, wie sein Vater so schnell über den Hof gerannt war. Dann fiel ihm ein, dass er wohl ein wenig die Augen geschlossen hatte.

»Erdrick? Was ist los? Wer … wer ist das dort auf dem Pferd?«

Beckram rutschte vom Pferd und fiel weiter, bis er auf dem kühlen Boden kniete.

»Ich bin Beckram«, sagte er klar. »Erdrick ist tot. Mein Fehler.« Er starrte seinen Vater an, wartete darauf, dass dieser die Nachricht verstand, wartete darauf, bestraft zu werden, wie er es verdient hatte.

»Der König hat Erdrick also umgebracht, weil du mit der Königin geschlafen hast? Nachdem er dir das so gut wie befohlen hatte?«

Beckram fragte sich, wieso die Stimme seines Vaters so ruhig klang. Sie saßen in einem kleinen Nebenzimmer, wo sie niemand hören konnte.

Er war immer noch müde, aber er hatte geschlafen, betäubt von heißem Gewürzwein und Erschöpfung, bis die

Träume ihn wieder aus dem Bett getrieben hatte. Zum dritten Mal sagte er: »Der König hat Erdrick getötet, weil er ihn für mich hielt. Wenn ich Erdrick nicht überredet hätte, meinen Platz einzunehmen, wäre er noch am Leben.«

Duraugh schloss die Augen. »Ich habe diesem jungen Narren Jakoven einmal das Leben gerettet, wusstest du das? Damit er meinen Sohn umbringen konnte.« Er seufzte. »Wir werden Erdrick morgen begraben. Deine Mutter ist hier.«

»Sie wird ihn in Iftahar begraben wollen.«

Sein Vater hörte die Qual in seiner Stimme. »Er wird hier begraben werden, es sei denn, du willst es anders.«

»Hier. Hurog wird ihn vor Mördern und Narren beschützen.« Er hatte das nicht sagen wollen – es klang albern, wenn man es laut aussprach.

Sein Vater nickte nur.

Beckram entspannte sich ein wenig. »Ich breche morgen nach Estian auf.«

»Du willst dich Haverness immer noch bei diesem wahnwitzigen Unternehmen anschließen?«

Beckram zupfte an der Tischdecke. »Ich muss etwas tun. Wenn ich nicht gehe, werde ich ihn umbringen.«

Duraughs Lippen wurden schmaler. »Glaube nicht, dass ich nicht auch schon daran gedacht habe. Vor fünfzehn Jahren hätte ich es tun können. Der junge Alizon war beliebt, und die Welt war an Krieg gewöhnt. Aber Jakoven hatte die meisten Männer beseitigt, die sich gegen ihn hätten stellen können, und Alizon ist außerhalb des Schlachtfelds ein nutzloser Geck.« Er seufzte. »Also gut, geh. Aber ich werde dich nicht allein schicken. Ich spreche mit Stala. Sie und fünfzig Männer werden dich begleiten und unter deinem Befehl kämpfen.«

»Das geht nicht«, sagte Beckram. »Haverness hat nur die Erlaubnis für hundert Männer. Ich glaube, ich bin der fünfundachtzigste.«

»Du wirst sie mitnehmen«, sagte Duraugh und stand auf. »Das Motto der Blauen Garde ist: ›Wir kämpfen wie ein einziger Mann.‹ Du wirst nur einer sein.«

»Der König wird das nicht akzeptieren.«

Duraugh lächelte kalt. »Ich werde mit ihm reden. Überlass das mir.«

10 WARDWICK

Tod ist ein elendes Geschäft, und der Regen machte es nur noch schlimmer.

Mehrere Wochen später sah es sehr danach aus, als werde meine Suche nach Ruhm fruchtlos bleiben. Wir hofften, auf Vorsag zu treffen, als wir uns den südlichen Bereichen von Oranstein näherten, aber wir fanden nur ein paar weitere jämmerliche Räuberbanden und niedergebrannte Dörfer, wo die Vorsag bereits gewesen waren. Es regnete die ganze Zeit, außer, wenn Hagel oder Schneeregen niederfielen. Oregs Wallach und eins der Packpferde entwickelten trotz des Öls, das wir benutzten, Huffäule. Alle waren gereizt, weil sie ununterbrochen froren und nass wurden.

Tosten war wie immer der Schlimmste und sprach kaum ein Wort, es sei denn, man stellte ihm eine direkte Frage. Das feuchtkalte Wetter bewirkte, dass eine alte Wunde an Penrods Schulter sich wieder meldete und er bei den Übungskämpfen sichtliche Schmerzen hatte, aber er wollte nicht zulassen, dass ich ihn davon befreite. Als Axiel ihn zwang aufzuhören, hätte Penrod sich beinahe mit ihm geschlagen –

nur Bastillas Einmischung verhinderte das. Axiel, Sohn des Zwergenkönigs, beobachtete mich, wie ein Hütehund den Hirten beobachtet, sagte aber wenig. Selbst Oreg schien bedrückt zu sein.

Eines Nachmittags machten wir an einem Dorf Halt, um Lebensmittel zu kaufen. Es war nicht viel, aber ich schickte Penrod, um den Dorfvorsteher zu finden und mit ihm zu sprechen. Oreg nutzte die Gelegenheit, um davonzuschlendern und sich die Umgebung anzusehen.

»Sie sagen, sie haben keine Banditen gesehen und auch von keinen gehört«, berichtete Penrod, als er zurückkehrte. »Sie sagen auch, dass sie weder Getreide noch andere Lebensmittel zu verkaufen haben.«

Das hatten wir schon oft gehört. Ohne Luavellets Vorräte und das, was wir jagten, wären wir verhungert. Oransteiner hatten ein gutes Gedächtnis.

»Hast du ihnen gesagt, dass das Dorf östlich von hier niedergebrannt war, als wir daran vorbeikamen?«, fragte Tosten.

»Ja«, sagte Penrod. »Ich bin ziemlich sicher, sie glauben, dass wir dahinterstecken. Wo ist Oreg?«

»Er wollte sich den Tempel der Meron ansehen«, sagte er. »Ich glaube, er will um ein Ende des Regens beten.«

»Dann gibt es doch nur Schneeregen«, sagte Axiel mürrisch.

Dieses Dorf hatte mehr Einwohner als das letzte, in dem wir gewesen waren, aber das war auch schon alles, was sich darüber sagen ließ. Als wir eintrafen, waren Leute unterwegs gewesen. Sobald sie uns sahen, suchten sie Zuflucht in den kleinen Steinhütten mit den Strohdächern, die in Kreisen um den Weg standen, der als Hauptstraße diente.

Der Tempel von Meron der Heilerin, der Göttin von allem, was wächst, war ein wenig größer als die anderen Gebäude, und vor einiger Zeit hatte ihn jemand angestrichen; es gab immer noch ein paar blaue und weiße Flecken auf dem orangefarbenen Stein. Anstelle einer Tür hing nur ein Stück zerlumptes Öltuch am Türrahmen.

»Er wollte sich die Artefakte ansehen. Die Tempel der Meron sind voll davon«, erklärte Bastilla. »Ich kann allerdings nicht viel Magie von diesem Tempel spüren.«

Wir waren also von Söldnerkriegern, die Oranstein vor den bösen Vorsag retten wollten, zu unerwünschten Reisenden geworden. Ich verdrehte bei dem Gedanken daran die Augen.

»Es gibt nicht viel Magie in den Tempeln der Meron«, erklärte ich ihr. »Nicht wirklich. Die meisten Adligen beten zu Vekke, dem Gott des Krieges. Die Priester der Meron mögen Magie als Tribut verlangen, aber das sind für gewöhnlich hausgemachte Amulette von irgendwelchen Dorfhexen. Bauern können sich keine echte Magie erlauben.«

»Silbermoor liegt nicht weit von hier«, sagte Axiel. »Ich erkenne diese Felsformation dort.« Er zeigte auf einen Felsvorsprung an einem Hügel. »Ich glaube, wir sind das letzte Mal nur ein kleines Stück westlich von hier vorbeigekommen. Wenn ihr ungewöhnliche magische Gegenstände sucht, könnte es von Bedeutung sein: Silbermoor hat einen Stein, der angeblich einmal ein Drache war.«

Penrod schnaubte. »Als wir das letzte Mal dort waren, sagte der Hurogmeten, dieser Stein sei ebenso sehr ein Drache, wie er ein Pferd ist.«

Axiel schüttelte den Kopf. »Ich weiß es nicht. Es ging deutlich Magie von ihm aus, das habe ich gespürt.« Ich hatte nicht gewusst, dass er Magie wahrnehmen konnte.

Oreg duckte sich unter der Stofftür des Tempels durch und stapfte durch den Schlamm zu seinem Pferd. »Wohin gehen wir jetzt?«

»Nach Silbermoor.« *Dann sind wir eben Reisende,* dachte ich verbittert.

Blümchens große Hufe ließen das Wasser aus den Pfützen hoch genug aufspritzen, um meine ohnehin klatschnassen Stiefel mit Schlamm zu überziehen. Es war schwer zu sagen, ob ein Bach über den Weg floss oder der Weg durch einen Bach verlief.

Zumindest Blümchen war zufrieden. Ich ritt an der Spitze, und das gefiel ihm besser, als bei den anderen zu sein. Als ich das letzte Mal versucht hatte, Tosten aufzuheitern, hatte er nur mit bösen Bemerkungen reagiert, und ich war zu dem Schluss gekommen, dass ich lieber für mich bleiben sollte, bis ich imstande war, meine Zunge zu beherrschen.

Der Regen störte den Hengst nicht so sehr wie die anderen Pferde. Blümchen ignorierte ihn, als wäre er zu arrogant, um sich an etwas so Banalem wie dem Wetter aufzureiben.

Ich fragte mich, ob ich die anderen nicht nach Hause schicken sollte. Penrod brauchte das trockenere Klima von Shavig, wo seine Schulter nicht wehtat. Ciarra war zu jung für dieses Unternehmen und Tosten zu weich: Nicht, was den Körper anging, aber den Geist. Er spürte den Tod jeder Leiche, die wir verbrannten, ob es ein Bandit war, den wir getötet hatten, oder ein Dorfbewohner, der den Banditen zum Opfer gefallen war. Selbst Bastilla würde anderswo besser dran sein. Sie hatte behauptet, eine schlechte Zauberin zu sein. Ich kannte mich mit diesen Dingen nicht besonders gut aus, aber obwohl sie sicher nicht so gut war wie Oreg, schlug sie Licleng, Vaters Magier, um Längen. Sie zündete jeden Abend ein Feuer mit feuchten Zündspänen und noch feuchterem Holz an, während Oreg unser Bettzeug trocknete. Sie würde sich problemlos im Haushalt eines Adligen ihren Lebensunterhalt verdienen können, besonders in feuchtem Klima. Sie brauchte mich nicht.

Oreg gehörte nach Hurog, wo er und Hurog sicher waren. Es tat beinahe weh, in seiner Nähe zu sein; er erinnerte mich täglich daran, dass Hurog mir nicht gehörte und, wie ich inzwischen dachte, mir auch niemals gehörten würde.

Damit blieb nur noch Axiel, der Kammerdiener meines Vaters, der Sohn des Zwergenkönigs. Von uns allen war er am besten geeignet, etwas anderes zu tun, als ziellos durch diesen götterverlassenen Sumpf zu stapfen: Jeder Adlige hätte ihn als Waffenmeister eingestellt. Aber wenn man Aethervon glauben durfte, war Axiel hier, um sein Volk zu retten, weil sein Vater einen Traum gehabt hatte. Er war mindestens sechzehn Jahre bei meinem Vater gewesen, vielleicht länger, aber er glaubte, *ich* sei der Grund, wieso man ihn nach Hurog geschickt hatte.

Blümchen schnaubte plötzlich und sammelte sich: ein Kampfross, bereit, in die Schlacht zu ziehen. Die Veränderung riss mich abrupt aus meinen Gedanken. Mit laut klopfendem Herzen spähte ich in den Wald, um herauszufinden, ob wir beobachtet wurden.

Eine leichte Berührung meines Knies und eine Verlagerung meines Gewichts lenkten Blümchen in einen engen Kreis. Aber ich konnte nichts erkennen, außer dass der Rest meiner Gruppe ein wenig zurückgefallen war, mit Axiel an der Spitze und Oreg ganz hinten. Tosten und Bastilla waren in ein lebhaftes Gespräch verstrickt. Penrod rieb sich unter Ciarras besorgtem Blick die Schulter. Axiel beobachtete mich, die Hand am Schwert.

Ich hob die Hand und bedeutete ihm zu warten. Als er nickte, lenkte ich Blümchen weiter auf dem schmalen Weg, der sich durch die Hochgebirgssümpfe zog. Der Hengst tänzelte vorwärts, und seine Ohren zuckten. Ich wollte gerade umkehren, als der Weg sich durch ein Weidengehölz zu den Überresten eines Dorfs zog.

Dem Schicksal sei Dank, dass ich die anderen ferngehalten habe, war alles, was ich denken konnte. Ich wollte nicht, dass Ciarra oder Tosten das hier sahen. Es ähnelte in nichts den überfallenen Dörfern, in die wir zuvor gekommen waren.

Die Vorsag hatten die Dorfhäuser zerstört und das Holz und die Strohdächer an der Straße aufgehäuft. Die Leichen der Dorfbewohner waren sehr sorgfältig darauf aufgebahrt. Jemand hatte versucht, die Toten zu verbrennen, aber der Regen hatte das Feuer gelöscht, bevor die Leichen mehr als nur angesengt gewesen waren. Es war der Gestank nach nasser Holzkohle und Blut, der Blümchen alarmiert hatte.

Ich stieg ab und führte den Hengst hinter mir her.

Wir hatten schon zuvor die Ergebnisse von Angriffen der Vorsag zu sehen bekommen, aber nicht so etwas. In allen anderen Dörfern hatte es Überlebende gegeben, die beim ersten Anzeichen von Ärger geflohen waren. Wenn die Vorsag hier nicht jeden einzelnen Bewohner des Dorfs getötet hatten, dann hatten sie sich zumindest angestrengt, genau das zu tun. Die Vorsag begruben ihre Toten ebenso wie wir in Shavig, aber bisher hatte sie die Möglichkeit, dass die unruhigen Geister der Oransteiner ihre Dörfer heimsuchen würden, nicht gekümmert, und sie hatten keinen Versuch unternommen, die Toten zu verbrennen. Ich konnte mir nicht vorstellen, dass sie damit jetzt plötzlich angefangen hatten.

Mein Vater hatte immer gesagt, er habe am meisten über seine Feinde gelernt, wenn sie von ihrem üblichen Verhalten abwichen. Was war hier in Silbermoor anders?

Sie hatten einen Tempel mit einem Steindrachen.

Ich wandte mich von dem Scheiterhaufen ab und suchte nach dem Tempel – oder dem, was einmal ein Tempel gewesen war. Die Vorsag hatten das Dorf für ihren Scheiterhaufen geplündert, nicht viele hölzerne Gebäude waren stehen geblieben. Am Ende gab es vier Möglichkeiten, aber ich konnte nicht sicher sein. Und es gab keine Spur von Axiels Steindrachen, es sei denn, er war kleiner als meine Faust.

Wer befehligte die Vorsag? Kariarn war nur ein paar Jahre älter als ich. Gewöhnlich hätte das bedeutet, dass er entweder von seinen Beratern beherrscht oder zumindest angeleitet wurde. Aber ich hatte ihn kennengelernt. Wenn bei ihm andere die Fäden zogen, dann waren diese Leute tückischer als ich. Möglich, aber nicht sehr wahrscheinlich.

Als Kariarn in Estian gewesen war, hatte er seine Leute die Umgebung nach Artefakten durchsuchen lassen, die angeblich magischer Natur waren. Was, wenn er das auch jetzt tat? Was, wenn die Vorsag Dörfer mit Tempeln der Meron überfielen, die Artefakte nahmen und dann die Dörfer niederbrannten, um zu verbergen, was sie getan hatten?

Die meisten Tempel besaßen nichts als Plunder, aber das traf nicht immer zu. Oranstein war ebenso wie die anderen Königreiche ein altes Land. Es gab Ruinen, die unerwartete Schätze enthielten. Einige Tempel verfügten über machtvolle Magie. Ich durchsuchte die Umgebung genau, aber es gab kein Anzeichen dafür, dass ein großer Gegenstand bewegt worden war: keine Wagenspuren, keine tiefen Hufspuren. Die Vorsag waren allerdings eindeutig hier gewesen, mehr als fünfzig, vielleicht sogar hundert. Der Regen verbarg etliche Spuren.

Es war lange her, seit Axiel und Penrod mit meinem Vater hier Halt gemacht hatten. Seit dieser Zeit mochte der Stein an einen anderen Ort gebracht worden sein, aber ich war überzeugt, dass es Kariarn gewesen war, der ihn genommen hatte.

Wie viel Macht konnte sich Kariarn auf diese Weise verschaffen? Man hatte mir gesagt, die Tage der großen Magie seien mit dem Untergang des Kaiserreichs vergangen. Die Theorie besagte, dass es nur eine gewisse Menge von Magie auf der Welt gab, die nach und nach verbraucht wurde. Mein Vater hingegen hatte behauptet, es habe nie ein Zeitalter der großen Magie gegeben, nur große Geschichtenerzähler.

Aber was, wenn die Magie sich in Tausenden von Artefakten verbarg? Was, wenn eine Person sie alle sammelte und eine Möglichkeit fand, diese Magie freizusetzen? Ich musste mit Oreg sprechen.

Ich ritt zurück, zügelte Blümchen aber wieder, als ich erneut zu den Leichen kam. Wenn die Vorsag versucht hatten, sie zu verbrennen, hatte das nichts mit Respekt für ihre Feinde zu tun. Sie hatten etwas verbergen wollen, was die Leichen der Dorfbewohner vielleicht verraten könnten.

Auf dem Holzhaufen lagen zweiundsiebzig Männer, Frauen und Kinder. Die meisten waren nackt, lagen mit dem Gesicht nach unten, und man hatte ihnen Hände und Füße gefesselt und die Augen verbunden, alles mit Stoffstreifen, die wahrscheinlich von ihrer eigenen Kleidung stammten. Die, die nicht gefesselt waren, sahen aus, als wären sie beim ersten Angriff im Kampf umgekommen. Es gab keine Fliegen – das war einer der wenigen Vorteile des Regens.

Ich war dazu geboren und erzogen worden, solche Dinge zu verhindern. Hurogmeten zu sein bedeutete mehr, als Land zu besitzen – es ging darum, sich um die Menschen zu kümmern, die auf diesem Land lebten. Verantwortung war mir angezüchtet, und das Versagen des Hochkönigs, diese Menschen zu beschützen, machte mich wütend.

Wenn dieses Land einen Herrn hätte, der sich richtig um es kümmerte, hätte keine vorsagische Truppe von dieser Größe hier eindringen und so etwas tun können. Aber der rechtmäßige Herr dieser Region war bei der Rebellion getötet worden, und König Jakoven hatte sich nicht dazu herabgelassen, ihn zu ersetzen. Silbermoor war ungeschützt gewesen.

Ich drehte die Leiche eines kleinen Mädchens um. Sie hatte ein schmuddeliges Kindergesicht mit Tränenspuren, die der Regen wegwusch. Sie fühlte sich kalt an. Die einzige Wunde, die ich entdecken konnte, war ein zwei Finger breiter Schlitz in ihrer Kehle. Auf ihren Torso waren Runen gezeichnet. Einige waren mit Farbe aufgemalt und verliefen, sobald der Regen sie berührte, aber andere waren in ihre Haut geschnitten worden. *Zweiundsiebzig Oransteiner,* dachte ich und sah den Rest der Leichen an. *Das hier muss ziemlich lange gedauert haben.*

Ich untersuchte die Haut unter den Fesseln an ihren Handgelenken und Fußknöcheln. Die Handgelenke waren wund, aber die Fesseln an ihren Füßen hatten sich beinahe bis auf die Knochen eingeschnitten. Das und der Mangel an Blut, wo sie gelegen hatte, sagte mir, dass man sie an den Füßen aufgehängt hatte, sodass das Blut vollständiger aus ihrem Körper lief – wie bei einem Schwein, das geschlachtet wurde.

Es war dieses Bild, das den Deckel von meiner Wut riss. Tief in mir entfachte mein Zorn ein Feuer, das geschwelt hatte, seit Aethervon es in Menogue erweckt hatte. Es floss durch meine Brust, meine Arme und in meine Hände. Ich konnte die Magie nicht sehen, die durch meine Adern toste, aber das feuchte Holz und das Stroh begannen zu brennen, wo ich sie berührte. Blümchen schnaubte und wich so weit er konnte, ohne mir die Zügel zu entreißen, von der brennenden, qualmenden Masse zurück, als das Feuer sich rasch ausbreitete und die Geister der Toten für ihre Reise über das Leben hinaus aufsteigen ließ.

Als Sohn meines Vaters hatte ich mich nie einem Gott angeschworen und mich überhaupt nie sonderlich für Religion interessiert. Ich wusste wenig über Meron und noch weniger über den Kriegsgott Vekke. Und nach dem, was Aethervon mit Ciarra gemacht hatte, würde ich ihm diese Menschen nicht anvertrauen. Sie brauchen Gerechtigkeit. Ein Gebet, das meine Kinderfrau gesungen hatte, als ich klein gewesen war, kam mir ganz natürlich auf die Zunge. Ein Shavig-Gebet war in diesem Land fehl am Platz, aber ich schloss die Augen und sang zu Siphern, dem Gott der Gerechtigkeit und des Gleichgewichts, als die Flammen höher tosten.

Und er kam. Ich sah ihn nicht, nicht einmal, als ich die Augen wieder öffnete, aber ich spürte ihn: spürte seinen Zorn über den Tod des Dorfs, spürte, wie er die verängstigten Geister an seine Brust zog, spürte seine Berührung an meiner Stirn, als er wieder verschwand.

Als ich mit dem Lied fertig war, fühlte ich mich friedvoll, ja leer. Und in diese Leere drangen Klarheit und Ehrlichkeit. Der Grund für meine schlechte Stimmung in diesen letzten Tagen war nicht der Regen gewesen, es war das deutlicher werdende Wissen, dass Hurog für mich verloren war. Selbst wenn ich bei der Verteidigung von Oranstein Ruhm erwerben würde (und das war selbst unter besseren Umständen unwahrscheinlich), war klar, dass dieses Königreich den König nicht kümmerte. Man brauchte nur zu sehen, wie er diese Dorfleute beschützt hatte. Mein Onkel würde sich besser um Hurog kümmern, als mein Vater es je getan hatte, und seine Söhne würden ihm folgen.

Aber zum ersten Mal hatte ich ein Ziel, das ich wirklich erreichen konnte. Ich würde diesen Menschen helfen, denen sonst niemand half.

»Lord Wardwick?« Axiel klang atemlos, und als ich mich zu ihm umdrehte, lag er auf den Knien und hatte den Kopf gesenkt.

Seine Pose erschreckte mich, und ich streckte den Arm aus und zog ihn auf die Beine. »Ich dachte, ich hätte euch allen befohlen zu warten.«

Hoffnung und Staunen zeichneten sich auf seinen Zügen ab, als er mich ansah. »Wir haben eine Viertelstunde gewartet, aber nichts gehört. Da ich ein bisschen besser auf mich aufpassen kann als Penrod und die jungen Leute, bin ich vorangegangen, während die anderen sich noch darüber stritten, was sie jetzt tun sollten. Ich nehme an, sie werden bald hier sein.« Er holte tief Luft. »Als ich aus den Bäumen kam, Herr, roch ich das Böse, wie es mir seit Jahrhunderten nicht mehr begegnet ist – Blutmagie. Dann hörte ich, wie Ihr Siphern den ganzen Weg aus dem Nordland herbeigesungen habt, damit er sich um diese Leute kümmert. Er hat dieses Tal für Euch von allem Bösen gereinigt, Herr. Mein Vater sagte, unsere Hoffnung liege in Hurog. Bis jetzt wusste ich nicht wirklich, dass sein Traum prophetisch war.«

Ich wand mich unter seinem Blick. Tatsächlich wusste ich nicht, was ich getan hatte, um so etwas heraufzubeschwören. Den Scheiterhaufen anzuzünden war etwas, was Bastilla oder Oreg mit der Hälfte meiner Anstrengung hätten tun können. Und … hatte er *Jahrhunderte* gesagt?

»Jahrhunderte?«, krächzte ich.

Er grinste verlegen und schaukelte auf die Fersen zurück. Die Ehrfurcht war aus seiner Miene verschwunden, aber sie hatte sein Gesicht dauerhaft verändert. Die Wachsamkeit, die seine Züge für gewöhnlich prägte, war einem albernen Grinsen gewichen, das angesichts von so viel Tod vollkommen fehl am Platze wirkte.

»Nun ja«, sagte er. »Das Volk meines Vaters lebt ein bisschen länger als die Menschen. Man hat mich vor einem halben Jahrhundert nach Hurog geschickt, um Hoffnung für mein Volk zu finden, damit die Zwerge gerettet werden.«

Rettung für die Zwerge?, wollte ich fragen. Stattdessen sagte ich: »Du siehst nicht aus wie ein Zwerg.«

»Ich schlage meiner Mutter nach. Mein Vater ist so groß …«, er hob eine Hand an seine Schulter, »… und doppelt so schwer wie ich.«

Weißer, dampfender Rauch und der Geruch von brennendem Fleisch wogten von dem feuchten Holz heran. Der Geruch erinnerte mich wieder an das, was hier in Silbermoor geschehen war. Ich klammerte mich daran – eine Aufgabe, um die Leere zu füllen, die der Verlust von Hurog bewirkt hatte.

»Erinnerst du dich, wie groß dieser Steindrache war?«, fragte ich ihn.

»Ein bisschen größer als Blümchen«, antwortete er nach einem Augenblick. »Er sah nicht aus wie der Drache auf dem Hurog-Wappen, aber auch nicht wie irgendetwas anderes. Es war eher wie ein großer Stein, an dem ein guter Steinmetz angefangen hatte zu arbeiten, aber ohne die Meißelspuren.«

»Er ist nicht hier«, sagte ich. »Oder zumindest habe ich ihn nicht gefunden. Ich habe auch kein Anzeichen davon gesehen, dass man ihn bewegt hätte.«

Axiel hustete und ging ein Stück vom Feuer weg. »Seltsam. Allerdings könnte ihn jemand weggebracht haben, seit wir hier waren.«

»Ich weiß nicht viel über Magie«, sagte ich und konzentrierte mich auf die brennenden Leichen. »Was, wenn ich dir sage, dass die meisten Dorfbewohner ausgeblutet wurden wie geschlachtete Schafe und ich keine großen dunklen Stellen am Boden finden konnte, wohin so viel Blut geflossen sein müsste?«

Axiel runzelte die Stirn. »Dann würde ich annehmen, es war tatsächlich Blutmagie. Ich habe sie zuvor gerochen, und es würde starke Blutmagie brauchen, um so viel Blut aufzuzehren. Der beste Magier des Königs ist nicht mächtiger als Bastilla. Von allen menschlichen Zauberern, die ich gesehen habe, könnte nur Oreg die Art von Magie wirken, für die man so viel Blut braucht.«

Axiel hielt Bastilla für so mächtig wie die Magier des Hochkönigs? Ich wusste, dass sie besser war, als sie zugab. Aber ich konnte mich nicht erinnern, dass sie irgendetwas Spektakuläres getan hätte. Ich setzte dazu an zu fragen, aber Blümchen warf den Kopf hoch und rief einen Gruß, als der Rest unserer Gruppe aus dem Hain kam.

Oreg zügelte sein Pferd in meiner Nähe, stieg aber nicht ab. »Beeindruckend«, sagte er mit einem Blick zu dem Feuer. »Hast du den Scheiterhaufen selbst gebaut?«

»Nein«, erwiderte ich. »Die Vorsag. Oreg, Bastilla«, sagte ich, als sich die anderen um uns sammelten. »Der Drachenstein ist weg. Axiel sagt, er sei so groß wie Blümchen gewesen, aber ich konnte keine Spuren finden, dass jemand ihn weggeschleppt hat. Die Dorfleute wurden aufgehängt und ausgeblutet, und man hat ihre Leichen mit geheimnisvollen Runen bedeckt.« Ich hätte warten sollen, bevor ich den

Scheiterhaufen anzündete, aber ich hatte mich von meinen Gefühlen leiten lassen, nicht von meinem Denken.

Oreg legte den Kopf schief, starrte den Scheiterhaufen mit versunkenem Blick an, und ein seltsames Halblächeln umspielte seine Mundwinkel. »Ich rieche Drachen«, sagte er.

»Axiel glaubt, dass Blutmagie angewandt wurde.«

»Auf Blutmagie liegt ein Makel«, erwiderte Bastilla. »Und davon kann ich hier nichts wahrnehmen.«

Mir war nicht danach, die Sache mit Siphern zu erklären. Müdigkeit nach der Magie und das Wissen, dass die Leere in meinem Geist, die Hurog hinterlassen hatte, dauerhaft sein sollte, bewirkte den Wunsch nach Schlichtheit. »Könnte ein Magier oder eine Gruppe von Magiern die Magie aus einem Gegenstand nehmen und sie für sich selbst nutzen?«

»Ja«, sagte Oreg im gleichen Augenblick, als Bastilla verneinte.

Ich zog die Brauen hoch, und Bastilla zuckte schließlich die Achseln. »Ich nehme an, es ist möglich. Theoretisch. Aber der Stein würde immer noch da sein – nur ohne die Magie.«

»Nicht dieser Stein«, widersprach Oreg, immer noch in diesem seltsam versunkenen Zustand. »Ich rieche Drachen.«

»Hätten sie den Stein verwandeln können?«, fragte Penrod.

»Dieser Stein fühlte sich nach Drachenmagie an«, sagte Axiel. »Könnte etwas einen Drachen in einen Stein verwandelt haben, und dann haben die Vorsag ihn freigelassen?«

Ein Schauder lief mir über den Rücken, und im gleichen Augenblick schien der Nieselregen sich in einen Platzregen zu verwandeln.

»Kariarn hat einen *Drachen?«*, fragte Tosten.

»Jemand hat einen Drachen«, sagte Oreg gleichgültig.

Ein Teil von mir wiederholte immer wieder begeistert: *Ich wusste, dass es immer noch Drachen gibt. Ich wusste es, ich wusste es,* während der Rest versuchte darüber nachzudenken, was Kariarn tun würde, wenn er einen Drachen besäße.

»Wohin gehen wir jetzt?«, fragte Bastilla.

Gute Frage. Ich schob den Gedanken an einen Drachen einen Augenblick beiseite. Danach war die Frage ziemlich einfach. Ich brauchte nur noch ein paar weitere Informationen, um meine Theorie über die Angriffe der Vorsag zu überprüfen, und ich wusste, wo ich sie erhalten würde.

»Axiel«, fragte ich, »weißt du, wie man von hier nach Callis kommt?«

»Callis? Ja, das glaube ich schon. Warum Callis?«

»Weil ich Informationen brauche. Und wenn überhaupt jemand weiß, was hier los ist, dann der alte Fuchs Haverness. So viel ich weiß, herrscht er immer noch in Callis.« Haverness' Leute würden wissen, ob die anderen Dörfer, die die Vorsag überfallen hatten, über machtvollere Artefakte verfügten als jene, die verschont geblieben waren. Sie würden wissen, wo sich weitere wahrscheinliche Ziele befanden. Mein Vater hatte gesagt, dass Haverness mehr darüber wusste, was das Heer des Königs tat, als der König selbst, auch wenn er bei Hofe immer so tat, als könne er kein Wässerchen trüben.

Der strömende Regen ließ nach etwa einer Stunde ein wenig nach. Da wir keinen besseren Platz finden konnten, schlugen wir das Lager an einer relativ geschützten Stelle unter ein paar Bäumen auf. Das Feuer qualmte und spuckte, aber es genügte, um das Essen zuzubereiten. An diesem Abend war es meine Aufgabe zu kochen.

Oreg war auf die Jagd gegangen und hatte zwei Kaninchen erbeutet. Ich hatte sie auf einen Spieß gesteckt und drehte sie über dem Feuer, als Ciarra sich neben mich setzte und einen der Spieße übernahm, mehr, weil sie vernünftiges Essen haben als weil sie mir helfen wollte.

»Du gehst mir also nicht mehr aus dem Weg?«

Sie grinste mich an und berührte mein Gesicht mit dem Finger.

»Ich? Schlecht gelaunt?« Als sie die Brauen hochzog, sagte ich: »Es regnet die ganze Zeit, und wir reiten hier umher und haben den größten Teil des Sommers nicht viel erreichen können.«

Sie schüttelte den Kopf und deutete zum Himmel, dann wieder auf mein Gesicht.

»Ich weiß, dass es immer noch regnet«, sagte ich. »Aber ich weiß auch endlich, was wir tun müssen.« Das stimmte. Kariarn verfügte über einen Drachen und vielleicht über mehr Magie, als die Welt in einem ganzen Zeitalter gesehen hatte. Ein ganzes Dorf war niedergemetzelt worden. Hurog war für mich verloren, aber ich fühlte mich besser, weil ich wusste, was ich tun sollte. »Du drehst das Kaninchen zu schnell.«

Sie lehnte sich gegen meine Schulter, verlangsamte das Drehen aber nicht. Ihr Kaninchen war durchgebraten, meins war in der Mitte zu rosa. Nicht, dass das bei dem Hunger, den wir hatten, etwas ausgemacht hätte.

Nach dem Abendessen gingen wir alle Holz suchen, außer Ciarra, die bei den Pferden blieb, bewaffnet mit einem Horn, um uns im Notfall zurückrufen zu können. Für gewöhnlich ging beim Holzsuchen jeder seinen eigenen Weg, aber diesmal blieb Oreg an meiner Seite. Er schwieg eine Weile, aber ich sah an seiner ganzen Haltung, dass er nur abwartete.

»Du hast also beschlossen, wieder ein Held zu sein«, sagte er schließlich. Ich wusste nicht genau, ob er das sarkastisch meinte oder nicht.

»Oranstein braucht einen Helden«, erwiderte ich und trat einen Stein ein wenig heftiger als notwendig aus dem Weg.

»Wirst du den Drachen befreien?«

»Oreg, ihr Götter, wir sind zu siebt! Was glaubst du denn, was wir ausrichten können?« Und das, dachte ich, war das Problem mit meinem Plan, den Oransteinern zu helfen. Ich war kein legendärer Krieger wie mein Vater, ich war nicht Seleg, ich hatte kein Heer. Es war wie in der Geschichte mit der Fliege, die einem Pferd den Krieg erklärte – das Pferd bemerkte sie nicht einmal.

»Er *darf* ihn nicht behalten«, sagte er plötzlich hitzig. »Es gab keine Flammenspuren, der Drache hat nicht gekämpft. Sie müssen ihn mit einem Bann belegt haben.«

Ein Bann? Ich konnte mir kaum vorstellen, welche Macht es brauchen würde, um einen Drachen zu beherrschen. »Könntest du einen Bann brechen, der stark genug ist, um einen Drachen zu halten?«

Sein Schweigen war genug Antwort. Schließlich sagte er: »Was wirst du tun?«

»Ich gehe nach Callis. Von dort aus schicke ich eine Botschaft an den König, an meinen Onkel und an Haverness, damit etwas unternommen wird, um Kariarn aufzuhalten – falls er jetzt noch aufgehalten werden kann.«

»Sie werden versuchen ihn umzubringen, Ward«, sagte Oreg leise. Er meinte den Drachen. »Sie können nicht zulassen, dass Kariarn einen Drachen einsetzt.«

»Dann sag mir, was sie sonst tun sollen«, erwiderte ich, aber ich wusste, dass er recht hatte.

Wir gingen ein paar Schritte weiter, und Oreg sah mich nicht an.

»*Seleg* brauchte kein Heer, um einen Drachen zu töten.«

Ich blieb abrupt stehen. »Wie meinst du das?«

»Wenn ein anderer Hurogmeten einen Drachen töten konnte, warum dann nicht auch du?«

Ich bemerkte den Sarkasmus kaum, als ein kalter Knoten sich in meinem Magen bildete. »Es war *Seleg,* der den Drachen angekettet hat?« Mein Held hatte den Drachen in der Höhle getötet?

Schütze die, die schwächer sind als du, hatte er geschrieben. *Sei gütig, wenn du die Gelegenheit dazu hast.* Ideen, die niemand im Haus meines Vaters laut ausgesprochen hätte, aus Angst, ausgelacht zu werden. Seleg hatte die Ideale aufgestellt, denen ich zu folgen versuchte. Aber es war unmöglich, Oreg nicht zu glauben.

»Und er hat sie getötet, um dadurch genügend Macht zu erlangen und die Erobererflotte zu besiegen. Er hatte Angst. Er wollte Hurog nicht verlieren.« Etwas stimmte nicht mit Oregs Stimme, aber ich achtete nicht darauf.

Sogar das Atmen tat weh. Wenn Seleg den Drachen getötet hatte, dann war er es auch gewesen, der Oreg geschlagen hatte, weil er sich widersetzt hatte. Ich hatte es selbst in der großen Halle gesehen, an dem Tag, als Garranon nach Hurog gekommen war. Wie konnte ich mich von einem Mann verraten fühlen, der seit Jahrhunderten tot war?

»Oreg ...« Ich hielt inne, als ich seine Augen sah, die in einem unheimlichen lavendelfarbenen Licht glühten. Trotz des Rings an meinem Finger und des Größenunterschieds wich ich zurück.

»Hat es dein Leben einfacher gemacht, den Drachen zu töten?«, flüsterte er mir zu. »Hast du ebenso wie ich jede Nacht ihre Schreie gehört?«

»Oreg, ich habe keinen Drachen getötet.« Mir wurde kalt, und ich trat einen weiteren Schritt zurück.

Sein Lachen klang wie der Herbstwind in einem Getreidefeld. »Ich habe dich gewarnt, was geschehen würde. Noch die Kindeskinder deiner Kinder werden für das zahlen, was du getan hast.«

Oregs Anfälle waren kein Wahnsinn. Stala bezeichnete das, was mit ihm geschah, als Kriegerträume. Plötzliche Visionen von weit zurückliegenden Kämpfen, die so intensiv waren, dass sie sich über die Gegenwart hinwegsetzten. Sie waren erschreckend genug bei einem Bewaffneten, aber noch schlimmer, wenn der Mann auch ein Zauberer war. Ein Zauberer von Oregs Macht ließ einen solchen Traum echt genug wirken, dass er bluten konnte.

»Oreg«, sagte ich noch einmal. »Ich war es nicht.«

Ein Soldat konnte in seinem Leben viel Entsetzen und Scham ansammeln; wie viel schwerer zu ertragen waren dann erst Oregs Erinnerungen? Er hatte mir einmal gesagt, dass er versuchte, sich nicht zu erinnern.

Oreg starrte mich an und kämpfte schwer atmend gegen die Überreste der Vision.

»Es ist vorbei, Oreg«, sagte ich. »Der Drache starb schon vor langer Zeit.«

»Ward?«

»Ja.« Sein verängstigter Blick tat mir weh. Hatte er Angst vor seinen Erinnerungen oder vor mir? Ich wandte mich ab und ging weiter. »Wir müssen Holz suchen.«

Einen Augenblick später hörte ich seine Schritte hinter mir.

»Es tut mir leid«, sagte er. »Du siehst ihm ähnlich. Er war ebenfalls ein großer, kräftiger Mann. Und voller Magie – wie du seit Menogue.«

Ich zuckte die Achseln.

Wir sammelten eine Weile Holz. Es gab nicht viel, das nicht schon von der Feuchtigkeit verrottet war. Der Wald sah aus, als wäre er bereits leer gesammelt. Wir befanden uns noch zu nahe an Silbermoor.

»Nachdem ich diesen Jungen an der Grenze nach Oranstein getötet hatte, tat ich so, als wäre ich mein Vater«, sagte ich abrupt. »Er kannte sich sehr gut damit aus, andere umzubringen.« Ich musste mit jemandem reden. Bastilla war eine bessere Zuhörerin, aber Oreg hatte meinen Vater gekannt.

»Nicht wie dein Vater«, sagte er, als müsse er sich selbst davon überzeugen. »Du warst nie wie er.«

Ich dachte daran, wie rasch ich das Messer in den Hals des Jungen gestoßen hatte und dass ich nicht imstande gewesen war, meinen Bruder zu trösten, als er den Verlust seiner Unschuld beweint hatte, und ich wusste, dass Oreg sich irrte.

»Weißt du, wieso ich beim Tod meines Vaters meine Rolle als Idiot nicht aufgeben wollte?«, fragte ich.

»Nein.« Das war zu schnell herausgekommen. Er vergrößerte den Abstand zwischen uns beiläufig, ich nahm an, in Reaktion auf meine Körpersprache, und ich versuchte, mich zu entspannen.

»Damals dachte ich, es ginge darum, mir die Peinlichkeit zu ersparen, aber das war nicht alles. Ich hatte so lange einen Idioten gespielt, dass es keine andere Rolle gab. Als ich Hurog verließ, versuchte ich, dieser Söldner zu sein, aber das passte nicht. Also war ich Seleg.«

Er schwieg lange Zeit. Ich drehte mich nicht nach ihm um, ging einfach nur weiter, weg vom Lager. Wir hatten zu viel geredet, als dass es möglich gewesen wäre, Wild zu finden, aber vielleicht hatten Tosten oder Axiel Glück gehabt.

»Du spielst Seleg sehr gut für einen Mann, der ihn nicht kannte.« Er klang zögernd. »Er war nicht nur böse – nicht, bevor er alt und von seiner Angst überwältigt wurde.« Oreg kam näher. »Er war auch nicht so klug wie du, und nicht so freundlich. Sei einfach nur du selbst, Ward.« Nun stapften wir Seite an Seite durch den Schlamm.

Es gibt mich nicht, Oreg, dachte ich. Nur Stücke von meinem Vater, einem dummen Söldner, der alle bis auf meine Tante einwickeln konnte, und einen Ahnen, der zu viele Tagebücher zurückgelassen hatte.

Oreg grinste plötzlich und schüttelte die finstere Stimmung ab. »Ich weiß genau, wer du bist. Du redest langsam und kämpfst hart. Die bist klug und freundlich zu kleinen Kindern, geschlagenen Pferden und Sklaven. Du bist der Hurogmeten. Das ist mehr, als die meisten Leute über sich selbst wissen.«

Ich lächelte ihn an, ein dankbares Lächeln, wie es Seleg sicher gehabt hatte. Der Idiot redete langsam, mein Vater kämpfte hart. Seleg war klug, arrogant und freundlich – und Hurog gehörte mir nicht. Offenbar spielte ich meine Rollen so gut, dass ich sogar Oreg täuschen konnte. Ich würde nur aufpassen müssen, damit ich nicht auch noch mich selbst täuschte.

Ich hatte vorgehabt, die Wache mit Oreg zu teilen, aber nach unserem Gespräch im Wald überlegte ich es mir anders. Ich hatte zu viel gesagt und war wund davon. Also teilte ich ihn für die erste Wache mit Penrod ein, was mir Penrods übliche Partnerin Bastilla zur zweiten Wache ließ.

Eine kleine Erhebung nicht weit vom Lager gestattete einen Blick auf den Weg nach Osten und Westen. Nachdem Oreg und Penrod sich neben Ciarra und Tosten niedergelegt hatten, setzten Bastilla und ich uns auf einen Stein auf dieser Erhebung, der groß genug für uns beide war.

»Ihr seid aus dem Dorf zurückgekommen, als hätte es Euch ein neues Ziel gegeben.« Sie verlagerte unbehaglich das Gewicht auf der harten Oberfläche.

»Den Feind zu kennen und die Verbündeten zu verstehen, ist laut meiner Tante der beste Weg, einen Krieg zu gewinnen.« Ich grinste schief. »Nicht, dass wir eine Aussicht hätten, einen Krieg gegen die Vorsag zu gewinnen, aber ich habe eine Ahnung, was sie vielleicht wollen.«

Sie lachte, nahm ein wenig Brot und Käse aus einem kleinen Päckchen, das sie mitgebracht hatte, und reichte es mir. »Esst. Axiel hat es mir für Euch gegeben. Er sagte, wenn es heute Nacht nicht gegessen wird, verdirbt es, und Ihr habt immer weniger zu Euch genommen, seit unsere Vorräte schwinden. Ihr habt wieder angefangen abzunehmen.«

Ich knabberte mit aller Begeisterung an dem alten Brot, die es verdiente. Wie konnte etwas gleichzeitig trocken und schimmlig sein?

»Ihr glaubt also, die Vorsag suchen nach Artefakten?« Sie lachte über meine Miene. »Ihr habt mich gefragt, ob ein Magier Magie aus Artefakten ernten könne.«

Ich legte das Essen ohne großes Bedauern beiseite. »Ich hoffe, dass Haverness' Leute es mir sicher sagen können.«

»Es wird gut tun, nicht länger durch Sümpfe zu stapfen«, sagte sie. »Ich kämpfe lieber.«

Ich lachte leise. »Ich ebenfalls.« Das war mein Vater in mir.

Sie berührte meinen Mundwinkel mit der Fingerspitze. Sie hatte nicht mit mir getändelt, also war ich auf diese Berührung nicht vorbereitet.

»Ich erwarte immer wieder, dass Ihr dumm seid.« Sie folgte einer Linie von meinem Mund bis zum Augenwinkel.

Mein Atem wurde schwerer, obwohl ich mich anstrengte, gleichmäßig zu atmen.

»Das liegt an den Augen. Es ist schwer, mit solchen Kuhaugen intelligent auszusehen. Und ich rede zu langsam«, sagte ich.

Die federleichte Berührung ihrer Finger an meinem Gesicht bewirkte, dass mein Bauch sich zusammenzog. Es war nicht das erste Mal, dass sie mir ihre Bereitschaft zeigte, mit mir zu schlafen. Das war einer der Gründe, wieso ich normalerweise immer mit Ciarra oder einem der Männer Wache hielt. Penrod und Axiel konnten sich vielleicht mit einer Frau vereinigen, von der sie nichts weiter wollten, aber das hatte ich nie gelernt.

»Ich hätte gedacht, es würde mich ungeduldig machen, Euch zuzuhören«, flüsterte sie, »aber Eure Stimme ist wie eine Samttrommel. Ich fühle mich immer so sicher bei Euch.« Sie hielt meinen Kopf mit beiden Händen, während sie sich auf den Knien niederließ, um mich zu küssen.

Sie begehrte mich um meines Körpers willen. Das hatten sogar Frauen getan, die davon ausgingen, dass dieser Körper einem Idioten gehörte – vielleicht gerade, *weil* sie glaubten, dass er einem Idioten gehörte. Aber sie mochte mich auch. Das würde es zu mehr als Sex machen: ein Geschenk unter Freunden.

Oder zumindest mochte sie den Mann, für den sie mich hielt: stark, fähig, ehrenhaft, klug.

Die Echos des Gesprächs, das ich zuvor mit Oreg geführt hatte, bewahrten mich davor, Opfer ihres Banns zu werden. Während ich den süßen Weingeschmack ihres Mundes genoss, rang ich um die Kraft, noch ein paar Stunden länger so tun zu können als ob. Gegen meinen Vater zu überleben hatte mich unter anderem gelehrt, dass die Hälfte einer erfolgreichen Täuschung im Kopf von anderen stattfand. Mein Vater war davon überzeugt gewesen, dass ich dumm war, also hatte er alle Anzeichen dafür ignoriert, dass ich etwas anderes sein könnte. Bastilla hielt mich für einen Helden; diese Rolle hätte einfach sein sollen, aber sie war es nicht. Widerstrebend löste ich mich von ihr.

»Ward?«

Schwer atmend drückte ich meine Stirn an ihre und versuchte, einen Grund für meine Zurückhaltung zu finden, der weder sie noch mich kränkte. Dass ich eher Entspannung für sie darstellte als echte Beute, machte es ein wenig einfacher. Die Leute aus Avinhelle waren freier mit solchen Dingen als wir in Shavig.

»Das können wir nicht tun, Bastilla. Wir sind auf Wache. Wenn wir jetzt weitermachen, werde ich bald nicht einmal mehr bemerken, ob hundert vorsagische Banditen diesen Weg entlanggaloppieren.« Es half, dass die Ausrede der Wahrheit entsprach.

Sie lachte leise und gestattete mir, die Stimmung zu brechen. »Hundert, wie?«

Bedauernd knabberte ich an ihrem Hals. Dann stand ich auf und machte mehrere Schritte rückwärts. »Vielleicht auch tausend. Ich werde ums Lager herumgehen.« Ich zeigte auf sie. »Bleibt Ihr hier.«

Sie lächelte immer noch, als ich ging, aber ich wusste, dass ich ein Problem, um das ich mich kümmern musste, gerade nur verschoben hatte.

Callis unterschied sich äußerlich so sehr von Hurog, wie es nur möglich war, vor allem wenn man bedachte, dass es sich bei beiden um befestigte Burgen handelte. Hurog war eckig, Callis war rund. Haverness' Stammsitz war vielleicht dreimal so groß wie Hurog und aus dem Stein der Umgebung gebaut. Die graugrünen Flechten auf den Mauern ließen die orangefarbenen Steine schlammig braun aussehen.

Die Tore waren geschlossen und mit Querriegeln versehen. Den jungen Torwächter dazu zu überreden, mich einzulassen, erwies sich als erheblich schwieriger, als der Ritt nach Callis gewesen war.

Ich fürchtete, dass sein Lord nicht hier war.

Wir sahen aus wie verschimmelte Banditen, was mir ebenfalls klar war. Schlimmer als das schien zu sein, dass wir aussahen wie Banditen aus Shavig. Wir würden alt werden und verfaulen, bevor er uns hereinließe, informierte er uns mit ein paar kernigen Adjektiven. Dem Grinsen seiner Kameraden nach zu urteilen (die sich versammelt hatten, sobald sie bemerkten, dass am Tor etwas Interessantes passierte), hatten sie nichts dagegen, diesen Prozess ein wenig zu beschleunigen.

Nun, er konnte nicht länger als einen halben Tag auf Wache bleiben. Ich würde warten und sehen, wie der Mann war, der ihn ablöste, bevor ich zu verzweifelteren Mitteln griff.

Wir hatten in einem Obstgarten nahe der Straße ein paar Äpfel gepflückt, und Axiel reichte mir einen. Er war grün und sauer, aber besser als altes Brot und schimmeliger Käse.

»Wo kommt dieser Apfel her?«, rief der Torwächter misstrauisch.

»Ich habe ihn von einem Mann an der Straße gekauft.« Ich biss ein Stück ab und lächelte um die Säuerlichkeit herum.

»Kein Oransteiner würde einem Nordländer unsere guten Äpfel verkaufen.«

»Nun.« Ich starrte den Apfel einen Moment an. »Ich würde ihn auch nicht gut nennen, aber er sagte, es sei das Beste, was Oranstein zu bieten habe.«

Diese boshafte Antwort verlor ein wenig wegen der Entfernung, die die Mauer zwischen uns legte, aber ich sah an seinem Grinsen, dass er bereit war, den Austausch fortzusetzen. Der Mann langweilte sich, und mir ging es nicht anders. Weder ihm noch mir war an einer echten Auseinandersetzung gelegen, wir würden einfach ein paar Minuten lang eine »Dummer Nordländer/Südländer«-Konversation führen, alles ohne echte Böswilligkeit. Leider verstand einer seiner Kumpane, der neu auf der Mauer eingetroffen war, das Spiel nicht.

»Der Apfel ist zu gut für Abschaum aus Shavig!« Der Hitzkopf hatte eine Armbrust, und jetzt spannte er sie.

Meine Tante riet mir immer, die Jungen im Auge zu behalten, weil sie im Allgemeinen zu dumm seien zu verstehen, was wirklich los war. Es hatte mich stets amüsiert, wenn sie ausgerechnet *mir* das sagte.

Ich bemerkte das entsetzte Gesicht der Torwache und wusste, dass er beinahe so unglücklich sein würde wie ich, sollte der junge Mann schießen. Die Mauern von Callis waren nicht so hoch wie die von Hurog, vielleicht nur fünfundzwanzig Fuß. Zum Glück war ich schneller mit meinem Apfel als der junge Mann mit der Armbrust. Er hatte offenbar keinen guten Griff, denn sonst hätte mein Treffer mit dem Apfel ihn nur danebenschießen lassen, statt ihm die Armbrust aus der Hand zu reißen. So jedoch fiel seine Waffe ein paar Fuß von mir entfernt auf den Boden.

Der Torwächter, ein Veteran auf der Mauer, wandte sich dem hitzigen und nun armbrustlosen Mann zu. Ich konnte nicht hören, was er sagte, aber der Junge wurde merklich kleiner.

»Was ist hier los?« Die Stimme klang so klar wie eine Glocke, obwohl ich den Mann, der da gesprochen hatte, nicht sehen konnte. Aus der plötzlichen Aufmerksamkeit von allen auf der Mauer zu schließen, handelte es sich um jemanden, der beträchtlich höher in der Hierarchie stand.

Ich hob die Armbrust auf, löste die Spannung und warf sie hoch über die Mauerkrone. Ich hatte gehofft, sie werde genau in dem Augenblick vor den Füßen der Wache landen, wenn der Vorgesetzte näher kam. Maximale Verlegenheit für sie, möglichen Eintritt für mich, da ich den Jungen aufgehalten hatte, ohne jemandem wehzutun, und sogar die Waffe zurückgab.

Einen Augenblick später erschien ein neues Gesicht auf der Mauer. Der Kopf war von den Ohren bis zum Nacken im traditionellen oransteinischen Stil rasiert, aber der Mann hatte sich den Bart voll und weiß wachsen lassen wie einer aus Shavig. Es war ein auffälliger Stil und daher leicht wiederzuerkennen.

Haverness' rechte Hand, stellte ich überrascht fest. Ich kannte seinen Namen nicht und hatte den Mann zuvor nie mehr als vier Worte sprechen hören. Er war stets an Haverness' Seite und hätte demnach in Estian sein sollen. Haverness durfte sich nur vierzehn Tage zum Pflanzen und weitere vierzehn Tage zur Ernte in Callis aufhalten, und bis zur Ernte würde es so weit im Süden immer noch einen Monat oder länger dauern.

Er sah mich verärgert an. »Wer seid Ihr, Sohn, und was wollt Ihr?« Er hatte Tallvenisch gesprochen, also antwortete ich in der gleichen Sprache.

»Ward von Hurog. Ich habe Neuigkeiten über die Vorsag.«

»Wartet hier.« Er schickte die Wachen wieder auf ihre Posten und verschwand.

Oreg reichte mir einen weiteren Apfel. »Und, kommen wir rein?«

Ich biss in die Frucht. »Ich denke schon.«

Wenn der Schatten des alten Fuchses allein hier war, würde er die Autorität haben, das Tor sofort zu öffnen oder uns wegzuschicken. Dass er die Mauer verlassen hatte, ließ jedoch darauf schließen, dass er mit seinem Vorgesetzten sprechen würde, mit Haverness selbst.

Haverness war stets freundlich zu mir gewesen. Vermutlich würde er nicht mehr so empfinden, wenn er herausfand, dass ich kein Idiot war. Ich fragte mich, was er hier tat – war König Jakoven endlich zu dem Schluss gekommen, dass die Überfälle eine Gefahr darstellten?

Das Tor rasselte und hob sich langsam.

»Steigt auf«, rief ich und schwang mich selbst wieder in den Sattel.

Wir ritten durch einen engen Gang in den eigentlichen Burghof. Der größte Teil der Fläche zwischen den Mauern und dem Hauptgebäude war mit Kopfstein gepflastert; ich nahm an, der andauernde Regen machte das nötig. Der Frühling in Hurog verwandelte unseren Burghof immer in einen Sumpf. Hier würde es das ganze Jahr so sein.

Am Rand des Hofs war Stroh verstreut, und überall an den Mauern standen Zelte. Ein rascher Blick ließ mich schließen, dass es in Callis mindestens zweihundert Männer mehr gab, als die Burg eigentlich fassen sollte. Hatte der König Haverness gestattet, nach Hause zu kommen und sein Land zu verteidigen? Ich konnte mir nicht vorstellen, dass der alte Fuchs sein Wort brechen und ohne Jakovens Erlaubnis zurückkehren würde. Auf halbem Weg zum Hauptgebäude kam uns der Herr der Burg zusammen mit ein paar Dienern entgegen.

»Ward«, sagte er. »Was macht Ihr hier, Junge?«

Ich setzte aus reiner Gewohnheit zu einem dummen Kuhblick an, aber dann hielt ich mich zurück. Es wäre ein tödlicher Fehler, Haverness immer noch glauben zu lassen, dass ich dumm war. Seine Abneigung gegen Lügen und gebrochene Versprechen war legendär.

»Das Gleiche wie Ihr, nehme ich an«, sagte ich. »Ich kämpfe gegen die Vorsag.«

Sein freundliches Lächeln verschwand bei dieser Antwort. Ich stieg ab, lockerte Blümchens Sattelgurt und sprach weiter, um ihm Zeit zum Nachdenken zu geben. »Obwohl ich annehme, die Vorsag stehlen im Augenblick mehr, als dass sie erobern. Kariarn hat immer schon nach Magie gegiert. Ich komme gerade aus Silbermoor; die Vorsag haben das Dorf nur einen halben Tag vor uns verlassen. Sie haben alle dort umgebracht. Meine Männer sagen, als sie das letzte Mal dort waren – vor fünfzehn Jahren –, gab es im Tempel der Meron in Silbermoor einen großen Steindrachen, der jetzt nicht mehr da ist.«

»Oranstein scheint sich positiv auf Euren Intellekt ausgewirkt zu haben«, stellte er fest.

Ich grinste träge. »Wir sollten den Aufenthalt hier weiterempfehlen.« Ich sah ihm an, dass das nicht genügte, also fuhr ich ernster fort: »Mein Vater tötete seinen Vater, um Hurog zu bekommen, und mich hat er ebenfalls halb umgebracht. Ich hatte Angst, dass er einen ganzen Mord daraus machen würde.«

Einen Augenblick wirkte er schockiert. Dann nickte er bedächtig; er kannte meinen Vater. »Man muss überleben, so gut man kann«, sagte er. »Würdet Ihr mich vorstellen? Ich sehe mehrere Hurog-Gesichter, aber ich kann ihnen keine Namen zuordnen.«

»Haverness«, sagte ich förmlich. Oransteiner mögen keine Titel, also gab ich ihm keine. »Das hier sind meine Männer, Axiel und Penrod, die unter dem Banner meines Vaters gekämpft haben und jetzt mir folgen.« Gewöhnlich würde man einem Mann in Haverness' Position nicht seine Soldaten vorstellen, aber er hatte mir so gut wie befohlen, es zu tun. »Und meine Schwester Ciarra.« Sie lächelte jungenhaft zur Erwiderung seiner höfischen Verbeugung. »Du solltest knicksen; du hast wirklich keine Manieren.« Sie verdrehte die Augen, dann knickste sie rasch wie eine Zofe, und Haverness lachte leise.

»Mein Bruder Tosten.«

Haverness' Blick fiel auf meinen Bruder. »Ich dachte, er sei tot.«

»Wer hat das gesagt?«, fragte ich. Diesen Klatsch kannte ich noch nicht.

»Ich glaube, Euer Vater.«

»Ich freue mich, Euch kennenzulernen«, sagte Tosten und verbeugte sich. »Mein Vater muss sich geirrt haben.«

»Bastilla aus Avinhelle«, fuhr ich mit der Vorstellung fort. »Magierin und Kriegerin.«

Bastilla lächelte und sank in einen anmutigen Knicks, der sie trotz ihrer schimmligen Lederkleidung damenhaft aussehen ließ.

»Und unser zweiter Magier, Oreg, ein Verwandter, der mir sagte, es sei möglich, dass Kariarn die Magie aus den gestohlenen Artefakten ziehen wolle, um seine Macht zu vergrößern. Außerdem haben Kariarns Magier es geschafft, was immer sich in dem Steindrachen befand, in etwas Echtes zu verwandeln. Oreg glaubt, es handele sich um einen Drachen.«

»Ward?« Die Stimme war vertraut, aber sie gehörte so wenig hierher, dass ich sie nicht zuordnen konnte, bis ich einen meiner Vettern auf uns zueilen sah. Normalerweise konnte ich sie voneinander unterscheiden, aber seltsamerweise sah dieser Mann wie keiner von beiden aus. Er hatte abgenommen und schien seit Wochen nicht geschlafen zu haben – und auch nicht gelächelt. »Tatsächlich«, sagte er und klang so erstaunt, wie ich mich fühlte. Was tat mein Vetter, welcher es auch sein mochte, hier? »Du bist es tatsächlich. Wo kommst du her?«

Er trug keine bunten Tücher an den seltsamsten Stellen, aber es war sein gepflegtes Aussehen, das mir schließlich einen Hinweis gab. »Beckram? Was machst du hier?«

Er schlug mir auf die Schulter und ignorierte meine Frage. »Vater wird froh sein zu wissen …« Er riss den Mund auf. *»Tosten?«*

»Schön, dich wiederzusehen, Beckram«, antwortete er.

»Ich überlasse Euch Eurer Begrüßung.« Haverness nickte uns zu. »Beckram, sorgt dafür, dass Eure Vettern und ihre Leute eine Unterkunft finden.«

11 WARDWICK

Ich war nicht vollkommen sicher, ob ich mich für einen Krieg verpflichtet hatte, um Oranstein vor den Vorsag zu schützen, oder für einen Krieg gegen den Hochkönig. Mir war beides recht.

Die Blaue Garde lagerte auf einer Wiese an einer der Mauern. Ich stieß einen leisen Pfiff aus, als ich die Zelte zählte, unter denen sich auch Stalas unverwechselbare Unterkunft befand. Drei Männer von der Blauen Garde patrouillierten träge im Umkreis des Lagers. Die anderen waren, wie ich meine Tante kannte, wahrscheinlich mit Übungskämpfen beschäftigt.

»Was machst du hier mit Stala und der Hälfte der Blauen Garde, Beckram?« Es war Tosten, der meine Frage stellte, was klug schien, wenn man bedachte, wie Beckram mir gegenüber empfand. »Hat der König nun doch beschlossen, Oranstein zu verteidigen?«

Beckram schnaubte. »Der König hat einen Fehler gemacht und ist in die Falle seines Halbbruders gegangen.«

»Alizon?«, fragte ich.

»Genau. Das Ergebnis war, dass Haverness die Erlaubnis erhielt, hundert Männer zu bringen, um die Probleme hier in Oranstein zu beseitigen.«

»Und er hat die Blaue Garde gewählt?«, fragte ich zweifelnd.

Beckram blieb auf seinem Weg zu den Zelten stehen. »Nein, das ist eine andere Geschichte. Ward, was ist dir zugestoßen?«

Er klang besorgt. Ich kämpfte gegen den Impuls an, meine Kratzer und blauen Flecken aufzuzählen; eine alte Gewohnheit.

»Mein Vater ist gestorben«, sagte ich. »Das hat meine Aussichten zu überleben gewaltig verbessert, ebenso wie meine Intelligenz.«

Er lächelte träge – nicht sein übliches strahlendes Lächeln –, und ich fragte mich einen Augenblick, ob ich nicht doch Erdrick vor mir hatte. Sie tauschten manchmal die Plätze, und dann war es trotz ihrer so unterschiedlichen Persönlichkeiten schwierig, sie auseinanderzuhalten.

»Erdrick hatte recht«, sagte er. »Er sagte mir einmal, er glaube, dass du nicht so dumm wärest, wie alle denken.«

»Dumm genug, um Hurog zu verlieren«, erwiderte ich.

Er zuckte die Achseln und ging weiter auf das auffällige blaue Zelt zu. »Habt ihr eine Lagerausrüstung?«

»Für den Wald. Aber hier gibt es keine Bäume.«

Auf Beckrams Zeichen nahmen ein paar Männer die Pferde und brachten sie in den Stall, nachdem wir das Gepäck abgeladen hatten. Nach ein wenig Hin und Her brachten wir unsere Sachen in ein Zelt, das für uns frei gemacht worden war.

Als das erledigt war, legte Axiel eine Hand auf Penrods Schulter. »Wir werden nachsehen, was Stala macht, und ihr sagen, dass Ihr in Sicherheit seid, Ward.«

»Bastilla und Ciarra sollten mit euch gehen und sie informieren, dass sie in ihr Zelt gezogen sind«, schlug ich vor.

Ciarra nickte begeistert und tätschelte ihr Schwert, dann eilte sie davon, und die anderen folgten ihr.

Sobald sie weit genug entfernt waren, wandte sich Beckram Tosten zu und umarmte ihn fest. »Gut, dich zu sehen, Tosten. Du hast immer noch die Harfe, die ich dir gegeben habe.«

Beckrams Ausstrahlung hatte immer schon alle bezaubern können, und nun gelang es ihm, Tosten ein Lächeln zu entlocken. Ich hatte nicht einmal gewusst, dass die Harfe ein Geschenk meines Vetters war.

»Er hat in einer Taverne in Tyrfannig für seinen Lebensunterhalt gesungen«, sagte ich.

Beckram zog die Brauen hoch. »In Tyrfannig? Dann überrascht es mich, dass du ihn nicht früher gefunden hast.«

»Er war es, der mich nach Tyrfannig gebracht hat.« Nun wandte Tosten sein Lächeln mir zu.

»In eine Seemannschänke?« Beckram sah mich an. »Vielleicht bist du doch nicht so klug, wie ich dachte …«

Ich schüttelte den Kopf, aber Tosten verteidigte mich, bevor ich etwas sagen konnte. »Nein. Er hat mich bei einem Küfer gelassen.«

Beckram lachte. »So etwas würde er tun. Und dann erwarten, dass du dort bleibst, wie?«

»Der Küfer war ein guter Mann«, erwiderte mein Bruder hitzig. »Wenn ich keinen anderen Ort gehabt hätte, an den ich hätte gehen wollen, hätte ich dort froh sein können.«

Verteidigte Tosten mich etwa? Ich war nicht sicher, vielleicht verteidigte er den Küfer.

»Und wer ist das?« Beckram nickte zu Oreg hinüber, der sein Bestes tat, mit der Umgebung zu verschmelzen.

»Noch ein Hurog«, sagte ich. »Oreg, das hier ist unser Vetter Beckram. Beckram, das ist Oreg.«

»Ihr habt Ward nicht gesagt, was die Blaue Garde hier tut«, sagte Oreg leise, ohne die Vorstellung anzuerkennen. Selbstverständlich kannte er Beckram bereits, und er mochte ihn nicht, weil er Ciarra immer aufgezogen hatte.

Beckram bedachte Oreg mit einem kühlen, abschätzenden Blick, dann lächelte er angespannt. »Du hast besser auf deinen Bruder aufgepasst als ich auf meinen, Ward. Erdrick ist tot.« Ich holte tief Luft, aber er fuhr fort, bevor ich etwas sagen konnte. »Ich habe mit der Königin geschlafen und irgendetwas falsch gemacht. Jakoven hat Erdrick aus Versehen getötet, weil er wie ich aussah. Ich habe mich Haverness angeschlossen, weil ich den Mistkerl umgebracht hätte, wenn ich am Hof geblieben wäre.« Er sprach schnell und gefasst, aber das täuschte mich nicht über die Blutgier in seinem Blick hinweg. Ich erkannte, dass die Miene, mit der er uns begrüßt hatte, nur eine Maske war, die einen Kern seelentiefen Zorns verdeckte. Ich berührte seine Schulter, aber er hatte keinen Platz für Trost und trat von mir weg.

Erdrick war tot – das schien unmöglich zu sein.

»Als ich die Leiche meines Bruders zu Vater brachte, hat er mir die Blaue Garde mitgegeben.«

»Und Haverness hat sie als seine Hundert genommen?«, fragte ich, um das Thema zu wechseln, denn das schien Beckram zu wollen.

»Nein, er hatte bereits die meisten ausgewählt.«

»Der König hat einen Fehler gemacht«, bemerkte Alizon und kam um ein Zelt herum. Der Halbbruder des Königs hatte sein Hofgewand und die Farben abgelegt. In lederner Jagdkleidung wirkte er erheblich gefährlicher. Ich wusste nicht, ob er uns belauscht hatte oder gerade erst vorbeigekommen war, aber ich wusste, worauf ich wetten würde.

»Er tötete Beckram«, fuhr Alizon fort, »weil er wusste, dass Hurog ein nicht sehr wichtiger, so gut wie mittelloser Besitz im Land der nördlichen Barbaren ist.« Alizons Stimme zeigte, dass *er* nicht so dumm war. Ich schon. Es kam mir wie eine vollkommen zutreffende Beschreibung von Hurog vor. »Er glaubte, dass Hurogs Kraft mit dem Tod des bemerkenswerten Mistkerls vergangen war, der es so lange beherrscht hatte. Also hat Duraugh ihm vorgeführt, was die Macht des Hurog-Namens immer noch leisten kann. Er brachte die Hälfte der Adligen von Shavig mit Beckram zur Hauptstadt und rammte meinem Bruder die Blaue Garde in den Hals. ›Hurog kämpft vereint‹, in der Tat.« Alizon grinste, eine jungenhafte Geste, die der Klugheit in seinen Augen zu widersprechen schien. »Shavigleute haben ein gutes Gedächtnis. Sie wissen, wer ihr König sein würde, obwohl es seit Jahrhunderten in Shavig keinen König gab. Es war offensichtlich, dass Duraugh bereit dazu war, eine Rebellion anzuzetteln. Er wollte die Haut des Königs, gab sich aber schließlich mit angemessener Verteidigung für seinen überlebenden Sohn zufrieden.«

»Der König sollte froh sein, dass mein Vater nicht mehr unter uns weilt«, sagte ich. »Der Hurogmeten hätte Jakoven umgebracht, und dann hätte die Politik sich selbst regeln können.«

»Und er hatte auch viele andere gute Eigenschaften«, murmelte Oreg.

»Was tut Ihr hier, Ward?«, fragte Alizon plötzlich. »Und wenn ich das hinzufügen darf: Wie sehr Ihr Euch doch verändert habt!«

»Man sagt, die Luft von Oranstein habe diese Wirkung.« Tosten starrte bei diesen Worten zu Boden. »Oder vielleicht sind es die Äpfel.«

»Der Tod meines Vaters ist wohl für das meiste davon verantwortlich«, sagte ich. »Es schien mir nicht sonderlich gesund zu sein, Intelligenz zu zeigen, solange er lebte. Und was mein Hiersein angeht: Ich hörte von dem Ärger in Oranstein und dachte, was sie brauchen, ist ein Mann aus Shavig, der den Oransteinern zeigt, wie man kämpft. Am Ende hatte ich mehr Freiwillige, als ich brauchte. Zwei Shavigmänner sind ein paar hundert Vorsag wert, nicht wahr, Tosten?«

Alizon starrte meinen Bruder mit zusammengekniffenen Augen an.

»Er sagt immer wieder, wir hätten ein paar zurücklassen sollen«, fügte Tosten hinzu, »aber wer hätte gedacht, dass sogar die Frauen solche Kämpfer sind? Wir haben in Erwägung gezogen, Oranstein zu erobern und es ebenso wie Vorsag als Provinz zu nehmen, aber Ward sagt, es wäre unhöflich, ein Land im gleichen Jahrhundert zweimal zu erobern.« Tosten sprach mit dem rauen Akzent eines Nordländers.

Nun trat das alte Lächeln doch wieder auf Beckrams Gesicht. Er schlug Tosten auf den Rücken. »Klingt wie ein echter Barbar. Jetzt, wo du hier bist, brauchen wir uns keine Gedanken mehr zu machen.«

»Wir sollten die Oransteiner so etwas lieber nicht hören lassen«, sagte Alizon vorsichtig.

»Niemand hört gern die Wahrheit«, stellte meine Tante Stala fest. Ich hatte bemerkt, dass jemand näher kam, aber da die Gestalt das Blau der Garde trug, hatte ich nicht sonderlich darauf geachtet.

»Stala.« Ich hob sie hoch, mit Rüstung und allem, und schwang sie herum.

»Setz mich gefälligst wieder ab, Junge!«, sagte sie, aber ich sah ihr an, dass sie sich freute. »Ich hatte gehofft, dass Axiel vernünftiger wäre, als dir zu erlauben, dass du hier unten Soldat spielst.«

Ich setzte sie ab. »Er hatte dabei nicht viel mitzureden.«

»Du hast abgenommen.«

Ich zuckte die Achseln, und Tosten sagte: »Oransteiner verkaufen keine Lebensmittel an Shavigleute. Als die Nordländer das letzte Mal hier waren, haben wir uns die Sympathien der Dorfbewohner verscherzt.«

Stala hatte ihn offensichtlich nicht bemerkt, als sie näher gekommen war, denn nun riss sie den Mund auf und sagte dann leise: »Tosten?«

Er umarmte sie verlegen und stand ein wenig ungelenk da, als sie die Arme nur noch fester um ihn schlang, statt ihn wieder loszulassen. Schließlich trat sie zurück und sah ihn forschend an.

»Meine Finger und Zehen sind alle noch dran, Tante Stala«, beschwerte er sich freundlich.

»Du hast ihn also wirklich irgendwie weggeschafft?« Stala richtete diese Frage an mich, ließ Tosten aber nicht aus den Augen.

»Er musste weg, an einen sicheren Ort«, sagte ich. Nicht einmal ihr würde ich Tostens Geheimnis verraten, obwohl die Erinnerung an sein Blut zwischen mir und ihm stand wie eine Lache schrecklicher Wahrheit und das Ganze sich so klar in meinem Gedächtnis abzeichnete, als wäre es gerade erst geschehen.

»Ich habe Hunger«, stellte Oreg fest. »Ich frage mich, ob wir hier wohl etwas zu essen bekommen können.«

Beim Abendessen saß ich zusammen mit Alizon und Beckram bei Haverness an der hohen Tafel. Der Rest meiner Truppe aß zusammen mit Stala und der Blauen Garde. Haverness ließ eine gute Mahlzeit auf den Tisch bringen, und seine Tochter stellte eine weitere Attraktion des Abends dar. Oh, es gab viele reizende junge Mädchen in der Burg, viele von ihnen Töchter und Frauen oransteinischer Adliger, die man hierhergeschickt hatte, um sie vor möglichen Überfällen in Sicherheit zu bringen. Besonders eine Schönheit mit flammend rotem Haar, das ihr in Wellen über den Rücken fiel, warf immer wieder schüchterne Blicke in meine Richtung und errötete dann, wenn ich ihr zunickte. Aber es war Haverness' Tochter, die meine Aufmerksamkeit wirklich erregte.

Tisala war meiner Tante Stala ähnlicher als den jungen Damen in ihren hübschen Kleidern. Lockiges Haar, so kurz geschnitten wie das eines Mannes, bedeckte ihren wohlgeformten Kopf. Ihr Gesicht war nicht auf die konventionelle Weise hübsch. Sie hatte die gleiche Nase wie ihr Vater, eine schmale, zu lange Klinge, und sie hatte auch seinen kantigen Körperbau und seine Größe geerbt. Ihre Hände waren die Hände eines Schwertkämpfers und hatten die Narben von jemandem, der viel gekämpft hat, und dennoch trug sie die einengende Frauenkleidung mit Anmut.

Ich erinnerte mich gehört zu haben, dass Haverness seine Ländereien in den Händen seiner Tochter zurückgelassen hatte, als er an den Hof ging, aber erwartet, dass sie nicht mehr als eine Verwalterin war. Sie hatte diese Narben jedoch gewiss nicht erworben, indem sie sich mit Schreibern stritt.

Nachdem das Essen serviert war, schaute sie zu mir herüber und fragte: »Was tut ein Idiot mitten in einem Krieg?«

Ich grinste und mochte sie sofort. »Man muss ein Idiot sein, um mitten in einen Krieg zu ziehen«, erklärte ich. »Besonders, wenn es nicht einmal um mein eigenes Land geht.« Ich sah mich um und bemerkte, das Bastilla mich mit einem seltsamen Blick bedachte. Als ich ihr zunickte, wandte sie ihre Aufmerksamkeit wieder dem Essen zu.

Haverness schnaubte. »Ihr seht, wieso ich sie nie mit an den Hof gebracht habe.«

»Mein Vater hätte mich auch nicht mitgenommen, wenn er die Wahl gehabt hätte«, erwiderte ich. »Hattet Ihr Gelegenheit, Euch die Dörfer anzusehen, die die Vorsag überfallen haben?«

Er nickte und wurde sofort wieder ernst. »Jedes von ihnen hat einen Tempel der Meron. Das ist nicht sonderlich überraschend, da beinahe alle Dörfer irgendeine Art von Tempel haben. Aber …« Er zeigte mit dem Messer auf mich. »Alle, die überfallen wurden, verfügten über einen Gegenstand mit wahrer Macht. Ich habe mit meinem Magier und mit meinem Priester gesprochen, und sie stellen uns eine Liste anderer Dörfer zusammen, die diese Bedingung erfüllen.«

Wir aßen eine Weile weiter: richtiges Essen, heiß und gut gewürzt. Während wir auf den nächsten Gang warteten, sagte Haverness: »Ich werde bewaffnete Gruppen in alle Dörfer auf der Liste schicken und die größere Streitmacht hier in Callis behalten, bis ich genauer weiß, wo diese Mistkerle sind. Sie müssen eine Basis in Oranstein haben; sie sind zu tief im Land, als dass es anders sein könnte.«

Ich knurrte und schluckte ein Stück Ente herunter. »Da wir schon einmal hier sind, können wir uns auch nützlich machen. Teilt uns eins der Dörfer zu.«

»Ich hatte gehofft, dass Ihr das sagen würdet. Ich habe keine unbegrenzte Anzahl ausgebildeter Männer und nur einen einzigen Zauberer. Die meisten Männer, die ich aus Estian mitgebracht habe, bereiten ihre eigenen Ländereien auf eine Invasion der Vorsag vor.«

»Äh …« Ich aß noch ein kleines Stück Ente. »Verzeiht mir die Frage, aber ist es nicht illegal, in solchem Maßstab Heere aufzustellen?«

»Die Dämonen sollen Jakoven und seine Gesetze holen«, sagte Haverness wütend. Es hatte einiges gebraucht, damit er seine Treueschwüre brach, aber die Weigerung des Königs, Oranstein zu retten, hatte es schließlich bewirkt. Tatsächlich hatte Jakoven seinen Schwur als Erster gebrochen.

»Bis der König etwas dagegen unternehmen kann«, sagte Alizon, »werden wir den Feind schon aus Oranstein vertrieben haben, und dann wird ihm nichts weiter übrig bleiben, als den Männern zu gratulieren, die seinen Thron gerettet haben. Wenn er sie verfolgt, werden sich die Adligen aller Länder gegen ihn stellen – und er ist schlau genug, das zu wissen.«

Ich nickte. »Besonders, da Ihr ihm das sagen werdet.«

»Genau«, murmelte Alizon liebenswert.

»Ihr seht aus, als wäret Ihr letzte Nacht lange aufgeblieben und hättet gefeiert«, stellte eine raue Frauenstimme mit kalter Missbilligung fest.

Ich öffnete ein Auge und sah als Erstes Haverness' Tochter, die an ihrer langen Nase entlang auf mich herabschaute. Dann blickte ich mich in dem leeren Zelt um und versuchte, mich zu erinnern, was ich letzte Nacht gefeiert hatte.

»Eure Männer sind bereits aufgestanden und kämpfen. Der kleine Kerl, der offenbar den Befehl hat, sagte mir, ich würde Euch hier finden. Mein Vater hat ein Dorf, in das er uns schicken will.«

Ich hatte nicht gerade gefeiert, aber Stala und ich hatten noch bis spät in die Nacht über Erdricks Tod und die Politik in Oranstein gesprochen. Mein Körper bestand darauf, dass er noch ein paar Minuten brauchte, um zu sich zu kommen, aber es sah nicht so aus, als würde Tisala mir meine Ruhe gönnen. Also stand ich steif auf und umfasste meine Zehen ein paarmal, um mich zu strecken. »Oransteiner haben elend lange Namen, und sie kürzen sie nie ab«, sagte ich, um sie von meinem Zustand abzulenken. »Ich nehme an, ich könnte Euch Tissa oder Lally nennen.«

»Nicht, wenn Ihr Eure Zunge behalten wollt«, erwiderte sie. Ich glaubte, die Spur eines Grübchens in ihrem Gesicht zu erkennen, aber sie klang vollkommen ernst.

»Ihr seht dumm aus«, erklärte Tisala, die neben mir ritt. Inzwischen wusste ich, dass Haverness' Definition einer »kleinen Truppe« offenbar ein wenig anders lautete als meine. Zusätzlich zu meinen sieben Leuten hatte Haverness seine Tochter und ihre fünfzig eingeschworenen Männer geschickt.

»Dumm«, wiederholte sie und schüttelte den Kopf.

Ich dachte daran, ein bisschen zu schielen und zu sabbern, aber sie brauchte keine solche Ermutigung, um fortzufahren.

»Ich glaube, es sind die Augen. Niemand würde von einem Mann mit solchen Wimpern auch nur eine Spur von Intelligenz erwarten.« Ihre Ablehnung war eindeutig.

Ich fragte mich, was sie wohl glaubte, dass ich gegen meine Wimpern tun sollte.

»Danke«, murmelte ich. »Aber ich dachte immer, es sei die Farbe.« Sie hatte ebenfalls braune Augen. Ich fragte mich, ob sie die Beleidigung verstand.

»Vielleicht liegt es auch daran, dass Ihr so viel größer seid als die anderen«, fuhr sie fort und spähte eine Weile in den Wald, aber nicht, bevor ich das verräterische Grübchen wieder bemerkt hätte.

»Bedeutet groß dumm?« Ich entspannte mich erfreut, als mir klar wurde, dass sie mich einfach nur neckte. Es gab mir etwas zu tun, um nicht mehr an meinen toten Vetter und meine von zu wenig Schlaf schmerzenden Augen zu denken.

»Alle erwarten, dass große, kräftige Leute träge und stumpfsinnig sind«, sagte sie. Ich bemerkte nicht, dass sie das Gewicht verlagert hätte, aber ihr dünner, schmalhüftiger Hengst bog den Hals und kam näher. Es hätte mich überrascht, wenn dieses Pferd auch nur die Hälfte von Blümchens Gewicht gehabt hätte. Tisala wirkte auf seinem Rücken, als wäre sie zu groß geraten. Komisch, ich hatte nicht weiter darüber nachgedacht, wie groß sie war, aber sie hatte die gleiche Größe wie ihr Vater, der als hoch gewachsener Mann galt, obwohl er mir nur ein wenig über die Schulter reichte. Es konnte für eine Frau nicht einfach sein, so groß zu sein wie ein Mann.

»Träge, wie? Und stumpfsinnig?«, fragte ich.

Sie musste meiner Stimme angehört haben, dass ich sie verstanden hatte, denn nun reckte sie das Kinn und runzelte die glatte Stirn.

Ich grinste. »Es würde vielleicht helfen, wenn Ihr ein richtiges Pferd hättet und nicht dieses dünne, krummbeinige Pony.« Tatsächlich war es nicht einmal besonders krummbeinig, nur gerade genug, dass sie es wusste – und unsere Neckereien auf ein Thema lenkte, das ihr weniger unangenehm war.

»Besser ein krummbeiniges Pony als einen drögen Ackergaul.« Die Kälte in ihrer Stimme hätte einen Töpferofen mit Reif überzogen.

Dröge?, dachte ich. Aber als ich mir Blümchen ansah, musste ich zugeben, dass ihre Beobachtung durchaus zutraf. Er achtete nicht auf ihren Hengst und bewegte sich so entspannt, dass man ihn tatsächlich für ein Zugtier halten konnte. Zu dem Bild passten auch die langen Grashalme, die aus seinem Maul hingen. Er musste sie abgerissen haben, als ich nicht auf ihn geachtet hatte. Von dem mörderischen Ungeheuer, das meine Stallknechte in Angst und Schrecken versetzt hatte, war nicht viel geblieben – jedenfalls nicht an diesem Morgen.

»Er heißt Blümchen«, erklärte ich mit gekränkter Würde. »Wenn Ihr ihn schon beleidigen wollt, solltet Ihr wenigstens seinen Namen kennen.«

Ciarra, die auf meiner anderen Seite ritt, lachte leise.

Tisala schaute von meiner Schwester zu mir, nickte Ciarra zu und sagte: »Euer Bruder kann einen wirklich hänseln.«

Ciarra zog die Brauen hoch.

»Nein, das bin ich nicht«, fauchte Tisala wie zur Antwort auf Ciarras Miene. »Ich bin barsch und unhöflich. Da könnt Ihr jeden hier fragen.«

Ciarra lächelte und wies mit dem Kinn auf mich.

»Da muss ich ihr zustimmen, Ciarra«, sagte ich betrübt. »Jeder, der mein armes Blümchen dröge nennt, kann nur barsch und unhöflich sein.«

»Ratte«, stellte Tisala fest. »Ich kann nicht glauben, dass Ihr das wirklich getan habt. Wie viele Jahre habt Ihr sie glauben lassen, Ihr wäret dumm?«

Ciarra hob sieben Finger.

»Sieben.« Tisala schüttelte den Kopf. »Sieben Jahre, die Ihr den Mund halten musstet. Mich hätte das umgebracht.«

»Wahrscheinlich«, stimmte ich ihr zu.

Sie lachte. »Ist er immer so schlimm?«

Ciarra schüttelte entschlossen den Kopf, dann verdrehte sie die Augen zum Himmel.

»Unmöglich«, sagte Tisala. »Er kann auf keinen Fall noch schlimmer sein.«

Es gab nicht viele Menschen, die Ciarras Gesten deuten konnte. Penrod, der an die wortlose Sprache seiner Schutzbefohlenen gewöhnt war, konnte sich beinahe so gut mit ihr unterhalten wie ich. Tosten konnte es ein wenig. Aber Tisala war die erste Frau, die sich mit solcher Leichtigkeit mit Ciarra unterhielt. Bastilla neigte dazu, Ciarra zu meiden, als fühle sie sich wegen der Stummheit meiner Schwester unbehaglich.

Ich hatte es vermieden, über Bastilla nachzudenken.

Als ich fünfzehn gewesen war, war die Tochter von einem von Penrods Leuten zur Liebe meines Lebens geworden. Sie war zwanzig gewesen, sanft und fröhlich. Als ich sechzehn gewesen war, hatte sie mir das Herz gebrochen, indem sie einen Kaufmann in Tyrfannig heiratete. Ich verstand ihre Gründe und wusste, dass es gute Gründe waren. Ich mochte ihren Mann sogar, obwohl ich dazu einige Zeit gebraucht hatte. Nach ihr hatte ich mit einigen Frauen geschlafen, die mir beigebracht hatten, dass es trostlos war, es ohne Liebe zu tun.

Ich empfand für Bastilla nicht mehr, als ich für … Axiel empfand. Eher weniger. Wenn man das bedachte, hätte ich mich ihr schlicht verweigern sollen, statt eine Möglichkeit für später offen zu lassen. Bis jetzt hatte ich keine Gelegenheit mehr für ein vertrauliches Gespräch gehabt, aber dieser Ritt war gut geeignet.

»Wenn Ihr mich entschuldigen würdet, meine Damen«, sagte ich. »Ich werde vom Schlachtfeld desertieren, denn kein Mann kann einen Kampf mit der Zunge einer Dame gewinnen.«

Ciarra streckte mir ihre Damenzunge heraus.

Der Weg, auf dem wir in diesem überwachsenen Wald unterwegs waren, bot genug Platz für einen Wagen, also fiel es Blümchen und mir nicht schwer, zu den hinteren Reihen zu gelangen, wo Bastilla neben Oreg ritt.

Ich wendete, um neben sie zu kommen. »Geh und sprich mit Ciarra, Oreg. Und sieh, ob Haverness' Tochter mit dir glücklicher ist als mit mir.«

»Sie lehnt Euch ab?« Bastilla klang amüsiert.

»Ich glaube, es sind meine Wimpern.«

Oreg klimperte mit den seinen. »Meine sind hübscher als deine, Ward. Sie muss sie einfach mögen.«

Als er davongeritten war, wurde ich langsamer, bis wir ganz hinten ritten. Ich wechselte zu Avinhellisch, das ich mit schrecklichem Akzent sprach, aber gut genug für meinen Zweck, bei dem es darum ging, dass niemand belauschen konnte, was ich zu Bastilla sagte.

»Ich glaube, ich schulde Euch eine Erklärung, Bastilla.«

Ihre hinreißenden Augen funkelten in dem fleckigen Licht, und sie lächelte. »Eine Erklärung wofür, Ward?«

»Für meine Ablehnung Eures Angebots in der Nacht, bevor wir nach Callis kamen.«

Ihr Lächeln war verschwunden, als wäre es nie da gewesen. »Wie das?«

»Wenn wir in dieser Nacht nicht auf Wache gewesen wären, hätte ich Euer Angebot angenommen. Und das wäre falsch gewesen.«

»Ah.« Ihr Wallach bog den Kopf gegen den festen Griff, mit dem sie die Zügel umklammerte. »Bin ich Euch zu alt? Vielleicht passt Tisala Euch ja besser.«

Ich schüttelte den Kopf. »Nicht zu alt.« Ich konnte nicht zulassen, dass sie glaubte, es habe etwas mit Tisala zu tun. »Für Euch ist Sex ein Spiel – eins, das Ihr sehr gut beherrscht. Aber ich kann es nicht auf diese Weise betrachten.«

»Ihr klingt wie eine jungfräuliche Braut.« Ihre Stimme war brüchig, so gekränkt war sie.

Ich schüttelte den Kopf. »Meine erste Geliebte hat mir beigebracht, dass Liebe nur unter Gleichen funktioniert.« Und sie hatte recht gehabt. Sie hatte die Führung übernommen, und ich war gefolgt, unfähig und unwillig, aus meiner Idiotenrolle auszubrechen, nicht einmal, wenn ich liebte. »Ihr und ich, wir sind einander in dieser Sache nicht gleich: Ihr könnt mit Axiel und Penrod schlafen, ohne dass sie sich deshalb Gedanken machen würden. Wer so etwas kann, muss viel geschickter sein als ich. Meine zweite Geliebte hat mich gelehrt, dass Vereinigung ohne Liebe schlimmer als nichts ist – zumindest für mich.«

»Und Ihr liebt mich nicht?«

»Liebt Ihr mich denn?« Ich hätte nicht gefragt, wenn ich die Antwort nicht schon gewusst hätte.

Sie hob das Kinn und schwieg.

»Das hätte ich schon in dieser Nacht sagen sollen. Zwischen uns gibt es keine Liebe. Respekt und Begierde, ja, zumindest meinerseits. Aber keine Liebe.«

»Es wird Euch später einmal leidtun«, sagte sie und versuchte mit einem Lächeln zu verbergen, wie gekränkt sie war.

»Meinem Körper tut es bereits leid«, sagte ich bedauernd. »Aber es ist das Richtige. Ich bin kein Mann für Spielchen.«

Sie antwortete nicht. Einen Augenblick später kam ich zu dem Schluss, dass es das Beste sein würde, ihr ein wenig Zeit zu lassen. Als ich an Penrod und Axiel vorbeiritt, wies ich mit dem Kinn nach hinten, und beide fielen zurück, um neben Bastilla zu reiten.

Der Priester sah uns verständnislos an. »Wir sind hier, um diese Dinge zu beschützen. Sie sind Meron gewidmet, und sie müssen in ihrem Tempel bleiben.«

Der Tempel, um den es ging, war ein kleines Holzhäuschen, halb so groß wie die Bauernhütten des Dorfs. Der Priester, Oreg, Bastilla, Axiel und ich waren die Einzigen in dem Gebäude, weil es einfach nicht mehr Platz für weitere Personen bot. Tisala hatte ein paar Minuten lang versucht, mit dem Priester zu sprechen, dann hatte sie frustriert die Arme hochgerissen und war davonstolziert, um den Rest der Dorfbewohner dazu zu bringen, ihre Sachen zu packen und zu gehen. Ich hoffte, dass sie mehr Erfolg hatte als ich.

»Bis auf das Armband sind sie nichts Besonderes«, berichtete Oreg vom Altar her, wo er und Bastilla sich die fraglichen Gegenstände genauer anschauten. »Welche Magie sie auch immer hatten, sie ist verblasst. Das Armband war einmal machtvoll, aber die Magie hat keine Gestalt mehr.«

Der Priester war sichtlich verärgert über Oregs Einschätzung.

»Sie sind Euer Leben nicht wert, das weiß sogar die Göttin«, sagte Axiel. Ich hatte die Verhandlungen, nachdem Tisala gegangen war, Axiel überlassen, da er am wenigsten wie ein Nordmann aussah und Oransteinisch sprach.

»Das weiß ich, mein Sohn.« Der Priester schob seinen Ärger beiseite und lächelte ihn freundlich an. »Aber mein Wort ist mein Leben wert. Selbst wenn ich in ihrem Dienst sterben sollte, werde ich für immer bei der Göttin sein.«

»Ihr helft dem Feind«, sagte Oreg unerwartet. »Diese Gegenstände scheinen nicht mächtig zu sein, aber wenn die Vorsag genug von ihnen zusammentragen und über das richtige Wissen verfügen, können sie sie benutzen, um selbst die Erinnerung an Oranstein und die große Heilerin Meron auszulöschen. Wenn Ihr sie an einen befestigten Ort bringt, werden sie immer noch der Göttin gehören.« Aber der Priester würde außerhalb dieses Dorfs seine Macht verlieren, und das wusste er.

»Ihr behauptet, dass Meron ihren Tempel nicht beschützen kann«, tadelte der Priester.

Oreg trat neben mich. »Es gibt Gesetze, die selbst die Götter befolgen müssen, oder sie beschwören Zerstörung herauf. Wenn Meron einschreitet, um diesen Tempel zu beschützen, können auch die vorsagischen Götter handeln.«

»Vielleicht dienen die Vorsag Meron ebenfalls. Vielleicht ist sie zu dem Schluss gekommen, dass sie die heiligen Gegenstände haben sollten.« Der Priester hatte seinen Spaß an dieser Diskussion.

Stala sagte immer, um jemanden zu überzeugen, musste man wissen, wer er war und was er wollte. Was machte einen Priester der Meron aus? Sie waren meist bäuerlicher Herkunft, nur locker organisiert, mit wenigen festgelegten Regeln. Während Oreg weiter argumentierte, dachte ich daran, wie wir für den Priester aussehen mochten. Shavigmänner, oder zumindest keine Oransteiner. Aber er hatte auch Tisala nicht zuhören wollen.

Merons Anbeter waren Menschen vom Land, Bauern und Hirten. Wenn in Hurog ein Bauer so mit dem Boten eines Adligen gesprochen hätte wie dieser Mann mit uns, hätte mein Vater ihn auspeitschen lassen, bis er nicht mehr hätte stehen können. Aber ein Priester war etwas anderes.

Ich warf einen Blick auf die schwieligen Hände des Mannes – er half auf dem Feld aus. Vielleicht hatte er sogar seine eigene Herde.

»Ha«, warf ich ein und unterbrach Oreg unhöflich. »Die da sind Magier. Was wissen sie schon vom Weg der Heilerin? Sie kennen sich nur mit netten Argumenten aus.« Ich hatte genug oransteinische Bauern gehört, um den Akzent gut hinzubekommen. »Adlige, die in steinernen Hallen sitzen, verstehen die Göttin nicht. Ich habe selbst das Land bearbeitet, bevor ich Krieger wurde, und ich schwöre, ich habe gespürt, wie ihre Hand meinen Pflug leitete.« Ich glaubte, der oberste Hirte meines Vaters könnte ein Mann nach dem Geschmack dieses Priesters sein, und es fiel mir nicht schwer, sein Gehabe anzunehmen. »Aber ich denke trotzdem, Ihr solltet alles nehmen, was der Göttin heilig ist, und es für sie retten.« Ich nickte zu dem Armband hin, das auf dem Ehrenplatz auf dem Altar lag. »Ich möchte das da wirklich nicht am Arm eines der Heiden sehen, die Silbermoor niedergebrannt und den Drachenstein gestohlen haben.«

Zum ersten Mal sah der Priester aus, als wären seine Überzeugungen in Wanken geraten.

»Wenn Ihr diese Gegenstände mit nach Callis nehmt«, sagte ich, »könnt Ihr zurückkehren, sobald Kariarn seine Aufmerksamkeit anderen Dingen zuwendet.« Ich hörte draußen etwas Merkwürdiges.

Er holte tief Luft. »Ich nehme an … für kurze Zeit …«

Es war das leise Klirren von Stahl auf Stahl, das ich gehört hatte. Ich überließ den Priester Oreg, machte rasch einen Schritt zur Tempeltür und spähte nach draußen. Ein einziger Blick genügte.

»Zu den Waffen!«, brüllte ich, als wäre ich nicht der Letzte, der sah, was los war. »Banditen!«

Sie hatten offenbar vorgehabt, sich anzuschleichen, waren aber am Rand des Dorfs einigen von Tisalas Männern begegnet, die dort Wache gehalten hatten. Ich rannte aus dem Tempel und war auf Blümchens Rücken, bevor ich meinen Ruf beendet hatte.

Die ersten paar Männer hatten die Masse der Vorsag nicht sonderlich verlangsamen können, aber als ich den Kampfplatz erreichte, waren sie auf einen größeren Haufen unserer Leute gestoßen, und ihr Tempo hatte sich gewaltig verringert.

Blümchen stieß einen Schrei aus, die schrille Warnung eines Hengsts, und stürzte sich in den Kampf. Die Zeit schien sich zu verlangsamen. Alles in mir konzentrierte sich auf jeden einzelnen Augenblick, jede Abwehr, jeden Schlag, jedes verlorene Leben. Nach und nach wurde mir bewusst, dass Tosten links und Penrod rechts von mir kämpfte, aber das hatte über den Moment hinaus keine Bedeutung.

Ich liebte den Kampf, selbst wenn es gegen halb verhungerte Räuber ging. Hier jedoch traf Schwert auf Schwert, und es hatte etwas zu bedeuten, wenn meine Klinge tief ins Fleisch meiner Gegner drang. Blümchen sagte mir mit dem Zucken von Ohren und Muskeln, wohin er sich bewegen würde, und er reagierte seinerseits sofort, wenn ich das Gewicht verlagerte. Wir brachten unseren Feinden den Tod, und ich genoss es. Und diese Liebe, eine, die ich mit meinem Vater teilte, machte mir mehr Angst, als jede Schlacht es jemals vermocht hätte.

Axiel hatte recht gehabt; eine echte Schlacht war etwas anderes. Das Wissen, dass ich hier zumindest Männern von meiner eigenen Art gegenüberstand, Männern, die in der Kriegskunst ausgebildet waren, fügte dem Gemetzel die Süße eines Wettbewerbs hinzu. Diese Leute hatten wahrhaftig die Gelegenheit, mich zu töten, nicht wie die armseligen Banditen, gegen die wir zuvor gekämpft hatten. Das hier waren Angehörige eines regulären Heeres, auch wenn sie die Lumpen von Gesetzlosen über ihrer Rüstung trugen.

Stala hätte mir geraten, die Männer zurückzuziehen, denn unsere Truppen waren einander in ihrer Stärke zu gleich. Es würde hier keinen Sieger geben, nur Tote, die am

Boden lagen. Aber hinter uns befanden sich Dorfbewohner, unbewaffnete Frauen und Kinder, die ich schützen musste.

Eine Schlacht, die lange genug dauert, hat ihren eigenen Fluss. Wildem Tempo, wenn ich im Herzen der feindlichen Truppe war, folgten beinahe friedliche Augenblicke, wenn Blümchen und ich durch die Kampflinien brachen und niemand uns folgte. Ich gönnte meinem Pferd eine kleine Rast und sah, dass andere das Gleiche taten.

In einer solchen Pause kam Tisala zu mir und erwiderte mein Grinsen, bevor die Jahre als Befehlshaberin wieder auf ihre Schultern fielen.

»Wir sind gleich stark«, sagte sie.

Ich nickte und bewegte die rechte Schulter, um wieder Gefühl in den Arm zu bekommen. »Ich hoffe, dass das auch dem vorsagischen Kommandanten bald auffällt. Wir können die Vorsag nicht ins Dorf lassen, aber wenn sie sich nicht zurückziehen, werden auf beiden Seiten kaum Leute übrig bleiben.«

Sie beobachtete die Kämpfe und zeigte auf eine Gruppe ihrer Männer, die in die Enge gedrängt worden waren. Ohne ein weiteres Wort trieben wir unsere Pferde auf den Feind zu.

Ihr Hengst war so begierig auf den Kampf wie Blümchen und beinahe ebenso gut ausgebildet, aber Blümchens Größe und Gewicht machten ihn zu einer besseren Waffe. Wenn er sich gegen ein vorsagisches Pferd schob, fiel dieses Pferd mitsamt seinem Reiter um. Tisalas Kampfstil unterschied sich von meinem und hatte Feinheiten, die ebenso dazu gedacht waren, den Feind einzuschüchtern, wie zu allem anderen, aber sie tötete ebenso schnell, wie ich es tat.

Als es wieder zu einer ruhigeren Phase kam, bemerkte ich, dass die Sonne tief am Himmel stand, obwohl ich geschworen hätte, dass es immer noch früher Nachmittag war.

Blümchen ließ den Kopf hängen, und ich wurde von seinen schweren Atemzügen hin und her geschaukelt.

»Der Kommandant zieht sich zurück.« Penrod kam zu mir, die Zähne weiß blitzend in dem dunklen Blut und Dreck seines Gesichts. »Sie hatten nicht erwartet, hier auf eine Truppe von Kämpfern zu stoßen. Sie sind uns zahlenmäßig überlegen, aber nicht genug, um das hier zu etwas anderem als einem Blutbad für beide Seiten zu machen.«

»Ein guter General gewinnt niemals einen knappen Kampf«, zitierte ich meine Tante. »Er zieht seine Männer zurück, bevor die Verluste hoch sind, und schlägt den Feind ein anderes Mal.«

»Eure Tante hat nie ihre Leute zurückgelassen.«

Ich folgte seinem Blick und sah, dass der Mann, der die Vorsag befehligte, durch die Bäume davonritt, während seine Untergebenen einen Rückzug in eine andere Richtung vollführten.

»Sollen wir ihm folgen?«, fragte ich. Ohne auf Penrods Antwort zu warten, ließ ich Blümchen über eine rutschige Masse von Leichen springen, und wir galoppierten dem Fliehenden hinterher.

Hinter dem Hain lag eine kleine Kalksteinklippe. Blümchen und ich erreichten sie rechtzeitig, um den Vorsag darüber hinwegklettern zu sehen. Er hatte sein Pferd stehen lassen, also sprang ich aus dem Sattel und ließ die Zügel auf den Boden fallen. Ich konnte hören, wie Penrod neben mir das Gleiche tat.

»Glaubst du, er ist hier raufgeklettert?«, fragte ich. Niemand antwortete.

Etwas traf mich am Arm. Ich fuhr herum, das Schwert erhoben, und sah Penrods überraschte Miene. In der Hand hielt er einen Dolch, der rot von meinem Blut war. Hinter ihm zog mein Bruder sein Schwert aus dem Körper des Stallmeisters, und Penrod sackte zu Boden.

»Penrod?«, sagte ich ausdruckslos, denn das war alles zu seltsam, als dass ich es verstehen konnte. »Tosten.«

Tosten ließ das Schwert fallen und starrte mich an. »Er hat versucht, dich umzubringen«, sagte er und klang so schockiert, wie ich mich fühlte. »Ich bin euch beiden gefolgt und sah, wie er den Dolch hob, um ihn dir in den Rücken zu stechen.«

Warmes Blut lief mir über die Hand und bewies Penrods Angriff.

Der ehemalige Stallmeister lag mit dem Gesicht nach oben auf dem Boden, die schreckliche Wunde unter ihm verborgen. Er lächelte dünn. »Ich bin froh …« Seine Stimme war ein heiseres Echo ihrer selbst. »Ich konnte nichts dagegen …«

Ich musste auf die Knie niedergehen, um ihn zu hören, aber er sagte nichts weiter. Sein Körper verkrampfte sich, und er starb so schmutzig, wie alle Menschen sterben. Tränen traten mir in die Augen, und ich blinzelte sie weg.

Tosten bückte sich und hob sein Schwert auf, säuberte es am Saum seines Hemds und starrte dabei den Toten an. »Ich wusste nicht einmal, dass es Penrod war, bevor ich zustieß.«

Penrod hatte auch zu seiner Kindheit gehört. Zu dem, was er an Kindheit gehabt hatte.

Ich blickte zu Tosten auf. »Er ist im Kampf gegen die Vorsag gestorben.«

»Ja.« Er verstand genau, was ich meinte. Penrods Name würde nicht den Makel des Verrats tragen. Er beugte sich vor und schloss die Augen des alten Stallmeisters, dann kniete er sich neben ihn. »Siphern möge ihn auf seinem Weg führen. Aber warum sollte Penrod versuchen dich umzubringen?«, fragte mein Bruder dann.

Ich schüttelte verwirrt den Kopf, obwohl der Beweis von Penrods Mordversuch schmerzhaft pochte. Ich verstand es einfach nicht.

»Es gibt Zauberer, die andere Menschen für kurze Zeit beherrschen können«, sagte Bastilla nachdenklich. So, wie Tosten zusammenzuckte, hatte er offenbar genauso wenig wie ich gehört, dass sie sich uns genähert hatte. Sie kam in ihrer blutbespritzten Lederkleidung auf uns zu. »Aber um das zu tun, muss der Zauberer ziemlich nahe sein.« Etwas an ihrer Stimme klang falsch. Sie und Penrod waren Geliebte gewesen, aber sie wirkte so distanziert wie der Meister der Jagd, der einen Blick auf den Hirsch wirft, den er gerade erlegt hat.

Bastilla beugte sich über mich, um Penrod besser sehen zu können, und stützte sich dabei mit einer Hand auf meine Schulter. Ich erinnere mich an einen Energieblitz, der sich zwischen uns sammelte, dann wurde mir schwarz vor Augen, und ich spürte nichts mehr.

12 CALLIS: BECKRAM

Kommandanten sind daran gewöhnt, Leute auf dem Schlachtfeld zu verlieren, aber für gewöhnlich gibt es dann eine Leiche.

Das Einzige, wofür Beckram sich begeistern konnte, waren die täglichen Übungskämpfe mit Stala. Dabei konnte er sich auf den Kampf konzentrieren; die quälende Trauer und die Schuldgefühle traten in den Hintergrund, und es blieb nur diese Leere zurück, die sein Bruder ausgefüllt hatte. Stala ließ ihn nicht mit den anderen Männern kämpfen, sondern nur noch mit ihr selbst.

Sie zwang ihn, auf seine Verteidigung zu achten, indem sie ihn mit der flachen Seite ihrer Klinge schlug. »Wenn du das im Kampf tust, verlierst du einen Arm«, fauchte sie.

Er reagierte mit einem raschen Vorstoß und einer Reihe von Bewegungen, die sie ein paar Minuten zu sehr beschäftigten, als dass sie noch etwas hätte sagen können. Erst als sie ihn entwaffnete, erkannte er, dass er keinem Muster gefolgt war, und wenn einer seiner Schläge sie wirklich getroffen hätte, wäre sie tot gewesen. Was selbstverständlich der Grund war, wieso sie ihn nicht mehr mit anderen kämpfen ließ.

Er versuchte nicht, sein Schwert aufzuheben, sondern schwankte nur ein wenig auf den Füßen und konzentrierte sich darauf, nicht umzufallen. »Tut mir leid.«

»Versuchen wir es noch einmal.« Er bemerkte, dass sie nicht einmal schwer atmete.

Langsam griff er wieder nach dem Schwert und sah sie an.

»Ich werde deinem Vater nicht die Nachricht bringen, dass er noch einen Sohn verloren hat, Beckram.« Ihre Stimme war nicht unfreundlich. »Und wenn es dazu ein paar blaue Flecken braucht, dann ist das deine Wahl, nicht meine.«

Als sie mit ihm fertig war, taumelte er zu seinem Zelt und sackte auf seiner Decke zusammen. Manchmal, wenn er so müde war, träumte er nicht. Wenn ihn niemand störte, konnte er dann vielleicht eine ganze Stunde schlafen. Er schloss die Augen, aber nicht Schlaf kam zu ihm, sondern Nachdenken über seinen Vetter.

Alles in allem, dachte er, machte Wards plötzliche Gesundung von seiner Dummheit ihn noch unsympathischer. Statt eines Dummkopfs war er jetzt jemand, der Leute manipulierte. All diese Bemerkungen in der Öffentlichkeit, die bewirkt hatten, dass Beckram sich vor Verlegenheit wand, waren absichtlich gefallen. Nicht, dass er als Einziger darunter gelitten hatte.

Gegen seinen Willen musste Beckram grinsen, als er sich an die Miene von Lord Ibrims Witwe erinnerte, nachdem sie den Fehler gemacht hatte, sich Ward vor ein paar Jahren in aller Öffentlichkeit an den Hals zu werfen. Schon damals war Ward so groß gewesen wie ein ausgewachsener Mann. Beckram hatte sich an ihrer Verlegenheit gefreut, da sie am Abend zuvor nichts unversucht gelassen hatte, um Erdrick zu quälen. Sie und ihre Freundinnen hatten so lange über das Landei gekichert, das zu einem förmlichen Bankett mit einem Hemd mit einem Fleck erscheinen war, dass Erdrick, damals sechzehn, angefangen hatte zu weinen.

Beckrams Lächeln verging, als ihm klar wurde, dass Ward ebenfalls bei diesem Vorfall anwesend gewesen war. Hatte Ward Erdrick auf seine Weise verteidigen wollen? Er erinnerte sich an Wards Miene, als er ihm von Erdricks Tod erzählt hatte. Schockierter Kummer, dann ein Zorn, der die Augen seines Vetters so kalt aussehen ließ, dass sie kein bisschen mehr wie die einer Kuh wirkten.

Wenn er Ward erst in dieser Woche kennengelernt hätte, hätte er ihn gemocht. Gestern beim Abendessen hatte er erzählt, wie er aus Hurog geflohen war, und sie hatten alle Tränen gelacht – selbst Alizon. Als er nun im trüben Licht des Zelts lag, bezweifelte Beckram, dass es wirklich so komisch gewesen war. Wards gesamter Haufen sah heruntergekommen aus, ihre Kleidung war nicht viel mehr als gut geflickte Lumpen.

»Beckram!«, rief eine vertraute Stimme vor seinem Zelt.

»Kirkovenal?« Der zweite Sohn des reißenden Wolfs war einer von Beckrams wenigen wirklichen Freunden, also setzte er sich hin, statt ihn wegzuschicken, was er mit jedem anderen getan hätte. »Komm rein.«

Kirkovenal trat ins Zelt und schloss die Klappe hinter sich. Sein rotes Haar war vor Kurzem auf die traditionelle oransteinische Art geschoren worden, und er hatte einen Streifen heller Haut über beiden Ohren.

»Jemand hat mir erzählt, dein Vetter wäre hier«, sagte er abrupt.

»Stimmt.« Beckram setzte sich im Schneidersitz hin und bedeutete Kirkovenal, neben ihm Platz zu nehmen. »Und es scheint, dass der Tod meines Onkels Ward auf seltsame Weise von seinen geistigen Problemen geheilt hat.«

»Was will er mit Ciernacks Bastilla?«

Beckram schnippte mit den Fingern. »Das ist es, wo ich sie schon gesehen habe! Ich glaube allerdings nicht, dass ich je ihren Namen gehört habe.«

»Und was tut sie mit Ward?«

Beckram sah seinen offensichtlich aufgeregten Freund stirnrunzelnd an. »Du weißt, das Ward Hurog verloren hat, weil er verhindern wollte, dass Garranon eine von Ciernacks Sklavinnen zurückholte.«

»Und diese Sklavin war *Bastilla?*« Kirkovenal klang vollkommen verblüfft, als wäre ihm dieser Gedanke nie gekommen.

»Immerhin hat Ciernack mehr als nur ein paar«, erwiderte Beckram. »Was ist denn los?«

Der Oransteiner rieb sich das Gesicht. »Hast du je darauf geachtet, was bei Ciernack passierte? Ist dir aufgefallen, wie viele Gäste Oransteiner waren?«

Beckram schüttelte den Kopf. »Aber jetzt, wo du es sagst …«

»Ich habe es auch nicht bemerkt«, gestand Kirkovenal. »Erst, als Garranon mich vor ein paar Jahren deswegen in die Enge trieb. Er sagte, da ich offenbar ohnehin entschlossen sei, mich zu Tode zu trinken, könne ich mich dabei wenigstens nützlich machen. Er war es, der herausfand, worum es Ciernack ging.«

»Ciernack arbeitet mit den oransteinischen Rebellen zusammen?« Das verblüffte Beckram gewaltig.

»Nein.« Kirkovenal flüsterte jetzt nur noch. »Er arbeitet für Vorsag.«

»Was?« Beckram schüttelte den Kopf, um zu sehen, ob ihm das half, einen wilden Haufen nutzloser oransteinischer Adliger mit Vorsag in Verbindung zu bringen.

»Wen hassen die oransteinischen Adligen noch mehr als die Vorsag?«, fragte Kirkovenal.

»Den König und alle Tallvens«, antwortete Beckram sofort. »Siphern helfe mir … Willst du behaupten, es gibt *Oransteiner*, die den Vorsag helfen?«

Kirkovenal schüttelte den Kopf. »Jedenfalls nicht so, wie du es meinst. Aber denk an die Männer bei Ciernack. Sie sind alle wie ich – Waisen der Rebellion, denen keinerlei Macht geblieben ist, nicht einmal über ihre eigenen Ländereien. Sie könnten den Vorsag nicht direkt helfen, selbst wenn sie es wollten. Aber einige von ihnen haben vielleicht nichts dagegen, Informationen zu beschaffen.«

»Du sprachst von Bastilla.«

Zu Beckrams Überraschung lächelte Kirkovenal jetzt angewidert. »Ja, das tat ich. Weil ich für Garranon arbeitete, achtete ich auf das, was bei Ciernack passierte. Und mir sind ein paar Dinge aufgefallen. Bastilla ist eine Magierin.«

Beckram nickte. »Das sagt Ward ebenfalls.«

»Hast du dich je gefragt, wie eine Magierin Sklavin werden konnte? Ich schon. Und mir ist aufgefallen, dass Ciernack ihr niemals Befehle gab und ihr niemals widersprach.«

»Also gut«, meinte Beckram. »Ich habe ihr nicht sonderlich viel Beachtung geschenkt, aber auch mir ist aufgefallen, dass Bastilla eine ungewöhnliche Sklavin war. Ich verstehe allerdings immer noch nicht, wieso es dich so aufregt, dass sie jetzt zusammen mit Ward unterwegs ist.«

»Magst du deinen Vetter?«, fragte er.

Beckram lachte auf. »Das habe ich mich gerade selbst gefragt, aber ich denke, die Antwort könnte ja lauten.«

»Erinnerst du dich an Paulon?«

»Den Jungen, der letztes Jahr in der Schattenstadt von Räubern umgebracht wurde? Selbstverständlich.«

»Etwa einen Monat vor seinem Tod kam er zu mir in meine Wohnung. Er war blau wie ein Veilchen, und das am helllichten Vormittag. Ich habe ihn gewaschen und ihm einen Schlafplatz gegeben, aber bevor er umfiel, sagte er, Bastilla habe ihn vergewaltigt und gefoltert.« Kirkovenal schloss abrupt den Mund und wandte den Blick ab. »Ich habe ihm nicht geglaubt – er war ein Säufer. Wer hat schon je davon gehört, dass ein Mann von einer Frau vergewaltigt wurde?«

Beckram war so empfindsam für Schuldgefühle, dass er sie auch bei einem anderen auf fünfzig Schritte spüren konnte. »Du glaubst, man hat ihn umgebracht? Weil er dir erzählt hat, dass Bastilla ihm wehgetan hatte?«

Kirkovenal lächelte angespannt, dann holte er bebend Luft. »Ich denke, dass jemand, vielleicht Paulon selbst, ihr von unserem Gespräch erzählte. Als ich das letzte Mal zu Ciernack ging …«

Plötzlich stand er auf, die Hände zu Fäusten geballt. »Ich habe diese Geschichte nie jemandem erzählt. Ich weiß nicht, ob …« Er begann, auf und ab zu gehen. »Habe ich dir je erzählt, dass dein Vetter mir einmal einen großen Gefallen getan hat? Ich war in der Schattenstadt und wäre beinahe das Opfer von ein paar Schurken geworden, die auf leichtes Geld aus waren. Einer von ihnen schlug mich nieder, und als ich das nächste Mal aufblickte, war die ganze Gasse voller regloser Räuber. Dein Vetter tätschelte mir den Kopf und fragte mich, ob ich tot sei.«

Kirkovenal blieb mit dem Rücken zu Beckram stehen. »Kurz nach Paulons Tod ging ich zu Ciernack. Ich glaubte damals nicht, dass irgendeine Verbindung bestand, weil ich Paulons Geschichte immer noch nicht ernst nahm. Das Nächste, woran ich mich erinnerte, war … ich … sie …« Kirkovenal konnte nicht weitersprechen. Stattdessen griff er nach dem Saum seines Hemds und zog es hoch, um Beckram seinen Rücken zu zeigen.

»Ihr Götter!«, rief Beckram. Selbst das trübe Licht im Zelt konnte die furchtbaren Narben auf Kirkovenals Rücken nicht verbergen.

Kirkovenal riss das Hemd wieder herunter. »Das war nicht das Schlimmste, was sie mir angetan hat. Ich dachte, ich wäre tot.«

»Warum hat sie dich nicht ebenfalls umgebracht?«, fragte Beckram.

»Sie behielt mich zwei Tage lang dort. Ich konnte sie überzeugen, dass Paulon mir nie etwas verraten hatte. Dass ich glaubte, ich hätte sie dafür bezahlt, mir … mir wehzutun, als ich betrunken war, als hätte ich schon öfter Frauen Geld gegeben, damit sie so etwas taten. Ich sagte, sie müsse darüber schweigen, weil mein Bruder mich verstoßen würde, wenn er herausfände, dass ich Frauen bezahlte, damit sie mich schlugen. Es hat offenbar funktioniert. Ich bin noch am Leben.« Nun sah er Beckram wieder an. »Seitdem habe ich keinen Tropfen mehr getrunken.«

Beckram stand auf. »Danke. Ward muss sofort davon erfahren. Weißt du, wen ich fragen sollte, um herauszufinden, wo er ist? Er ist heute Früh aufgebrochen – Bastilla war auch dabei … Und ich kann mich wirklich nicht erinnern, wohin er wollte.«

Kirkovenal nickte. »Ich werde mich erkundigen. Dann bringe ich dich hin.«

Tisala hielt sich den linken Arm und hörte zu, wie ihr Stellvertreter die Männer aufzählte, die tot oder verwundet waren. Sie kannte alle unter ihrem Befehl gut, bis hin zu ihren Lieblingsfarben, und es tat weh, sie zu verlieren. Vierzehn ihrer fünfzig Männer waren an diesem Tag bereits gestorben. Ein weiteres Dutzend war schwer verwundet, und die anderen hatten allesamt Schnittwunden und Prellungen.

Sie schickte den Mann aus, sich darum zu kümmern, dass genügend Holz gesammelt wurde, um einen Scheiterhaufen für die Toten zu errichten. Sie selbst würde sich darum kümmern, eine Wache aufzustellen. Es wäre dumm, sich überraschen zu lassen, falls die Vorsag unerwartet zurückkämen. Dann stellte sie die zehn ihrer Männer, denen es noch am besten ging, zu einer Patrouille zusammen. Sie war gerade damit fertig geworden, als der Priester auf sie zuschlurfte.

»Die Artefakte der Göttin brauchen eine Eskorte nach Callis«, verkündete er in klagendem Tod.

»Wir werden alle dorthin zurückkehren, um meinem Vater zu berichten, was hier geschehen ist«, sagte sie. »Ihr und die Dorfbewohner könnt gern mitkommen, wenn wir morgen Früh aufbrechen.«

»Es gibt nicht genug Reittiere im Dorf …«

Sie unterbrach ihn ungeduldig. »Wir werden so viele Tiere finden, wie wir können, aber der Rest muss zu Fuß gehen. Sagt ihnen, sie sollen nicht viel Gepäck mitnehmen, denn sie müssen es selbst tragen.«

Er wirkte enttäuscht. Wollte er etwa das halbe Dorf zurücklassen?

Gereizt drehte sich Tisala um und ging zum Scheiterhaufen, um zu sehen, wie weit ihre Leute dort gekommen waren. Bevor sie ihn jedoch erreichte, packte der schlanke dunkelhaarige Zauberer, der mit Ward von Hurog unterwegs war, sie am Arm.

»Habt Ihr meinen Herrn gesehen?«, fragte er aufgeregt. »Penrods Pferd wurde reiterlos gefunden, und ich kann ihn nicht finden. Es gibt auch keine Spur vom Hurogmeten.«

Sie verzog verärgert das Gesicht. Es gab Schlachtfelder, die ihre Toten zu verschlingen schienen, aber dieses hier war nicht so groß. »Kurz vor dem Rückzug sah ich, dass Ward auf einen Hain zuritt. Ich glaube, ein paar von Euren Leuten folgten ihm.«

»Welcher Hain?«

Tisala sah, wie angespannt er war, und wog das gegen die Arbeit ab, die noch zu tun war. »Ich zeige es Euch. Ich muss nur mein Pferd holen.«

Im Hain lag einer von Wards Männern im Schutz der Bäume, getötet von einem sauberen Schwertstoß von hinten. Oreg fiel beinahe von seinem Pferd, um ihn zu untersuchen. »Penrod?« Er suchte nach einem Pulsschlag, aber Tisala konnte sehen, dass der Mann zu viel Blut verloren hatte, um noch am Leben zu sein. Während der Zauberer sich mit der Leiche beschäftigte, ging sie auf der Lichtung umher. Hier hatte das große Pferd, das Ward ritt, kurze Zeit gestanden – die Größe der Hufspuren war unverwechselbar. Der Boden war zu weich vom Regen und zu dicht bewachsen, um mehr zu zeigen als das Offensichtlichste. Sie konnte in dem allgegenwärtigen Schlamm keine Fußabdrücke von Menschen finden.

»Die Pferde sind in diese Richtung gegangen …« Sie hielt inne, als sie den Zauberer ansah.

Rasch ging sie ein paar Schritte auf ihn zu und schob ihm die Schulter unter den Arm, bevor er umfiel. »Seid Ihr verwundet?«

Mit einem grausigen, klagenden Geräusch erschlaffte er.

Dann bebten die Büsche hinter ihnen. Tisala ließ den Zauberer fallen und zog das Schwert, aber es war nur ein anderer von Wards Männern, Axiel. Sie konnte sich an seinen Namen erinnern, weil ihr Vater gesagt hatte, es sei ein Zwergenname, und die Zwerge einmal mit Callis Handel getrieben hatten.

Axiel warf einen raschen Blick auf den Toten, bevor er sich neben den jammernden Jungen kniete. »Oreg?«

»Hat er das öfter?« Sie musste die Stimme heben, um sich verständlich zu machen.

»Ich habe nie gesehen, dass er so etwas getan hätte.« Axiel nahm das Gesicht des jüngeren Mannes zwischen die Hände. »Oreg, was ist los? Was ist Penrod zugestoßen?«

Der Magier entzog sich und rollte sich zusammen, aber er hörte auf zu klagen. »Er ist weg. Es ist meine Schuld. Er ist weg.«

»Wer?«

»Ward, glaube ich«, antwortete Tisala, als Oreg nicht antwortete. »Wir sind hierhergekommen, um nach ihm zu suchen, und haben Penrod gefunden. Wards Hengst war hier, ebenso wie ein paar andere Pferde, aber viel mehr kann ich nicht sagen.«

Ohne ein Wort ging Axiel davon, um sich die kleine Lichtung anzusehen, wie sie es zuvor getan hatte. Einen Augenblick später kehrte er zurück und nickte. »Wenn wir in den letzten Monaten einen oder zwei Fuß weniger Regen gehabt hätten, könnte ich mehr finden. Jemand hat drei Pferde in diese Richtung mitgenommen und ein anderes freigelassen – wahrscheinlich das von Penrod. Alle drei Pferde waren groß, was bedeutet, dass sie wahrscheinlich unserer Gruppe gehörten. Oreg ist hier. Penrod ist tot. Ciarra hilft bei den Verwundeten. Damit bleiben Ward, Tosten und Bastilla.«

»Sie sind zusammen weggeritten?«

Er zuckte die Achseln. »Ihre Pferde haben es jedenfalls getan. Vielleicht sind sie dem Mann gefolgt, der Penrod getötet hat.«

»Und sie werden zurückkommen, wenn sie mit ihm fertig sind.«

Axiel knurrte, wie es Männer taten, und Tisala nahm das als Bestätigung. »Also gut. Dann werden wir Oreg jetzt zu den Verwundeten bringen. Ich schicke jemanden nach Penrod.« Sie hatte genug Kämpfe erlebt, um zu wissen, dass das Schlachtenfieber und sein Nachspiel einigen Männern ziemlich seltsame Dinge antat. Solange Oreg morgen nicht mehr jammerte und schluchzte, würde es ihm nicht schlechter gehen als jedem anderen Soldaten, den sie kannte.

»Ich komme zurück und hole Penrod, wenn ich mit Oreg fertig bin. Penrod und ich waren zu lange Kameraden, um ihn anderen zu überlassen.« Axiel hob den jungen Magier ohne sichtliche Anstrengung hoch, obwohl Tisala bezweifelte, dass der Junge viel weniger wog als er.

»Ich werde Ciarra suchen und ihr sagen, was los ist.« Sie hielt Axiels Wallach, während er sich abmühte, Oreg auf sein großes Pferd zu wuchten. Diesmal verkniff sie sich jede abwertende Bemerkung über die Pferde aus dem Norden. Es gab Leute, die man necken konnte, und bei anderen ließ man es bleiben. Trotz der Bemerkungen ihres Vaters konnte sie das gut unterscheiden, und manchmal interessierte es sie sogar.

Axiel deckte Oreg mit ihrer beider Bettzeug zu, aber der Junge hörte nicht auf zu zittern.

»Ich muss gehen und Penrods Leiche holen.«

Oreg schien ihn nicht zu hören. Schließlich stieg Axiel aufs Pferd. Das Tier gab einen beinahe menschlichen Seufzer von sich, protestierte aber ansonsten nicht.

»Wir haben es bald hinter uns, Schlaufuchs«, sagte er zu dem Pferd. »Ich weiß nicht, wieso das Nachspiel von

Schlachten immer anstrengender ist als die Schlachten selbst, aber so ist es nun mal.«

Auch Axiel war müde. Die Gerüchte, die unter Menschen über das Durchhaltevermögen von Zwergen umgingen, hatten durchaus ihre Grundlagen, aber er war nur zur Hälfte Zwerg, und seine Arme sagten ihm, dass er in einem Kampf gestanden hatte. Ein dumpfer Schmerz in den Rippen ließ ihn wissen, dass er nicht unverletzt entkommen war, aber das würde warten müssen, bis er sich um Penrod gekümmert hatte.

Man hätte denken sollen, dass Penrod nach all diesen Jahren erfahren genug gewesen wäre, sich nicht von hinten erwischen zu lassen. Axiel bremste sich. Es war viel einfacher, den Tod zu akzeptieren, als gegen ihn anzutoben, und das hätte er inzwischen eigentlich gelernt haben sollen.

Penrods Leiche lag da, wie er sie verlassen hatte. Zunehmende Schatten ließen die Lichtung unheimlich aussehen, obwohl das vielleicht auch nur damit zu tun hatte, dass er hier allein war. Axiel bückte sich, um seinen Freund aufzuheben.

»Schlafe wohl, alter Freund«, murmelte er. Er hob die Leiche so vorsichtig hoch, als wäre Penrod nur verwundet.

Ciarra weinte lautlos, als die Flammen Penrod verschlangen. Axiel legte ihr die Hände auf die Schultern, aber seine Augen waren trocken. Penrod war nicht der erste Kamerad, den er dem Feuer übergab, und er würde wohl auch nicht der letzte sein. Er schaute zu, wie die Leichen der Gefallenen schwarz wurden, und seine Zwergenaugen ließen ihn sehen, was die Flammen vor den Menschen rings umher verbargen. Als Ciarra sich abwandte und das Gesicht an seiner Brust vergrub, legte er die Arme um das Kind.

»Kommt, Mädchen«, sagte er. »Waschen wir uns und stellen das Zelt auf. Wenn wir uns nicht beeilen, werden wir es im Dunkeln tun müssen. Eure Brüder werden bald wieder da sein und schlafen wollen.«

Es war beinahe dunkel, als Beckram und Kirkovenal das Lager erreichten. Die noch glühenden Überreste des Scheiterhaufens sagten ihnen, dass hier nicht lange vor ihrer Ankunft eine Schlacht stattgefunden hatte, also machte Beckram sich bemerkbar, bevor er ins Lager ritt. Niemand, den er fragte, wusste, wo Ward war. Aber eine schlanke Hand packte ihn am Ärmel, als er mit einem weiteren Oransteiner sprach.

»Ciarra?«, fragte er. Und dann, als er sie genauer ansah: »Was ist los? Ist Ward etwas zugestoßen?«

Sie setzte dazu an, den Kopf zu schütteln, dann zuckte sie stattdessen die Schultern. Sie packte ihn fester und zog ihn hinter sich her. Kirkovenal stieg ebenfalls vom Pferd und folgte ihnen.

Ciarra führte sie in die Mitte des Lagers, wo Beckram Axiel am Kochtopf stehen sah.

»Beckram«, sagte Axiel. »Was bringt Euch hierher?«

»Ich suche nach meinem Vetter. Wisst Ihr, wo Ward ist?«

Axiel reichte seinen Löffel mit einem »Rühr weiter, oder es wird anbrennen!« weiter.

»Wir sind nicht sicher, wo Ward hingeritten ist«, sagte Axiel. »Soweit wir wissen, ist er zusammen mit Tosten und Bastilla den Vorsag gefolgt. Wir hatten früher am Tag ein kleines Scharmützel mit ihnen. Danach fanden wir Penrod tot auf einer Lichtung auf der anderen Seite des Schlachtfelds. Den Spuren nach zu schließen sind die drei nach Süden geritten. Weshalb wollt Ihr ihn sprechen?«

Beckram hatte den ganzen Ritt von Callis Zeit gehabt, um Kirkovenals Informationen mit Wards Geschichten zusammenzubringen und ein paar Theorien zu entwickeln.

»Ciernack in Estian hat Informationen an König Kariarn und wahrscheinlich schon an dessen Vater verkauft«, begann er. »Zunächst ging es um militärische Dinge, aber der neue König von Vorsag wollte mehr: Er wollte Magie. Also haben die Leute, die in der Taverne arbeiten, Artefakte angekauft und wahrscheinlich auch ein paar gestohlen. Vor ein paar Jahren, etwa um die Zeit, als Kariarns Vater krank wurde, kamen mehrere neue Leute zu Ciernack, darunter eine Sklavin namens Bastilla. Nur, dass sie nicht wirklich eine Sklavin war; sie arbeitete für Kariarn.«

»Bastilla arbeitete für Kariarn?«, fragte Axiel.

»Das ist der einzige Grund, den wir für ihre angebliche Flucht nach Hurog finden konnten«, erklärte Beckram. »Bastilla war keine Sklavin, die in die Freiheit floh. Kirkovenal weiß von mindestens einem Mann, den sie umgebracht, und von einem anderen, den sie gefoltert hat. Ciernack hat ihr keine Befehle gegeben – es war umgekehrt. Wir glauben, Bastilla hat die Geschichten über den Schatz von Hurog gehört und wollte sie selbst überprüfen – gefolgt von ihrem Geliebten Landislaw, um sicherzugehen, dass sie es auch zurück schaffen würde.«

Axiel schüttelte den Kopf. »Ich habe ihre Füße gesehen, nachdem sie nach Hurog geflohen war. Ich sah die Narben auf ihrem Rücken.«

Kirkovenal mischte sich ein: »Ich habe gesehen, wie sie einem Mann die Haut vom Rücken schnitt, nur weil ihr das Spaß machte. Ich habe gesehen, wie der Schwarze Ciernack, gegenüber dem selbst der König vorsichtig ist, vor ihrem Zorn zurückwich. Und ich habe gesehen, wie sie sich abwechselnd als unschuldiges Mädchen oder als Hure ausgab, ganz wie es ihr passte.«

Beckram brach schließlich das Schweigen, das dieser Bemerkung folgte. »Bevor Bastilla nach Hurog ›floh‹, zog Landislaw mich beiseite und fragte nach dem Schatz aus Gold und Magie, den die Zwerge angeblich in der alten Burg zurückgelassen haben. Es ist alles Unsinn, und das habe ich ihm auch gesagt – aber vielleicht hat sich Bastilla aufgemacht, um es zu überprüfen. Ich weiß nur nicht, wieso sie danach bei Ward geblieben ist.« Noch während er das sagte, fiel ihm aber eine mögliche Antwort ein. »Es sei denn, sie hat etwas gefunden. Etwas, das sie nicht sofort mitnehmen konnte. Ward rettete sie und sagte ihr, dass er nach Oranstein will, und sie kam zu dem Schluss, dass dies der leichteste Weg sein könnte, die Informationen zurück zu Kariarn zu bringen.«

»Haverness glaubt, die Vorsag haben eine Enklave in Oranstein«, warf Kirkovenal abrupt ein. »Ihr sagtet, Ward, sein Bruder und Bastilla seien nach Süden gezogen. Buril liegt nicht weit südlich von hier.«

»Garranons Burg?«, fragte Beckram.

Kirkovenal nickte. »Wo Landislaw Hof gehalten hat. Bastillas Geliebter Landislaw.«

»Der den König noch mehr hasst als die Vorsag«, fügte Beckram hinzu.

»Das sind alles Spekulationen«, wandte Axiel ein. »Welche Beweise habt Ihr?«

»Wann ist Ward verschwunden?«, fragte Beckram.

»Direkt nach der Schlacht«, erwiderte Axiel.

»Ich frage Euch: Würde ein Kommandant, der von Stala ausgebildet wurde, seine Leute nach einer Schlacht verlassen, um ein paar feindliche Soldaten zu jagen?«, fragte Beckram. Als Axiel nicht gleich antwortete, fuhr er fort: »Nein, das würde er nicht tun. Ich glaube, Bastilla denkt, dass es in Hurog einen Schatz gibt, aber sie kann ohne Ward nicht an ihn herankommen, und sie hat vor, Tosten zu benutzen, damit Ward ihr hilft.«

13 WARDWICK

Besessenheit ist etwas Seltsames. Sie kann das Feuer sein, das eine wahre Klinge schmiedet, aber häufiger ist sie der Makel, der zum Zerbrechen des Schwerts führt.

Ich träumte von Hurog. Es war so wirklich, dass ich die muffigen Bücher in der Bibliothek riechen konnte, in der ich in meinem Traum stand. *Verstaubte Bände in Sprachen, die niemand mehr lesen konnte, reihten sich auf den Regalen. Irgendwo gab es auch einen Plan der Geheimgänge, aber die lange, flache Schublade mit den Plänen war verschwunden. Wenn ich den Plan nicht finden konnte, würden sie meinen Bruder umbringen.*

Tosten schrie auf, seine Stimme gedämpft und entfernt, aber es tat mir immer noch weh.

»Pass auf Tosten und Ciarra auf«, sagte meine Mutter. »Ich muss mich um den Garten kümmern.«

»In Ordnung, Mutter«, erwiderte ich. Tostens Hand war warm in meiner. Ciarra war ein schweres Bündel in meinem freien Arm. Die Sonne überzog die Blumen im Garten mit strahlendem, orangefarbenem Licht …

»Wo sind die Drachenknochen?«

Tosten schrie auf. Seine Stimme hallte in meinem Kopf

wider, bis der Garten verschwand und ich mich in der Drachenhöhle wiederfand, tief im Herzen von Hurog. Ich musste hier herauskommen, aber ohne Oreg saß ich in der Falle. Ich war durch das Abflusssystem hereingekommen. Durch den engen Gang, der mich umschloss wie ein Schraubstock.

»Die Magie von Hurog wurde vergiftet, Kind«, flüsterte Oregs Stimme in meinem Kopf. »Sie sucht die Schwäche im Blut des Drachen. Träumer verlieren sich in ihren Träumen. Zorn wird zu Berserkerwut. Ehrgeiz zu Besessenheit. Hass frisst deine Seele.«

Hurog, dachte ich. *Hurog bedeutet Drache.*

Hurog war verschwunden, als ich aufwachte. Es war so weit weg, dass ich nur die Leere spüren konnte, die es hinterlassen hatte, und der Schmerz dieses Verlusts ließ mich beinahe weinen. Meine rechte Hand war so kalt, dass es wehtat, und eisige Wellen strahlten von dem zerschlagenen Platinring in meinen Körper aus. Ich versuchte, meine Hand an mich zu ziehen, um sie in die Achselgrube zu stecken und zu wärmen, wie ich es in den Wintermonaten tat, aber das ließ nur die Ketten rasseln.

Ich befand mich in einer kleinen, dunklen Zelle mit hoher Decke. Ein winziges Fenster zwei Mannshöhen hoch an der Wand ließ ein wenig Licht ein, aber es half nicht viel gegen den Gestank von den Binsen am Boden, die schon vor einem Jahrzehnt hätten gewechselt werden sollen.

Erst dachte ich, ich sei allein, aber als ich zu Boden blickte, bemerkte ich die liegende Gestalt auf den schimmligen Binsen.

Ich vergaß mein Unbehagen.

»Tosten?« Die Hand, die ich sehen konnte, war geschwollen und verformt. Ich erinnerte mich daran, seine Schreie in meinem Traum gehört zu haben, und erkannte, dass es kein Traum gewesen war.

»Tosten!« Nun war ich es, der schrie. Er musste sich bewegen, denn ich konnte nicht erkennen, ob er noch atmete. Ich hätte es nicht ertragen können, wenn er tot wäre.

Wie zur Antwort auf meine Schreie ging die Zellentür auf, und Kariarn kam herein. Er sah dem Jungen, an den ich mich erinnerte, sehr ähnlich – tatsächlich war er nur etwa ein Jahr älter als ich. Sein dünnes braunes Haar trug er ordentlich schulterlang geschnitten, und seine Kleidung war teuer, aber nicht protzig. Ich starrte allerdings nicht ihn an, sondern seine Begleiterin.

Ich hätte Bastilla beinahe nicht in der bescheidenen Frau erkannt, die direkt hinter dem vorsagischen König stand, den Blick zu Boden gerichtet, den Kopf unterwürfig gesenkt. Von der Kriegerin, die an meiner Seite im Schlamm gekämpft hatte, war nichts übrig geblieben, und an ihre Stelle war eine makellos gepflegte Sklavin getreten, die einen Hauch von elfenbeinfarbener Seide trug, die wenig tat, um ihren Körper zu verbergen. Was hatte Kariarn ihr angetan?

»Ah, die Wachen sagen mir, dass Ihr wach seid, Ward«, begann Kariarn.

Ich starrte ihn an.

»Das mit Eurem Bruder tut mir leid.« Kariarn schubste Tosten mit dem Stiefel. Wenn ich nicht angekettet gewesen wäre, hätte ich ihn umgebracht. »Die Magie funktionierte bei Euch nicht. Mein Erzmagier schwor, niemand könne ihr widerstehen, aber Bastilla sagte, dass Ihr ein störrischer Nordmann seid und es durchaus möglich ist, dass sie deshalb bei euch nicht wirkt.« Er griff nach hinten und tätschelte ihren Kopf, wie ein Jäger nach erfolgreicher Jagd seinen

Hund tätschelt. Ich wartete darauf, dass sie sich gegen ihn wandte, und folgte seinen nächsten Worten kaum. »Deshalb hat sie Euch vorsichtshalber beide mitgebracht. Sie hatte recht: Sobald Euer Bruder anfing zu schreien, konntet Ihr nicht schnell genug reden. Schade, dass Ihr tatsächlich nicht wusstet, was wir brauchten. Wer hätte gedacht, dass der Herr von Hurog ohne die Führung seines Zauberers seinen Schatz nicht erreichen kann?« Kariarn sah mich tadelnd an. »Aber das ist egal. Bastilla hat ein wenig Haar in der Kammer gelassen, sodass mein Erzmagier es benutzen kann, um die Höhle zu finden. Eine Verschwendung von Macht – aber mit den Drachenknochen wird das kaum zählen.« Die Gier in seiner Stimme, als er »Drachenknochen« sagte, erinnerte mich an die Art, wie mein Vater manchmal eine neue Zofe angestarrt hatte.

Ich schluckte, um meinen trockenen Hals zu befeuchten. *Bastilla?* Hinter seinem Rücken lächelte sie mich an. Es war ein Lächeln, wie ich es nie zuvor auf ihrem Gesicht gesehen hatte, tückisch und triumphierend.

»Und Ihr sagt mir das alles, weil …«

Er lächelte. »Ich habe genug von den alten Männern, die glauben, alles besser zu wissen als ich. Ich brauche junge Männer, die verstehen, dass Jugend nicht gleichbedeutend mit Dummheit oder Schwäche ist. Bastilla sagt, dass Euer Zauberer Euch folgen wird, ganz gleich, welchen Herrscher Ihr wählt.«

Er hörte auf zu reden, wartete vielleicht darauf, dass ich bestätigte oder abstritt, was er gesagt hatte. Aber die Kälte, die meinen Arm betäubte, lenkte mich ab. Es tat nicht mehr weh, und das beunruhigte mich. Hatten sie etwas mit mir gemacht? Warum nur dieser Arm? Hatten sie versucht, mir den Ring abzunehmen?

»Ich kann Hurog einnehmen, Ward.« Die Erwähnung der Burg, von der ich so besessen war, bewirkte, dass ich wieder Kariarn ansah. »Mir steht Magie zur Verfügung, die diese dunklen Mauern umreißen und die Burg zerschmettern kann, damit ich meine Drachenknochen bekomme. Oder ich kann Euch hinbringen und Euch Hurog stattdessen überlassen. Ihr könntet mir die Treue schwören statt diesem Jungenliebhaber Jakoven. Was seid Ihr ihm schon schuldig? Er hat Euren Vetter umgebracht und Euch Hurog abgenommen. Und seht nur, was er Oranstein angetan hat. Ein solcher Mann verdient nicht, auf dem Thron zu sitzen. Schaut über das Bestehende hinaus, Ward. Fünf Königreiche, die in den Händen von Tallven-Blut in den sicheren Tod driften, könnten unter mir sechs blühende Länder sein. Ich könnte Euch zum König von Shavig machen, Ward – was Ihr ohnehin hättet sein sollen.«

Im Kopf hörte ich die Stimme meiner Tante, die mir geduldig erklärte, wie ein Krieg schon vor dem ersten Blutvergießen verloren werden konnte. Das Schlimmste daran war, dass Kariarn recht hatte: Jakoven war nicht geeignet, auch nur einen Landsitz zu verwalten, nicht zu reden von den Fünf Königreichen. *Kariarn* würde nicht einfach zusehen, wenn ein anderes Land seinen Besitz verwüstete, er würde beschützen, was ihm gehörte. Ich verstand sogar seine Besessenheit, was Magie anging, erheblich besser, als ich Jakoven je verstehen würde, denn ich war selbst besessen – von Hurog.

Zu meinen Füßen bewegte Tosten kurz die Hände.

Kariarn musste bemerkt haben, dass ich meinen Bruder ansah. »Bastilla kann seine Wunden heilen; das ist ein weiteres ihrer Talente. Ich sehe, sie hat Euch davon nichts erzählt. Es tut mir leid, ich habe sie ein wenig zu lange mit ihm spielen lassen, aber sie hatte eine Belohnung verdient. Sie tut gern anderen weh, und ich lasse ihr den Spaß, wenn ich kann. Wie ich schon sagte, sie kann den Schaden beheben, den sie meinen Verbündeten zufügt.«

Ich senkte den Kopf und starrte Tostens Hand an, die vielleicht nie wieder eine Harfensaite berühren würde. Wie betäubt dachte ich: *Bastilla hat das getan? Bastilla hat sich an den Schmerzen meines Bruders erfreut?*

»Zeig ihm dein kleines Spielzeug, Meister«, sagte Bastilla plötzlich.

Er riss an ihrer Kette und zerrte sie damit grob auf die Knie herab, wo sie hustete und würgte. »Du sprichst nur, wenn ich es befehle, Sklavin. Bist du so lange weg gewesen, dass ich es dir erneut beibringen muss?«

Rasch schüttelte sie den Kopf, und das schien ihn zufrieden zu stellen. Er richtete sich wieder auf. »Er braucht Zeit. Lass ihn eine Weile nachdenken.«

Sie kam wieder zu Atem, aber sie stand nicht auf. Stattdessen blieb sie auf den fauligen Binsen knien und küsste seinen Stiefel. Er hob sie mit einem Finger unter dem Kinn hoch, und sie küsste im Aufstehen seine Hand. Ich konnte ihr Gesicht einen Augenblick erkennen, und ihr Ausdruck blinder Anbetung bewirkte, dass mir übel wurde. Ich verstand das nicht. Sie hätte frei bleiben können. Sie war stark, sie war sogar eine Zauberin.

Ich hatte sie vielleicht nicht geliebt, aber gern gehabt. Lange starrte ich sie an und fragte mich, ob sie sich vielleicht nur verstellte.

Aber Kariarn hatte gesagt, dass sie meinem Bruder wehgetan und es genossen hatte. Ich konnte mir nicht vorstellen, dass die Bastilla, die ich kannte, jemandem wehtat, außer im Kampf.

Sie war eine bessere Schauspielerin als ich.

Ich wandte den Blick ab und sah Kariarns amüsierte Miene. »Sie ist mein Chamäleon«, sagte er, als hätte er meine Gedanken gelesen. »Sie ist, was immer mir am besten passt – ein Geschenk meines Erzmagiers. Ein menschlicher Succubus. Sie gehört mir, mit Körper und Seele. Nicht wahr, Bastilla?«

»Nur Euch«, antwortete sie.

Kariarn sah mich an. »Seid Ihr je einer Cholyten begegnet? Wenn sie in den Orden eintreten, überlassen sie ihre Willenskraft Choles Prophetin, der Cholynn, oder an wen immer sie sie weitergibt. Die Cholynn hat mir Bastilla geschenkt, als ich dreizehn wurde.«

Dann ging er und nahm Bastilla mit. Ich hörte, wie auf der anderen Seite der Tür ein Riegel vorgeschoben wurde.

Einen Augenblick später stöhnte Tosten erneut und setzte sich hin. »Wollte er damit sagen, dass Magie sie zu dem gemacht hat, was sie ist?«

»Ich weiß es nicht«, antwortete ich.

»Die Pest über dich«, fauchte er schwächlich. »Schau mich nicht so an. Du hast nichts mit dem zu tun, was passiert ist.«

»Ich hätte eher reden sollen.«

»Das meiste davon ist passiert, nachdem du geredet hattest.« Er wandte den Blick ab und starrte ins Dunkel. »Ihr Götter, Ward, ich dachte, wir wären Freunde, sie und ich. Sie hat meinen Finger gebrochen, dann hat sie mich geküsst, als wäre mein Schmerz eins von Mutters Aphrodisiaka. Sie hat das Blut von meinem Rücken geleckt.« Er schauderte. »Kariarn musste sie von mir herunterziehen.« Tosten senkte den Kopf, und seine Stimme klang, als würden die Worte aus seiner Kehle gezerrt. »Sag mir, dass es Magie war, was sie so gemacht hat. Sag mir, dass sie von Dämonen besessen ist.«

»Ich glaube, nicht einmal die Götter können jemanden so vollkommen verändern. Es gibt Menschen, die es mögen, wenn andere Schmerzen haben«, flüsterte ich. »Vater war so.« Ich erinnerte mich an eine dunkle Nacht, als ich meine Geliebte im Arm hielt, während sie weinte und berichtete, mein Vater habe sie vergewaltigt. »Nachdem er mich geschlagen hat, ist er immer direkt ins Bett gegangen, mit der nächstbesten Zofe, die ihm über den Weg lief.«

Tosten vergrub das Gesicht an seinen Knien und lachte. »Solltest du mich nicht eigentlich trösten? Du weißt schon, dich um die Hilflosen kümmern?«

»Ich kann dich nicht vor Wissen schützen«, sagte ich schließlich. »Du musst akzeptieren, dass es das Böse gibt, oder es wird zu viel Macht über dich gewinnen. Denk nur an Mutter. Sie hat den größten Teil ihres Lebens damit verbracht, vor dem davonzulaufen, was unser Vater war, also konnte sie ihre Kinder nie vor ihm schützen.« Mir war zuvor nicht klar gewesen, wie wütend ich auf sie war, auf die Passivität, mit der sie zusah, wie Vater Tosten mit einer Zunge zerriss, die ebenso zuschlagen konnte wie seine Fäuste, bis mein Bruder schließlich versuchte sich umzubringen, nur um wegzukommen. In meinen Träumen hatte Oreg sie entschuldigt und behauptet, die Magie von Hurog hätte sie verändert – aber sie hätte für ihre Kinder kämpfen sollen.

»Sie hatte dich, der ihre Kinder beschützte«, sagte Tosten unerwartet. »Ich bin wie Mutter und klammere mich an meine Probleme. Auf dem ganzen Weg hierher … auf dem ganzen Weg von Tyrfannig habe ich dir wehgetan, weil dir Oreg lieber ist als ich.«

»Ein weiser Mann hat mir einmal gesagt, dass ein Pferd vor allem beißt und tritt, weil es Angst hat oder ihm etwas wehtut, und nicht aus Zorn.« Es tat weh, Penrod zu zitieren.

»Ich bin kein Pferd«, schnaubte er.

»Aber bist du verängstigt und verletzt?«, fragte ich. Er antwortete nicht. »Man kann einem Pferd nicht übel nehmen, wenn es aus Angst oder Schmerz zuschlägt. Man tut nur, was man kann, um die Ursache zu erleichtern.«

Tosten lachte, diesmal ein echtes Lachen. »Oder man schneidet dem armen Vieh die Kehle durch.«

»Ich muss zugeben, dass es Zeiten gab …«

Wenn jemand uns gehört hätte, hätte er uns für verrückt gehalten, weil wir in dieser dreckigen Zelle lachten, bis wir nicht mehr konnten, ich an die Wand gekettet und Tosten so schwer verletzt, dass er immer wieder zwischen dem Lachen vor Schmerzen keuchte.

»Also gut, wie wirst du uns retten?«, fragte er schließlich. »Wirst du dem Bastard, der den armen Erdrick umgebracht hat, die Treue kündigen?«

»Und zu Kariarn überlaufen?«, schnaubte ich. »Das ist wirklich eine gute Wahl. Wie das Huhn, das bei den Füchsen einzog, weil es sich vor dem Hund des Bauern fürchtete. Nein.«

»Dann werden wir also hier sitzen bleiben und verfaulen?«

Ich warf einen Blick zu dem Ring an meiner tauben Hand. »Ich glaube, ich habe einen besseren Plan.«

Ich rief Oreg zu mir, wie ich ihn hin und wieder in Hurog gerufen hatte, obwohl ich nie versucht hatte, das außerhalb der Mauern der Burg zu tun. Seit dem Scheiterhaufen, als ich die Toten des Dorfs verbrannt hatte, hatte ich nicht mehr versucht, Magie zu wirken, denn unausgebildete Magie kann tödlich sein. Dennoch hätte ich wirklich nicht erwartet, welche Macht meinen Ruf durchzog. Der Ring vibrierte vor Magie und entsandte Wärme durch meine bis dahin taube Hand und den Arm, sodass sie sich wieder wie ein Teil von mir anfühlten.

Ich konnte die Magie beinahe riechen, die sich langsam zu Oregs Gestalt verdichtete. Dann lag er am Boden und sah ganz ähnlich aus wie Tosten zuvor, nur dass er zitterte. Er bewegte sich ungeschickt, bis er sich an mein Bein klammern konnte.

»Verlass mich nicht wieder. Bitte, bitte … verlass mich nicht wieder. Es war zu weit weg.« Sein tonloses, verzweifeltes Flüstern sträubte mir die Nackenhaare, und ich hätte den, der für dieses Elend verantwortlich war, am liebsten umgebracht – aber Oregs Vater war schon lange tot. Oreg war der Einzige, den ich kannte, dessen Vater noch schlimmer gewesen war als meiner. Vielleicht bildete dies das wahre Herz unserer Verbindung, noch mehr als der Ring.

Tosten starrte Oreg an.

»Nein, ich werde nicht mehr weggehen«, versprach ich. »Ich habe dich nicht absichtlich zurückgelassen, Oreg. Ist alles in Ordnung?«

Er vergrub das Gesicht an meinem Bein und zitterte wie ein Hund, der zu lange in kaltem Wasser gewesen war.

»Was hast du ihm angetan?« Auf Tostens Zügen stand kaltes Entsetzen.

Oregs Verhalten erinnerte auch mich unbehaglich an Bastilla und Kariarn. »Nichts. Lass ihm etwas Zeit, und ich werde es erklären.«

Tosten schaute von Oreg zu mir und wandte sich dann ab, wobei er etwas murmelte wie: »Das sollte lieber eine gute Erklärung sein.«

»Wo sind wir?«, fragte Oreg einen Augenblick später. Er hatte mich nicht losgelassen, aber seine Stimme klang beinahe normal, wenn auch ein wenig gedämpft.

»Buril«, antwortete Tosten, als er erkannte, dass ich es nicht wusste. »Garranons Hauptsitz.«

Garranon war mit den Vorsag im Bund? Das passte nicht zu dem, was ich von ihm wusste, aber das Gleiche galt auch für Bastillas neuen Charakter.

»Wie seid ihr hierhergekommen?«, fragte Oreg. »Wo ist Bastilla?«

»Bastilla hat uns hergebracht«, sagte ich so beiläufig, wie es mir in Ketten und mit einem Mann, der sich an mein Bein klammerte, möglich war. »Sie ist verantwortlich für Tostens Verletzungen. Und sie ist nicht Ciernacks Sklavin, sondern die von Kariarn. Er behauptete, dass sie von der Cholynn verändert wurde, um sie in seine Marionette zu verwandeln. Ist so etwas möglich?«

»Nur, wenn sie damit einverstanden war«, sagte er.

»Wusstest du, dass sie nicht die war, als die sie sich ausgegeben hat?«

Oreg löste sich von mir und sah mich endlich an. Obwohl es im Raum dunkel war, waren seine Pupillen wie Nadelspitzen. »Ich wusste, dass sie eine Magierin war, sobald sie das Land von Hurog betrat, und dass sie stärker war, als sie wusste – oder zumindest, als sie zugeben wollte. Darüber hinaus … sobald eine solche Veränderung vollzogen ist, kann man sie nicht mehr leicht entdecken, selbst wenn man weiß, dass man danach Ausschau halten sollte.«

Ich nickte. »Ich habe es ihr ebenfalls abgenommen. Kariarn bezeichnete sie als Chamäleon.« Ich lächelte ihn an. »Sie ist wie ich. Sie kann alles sein, was sie will.«

»Nein«, unterbrach Tosten abrupt. »Nicht, was *sie* will. Ich habe darüber nachgedacht. Du wolltest jemanden, den du retten konntest. Penrod und Axiel wollten eine Geliebte, die keine Anforderungen stellte. Ich … sie hat zugelassen, dass ich mit ihr über … über viele Dinge sprach. Von Ciarra hielt sie sich fern, weil sie nicht verstand, was Ciarra wollte. So hat es funktioniert. Solange wir sahen, was wir sehen wollten, haben wir nicht weiter nachgeforscht.«

Oreg nickte und ließ mich nun vollkommen los, damit er sich zu Tosten umdrehen konnte. »Ward wird zu dem, was *er* sein möchte, für gewöhnlich zum gewaltigen Verdruss der Menschen in seiner Umgebung. Und er kann den Starrsinn und die Ehrenhaftigkeit einfach nicht abschütteln.«

»Oder die Überzeugung, dass er sich um jeden kümmern muss, dem er begegnet.« Tosten klang gleichzeitig überlegen und erfreut.

»Tosten«, sagte ich. »Es gibt ein paar Dinge, die du wissen solltest, für den Fall, dass du hier herauskommst und ich nicht. Oreg ist keiner von Vaters Bastarden. Er wurde an Hurog gebunden, als die Burg errichtet wurde. Er ist unser Familiengespenst – wenn auch mehr Magier als harmloses Gespenst.«

Oreg sah mich an, als hätte ich ihn verraten – aber wie sonst hätte ich erklären sollen, was gerade hier geschehen war? Tostens Blick war dem seinen recht ähnlich.

»Oreg ist das Gespenst?«, sagte er. »Und das hast du mir nicht gesagt?«

»Ich wusste es erst seit dem Tag, als Vater starb«, antwortete ich. »Nun ja, ich dachte, es wäre Oregs Geschichte, die er lieber selbst erzählen sollte, aber das schien er nicht zu wollen.« Das tröstete offenbar keinen von beiden, also wechselte ich das Thema. »Oreg, kannst du uns hier wegbringen?« Ich klirrte bedeutsam mit den Ketten.

»Ja, Herr.«

Tosten riss die Augen auf, als Oreg mich ansprach, wie Bastilla Kariarn angesprochen hatte.

Ich verdrehte die Augen. »Hör auf zu schmollen, Oreg. Und du, Tosten, hörst auf zu …«

Ein seltsames, maunzendes Geräusch war plötzlich zu hören. Es begann schrill wie das Wiehern eines Hengstes und wurde dann so tief, dass der Stein an meinem Rücken vibrierte.

Oreg reagierte wie ein Jagdhund, der eine Spur wittert. »Ein Basilisk! Wo haben sie einen Basilisken gefunden?«

»Ein Basilisk?«, fragte Tosten.

»Shavigleute nennen sie …« Oreg hielt inne, schien plötzlich eine Idee zu haben und grinste mich schief an. »Steindrachen. Vielleicht nennen Oransteiner sie ebenfalls so.«

»Der Steindrache aus Silbermoor?«, fragte ich.

Oreg senkte den Blick. »Basilisken riechen wie Drachen.«

»Und was genau ist ein Basilisk?«, fragte ich.

Oreg entspannte sich ein wenig. »Es ist eine Eidechse, die etwa vier Menschenlängen misst und mindestens viermal so viel wiegt wie Blümchen. Ein Basilisk ist so intelligent wie ein Hund, vielleicht ein wenig intelligenter, und verfügt über ein wenig Magie.«

»Welcher Art?«

»Er kann Menschen in Stein verwandeln.« Tosten klang atemlos, aber das hatte vielleicht ebenso viel mit seinen Schmerzen wie mit der Aufregung über Kariarns Geschöpf zu tun. »Es gibt ein paar Lieder über diese Geschöpfe. Erinnerst du dich an die ›Jagd auf den Basilisken‹, Ward?«

Er summte ein paar Töne, die vage vertraut klangen, also nickte ich.

»Ein albernes Lied«, stellte Oreg selbstzufrieden fest. »Welches Raubtier würde sein Fressen in echten Stein verwandeln? Ein Basilisk kann dich allerdings mit seinem Blick bannen, wenn er dich ansieht, damit er dich in Ruhe verschlingen kann.«

»Du glaubst, aus dem Steindrachen aus Silbermoor ist ein solcher Basilisk geworden? Ich denke nicht, dass der Stein so groß gewesen ist.«

»Wenn man etwas in Stein verwandelt, nimmt man die Feuchtigkeit weg, die den größten Teil des Fleischs ausmacht. Ein wirklich guter Magier könnte dich in einen Kiesel verwandeln«, sagte der wirklich gute Magier, der vor mir hockte. Er schien sich besser zu fühlen, obwohl das schwer zu sagen war, denn es gab nicht viel Licht in der Zelle. Seine linke Hand lag immer noch an meinem Bein.

»Oreg«, sagte ich, nachdem ich einen Augenblick nachgedacht hatte. »Würdest du Tosten dorthin zurückbringen, wo du warst? Ich denke, ich sollte hierbleiben. Kariarn hat etwas vor. Aber ich muss Tosten wegschaffen, damit Kariarn ihn nicht gegen mich verwenden kann.«

Oreg schüttelte den Kopf. »Das kann ich nicht. Ich könnte ihn aus der Burg bringen. Aber noch weiter von dir kann ich mich nicht entfernen.«

Wenn ich den Zustand bedachte, in dem er hier eingetroffen war, glaubte ich ihm das. »Kannst du ihn nach Hurog bringen?«

»Nein – und ich kann selbst auch auf keine andere Weise dorthin zurückkehren als du.«

Ich starrte ihn einen Augenblick an. »Ich dachte, du wärest Hurog?«

Er nickte. »Ich kann herausfinden, was dort geschieht, aber ich kann es von hier aus nicht beeinflussen. Dieser Körper kann dich nicht verlassen – wie du gesehen hast –, es sei denn in Hurog. Und Hurog ist zu weit entfernt, als dass meine Macht mich dorthin bringen könnte.«

Tosten verlagerte unbehaglich das Gewicht, aber das schien ihm nicht zu helfen. Ich sah ihn stirnrunzelnd an, dann fragte ich Oreg: »Könntest du uns alle hier wegbringen – dorthin, wo Axiel und Ciarra sind?«

Oreg schüttelte den Kopf. »Die Ringmagie hat mich hergebracht, aber sie kann mich nicht wegtransportieren. Ich könnte euch allerdings aus der Burg bringen.«

»Bist du sicher, dass wir in Buril sind?«, fragte ich Tosten.

Er nickte. »Kariarn hatte offenbar hier schon lange Leute stationiert.«

»Garranon beherbergt die Vorsag«, murmelte ich. Das klang immer noch nicht richtig. Beckram hatte mir gesagt, Garranon sie einer der »Hundert«, und er hatte keinen Grund, Oranstein zu verraten.

»Jemand kommt«, sagte Oreg.

»Versteck dich«, flüsterte ich.

Tosten ließ sich wieder auf den Boden sacken, als die Tür aufging und drei Männer hereinkamen. Sie nahmen mir die Ketten ab und führten mich aus der Zelle, ohne Oreg zu bemerken, obwohl er neben ihnen stand. Oreg hatte sich in Hurog die ganze Zeit so verborgen, aber ich war nicht sicher gewesen, ob er das hier ebenfalls tun konnte.

Ich war an eine Burg gewöhnt, in der die Kerkerzellen unter dem Wachturm lagen, und daher überrascht, als man mich drei Treppen hinunter in einen Raum führte, der nur die Große Halle sein konnte. Er war erheblich größer als die Halle von Hurog und roch nach Holz und Feuchtigkeit. Kariarn und zehn seiner Männer erwarteten mich nahe der großen Feuerstelle an der Seitenwand. Bastilla war nicht da. Ich fragte mich, was sie wohl gerade tat.

Kariarn begrüßte mich mit einem Lächeln, als wäre ich zu Besuch und käme nicht geradewegs aus einer Kerkerzelle. »Wie freundlich von Euch, zu uns zu kommen. Ihr kennt selbstverständlich Garranon, aber seine Gemahlin kommt nicht an den Hof, also seid Ihr Lady Allysaian vermutlich noch nie begegnet.«

Seine Männer traten beiseite, bis ich sehen konnte, dass Garranon tatsächlich anwesend war, aber er schien darüber nicht froh zu sein. Blaue Flecken bedeckten die Hälfte seines Gesichts, und man hatte ihm die Hände auf dem Rücken gefesselt – anders als meine. Die Füße des Oransteiners waren fest an seine Arme und aneinandergekettet, sodass er bestenfalls schlurfen konnte. Stala empfahl diese Methode für gefährliche Gefangene. Garranon war offenbar nicht damit einverstanden, wie Kariarn mit seiner Burg verfuhr. Ich fühlte mich seltsam erleichtert, dass der Mann, der mir Hurog abgenommen hatte, sein Land nicht verriet.

An Garranons Seite stand ein Mädchen, das ein wenig jünger war als ich und nur geringfügig größer als Ciarra. Sie war keine Schönheit und trug ein schmutziges, zerrissenes Hofkleid, aber sie hielt sich mit solchem Stolz, dass das nicht zählte. Sie stand neben ihrem Mann, ohne ihn zu berühren, aber obwohl sie keine Ketten trug, bestand kein Zweifel daran, wem sie die Treue hielt.

»Garranon«, tadelte Kariarn unbeschwert und riss mich aus meiner Beobachtung, »Wollt Ihr denn unseren Gast nicht begrüßen?«

Garranon sah, dass ich keine Ketten trug, dann wandte er sich ab, zweifellos, weil er mich für einen Verräter hielt.

»Ihr müsst ihm verzeihen, Lord Wardwick«, sagte Kariarn. »Er ist der Ansicht, dass sein Bruder ihn verraten hat, und das hat ihn ein wenig bitter werden lassen.«

»So kann es einem gehen, wenn er sein Land verliert«, erwiderte ich nach einem Augenblick des Zögerns spitz. Es schien klug zu sein, mich von jemandem zu distanzieren, den Kariarn wie einen gefährlichen Feind behandelte. Jakoven gegen Kariarn einzutauschen mochte sein wie das Huhn, das den Hund des Bauern gegen einen Bau voller Füchse tauscht, aber es würde nicht wehtun, wenn Kariarn glaubte, dass ich es in Erwägung zog.

Kariarn lächelte. »Genau. Ihr fragt Euch wahrscheinlich, wieso ich Euch herbringen ließ.« Er richtete diese Bemerkung ebenso an Garranon wie an mich.

Ich nickte höflich. Die Wachen beobachteten mich scharf, aber ich würde Kariarn nie angreifen, bevor ich wusste, dass Tosten in Sicherheit war. Der Gedanke an Tosten ließ mich plötzlich wieder nervös über Bastillas Abwesenheit werden.

»Ihr habt vermutlich vor, einen von uns an Euer Ungeheuer zu verfüttern und den Nordländer damit zu beeindrucken«, erklärte Garranons Frau kühl. Offenbar mochte sie Nordländer ebenso wenig wie Vorsag.

Kariarn nickte ihr zu. »Ich bin sicher, meine Dame, Ihr werdet das Spektakel ebenso genießen wie ich.« Er machte eine Geste zu einem seiner Männer, der den Raum verließ. »Ihr müsst wissen, Garranon, dass Euer Bruder der unsinnigen Ansicht war, ich würde ihn zum König von Oranstein machen. Ich hatte tatsächlich einmal daran gedacht, aber er verfügt einfach nicht über die Fähigkeit, Menschen zu führen. Er hat Monate hier ohne Euch verbracht, während Ihr Jakovens Lustknabe wart – er hätte die Herzen Eurer Leute und Eurer Frau gewinnen können. Stattdessen ist es ihm gelungen, alle gegen sich aufzubringen. Wenn ich ihn an Eure Stelle setze, werden Eure Leute ihn umbringen, sobald ich der Burg den Rücken zukehre.«

Es war nicht gerade klug, vor mir zuzugeben, dass er Versprechen gemacht hatte, die er nicht halten würde, denn immerhin hatte er mir ebenfalls etwas versprochen. Aber er war jung, und er wusste, wie sehr ich Hurog haben wollte, weil Bastilla ihm das gesagt hatte.

Unwillige Geräusche erklangen von der Tür her. Zwei von Kariarns Männern brachten Landislaw herein, der ähnlich wie Garranon gefesselt war. Statt ihn allerdings zu uns zu bringen, führten sie ihn in die Mitte des Raums und hielten ihn dort fest.

Kariarns Blick folgte Landislaw, aber er sprach dabei weiter. »Da Landislaw nicht imstande war, die Menschen hier auf seine Seite zu ziehen, werde ich einen meiner Generale in Buril lassen müssen, und außerdem einen guten Teil meines Heeres. Landislaw wird für diesen Fehler bezahlen.«

Kariarn hatte Garranon nicht beobachtet, also sah er nicht, dass der Oransteiner den Mund zum Widerspruch öffnete. Garranons Frau legte ihm fest die Hand auf den Unterarm und schüttelte den Kopf. Garranon schloss den Mund, ohne einen Laut von sich gegeben zu haben. Finsterste Hölle stand in seinen Augen, als er seinen Bruder ansah.

Die Halle bebte von dem seltsamen, vibrierenden Ruf, den ich zuvor schon gehört hatte. Ich schauderte, und Kariarn sah das.

Er legte mir freundlich die Hand auf die Schulter. »Keine Sorge. Meine Zauberer haben das Tier unter Kontrolle. Es braucht zwei von ihnen, aber ich habe viele.«

Als er geendet hatte, gingen die beiden großen Türflügel mit einem Schlag auf. Kurz konnte ich im Licht der frühen Morgensonne den Hof dahinter sehen. Dann blockierte eine riesige Gestalt den gesamten Eingang und glitt schließlich mit einer so leichtfüßigen Bewegung herein, dass sie die Größe des Geschöpfs Lügen strafte. Der Basilisk blieb eine Körperlänge von der Tür entfernt stehen und gestattete uns, ihn in Ruhe anzusehen.

Er hatte etwa Blümchens Schulterhöhe, war aber erheblich länger als ein Pferd. Wenn man einmal von der Größe und ein paar anderen Einzelheiten absah, erinnerte der Basilisk so ziemlich einer riesigen Version der Eidechsen, die im Garten des Königs in Estian spielten. Grüne Schuppen, so groß wie meine Handfläche, bedeckten ihn vom Kopf bis zum Schwanz. Smaragdgrüne Augen starrten uns raubtierhaft an, aber wie bei Eidechsen schienen die Augen sich nicht im Einklang miteinander zu bewegen. Ich erinnerte mich an Oregs Worte, vermied rasch den Augenkontakt und betrachtete den Rest des Tiers weiter.

Ein geflochtenes Band war zweimal um seine Mitte gewunden, und schwarz aufgemalte Runen verdeckten das natürliche Braun des Leders – Zaubererarbeit. Wahrscheinlich beherrschten sie den Basilisken auf diese Weise.

Schwarze Hornstacheln ragten aus der gespaltenen Schwanzspitze und zogen sich auch über seinen Rücken, bis sie in dem seltsamen Kragen scharlachroter Federn verschwanden, der seinen Hals umgab. Eine Zunge so lang wie mein Arm schoss hin und wieder aus seinem Maul.

Ich war so fasziniert von dem Geschöpf, dass ich die beiden Magier, die hinter ihm hereingekommen waren, beinahe nicht beachtete. Wie der Zauberer meines Vaters sahen auch Kariarns Leute genau so aus, wie man sich die Angehörigen ihrer Zunft vorstellt: lange Bärte, enge Gewänder aus schwarzem Stoff und bunt gefärbte Schleppen, die hinter ihnen über den Boden fegten. Bewaffnete blieben zu beiden Seiten der Männer und halfen ihnen, aufrecht zu gehen. Die Magier mochten imstande sein, den Basilisken zu beherrschen, aber es strengte sie gewaltig an. Die tiefe Angst, die ich verspürt hatte, ließ nach. Diese beiden wären nie imstande, während eines Kampfs ihre angestrengte Konzentration aufrechtzuerhalten, also konnte Kariarn den Basilisken nicht einsetzen, ohne dabei zu riskieren, ebenso viele Männer zu verlieren wie der Feind.

»Richtet seine Aufmerksamkeit auf das Fressen«, befahl Kariarn.

Einer der Männer, die neben den Zauberern standen, beugte sich vor und flüsterte einem Magier etwas ins Ohr. Die Wachen, die Landislaw hielten, wandten die Köpfe von dem Tier ab.

Der Basilisk wandte sich Landislaw zu, der die Augen geschlossen hatte und sich weiterhin gegen die Männer, die ihn festhielten, zur Wehr setzte. Entweder hatten sie ihren Griff gelockert, als sie sich abwandten, oder die Angst verlieh ihm größere Kraft, denn nun riss er sich los und schlurfte mit seinen Ketten auf uns zu.

»Garranon!«, rief er.

Sein Bruder versuchte, zu ihm zu gelangen, aber Kariarns Leute hielten ihn fest.

Der Basilisk bewegte sich plötzlich und so schnell, dass meine Augen beinahe nicht folgen konnten. Eben war er noch nahe der Tür, dann neben Landislaw. Das Geräusch ließ Landislaw sich umdrehen. Ich erkannte, in welchem Augenblick der Blick des Geschöpfs Garranons Bruder erfasste. Landislaw hörte so plötzlich auf, sich zu bewegen, als hätte man einer Marionette die Schnüre durchgeschnitten.

Der Basilisk richtete ein Auge weiter auf sein Futter und das andere auf uns. Erst als der kalte Blick über mich hinweggegangen war, wurde mir klar, dass ich mich hätte abwenden sollen, aber das Tier war offenbar nicht an weiteren Opfern interessiert. Wenn ich mich dennoch nicht regte, dann lag das nicht an dem Blick des Basilisken, sondern an dem Wissen, dass ich überhaupt nichts tun konnte. Ohne eine Waffe hatte ich keine Aussichten gegenüber dem Tier, von Kariarns Wachen gar nicht zu reden. Solange mein Bruder gefangen war, durfte ich mein Leben nicht wegwerfen. Aber einfach stehen zu bleiben, war das Schwerste, was ich in meinem Leben getan hatte.

Der Basilisk hatte sich inzwischen offenbar ausreichend überzeugt, dass er nicht gegen einen von uns um seine Mahlzeit kämpfen musste, stieß mit dem Kinn gegen Landislaw und warf ihn um. Er öffnete sein Maul, und man konnte kleine dreieckige Zähne sehen, die nicht größer waren als die eines Hunds. Er drehte den Kopf ein wenig, verschlang Landislaws Oberkörper, und dann riss er die Reptiliennase nach oben, was den Mann in seinen Schlund rutschen ließ.

Einer der Männer, die Landislaw festgehalten hatten, drehte sich zur Seite und begann hilflos zu würgen. Landislaw war nicht tot. Gebannt von der schrecklichen Magie des Basilisken, würde er langsam verdaut werden, während er noch lebte.

Ich hatte Landislaw nie gemocht, aber niemand hatte so etwas verdient.

»Was wird aus den Ketten?«, fragte ich lässig. Ich verließ mich darauf, dass das schlechte Licht in der Halle verbarg, wie blass ich geworden war.

Kariarn zog die Brauen hoch, als er meinen lässigen Ton hörte. »Er spuckt das harte Gewebe nach ein paar Tagen wieder aus.«

»Ah, wie eine Eule«, sagte ich, weiterhin um eine ruhige Stimme bemüht. Lass den Feind niemals wissen, was dir Angst macht. Ich konzentrierte mich weiterhin auf Kariarn, denn ich wollte Garranons Schmerz nicht sehen. »Wo habt Ihr herausgefunden, wie man ihn beherrschen kann?«

Kariarn lächelte, als hätte er einen Seelenfreund gefunden. Wenn ich ihn davon überzeugen konnte … Mein Plan war bestenfalls halb ausgedacht, um ihn besser an Veränderungen der Situation anpassen zu können.

»Die Cholynn war sehr hilfreich. Sie hat genug von der tallvenischen Herrschaft. Ohne Jakoven könnten die Cholyten das ganze Land beherrschen. Ihr Orden verfügt über Bibliotheken, die bis zur Zeit des Kaiserreichs zurückreichen, und sie hat mir mehrere Magier geschickt – wenn auch keiner so nützlich war wie Bastilla.«

»Warum habt Ihr mich hierhergebracht, damit ich zusehen konnte?«, fragte ich.

»Bastilla dachte, Ihr würdet Euch für meinen Steindrachen interessieren, da Hurog einmal das Zuhause von Drachen war.« Plötzlich lächelte er. »Wisst Ihr, dass die Kaiser Drachen hatten, die ihnen dienten? Ich bin der Erste seit diesen alten Zeiten, der einen Drachen besitzt.«

Er war der erste was? *Kaiser?* Noch hatte er sein Kaiserreich nicht.

Ich nickte nachdenklich. »Sagt mir, Euer Hoheit, wie wollt Ihr mir Hurog zurückgeben?« Es war nicht notwendig, Gefühle für meine Heimat vorzutäuschen – selbst die Soldaten mit ihren reglosen Mienen konnten wahrscheinlich die Gier in meiner Stimme hören.

Kariarn lachte. »Gleich zum Thema, wie? Warum habt Ihr Eure Ansicht geändert?«

»Erwartet Ihr, dass ich vor meinem Bruder das Gesicht verliere? Mit der Zeit wird er sich an die Idee gewöhnen, dass ich es getan habe, um Hurog zu retten. Aber er wird eine Weile brauchen. Ich weiß, dass ich Hurog vom tallvenischen König niemals zurückerhalten werde, und dass er darüber hinaus auch noch meinen Vetter umgebracht hat, trägt nicht dazu bei, meine Ansicht über ihn zu verbessern. Meine Frage ist nun: Worin besteht Euer Preis?«

»Es ist nichts, was Ihr nicht zahlen könntet«, sagte er rasch, als befürchtete er, dass der Fisch dem Haken wieder entgleiten könnte. »Ihr werdet loyal zu mir sein und mir Steuern zahlen, wie Ihr sie jetzt nach Tallven zahlt.«

»Ich habe Tallven gegenüber Schwüre geleistet.« Ich runzelte die Stirn, als wäre mir gerade erst klar geworden, was es bedeutete, Kariarns Hilfe zu akzeptieren. »Ein Hurog bricht seine Schwüre nicht.«

»Niemand hält sich an Schwüre, die bereits gebrochen wurden«, sagte er. »Jakoven brach das Bündnis, das seine Ahnen vor so vielen Jahren mit Hurog schmiedeten, als er Euch Eure Burg einer Laune folgend abnahm. Ihr seid ihm nichts mehr schuldig.«

Ich schob mein Kinn energisch vor, als er das sagte, dann riss ich die Augen auf und ließ meinen Blick weich und traurig werden. »Das hat er tatsächlich. Und er lässt zu, dass Eure Heere Oranstein verwüsteten, nachdem er dem Land die Möglichkeit nahm, sich zu verteidigen. Ein solcher Mann verdient es nicht, König zu sein.«

»Wie leicht Ihr Eure Ehre wegwerft«, sagte Garranon. Seine Stimme war belegt von Tränen und Zorn.

»Wie könnt Ihr es wagen, zu mir von Ehre zu sprechen?«, brüllte ich in meiner besten Imitation meines Vaters. *»Ihr* wart es doch, der mir Hurog genommen hat, und warum? Damit euer verräterischer kleiner Bruder von Ciernack keinen Klaps aufs Hinterteil bekam! Eine Strafe, die er wohlverdient hatte. Wenn Ihr ihn dazu erzogen hättet, die Verantwortung für seine Taten zu tragen, hätte er vielleicht kein solches Ende genommen. Ich lasse mir von Jakovens Hure nichts von Ehre erzählen.« Ich wollte, dass Garranon und seine Frau an diesem Abend mit Oreg und Tosten flohen. Wenn ich Glück hatte, würde Kariarn niemals glauben, dass ich auch nur einen Finger gerührt hatte, um ihnen zu helfen.

»Bringt Lord Garranon und die Dame wieder in ihre Räumlichkeiten«, befahl Kariarn scharf.

Garranon sah mich aus zusammengekniffenen Augen an, sein Zorn eine schwelende Flamme, die einen Augenblick die schreckliche Qual in seinem Blick überstrahlte. Seine Stimme war ein Flüstern, aber sie trug weit genug. »Anders als Ihr war mein Bruder kein Verräter. Er hatte Jakoven keinen Eid geschworen, und er wollte die Freiheit für sein Volk. Seine einzigen Verbrechen waren Dummheit und Kurzsichtigkeit. Ihr habt zu der Liste seiner Fehler noch Gier hinzugefügt. Ich hoffe nur, dass ich lange genug überlebe, um sehen zu können, wie man Euch an den Basilisken verfüttert.«

Er sah mich so scharf an wie der Basilisk selbst und hörte nicht auf damit, bis die Wachen ihn aus dem Raum gezerrt hatten.

Kariarn tätschelte meinen Arm. »Ihr seid kein Verräter. Jakoven ist nicht König von Shavig oder Oranstein. Ein echter König schützt sein Volk.«

Ich hob das Kinn und sah den König von Vorsag an. »Ihr habt recht«, sagte ich entschlossen. »Kein König, der diesen Titel verdient, würde so wenig tun, um sein Volk zu schützen. Also gut, was habt Ihr mit Hurog vor, und warum interessiert Ihr Euch dafür? Hurog ist nicht wohlhabend.«

»Nein, aber es hat große Macht. Und ich spreche nicht nur von den Drachenknochen. Ciernack sagte mir, als Euer Onkel dem König trotzte, nachdem Jakoven Euren Vetter getötet hatte, habe ganz Shavig nach seiner Pfeife getanzt.«

»Aber selbstverständlich«, erwiderte ich, als hätte mich das kein bisschen überrascht. »Hurog ist in Shavig ein stolzer Name.« Ich tat, als hätte ich es erst jetzt begriffen. »Oh, ich verstehe. Durch mich werdet Ihr Shavig beherrschen. Aber das wird nicht funktionieren, wenn sie wissen, dass Ihr selbst es wart, der mich dort eingesetzt hat. Die Shavigleute mögen die Vorsag nicht.«

Kariarn lächelte. »Ich wusste, dass Ihr klüger seid als Landislaw. Was, wenn ich Euch zum Retter von Hurog mache? Zum Verteidiger gegen seine Feinde? Wir werden Euren Onkel umbringen, und dann kehrt Ihr zurück, übernehmt seine Männer und vertreibt uns aus Hurog – *nachdem* ich meine Drachenknochen habe.«

»Die könnt Ihr gern mitnehmen«, sagte ich in zerstreutem Ton, doch es war durchaus ernst gemeint. Der Drache war tot, und ich musste die Lebenden schützen. »Aber warum müssen wir meinen Onkel umbringen?«

»Er hat Euch Hurog abgenommen, Ward. Er hat keine Gnade verdient.«

Ich holte tief Luft, als wappnete ich mich gegen eine schwierige Aufgabe. »Ihr habt recht. Ja. Ich werde es tun. Aber was wird aus meinem Bruder? Ich kann nicht zulassen, dass er ebenfalls umkommt.«

»Das ist nicht notwendig – wenn Ihr ihn überzeugen könnt, Eurem Beispiel zu folgen.«

Ich nickte. »Ich denke, das lässt sich machen.«

Sie säuberten und verbanden die Wunde an meinem Arm, die Penrod verursacht hatte, dann führten die Wachen mich höflich in meine Zelle zurück. Selbst das Verschließen der Tür erfolgte beinahe bedauernd. Sie ketteten mich nicht wieder an. Man hatte die Zelle gesäubert, während ich weg gewesen war, und das modrige Stroh mit frischen, nach Blüten riechenden Binsen ersetzt.

Tosten saß in der Ecke, die Knie an die Brust gezogen und den Kopf daraufgelegt. Das Licht aus dem kleinen Fenster hoch über unseren Köpfen ließ nicht zu, dass ich mehr erkannte. Ich wurde verzehrt von meinen Schuldgefühlen, weil ich zugesehen hatte, wie ein Mann starb, ohne einen Finger zu rühren, um es zu verhindern; aber der Zustand meines Bruders schob alles andere in den Hintergrund.

»Tosten?«, fragte ich. Aber er blickte nicht auf.

»Bastilla hat ihn geheilt«, sagte Oreg hinter mir. Er hatte mich erschreckt, aber es war mehr der Zorn in seiner Stimme als sein plötzliches Erscheinen.

»Sie ist in meinen Kopf gekrochen«, flüsterte Tosten. »Ich konnte sie nicht fernhalten. Sie hat mir meine Seele gestohlen, und ich konnte nichts dagegen tun.«

Erschrocken sah ich Oreg an, der den Kopf schüttelte und sagte: »Niemand hat deine Seele gestohlen, Tosten. Du kannst sie weggeben, aber sie können sie nicht stehlen, nicht einmal durch einen Trick.«

»Ihr Götter!«, stöhnte Tosten.

Ich legte ihm die Hand auf die Schulter.

Er hörte auf, sich zu wiegen, und blickte zu mir auf. »Was ist dir zugestoßen?«

Ich musste wieder an den Basilisken denken und schluckte Galle. »Belauscht uns jemand?«, fragte ich Oreg.

Er legte den Kopf schief. »Jedenfalls nicht auf magische Weise.«

»Kariarn hat mich zusehen lassen, wie sein Basilisk Landislaw bei lebendigem Leib auffraß. Er hat ihn einfach verschlungen wie eine Schlange eine Maus.« Allein schon darüber zu sprechen bewirkte, dass mir übel wurde.

»Warum hat er dich nicht wieder angekettet?«, fragte Tosten, der wusste, wer Landislaw war, ihn aber nie kennengelernt hatte, weshalb das Schicksal des Jungen ihn nicht rührte.

»Weil er Shavig haben will und glaubt, dass Hurog die anderen Nordländer in seine Gewalt bringen wird – etwas, wofür wir wahrscheinlich Duraugh zu danken haben«, antwortete ich, froh, das Thema wechseln zu können. Es war viel besser, sich wegen Kariarn den Kopf zu zerbrechen, als weiter daran zu denken, wie sich Landislaw langsam im Bauch des Basilisken auflöste. »Lasst mich einen Augenblick nachdenken.«

Sie schwiegen, während ich im Kopf die Möglichkeiten durchging.

Es gab ein Spiel, das mir meine Tante einmal beigebracht hatte. Man nahm sich ein Hüpfsteinbrett und stellte sich alle möglichen Spielkombinationen vor.

Kariarn würde bald nach Hurog aufbrechen, und Garranon und seine Frau würden sterben müssen, bevor er abzog. Er konnte es sich nicht leisten, den Herrn von Buril am Leben zu lassen. Also musste Oreg sie aus der Burg bringen.

Dass Kariarn seine Pläne für Oranstein zurückstellen wollte, nachdem Bastilla uns hierhergebracht hatte, verwirrte mich. Er war in der besten Lage, Oranstein zu erobern. Aber andererseits konnte Haverness ihn und seine Leute hier jederzeit entdecken. Und Kariarn wollte das riskieren, nur um an die Drachenknochen aus Hurog zu gelangen?

Besessenheit, dachte ich, *es geht hier nur um Besessenheit.* Kariarn wollte Magie haben, nicht Oranstein. »Was wird er mit den Knochen tun?«

»Bastilla glaubt, wenn sie pulverisierte Drachenknochen trinkt, wird sie das zur mächtigsten Magierin der Welt machen«, sagte Tosten. »Sie hat damit geprahlt.«

»Was würde es bei jemandem bewirken, der nicht bereits ein Magier ist?«, fragte ich.

»Es könnte ihn eine Weile zum Magier machen«, antwortete Oreg. »Aber er würde immer weiter Knochen trinken müssen, um seine Macht zu behalten. Und schließlich würde es ihn umbringen.«

»Oreg, wenn du in Hurog wärest, könntest du verhindern, dass die Zauberer den Drachen finden?«, fragte ich. »Bastilla hat eine Strähne ihres Haars in der Höhle gelassen.«

»Möglicherweise«, sagte er. »Wie viele Zauberer hat er?«

»Gegen wie viele könntest du ankommen?«

»Wenn ich in der Burg wäre, könnte ich drei oder vier von Bastillas Kaliber ein paar Tage fernhalten. Wenn ich das Haar finden und es loswerden könnte, noch viel länger.«

»Könntest du die Drachenknochen zerstören?«, fragte ich.

Er schüttelte den Kopf. »Nein.«

Ich nickte und versank wieder in Gedanken.

»Ward? Warum hat Bastilla Penrod benutzen wollen, um dich zu töten?«, fragte Tosten. »Sie wusste, dass Kariarn die Knochen haben wollte und dass du der beste Weg bist, sie zu bekommen.«

»Was war das?«, fragte Oreg.

Ich hatte nicht die Zeit gehabt, darüber nachzudenken, aber Tosten hatte recht. Es war tatsächlich seltsam. Ich erzählte Oreg von Penrods Angriff und wie mein Bruder mich gerettet hatte.

Ich dachte an den seltsamen Blick, den ich bei Bastilla in Haverness' großer Halle bemerkt hatte, als ich mit Tisala zusammen gelacht hatte, und an ihre Reaktion, als ich ihr erklärt hatte, warum ich nicht ihr Geliebter sein konnte. War sie so wütend auf mich gewesen, dass sie Kariarns Zorn riskierte, um mich umzubringen?

»Ich nehme an, Kariarn weiß nichts davon«, sagte ich. »Ich frage mich, wie viel sie über ihre Befehle hinaus tun kann.« Oreg schüttelte nur den Kopf, also schob ich das Problem mit Bastilla zur Seite und dachte über dringendere Probleme nach.

Garranon, seine Frau und Tosten mussten in Sicherheit gebracht werden. Ich würde mein eigenes Leben aufs Spiel setzen, aber nicht das meines Bruders. Wenn er in Sicherheit war, konnte ich mit Kariarn nach Hurog gehen. Kariarn war bereit, mein Zuhause zu zerstören, um zu den Drachenknochen zu gelangen; wenn ich mit Oreg dort wäre, würde es nicht notwendig sein, Hurog einzureißen.

»Der König«, sagte ich zu mir selbst, nicht zu den anderen. »Der König hat unseren Vetter getötet und mir Hurog abgenommen, was mich von den Schwüren entbindet, die ich als Erbe des Hurogmeten geleistet habe. Kariarn behauptet, er werde mir Hurog zurückgeben, wenn ich ihn unterstütze.«

Tosten kam taumelnd auf die Beine. »Ward ... Tu das nicht. Du darfst ihm nicht trauen!«

»Nein«, stimmte ich ihm freundlich zu. »Aber er mir ebenso wenig. Er wird Hurog angreifen, auf die eine oder andere Weise. Ich muss dort sein, und der schnellste Weg nach Hurog besteht darin, mit ihm zu reiten.«

Tosten sah mich empört an.

»Dennoch«, sagte ich und starrte wieder die Wand an, »wenn ich dir sage, was ich vorhabe, wirst du wütend und schlägst mich mit ...« Ich sah mich um und fand einen neuen Gegenstand in der Zelle, den man gebracht hatte, um unsere Bequemlichkeit zu erhöhen. »... mit dem Nachttopf, und ich verliere das Bewusstsein. Du fliehst auf eine unbekannte, aber geniale Weise aus der Zelle ...« Ich starrte die Tür an, aber sie sah fest aus. Es gab jedoch keinen Riegel mehr, sondern nur ein großes eisernes Schloss.

»Tosten hat einige Zeit in einer Hafenstadt verbracht«, sagte Oreg. »Leute aus Hafenvierteln haben alle möglichen Fähigkeiten.«

Ich warf Tosten einen neugierigen Blick zu, und er wand sich ein bisschen. »Also gut. Ich kann die meisten Schlösser knacken, wenn ich einen oder zwei Tage Zeit habe.«

»Ich kann es schneller«, bot Oreg an.

Ich grinste. »Tosten glaubt also, dass er mich getötet hat, öffnet die Tür und durchsucht die Räume hier oben, wobei er Garranon und seine Frau findet und sie befreit, weil Garranon weiß, wie man hier herauskommt.«

Tosten holte tief Luft. »Ich weiß, dass Oreg mit dir kommen wird … Aber bist du sicher, dass du mich nicht ebenfalls dabeihaben willst? Ich könnte dir Deckung geben.« Dass so etwas von Tosten kam, verblüffte mich. Nicht das Angebot als solches, sondern die Art, in der es vorgebracht wurde, und sein stilles Eingeständnis, dass Oreg eine größere Hilfe sein würde.

»Ich brauche Oreg wegen Bastilla und Hurog«, sagte ich. »Ich brauche dich, weil du Garranon zu Tisala und in Sicherheit bringen kannst. Ich brauche dich, weil Beckram dich mag, und er wird vielleicht auf dich hören, wenn du ihm eine verrückte Geschichte über geflohene Sklavinnen erzählst, die eigentlich Spioninnen sind, und über Drachenknochen, die im Herzen von Hurog liegen. Lass ihn die Blaue Garde zusammentrommeln und so schnell wie möglich nach Hurog bringen.«

Er sah mich misstrauisch an, weil er herausfinden wollte, ob ich das auch wirklich ehrlich meinte. Dann richtete er sich auf und nickte. Ich hatte ihm eine Aufgabe gegeben. Ich hatte ihn in Sicherheit gebracht, besonders, da es absolut keine Möglichkeit gab, dass er bis nach Callis reiten, Beckram holen und nach Hurog gelangen konnte, bevor Kariarn uns alle auf Schiffe gebracht und nach Tyrfannig transportiert hatte. Geografie war nie Tostens starke Seite gewesen. Er würde wütend sein, aber in Sicherheit.

Als Oreg mit ein wenig Magie am Schloss die Tür öffnete, konnten wir die Wachen hören, die sich am Fuß der Treppe leise unterhielten. Wir schlichen zu den anderen Räumen auf dem gleichen Stockwerk und begannen, sie zu durchsuchen. Garranon und seine Frau befanden sich in der zweiten Zelle, die wir fanden. Es fiel Oreg ebenso leicht, dieses Schloss zu öffnen, wie er das unsere geöffnet hatte.

Ich zog die Tür auf, ging hinein und konnte gerade eben noch einem (glücklicherweise leeren) Nachttopf entgehen. Nachttöpfe sind durchaus schwer genug, um gute Waffen abzugeben.

Ich packte ihn, bevor Garranons Frau es noch einmal versuchen konnte. »Lasst das!«, flüsterte ich.

»Ich bin der Einzige, der Ward heute Abend eins verpasst«, sagte Tosten und kam herein. Er verbeugte sich vor ihr. »Ich bin Tosten von Hurog, und Ihr müsst Garranons Frau sein.«

»Was tut Ihr hier?«, fragte Garranon aus dem Schatten. Er klang alles andere als froh, verhielt sich aber ruhig. Ich ließ seine Frau los, behielt allerdings vorsichtshalber den Nachttopf.

»Wir retten Euch«, erwiderte ich. »Ihr glaubt doch nicht, dass Kariarn Euch am Leben lassen wird, oder?«

Oreg begann, an den Ketten zu arbeiten, die Garranon hielten, und ich stellte den Nachttopf auf den Boden.

»Ihn kenne ich«, sagte Garranons Frau und nickte zu mir hin, wobei sie zu ihrem Mann sprach. »Aber wer sind die anderen beiden?«

Garranon, der seine Ketten abschüttelte, sah erst Oreg an, dann Tosten. »Sie sind alle Hurogs … aber diesen beiden bin ich nie zuvor begegnet.«

Es war nicht Unhöflichkeit, was mich davon abhielt, sie offiziell vorzustellen, aber ich konnte mich einfach nicht an den Namen von Garranons Frau erinnern und konnte sie auch nicht Lady Buril oder Lady Garranon nennen, weil oransteinische Bräuche das nicht erlaubten.

Nach einem verlegenen Augenblick sagte ich: »Ihr werdet mich Eurer Gemahlin erneut vorstellen müssen, Garranon. Dann werde ich sie mit meinen Verwandten bekannt machen.«

Garranon lächelte kurz. »Darf ich Euch meine Frau, Lady Allysaian, vorstellen.« In seiner Stimme lag mehr Zuneigung, als ich erwartet hätte, wenn man die Art seiner Beziehung zum König bedachte.

Ich verbeugte mich und deutete auf meinen Bruder. »Lady Allysaian, Lord Garranon, darf ich Euch meinen Bruder Tosten vorstellen, Euren Retter.«

Wir befanden uns in einer Zelle zwischen Stroh und Nachttöpfen, aber Allysaian knickste, und Tosten verbeugte sich. Garranon sagte ungläubig: »Er ist tot.«

Ich grinste. »Hurog ist bekannt für seine Gespenster. Lady Allysaian, Lord Garranon, darf ich Euch meinen Verwandten Oreg vorstellen, der ein Zauberer ist.«

»Tatsächlich?«, murmelte Garranon. »Wie nützlich.«

»Also gut«, sagte ich. »Gibt es einen Weg hier hinaus, oder muss Oreg es mit Magie versuchen?«

»Soll ich Buril etwa in den Krallen der Vorsag lassen?«, erwiderte Garranon.

»Im Augenblick könnt Ihr dagegen nicht viel tun«, stellte Oreg fest.

Der Oransteiner starrte Oreg an, und an seinem Kinn zuckte ein Muskel. Dann wandte er sich wieder mir zu. »Ihr schlagt Euch also auf Kariarns Seite. Und Ihr rettet uns, weil …«

»Weil es das Richtige ist.«

Er lachte – ein leises, ungläubiges Lachen. »Das hätte ich vielleicht dem einfältigen Jungen geglaubt, den Ihr spieltet, aber Ihr lügt zu gut, Lord Wardwick. Kariarn hat Euch den gleichen Handel angeboten wie meinem Bruder. Das Ergebnis habt Ihr gesehen. Aber für Hurog würdet Ihr alles riskieren, nicht wahr?«

Tosten holte tief Luft, als wäre ihm gerade erst klar geworden, welche Versuchung mir Kariarn geboten hatte.

Ich schüttelte den Kopf, denn wir hatten keine Zeit für Streitereien. »Findet es selbst heraus. Mein Bruder wird Euch an den Ort bringen, an dem sich Haverness' Tochter und ihre Soldaten aufhalten. Sie wird dafür sorgen, dass ihr Vater von Buril erfährt.«

Garranon zog die Brauen hoch. »Dann geht Ihr nach Hurog. Kariarn bricht dort ein, nimmt sich, was immer er aus Eurer Festung will …«

»Drachenknochen«, flüsterte Oreg.

Garranon fuhr ohne Pause fort: »… und Euer Onkel stirbt bei dem Kampf. Ihr bekommt Hurog.«

Tosten erstarrte und sah mich aus großen Augen an. Onkel Duraugh hatte er offenbar vergessen.

Es tat mir weh, dass er glauben konnte, ich würde unseren Onkel umbringen, um mir Hurog zu verschaffen. Aber ein Teil von mir rechnete ebenfalls mit Duraughs Tod. Oh, nicht dass ich ihn umbringen würde, aber ich fürchtete, er könne auf eine Weise sterben, die ich nicht zu verhindern imstande war. Dann kehrte der Held – ich – zurück und triumphierte über das Böse, und Hurog war mein. Mein.

Und deshalb machte ich mir nicht die Mühe, mich zu verteidigen.

Garranon sah mich unter halb gesenkten Lidern an, dann wandte er sich Tosten zu. »Im übernächsten Raum gibt es einen Geheimgang.«

»Es ist wirklich seltsam«, sagte Oreg, nachdem er uns beide wieder in der Zelle eingeschlossen und nach dem Nachttopf gegriffen hatte.

»Was?«

»Wie es dir gelungen ist, alle – dich selbst eingeschlossen – zu überzeugen, dass wir beiden Kariarn und sein gesamtes Heer aufhalten können.«

»Ich brauche sein Heer nicht aufzuhalten«, erklärte ich. »Ich muss nur Duraugh dazu bringen, Hurog zu evakuieren, statt darum zu kämpfen. Kariarn will lediglich die Drachenknochen. Er wird sie nehmen und Hurog wieder verlassen.«

»Du wirst ihm also die Knochen geben?« Oreg tippte sich unglücklich mit dem Nachttopf auf den Oberschenkel.

»Das ist die einzige Überlebensmöglichkeit für Hurog, die ich sehe.«

Oreg starrte mich an, aber in dem schlechten Licht der flackernden Fackeln konnte ich seinen Gesichtsausdruck nicht erkennen. Ich hörte das Stimmengemurmel, als mehrere Männer die Treppe hinaufkamen.

»Der Nachttopf – schlag zu«!, sagte ich und beugte die Knie, damit Oreg einen besseren Winkel hatte. »Ich kann mich bewusstlos stellen, aber es muss fest genug sein, damit ich eine Beule bekomme.«

Oreg starrte den Nachttopf an. »Ich könnte dich immer noch hier wegbringen. Wir könnten Beckram holen und ein Heer nach Hurog schaffen, um es gegen Kariarn zu verteidigen.«

Ich richtete mich auf. »Buril liegt nur drei oder vier Meilen vom Meer entfernt. Dank der Zauberer, die ihm helfen, wird Kariarn bereits eine Flotte im nächsten Hafen bereitliegen haben. Beckram ist in Callis. Er muss über Land reisen.«

Oreg rechnete es sich selbst aus. »Es wird ihn mindestens eine Woche länger kosten, nach Hurog zu gelangen, als Kariarn braucht.«

Ich nickte. »Hurog ist nicht bereit für eine Belagerung. Es wird keine Woche standhalten können.«

Die Wachen waren in Garranons Zelle gegangen. Ich konnte ihre lauten Rufe hören und beugte mich wieder vor. »Mach schon.«

»Der Hurogmeten opfert den Drachen also erneut«, sagte Oreg.

Ich konnte sein Gesicht besser erkennen, als er den Nachttopf über den Kopf hob. Was ich dort sah, sagte mir, dass Oreg über die Gelegenheit, mich zu schlagen, nicht unglücklich war. Und ich brauchte mich nicht bewusstlos zu stellen.

14 WARDWICK

Ich brauche immer ein paar Tage auf See, bevor ich aufhöre, das Abendessen der letzten Woche von mir geben zu wollen.

Mein Magen sagte mir, dass ich mich auf einem Schiff befand, noch bevor ich die Augen öffnete und Bastilla sah, die in Männerkleidung im Schneidersitz neben meiner Koje auf dem Boden saß und ganz so aussah wie die Frau, die mit mir durch die Hälfte der Fünf Königreiche gereist war.

Sie lächelte. »Guten Morgen, Ward. Wie geht es Eurem Kopf?«

Ich erwiderte ihr Lächeln, bevor ich mich wieder daran erinnerte, was sie war. Vorsichtig berührte ich meinen Kopf, konnte aber keine Beule finden.

»Ich habe Euch geheilt«, sagte sie. »Es tut mir leid, dass Tosten so wütend auf Euch war, weil Ihr meinem Herrn folgen wollt. Er hat Euch eine ziemliche Gehirnerschütterung verursacht. Mein Herr dachte, Ihr solltet am besten ruhen, bis wir auf See sind, also habe ich Euch schlafen lassen.«

»Woher wusstet Ihr, dass Tosten zornig war?« Ich hatte diese Interpretation geplant, aber Bastilla klang so vollkommen überzeugt.

»Während ich Euch heilte«, sagte sie und tätschelte mein Knie, »habe ich Eure Gefühle gespürt. Ich habe gefühlt, wie weh er Euch getan hat.«

Tosten hatte gesagt, sie sei in seinen Geist eingedrungen, als sie ihn heilte. Wie viel wusste sie?

»Er versteht nicht, was Hurog mir bedeutet«, sagte ich zögernd. Ihre Normalität stand in solchem Kontrast zu meiner Erinnerung daran, dass sie Kariarns Stiefel geküsst hatte; es war schwer zu glauben, dass es sich um die gleiche Person handelte.

Sie nickte mitfühlend. »Er wird es schon begreifen; er betet Euch an. Wenn Duraugh tot ist, kann er es hinter sich lassen.« Sie hatte also nicht genug von meinen Gedanken verstanden, um zu wissen, dass Duraughs Tod zu den Dingen gehörte, die ich glaubte, verhindern zu können, wenn ich mit Kariarn ging.

Offenbar hielten mich alle für fähig, das Leben meines Onkels einfach wegzuwerfen, um meinen eigenen Ehrgeiz zu befriedigen. Ich weiß nicht, warum es mich kümmerte, was Bastilla dachte; vielleicht war es nur die Bestätigung von Tostens Meinung, die wehtat.

»Weiß König Kariarn, dass Ihr versucht habt, mich umzubringen?«, fragte ich.

Sie senkte den Kopf, sodass ich ihre Miene nicht sehen konnte. »Das war sehr ungezogen von mir«, sagte sie. Dann schaute sie mich an und lachte. »Glaubtet Ihr denn wirklich, Ihr könntet Euch leisten, mit Haverness' Kuh zu liebäugeln, nachdem Ihr mich abgewiesen hattet? Und Ihr habt gelitten. Ich habe es Euch angesehen, als Penrod starb.« Sie klang wie meine Mutter, wenn sie über ihren Garten sprach. »Armer Penrod. Ich hatte daran gedacht, ihn zu benutzen, um Euren Zauberer zu töten, aber da wir meinem Herrn so nahe waren, konnte ich der Versuchung einfach nicht widerstehen. Er hat sich mir jedoch widersetzt. Ich glaube nicht, dass ich ihn hätte dazu bringen können, mehr zu tun, als Euch zu verwunden, bevor der Bann brach, aber dank Tosten wurde das alles zu reiner Spekulation, denkt Ihr nicht auch?« Wieder lächelte sie über meinen Gesichtsausdruck und fuhr mit der Fingerspitze über den Rand meines Ohrs. »Ich habe Euch doch gesagt, dass es Euch noch leidtun würde, wie Ihr mich behandelt habt. Aber«, in ihrem Blick stand ein widerwärtiger Eifer, »wenn Ihr es meinem Herrn sagt, wird er mich sicher bestrafen. Und da wir gerade von ihm sprechen, ich sollte ihm lieber sagen, dass Ihr wach seid.«

Ich nickte wortlos.

Sie zog die Tür hinter sich zu, doch ich hätte nicht sagen können, ob sie sie auch abschloss oder nicht.

Oreg erschien an der gleichen Stelle, wo sie gerade gesessen hatte. »Er hat ihr befohlen, es dir bequem zu machen.«

Ich schauderte, und Oreg tätschelte mir das Knie genau so, wie Bastilla es gerade getan hatte. Ich zuckte zurück, und sei es nur, weil ich vor ihr nicht hatte zurückzucken können.

»Ist Tosten entkommen?«

»Ja.« Er verlagerte das Gewicht und sah mich nicht an. »Es tut mir leid, dass ich so fest zugeschlagen habe.«

Ich erinnerte mich an unsere letzten Sätze und warum Oreg so wütend gewesen war. »Oreg, ich würde ihn die Drachenknochen nicht nehmen lassen, wenn ich einen Ausweg sähe.«

Er nickte, immer noch, ohne mich anzusehen. »Was willst du wegen Duraugh unternehmen?«

Tosten, Bastilla und nun Oreg, dachte ich. Es half auch nicht gerade, dass mir vom Schaukeln des Schiffs übel wurde. Ich fühlte mich jämmerlich und wollte ihm wehtun, also sagte ich: »Ich werde ihn umbringen, wenn Kariarn das nicht für mich erledigt. Er ist das letzte Hindernis zwischen mir und Hurog. Und wenn ich jeden Einzelnen opfern muss, der in Hurog geblieben ist, um mein Geburtsrecht zurückzuerhalten, nun, dann lässt sich das eben nicht vermeiden.« Ich dachte, er würde den Sarkasmus begreifen, aber stattdessen verschwand er. *Selbst Oreg,* dachte ich. *Selbst Oreg hielt mich für imstande, Duraugh umzubringen.*

Die nächsten Tage waren schlimm.

Wenn ich an Deck ging, musste ich mit Kariarn sprechen, und Bastilla hielt sich immer in seiner Nähe auf. Ich musste sehr darauf achten, ihr mit keinem Wort, keiner Geste zu verraten, dass ich nicht auf Kariarns Seite stand. Sie selbst benahm sich, als wäre nichts geschehen, und zwang mich damit, das Gleiche zu tun.

Ich hatte mich daran gewöhnt, weniger wachsam zu sein, und die alte Vorsicht, die ich meinem Vater gegenüber an den Tag gelegt hatte, fühlte sich nun wie ein härenes Hemd an. Ich hätte es sicher nicht tun können, wenn ich das, was Kariarn mir anbot, nicht so unbedingt haben wollte. Das schenkte mir eine Wahrheit, mit der ich ihn blenden konnte.

Kariarn bewies, dass sein Ruf, liebenswert zu sein, wenn er es wollte, durchaus gerechtfertigt war. Er stellte mit leiser Stimme Fragen und hörte zu, wenn ich mich wütend über die Idioten ausließ, die mich umgaben – so, wie ich es immer hatte tun wollen. Ich erzählte ihm von meinem Ehrgeiz und wie viel Hurog mir bedeutete. Ich erzählte ihm sogar von meinem Vater. Ich redete mich so heiser, dass ich mich, als ich zu meiner Kajüte und Oregs anklagendem Schweigen zurückkehrte, nicht dazu durchringen konnte, mit Oreg über sein Misstrauen zu sprechen.

Seine Haltung tat beinahe so weh wie der Verlust von Hurog. Ich hatte mich in Silbermoor mit diesem Verlust abgefunden, aber das bedeutete nicht, dass es nicht wehtat, wenn Kariarn es vor meiner Nase baumeln ließ.

Eines Abends stand ich nahe dem Bug, und die untergehende Sonne links von mir entsandte ihre roten Finger über das dunkler werdende Meer. Die Luft auf dem Wasser war kühl und blies mir das Haar aus dem Gesicht.

»Ihr könnt das Schiff nicht schneller machen, indem Ihr es Euch wünscht«, sagte Kariarn hinter mir.

Und ich konnte es auch nicht verlangsamen. Am Abend zuvor hatte ich gehört, wie der in Seefurt geborene Segelmeister sagte, dass wir gut vorankamen.

»Ich habe langsam genug von dem Essen hier«, sagte ich und meinte das durchaus ehrlich.

Oreg sprach nicht mit mir, es sei denn, ich verlangte es. Ich fragte mich verbittert, was er in ferner Zukunft einem Hurogmeten über Wardwick sagen würde, der die Drachen ein letztes Mal verraten hatte. Aber zumindest war er nicht allein. Er hatte sich mit den scheuen Trillies angefreundet, die in den dunkelsten Ecken des Schiffsbauchs lebten; ich hatte eins der graugrünen, rattenähnlichen Geschöpfe von seinem Schoß huschen sehen, als ich eines Abends in die Kajüte gekommen war.

Kurz danach begann das Essen, unter Fäulnis, Ratten und Getreidekäfern zu leiden. Meine Decken waren immer feucht. Ratten nagten sich durch meine Truhe und fraßen Löcher in alle Kleidung, die ich besaß. Ich ließ Oreg alles flicken. Es war vielleicht nur Pech, aber ich verdächtigte ihn und seine Trillies, die durchaus zu solchem Schabernack imstande und nicht durch den Ring gebunden waren, mir zu dienen.

»Ich habe mit dem Kapitän über seine Lebensmittelvorräte gesprochen«, sagte Kariarn freundlich. Ich schauderte innerlich und entschuldigte mich lautlos bei dem unglücklichen Mann. »Ich habe ein Boot zur *Seesänger* geschickt, um Vorräte von dort zu holen, also werden wir wenigstens heute Abend eine vernünftige Mahlzeit haben.«

Es waren insgesamt sechs Schiffe, unseres eingeschlossen. Auf jedem Schiff befanden sich zweihundertfünfzig Mann, mit Ausnahme der *Schlange*, die hundert Mann, den Basilisken und fünfzig Pferde trug – Offizierspferde; Blümchen hatte man in Buril zurückgelassen. Kariarn brachte also insgesamt vierzehnhundert Männer mit, von denen etwa zwei Drittel Soldaten waren (der Rest waren Köche, Boten, Schmiede, Pferdeknechte und so weiter) – also beinahe tausend Mann und ein Ungeheuer, um Hurog einzunehmen. Duraugh hatte bestenfalls hundertzwanzig, und ihm fehlten Stala und fünfzig Mann aus der Blauen Garde.

Ich richtete den Blick weiterhin aufs Meer.

»Ich bin immer gern auf dem Seeweg gereist«, sagte Kariarn, stützte die Arme auf die Reling und lehnte sich in den Wind.

»Werdet Ihr seekrank?«, fragte ich, obwohl ich kein Anzeichen an ihm gesehen hatte.

»Nicht mehr als Ihr.« Kariarn grinste. Ich erwiderte das Lächeln. Niemand wusste von der Nacht, in der ich mich ununterbrochen übergeben hatte. Oreg hatte alles stillschweigend beseitigt, obwohl ich es ihm hatte befehlen müssen. Er hatte kein Mitleid mit einem Hurogmeten, der die Seinen verraten würde. »Es ist nur«, sagte Kariarn, »dass ich es nicht ausstehen kann, von etwas abhängig zu sein, das ich nicht beherrschen kann.«

Ich lachte und sah ihn an. »Ebenso wenig wie ich.«

»Manchmal wirkt Ihr so traurig«, sagte er. »Bastilla denkt, dass Ihr Euch um Euren Onkel Sorgen macht.«

Ich nickte. »Das tue ich tatsächlich mitunter. Aber er hat mir Hurog genommen.« Ich sah Kariarn in die Augen. Wenn irgendwer etwas über Besessenheit wusste, dann er. »Ich habe mich unter der Hand meines Vaters geduckt, habe selbst meine Identität aufgegeben, um Hurog zu behalten. Ich werde es mir von Duraugh nicht abnehmen lassen.«

Er berührte meinen Arm, dann versetzte er mir einen liebevollen Klaps. »Ich kann mir nicht vorstellen, dass Ihr nicht wisst, wo die Drachenknochen sind.« Er hatte ähnliche Dinge schon öfter gesagt, und ich benutzte die gleichen Ausreden wie jedes Mal.

»Ich habe erst ein paar Wochen vor Bastillas Eintreffen von ihnen erfahren. Oreg gehörte zuvor meinem Vater.« Und davor dessen Vater, aber das brauchte Kariarn nicht zu wissen. »Mein Vater hat ihn schlecht behandelt, und das machte ihn für mich ziemlich nutzlos. Es dauerte lange, bis Oreg mir die Geheimnisse von Hurog anvertraute.«

»Ihr glaubt also, es gibt noch mehr Geheimnisse?« Seine Reaktion war so beiläufig, so harmlos, dass ich im Kopf durchgehen musste, was ich gesagt hatte, um herauszufinden, was dieses oh-so-lässige Interesse geweckt hatte.

Geheimnisse. Die Pest sollte sie holen. Für einen Mann, der von Magie besessen war, bedeuteten Geheimnisse immer Magie. Ich würde ihn nie wieder aus Hurog herausbekommen, wenn er glaubte, es gäbe dort noch etwas anderes, besonders, da es einfach nicht stimmte.

Ich nickte ernst und sagte ihm die Wahrheit. »Mein Großvater hat alle wertvollen Dinge verkauft – vier Rüstungen aus Zwergenstahl, jedes Artefakt, das seine Zauberer finden konnten und das auch nur über eine Spur von

Magie verfügte, die meisten wertvollen Wandbehänge; er hat es getan, um Hurog vor etwa einem halben Jahrhundert durch zwei schlechte Ernten zu bringen. Aber laut den Büchern der Festung sind zweitausend Silberstücke übrig geblieben. Ich weiß aus den Notizen im Kontobuch, dass mein Vater Zugang zu ihnen hatte. Es sollten noch beinahe zwölfhundert vorhanden sein, und sie waren nicht in den mir bekannten Schatztruhen. Ich wette Edelsteine gegen Süßgebäck, dass Oreg weiß, wo sie sich befinden. Mit so viel Geld könnte ich genug Schafe kaufen, um eine brauchbare Herde zu bekommen. Schafe werden Hurog seinen Wohlstand wiedergeben, wisst Ihr«, gestand ich ihm mit meiner üblichen Langsamkeit. Sein interessierter Gesichtsausdruck wurde ein wenig starr, aber ich redete weiter. »Mein Vater und mein Großvater haben es mit Pferden probiert, aber die sind zu arbeitsintensiv. Man kann kein Geld mit ihnen verdienen, solange sie nicht ausgebildet sind. Schafe hingegen …« Ich beobachtete, wie das Interesse aus Kariarns Augen verschwand, während ich mich begeistert über die Schafzucht erging.

Oreg stand in meiner Kajüte, als ich mir das Hemd über den Kopf gezogen hatte, obwohl ich allein gewesen war, als ich den Saum gepackt hatte.

»Du verkürzt für gewöhnlich, was du sagst, damit deine langsame Art zu reden die Leute nicht zum Alkohol treibt, nicht wahr?«, stellte er fest. »Ist dir aufgefallen, wie Kariarn sein Messer packte, als du ihm den Unterschied zwischen nordavinhellischen und südavinhellischen Schafen erläutertest?«

So viel hatte er nicht mehr mit mir gesprochen, seit ich an Bord aufgewacht war. Es machte mich misstrauisch.

»Und was hast du als Nächstes vor?«, fragte ich freundlich. Der Abend war ermüdend gewesen, und ich war nicht mehr in der Stimmung, ihn noch länger zu ignorieren. »Du könntest die Trillies bitten, das Seil verfaulen zu lassen, das meine Hängematte hält, damit ich heute Nacht auf den Boden falle.« Ich hatte die Koje gegen eine Hängematte eingetauscht, weil das die Seekrankheit im Zaum hielt.

Er riss die Augen auf, also zog ich fest am oberen Ende der Hängematte (nicht am unteren, denn ein Riss dieses Seils würde mich nur mit den Füßen zuerst fallen lassen), und beim zweiten Ruck löste sich der Haken, der die Hängematte am oberen Deck hielt, aus dem Balken. Es war das Holz, nicht das Seil, mit dem sie sich beschäftigt hatten.

Ohne ein Wort zog ich meine Kleidertruhe herüber und stellte mich darauf, um den Haken an der übernächsten Planke zu befestigen. Als ich davon ausgehen konnte, dass er mein Gewicht halten würde, schob ich die Truhe wieder zurück und setzte mich darauf. Es war Zeit für Verhandlungen. Ich brauchte Oreg, wenn ich Hurog retten wollte, also konnte ich es mir nicht mehr leisten, zu schmollen.

»Ich weiß, du willst nicht, dass ich Kariarn die Drachenknochen gebe, aber ich sehe keine Möglichkeit, es zu verhindern«, sagte ich.

»Sie war wunderschön«, erwiderte er. »Rosa und goldfarben, mit einer Stimme, dass selbst die Wellen sich zu ihrem Gesang bewegten. Und Seleg brachte sie um, weil er fürchtete, Hurog zu verlieren. Er weinte und war bekümmert, und dann rechtfertigte er, was er tat. Er brachte einen Fluch über seine Familie bis hin zu dieser Generation, aber er rechtfertigte es, weil er nicht zugeben wollte, dass er zu große Angst hatte, Hurog an die Eindringlinge zu verlieren. Angst, den Versuch zu wagen und sie ohne die Magie aufzuhalten, die er aus dem Tod des Drachen bezog.« Oreg machte einen kleinen Schritt weg von mir. »Er hatte inzwischen gelernt, was es bedeutete, den Drachen zu töten. Es wimmelte in der Abstammung der Hurogs nur so von Zauberern, aber Seleg war der letzte in deiner Familie, bis du zur Welt kamst.«

Ich starrte ihn an und erinnerte mich an die kleinen Dinge, die er mir erzählt hatte, und an Dinge, die Axiel erwähnt hatte. »Das war es, was die Zwerge vertrieb, oder? Nicht, dass der Drache getötet worden war. Wenn sie gewusst hätten, dass Seleg den Drachen getötet hatte, hätten die Zwerge Hurog angegriffen, und darüber gibt es keine Aufzeichnungen. Der Tod des Drachen hat etwas mit Hurog gemacht. Etwas, das die Zwerge krank werden und ihre Magie schwinden ließ.« Oreg nickte. Ich holte tief Luft. »Deshalb förderten die Minen nichts mehr, und es gab Salzlawinen auf den besten Feldern. Ich habe die Aufzeichnungen über die Ernten gesehen, die früher einmal von diesen Feldern kamen. Wir bringen in einem guten Jahr weniger als die Hälfte davon ein.«

»Ja«, flüsterte Oreg.

Ich stand auf und ging in der Kajüte auf und ab. »Aber es geht nicht nur um die Zwerge, nicht wahr? Ich habe oben auf den Überresten des Tempels in Menogue gestanden und auf Estian hinabgeschaut. Es schrumpft, und das geht schon lange so. Nicht nur Hurog ist heute weniger, als es einmal war, aber es geht von Hurog aus.«

»Ja«, flüsterte Oreg abermals.

»Und der Fluch, der auf der Familie liegt, bedeutet nicht nur, dass es keine Hurog-Magier mehr gibt. Ich erinnere mich an meine Mutter, als sie noch glücklich war, aber je länger sie in Hurog blieb, desto seltsamer wurde sie. Und dann ist da mein Vater.« Ich erinnerte mich, was der Oreg, von dem ich geträumt hatte, mir über Hurog gesagt hatte. »Hurog vergiftet die Menschen, die dort leben. Mein Großvater hatte acht legitime Kinder, von denen nur zwei ihre Kindheit überlebten: mein Vater und sein Bruder, die sehr jung als Pflegekinder weggeschickt wurden. Ciarra kann nicht sprechen, und Tosten wollte sich umbringen.« Die Anstrengung der Reise hatte sich auf meine Laune niedergeschlagen, und am liebsten hätte ich wegen der Folgen dieser uralten Dummheit auf etwas eingeschlagen.

»Und du hast die Fähigkeit verloren, Magie zu wirken.«

Ich machte eine Geste, und alle Öllampen im Raum flackerten hell auf.

Als ich ihn anstarrte, wurde mir klar, dass er sich aus Angst vor mir nicht bewegt hatte. Ich war aufgeregt gewesen und hatte getobt wie mein Vater, alles aus kaum einem anderen Grund als Anspannung und Erschöpfung. Ich holte tief Luft, schloss die Augen und streifte sorgfältig den Zorn ab, den ich Seleg gegenüber empfand, weil er nicht der Held gewesen war, für den ich ihn gehalten hatte, ferner den Zorn auf meinen Vater, meine Mutter und schließlich auf Hurog, dessen Magie meine Seele erfüllte, meiner Schwester die Stimme und meiner Mutter den Verstand genommen hatte, aber am meisten auf Oreg, der nicht an mich geglaubt hatte.

Zorn ist dumm, und Dummheit wird dich mit größerer Sicherheit töten als die Klinge deines Gegners. Die Stimme meiner Tante hallte in meinem Kopf wider, und so schob ich meinen Zorn mit Vernunft beiseite. Es war nicht Selegs Schuld, dass ich ihn mir als meinen Helden ausgesucht hatte. Es war nicht meine Schuld, dass mein Vater mich gehasst hatte und meine Mutter innerlich davongelaufen war. Als ich sicher war, den Zorn abgeschüttelt zu haben, schaute ich wieder Oreg an, den man viel öfter verraten hatte als mich.

»Ich kann nicht ändern, was Seleg getan hat«, sagte ich schließlich. »Es gibt nichts, was ich tun kann, um es wieder in Ordnung zu bringen.«

Oregs lila Augen waren immer noch groß vor Angst oder vor einem anderen Gefühl und beobachteten mich, um zu wissen, in welche Richtung er ausweichen sollte.

»Ich könnte dir befehlen, uns beide nach Hurog zu bringen, wenn wir nahe genug sind. Wir könnten meinem Onkel helfen, die Burg zu halten.«

»Duraugh kann Hurog nicht halten, Ward«, sagte Oreg. »Kariarn hat zu viele Soldaten. Selbst wenn die gesamte Blaue Garde dort wäre, könnte Hurog so vielen Männern nicht widerstehen. Nicht in dem Zustand, in dem es sich befindet. Es ist nicht bereit für eine Belagerung.«

Ich dachte noch einmal nach. »Könntest du die Knochen nach draußen bringen?«

Er schüttelte den Kopf. »Außerhalb des Schutzes der Höhle kann jeder Zauberer innerhalb von hundert Meilen sie finden, aber das ist ohnehin gleich. Seleg hat mich über meinen Tod hinaus verpflichtet, diese Knochen im Herzen von Hurog zu verbergen.«

»Siehst du irgendeine Möglichkeit, die verhindern würde, dass Kariarn sich die Knochen nimmt?«, fragte ich.

»Nein.« Er wandte den Kopf ab.

»Oreg.« Ich wartete. »Oreg.«

Schließlich sah er mich an.

Ich räusperte mich, um zu verbergen, wie wichtig mir seine Antwort war. »Glaubst du denn wirklich, ich würde meinen Onkel umbringen, um wieder Hurogmeten zu werden?«

Plötzlich geschah etwas mit seiner Miene, und dann sank er vor mir auf die Knie. »Ich glaube, du würdest niemals einen Drachen töten, um dich selbst zu retten. Ich glaube, dass du nie wissentlich Vertrauen verraten würdest, das in dich gesetzt wurde.«

Es waren machtvolle Worte, und ich hätte ihm gern geglaubt, aber ich hatte schon öfter mit Sklaven zu tun gehabt. Sie sagten ihren Herren, was sie glaubten, dass diese Herren es hören wollten, und dann versuchten sie, es selbst zu glauben.

Als er aufblickte, hatte er einen seltsamen Ausdruck im Gesicht, einen, den ich noch nie zuvor gesehen hatte. Ich brauchte einen Augenblick, um zu erkennen, dass es sich um Hoffnung handelte. »Du wirst Hurog nicht verraten«, sagte er. »Du wirst das Richtige tun, ganz gleich, worin die Folgen bestehen.« Etwas an der Art, wie er das sagte, bewirkte, dass ich nachhaken wollte, als stünde hinter diesen Worten mehr, als er ausgesprochen hatte.

Aus dem Schatten hinter der Truhe kam etwas hervorgeschossen und lenkte mich mit seinem lauten Gekecker ab. Oreg lachte plötzlich, hob das kleine Geschöpf auf und zauste das graugrüne Fell hinter dem Nagetiergesicht. Er sagte etwas zu ihm und setzte es ab, woraufhin es wieder im Schatten der Kajüte verschwand.

Er zog die Knie an und verbarg sein Gesicht. Seine Schultern bebten vor – Lachen. »Ich fürchte, zwischen deinen Decken steckt ein verfaulter Fisch.«

»Der Segelmeister sagt, wir werden Tyrfannig morgen erreichen – wahrscheinlich sehr früh am Morgen«, sagte ich und beobachtete Oreg, der in der Hängematte auf dem Bauch lag und sich hin und her schaukelte, während er den Boden anstarrte. Es war stockdunkel draußen, aber die kleine Öllampe hätte auch genügt, um einen größeren Raum als meine Kajüte zu beleuchten.

»Was?« Offenbar war der Boden interessanter als ich.

»Hör auf zu beobachten, wie die Ritzen im Boden vorbeiziehen, und hör mich an.« Ich lief wieder auf und ab; zwei Schritte, Drehung, zwei Schritte, Drehung. Unsere Kajüte war die zweitgrößte auf dem Schiff, aber das hatte nicht viel zu bedeuten. »Geh sobald du kannst nach Tyrfannig und warne die Leute dort vor den Vorsag. Lass den Vorsteher eine Botschaft zu meinem Onkel bringen und …«

»Beruhige dich, Ward«, sagte Oreg, rollte sich herum und sprang mit der gleichen Bewegung aus der Hängematte, was mein Hin und Her aufhielt, denn nun gab es dafür keinen Platz mehr. »Ich weiß, ich soll den Leuten in der Stadt sagen, sie sollen sich verstecken, bis das Heer vorbeigezogen ist. Und sobald wir nahe genug sind, werde ich uns beide nach Hurog transportieren, und du kannst Duraugh warnen.«

Etwas an Oreg hatte sich in den vergangenen paar Tagen verändert. Vielleicht lag es nur daran, dass er mir vertraute, aber ich hatte ihn nie bei so guter Laune gesehen. Es machte mich nervös. Nun gut, noch nervöser. Wellen voll panikartiger Selbstzweifel waren über mich hinweggerollt, seit ich an Bord dieses Schiffes aufwachte. Meine Pläne waren so dürftig, es war geradezu lachhaft. Nichts, was ich tun konnte, würde die Sicherheit meines Onkels garantieren.

Selbst ohne Erfahrung in diesen Dingen wusste ich, dass Hurog vor der Ernte keiner Belagerung standhalten könnte. Also lag die einzige Hoffnung darin, die Menschen aus Hurog wegzubringen und darauf zu vertrauen, dass Kariarn die Knochen nehmen und wieder abziehen würde. Oreg schien trotz seiner früheren Sorgen seltsamerweise vollkommen ruhig zu sein. Er sprach voller Vertrauen von unseren jämmerlichen Plänen, während ich nicht einmal sicher war, ob mein

Onkel auch nur auf mich hören würde, wenn ich ihm riet, unsere Leute aus Hurog wegzubringen.

»Wenn ich mit Bastilla geschlafen hätte, wäre sie vielleicht nicht zu Kariarn zurückgekehrt.« Ich warf mich auf die Koje, da Oreg die Hängematte besetzt hatte.

»Das wäre gleich gewesen, Ward. Sie ist an ihn gebunden.«

»Hättest du diese Bindung brechen können, Oreg?«

»Wenn sie es unbedingt gewollt hätte«, antwortete er. »Aber das hat sie nicht.«

Seine ruhige Vernunft machte mich wütend, und ich ballte die Fäuste, wie es mein Vater immer getan hatte, bevor er die Nerven verlor. Dieser Gedanke zwang mich selbstverständlich, die Finger wieder geradezubiegen und sie gegen die schmale Matratze zu drücken. »Es tut mir leid, Oreg. Ich bin einfach nur nervös. Ich wünschte, ich wüsste, was passieren wird.«

Eine flüchtiges Gefühl zeichnete sich einen halben Herzschlag lang auf seinen Zügen ab. »Es geschieht alles, wie es geschehen soll, ob du es willst oder nicht.«

Er erstarrte plötzlich, hob den Kopf und starrte ins Leere. »Wir sind weiter gekommen, als ich dachte. Ich kann Tyrfannig jetzt warnen.«

»Geh«, befahl ich ihm, aber er war bereits verschwunden.

Ich holte bebend Luft. Es ging los. Ich wusste nicht, ob ich mich deshalb besser oder schlechter fühlte.

Als wir am Morgen in Sichtweite von Tyrfannig kamen, waren dort keine Schiffe zu sehen und auch keine Hafenarbeiter. Das behinderte Kariarns Schiffe allerdings nicht. Sie warfen Anker und setzten Aalbote ab, um Soldaten und Pferde an Land zu bringen.

»Ist es hier immer so ruhig?«, fragte Kariarn, der im Bug unseres Schiffes stand.

Ich schüttelte den Kopf und beobachtete die vorsagischen Aalboote. Sie sahen nicht sonderlich wie Aale aus und waren viel breiter und flacher als alles, was ein Nordländer auf dem Wasser benutzen würde. In der stürmischen Jahreszeit würden sie kentern, aber an diesem Tag war es ruhig, und sie glitten durch die Wellen, als befänden sie sich auf einem südlichen Meer.

»Wo sind die Leute?«

»Es muss meinem Bruder gelungen sein, eine Botschaft an Duraugh zu schicken«, sagte ich unbesorgt. »Seht Euch das an! Wenn sie nicht vorsichtig sind, wird dieses Pferd – ah, sie haben ihm die Augen verbunden. Sie hätten beinahe das Boot verloren.«

»Eine Botschaft!«, sagte Kariarn. »Was für eine Botschaft? Wie viele Soldaten könnte er aufstellen?«

Ich verdrehte die Augen und sagte: »Mein Onkel hat einen Zauberer, ebenso wie Haverness. Nach dem, was ich hier sehe, nehme ich an, dass Haverness' Zauberer eine Botschaft an den meines Onkels geschickt hat.« Innerlich verspürte ich plötzlich ein wenig Hoffnung. Die Zauberer hatte ich vergessen.

»Bastilla?«, fragte er.

Sie schüttelte den Kopf. »Meine Quellen sagen, dass Duraughs Zauberer unfähig ist, und Haverness' Mann ist nicht dazu begabt, sich über weite Entfernungen mit anderen in Verbindung zu setzen. Ich nehme an, Oreg könnte es tun …« Sie sah mich an.

Ich zuckte die Achseln. »Das könnte sein; er gibt sich gern geheimnisvoll, was seine Kräfte angeht. Aber es ist gleich. Es gibt keine Kämpfer in Tyrfannig, wenn man einmal von zehn oder zwanzig Söldnern absieht, die sich als Eskorte für Kaufleute verdingen. So spät im Sommer werden es eher noch weniger sein. Und mein Onkel hat nur die Hälfte der Blauen Garde.«

»Aber er hat noch andere Ländereien.«

»Iftahar in Tallven«, antwortete ich. Darüber hatten wir bereits gesprochen. Aber offenbar war ich nicht der Einzige, der sich wegen des Angriffs Sorge machte – wenn auch aus anderen Gründen. Es war schwer, sich zu erinnern, dass Kariarn kaum älter war als ich. »Selbst wenn er Zeit gehabt hätte, sie alle herzubringen, hätte er immer noch nicht die Hälfte der Männer, die Ihr gegen ihn stellt.«

»Wenn ein Bote so schnell durchkommen konnte, dann vielleicht auch Soldaten.«

»Unmöglich.« Ich wurde ein wenig ungeduldig. »Ihr wisst, wie viel länger ein Heer braucht, um sich zu bewegen. Die Wagen mit der Ausrüstung brauchen richtige Straßen, oder zumindest anständige Wege. Sie können sich glücklich schätzen, wenn sie fünf Meilen am Tag schaffen. Sie werden noch mindestens eine Woche nicht hier sein. Bis dahin gehört Hurog längst mir, und ich werde sie willkommen heißen, nachdem ich Eure Truppen angeblich vertrieben habe.«

Auf dem Schiff, das unserem am nächsten war, brachten Kariarns Zauberer nun den Basilisken an Deck. Er war länger als die Aalboote, aber sie schienen ihn trotzdem auf eins verfrachten zu wollen. Das lange, schmale Boot schwankte wild an den Flaschenzügen, an dem sie es ins Meer senken wollten, sobald es beladen war. Der Basilisk war so schwer, dass sich das Schiff, auf dem er sich befand, gefährlich schief legte, als die Position des Geschöpfs ihm das Gleichgewicht nahm. Eine einzige große Welle im falschen Winkel, und es würde kentern.

Der Basilisk blieb einen Augenblick reglos, alle vier Beine ausgestreckt, um sich gegen die Bewegungen des Schiffs zu stützen. Dann eilte er über das Deck und in das Aalboot. Aber er verharrte keinen Herzschlag in dem schaukelnden Boot, sondern glitt sofort über Bord und verschwand im Meer. Wer hätte geahnt, dass Steindrachen schwimmen konnten?

Kariarn fluchte und rannte zur Seite des Schiffs, die dem Tier am nächsten war. Ich folgte ihm rechzeitig, um zu sehen, wie der Basilisk unter unserem Schiff durchtauchte und ihm dabei einen festen Schlag mit dem Schwanz versetzte. Ich hielt mich an der Reling fest und packte instinktiv auch Kariarn, bevor er über Bord fiel.

Er nahm sich nicht die Zeit, mir zu danken, sondern rannte zur anderen Seite. Der Basilisk tauchte nahe dem steinigen Strand wieder auf und stieg aus dem Wasser. Er ließ sich auf den Steinen nieder und schloss die edelsteinfarbenen Augen, was ihn so gut mit dem Untergrund verschwimmen ließ, dass ich nicht gewusst hätte, ob er dort war, wenn ich nicht gesehen hätte, wie er sich hinbewegt hatte.

Eine schwere Hand fiel auf meine Schulter.

»Danke, dass Ihr mich vor einem Reinfall bewahrt habt.« Kariarn grinste mich an.

Ich grinste zurück und fragte mich, ob er wohl ertrunken wäre, wenn ich ihn hätte ins Wasser fallen lassen. Oder ich hätte vielleicht hinterherspringen sollen, um ihn zu »retten«, und dafür sorgen, dass er auch wirklich ertrank. Aber ich hatte keine Zeit gehabt nachzudenken, und mein Reflex hatte mich veranlasst, ihn zu retten.

»Sire, das Boot ist bereit.« Ein Seemann war zögernd näher gekommen.

Kariarn bedeutete mir vorzugehen. Ich drehte mich um, und mir wurde schwarz vor Augen.

Ich wachte in einem Raum auf, der sich nicht mit dem Wasser bewegte. Meine Handgelenke und Fußknöchel waren fest zusammengebunden.

»Es tut mir leid, vor allem, nachdem Ihr so loyal wart«, sagte Kariarn.

Ich versuchte, mich auf sein Gesicht zu konzentrieren. Die Nachwirkungen von Bastillas Zauber waren diesmal nicht so schlimm. Vielleicht gewöhnte ich mich daran.

»Ich kann mir im Augenblick einfach nicht leisten, Euch zu vertrauen«, erklärte Kariarn aufrichtig. »Nachdem wir die Burg eingenommen haben, schicke ich ein paar Leute, um Euch zu holen. Dann werden Bastilla und meine Magier so tun, als würden sie Euch helfen, die Burg mit ein paar beeindruckenden Zaubern zurückzuerobern. Ihr werdet hier in Sicherheit sein. Niemand außer meinen Männern wird wissen, dass Ihr unser Gefangener gewesen seid. Und für den Fall, dass ein paar Bewohner von Tyrfannig zurückkehren, werde ich den Basilisken im Hauptraum lassen, direkt vor Eurer Tür. Meine Magier sagen, er sei immer schwerer zu beherrschen und werde meinem Heer womöglich ebenso schaden wie dem Eures Onkels. Also kann er als Wächter für Euch dienen. Damit Ihr in Sicherheit seid.«

Ich nickte – langsam, sodass der pochende Schmerz nicht schlimmer wurde. »Ich verstehe. Sorgt nur dafür, dass Ihr die Burg bald erobert. Ich möchte lieber nicht hier festsitzen, wenn der Basilisk Hunger bekommt.«

Kariarn lachte und verließ das Zimmer, gefolgt von Bastilla.

»Es war ein Fehler, den Basilisken herzubringen«, stellte Oreg fest, der aus dem Schatten kam, sobald die Tür verriegelt war. »Ich dachte mir schon, dass sie Ärger mit ihm bekommen würden. Das Land hier ist trotz der Entfernung von Hurog schon mit Drachenmagie durchtränkt, und Drachen sind enge Verwandte der Basilisken. Ich bezweifle, dass sie ihn überhaupt noch lenken können, was immer sie glauben mögen. Du bist nicht der Einzige, der sich dumm stellen kann.«

»Hast du alle rausbringen können?«

»Ich habe eine Botschaft von deinem Onkel zum Vorsteher gebracht, der lesen kann, gesegnet sei sein Kaufmannsherz«, sagte er.

»Eine Botschaft von meinem Onkel?«

»Mit seinem Siegel und in seiner eigenen Handschrift«, bestätigte Oreg. »Fälschung ist ein weiteres meiner vielen Talente. Auf Duraughs Befehl haben sich die Bürger von Tyrfannig in die Hügel geflüchtet, wo man sie nicht so leicht finden kann.« Er nahm einen schlanken Dolch aus dem Stiefel und schnitt meine Fesseln auf.

Wir beschlossen, keine Botschaft nach Hurog zu schicken. Eine Botschaft allein würde für Duraugh nicht genügen, um Hurog zu evakuieren; das würde ich auch nicht tun. »Kannst du nach Hurog gelangen, um sie zu warnen?«

»Nein.«

Ich hörte auf, meine Handgelenke zu reiben, und sagte: »Nein?« Mein Magen zog sich zusammen. Kariarns Leute würden meine … würden die Leute meines Onkels niedermetzeln.

»Es ist zu weit von dir entfernt. Ich kann es nicht.«

Ich schob die Panik beiseite. »Dann müssen wir eben nahe genug herankommen. Wenn Kariarn hier abzieht, brechen wir aus und … Warum schüttelst du den Kopf?«

»Sie hat das Gebäude gegen unsere Flucht gesichert. Es sind sehr spezifische Zauber, also ist es beinahe unmöglich, einen Gegenzauber zu finden, ohne dass sie es bemerken würde. Ich denke, sie verdächtigt dich ohnehin, dass du erheblich mehr Magie hast, als es der Fall ist. Vielleicht wegen des Scheiterhaufens in Silbermoor.«

»Du kannst also kommen und gehen, aber nicht weit genug, um uns zu nützen. Und ich kann hier nicht weg, ohne Bastilla zu alarmieren. Sollten wir uns ihretwegen Gedanken machen?«

Er nickte. »Bei der Anzahl von Zauberern, die Kariarn hat – vor allem, wenn sie wissen, was sie tun –, kann sie uns wahrscheinlich aufhalten. Aber sie hat schnell gearbeitet, und ihre Arbeit an den Türen wird nicht halten. Türen sind dazu gedacht, Menschen ein und aus zu lassen, und ihr ganzes Wesen widersetzt sich diesen Gefängniszaubern.«

»Zwischen dieser Tür hier und der draußen befindet sich der Basilisk«, sagte ich. »Und du sagtest, er sei intelligenter, als Kariarn glaubt. Können wir verhandeln?«

Er schüttelte den Kopf. »Er wird nicht mit seinem Futter verhandeln. Aber wenn ich ihn ein paar Minuten berühren kann, kann ich ihn beherrschen.«

»Selbst hier? Bei all der Drachenmagie?«

Oreg lächelte. »Besonders hier.«

»Ich brauche ihn also nur eine Weile abzulenken.«

Mit der gleichen Magie, die mir gestattete, verlorene Dinge wiederzufinden, stellte ich fest, wo sich der Basilisk aufhielt, nämlich etwa zehn Fuß von unserer Tür entfernt. Ich war immer noch nicht daran gewöhnt, meine Magie wieder benutzen zu können. Es war erstaunlich – ich wusste *genau*, wo das Tier war. Es gab doch sicher eine Möglichkeit, das zu nutzen. Und als hätten Tosten und ich erst an diesem Nachmittag mit verbundenen Augen gegeneinander gekämpft, wusste ich plötzlich, was ich tun musste. Bevor ich gesehen hatte, wie der Basilisk vom Schiff geglitten war, wäre ich mir meiner Erfolgsaussichten allerdings erheblich sicherer gewesen.

In einer Ecke des Raums, in dem man mich eingesperrt hatte, lehnte ein Besen. Es war keine besonders gute Waffe – eher ein Stecken als ein Stock. Und ich würde es mit verbundenen Augen versuchen und meine Magie benutzen müssen, um festzustellen, wo mein Gegner war.

»Gib mir dein Hemd«, sagte ich schließlich.

»Warum?«

»Weil ich nicht enden will wie Landislaw. Ich muss mir die Augen verbinden.«

»Was ist mit deinem eigenen Hemd?«, fragte er, als er seins auszog.

»Ich hätte lieber ein wenig Schutz, wenn der Basilisk nach mir schlägt. Ich verlasse mich darauf, dass du ihn mit einem Bann belegst, sobald du kannst.« Ich nahm den Besen und schlug damit gegen die Wand. Er bog sich, zerbrach aber nicht. Hinter den Holzwänden bewegte sich der Basilisk ruhelos. »Es klingt, als wäre da draußen viel Platz. Sind wir in einem der Lagerhäuser am Hafen?«

Oreg nickte. »Ausgeräumt für die neue Ernte.«

Wir durften keine Zeit mehr verschwenden. Kariarn und sein Heer würden Hurog am frühen Abend erreichen, selbst auf Pferden, die von der Seereise geschwächt waren. Wir mussten schneller sein.

Ich nahm Oregs Hemd und riss Streifen davon ab, bis ich eine Augenbinde hatte. Oreg führte mich zur Tür, hinter der der Basilisk wartete. Meine Kenntnisse der Magie waren mit meinen Fähigkeiten nicht gewachsen, aber das Finden war immer meine Spezialität gewesen.

Wo steckte der Basilisk?

Wie zuvor war die Antwort, die ich erhielt, besser, als sehen zu können. Das hoffte ich jedenfalls.

»Öffne die Tür«, sagte ich.

Er riss sie schnell auf, und der Basilisk zog sich weit genug zurück, dass ich das kleine Zimmer verlassen konnte.

»Ja! Hier bin ich!«, rief ich, um seine Aufmerksamkeit zu erregen.

Er kam langsam auf mich zu. Oreg sagte, er sei nicht dumm. Ich wich zurück und stieß gegen etwas Unerwartetes: ein aufrechter Balken, den ich durch eine Berührung mit dem Handrücken identifizierte. Ich duckte mich dahinter, und etwas traf das Holz fest genug, um es brechen zu lassen. Der Basilisk schrie entweder vor Zorn oder vor Schmerz und schoss plötzlich mit enormem Tempo vorwärts. Ich rannte auf ihn zu.

Vor ihm davonzulaufen wäre unmöglich. Ich hätte mir nur an einem der Stützpfosten den Kopf eingeschlagen oder wäre gegen die Wand gerannt. Die Magie sagte mir, wo sich der Basilisk befand, aber verzogene Bodendielen oder Wände konnte ich nicht lokalisieren, nicht zur gleichen Zeit.

Ich schlug ihm fest auf die Nase, und mein Besenstiel brach. Bevor ich etwas anderes denken konnte als ein erstauntes *Hilfe!*, spürte ich, wie etwas, das größer war als ich und mich wahrscheinlich schwer verletzen würde, von links herangefegt kam. Ich sprang und zog dabei die Füße so hoch, wie ich konnte, wie ein Pferd, das über einen Zaun springt.

Er erwischte mich dennoch an der Ferse; die Wucht des Schlags ließ mich flach durch die Luft und von dem Basilisken wegfliegen. Ich wollte mich abrollen, aber da ich den Boden nicht sehen konnte, landete ich schlecht und stieß mir den Kopf an. Instinkt zwang mich wieder auf die Beine, aber ich war halb betäubt und konnte nicht spüren, wo der Basilisk war.

Etwas berührte flüchtig mein Gesicht, und reines Entsetzen ließ mich wieder zu mir kommen. Ich hatte die Zunge des Basilisken gesehen, wie sie Landislaws Gesicht berührte, bevor das Tier ihn fraß. Als er mich still stehen sah, nahm der Basilisk wohl an, dass er mich mit seinem Blick gebannt hatte.

Erschrocken beschwor ich meine Magie herauf, fand den Basilisken und schoss unter seinem Kopf hindurch. Ich konnte ihn vielleicht nicht sehen, aber meine Angst zeigte mir dennoch seine klaffenden Kiefer, als ich unter ihm hindurch über den Boden rollte.

Verblüfft von meiner Reaktion, verharrte er lange genug, dass ich ihn fest am Hinterbein packen konnte. Mir war nicht klar, dass ich immer noch den abgebrochenen Stock in der Hand hielt, ehe ich ihn fallen lassen musste, um mich mit beiden Armen an das Bein des Basilisken zu klammern.

Ich hatte die Biegsamkeit des Tiers unterschätzt. Es trat geschickt mit dem anderen Hinterbein nach mir aus und erwischte mich mit einer scharfen Klaue am Rücken. Wenn ich mich weiter festgehalten hätte, hätte er mich wohl umgebracht. Aber der Drill meiner Tante war tief in meine Reflexe übergegangen, und daher bewegte ich mich mit der Wucht des Schlags, statt mich ihr zu widersetzen. Ich ließ das Bein los und warf mich nach vorn auf den Boden, dann kam ich wieder hoch. Ich huschte davon wie ein Kaninchen, die Hände ausgestreckt, um Wand oder Pfeiler ertasten zu können, bevor ich sie mit dem Gesicht traf. Als ich die Wand erreichte, drehte ich mich keuchend um.

Wieder hatte ich das Gefühl dafür verloren, wo sich das Geschöpf aufhielt. Das Lagerhaus war still bis auf das leise

Geräusch klickender Schuppen, aber ich hätte nicht sagen können, aus welcher Richtung es kam. Etwas Warmes, Nasses tropfte von meinem Rücken auf mein Bein. Ich wusste nicht, wie schwer mich der Basilisk verletzt hatte.

»Ich habe ihn«, sagte Oreg. »Du kannst die Augenbinde abnehmen.«

»Und was tun wir jetzt mit ihm?« Ich nahm die Augenbinde gerade rechtzeitig ab, um zu sehen, wie Oreg über die Schulter des Tiers auf den Boden rutschte.

»Er wird hier sterben; Shavig ist für ihn zu kalt.« Er sah den Basilisken stirnrunzelnd an.

»Frisst er auch andere Dinge als Menschen?«, fragte ich. Ich wollte diesem seltenen Tier gern helfen, würde es aber nicht auf ein hilfloses Dorf loslassen.

Oreg warf mir einen humorlosen Blick zu. »Manchmal. Ich glaube, ich werde den gleichen Weg einschlagen wie ein anderer Zauberer vor langer Zeit.«

Er holte tief Luft und legte die Hände an die Seite des Basilisken. Ich schloss die Augen und versuchte, mir meine Ekstase nicht anmerken zu lassen, als Oregs Magie den Raum erfüllte wie ein warmer Wind und in die leeren Stellen in meiner Seele drang, die entstanden waren, als ich Hurog hinter mir gelassen hatte. Ich zog diese Wärme um mich wie eine Decke.

»Zu Stein«, sagte Oreg in altem Shavig. In seiner Stimme lag solche Macht, dass ich die Augen öffnen musste.

Magie glitzerte wie goldener Nebel im Raum und überzog Oreg, den Basilisken und mich, als Oreg sie nutzte, um Muster auf die Schuppen des Tiers zu zeichnen. Der Basilisk begann zu schrumpfen und veränderte seine Farbe von Waldgrün zu Grau, als die zarten Schuppenränder unscharf wurden und verschwanden.

Als die letzte Magie vergangen war und Oreg und ich allein im Raum standen, war der Basilisk nichts weiter als ein Stein von der Hälfte der Größe des lebenden Geschöpfs. Der Boden aus gestampfter Erde unter dem Stein war schlammig.

Oreg bewegte Hände und Hals, als hätte das Zaubern ihm die Muskeln verkrampft.

»Wir müssen gehen«, sagte ich.

Oreg nickte. »Ich sorge nur noch dafür, dass Kariarns Magier ihn nicht wieder aufwecken.« Er machte eine Schiebebewegung, und der Stein sank durch den feuchten Boden, bis nichts mehr zu sehen war als ein dunkler Fleck, der in ein paar Stunden trocknen würde.

Wir hatten keine Zeit, uns nach Pferden umzusehen. Nachdem Oreg auf magische Weise die Tür geöffnet und mir mit den Überresten seines Hemds den Rücken verbunden hatte, rannten er und ich den Weg entlang, den Kariarns Heer vor weniger als einer Stunde genommen hatte. Ich drückte meine Hoffnung fest an die Brust, rannte, wie ich noch nie gerannt war, und ignorierte das Brennen in meiner Lunge und den Beinen.

Nach den ersten paar Meilen hörte ich auf zu spekulieren und konzentrierte mich nur noch darauf, die Füße voreinanderzusetzen. Es lag ein Rhythmus in meinen Bewegungen, ein Echo des Pulsschlags, der hinter meinen Ohren dröhnte.

Als Oreg mich am Arm packte, blieb ich immer noch nicht stehen, also fiel ich über den Hocker in meinem Schlafzimmer, in das er uns gebracht hatte, und landete fest auf dem Steinboden.

Mein Zimmer roch muffig, als hätten die Diener es lange nicht gelüftet. Licht fiel durch die schmalen Fenster und zeigte, dass immerhin die Möbel abgestaubt worden waren. »Oreg, wo ist Duraugh?«

Oreg packte mich wieder am Arm. Ich rollte außer Reichweite und stand auf, bevor ich mich von ihm anfassen ließ. Ich wollte nicht auf dem Boden sitzen, wenn wir vor meinem Onkel erschienen.

Ich weiß nicht, wo ich Duraugh erwartet hatte, aber ganz bestimmt nicht bei einem Gespräch mit Stala in der großen Halle. Stala hätte bestenfalls auf halbem Weg hierher sein sollen, selbst wenn es Tosten gelungen war, den ganzen Weg nach Callis im Laufschritt zurückzulegen. Aber Beckram, Axiel, Tosten und Ciarra standen auf der anderen Seite des Tischs Duraugh und Stala gegenüber. Außerdem befanden sich in der Halle acht oder zehn sehr kleine, sehr breite Männer. Zwerge. Ich riss immer noch den Mund auf, als Tosten aufblickte und Oreg und mich sah.

»Wie seid ihr hierhergekommen?«, fragte ich und verriet Tosten damit, dass ich gedacht hatte, sie würden es nicht schaffen. Aber irgendwie war es ihnen doch gelungen.

Beckram nickte Axiel zu und grinste. »Ich glaube, das sollte *unsere* Frage sein. Ich habe nicht gehört, dass eine Tür aufgegangen wäre.« Aber dann ließ er davon ab. »Du weißt, dass einige aus der Garde immer erzählt haben, wenn Axiel wirklich betrunken sei, dann behaupte er, er sei der Sohn des Zwergenkönigs?«

»Er ist es tatsächlich«, antwortete ich.

Beckram nickte zustimmend. »Und sie haben eine sehr interessante Methode, um von einem Ort zum anderen zu gelangen.«

»Beckram hat mir erzählt, was du vorhattest, Ward. Weißt du, wie viele Soldaten Kariarn bringt?«, unterbrach Duraugh uns.

»Etwa tausend«, erwiderte ich und wandte mich wieder dringlicheren Dingen zu. »Sie haben gerade erst Tyrfannig verlassen. Sie werden am Abend hier sein. Selbst wenn es dir irgendwie gelungen sein sollte, die gesamte Blaue Garde herzubringen, wirst du Hurog nicht halten können. Es sei denn … Axiel, wie viele von deinem Volk sind hier?«

»Nur die, die Ihr hier seht. Die Tage, in denen mein Volk es sich leisten konnte, Leben in Heeren zu verschwenden, sind lange vorüber, Ward. Wir haben den Rest der Blauen Garde in Callis gelassen; sie folgen uns auf dem langsamen Weg.«

»Also gut«, fuhr ich fort, nachdem ich Luft geholt hatte. »Wir müssen alle Leute aus Hurog fort und in Verstecke in den Bergen bringen. Kariarn will die Burg nicht. Er will etwas, das hier verborgen ist. Er weiß, wo es ist, und sobald er es hat, wird er wieder gehen. Aber wir dürfen keine Zeit verschwenden. Die Bronzetore im Berg geben einen guten Sammelplatz ab. Das sollte hoch genug sein. Ihr werdet von dort oben meilenweit sehen können, ob Kariarn Leute schickt, und könnt die Region vielleicht verteidigen, wenn ihr angegriffen werdet.« Erst als ich fertig war, wurde mir klar, dass ich Befehle gegeben hatte.

Duraugh sah mich abschätzend an. Mein Onkel hatte mich nur gekannt, als ich mich dumm gestellt hatte. Ich weiß nicht, wie lange Beckram und Tosten schon hier waren oder was sie ihm erzählt hatten, aber es musste gut gewesen sein, denn er nickte schließlich und sagte: »Wenn Kariarn so nahe ist, können die Erklärungen warten. Wir sollten alles organisieren.«

Die Evakuierung dauerte erheblich länger, als mir lieb war, aber Duraugh ging sehr sorgfältig vor. Er ließ die Stallknechte sämtliche Pferde nach Iftahar bringen. Wir suchten Proviant und alles, was als Decke oder Waffe benutzt werden konnte, zusammen. Ich fand das Schwert und das Messer meines Vaters in der Waffenkammer und befestigte sie an meinem Gürtel. Meine eigenen Waffen hatte Kariarn mir abgenommen.

Als ich aus der Waffenkammer kam, stand ich meiner Mutter gegenüber.

Sie lächelte mich vage an. »Wann bist du zurückgekehrt, Fenwick?«

Meine Nackenhaare sträubten sich. »Mutter, ich bin Ward! Vater ist tot.«

Ihr Lächeln wurde strahlender, täuschte aber nicht über die Leere in ihren Augen hinweg. »Selbstverständlich. Und wie geht es meinem Jungen heute?«

»Da seid Ihr ja, Herrin.« Ihre Zofe kam um die Ecke. Sie warf mir einen defensiven Blick zu und wickelte meiner Mutter einen schweren Wollumhang um die Schultern. »Gehen wir in den Hof hinaus.« Zu mir sagte sie: »Sie ist schon eine Weile so. Die meiste Zeit weiß sie nicht einmal, wo sie sich aufhält.«

Oreg erschien an meiner Seite, die Arme voller Decken.

Ich holte tief Luft. »Bist du fertig? Wir müssen in den Hof gehen.«

Als wir vor das Hauptgebäude traten, sahen wir meinen Onkel dort bei der Arbeit. Fasziniert sah ich zu, wie er die Blaue Garde als Basis der Truppe einsetzte, die er aus Dienern gebildet hatte. Als er fertig war, marschierte ein bunt zusammengeflicktes Heer den Weg entlang zu den großen Toren hoch in den Bergen über Hurog. Der Aufstieg war schwierig, aber da wir uns so beeilen mussten, fand ich das Tempo unerträglich langsam.

»Und«, sagte Beckram und schloss zu mir auf, ein schlafendes Kind von drei oder vier Jahren auf den Armen, die Tochter eines der Küchenmädchen. »Hast du je versucht, unter den Bronzetoren zu graben?«

Ich glaube, es war das erste Mal, dass mein Vetter ein Gespräch mit mir anknüpfte. Ich wusste, dass ihm die Tore vollkommen egal waren. Es war ein Friedensangebot.

Ich nahm es an. »Nein. Nachdem du und dein Bruder diesen Graben um sie herum ausgehoben hattet, ließ Vater mich die Löcher wieder auffüllen.«

Er lachte. »Erdrick hielt es für Zeitverschwendung. *Ich* war es, der unbedingt graben wollte.« Das Mädchen, das er auf dem Arm hielt, spähte ihm wortlos ins Gesicht. Er lächelte es an, und es schmiegte sich wieder an ihn. »Was denkst du? Wozu sind sie gut?«

Ich zuckte die Achseln und kletterte weiter. Ich würde vermutlich Oreg fragen können. »Sie sind schon lange hier, Beckram. Früher einmal dachte ich, dass sie die Zwergenwege verbargen, aber wahrscheinlich befindet sich der Eingang dazu in Hurog selbst. Der Hurogmeten – mein Vater – sagte, sie könnten das Grab eines Helden aus alter Zeit sein.« Wir begruben unsere Toten am Hang des Hügels. Vielleicht war das eine alte Tradition.

Direkt vor uns fiel meine Mutter hin und wollte nicht wieder aufstehen, als ihre Zofe versuchte, sie hochzuziehen. Zögernd kniete ich mich neben sie. »Mutter?«, sagte ich.

Leere Augen starrten mich an.

»Tante, du kannst nicht hierbleiben«, sagte Beckram, der von seiner Last behindert wurde.

Ich wusste nicht, was ich tun sollte. Also bediente ich mich des vertrauten Trosts der Magie von Hurog. Ich hatte nicht vorgehabt, etwas zu tun, hatte nur in diesen leeren

Augen nach meiner Mutter gesucht – und ich konnte Personen mithilfe meiner Magie finden.

Eiseskälte kroch über meinen Rücken, als mir klar wurde, was die Magie mir sagte. Hinter diesem leeren Blick war nichts mehr, wirklich nichts mehr. Meine Mutter war für immer gegangen.

»Ich werde sie tragen«, erklärte ich, um die Zofe zu beruhigen.

Ich hob den Körper meiner Mutter hoch, der sich immer noch bewegte und noch atmete, und trug ihn den Rest des Wegs den Berg hinauf. Ich erinnerte mich daran, wie sie jung gewesen war und mit mir gespielt hatte, während mein Vater im Krieg gewesen war, und versuchte die Frau zu vergessen, die sich hinter ihren Kräutertränken versteckte, bis nichts mehr von ihr übrig geblieben war.

Wir schafften es bis zu den Bronzetoren, bevor Kariarn Hurog erreichte. Ich fand einen Platz, von dem aus ich auf die Burg hinunterschauen konnte. Ich hätte erschöpft sein sollen, und das war ich auch, aber der Fluss der Hurog-Magie durch meinen Körper verhinderte, dass ich es sonderlich spürte. Also fühlte ich mich beinahe friedlich, als ich von meinem Aussichtspunkt hoch oben am Berg sah, wie Kariarns Heer sich Hurog näherte. Sie blieben stehen, als sie die offenen Tore der Burg erspähten. Nach langem Zögern, währenddessen er vielleicht ein paar Reiter ausschickte, um sich zu überzeugen, ob die Burg tatsächlich leer war, ritt eine Gruppe von Soldaten weiter in den Vorhof.

Tosten kam hinter mich und versetzte mir einen festen Schlag auf die Schulter. Es war das erste Mal, dass er in meine Nähe gekommen war, seit ich ihn in der großen Halle gesehen hatte.

»Wofür war das denn?«, flüsterte ich wütend. Geräusche trugen weit in den Bergen, und Duraugh hatte uns alle gewarnt, wir müssten leise sein, sobald wir die Vorsag sähen.

»Dafür, dass du mich in Sicherheit geschickt und dich aufgemacht hast, um allen Ruhm einzuheimsen. Haverness sagte, es wäre nicht möglich, Hurog vor Kariarn mit einem Heer zu erreichen. Und du hast es gewusst!«, erwiderte er ebenso hitzig.

Ich rieb mir die Schulter und kam zu dem Schluss, dass er ein Recht darauf hatte, wütend zu sein. »Wie seid ihr also hergekommen? Ich wäre beinahe umgefallen, als ich dich in der großen Halle sah. Du solltest in Callis sein, in Sicherheit.«

Tosten grinste mich an, so jungenhaft, dass es mir bis ins Herz wehtat. »Du wirst dir wünschen, du wärest mit uns gekommen«, sagte er. »Erinnerst du dich, dass es nur ein paar Burgen gab, mit denen die Zwerge Handel trieben?«

Ich nickte.

»Das liegt daran, dass sie auf einem unterirdischen Fluss reisen, und es gibt nur ein paar Stellen, an denen er an die Oberfläche kommt. Hurog ist eine davon und Callis eine andere.« Er lachte leise. »Du hättest das Gesicht des alten Haverness sehen sollen, als Axiel uns zu einer Öffnung im Keller führte.«

»Ihr hättet das Gesicht meines Vaters sehen sollen, als er herausfand, dass ich Menschen unseren geheimen Weg gezeigt habe«, warf Axiel ein und ließ sich neben mir nieder. Die acht Zwerge, die ihm folgten wie eine Art Ehrenwache, fanden Plätze vor ihm. Er reichte mir eine Decke, und ich wickelte mich hinein. »Ich habe ihm die Situation erklärt, und er gestattete, dass ich alle hierher brachte.« Er sah mich ernst an, als wollte er unbedingt, dass ich eine gute Meinung von seinem Vater bekam. »Das war nicht billig, Ward. Es braucht viel Magie, um die Wasserwege zu benutzen, und mein Vater hat nicht viel Macht zu verschwenden.«

Tosten schüttelte ehrfürchtig den Kopf. »Es war unglaublich, Ward. Einige der Höhlen sahen aus, als bestünden sie aus Kristall. Die Boote waren flach wie die Flussboote, die sie in Tallven auf den zahmen Flüssen benutzen, aber der unterirdische Wasserweg ist alles andere als friedlich. Ich glaube nicht, dass wir schneller hätten hier sein können, selbst wenn wir geflogen wären.«

Beckram, der mit Ciarra vorbeikam, blieb stehen und sagte: »Es war unglaublich. Vor allem, weil wir alle überlebt haben und bis Hurog gekommen sind.«

Ciarra setzte sich und zog die Hälfte meiner Decke um sich. Ich legte ihr den Arm um die Schultern, endlich zufrieden. Die Magie meiner Heimat beruhigte meine Seele, und Ciarras Anwesenheit hatte gerade mein Wohlbefinden vergrößert. Obwohl die Aussichten denkbar schlecht gewesen waren, würde Hurog das Eindringen Kariarns überleben, und mein Onkel war ebenfalls gerettet. Kariarn würde uns nicht bis hier oben verfolgen.

Ich konnte mich an keine Zeit erinnern, in der ich glücklicher gewesen war als nun, als ich die Funken von Kariarns Fackelträgern auf den Kronen der Mauern von Hurog beobachtete. Oreg setzte sich vor mich. Auf seinen Zügen lag der gleiche tiefe Frieden, den ich empfand. Sein Frieden störte den meinen jedoch. Er hatte sich solche Sorgen um die Drachenknochen gemacht, und nun gab er sich damit zufrieden, sie Kariarn zu überlassen? Ich würde ihn niemals verstehen.

Mit einer verträumten Stimme, die deutlich von jedem zu verstehen war, der zuhören wollte, sagte er: »Sie sind den

Drachenknochen jetzt sehr nahe. Kariarn hat keine Zeit verschwendet.«

»Was?«, sagte Axiel in einem Ton, den ich noch nie von ihm gehört hatte. »Welche Drachenknochen?«

Oreg lächelte Axiel an und sagte unschuldig: »Haben wir nicht gesagt, was es war, das Kariarn wollte? Was Ward opfern würde, um die Bewohner von Hurog zu retten?«

Seine Selbstzufriedenheit bewirkte, dass ich Ciarra ein wenig von mir wegschob. Ich wickelte die Decke fest um sie und behielt dabei Oreg im Auge.

Axiel sah mich anklagend an. »Es gibt Drachenknochen in Hurog?«

Ich nickte.

Einer der Zwerge sagte mit einer Stimme wie der Winterwind: »Drachen fressen ihre Toten, damit keine Drachenknochen übrig bleiben, mit denen dumme Menschen spielen könnten.«

Axiel ignorierte ihn. »Ihr dürft nicht zulassen, dass Kariarn sie bekommt.« Angst lag in seiner Stimme. Ich hatte Axiel nie zuvor verängstigt erlebt. »Habt Ihr vergessen, was er in Oranstein getan hat? Die Dörfer? Er hat Dutzende von Menschen umgebracht, um sich ein bisschen mehr Macht zu verschaffen, und Ihr wollt ihm *Drachenknochen* überlassen?«

Oreg lächelte mich an. »Ward weiß nichts über Drachenknochen. Er wurde nie in Magie ausgebildet. Jemand sollte ihm sagen, was Drachenknochen bewirken können. Ich glaube nicht, dass er es akzeptieren würde, wenn nur ich das täte.«

»Einem menschlichen Magier Drachenknochen zu geben ist, als gäbe man einem Kleinkind in einer Grashütte eine brennende Fackel.« Axiel hatte um Worte ringen müssen.

»Es ist verboten«, sagte der Zwerg, der zuvor bereits gesprochen hatte. Aufgeregt stand er auf. »Es gibt einem Menschen zu viel Macht … korrumpierende Macht. Mein König glaubt, dass es dies war, was überhaupt erst zu dem Fluch führte, der die Zwerge befallen hat – dass ein menschlicher Magier einen Drachenknochen konsumierte.«

Seleg, dachte ich. *Hatte Seleg sich auf diese Weise Macht verschafft?*

»Kariarn wird alles zerstören, was von dieser Welt übrig ist, Ward.« Axiels Gesicht war blass im schwindenden Licht. »Ihr Götter … wir sind dem Untergang geweiht.«

»Sie sind in der Höhle«, sagte Oreg, der mich immer noch ansah. Sein Blick war konzentriert, wie der einer Katze, die mit der Maus spielte. Wohin hatte er mich geführt? Und es war seine bewusste Entscheidung gewesen – er hatte mir nie zu erklären versucht, dass die Drachenknochen so gefährlich waren. »Ward weiß, wie man sie aufhält.«

Und das tat ich. O Siphern, das tat ich. Oreg hatte es mir selbst gesagt.

»Du hast behauptet, du könntest sie tagelang aufhalten, Oreg.« Meine Stimme war angespannt.

»Das hätte ich tun können«, stimmte er zu. »Aber das hätte das Ergebnis nur verzögert. Also habe ich ihm stattdessen ein bisschen geholfen. Du hast mich einmal gefragt, ob es eine Möglichkeit gäbe, rückgängig zu machen, was Seleg getan hat.«

Stala behauptete immer, es sei ebenso wichtig zu wissen, was Verbündete antreibt, als die Motive der Feinde zu kennen. Oreg hatte mir vor langer Zeit einmal gesagt, was er wollte, als eine unsichtbare Peitsche seine Haut aufriss, aber ich hatte nicht darauf geachtet. Oreg wollte sterben.

Er hatte es geplant. Jeden Schritt, den wir gemacht hatten, seit wir das Schiff verließen. Deshalb hatte er aufgehört, wütend auf mich zu sein – er hatte gewusst, dass er mich zwingen konnte, mich in diese Situation zu begeben. Tränen traten mir in die Augen, und ich rang nach Luft. Ich *beschützte* die, die ich liebte!

»Die Höhle befindet sich unter der Burg«, sagte ich. »Sie wird immer noch da sein, auch wenn Hurog einstürzt und kein Stein auf dem anderen bleibt.«

»Das ist egal«, erwidert er. »Ich kann dafür sorgen, dass die Höhle einstürzt. Ward, du kannst die Vergangenheit nicht ändern, aber du kannst dafür sorgen, dass das, was falsch war, wieder richtig wird.« Einen Augenblick schaute er ins Leere, und als er weiter sprach, klang er hektisch. »Du musst dich beeilen. Sie haben die Knochen gefunden. Du musst es sofort tun.« Er beugte sich ernst zu mir. »Seleg konnte nicht zulassen, dass Hurog zerstört wurde, also fand das Böse hier seinen Anfang. Euer Vater wäre nie imstande gewesen, so viel aufzugeben, nur um das Richtige zu tun, um zu korrigieren, was falsch gemacht wurde. Das ist etwas, was nur du, Wardwick, Hurogmeten, tun kannst, wegen des Rings, den du trägst.«

Ich zog den Dolch meines Vaters und starrte Oreg ins Gesicht, auf dem sich ein schrecklicher Ausdruck von Triumph abzeichnete.

»Bitte, Ward.«

Tränen verhinderten, dass ich noch klar sehen konnte, als ich die Hand an seine Wange legte. Ein Teil von mir war sich bewusst, dass Ciarra gegen ihre Decke ankämpfte und versuchte, mich aufzuhalten. Ich küsste Oreg auf die Stirn, dann bewegte ich mich hinter ihn. Ich hielt ihn fest, als ich das scharfe Jagdmesser meines Vaters in seine Schädelbasis stach, mit der Hand, an der ich den abgewetzten Platinring trug. Es ging schnell. Es war sehr wahrscheinlich schmerzlos – zumindest für ihn. Ich spürte seinen letzten Atemzug an meinem Arm, Wärme in der Kälte der Nacht, aber ich wusste, dass mir nie wieder warm sein würde.

Einen Augenblick schien es, als verharre der Wald rings um uns herum lautlos und wartete. Dann bebte die Erde von der Kraft der Magie, die Oregs Tod freigesetzt hatte. Die überraschten Schreie der Männer und Frauen am Berg wurden von den Geräuschen übertönt, die von drunten aufstiegen.

Denn die Burg Hurog, mein Zuhause, stürzte ein. Die uralten Türme, gezeichnet von den Klauen von Drachen, fielen um, einer nach dem anderen. Dann brach mit einem gewaltigen Krachen die gesamte Burg auseinander, und die Mauern stürzten nach innen. Staub stieg auf, und er und der dunkler werdende Himmel verbargen Hurog gnädig vor meinem Blick.

Aber für mich war das alles zweitrangig, ebenso wie das Kratzen von Ciarras Nägeln, die wild an meiner blutigen Hand rissen, und der ungläubige Blick in Tostens Augen, als er versuchte, sie von mir wegzuziehen. Selbst die schnelle Auflösung von Oregs Leiche, als absorbierten die Jahre, die er künstlich ferngehalten hatte, nun seine Essenz, geschah wie in weiter Ferne.

Ich konnte nur den Rausch der Magie spüren, die mich durchdrang und meine Lunge und mein Herz verbrannte, als das Land von einem uralten Unrecht gereinigt wurde, viel älter noch als der Drache, den Seleg umgebracht hatte. Oreg hatte sich geirrt. Selegs Verrat hatte vielleicht den Stöpsel aus der Phiole des Bösen gezogen, aber ich verstand nun, dass ein älteres Unrecht das Land vergiftet hatte. Ein Verbrechen eines Vaters gegen seinen Sohn.

Das Beben war vorüber, bevor Tosten Ciarra endlich von mir wegziehen konnte. Unter uns waren die einst so unerschütterlichen Mauern von Hurog nichts weiter als ein formloser Haufen, über den die Nacht bald gnädig ihre Decke zog.

Als ich dort am Berghang saß, mit einer Spur von Staub im Schoß, kam ich zu dem Schluss, dass Axiel recht gehabt hatte. Ich hatte den Fluch aufgehalten, der sein Volk umbrachte. Und, wie Aethervon ihm prophezeit hatte, ich hätte es ohne ihn nicht tun können. Ich hätte Oreg niemals umgebracht, wenn nur er mir bestätigt hätte, dass die Drachenknochen gefährlich waren. Es hatte das nackte Entsetzen auf Axiels Gesicht gebraucht, die Angst dieses Mannes, der sich niemals fürchtete, um mich zu überzeugen.

Ich hatte gerade die Fünf Königreiche von Mächten gerettet, die man seit dem Zeitalter des Kaiserreichs nicht mehr gesehen hatte. Und ich hatte es getan, indem ich schlimmer gewesen war als mein Vater. Ich hatte einen Mann getötet, den ich geliebt hatte wie einen Bruder.

Oreg hatte recht. Mein Vater hätte es nicht getan, hätte die Notwendigkeit nicht eingesehen. Seleg hätte es nicht getan; er wäre überzeugt gewesen, dass er den Schaden begrenzen könnte. Er hätte die Angst auf Axiels Gesicht nicht bemerkt, die Gefahr nicht verstanden. Es war Wardwick von Hurog, der Oreg tötete und Hurog zerstörte.

Ich kauerte auf dem kalten Boden. Jeder Fassade entblößt, bis es nur noch mich und keinen anderen gab, verbarg ich das Gesicht in meinen blutigen Händen und weinte.

15

Geschichten und Lieder haben alle ein letztes Wort, aber im wirklichen Leben ist nicht einmal der Tod ein wahres Ende – man sehe sich nur den dauerhaften Eindruck an, den mein Vater hinterließ.

Sie sagen mir, ich hätte mehrere Tage kein Wort gesprochen, aber daran erinnere ich mich nicht. Der Heiler, den mein Onkel zu mir schickte, behauptete, es läge an meiner Erschöpfung – Oreg und ich waren mindestens fünfzehn Meilen gerannt, bevor Oreg imstande gewesen war, uns nach Hurog zu bringen – und an dem Blutverlust von der Basiliskenwunde an meinem Rücken.

Die Blaue Garde, erzählte mein Onkel mir später, vertrieb die wenigen Vorsag, die nicht freiwillig abgezogen waren. Duraughs feste Hände an den Zügeln sorgten dafür, dass die Ernte eingebracht wurde, obwohl sie eher kläglich ausfiel.

Dieser Winter war schwer für die Menschen von Hurog. Es war nicht das Essen: Mein Onkel ließ Getreide aus Iftahar bringen. Aber die Vorsag hatten so viele Hütten verbrannt, wie sie finden konnten, und die Unterkünfte, die wir vor dem Winter errichten konnten, genügten nicht, um die Wut des Nordwinds abzuhalten.

Mein Onkel hatte versucht, mich zusammen mit meiner Mutter, Ciarra und Tosten nach Iftahar zu bringen, aber ich weigerte mich zu gehen. Ich konnte Hurog nicht verlassen. Nur die Burg war zerstört, die Menschen waren immer noch in Gefahr.

Mein Onkel verstand das. Eines Abends, nachdem wir den ganzen Tag Weizen geerntet hatten, erzählte ich ihm die ganze Geschichte darüber, was Oreg gewesen war und warum ich ihnen allen das hier angetan hatte: Duraugh, Tosten, Ciarra, Beckram, Axiel und Stala. Axiel und seine Zwergenkameraden verabschiedeten sich bald danach, denn sie hatten sich einen Weg zu ihrem unterirdischen Fluss gebahnt. Axiel versprach, im Frühjahr zurückzukommen. Ciarra mied mich, wann immer sie konnte, was Tosten so beunruhigte, dass ich beiden aus dem Weg ging, bis mein Onkel nach Iftahar aufbrach und sie mitnahm, vor dem ersten Wintersturm.

Ich nahm oft Blümchen oder Feder, die mehrere Wochen nach der Zerstörung von Hurog zusammen mit den anderen Pferden, die wir zurückgelassen hatten, zu uns zurückgekehrt waren, und ritt in einem Tempo über die Bergpfade, das Penrod zu einem Kopfschütteln veranlasst hätte. Als der Schnee das unmöglich machte, kämpfte ich mit Stala und allen mutigen Seelen in der Blauen Garde, die dazu bereit waren. Das genügte nicht, also begann ich, Hurog auszugraben, wo die Zwerge aufgehört hatten, und trennte die guten Steine von den zerbrochenen. Zuerst tat ich es allein, aber eines Morgens stellte ich fest, dass Stala einen Trupp von Leuten organisiert hatte, die mir halfen. Bis der Schnee schmolz, hatten wir die inneren Mauern wieder errichtet.

Im Frühling behandelten die Menschen von Hurog mich, als wäre ich der Hurogmeten, obwohl alle wussten, dass dieser Titel offiziell meinem Onkel zustand. Bald nachdem die ersten Rotkehlchen aus dem Süden zurückgekehrt waren, kam auch mein Bruder wieder nach Hurog.

Ich wusste, dass er kam, nicht, weil er einen Boten geschickt hätte, sondern weil die Grashalme von Hurog flüsterten, dass jemand von Hurogblut zurückgekehrt sei. Seit ich Oreg getötet hatte, war ich noch besser eingestimmt auf die magischen Schwingungen rings um die Burg. Früher einmal hatte ich sie gebraucht, um mich zu vervollständigen, nun vervollständigte ich sie.

Ich nahm Feder und ritt meinem Bruder entgegen.

»Du hast abgenommen«, sagte er.

»Du siehst besser aus«, erwiderte ich, weil das der Wahrheit entsprach. Die Aura der Einsamkeit, die er wie einen Umhang um sich getragen hatte, war verschwunden.

»Mutter ist tot«, sagte er. »Ihre Zofe fand sie eines Nachts, wie sie bei einem Unwetter draußen umherirrte. Sie bekam Fieber und schwand dahin.«

Ich nickte, aber ich wusste, dass sie schon vor langer Zeit gestorben war.

»Ich bin auch gekommen, um dir zu sagen, dass Beckram und Ciarra verlobt sind«, sagte er vorsichtig.

Feder, die sich ärgerte, so lange stehen bleiben zu müssen, ohne einen Grund dafür zu sehen, scharrte am Boden, wurde aber wieder ruhig, als ich mein Gewicht verlagerte. Beckram und Ciarra? Sie war siebzehn; Mutter war jünger gewesen, als sie Vater heiratete. Aber *Beckram* und *Ciarra?*

»Richte ihm aus, ich erwarte, dass er sie vom Abflusssystem fernhält«, sagte ich schließlich.

Tosten wandte den Blick ab. »Ich wollte sie überreden herzukommen und es dir selbst zu erzählen. Sie lässt dich grüßen.«

Ich nickte.

»Sie kann jetzt sprechen, wusstest du das?«

Das tat ich. »Duraugh hat es mir geschrieben.«

»Sie hat Angst, dass sie ihre Stimme wieder verliert, wenn sie nach Hurog zurückkehrt. Aber sie will, dass du im Sommer zu ihrer Hochzeit kommst.«

»In Ordnung«, sagte ich.

»Unser Onkel besteht darauf, dass du Hurog bekommst. Beckram will es nicht haben. Duraugh hat eine förmliche Petition an den König geschickt.«

»Der König hat im Augenblick andere Sorgen«, sagte ich. Sobald klar war, dass Kariarn nicht mehr lebte, war es Haverness' Hundert nicht schwergefallen, die Vorsag zu vertreiben. Aber die Hundert waren danach nicht nach Estian zurückgekehrt, als man sie dazu aufforderte. Sie waren auf ihre Ländereien gegangen und stellten dort angeblich Truppen auf. Jakoven hätte es vielleicht Verrat genannt, aber der Rest der Fünf Königreiche hielt Haverness' Hundert für Helden. Und Helden konnte man schwer bestrafen.

»Interessiert dich das nicht?« Tosten klang besorgt.

Ich zuckte die Achseln und betrachtete den abgewetzten Platinring an meinem Finger. »Wirst du hierbleiben?«

»Wenn du mich willst.«

Feder machte einen Seitwärtsschritt, als ich mich zu ihm beugte. »Du bist mein Bruder. Du bist hier stets willkommen.«

Um die inneren Gebäude von Hurog wieder zu errichten, musste ich zunächst den Schutt abtragen, damit ich eine Art Stütze über die Decke der Drachenknochenhöhle bauen konnte, die in der Mitte eingestürzt war und Kariarn und seine Zauberer getötet und unter einem Berg von Steinen begraben hatte. Meine Arbeitertruppe war inzwischen reduziert, denn es wurden Leute gebraucht, die die Felder bebauten, also waren nur Stalas Blaue Garde und Tosten anwesend, als wir die Leichen von Bastilla, Kariarn und den anderen Zauberern fanden. Oreg hatte recht gehabt: Sie waren den Drachenknochen sehr nahe gekommen.

Ich ließ sie in dem Massengrab beisetzen, das wir für die anderen Leichen aus den Trümmern gegraben hatten. Wenn die Vorsag einen Beweis für Kariarns Tod wollten, würden sie sich auf mein Wort verlassen müssen, denn die Leichen ließen sich nur noch anhand der Kleidung identifizieren. Ich trug Bastillas Leiche selbst nach draußen.

Sei es durch Oregs Magie oder durch Zufall, die Drachenknochen waren immer noch unversehrt. Axiel kehrte bald zurück, um Tosten und mir bei ihrer Bergung zu helfen, und wir brachten sie zu dem Feld mit dem Salzschaden. Zu dritt zermahlten wir die Knochen zu Mehl und ackerten sie unter, wie Duraugh es im Jahr zuvor mit Muschelschalen gemacht hatte. Axiel wirkte erleichtert, nachdem das letzte weiße Pulver unter die Erde gebracht war. Als das Feld bepflanzt wurde, gediehen die Pflanzen in der einstmals vergifteten Erde.

Eines Morgens im Hochsommer erwachte ich früh und wusste, dass sich etwas verändert hatte. Ich zog rasch meine Reitkleidung an und sattelte Blümchen selbst, um schneller auf die Bergpfade zu kommen. Der Hengst spürte, dass ich es eilig hatte, und rannte, als wären ihm die Dämonen von Menogue auf den Fersen. Er verlangsamte sein Tempo erst, als der Weg so steil wurde, dass ich absteigen und neben ihm hergehen musste. Als er abrupt erstarrte, die Augen rollte und mit plötzlicher Dringlichkeit witterte, blieb ich neben ihm stehen.

»Was ist denn?«, fragte ich. Es brauchte einiges, um einem Tier Angst zu machen, das so oft im Kampf gestanden hatte wie Blümchen.

Der Hengst schnaubte bei Klang meiner Stimme und drehte sich, um den verschwitzten Kopf an mir zu reiben, wodurch er mich einen Schritt zur Seite schob. Was immer ihn beunruhigt hatte, war verschwunden.

Ich konnte nun auch etwas riechen. Es erinnerte mich an eine Schmiede: Hitze und Metall. Deshalb war ich nicht so überrascht, wie ich hätte sein sollen, als wir über die letzte Anhöhe kamen und die Bronzetore offen vor uns lagen.

Axiel hatte sie sich auf meine Bitte hin angesehen und erklärt, er glaube nicht, dass sie sich öffnen ließen. Er wusste ebenso wenig über ihren Zweck wie ich. Und Oreg war nicht mehr da gewesen, um ihn zu fragen.

Nun standen die Tore offen, aber man sah ihnen an, wie schwierig das Öffnen gewesen war. Das Metall war an der Unterseite geschwärzt wie von einem schrecklichen Feuer. Der linke Torflügel lag ein paar Schritte entfernt, der rechte war verzogen und verbogen. Als ich den Flügel berührte, der mir am nächsten war, fühlte er sich noch warm an. Ich zog daran, aber ich konnte ihn keinen Zoll weit bewegen.

Ich ließ Blümchens Zügel sinken und näherte mich vorsichtig dem Loch im Berg, das die Tore verschlossen hatten. Ich weiß nicht, was ich erwartet hatte, aber ein leeres Loch war irgendwie enttäuschend. Es war nur ein rechteckiger Raum, kaum tiefer, als ich hoch war. Wenn ich einen Heuwagen hineingelenkt hätte, wäre kein Platz mehr für das Gespann gewesen. Das einzig Seltsame war die Geradheit der Wände und Ecken, wenn man bedachte, dass alles aus gestampfter Erde bestand. Hinter mir wieherte Blümchen einen Gruß. Ich drehte mich um und nahm an, dass Tosten mir gefolgt war, denn Blümchen hieß Fremde nicht auf diese Weise willkommen.

Aber Oreg war auch kaum ein Fremder.

»Hallo, Ward«, sagte er mit verlegenem Schulterzucken.

Ich schluckte. »Ich hoffe, das bedeutet nicht, dass ich dich noch einmal umbringen muss«, sagte ich.

Er konzentrierte sich auf die Ruinen von Hurog und tätschelte zerstreut Blümchens Stirn. »Ich wusste, dass du schwierig sein würdest.«

Er sah mir ins Gesicht, dann wandte er den Blick schnell wieder der Burg zu. »Ihr habt gute Arbeit geleistet. Was hast du mit den Drachenknochen gemacht?«

»Sie in das Feld gesät, auf das die Salzlawine niedergegangen war.«

Er lächelte. »Also brauche ich sie nicht zu essen?«

»Ich dachte, das wäre eine schlechte Sache«, erwiderte ich. Es gab noch etwas, was jemand über das Essen von Drachenknochen gesagt hatte, aber ich konnte mich nicht erinnern, was es gewesen war.

Oreg bückte sich und griff nach einem Stein. Er machte zwei Schritte und warf ihn. Wir sahen beide zu, wie der Stein den Berg hinunterhüpfte, bis er unter ein Brombeergebüsch rollte. »Nicht, wenn man ein Drache ist«, sagte er. Als er mein Gesicht sah, fügte er beinahe hektisch hinzu: »Ich wusste nicht, dass ich nicht sterben würde. Das musst du mir glauben. Ich hätte dir nicht auf diese Weise wehgetan, wenn ich es hätte vermeiden können. Drachen werden sehr alt, aber man kann sie töten, und ich bin nur ein Viertelblut. Ich dachte, sein Zauber hätte meine Seele auf eine Weise an den Stein gebunden, die meinen Tod verlangte.«

Meine Zunge war träge. Ich konnte keine der Fragen stellen, die mir durch den Kopf wirbelten. Was ich herausbrachte, war: »Die Kaiser der alten Zeiten, heißt es, hatten einen Drachen, der ihnen diente.« Das hatte Kariarn mir erzählt.

»Mein Vater«, bestätigte Oreg. »Drachen können Menschengestalt annehmen. Meine Großmutter war jung und dumm und verliebte sich in einen Menschen. Mein Vater gehörte in keine Welt und entschloss sich, den Kaisern als Magier zu dienen.« Er sprach zu schnell, unbedingt bemüht, alles richtig zu machen.

»Was war in dem Loch?«, fragte ich.

»Ich«, antwortete er. »Ich war da drin. Ich wusste nicht, dass er meinen Körper dort aufbewahrt hatte.«

Ich setzte mich hin und stützte das Kinn auf die Hände, in der Hoffnung, dass mir endlich etwas einfiele, was ich sagen, was ich fühlen konnte.

»Du hast abgenommen«, sagte er nach einer Weile, und ich erinnerte mich, das Tosten das Gleiche gesagt hatte.

»Ja. Nun ja, ich dachte, ich hätte dich umgebracht.« Ich entdeckte, dass es mich nicht störte, wenn er Schuldgefühle hatte. Es linderte die Tiefe des Zorns, den ich empfand. Eine Grube, die unter einem anderen, größeren Gefühl klaffte.

»Sag mir, was ich tun kann«, bat er und schien selbst den Tränen nahe zu sein. Er kam näher und fiel auf die Knie.

»Wieso hast du so lange gebraucht?«, fragte ich, ohne ihn anzusehen.

»Ich war tot«, antwortete er. »Oder jedenfalls nahe genug dran, dass es keinen Unterschied machte. Ich weiß nicht, wie lange es war – ein Jahr? Zwei? Nicht viel länger, oder du hättest dich mehr verändert. Es brauchte so lange, bis ich erwachte. Mein Körper hatte dort seit … nun, seit vor dem Tod des letzten Kaisers gelegen, seit Jahrtausenden. Magie ist mächtig, aber nicht immer schnell.«

»Wenn dein Vater dich gezwungen hat, diesen Körper anzunehmen, den ich getötet habe, wie kommt es, dass du so aussiehst wie jetzt?«, fragte ich.

Er stieß ein halbes Lachen aus. »Weil der Körper, den er schuf, mir nach und nach ähnlich wurde. Drachen können die Gestalt verändern. Wie, glaubst du, wurde mein Vater empfangen?«

Ich war erheblich länger als die letzten paar Minuten wütend auf ihn gewesen. Zum ersten Mal in beinahe einem Jahr spürte ich, wie dieser Zorn davonglitt, bis er außer Reichweite war.

»Es war weniger als ein Jahr«, beantwortete ich seine vorherige Frage.

Er musste etwas an meiner Stimme bemerkt haben, denn er nahm eine lässigere Haltung ein und entspannte sich ein wenig. »Das überrascht mich wirklich. Ich hätte gedacht, es brauche viel länger.«

»Du bist doch kein Sklave von dem hier mehr, oder?«, fragte ich und zeigte auf den silberfarbenen Ring.

Er schüttelte den Kopf. »Nein.«

Es gab Dinge, die ich aussprechen wollte, aber ich war zu sehr der Sohn meines Vaters, um mich bei den meisten von ihnen wohl zu fühlen. Also bat ich um mehr Informationen, nur um seine Stimme zu hören und zu wissen, dass ich mir das alles nicht nur einbildete.

»Bist du der Letzte von ihnen?«, fragte ich.

»Es gibt andere Drachen, Ward, obwohl sie immer selten waren. Nun, da das Gift aus der Magie verschwunden ist, erwarte ich, dass einige von ihnen zurückkehren.«

»Du könntest etwas für mich tun«, sagte ich abrupt. »Ich habe mich immer gefragt, wie ein Drache aussieht.«

Er grinste mich an und sah Tosten plötzlich noch viel

ähnlicher. Dann sprang er auf, machte mehrere Schritte zurück und *veränderte sich:* Die Linien seiner menschlichen Gestalt schien ganz natürlich in etwas viel Größeres überzugehen.

Wir hatten beide Blümchen vergessen, der erstarrte und dann zurückwich, bis seine Zügel nur noch so gerade eben dort waren, wo ich sie fallen gelassen hatte. Als ich ihn beruhigt hatte, gab es wieder einen Drachen in Hurog.

Er war mindestens doppelt so groß wie der Steindrache und viel phantastischer. Seine schmale Schnauze hatte eine tiefblaue Färbung, ebenso wie die Füße und die scharfen Krallen. Über der Schnauze mit ihren beeindruckenden Zähnen wurden die Schuppen heller bis hin zu einem Lila, das blasser war als seine Hurog-blauen Augen, an denen sich nur die Form geändert hatte und die nun in seinem Gesicht zu leuchten schienen. Seine Flügel, halb gefaltet, hatten Ränder in Gold und Schwarz; die Schuppenhaut, die die zerbrechlichen Flügelknochen verband, war lavendelfarben.

Wie Blümchen war ich erstarrt, aber es war seine Schönheit, die das bewirkte, nicht Angst.

»Ich habe nie so viele Schattierungen von Lila gesehen«, sagte ich, und, die Götter mögen mich erlösen, er plusterte sich ein wenig auf, bog die Stacheln entlang seinem Rückgrat und breitete die Flügel vollständig aus.

Diese plötzliche Bewegung war beinahe zu viel für Blümchen. Er stieß eine schrille Herausforderung aus und stieg. Sofort klappte der Drache die Flügel wieder zusammen und verwandelte sich langsam zurück in den Oreg, den ich gekannt hatte.

»Tut mir leid«, sagte er. »Ich hatte vergessen, dass ich das Pferd erschrecken würde.«

Blümchen schnaubte besorgt und überzeugte sich, dass der Pferdefresser verschwunden war und seinen Leuten nichts mehr tun würde.

»Sipherns Schwur, Oreg«, hauchte ich. »Das war das Wunderbarste, was ich je gesehen habe!«

Er schlang nervös die Arme um den Oberkörper. »Heißt das, dass ich hierblieben darf?«

Ein Gefühl gewaltiger Zufriedenheit überkam mich, das bis auf die Knochen ging und die widersprüchliche Mischung aus Wut und Freude wegwischte, die mich befallen hatte.

»Du bist mein Bruder«, sagte ich, wie ich es zu Tosten gesagt hatte. »Du wirst hier immer zu Hause sein.«

Als wir die Bergpfade entlang nach unten gingen, fragte ich: »Oreg, wie kommt es, dass deine menschliche Gestalt Tosten und vielen anderen Hurogs, die ich kenne, so ähnlich sieht?«

Er grinste und blickte unter seinen Wimpern zu mir auf. »Ward, ich dachte, das wüsstest du. Hurog bedeutet Drache.«

ZWEITES BUCH

1 TISALA IN ESTIAN

Es braucht viele Jahre schwerer Arbeit und echter Hingabe, um ein kompetenter Folterknecht zu werden. Junge Männer wollen sich einfach nicht die Zeit nehmen, das Handwerk richtig zu erlernen.

– Lloth von Edelbreck, Königlicher Folterknecht

»Es ist genau wie beim Häuten eines Kaninchens«, sagte der alte Mann zu seinem Enkel. In seinem Griff lag eine Kraft, die sein Altmännergesicht Lügen strafte, als er mit einem scharfen Messer ein weiteres Stückchen Fleisch von Tisalas Finger abschnitt.

»Ich habe nie ein Kaninchen gehäutet, das noch lebte.« Der Junge wirkte elend, wie ein Rekrut, der zum ersten Mal Blut sieht.

Nun verlor der alte Mann vollkommen die Geduld. »Sei nicht albern! Und jetzt pass auf.«

Die nächste Bewegung des Messers zwang Tisalas Aufmerksamkeit wieder zu ihrem Körper zurück. Sie würde dem alten Mann irgendwann sagen, was er wissen musste, aber wenn sie lange genug wartete, würden sie sich auf nichts verlassen können, was sie von sich gab. Sie war nicht einmal zwei Tage hier, doch ihr tat bereits alles weh, und ihr Geist scheute vor dem zurück, was man ihr angetan hatte.

»Was weißt du über Alizons Haufen, kleines Mädchen? Sag es mir, und ich kann aufhören, dir wehzutun«, gurrte er, während das Messer seine Magie wirkte. »Ich tue kleinen Mädchen nicht gern weh, aber du verbirgst etwas, was unser König wissen muss. Ein Bruder sollte nicht versuchen, seinem eigenen Bruder zu schaden. Was Alizon da tut, ist falsch, und das weißt du auch. Du brauchst mir nur zu sagen, wer ihm dabei hilft, und ich kann aufhören.«

Sie fürchtete den Tod nicht, nicht einmal den Tod durch Folter. Tod war auf einem Schlachtfeld ein stetiger Begleiter und ebenso oft ein Freund wie ein Feind. Verrat jedoch, Verrat war wirklich furchterregend. Es wäre besser, wenn sie schnell stürbe, bevor sie jemandem wehtat, den sie gern hatte. Sie würde warten und sehen, ob sie den Folterknecht durch scharfe Worte zu einem Fehler verleiten konnte. Jemand hatte ihr einmal gesagt, ihre Zunge sei ihre schrecklichste Waffe, und es war die einzige, die sie ihr noch nicht genommen hatten.

»Wie kannst du so etwas nur den ganzen Tag tun?«, fragte der Junge erschüttert. »Großvater, können die Magier jemanden nicht zum Reden bringen?«

Der alte Mann schnaubte. »Die Magier können eine Person dazu bringen, alles zu sagen, was sie wollen, aber man kann aus Magie keine echten Informationen beziehen. Gute Informationen erhält man nur, wenn man Männer wie mich einsetzt. Leute wie ich retten Leben auf dem Schlachtfeld und schenken unserem König seine Siege.«

»Warum arbeitest du hier an dieser Frau und nicht in der Burg?« Aufgesetzte Forschheit, nicht Neugier, hatte diese Frage hervorgebracht. Tisala sah ihm an, dass er die Antwort bereits kannte.

»Um der Geheimhaltung willen.« Die Stimme des alten Mannes zitterte und verriet sein Alter nun doch.

Der Junge schnaubte. »Ja, denn wenn seine kostbaren Adligen wüssten, was wir hier einer adligen Frau antun, würden sie sich Alizons Rebellion anschließen. Eine Frau zu foltern, ist schmutzige Arbeit und des Folterknechts eines Königs nicht würdig. Er wird dich ebenfalls loswerden wollen, Großvater, wenn du hier fertig bist.«

Sehr wahrscheinlich, dachte Tisala.

»Ich tue, was man mir aufträgt, Junge. Ich bin der Folterknecht des Königs.« Der alte Mann war so aufgeregt, dass er mit dem Messer abrutschte. Blut schoss über ihren Arm und seine Hand.

Der Junge sah das, schluckte angestrengt, drehte sich dann um und rannte davon. Er warf die schwere Holztür hinter sich zu. Erbost starrte der alte Mann ihm hinterher und verfluchte die Mutter, die ihren Jungen zu einem solchen Schwächling erzogen hatte.

Tisala konnte kaum glauben, dass der alte Meister so dumm war, aber er blieb weiterhin der Tür zugewandt, das Messer in der vom Blut glitschigen Hand – so dicht an ihrer eigenen Hand, die er in seinem nun eher unaufmerksamen Griff hielt.

Tisala wartete nie auf eine zweite Gelegenheit.

Sie drehte das Handgelenk, brach seinen Griff und riss die Schulter nach vorn. Dann packte sie die Hand mit dem Messer und benutzte sie, um dem alten Mann die Kehle durchzuschneiden.

Sie war immer noch an die Bank gebunden, auf der sie lag, und konnte den alten Mann weder langsam zu Boden sinken lassen noch dem Blut ausweichen, das aus seiner Wunde sprudelte. Aber sie hielt seine Hand weiter fest, obwohl ihre eigene so grausig verwundet war. Sobald die Leiche schlaff wurde, bewegte sie ihre Hand langsam von der des Folterknechts zum Messer.

Einen schrecklichen Augenblick befürchtete sie, das Messer werde ihrem schwachen Griff entgleiten und sie an den Tisch gebunden bleiben. Aber als der Arm des alten Mannes hinunterrutschte, hielt sie das Messer immer noch umfasst.

Es war klein, doch scharf genug, um die Seile ebenso problemlos zu durchtrennen wie zuvor ihre Haut. Es fiel ihr schwer, sich zu bewegen, sie war zu lange gefesselt gewesen und schwach von dem Schock und den Dingen, die man ihr angetan hatte. Sie ignorierte ihre Schmerzen so gut sie konnte und fand einen Lappen, den sie um ihre Hand wickelte.

Niemand kam hereingestürzt, alarmiert von dem Geräusch des Aufpralls der Leiche. Tisalas Hoffnung wuchs, und sie ging die Möglichkeiten durch.

Der Junge hatte gesagt, sie seien nicht in der Burg, aber sie verließ sich auf nichts, was sie an einem solchen Ort hörte. Falls die beiden gelogen hatten, konnte sie sich ebenso gut gleich selbst die Kehle durchschneiden. Sie war kaum in der Verfassung, unbemerkt durch die königlichen Hallen zu schleichen. Aber vielleicht hatte der Junge ja recht gehabt.

Die Hoffnung auf Flucht ließ sie den behelfsmäßigen Verband an ihrer Hand ungeschickt fester binden.

Wohin konnte sie gehen? Sie musste die richtige Entscheidung treffen, aber ihre Gedanken flossen träge wie Schlamm.

Sie hatte Freunde hier in Estian, die sie verstecken würden.

Aber wenn jemand ihr durch die Stadt folgte – und das war bei ihrem Zustand durchaus möglich –, würde sie damit ihre Freunde zum Tode verurteilen.

Sie konnte es sich auch nicht leisten, nach Hause zu rennen, nach Callis in Oranstein. Wenn sie jetzt dorthin ginge, würde sie damit das Todesurteil ihres Vaters unterzeichnen. Ihre öffentliche Entfremdung voneinander, vorgeblich, weil sie genug davon hatte, dass ihr Vater sich an seinen Treueid gegenüber dem König hielt, war das Einzige, was ihn aus Jakovens Zellen heraushielt. Wenn er sähe, was Jakovens Leute ihr angetan hatten, würde er seinen eigenen Krieg anfangen – doch der richtige Zeitpunkt war noch nicht gekommen.

Sie zwang sich, die Situation, in der sie sich befand, weiter zu durchdenken. *Denke nach, Tisala. Fünf Königreiche unter Jakovens Herrschaft – es gibt doch sicher irgendwo einen Ort, an dem du dich verstecken kannst.*

Außerhalb der Stadt Estian befand sich Tallven fest in den Händen des Hochkönigs Jakoven, dessen Familiennamen das Land trug. Tallven war Grasland, und es gab keine Berge, in denen man sich verstecken konnte. Im Süden lag Oranstein, wohin sie wegen ihres Vaters nicht gehen konnte.

Im Osten lag Avinhelle, und sie hatte dort Bekannte, aber vor vier Jahren hatte sich eine Gruppe avinhellischer Adliger zusammengetan, um die Königreiche zu verraten. Sie waren gefangen genommen und durch Strafgelder und Hinrichtungen gedemütigt worden, und die verbliebenen Adligen würden Tisala ausliefern, sobald sie sie erkannten, in der Hoffnung, damit ihre Loyalität zum Hochkönig zu demonstrieren.

Im Westen lag Seefurt, aber dort kannte sie nicht viele Leute. Seefurter waren Seeleute, und sie erforschten die Meere und überließen die Politik den Landratten.

Im Norden … die Shavigleute waren kaltherzige Wilde. Sie erinnerte sich, eine Truppe von Shavigmännern gesehen zu haben, als sie noch ein Kind gewesen war. Sie hatten im Galopp auf ihren riesigen Pferden ein unglückliches Dorf angriffen, und ihr helles Haar war bei dem raschen Ritt hinter ihnen hergeweht. Tisala erinnerte sich an die Angst-

und Schreckensschreie ihrer Landsleute. »Shavig!«, hatten die Barbaren gebrüllt. »Shavig.«

Shavig. Sie schauderte.

»Barbaren?« Ward lachte und schob sich sein ungewöhnlich helles Haar aus den Augen. »Tisala, wir sind störrisch, unbeliebt und rau. Aber wohl kaum Barbaren. Wir kochen *unser Essen sogar … zumindest, wenn wir Zeit dazu haben.«*

Ward von Hurog. Plötzlich stand ihr lebhaft ein Bild von ihrer letzten Begegnung vor Augen, sein Schwert rot von Vorsag-Blut. Er war stark, stark genug, um König Jakoven die Stirn zu bieten, wenn es sein musste. Und was wichtiger war, er hatte nichts mit der Rebellion des Halbbruders des Königs zu tun. Er lebte in einer Burg an der Küste, nicht zu weit von der tallvenischen Grenze entfernt. Sie würde sie sicher finden.

Sie konnte ihm sogar Informationen geben, die interessant für ihn wären – eine Art Bezahlung dafür, dass er ihr half.

Sie zog die Schuhe des alten Mannes an, um ihre Füße zu schützen, und nahm seinen Umhang von der Wand. Sie hätte auch seine Kleidung genommen, aber der Tod hatte mehr als nur Blut gebracht. Also wickelte sie den Umhang um ihren nackten Körper und kam zu dem Schluss, dass sie sich Kleidung stehlen konnte, bevor sie die Stadt verließ.

Sie öffnete die Tür und stieg eine lange Treppe hinauf, die zu einer anderen Tür führte. Als sie diese öffnete, erwartete sie, sich in einem Flur oder einem anderen Raum zu finden, aber stattdessen wehte ihr frische Nachtluft entgegen, und ein paar Steinstufen führten direkt in eine Gasse.

Der Mann, der vor der Tür stand, drehte sich nicht einmal um, sondern ließ den Blick weiter über die Dächer und die Schatten schweifen.

»Er wird es schon noch lernen, Meister Edelbreck. Jungen werden erwachsen«, sagte er mit dem flachen, nasalen Akzent eines Bürgers von Estian.

Er lebte nicht lange genug, um zu begreifen, dass es nicht der Folterknecht gewesen war, der die Tür hinter ihm geöffnet hatte. Das Messer war sehr scharf, und Tisala nahm den Gürtel des Wächters und eine Scheide, um es einzustecken. Sein Messer war eher stumpf, mehr Esswerkzeug als Waffe, also ließ sie es am Boden neben ihm liegen. Das Schwert zurückzulassen war eine schwierigere Entscheidung. Sie sehnte sich nach dem Trost seines Gewichts, aber in Tallven trugen nur Bewaffnete und Adlige Schwerter.

Also verschwand Tisala schwertlos im Irrgarten von Estian und hinterließ dabei keine Spur, der die Männer des Königs folgen konnten.

2 WARDWICK IN HUROG

Ich habe festgestellt, dass mir nach dem Ende der Ernte ein wenig Zeit bleibt, um alte Bekanntschaften zu erneuern und über Politik zu diskutieren.

»Du schummelst«, sagte Oreg, und Schmerz trübte mein Sehvermögen und schwächte mich, bis die Flamme, die ich auf der Wasserschale brennen ließ, in einem traurigen, verblichenen Gelb aufflackerte und erstarb. »Ich habe dir doch gesagt, du sollst keine Magie aus Hurog beziehen – eines Tages bist du vielleicht irgendwo anders, wenn du Magie benötigst, und was dann?«

Ich wischte mir den Schweiß von der Stirn und starrte ihn wütend an. Er sah mehr wie ein junger Mann mit dunklem Haar und helllila Augen aus denn wie ein alter Drache, aber der Schein kann trügen – etwas, was ich selbst oft recht nützlich gefunden hatte. Oreg machte einen jungen und verwundbaren Eindruck, und ich wirkte groß und dumm. Nichts davon entsprach der Wahrheit.

Oreg ignorierte meinen Zorn und nickte zu der Schale hin. »Versuch es noch einmal, Ward.«

Er hielt den Schild aufrecht, der mich von der Magie von Hurog trennte, und der Schmerz machte es mir schwer, die

Macht, die mir geblieben war, heraufzubeschwören. Es tat weh, die Verbindung zu Hurog zu verlieren.

»*Konzentration*, Ward.«

In den vergangenen Jahren hatte ich gelernt, dieses Wort zu hassen. Aber mit Oreg an meiner Magie zu arbeiten, war auch eine Art von Zuflucht, wenn der Druck, Herr von Hurog zu sein, zu stark wurde. Es ist nicht einfach, eine Burg wiederaufzubauen.

Technisch gesehen gehörte Hurog, Land wie Burg, meinem Onkel Duraugh. Aber vor vier Jahren hatte mich mein Onkel an Stelle meines verstorbenen Vaters zum Hurogmeten ernannt. Ironischerweise war es Hurog selbst, nicht Iftahar, der wohlhabendere Landsitz meines Onkels, der ihm die Macht gab, das zu tun – denn Hurog war damals zwar durch meine eigenen Aktionen eine Ruine gewesen, aber es bildete immer noch das Herz von Shavig, des nördlichsten der Fünf Königreiche unter tallvenischer Herrschaft. Wenn mein Onkel, Duraugh von Hurog, mich Hurogmeten nannte, dann war ganz Shavig bereit, zur Verteidigung dieser Erklärung in den Krieg zu ziehen.

König Jakoven hatte nicht vor, einen Bürgerkrieg anzufangen, zumal seine eigene Position auf dem Thron ohnehin unsicher war, und daher ignorierte er uns. Ich blieb auf Hurog-Land, wo es einfacher war, mich zu ignorieren.

Aber selbst wenn mein Onkel mir Hurog nicht zurückgegeben hätte, hätte es immer noch mir gehört, durch eine Verbindung, die bis ins Blut und die Knochen reichte.

Ich schaute auf die Schale hinab und stellte mir eine Flamme vor, die auf der Oberfläche brannte. Meine Welt schrumpfte, bis ich nur noch das Wasser in der Schale sah. Dann bewegte sich etwas in meinem Kopf, die Steinschale brach, und Flammen regneten auf einem Strom von Wasser auf den Boden. Macht toste von meinen Fußsohlen bis zu den Haarspitzen, und ich bebte von der Anstrengung, sie wieder dorthin zu schicken, wo sie hergekommen war.

Als ich schließlich erschöpft innehielt, wurde mir klar, dass das Geräusch, das ich gehört hatte, Oregs Lachen gewesen war.

Er deutete auf das Feuer, und es verschwand. Auf dem Steinboden des Wachturms blieb nur ein feuchter Fleck zurück.

»Wenn du durch meinen Schild brechen kannst«, sagte er immer noch glucksend vor Lachen, »dann ist es sehr wahrscheinlich, dass du Macht aus Hurog beziehen kannst, egal wo du dich aufhältst.«

Ich spürte, wie die Wärme des Triumphs die Leere ersetzte, und grinste ihn an. »Ich bin durch deine Magie gebrochen?«

»*Hurog* brach durch meinen Bann, als du danach riefst«, verbesserte er, und seine Heiterkeit konnte sein Staunen nicht ganz verbergen.

Ich hob die Scherben der Schale auf und legte sie auf einen kleinen Tisch. »Die Magie von Hurog fühlt sich für mich anders an als damals, bevor ich dich getötet habe«, sagte ich. Ich wusste, wie seltsam das klang, aber ich vergaß nie, dass ich ihn getötet hatte. Er war nur nicht auf die Weise gestorben, wie wir es beide erwartet hatten.

»In welcher Hinsicht?« Er saß auf der Kante des einzigen Hockers im Turm. Wir hatten den Raum nur spärlich möbliert, damit nicht so viel verbrennen konnte, wenn etwas mit meiner Magie schiefging. Der Turm war einer von sechsen an der Mauer, welche die Burg schützte, also gab es in der Nähe nur Stein. Die versengten Stellen an den Turmwänden bewiesen, dass Oreg dieses Unterrichtszimmer sehr klug gewählt hatte. Beinahe vier Jahre der Arbeit, und ich machte hin und wieder immer noch spektakuläre Fehler.

»Erinnerst du dich an Menogue?«, fragte ich. Der Hügel mit dem Tempel des Aethervon stand verlassen kurz vor Estian – verlassen zumindest von Menschen. Wir hatten dort eine lebhafte Demonstration erlebt, dass Aethervon den heiligen Tempel *nicht* verlassen hatte, als seine Priester ein paar Jahrhunderte zuvor gestorben waren.

»Ja.«

»Die Magie hier in Hurog ist nicht so konzentriert wie dort, aber manchmal fühlt es sich an, als stecke eine Art Intelligenz dahinter.« Ich sah ihn an. »Etwas, das durch deine Schilde brechen kann, wenn ich es rufe. Es ist in den letzten Monaten stärker geworden, seit du mir beigebracht hast, meine Magie von der von Hurog zu trennen.«

Oreg runzelte die Stirn. »Interessant. Hat sich die Verbindung zwischen dir und dem Land verändert?«

Ich schüttelte den Kopf. »Nicht, dass es mir aufgefallen wäre.«

Oreg blieb im Turm, und ich ging über den Hof in die Burg. Mir blieb noch ein wenig Zeit, bevor die Waffenübungen begannen, und wann immer ich frei hatte, arbeitete ich an der Burg.

Hurog war einmal vollkommen aus Schwarzstein gebaut gewesen, aber viele Steine waren geborsten, als Oregs Tod die Burg und ihre Mauern zerstört hatte. Schwarzstein war teuer, und als wir mit dem Wiederaufbau begonnen hatten, hatten wir wenig Gold gehabt, um welchen zu kaufen. Der Steinbruch, der den ursprünglichen Erbauer mit Steinen beliefert hatte, war ohnehin vergessen, immer vorausgesetzt, dass er den Stein von irgendwo in der Nähe bezogen hatte, wie es gewöhnlich geschah – Oreg erinnerte sich nicht mehr daran.

Aber es gab in Hurog einen alten Granitbruch, also nahmen wir stattdessen Granit, und das Ergebnis ließ sich nur als seltsam bezeichnen. Die Burg sah in Schwarz mit grauen Flecken erheblich weniger beeindruckend aus, und ein Teil von mir bedauerte den Verlust der alten Burg bitterlich.

Wir hatten die inneren Mauern wiedererrichtet, aber es gab noch kein richtig gesichertes Torhaus. Stattdessen verfügten wir derzeit nur über primitive Holztore, die unser Hufschmied und unser Waffenschmied mit Eisen beschlagen hatten. Der größte Teil der Außenseite des Hauptgebäudes war ebenfalls fertig. Wir waren ungewöhnlich schnell vorangekommen, denn die Zwerge hatten uns geholfen, aber ich nahm an, die Burg würde noch nicht vollständig wiedererbaut sein, bis ich zu Staub geworden war. Nach Maßstäben der Fünf Königreiche war Hurog keine sonderlich große Burg, aber die Anzahl von Leuten, die uns für den Wiederaufbau zur Verfügung standen, hielt sich ebenfalls in Grenzen. Die äußere Mauer war noch nichts weiter als ein Band von Geröll, das beinahe zwölf Hektar Land umschloss. Ich hatte bisher nicht den Mut gehabt, damit zu beginnen.

Die Ernte in diesem Jahr war die beste seit langer Zeit gewesen, nicht zuletzt dank des Verschwindens der Salzlawine, die sich seit vor der Zeit meines Urgroßvaters auf dem besten Feld ausgebreitet hatte. *Magie*, flüsterten die Leute und warfen mir ehrfürchtige Blicke zu. *Drachenknochen*, dachte ich und hoffte, dass der Weizen, den wir geerntet hatten, die Leute, die ihn aßen, nicht vergiften würde. Im vergangenen Jahr war nichts dergleichen geschehen und in dem Jahr davor ebenfalls nicht. Das Getreide schien zu meiner

Erleichterung auch keine anderen ungewöhnlichen Eigenschaften zu haben.

Nachdem die Ernte eingebracht war, jagten andere für Wildfleisch oder zum Spaß, aber ich arbeitete weiter am Wiederaufbau der Burg, mit allen, die mir dabei helfen wollten. Die Zwerge kamen und gingen, wie es ihnen passte, und im Augenblick waren keine hier. An zwei Tagen in der Woche bezahlte ich Arbeiter, aber selbst nach einer guten Ernte war Hurog nicht reich. Wir hatten das Dach und die inneren Stützwände im letzten Winter fertiggestellt, doch der Bergfried war immer noch überwiegend eine Art Schale für halb vollendete Räume.

Von innen sah die große Halle ganz ähnlich aus wie zuzeiten meines Vaters, da ich darauf bestanden hatte, bei diesem Projekt nur dort Granit einzusetzen, wo man ihn von innen nicht sehen konnte. Die Wand mit dem Familienfluch darauf hatte am längsten gebraucht. Die alten Steine wiederzufinden und sie in der richtigen Anordnung zusammenzusetzen, war ein wenig schwieriger gewesen als die Mosaike der Damen am Hof, denn jedes Stück wog über hundert Pfund, und mehrere Steine waren zerbrochen, als Hurog eingestürzt war.

Mein Onkel hielt es für dumm, dass ich so schwer daran arbeitete, denn der Fluch, der vorhersagte, Hurog werde der Bestie aus der Unterwelt – einem mythologischen Geschöpf – zum Opfer fallen, war bereits gebrochen. Mein Bruder Tosten sagte, ich täte es deshalb, weil ich beim Brechen des Fluchs eine so wichtige Rolle gespielt hatte. Aber erst dann, als ich Oregs Gesicht gesehen hatte, war mir selbst klar geworden, dass ich es getan hatte, um ihn vor den zu schnellen Veränderungen der letzten paar Jahre zu schützen. Wenn man über tausend Jahre alt ist, sind Veränderungen schwierig, selbst wenn es Veränderungen zum Guten sind. Und er hatte ebenso viel Anteil daran gehabt wie ich, den Fluch zu brechen.

Ich berührte die Wand leicht mit einer Hand und bückte mich nach einem Eimer mit Mörtel. In den letzten Wochen hatten wir an den Fußböden gearbeitet. Einer aus der Blauen Garde, ein Mann aus Avinhelle, war der Sohn eines Steinmetzen. Er hatte einen Blick auf das Durcheinander geworfen, das nach dem Einsturz vom Boden der großen Halle übrig geblieben war, und erklärt, das könne man nicht reparieren. Wenn ich gewusst hätte, wie viel Arbeit dieser dumme Fußboden kosten würde, hätte ich einen Dielenboden verwendet, oder vielleicht sogar nur gestampfte Erde. Wir hatten Monate gebraucht, bis die Unterlage für unseren Steinmetzen gerade genug gewesen war. Ich glaube, er hatte insgeheim seine Freude daran, mir Anweisungen zu geben.

Die Haupttore des Gebäudes warteten auf Scharniere, die ihr gewaltiges Gewicht tragen konnten, also hielt nichts den Jungen auf, der in die große Halle gerannt kam. Er blieb vor mir stehen und öffnete den Mund, konnte aber kein Wort herausbringen, weil ihm die Puste ausgegangen war.

»Immer mit der Ruhe, Junge«, sagte ich. Wir warteten über mehrere vergebliche Anfänge hinweg, bis er wirklich sprechen konnte. Inzwischen betrachtete ich ihn, um herauszufinden, wo er herkam.

Er war recht gut gekleidet, sogar für den Sohn eines freien Bauern. Die Wollhose war frisch gefärbt und das Hemd aus Leinen – ein Stoff, der erworben werden musste, da in unserem Klima kein Flachs wuchs. Er sah aus wie einer aus der Atwater-Familie, hoch gewachsen und mit dunklen Augen, die das Licht verschluckten.

»Banditen! Drunten bei Pas Hof! Er hat mich hergeschickt, um Euch zu holen.«

Er war schweißbedeckt, und sobald er seine Botschaft hervorgebracht hatte, musste er sich wieder vollkommen aufs Atmen konzentrieren.

»Atwater ist dein Vater?«, fragte ich, und er nickte.

Ich wusste immer, wenn es auf Hurog-Land Ärger gab. Oreg sagte, es liege daran, weil ich durch Blutrecht an das Land gebunden sei, und hatte mir von mehreren entfernten Ahnen erzählt, die eine ähnliche Bindung an das Land gehabt hatten. Hurog sprach zu mir – wenn ich hinhörte.

Eine kurze Berührung der Magie zeigte mir, dass derzeit nirgendwo in der Nähe von Atwaters Hof gekämpft wurde, was wohl bedeutete, dass er die Banditen vertrieben hatte. Wären Atwater oder ein Mitglied seiner Familie umgekommen, hätte ich das ebenfalls gewusst. Sie gehörten auf eine Weise zu Hurog, die nichts mit dem Gesetz und alles mit Blut zu tun hatte.

»Keine Sorge, Junge«, sagte ich. »Atwater kämpft schon länger gegen Banditen, als ich am Leben bin. Lass mich mein Pferd holen.«

Am Ende waren es drei von uns, die dem Jungen folgten. Er dachte eindeutig, dass wir mehr brauchten, ich hingegen fand, weniger wäre besser gewesen. Mit Oreg und meinem Bruder zusammen unterwegs zu sein, war für gewöhnlich eher interessant als angenehm.

Mein Bruder Tosten ritt auf seinem neuen Rotschimmel, einem Geschenk unseres Onkels, und brachte die Ausrede vor, dass das Tier Übung brauche, als er bemerkte, dass ich mein eigenes Pferd sattelte.

Tosten würde nie so groß werden wie ich, aber in den

letzten vier Jahren hatte er das Gesicht eines Mannes und den Körper eines Kämpfers bekommen. Er wirkte kühl, fähig und klug (wie eine Dame von Hof in meiner Hörweite gesagt hatte). Fähig und klug, da konnte ich nur zustimmen. Kühle Ruhe würde mit dem Alter kommen – vielleicht in fünfzig Jahren oder so.

Während ich darauf wartete, dass Tosten sein Pferd sattelte, erschien Oreg und holte ohne ein Wort seinen eigenen Wallach heraus. Von dem dunklen Haar und einem halben Kopf Körpergröße abgesehen (Tosten war der Größere), sahen er und Tosten sich ähnlich genug, dass sie Zwillinge hätten sein können.

»Banditen«, sagte ich zur Antwort auf Oregs Blick, dann stieg ich in den Sattel und ritt aus dem Hof.

»Mein Bruder hat sie nahe unserem Hof gesehen, und Pa hat mich hergeschickt, um Hilfe zu holen.« In der Stimme des Jungen lag eine Spur von Anklage. Drei Leute, deutete er an, waren nicht viel Hilfe.

Die Kälte des kommenden Winters lag bereits in der Luft. Wir hatten in dieser Woche die letzten Ernten eingebracht. Oreg sagte, es werde bald schneien, aber an diesem Tag zeichneten sich die Blätter der Ebereschen und Espen noch bunt vor dem Dunkelgrün von Kiefern und Föhren ab. Blümchen, mein Hengst, schnaubte und tat verängstigt, als ihm ein fallendes Blatt zu nahe kam, und er scheute gewaltig. Im Kampf würde nicht einmal ein schwerer Schlag ihn dazu bringen, ohne meine Anweisung von seinem Weg abzuweichen, aber abseits von ernster Arbeit spielte Blümchen gern.

Der kürzeste Weg zu Atwaters Hof führte um den Rand der Berge herum, wo das Land zum Pflügen zu steinig war. Der Hof lag isoliert in einem Hochtal, fern von den anderen bewirtschafteten Feldern in Hurog. Diese Isolation hatte schon öfter Banditen verlockt, aber es war ihnen nie gelungen, Atwater etwas abzunehmen. Ich dachte, das würde sich auch an diesem Tag nicht ändern.

Der Boden war immer noch weich genug, dass der stetige Trab, den ich anschlug, die Pferde nicht sonderlich beanspruchen würde. Menschen waren eine ganz andere Sache.

»Wir müssen uns beeilen«, sagte der Junge zum dritten Mal. Ich hatte eine sanfte Stute für ihn gefunden, aber das wäre nicht nötig gewesen. Er saß nach eigener Entscheidung auf ihrem bloßen Rücken und war ungeduldig, weil wir anderen ihn zurückhielten.

»Man sollte nie atemlos bei einem Kampf eintreffen«, entgegnete Tosten verärgert.

»Wenn sie den Hof überrannt hätten, würden wir inzwischen Rauch riechen«, versicherte ich dem Jungen und warf Tosten einen zornigen Blick zu. »Sie haben den Hof vielleicht noch nicht einmal gesehen, oder dein Vater hat sie vertrieben oder getötet. Wie auch immer, wir brauchen uns nicht zu beeilen. Es können nicht viele sein, oder ich hätte von ihnen gehört, bevor sie so tief in Hurog-Land vorstießen.«

»Mach dir wegen Tosten keine Gedanken, Junge«, sagte Oreg vergnügt. »Er ist ebenso ungeduldig wie du.«

Tosten versank in Schweigen. Oreg hingegen war ungewöhnlich unbeschwert und neckte den Jungen, bis er lächelte – an diesem Punkt trieb mein Bruder seinen Hengst an uns vorbei. Mit einem Blick auf mich schickte der Junge meinem Bruder seine Stute hinterher, weil er offenbar hoffte, ich würde mich dann ebenfalls mehr beeilen.

»Ich wünschte, du würdest das nicht mit Tosten machen«, murmelte ich Oreg zu.

Oreg lächelte nur, obwohl seine Augen nicht auf die Weise leuchteten, wie sie es taten, wenn er sich wirklich amüsierte. »Dein Bruder hatte ausreichend Gelegenheit, um zu dem Schluss zu kommen, dass ich keine Gefahr für ihn darstelle. Es wird Zeit, dass er erwachsen wird. Wenn ich ihn gern ein bisschen ärgere – dann ist das seine und meine Sache. Er braucht deinen Schutz nicht mehr, Ward.«

Ich verdrehte die Augen. »Du ermutigst ihn nur«, sagte ich.

»Ich mache ihm Angst«, verbesserte Oreg, und seine Miene war vollkommen ernst. Ich sah wohl nicht sonderlich überzeug aus, denn er schüttelte den Kopf und sagte: »Ich stelle keine Gefahr für seine Beziehung zu dir dar, und das weiß er auch. Darum geht es schon seit einiger Zeit nicht mehr.« Oreg lächelte erneut, und diesmal war es echt. »Der arme Junge kämpft gegen Drachen.«

Das war eine Redewendung aus Shavig, wenn man sagen wollte, dass sich jemand besonders verwegen gab, weil ihn die Furcht antrieb. Die Ironie von Oregs Äußerung lag natürlich darin, dass die Redewendung in diesem Fall auch buchstäblich zutraf. Oregs Vater war ein Halb-Drache gewesen, und Oreg konnte, wenn er wollte, Drachengestalt annehmen und hielt sowohl die Drachengestalt als auch seine menschliche für seinen wahren Körper.

Ich dachte über das nach, was er gesagt hatte. Tosten war der Einzige, der wie ich Oregs gesamte Geschichte kannte. Ich hatte geglaubt, ihm das als meinem Bruder und meinem Erben schuldig zu sein. Vielleicht wäre es besser gewesen, bei Halbwahrheiten zu bleiben.

Atwaters Junge wartete oben auf einer Anhöhe auf uns, aber Tosten war immer noch vor ihm.

»Tosten sagt, es sei Magie, die Euch spüren lässt, dass bei

mir zu Hause alles in Ordnung wäre. Es gibt viele Leute, die sich vor Magie fürchten.«

Es klang wie eine persönliche Beobachtung, und ich warf ihm einen scharfen Blick zu. Er wurde rot, sah mir aber entschlossen ins Gesicht.

»Die meisten Leute wissen, dass Ihr Magie wirken könnt, Herr«, erwiderte er ruhig. »Und die meisten von uns sind dafür dankbar. Vater sagt, sie hätten meinen Bruder und seine Jagdgesellschaft nie in diesem Schneesturm gefunden, wenn Ihr Euch der Suche nicht angeschlossen hättet.«

Ich lächelte ihn an, und er ließ sein Pferd neben uns in den Trab fallen. Wenn Oreg nicht in der Nähe war, konnte Tosten sehr liebenswert sein und Menschen dazu bringen, zu tun, was er wollte. Er behauptete, das habe damit zu tun, dass er ein Barde sei, aber ich nahm eher an, dass es sich andersherum verhielt. Eine gewinnende Ausstrahlung, eine wohltönende Stimme und geschickte Finger, das machte einen guten Barden aus.

Als wir näher zu Atwaters Hof kamen, sagte mir das Land, dass der Tod hier vor Kurzem zu Besuch geweilt hatte. Tod war für Hurog kein Fremder – seine sterblichen Bewohner erlagen ihm wie alle anderen –, aber ich musste annehmen, dass dieser Tod etwas damit zu tun hatte, warum man mich hierher gerufen hatte. Wer immer hier gestorben war, stammte nicht von Hurog-Boden, was bedeutete, dass es weder Atwater noch einer seiner Leute gewesen sein konnte. Es mussten die Banditen sein.

Dennoch zog ich, als wir die Grenze zum Hof überquerten, mein Schwert. Tosten (der sich schließlich hatte einholen lassen) und Oreg taten es mir nach. Der Weg, den wir genommen hatten, führte auf die Hofgebäude zu, die von hinten eher wie eine Festung denn wie ein Haus wirkten, aber ein Späher sah uns bereits, als wir ins Tal ritten, und blies ein paar Töne auf einem Jagdhorn – Atwaters eigener Ruf. Die Anspannung in meinen Schultern ließ nach.

Einen Augenblick später kam die unverwechselbare Gestalt des Bauern selbst um die Ecke. Als er uns sah, pfiff er zur Entwarnung, also steckte ich das Schwert ein.

Der Junge seufzte erleichtert und trieb die Stute zu einem Galopp an.

Wenn man ein in Ehren ergrauter alter Kriegsherr oder der jüngere Sohn eines freien Bauern ist, darf man galoppieren, so viel man will. Da ich ein junger Herr war, der versuchte, seinem Ruf gerecht zu werden, zügelte ich mein Pferd zum Schritt.

Auf dem alten Kampfross meines Vaters wurde Schritttempo mitunter zum Abenteuer. Blümchen hätte es besser wissen sollen, aber ich ließ ihn schnauben und damit allen, die zusahen, ankündigen, dass er gefährlich war und viel schneller sein würde als die kleine Stute, wenn ich ihn nur rennen ließe.

Atwater nickte mir zu, als wir nahe genug waren. »Danke, Herr, dass Ihr gekommen seid. Aber wegen der Banditen brauchen wir uns keine Gedanken mehr zu machen. Die Leichen sind hinterm Haus, wenn Ihr sie Euch ansehen wollt.«

Atwater war ein Berg von einem Mann, beinahe so groß wie ich. Sein hellblondes Haar, das beinahe unmerklich zu Grau überging, trug er im alten Stil zu einem Zopf geflochten – das war in diesen Zeiten eher ungewöhnlich, aber nicht wert, darüber zu reden. Sein Bart hingegen war wahrhaft überwältigend. Feuerrotes Haar bedeckte die untere Hälfte seines Gesichts und einen großen Teil seiner Brust. Nach Maßstäben der Königreiche mochte das ein wenig barbarisch wirken, aber meine Leute hier in Hurog fingen wieder an, Stolz auf ihr Shavig-Erbe zu demonstrieren.

Wie viele ältere Männer in Hurog hatte Atwater bei der Niederschlagung der Rebellion in Oranstein an der Seite meines Vaters gekämpft. Irgendwann während dieses Feldzugs hatte er eine Abneigung gegen den ehemaligen Hurogmeten entwickelt. Ich hatte ebenfalls Gründe gehabt, meinen Vater nicht zu mögen, aber selbst ich musste zugeben, dass es nicht viele Männer gab, die so gut kämpfen konnten wie er. Die meisten, die mit ihm in den Krieg gezogen waren, wollten kein Wort gegen ihn hören. Ich weiß nicht, was mein Vater Atwater angetan hatte, aber es hatte mich mehr als zwei Jahre gekostet, ihm deutlich zu machen, dass ich nicht wie er war.

Tosten, Oreg und ich folgten Atwater und seinem Sohn um das Gebäude herum in das Durcheinander von Kindern und Verwandten, die ihm halfen, sein Land zu bebauen und es zu schützen. Inmitten der Menschenmenge lagen drei Tote, die man wegen der Kinder zugedeckt hatte.

Ich stieg ab, reichte Oreg, dessen Wallach Blümchen tolerierte, die Zügel und schlug die Decken zurück, um die Gesichter der Toten zu betrachten. Ich achtete darauf, die Decken so zu halten, dass die Kinder weiterhin nichts sehen konnten. Einer der Männer kam mir bekannt vor, aber ich brauchte einen Moment, bevor ich mich erinnerte.

»Söldner aus Tyrfannig«, sagte ich und ließ die Decke wieder über das Gesicht des letzten Mannes fallen. Tyrfannig war die nächstgelegene Hafenstadt, einen halben Tagesritt weiter südlich. Hurog grenzte ebenfalls ans Meer, aber das Ufer war zu felsig, als dass größere Schiffe dort anlegen konnten. »Sie haben anscheinend keine Arbeit bei Kaufleuten gefunden, die nach Süden wollten, und sich entschlossen, sich selbstständig zu machen.« Manche Söldner kannten keinen Unterschied zwischen dem Plündern auf einem Schlachtfeld und anderswo. »Ich werde fragen, ob jemand in Tyrfannig Anspruch auf die Leichen erhebt. Ansonsten werden wir sie selbst begraben, wie?«

»Ja, Herr.«

Ich setzte dazu an, mich abzuwenden, dann fiel mir etwas ein, das ich an den Wunden der Leichen bemerkt hatte. »Wer hat sie getötet?« Atwater war bekannt für seine Bogenarbeit und konnte eine Axt ebenso gut bei Menschen wie bei Holz einsetzen, aber er hätte sich diesen Banditen niemals mit nichts weiter als einem Messer bewaffnet entgegengestellt. Die beiden Leichen mit den offensichtlichsten Wunden waren jedoch durch eine kurze Klinge umgekommen, nicht durch eine Axt. Bei dem Dritten wusste ich es nicht so genau, und ich hatte nicht vor, ihn mir noch näher anzusehen, nicht bei all den Kindern, die um uns herumstanden.

»Mein Ältester, Fennel, sah sie rechtzeitig kommen, um uns zu warnen. Ich schickte Rowan zu Euch, und wir warteten. Nach einer Weile bin ich Fennels Spur gefolgt, um herauszufinden, wo er die Banditen gesehen hatte. Ich fand diese drei tot. Und ich fand auch, was sie getötet hat. Ihr würdet es nie erraten.«

Während dieser Worte war Atwaters Frau aus dem Haus gekommen, zusammen mit einer kleinen Elfe von einem Mädchen – sie musste um die sechs Jahre alt sein.

»Es war ein Mädchen!«, rief das Kind erfreut. »Ein Mädchen hat die Banditen ganz allein umgebracht.«

Atwaters linke Braue wanderte hoch bis zu seinem Haaransatz. Seine Frau zuckte die Achseln.

»Meine Tante hätte sie ebenfalls töten können«, sagte ich. »Warum überrascht es Euch so, dass es eine Frau war?«

Atwater schüttelte den Kopf. »Stala würde das vielleicht fertigbringen. Aber diese Frau – es würde mich überraschen, wenn selbst ein Mann in ihrer Verfassung auch nur von hier, wo wir stehen, bis zu meinem Haus gehen könnte, nicht davon zu reden, drei Männer mit nichts als einem jämmerlich kleinen Messer zu töten. Würdet Ihr sie Euch ansehen?«

Verblüfft nickte ich Oreg zu. »Bleib hier und pass bitte auf, dass die Kinder nicht unter Blümchens Hufe geraten.«

Auch Tosten gab Oreg seine Zügel.

Atwaters Haus war dunkel und eng und bereits für den Winter mit trockenem Gras und Stroh isoliert. Ich musste den Kopf einziehen, damit er nicht die Decke streifte.

Das Feuer in der Feuerstelle brannte mehr wegen des Lichts, als um Wärme zu erzeugen, aber das würde sich ändern, wenn der Winter nahte. Eine von Atwaters älteren Töchtern saß auf einer Bank in der Nähe und nähte, einen Eimer Wasser zu ihren Füßen, falls ein Funke herausfliegen und Fell oder Stroh berühren sollte. Sie nickte mir zu, dann konzentrierte sie sich schüchtern wieder auf ihre Arbeit. Ich wusste nicht, wie sie in dem trüben Licht etwas sehen konnte. Selbst so nahe an den Flammen konnte ich kaum erkennen, dass in den Fellen vor der Feuerstelle eine Person vergraben war.

Der eindeutige Gestank von verfaulendem Fleisch war allerdings nicht zu ignorieren. Ich kniete mich neben die Felle und berührte die Haut im Nacken der bewusstlosen Frau, spürte die trockene Hitze.

»Sie hat sich nicht gerührt, seit wir sie gefunden haben, Herr«, sagte Atwater. »Ihre Waffe liegt auf dem Tisch. Nachdem ich die Leichen der Banditen gesehen hatte, hielt ich es für besser, das Messer nicht in ihrer Reichweite zu lassen.«

Ich stand auf und sah mir das Messer auf dem Tisch an. Es war kein Jagdmesser – dazu war die Klinge zu klein, nicht einmal einen ganzen Finger lang. Ein Häutemesser, dachte ich, aber ein ungewöhnliches. Das Metall war bearbeitet wie das feinste Schwert, das Muster vom Falten des Metalls selbst in diesem trüben Licht sichtbar.

Tosten stieß einen leisen Pfiff aus. »Sie hat drei Söldner mit diesem Messer erledigt?«

»Sie haben sie unterschätzt«, sagte ich und legte das Messer zurück auf den Tisch. Stala sagte, dass Männer dazu neigten, sie nicht ernst zu nehmen, weil sie eine Frau war, und das gab ihr einen Vorteil, der sie für den Unterschied an Größe und Kraft mehr als entschädigte. »Tosten, würdest du bitte nach draußen gehen und die Pferde übernehmen, damit Oreg hereinkommen und sich die Wunden ansehen kann?« Ich hatte mich mitunter als Feldarzt betätigt, aber der Gestank nach Fäulnis sagte mir, dass wir mehr als das brauchten – und Oreg war unter anderem auch ein erfahrener Heiler.

Tosten nickte und drehte sich ohne ein weiteres Wort um.

Als Oreg hereinkam, veränderte sich die Atmosphäre im Haus. Niemand gab sich, als hätte er Angst vor Oreg, aber alle hielten den Abstand, den sie dem Zauberer von Hurog schuldig waren.

Oregs dunkles Haar ließ ihn unter den blonden Shavigleuten auffallen, aber die lilablauen Augen, Spiegelbilder der Augen meines Bruders, machten sehr deutlich, dass auch er ein Hurog war. In den vergangenen Jahren, der Zauber entbunden, die ihn gefesselt hatten, hatte er angefangen, mehr wie ein Mann und weniger wie ein Junge auszusehen, aber er war ebenso wie mein Bruder von schlankem Körperbau. Er sah nicht aus wie jemand, vor dem man sich fürchten musste. Und noch weniger sah er aus wie ein Mann, der von den Toten auferstanden war.

Ich hatte allen gesagt, Oreg sei verzaubert gewesen und ich habe dadurch, dass ich ihn tötete, den Bann gebrochen. Sie schienen das und Oreg selbst zu akzeptieren – aber sie hielten Abstand zu ihm, wenn sie es konnten.

Oreg hob die Hand, als er sich der Feuerstelle näherte, und das Licht wurde von seiner gebogenen Handfläche zurückgeworfen und erhellte das kleine Haus, als hätte jemand das Dach abgenommen und die Sonne bis in die dunkelsten Ecken scheinen lassen. Er warf die Lichtkugel nach oben, wo sie über ihm schwebte, während er die Felle von der Frau zog, um sie sich besser ansehen zu können.

In Oregs Licht erkannten wir, dass ihre Wangen vom Fieber gerötet und die Augen eingesunken waren. Aber sie war schließlich selbst in ihren besten Zeiten nie schön gewesen – nicht nach konventionellen Maßstäben.

»Tisala«, sagte ich verblüfft.

Oreg hielt bei seiner Untersuchung inne, um ihr kurz ins Gesicht zu sehen. »Tatsächlich«, stimmte er mir zu. »Gut, dass sie ihr das Messer abgenommen haben.«

»Ihr kennt sie, Herr?«, fragte Atwater, als überraschte ihn das kein bisschen. Er hatte mich einmal für so brutal und irrational gehalten wie meinen Vater, aber seit wir seinen Sohn im letzten Winter gefunden hatten, schien er Wunder von mir zu erwarten.

»Ja, ich kenne sie«, sagte ich. Das schien nicht zu genügen, also fügte ich hinzu: »Sie hat mir im Kampf den Rücken gedeckt.« Und es gab kein größeres Kompliment für einen Shavigmann.

Atwater nickte, zufrieden, dass sein Lord immer noch seltsam, weltgewandt und allwissend war.

Als ich Tisala zum letzten Mal gesehen hatte, war ihr lockiges, dichtes Haar kürzer geschnitten gewesen als mein eigenes, nun hing es in schlaffen Strähnen bis auf ihre Schultern und ließ ihre Haut noch weißer aussehen.

Oregs Hände waren sanft, aber als er ihre linke Hand berührte, erstarrte ihr ganzer Körper, und sie stöhnte.

»Sie wurde gefoltert«, sagte er sachlich.

Ich nickte. Man konnte es kaum übersehen: an beiden Händen, der linken schlimmer als der rechten, und beiden Füßen. Es war schwer zu sagen, was man ihr sonst noch angetan hatte; sie trug eine alte, weite, geflickte Hose und ein Hemd, dessen Ärmel zu kurz waren.

»Sie hatten sie nicht lange«, sagte er schließlich. »Sie wird leben, wenn das Fieber und die Fäulnis sie nicht umbringen. Aber wir sollten sie in die Burg schaffen, wo meine Arzneien sind.«

Er sprach von Magie. Ich hatte Oreg gebeten, den Menschen nicht genau zu sagen, was er tun konnte. Er würde Tisala nicht vollständig auf magische Weise heilen, aber die Infektion beseitigen und ihren Körper dann sich selbst regenerieren lassen – und das war mehr, wozu jeder andere Magier, dem ich jemals begegnet war, fähig war. Es war sicherer für ihn, wenn nicht ganz Shavig darüber flüsterte, wie mächtig der Zauberer des Hurogmeten war. Es war besser, alle Aufmerksamkeit zu vermeiden, damit kein anderer Kariarn auf seiner Suche nach Macht nach Hurog kam.

Ich nahm eines der größeren Felle und wickelte Tisala hinein. Dann hob ich sie auf und richtete mich auf, wobei ich vergaß, wie niedrig die Decke war, und mir einen ordentlichen Schlag gegen den Kopf verpasste.

Atwater verzog mitleidig das Gesicht.

Sobald wir weit genug vom Hof entfernt waren, lenkte mein Bruder sein Pferd nahe zu meinem und fragte: »Wie kommt Tisala hierher?«

Oreg schnaubte. »Warum tauchen Streuner vor Wards Tür auf?«

»Ich weiß es nicht«, sagte ich. War sie auf dem Weg zu mir gewesen? Das wäre mir noch an diesem Morgen unwahrscheinlich vorgekommen – ich hatte sie lange nicht mehr gesehen und sie nur kurz gekannt. Ich ging nicht davon aus, einen großen Eindruck bei ihr hinterlassen zu haben – ich war neunzehn und gewaltig von mir eingenommen gewesen, während sie schon seit mehreren Jahren als rechte Hand ihres Vaters dessen Ländereien verwaltete. Außerdem war ich alles andere als ungewöhnlich – wenn man von meiner Größe einmal absah –, aber sie war die einzige Kriegerin, die ich außer meiner Tante Stala, die als meine Waffenmeisterin diente, je kennengelernt hatte.

Ich schaute wieder auf sie hinab. Es war nicht zu leugnen, dass sie hier war. Sie war geflohen vor denen, die ihr wehgetan hatten, und zu mir gekommen. Ich erinnerte mich gehört zu haben, dass sie sich von ihrem Vater entfremdet hatte. Es quälte mich zu wissen, dass sie offenbar niemanden gehabt hatte, an den sie sich wenden konnte, als einen Fremden, den sie vor mehreren Jahren ein paar Tage gekannt hatte.

»Ich würde gern wissen, wie sie in diese Verfassung gekommen ist«, sagte ich.

»Die Söldner?«, spekulierte Oreg, der nun links von mir ritt. Aber dann schüttelte er beinahe sofort den Kopf. »Sie hätte ihnen die Bäuche aufgeschlitzt, lange bevor sie sie hierhergebracht haben könnten.«

»Haverness, ihr Vater, hat sich von ihr losgesagt, weil sie sich letztes Jahr in Estian mit einer Gruppe von Regimekritikern zusammengetan hat, nicht wahr?«, fragte Tosten nachdenklich. »Mit Leuten, die lieber Jakovens Halbbruder Alizon auf dem Thron haben wollen als den derzeitigen König.«

König Jakovens Name ließ mich innehalten. Wenn der König hinter ihrer Folterung steckte, dann hatte Tisala tatsächlich guten Grund, hierher zu kommen. Es gab nicht mehr viele Adlige, die noch genug Macht hatten, sich dem Hochkönig der Fünf Königreiche zu widersetzen, aber meine Familie zählte dazu. Hurog war eine uralte Burg und mächtiger, als ihr Mangel an Wohlstand glauben ließ. Die Shavig hatten ein gutes Gedächtnis, und Hurog hatte Shavig schon lange beherrscht, bevor die Tallvens ihre Konkurrenz ausgeschaltet hatten.

»Das würde ich nicht ausschließen«, sagte ich. »Es könnte erklären, wieso sie hierher geflohen ist und nicht zu ihrem Vater oder einem ihrer Mitverschwörer.«

»Hier wird sie sicher sein«, erklärte Tosten und reckte das Kinn vor. Meine Familie würde noch lange brauchen, um zu vergessen, dass der König im Rahmen seiner politischen Intrigen meinen Vetter umgebracht hatte. Tisala hatte eine kluge Wahl getroffen; niemand von uns würde sie verraten.

Ich konnte nicht sicher sein, dass es wirklich Jakoven gewesen war, nicht bevor sie aufwachte, aber ich musste für diese Situation planen.

»Oreg, würdest du bitte vorreiten und meine Tante wissen lassen, was hier geschehen ist? Sei diskret, aber sorge dafür, dass sie versteht, dass wir vielleicht bald königliche Soldaten hier haben werden.«

»In Ordnung«, sagte er.

Ich wartete, bis sein Pferd nicht mehr zu sehen war, dann wandte ich mich an meinen Bruder. »Du bist mein Erbe.

Wenn der König herausfindet, dass ich einer Feindin Zuflucht gewährt habe, wird er mich wahrscheinlich zum Verräter erklären. Ich möchte, dass du zu unserem Onkel reitest und ihm erklärst, was geschehen ist.«

Er lächelte dünn. »Du hast kein Recht mehr, mich zu beschützen, Ward. Ich bin älter, als du es warst, als du dich mit Kariarn von Vorsag angelegt hast. Hör schon auf, mich so anzusehen – das kann Stala besser. Wenn es darum geht, dafür zu sorgen, dass Hurog in Hurog-Händen bliebt, werde ich mich auf den Weg machen. Aber es ist sehr unwahrscheinlich, dass Tisala sie hierhergeführt hat, und der König hat keinen Grund anzunehmen, dass sie bei uns ist. Ich habe sie in den letzten vier Jahren nicht öfter als ein Dutzend Mal gesehen. Und so, wie du dich vom Hof fernhältst, bezweifle ich, dass du sie überhaupt gesehen hast.«

Nur in meinen Träumen, dachte ich. Ich glaubte vielleicht, keinen großen Eindruck bei ihr hinterlassen zu haben, aber umgekehrt sah das anders aus. »Ich würde mich besser fühlen, wenn du bei Duraugh in Iftahar wärest.«

»Wirklich schlimm für dich«, murmelte er. Irgendwie überraschte seine Reaktion mich nicht. Er räusperte sich. »Ich habe Tisala immer gemocht – Mutter hat mir den Geschmack an zierlichen Frauen verdorben.«

Ich legte Tisala mit dem Gesicht nach unten auf den Tisch in der Bibliothek, denn dies war einer der wenigen vollendeten Räume in der Burg, der ein Fenster hatte, das Licht hereinließ. Tosten hatte etwas darüber gemurmelt, anderswo nützlicher zu sein, sich auf dem Absatz umgedreht und war gegangen. Er blieb selten in der Nähe, wenn Oreg Magie wirkte.

Ich schnitt Tisalas Kleidung auf und zog sie von ihr weg, bis sie nackt dalag. Auf ihrem Rücken zeigten sich Peitschenspuren, die so gleichmäßig verteilt waren, dass kein Daumenbreit Haut ganz geblieben war. Ein paar Stellen waren beinahe verheilt, aber an vielen anderen war der Schorf gerissen und nässte.

Ich hörte, wie jemand hinter mir nach Luft schnappte. Ich drehte mich um und sah Oreg, der ihren Rücken anstarrte. Dann begann er, schnell auf und ab zu gehen, und rieb sich die Hände – kein gutes Zeichen.

Ich setzte mich auf eine Bank und hoffte, dass meine eigene Ruhe ihn ebenfalls beruhigen würde.

»Oreg«, sagte ich, um seine Aufmerksamkeit auf mich zu ziehen. Manchmal durchlebte er die Vergangenheit auf eine Weise, die für alle Betroffenen quälend sein konnte. Soldaten hatten solche Erinnerungen, in denen Augenblicke aus einer vergangen Schlacht plötzlich lebendiger waren als die Gegenwart – aber Oreg verfügte über die Macht, seine Visionen Wirklichkeit werden zu lassen. Ich hatte nie erlebt, dass ein anderer als Oreg dabei Schaden genommen hätte, aber sie waren dennoch furchterregend. »Tisala braucht dich.«

Er starrte mich schwer atmend an, wandte dann kurz den Blick ab und lächelte schließlich müde. »Ja.«

Wir begannen damit, den Schaden aufzulisten. Es war keine angenehme halbe Stunde, und ich war froh, dass Tisala nicht bei Bewusstsein war, einmal wegen ihrer Würde und zum anderen wegen der Schmerzen. Ihre linke Hand war am schlimmsten verwundet, und die Infektion hatte den ohnehin beträchtlichen Schaden noch verschlimmert. Als wir näher hinsahen, entdeckten wir, dass mehrere der gerissenen Krusten an ihrem Rücken Eiter bedeckten. Und sie hatte unzählige Prellungen an den Hüften und innen an den Oberschenkeln – sie war vergewaltigt worden.

Oreg knurrte und murmelte während dieses gesamten Prozesses der Bestandsaufnahme vor sich hin. Ihre Füße waren ebenfalls in schlimmem Zustand, aber er kam zu dem Schluss, dass das eher damit zu tun hatte, in schlecht passenden Schuhen weit gelaufen zu sein, als mit dem Messer eines Folterknechts.

Er legte ihren Fuß hin und wandte sich dem kleineren Tisch zu, auf dem sich diverse Kräuter und Salben, heißes Wasser und Verbände befanden. »Glaubst du, dass Jakoven dafür verantwortlich ist?« Er deutete auf die verwundete Tisala.

Ich nickte. »Ich kann mir keinen anderen Grund vorstellen, wieso sie ausgerechnet hierhergekommen sein sollte.«

»Sie mochte dich.« Oreg nahm ein sauberes Messer, um eine der entzündeten Stellen an Tisalas Rücken zu öffnen, und tupfte die herausfließende Flüssigkeit mit einem sauberen feuchten Tuch ab.

»Das ist wahr«, stimmte ich ihm zu. »Aber ich habe sie nicht mehr gesehen, seit ich das letzte Mal in Oranstein war.«

Ich hatte Oreg schon öfter beim Heilen geholfen, und wir arbeiteten gut zusammen. Das meiste, was wir taten, war nicht ungewöhnlich: Wir säuberten die Wunden und bedeckten sie mit Mischungen von Salben und Pulvern, die Oreg gehortet hatte, und dann verbanden wir alles.

Aber Tisalas linke Hand war auf das Doppelte der normalen Größe angeschwollen, und sie war der Grund für den fauligen Geruch. Oreg badete sie erst in heißem Seewasser. Tisala musste wirklich in schlimmer Verfassung sein, denn selbst das veranlasste sie nicht zu einer Reaktion. Als Oreg fertig war, goss er Alkohol darüber, und wieder reagierte sie nicht. Er untersuchte ihre nun saubere Hand erneut.

Magisch zu heilen war die schwierigste Art von Magie überhaupt, denn der Magier musste ebenso viel über den Körper wissen wie über seine Zauber. Und selbst eine kleine Heilung verschlang mehr Macht, als die meisten Magier überhaupt hatten.

Was Macht anging, war ich vielen mindestens gleichgestellt und sogar besser als die meisten, und ich konnte alles tun, was Oreg mir in vier Jahren Unterricht beigebracht hatte. Doch ich hätte nicht einmal gewusst, wo ich anfangen sollte, um zu retten, was von Tisalas linker Hand übrig war.

»Den Ringfinger wird sie vielleicht verlieren, ganz gleich, was wir tun«, stellte Oreg fest und schüttelte den Kopf. »Zu viel totes Fleisch.«

»Sie kämpft mit der rechten Hand«, sagte ich. »Wäre es besser, den Finger jetzt gleich abzuschneiden?«

Oreg runzelte die Stirn und drehte ihre Hand hin und her. »Ich hasse es, etwas abzuschneiden, das ich nicht wieder anbringen kann. Lass mich versuchen, das hier zu heilen. Wenn es nicht funktioniert, werden wir später noch genug Zeit haben, den Finger abzunehmen.«

Er legte ihre Hand hin und zog sich einen dreibeinigen Hocker an den Tisch. Als er saß, nahm er ihre Hand wieder und ergoss Magie darüber.

Oreg war ein Teil von Hurog gewesen, seit es ein Hurog gab, dessen Teil man sein konnte, und ich spürte die Magie, die ihn und das Land durchtränkte. Wenn Oreg in meiner Nähe Magie wirkte, war das beinahe erotisch – wie eine Hand, die mich auf intime Weise berührte. Es war verstörend, aber ich schüttelte das Unbehagen mit der Leichtigkeit langer Übung ab.

Magie ist eine Kunst, und Oreg kannte sich sehr, sehr gut mit dem aus, was er tat. Seine Berührungen waren konzentriert und machtvoll und seltsam schön anzusehen. Als seine Macht zu flackern begann, legte ich ihm die Hände auf die Schultern und gab ihm von meiner, was ich konnte, während ich weiter beobachtete, was er mit Tisalas Hand tat.

Haut schälte sich ab und verbrannte in hellen lila Flammen, und gesundes Rosa blieb zurück. Oreg ließ andere Bereiche unberührt, die für mich nicht gesünder aussahen als das, was er zerstörte – er musste Dinge gesehen haben, die ich nicht wahrnehmen konnte.

Als er schließlich aufhörte, war Tisalas Hand geschwollener und verfärbter als zu Beginn. Ich zog Oreg zu der gepolsterten Bank an der Wand, dann kehrte ich mit einem sauberen Tuch zu Tisala zurück.

»Verbinde die Hand nicht«, sagte Oreg. »Luft wird ihr helfen zu heilen, und sie wird in den nächsten Tagen ohnehin nichts tun, womit sie sie schmutzig machen könnte.«

Ich sah mir die Wunden an, um die wir uns noch nicht gekümmert hatten. »Ich glaube, eine ihrer Rippen ist gebrochen oder angebrochen«, sagte ich. »Soll ich sie verbinden, oder wird das ihrem Rücken zu wehtun?«

Oreg schob sich hoch von der Bank und bewegte sich wie ein sehr alter Mann zum Tisch, um sich die Stelle anzusehen, die ich ihm zeigte. »Geprellt«, murmelte er und schlurfte zurück zu der Bank. »Nicht verbinden.«

Ich ließ Oreg blass und schlafend in der Bibliothek zurück und brachte Tisala in mein eigenes Zimmer. Sie sah seltsam zerbrechlich aus, als sie in dem für mich gebauten Bett lag, und ich musste lächeln, denn sie hätte jeden ausgelacht, der sie mit diesem Wort bezeichnet hätte.

Ein Mann in mittleren Jahren, dessen kahler Kopf vom Feuer schwitzte, blickte auf, als ich in die Schmiede kam, und nickte mir zu, bevor er sich wieder der Stange zuwandte, die er formte.

»Guten Tag, Hurogmeten«, sagte er. »Was kann ich für Euch tun?«

»Wir brauchen Scharniere«, antwortete ich. »Und ein Fallgitter für das Torhaus, das wir noch nicht haben. Gitter für alle Fenster. Tausend Klingen und die Krieger, sie zu benutzen.«

Der Waffenschmied lächelte. »Also wie immer.« Er formte das Eisen mit der gleichen Geschicklichkeit, die er bei Stahl an den Tag legte. Es war wahre Großzügigkeit seinerseits, dass er zugestimmt hatte, zusammen mit dem Grobschmied an Eisen zu arbeiten. Die Arbeit eines Grobschmieds lag eine Stufe unter der, die er für gewöhnlich leistete.

»Stala sagt, wir bekommen vielleicht bald Besuch vom König«, erklang eine leise Stimme hinter mir.

Ich ging ein Stück weiter und sah den Grobschmied, der einem Pferd die Hufeisen abnahm. Er war ein wenig jünger als der Waffenschmied und hatte langes blondes Haar, das er im Nacken zusammenband, damit es ihm nicht in die Augen fiel.

»Könnte sein«, sagte ich. »Aber wir werden nicht kämpfen, wenn ich es verhindern kann. Schon, weil die Tore in der Mauer beim ersten Schlag einer Ramme brechen würden. Der König wird auf der Suche nach der Frau sein, die wir heute hergebracht haben, und der Trick besteht eher darin, ihn nicht wissen zu lassen, dass sie hier ist.«

Der Grobschmied setzte das Bein des Pferds ab und warf das alte Hufeisen in ein Fass. »Ich hörte schon, dass Ihr wieder einen Streuner aufgelesen habt.« Er grinste. Anders als der Waffenschmied unterhielt er sich gern bei der Arbeit.

»Man kann sie wohl kaum als Streuerin bezeichnen«, begann ich, dann überlegte ich es mir anders. »Sie braucht eine Weile Hilfe – aber sie wird nicht hierbleiben.«

»Wir haben die meisten Gitter für die Fenster gefertigt«, sagte er, »und Riegel und Halterungen für die Türen in der Burg. Auch Scharniere, was das angeht – aber mit den Scharnieren für die Tür zum Bergfried konnten wir noch nicht anfangen. Im Augenblick haben wir genug Nägel und Befestigungen unterschiedlicher Art, aber der Zimmermann hat seinen Jungen heute geschickt – also nehme ich an, wir werden bald wieder Nägel machen.«

Die Hitze in der Schmiede fühlte sich nach der kalten Luft gut an, also blieb ich eine Weile, half mit den Blasebälgen, holte Wasser aus dem Brunnen und schwatzte weiter mit dem Schmied.

Tisalas Zustand hatte mich melancholisch gemacht, und Arbeit half, meine Stimmung zu verbessern. Als ich die Wärme der Schmiede schließlich verließ, ging ich an der Mauer entlang und berührte einen grob behauenen Granitblock, um mich daran zu erinnern, wie viel wir seit dem Einsturz von Hurog erreicht hatten.

Die inneren Mauern waren das Erste gewesen, was ich wiedererrichten ließ. Und das war gut so – nach dem Tod meines Vaters und der Invasion durch die Vorsag hatte Hurog Banditen aus Hunderten von Meilen Umkreis angelockt, die nachsehen wollten, ob es reif zum Pflücken war. Die Blaue Garde, angeführt von meiner Tante, hatte sie abgewehrt – aber wären die Mauern nicht gewesen, hinter denen sich meine Leute verstecken konnten, dann hätten die Banditen sich auf die Bauern stürzen können, die das Land bebauten.

Die Mauer war so hoch und fest wie jene, die dem Shavig-Wetter über viele Jahrhunderte widerstanden hatte. Unten maß sie beinahe fünfzehn Fuß, außen aus guten Steinen gebaut und innen mit Geröll gefüllt (wovon wir viel hatten). An der Krone war sie weniger als neun Fuß breit, doch das gab den Wachen immer noch genug Platz, um sich zu bewegen. Es war eine gute Mauer, selbst wenn sie seltsam aussah, da es mehr Granitsteine in ihr gab als schwarze.

Hinter der Mauer wirkte der Hof nun seltsam kahl, da all die kleineren Nebengebäude, die meine Ahnen errichtet hatten, verschwunden waren. Es war schwierig gewesen, den Hof zu begradigen, da sich der Erdhügel, auf dem die Burg gestanden hatte, gesetzt hatte, nachdem einige der Höhlen darunter eingestürzt waren.

Das neue Quartier der Garde stand an der Mauer nahe einem der sechs Türme und war das einzige Steingebäude im Hof, wenn man einmal von der Schmiede absah. Wir hatten ein ordentliches rechteckiges Haus errichtet, nur halb so groß wie das vorige, aber es bot doppelt so viel nutzbaren Platz. Es gab Stallungen für ein paar Tiere, doch die meisten Pferde waren draußen, zwischen der inneren Mauer und dem Bereich, in dem sich die äußere einmal befunden hatte.

Ich seufzte, als ich an die äußere Mauer dachte, und beschloss, am Fußboden in der Haupthalle weiterzumachen – etwas, das vielleicht fertig werden würde, bevor ich an Altersschwäche starb. Tosten war schon dort und arbeitete, und ich schloss mich ihm an. Das Verlegen von Steinfliesen war unangenehme Arbeit, und der Kalk in der Fugenmasse fand immer einen Weg selbst in die kleinste Schnittwunde.

»Warum hast du Hurog so groß wiederaufgebaut?«, fragte Tosten und legte eine Fliese in das Muster, für das wir uns entschieden hatten. »Es braucht nicht mehr so groß zu sein. Hurog ist nicht wohlhabend, und das hier wirkt irgendwie protzig. Wir hätten eine Halle haben können, die halb so groß ist, zwei Stockwerke statt dreien und nur die Hälfte der Schlafzimmer.«

Ich hätte anführen können, dass unsere Burg eigentlich nicht sonderlich groß war. Sie fühlte sich nur so an, weil Tosten und ich und Oreg die einzigen übrig gebliebenen Hurogs waren, die hier wohnten. Meine Schwester Ciarra hatte unseren Vetter Beckram geheiratet und lebte mit ihm in Iftahar, auf dem Besitz meines Onkels. Die Burg von Iftahar hallte wider vom Lachen und den Rufen von Kindern und wirkte dadurch viel kleiner, als sie tatsächlich war.

»Es kostet nicht viel – der Granit gehört uns und muss nur gebrochen werden. Ich zahle die Garde ohnehin, also können sie auch etwas dafür tun«, sagte ich.

Tosten lachte leise. »Ich würde gern dabei sein, wenn du das Stala sagst.«

Ich riss die Augen auf und ließ mein Gesicht ausdruckslos werden. »Sehe ich so dumm aus?«

»Niemand«, verkündete er und verlegte eine weitere Fliese, »ist so dumm, das zu wagen.«

Ich lachte und sah mich um. »Es ist wirklich nicht besonders groß; du könntest unsere ganze Burg ein Dutzend Mal in den Palast des Königs in Estian stellen. Der Handel mit den Zwergen blüht noch nicht gerade, aber Axiel erzählte mir, dass die geheimnisvolle Krankheit, die sein Volk befallen hatte, überstanden sei. Es gibt wieder Zwergenkinder, zum ersten Mal seit langer Zeit, und bald werden sie mehr Zeit haben, um Luxusgüter für den Handel herzustellen.«

Tosten nickte. »Das sind gute Nachrichten! Ich habe nicht mehr mit Axiel gesprochen, seit er letzten Winter hier war und geholfen hat, dein Zimmer fertigzustellen.«

»Ich auch nicht«, erwiderte ich. »Aber Oreg besucht ihn hin und wieder.«

»Wie geht es Tisala?«

»Das Einzige, was uns immer noch Sorgen macht, ist ihre linke Hand, aber sie wird überleben, selbst wenn Oreg die Hand nicht retten kann.«

Wieder nickte er und wandte die Aufmerksamkeit erneut dem Boden zu. Nach einiger Zeit begann er, eine Ballade zu summen. Als er anfing zu singen, schloss ich mich an. Bald schon hatten wir eine Gruppe von Kindern als Zuhörer, also spielten wir ein bisschen Theater. Tosten fand ein Lied mit einer Männer- und einer Frauenrolle. Er sang den Mann mit hoher, quiekender Stimme und ich die Frau im Bass. Wir unterhielten die Kinder und arbeiteten am Boden, bis es Zeit zum Abendessen war. Selbst Tosten hatte sich heiser gesungen, aber die Köchin brachte uns heißen Apfelwein und küsste ihn dankbar auf die Wange, weil er die Kinder beschäftigt hatte, während ihre Mütter kochten und sauber machten.

3 WARDWICK

In aller Form ergangene Einladungen abzulehnen ist unhöflich und kann in der Zukunft zu dauerhaftem Schaden führen.

Nachdem ich fertig gegessen hatte, ging ich nach oben, um nach meinem Gast zu sehen. Eine der Zofen hatte mir gesagt, sie habe Suppe und Brot nach oben gebracht, aber Tisala habe geschlafen.

Das Zimmer des Burgherrn in Hurog hätte im Vergleich mit jedem Zimmer, das ich je gesehen hatte, gut abgeschnitten, die königlichen Gemächer in Estian eingeschlossen. Es war ein Geschenk der Zwerge gewesen, die sich eingeschlichen hatten, als ich in Iftahar gewesen war, um mit meinem Onkel zu sprechen.

Das Holz war ein exotisches Hartholz aus dem Süden, mit auffälliger Maserung und satter Farbe. Die Zwerge hatten die komplizierte Maserung genutzt und an den seltsamsten Stellen phantastische Formen eingeschnitzt. Der Verputz an den Wänden hatte weiche Muster, die von pulverisierten Edelsteinen glitzerten. Hoch droben ließen Oberlichter Sonne durch schmale Streifen von dickem, klarem Kristall herein. All dieser Luxus wirkte ausgesprochen seltsam in dem ansonsten kargen Stil von Hurog, und ich hatte mich noch nicht so recht daran gewöhnen können.

»Ihr lebt nicht schlecht für einen armen Barbaren aus dem Norden«, stellte Tisala mit heiserer Stimme fest.

Ihre Augen waren geschlossen gewesen, als ich ins Zimmer kam, aber sie war nun wach.

Ich machte eine umfassende Geste und sagte: »Ein Geschenk von den Zwergen.«

Plötzlich grinste sie. »Rettet einmal ein Volk vor dem Aussterben, und Ihr müsst für immer damit leben. Ich habe ein paar Banditen umgebracht und das Bewusstsein verloren – ich hatte nicht erwartet, im Luxus aufzuwachen. Es unterscheidet sich ein wenig von meiner Vorstellung von Hurog.« Das Grinsen verschwand so schnell wieder, wie es gekommen war – die purpurne Prellung musste wehtun, die auf ihrem Gesicht entstanden war, seit ich sie zum letzten Mal gesehen hatte.

»Einer meiner Leute hat Euch gefunden«, sagte ich. »Wir haben Euch heute Früh hierhergebracht. Irgendwo müsste es Suppe und Brot geben, falls Ihr Hunger habt.«

Sie ignorierte mein Angebot und betrachtete ihre nicht verbundene Hand, die erheblich besser aussah als noch zuvor. Staunen trat in ihren Blick. »Erst heute Morgen?«

»Oreg ist ein guter Heiler«, sagte ich. »Ihr seid an den richtigen Ort gekommen – Eure Hand hatte schon angefangen zu verfaulen. Jeder andere hätte sie abgeschnitten.«

Sie schwieg eine Weile und bewegte langsam die Finger. Immer noch mit dem Blick auf die Hand sagte sie: »Es tut mir so leid, dass ich einfach hier aufgetaucht bin, aber ich wusste nicht, wohin ich sonst hätte gehen können.«

»Mein Haus ist Euer Haus«, sagte ich, und ich meinte es vollkommen ernst.

»Er wird nach mir suchen«, sagte sie, »denn er glaubt, ich sei der Schlüssel zu zwei Dingen, die er unbedingt haben will.«

»Jakoven?«, fragte ich.

Sie nickte und sah mich an. »Er glaubt, ich kenne die Namen der Adligen, die Alizon helfen.«

»Und, tut Ihr das?«, fragte ich.

»Nicht alle, aber genug, um vielen zu schaden, die nichts weiter tun, als einen Mann vor ungesetzlicher, ungerechtfertigter Verfolgung schützen – zumindest so lange ungesetzlich, bis Jakoven Alizon zum Verräter erklärt.«

Der Halbbruder des Königs war vor beinahe einem Jahr verschwunden, etwa zur gleichen Zeit, als das königliche Heer unerwartet seinen Landsitz umstellt hatte. Alizon hatte nicht viel mehr als die Kleidung retten können, die er am Leib trug – und viele Verbündete, die bereit waren, ihn zu verstecken. Der König hatte keine Anklage erhoben, sondern erklärt, er ziehe es vor zu warten, bis sein Halbbruder sich persönlich verteidigen könne.

Tisala setzte sich hin. Sie verzog schmerzerfüllt das Gesicht, aber sie hob das Kinn, um jeder Spur von Mitleid zuvorzukommen. »Ich brauchte ein Versteck, bis ich mich wieder erholt habe. Es tut mir leid, wenn ich Euch in Gefahr gebracht habe – aber ich glaube nicht, dass er mich jemals hier vermuten würde.«

»König Jakoven mag mich ohnehin nicht besonders, und ich mag ihn auch nicht«, sagte ich trocken. »Ihr seid hier willkommen, so lange Ihr wollt – es wird mein Verhältnis zum Hochkönig nicht ändern.«

»Ich komme nicht mit leeren Händen«, sagte sie. »Das Zweite, was Jakoven von mir will, ist eine Möglichkeit, Euren Vetter Beckram des Verrats zu überführen.« Wieder bewegte sie die Hand ein wenig, dann fuhr sie fort. »Es schien ihm einigermaßen wichtig zu sein.«

Ich bemerkte, dass sie nicht sagte, dass Beckram nichts damit zu tun habe.

Ich wandte mich ab und starrte einen Drachen an, der ins Kaminsims geschnitzt war. Wenn man meinem Onkel glauben durfte, der sich in Angelegenheiten des Hofs selten irrte, war König Jakoven wütend über die wachsende Anhängerschaft seines Halbbruders, hielt sie aber nicht für eine ernsthafte Gefahr für seinen Thron. Eine Ansicht, die, wie ich dachte, bedauerlicherweise gerechtfertigt war.

»Wie seid Ihr geflohen?«, fragte ich. »Leute, die gefoltert werden, werden für gewöhnlich sehr gut bewacht.«

»Man hat mich nicht in der Burg festgehalten«, erwiderte sie. »Jakoven hat mich in den Keller eines Gebäudes in der Stadt bringen lassen.«

Jakoven liebte Spielchen, Intrigen und Geheimnisse. Einiges jedoch war auch einfach nur vernünftig – selbstverständlich hatte er sie nicht in die Burg gebracht. Er hätte viel Unterstützung verloren, wenn bekannt geworden wäre, dass er Tisala – eine Frau von hoher Geburt – hatte foltern lassen. »Verbessert mich, falls ich mich irren sollte«, sagte Tisala nachdenklich. »Jakoven hat mehrere Geliebte der Königin umgebracht. Und er versuchte vor vier Jahren, Beckram zu töten, hat stattdessen jedoch aus Versehen Beckrams Zwillingsbruder erwischt. Es wäre einfacher für Jakoven, Beckram umbringen zu lassen, als ihm Verrat anzuhängen.«

Ich zuckte die Achseln, setzte mich ans Fußende des Bettes und lehnte mich gegen einen der elegant geschnitzten Pfosten. »Da habt Ihr recht. Aber als der König Erdrick tötete, war ihm wohl nicht ganz klar, welche Macht der Name Hurog im Herzen von Shavig immer noch hat. Politisch ist es klüger zu beweisen, dass Beckram ein Verräter ist, und ihn hinrichten zu lassen, als einen Meuchelmörder zu schicken. Außerdem würde dann die Strafe dem Verbrechen entsprechen. Mein Onkel hat den König gezwungen, sich um Beckrams willen zurückzuhalten – also würde eine Verurteilung wegen Verrat Duraugh ebenso demütigen wie seinen Sohn.« Ich sank ein wenig in mich zusammen, rutschte weiter aufs Bett, und Tisala zog sich beiläufig ein Stück zurück.

»Und obwohl Jakoven bei Euch keinen Erfolg hatte, seid Ihr wohl kaum die einzige Person, der er durch Folter ein Geständnis abringen kann. Ich muss mich sofort mit meinem Vetter in Verbindung setzen. Wisst Ihr, ob Beckram derzeit in Estian ist?«, fragte ich. Ich verfolgte nicht, wohin mein Vetter reiste. Iftahar lag viel näher an Estian als Hurog, und Beckram hielt sich häufig in der Hauptstadt auf.

»Nein«, flüsterte sie. »Ich weiß es nicht. Glaubt Ihr, dass Jakoven auch andere eingesperrt hat, um sie zu zwingen, Beckram zu bezichtigen?«

Ich hatte bisher nur daran gedacht, wie ich die Gefahr für meinen Vetter verringern konnte, aber nun wurde mir klar, dass jeder, den Jakoven gefangen genommen hatte, mindestens ein Bekannter, wahrscheinlich aber ein Freund Tisalas sein musste.

Ich beugte mich vor, und Tisala wich zurück. Als ihr klar wurde, was sie getan hatte, lief sie verlegen rot an – aber sie entspannte sich nicht.

Ich hatte Seite an Seite mit ihr gekämpft. Der Gedanke daran, was geschehen sein musste, damit sie vor jemandem derart zurückwich, bewirkte, dass ich am liebsten auf etwas eingeschlagen hätte. Ich wollte etwas sagen, um sie zu trösten, aber ihre verschlossene Miene verriet mir, dass sie nicht darüber sprechen würde.

»Glaubt Ihr, Jakoven hat noch andere gefangen nehmen lassen?«, fragte sie wieder.

»Das hängt davon ab, was er wirklich will«, sagte ich schließlich. »Falls er in der Tat versucht, Alizons Anhänger von ihm abzuwenden, wird er sich zunächst auf Leute von niederer Geburt konzentrieren. Er wird aus den Geständnissen, die er erzwingt, Anklagen gegen die Adligen zusammenstellen, die er dann ungestraft angreifen kann.«

»Was meint Ihr mit ›falls?‹«, fragte sie.

»Das sagte ich bereits«, erklärte ich. »Alizon stellt im Augenblick keine wirkliche Gefahr für den König dar, nicht, solange er auf der Flucht ist. Er hat keinen Zugang zu seinem Gold oder zu seinem Land – beides hat den Geldbeutel des Königs gut gepolstert. Alizon hätte vielleicht vor vier Jahren eine Aussicht gehabt, vor allem, wenn Kariarn bei seinen Versuchen, Oranstein zu erobern, ein wenig erfolgreicher gewesen wäre – und wenn Alizon nicht unehelich geboren wäre. Falls Jakoven Alizon gefangen nimmt, wird er ihn verhöhnen und irgendwo einsperren, zum Beispiel im Asyl neben seinem jüngeren Bruder Kellen, und nachdem ihn alle vergessen haben, wird Alizon eines schönen Tages an seinem Abendessen ersticken. Jakoven ist zu schlau, um seinen Halbbruder zum Märtyrer zu machen, indem er einen langwierigen Prozess anstrengt oder ihn gleich tötet.«

»Was glaubt Ihr also, dass König Jakoven vorhat?«, fragte Tisala einen Augenblick später. Ich fand, dass sie nun trostlos klang – hatte sie wirklich geglaubt, Alizon habe Aussichten, seinen Bruder zu stürzen?

»Ich denke, Jakoven wird sich auf meinen Vetter konzentrieren«, sagte ich. »Obwohl er damit ein ziemliches Risiko eingeht.«

»Wie meint Ihr das?« Tisala saß nicht mehr ganz so gerade, und ihre Gesichtsfarbe war von Blass zu Grau übergegangen. Sie versuchte, sich gegen das Kopfende des Betts zu lehnen, gab diesen Gedanken aber schnell wieder auf, als ihr wunder Rücken das Holz berührte. Ich hätte mich zurückziehen und ihr gestatten können, sich wieder bequem hinzulegen, aber ich wollte nicht, dass sie glaubte, ich mache ihrer Furcht Zugeständnisse. *Ich* hatte ihr nichts getan – sie musste sich einfach zwingen, sich daran zu erinnern.

»Euch offiziell gefangen zu nehmen, hätte zu einem Skandal geführt«, sagte ich. »Euer Vater mag Euch verstoßen haben, aber Ihr seid immer noch eine Frau aus einer Adelsfamilie – und als solche habt Ihr ein Recht auf ein gewisses Maß an Respekt für Eure Person. Die Leute in Tallven sind sehr beschützerisch, wenn es um ihre Aristokratinnen geht, und es sind hauptsächlich die Bewohner von Tallven, die Jakovens Position auf dem Thron stützen.«

»Nicht so beschützerisch, wie Ihr denkt«, widersprach sie. »Sie würden ihm ihre Loyalität nicht wegen einer Frau entziehen – besonders nicht wegen einer aus Oranstein, die wie ein Mann kämpft.«

Ich zog die Brauen hoch angesichts der Bitterkeit in ihren Worten und fragte mich, wie unbequem das Leben in Estian für sie gewesen war, nach all den Freiheiten, die ihr Vater ihr zugestanden hatte.

»Ihr habt recht«, sagte ich schließlich. »Zumindest wenn Ihr annehmt, dass die meisten nicht zu Eurer Rettung geeilt wären. Aber es wäre mindestens so schlimm für Jakoven gewesen, als hätte man ihn dabei erwischt, eine Affäre mit einem seiner Jagdhunde zu haben. Sie hätten allen Respekt vor ihm verloren, und das wäre gefährlich. Der Sturz meines Vetters muss wichtig für ihn sein, um so viel zu riskieren.«

»Also wird er mit mir nicht aufhören«, sagte sie. »Und er hat wahrscheinlich auch nicht mit mir angefangen.«

Sie klang ein wenig hektisch, und ich fragte mich, ob es vielleicht einen Mann gab, um den sie sich besondere Sorgen machte.

Ich zuckte die Achseln. »Ich weiß es nicht. Es würde mehr als das Wort eines Bauern oder Kaufmanns brauchen, um König Jakoven eine freie Schusslinie auf Beckram zu geben. Jemanden, von dem alle wissen, dass er Alizon unterstützt. Vermisst Ihr eine Person, auf die diese Beschreibung zutreffen würde?«

Sie schüttelte den Kopf. »Nein – jedenfalls war das zu dem Zeitpunkt, an dem ich gefangen genommen wurde, nicht der Fall.«

Ich bewegte mich langsam vorwärts, um ihr Zeit zu geben, ihr ursprüngliches Zurückweichen zu beherrschen, und legte sanft die Hand an ihre Schulter. »Vom Krankenbett aus könnt Ihr nichts tun. Ruht Euch aus.«

Sie hielt unter meiner Berührung still, versuchte aber nicht sich hinzulegen, ehe ich vom Bett aufgestanden war.

»Braucht Ihr Hilfe?«, fragte ich und ließ die Hand lässig an meine Seite fallen. »Ich weiß, wie sich Euer Rücken anfühlen muss.«

»Nein«, antwortete sie. Sie zögerte einen Augenblick, dann sank sie zurück in die gewebten Decken und drehte sich unter Schmerzen auf die Seite, um den Druck vom Rücken und der geprellten Rippe zu nehmen. »Ich kann nicht klar denken«, murmelte sie.

»Keine Panik«, sagte ich. Ich war selbst ein paarmal von Oreg geheilt worden; ich wusste, wie es sich anfühlte, wenn die Erschöpfung einem das Bewusstsein nahm. »Es ist nur die Magie.«

Ein Lächeln umspielte ihre Lippen, als sie die Augen schloss. »Sie nennen Euch einen Zauberer – den Zauberer aus Shavig, als wären niemals andere Zauberer aus diesem Land gekommen oder aus Hurog. Habt Ihr Hurog wirklich mit Eurer Macht zum Einsturz gebracht?«

»Nein«, antwortete ich. Vielleicht mit meiner Seele, mit meiner und der von Oreg, aber nicht mit meiner Magie. »Gerüchte übertreiben. Oreg ist der Zauberer hier. An einem guten Tag kann ich ein Feuer in der Feuerstelle anzünden.« Ich war ein wenig besser als das, oder war es gewesen, bevor Oreg vor einem Monat entschieden hatte, dass ich lernen müsse, meine eigene Magie zu nutzen und nicht die von Hurog.

Ihr Lächeln verschwand, und sie kämpfte sich auf die Ellbogen hoch und zwang die Augen wieder auf. »Ich hätte nicht herkommen sollen«, sagte sie mit schleppender Stimme. »Es ist zu gefährlich.«

»Nur eins wäre wirklich gefährlich gewesen«, sagte ich. »Nämlich nicht zu wissen, dass Jakoven sich gegen meine Familie in Bewegung gesetzt hat. Schon dafür seid Ihr willkommen, hier zu bleiben, bist Ihr alt werdet und zu Staub zerfallt.« Meine Worte beruhigten sie, und sie gestattete mir, die Decken wieder über sie zu ziehen. Ich wartete, bis ihr Atem gleichmäßig geworden war, bevor ich ihre Wange berührte.

Nein, objektiv gesehen war sie nicht schön – sie hatte zum Beispiel die Adlernase ihres Vaters. Bei Haverness sah das vornehm aus, doch bei ihr wirkte es eher einschüchternd. Ihr Gesicht war kantig, bis auf die leicht schräg stehenden Augen und den zu großen Mund. Sie war auch zu groß, und das nicht auf die zerbrechlich-dünne Art der meisten großen Frauen. Stattdessen hatte sie einen geschmeidigen, muskulösen Körper und war wahrscheinlich stärker als viele Männer.

Ich fand sie wunderbar, selbst in diesem zerschlagenen Zustand. In den letzten vier Jahren hatte ich jede Frau, der ich begegnet war, an ihr gemessen – und alle hatten schlechter abgeschnitten. Und nun war sie hier, in meinem Bett.

Tisala erholte sich schnell von krank zu schlecht gelaunt und gelangweilt. Mitleidig holte ich ein Schachbrett heraus, um ihr die Zeit zu vertreiben.

»Mein Vater hat es mir beigebracht«, sagte sie entschuldigend, während ich das Brett anstarrte, als könnte das erklären, wieso sie mich noch schneller geschlagen hatte, als es Oreg je gelungen war.

Ich sah sie verärgert an, lehnte mich zurück und schüttelte den Kopf. »Entschuldige dich nie dafür, dass du gewinnst, das demütigt deinen Gegner nur noch mehr.«

Ein träges Lächeln zeichnete sich auf ihrem Gesicht ab. »Ich weiß.«

Wieder schüttelte ich den Kopf. »Nein. Wenn du gewinnst, willst du deinen Gegner nicht nur demütigen, sondern zerschmettern. Ein gedemütigter Feind wird bösartig, ein zerschmetterter kriecht davon und behelligt dich nie wieder. Pass auf.«

Ich holte tief Luft und schlug dann mit plötzlicher Gewalt auf den Tisch, was die Schachfiguren auf dem Boden verstreute. »Ha!«, brüllte ich. »Das nennst du ein Spiel? Der Hund meiner Großmutter hat auf seinem Totenbett noch besser gespielt. *Fünfzehn* Züge! Ich denke, man kann es wirklich wörtlich nehmen, wenn du behauptest, du spieltest *ein wenig* Schach!« Dann setzte ich mich wieder.

Tisala war bei meiner ersten Bewegung zusammengezuckt, aber es war nur ein Reflex gewesen, und selbst als ich mich scheinbar drohend über sie beugte, blieb sie entspannt. Ich hatte Wochen gebraucht, um das Schlachtross meines Vaters dazu zu bringen, mir so weit zu trauen – aber Tisala war auch nur kurze Zeit missbraucht worden.

»Sehr subtil, Hurog, subtil wie eine Kampfaxt«, sagte sie. »Mein Vater hat mir bessere Manieren beigebracht als das – aber ich denke, wir müssen berücksichtigen, dass du ein Barbar aus Shavig bist und zu solchen Ausbrüchen neigst.«

Ich sackte wieder auf dem Stuhl zusammen und drückte die Hand aufs Herz, als hätte sie mich verwundet.

Sie war jetzt seit fünf Tagen hier und sah erheblich besser aus als am Anfang. Ihre linke Hand heilte gut. Sie würde nie wieder so stark werden wie zuvor, aber Tisala würde zumindest einen Schild damit halten oder einen Bogen benutzen können.

Ich gab meine Pose auf und stellte die Figuren wieder aufs Brett, wozu ich bis unters Bett kriechen musste, um den dunklen Turm zu finden, dann fingen wir von vorn an. Diesmal spielte ich auf Leben und Tod. Essen wurde gebracht, Geschirr wieder weggetragen, und die frühen Schatten der kürzeren Wintertage machten es notwendig, dass wir Kerzen anzündeten, bevor auch dieses Spiel zu Ende ging. Diesmal besiegte ich sie, aber ich hatte mich wirklich anstrengen müssen.

»Ha!«, brüllte ich und schlug auf den Tisch, und sie lachte.

Noch besser als die körperliche Heilung war, dass sie im Ganzen wieder unbeschwerter wurde. Sie hatte nicht darüber gesprochen, was ihr zugestoßen war, und ich hatte nicht gedrängt. Ich wusste aus Erfahrung, dass einige Wunden in der Stille am besten heilten. Später, wenn die Erfahrung eine

Weile zurücklag, würde ich sie fragen, und in der Zwischenzeit arbeitete ich daran, ihr auf andere Weise zu helfen. Sie zuckte bei meinem aggressiven Triumph nicht einmal mehr zusammen.

Als sie aufhörte zu lachen, sagte sie: »Nicht, dass ich das Spiel nicht zu schätzen wüsste, aber hast du keine anderen Pflichten, die deine Aufmerksamkeit verlangen?«

Ich hob die verstreuten Figuren noch einmal vom Boden auf und sagte: »Die Ernte ist eingebracht und verstaut. Meine Tante braucht keine Hilfe dabei, die Garde zu beschäftigen. Ich könnte beim Verlegen des Fußbodens in der großen Halle helfen, aber das ist nicht unbedingt notwendig.«

Während ich die Schachfiguren wieder aufstellte, fragte ich sie nach etwas, das mich beunruhigt hatte. »Was hast du überhaupt in Estian gemacht? Ich dachte immer, diese so öffentliche Auseinandersetzung mit Haverness sei nur Theater gewesen, aber den Grund dafür habe ich nie herausgefunden. Was hat dein Exil in Estian erreicht?«

»Was glaubst du denn, das es erreichen sollte?«, fragte sie.

Ich sah sie mürrisch an. »Niemand, der Schach spielt wie du, würde ohne Grund etwas so Dummes tun.«

»Warum war es dumm?«, fragte sie. »Ich habe mich mit meinem Vater gestritten. Er wollte mir vorschreiben, wie ich denken soll, und als ich mich weigerte, ihm zuzustimmen, hat er mich gebeten zu gehen – ich glaube, er dachte, das würde mich zum Nachgeben bringen. Also bin ich gegangen.«

»Nach Estian«, sagte ich.

»Wohin auch sonst?«

Ich lachte. »Das funktioniert vielleicht bei den Leute in Tallven, meine Dame. Aber ich habe gesehen, wie gern dein Vater dich hat. Wie ich versteht er vielleicht, dass Alizons Rebellion keine Aussicht auf Erfolg hat, aber er würde dich deshalb niemals aus dem Haus werfen. Was hat dich nach Estian gebracht?«

Sie schwieg, aber es war ein herausforderndes Schweigen. Ich war mit einer Schwester aufgewachsen, die nicht sprechen konnte und sich nur durch ihr Mienenspiel mitteilte. *Finde es selbst heraus,* sagten Tisalas verschränkte Arme und hochnäsige Miene.

Was macht Tisala ungewöhnlich genug, dass Alizons Sache sie nach Estian führte?, fragte ich mich.

Schließlich verstand ich es und lächelte. »Ein Mann, selbst ein Mann von hoher Geburt, der als Anhänger von Alizon bekannt würde, würde als Verräter eingesperrt werden.«

Sie erwiderte das Lächeln, sagte aber nichts.

»Aber eine adlige Frau wäre einigermaßen sicher, wegen der tallvenischen Sitten – oder zumindest *hättest* du es sein sollen. Sie würden eine unverheiratete Frau brauchen – ansonsten würde man von ihrem Mann erwarten, dass er sie aufhält. Aber zu welchem Zweck …« Ich starrte sie an, und sie erwiderte den Blick ausdruckslos.

Diese Frau, flüsterte etwas tief in meinem Herzen, *diese Frau ist mir bestimmt.*

Die Prellungen auf ihrem Gesicht hatten sich gelblich und grün verfärbt. Sie war zu dünn, was ihre Nase noch auffälliger machte. Sie trug eines meiner ältesten Hemden, und ein Stück von dem Huhn, das wir gegessen hatten, hatte an dem Stoff an ihrem Arm einen Fettfleck hinterlassen. Und nichts davon spielte eine Rolle.

»Vielleicht«, spekulierte ich und hoffte, dass sie mir meine Gedanken nicht angesehen hatte, »vielleicht gibt es einen Adligen, der Jakoven gern fallen sähe. Vielleicht hat dieser Adlige Geld, um Alizon zu unterstützen, vielleicht Informationen, vielleicht nur eine Botschaft. Vielleicht möchte er vollkommen anonym bleiben. Wenn es jemanden gäbe, dem er solche Dinge sicher anvertrauen könnte, so könnte er einen anonymen Diener oder sogar einen Straßenjungen zu diesem Anhänger von Alizon schicken – immer vorausgesetzt, es wäre allgemein bekannt, um wen es sich bei dieser Person handelt.«

Sie zog die Brauen hoch. »Du hast wirklich eine lebhafte Phantasie, Ward.«

»Und eine akkurate«, sagte ich. »Wie hast du dich mit Alizon in Verbindung gesetzt?«

Sie öffnete den Mund, dann schloss sie ihn wieder. Als sie schließlich sprach, sagte sie: »Ich bin kein Fisch, der deinen Köder einfach schluckt. Es sollte genügen zu sagen, dass du die Angel in der richtigen Gegend ausgeworfen hast, und dabei belassen wir es lieber.«

Es war nicht leicht, die Informationen, die ich von Tisala erhalten hatte, einfach loszulassen. Jakoven wollte Beckram angreifen, meinen Vetter – meine Verantwortung. Das Spiel des Königs mit Tisala war fehlgeschlagen, aber er hatte noch viele andere Pfeile im Köcher.

Während in den nächsten Wochen der erste Schnee die Berge überzog und Frost in der Luft hing, dachte ich darüber nach, worin wohl Jakovens nächster Zug bestehen würde. Aber ich kam nur zu einem einzigen Ergebnis: Es würde gefährlich sein, Jakoven sein eigenes Spiel entwickeln zu lassen. Ich musste selbst den ersten Zug machen.

»Ich gehe nach Estian«, verkündete ich beim Abendessen.

Die Garde aß in ihrer Unterkunft, aber es lagen genug Fliesen in der großen Halle, dass meine Familie ihre Mahlzeiten dort einnehmen konnte – meine Familie und unser Gast. Tisala war in der vergangenen Woche beweglich genug geworden, um die Treppe herunterzukommen, also nahm sie die Mahlzeiten jetzt gemeinsam mit uns ein. Wir saßen dicht an der großen Feuerstelle, die den offenen Eingang, in dem bald die großen Tore hängen würden, ein wenig ausglich. Die ersten Scharniere, die der Waffenschmied gefertigt hatte, waren wunderschön gewesen, aber nicht stark genug, um die Tore zu halten, also versuchte er es noch einmal.

»Estian? Du hast tatsächlich den Verstand verloren«, sagte Oreg überzeugt, wenn auch nicht missbilligend – eher, als freue er sich über diese Entdeckung. Er war fertig mit Essen, hatte sich zurückgelehnt und beobachtete uns.

Ich grinste ihn an.

Meine Tante Stala, die neben ihm saß, schüttelte den Kopf, aber ich glaube, sie meinte Oreg und nicht mich. Sie war der Hauptmann meiner Garde und die illegitime Schwester meiner Mutter, eine Frau aus Tallven, die ihr Schicksal in die eigenen Hände genommen und die Welt erschüttert hatte. Sie trug die Narben ihrer Kämpfe voller Anmut, und es gab keinen Mann in der Blauen Garde, der nicht für sie sterben würde, mich selbst eingeschlossen.

»Du hast *mich* gezwungen, hier zu bleiben«, sagte mein Bruder, »indem du mir jedes Mal zur Hauptstadt gefolgt bist, als ich versucht habe, hinzureiten. Du hast mir gedroht, dich der Möglichkeit auszusetzen, dass der König dem Dekret folgen und dich in seinen Zoo für unerwünschte Adlige stecken würde …«

Tosten hatte vorgehabt, Alizon zu unterstützen – etwas, das ich für ebenso gefährlich wie sinnlos hielt. Aber Tosten war immer noch jung und hitzköpfig. Außerdem hatte er den Zwillingen sehr nahegestanden, und Erdricks Tod hatte ihn schwer getroffen.

»Unerwünschte *verrückte* Adlige«, murmelte ich, aß etwas von dem Eintopf und genoss den Geschmack frischer Möhren. Am Ende des Winters würden wir kein Gemüse mehr haben. Ich warf Tisala einen Blick zu, und sie bedachte mich mit einem angespannten Lächeln. Sie war offenbar Tostens Meinung.

»Unerwünschte verrückte Adlige«, schnaubte Tosten und winkte ab. »Und jetzt willst du gehen und nachsehen, was Jakoven vorhat? Du solltest dich lieber daran erinnern, dass der letzte Hurog, der seine Nase in Jakovens Angelegenheiten steckte, die Kehle durchgeschnitten bekam.«

»Er hat Erdrick umgebracht«, gab ich zu. »Und jetzt ist er hinter Beckram her. Ich muss herausfinden, was los ist, bevor er Beckram auch noch tötet.«

Tosten schlug so fest mit der Faust auf den Tisch, dass alles darauf wackelte. »Und du kannst dich so viel besser um Beckrams Angelegenheiten kümmern als er selbst?«

Es waren nicht die Worte, die mir wehtaten, sondern der Tonfall, der andeutete, dass Beckram ein kompetenter Mann und ich ein Idiot sei.

Ich verkniff mir diverse Bemerkungen, die unverzeihlich gewesen wären – vor allem, alle daran zu erinnern, dass es Beckrams Affäre mit der Königin gewesen war, die seinen Zwillingsbruder Erdrick das Leben gekostet hatte. Stattdessen nahm ich mich zusammen und erklärte ihnen, wie ich die Situation sah: »Ich bin der Hurogmeten, der Hüter von Hurog. Beckram ist ein Hurog und steht daher unter meinem Schutz. Wenn ich die Meinen nicht schützen will oder kann, bin ich nichts.«

»Diese Haltung hätte die beiden anderen Hurogmeten,

die ich kannte, ziemlich überrascht«, sagte meine Tante trocken. Sie sprach von meinem Vater und meinem Großvater.

»*Meten* bedeutet Hüter, und Ward ist Hurogmeten«, sagte Oreg und biss in ein Stück Brot.

»Was kannst du tun, was Beckram nicht tun kann?«, fragte Tosten noch einmal. »Ich würde sagen, warne Onkel Duraugh und Beckram, und lass sie dann selbst damit fertig werden.« Aber die Leidenschaft war aus seiner Stimme verschwunden. Er kannte die alten Lieder und Geschichten von Hurog besser als ich. Er kannte die Pflichten des Hurogmeten. Oregs Erfahrung aus erster Hand mochte dem vollkommen widersprechen, aber sie hatte dem Ideal nichts von seiner Macht genommen.

»Ich muss ein besseres Gefühl dafür entwickeln, was am Hof vor sich geht«, erklärte ich. »Dass Jakoven Tisala entführt hat, ist nur der Anfang. Etwas Hässliches steht bevor, und ich fürchte, Hurog wird in der Mitte von Jakovens Aktivitäten stehen.«

»Wen nimmst du mit?«, fragte Tante Stala, und die Sache war beschlossen.

Wir planten meine Reise, ein wenig beruhigt von der Mahlzeit, und Tosten aß vielleicht nicht viel, erhob aber auch keinen Einspruch mehr. Wir waren gerade aufgestanden, um das Küchenpersonal die Teller abräumen zu lassen, als wir eilige Hufschläge hörten.

Der Bewaffnete, der in den Raum gestürzt kam, war bleich. »Herr«, sagte er. »Königliche Truppen kommen.«

Mein Mund wurde trocken. Waren sie hinter Tisala her? Meine Gedanken überschlugen sich. Aber ich war nach Tisalas Geschichte zu dem Schluss gekommen, dass Jakoven sie hierher nicht verfolgen würde – es würden zu viele Leute zum Schweigen gebracht werden müssen, mit nur wenig Gewinn. Der König wollte sicher nicht, dass jemand von Tisalas Folter erfuhr. Damit blieb nur eine Antwort auf die Frage, was königliche Soldaten hier wollten: das Dekret.

Sollte ich fliehen? Oreg würde mich wegbringen – aber dadurch würden Hurog und jene, die hierher gehörten, verwundbar werden – und Jakoven könnte meine Familie des Verrats bezichtigen. Mein Onkel würde schließlich nicht beweisen können, dass er mir nicht geholfen hatte. Ebenso wenig wie Beckram, wenn der König durch mich zu ihm gelangen wollte.

Wir könnten kämpfen. Es würde der Beginn eines Bürgerkriegs sein. Shavig würde sich uns anschließen. Oranstein würde vielleicht das Gleiche tun – aber sie mussten sich auch wieder Gedanken über ein Eindringen der Vorsag machen, wie vor vier Jahren. Es sei denn …

Ich schüttelte den Kopf und tat den Gedanken an Bürgerkrieg ab. Es wäre vielleicht möglich gewesen, wenn der König uns im kommenden Jahr angegriffen hätte statt in diesem. Heute würde Hurog innerhalb eines Tages fallen, und bei diesem Ergebnis würde Shavig stöhnen und ächzen, sich aber schließlich Jakoven ergeben.

Wir konnten uns mehr oder minder gegen Banditen schützen, doch das Heer des Königs war eine andere Sache. Wenn wir ein echtes Torhaus und ein Fallgitter an der Mauer hätten, hätten wir uns vielleicht lange genug widersetzen können. Stattdessen hatten wir nichts als eine Mauer mit einem festen Holztor, das wir gegen Eindringlinge verriegeln konnten, und der Bergfried besaß überhaupt noch kein Tor.

»Du brauchst nicht zu ihm zu gehen – er kommt dich holen«, bestätigte Stala meine Gedanken.

Die Angst ließ mir das Herz bis zum Hals schlagen. Ich hatte nicht viel Zeit. »Tisala – geh in mein Zimmer und bleibe dort. Wir werden alle sterben, wenn die Männer des Königs dich hier finden. Ich werde dafür sorgen, dass sie den Bergfried nicht durchsuchen, aber ich bin nicht sicher, ob ich sie vollkommen davon abhalten kann, ihn zu betreten.«

Diese wunderbare Frau drehte sich einfach auf dem Absatz um und eilte ohne Widerspruch die Treppe hinauf. Ich wartete, bis sie außer Hörweite war, und wandte mich dann an die anderen.

»Stala, halte die Wache davon ab zu kämpfen, verstanden? Ihr müsst hierbleiben, um Hurog zu schützen. Sorge so lange du kannst für Tisalas Sicherheit. Wenn die Soldaten sie nicht erwähnen, tun wir das auch nicht. Ich glaube nicht, dass der König in dieser Sache etwas erzwingen wird – er würde zu viel erklären müssen.«

Stala nickte grimmig.

»Tosten, du lässt dich ebenfalls nicht sehen. Sobald wir weg sind, reitest du zu Onkel Duraugh. Sorge dafür, dass er erfährt, dass Beckram Ärger hat. Ich hätte eigentlich erwartet, früher von ihm zu hören – vielleicht ist unsere Botschaft nicht durchgekommen.«

»Wirst du mit ihnen gehen?«

»Ja, ich kann nicht anders. Mach dir keine Sorgen, ich komme schon wieder aus dieser Sache heraus. Oreg, kannst du nach Estian kommen und mich im Verborgenen aufsuchen?«

Oreg war der Einzige von uns, der nicht beunruhigt aussah. »Selbstverständlich.«

Das Geräusch von Hufen auf Fliesen ließen uns alle zusammenzucken, aber es war nur das Pferd des Gardisten. Er hatte sich nicht die Zeit genommen, die Stute zu sichern, und nun war sie durch die offene Tür hereingekommen, um nachzusehen, was hier los war.

Ich ignorierte die verlegene Entschuldigung des Mannes und setzte den Fuß in den Steigbügel. Seine Steigbügel waren zu kurz. Vom Rücken der Stute aus sagte ich: »Ich wünsche euch allen Glück«, und ritt ohne einen Blick zurück aus der großen Halle. Ich hatte Angst, den Mut zu verlieren, wenn ich jetzt nicht ging.

Am Tor stieg ich ab und versuchte, die Torwache in ihr Quartier zu schicken, aber ich machte den Fehler, ihnen mitzuteilen, was die königlichen Truppen meiner Ansicht nach wollten. Sie kamen nur widerstrebend von der Mauer.

»Verzeiht, Herr«, sagte Soren und fiel auf dem kalten Boden auf die Knie. »Aber Ihr habt mich und meine Familie im letzten Winter aufgenommen, weil wir sonst verhungert wären. Ich werde Euch nicht mit einer unfreundlichen Truppe allein lassen.«

Zustimmendes Gemurmel erklang; der Mann, der auf der Mauer geblieben war, rief uns zu, dass die Truppe näher kam. Sie waren schnell, dachte ich, wenn sie meinem Späher so dicht folgten.

»Wenn ich allein hier bin«, erklärte ich, »werden sie keinen Grund sehen, Gewalt anzuwenden. Aber sie suchen Streit – und sie werden jeden Grund dafür akzeptieren.«

»Wenn man euch einen Befehl gibt, gehorcht ihr gefälligst«, erklang die kalte Stimme meiner Tante hinter mir. »Ward, du solltest es besser wissen, als deine Befehle zu erklären.« Sie warf Soren und den anderen trotzigen Männern einen Blick zu und seufzte. »Und wenn du es unbedingt erklären musst, achte darauf, es richtig zu tun. Meine Herren, Oreg wird den Hurogmeten in gewissem Abstand begleiten und ihn zurückbringen, wenn es so aussieht, als wolle der

König ihm Schaden zufügen. In dieser Hinsicht ist Ward also sicher, und Hurog wird keinen Angriff erleiden müssen, den wir nicht zurückschlagen könnten. Also geht jetzt, bevor ihr ihn noch mehr in Gefahr bringt.«

Ihre klare Stimme war auch auf der Mauer deutlich zu vernehmen, und der Mann dort oben kletterte die Leiter herunter und machte sich ohne ein weiteres Wort auf zum Quartier. Sein Verhalten trieb die anderen an, und Soren sprang auf und zog sich mit ihnen zurück.

»Was hattest du vor – ihnen zu sagen, du würdest dich von den Männern des Königs mitnehmen lassen, um alle anderen hier zu retten?«, fragte sie trocken, nachdem die Männer fort waren.

Ich wurde rot, und sie schüttelte den Kopf. Dann hob sie die Arme und zog an meinen Ohren, bis ich mich vorbeugte und sie mir einen Kuss geben konnte. Danach folgte sie ohne ein weiteres Wort dem Weg, den die Männer genommen hatten, und ich war allein im dunkler werdenden Hof.

Ich ging zu den Toren, aber bevor ich den Querriegel erreicht hatte und ihn aus der Halterung heben konnte, traf etwas sie mit einem Wummern, und sie wackelten und bogen sich gegen den Querriegel. Die Männer des Königs benutzten eine Ramme, bevor sie auch nur versuchten, mit den Wachen zu verhandeln, die sich auf der Mauer hätten befinden sollen. Es machte mir noch klarer, weshalb sie hier waren: Sie verhandelten nicht, weil sich niemand ergeben würde, um ins Asyl gebracht zu werden, es sei denn, er war wirklich verrückt. Ein freudloses Grinsen ließ meine Mundwinkel zucken.

Sie trafen das Tor erneut. Ich fragte mich, wo sie das Holz für eine Ramme gefunden hatten, dann erinnerte ich mich an den Haufen von Bauschutt direkt vor der Mauer. Vielleicht hatte dort ein zerbrochener Balken herumgelegen, der groß genug für diesen Zweck war.

Die Aufhängung des Querriegels hatte sich so verbogen, dass nur noch ein Stemmeisen den Riegel lösen konnte. Da ich keins hatte, trat ich beiseite und wartete darauf, dass sie das Tor von ihrer Seite aus öffneten.

Als das Tor brach, schwärmten die Männer des Königs in den Hof, und ich war froh, dass ich beschlossen hatte, nicht zu kämpfen. Es mussten zweihundert von ihnen sein. *Schmeichelhaft,* dachte ich säuerlich.

Da sich ihnen niemand widersetzte, blieben sie stehen und warfen aufmerksame Blicke zu den Pfeilschlitzen im dritten Stock des Bergfrieds und in den Wachtürmen an den Mauern. Ich stand neben dem Tor hinter ihnen, und zunächst bemerkten sie mich nicht.

Der Blauen Garde wäre niemals ein solcher Fehler unterlaufen, aber diese Männer waren nicht von meiner Tante ausgebildet worden. Das harsche Geräusch eines Horns von hinter den Mauern brachte sie dazu, innezuhalten, aber sie schauten weiterhin nur nach vorn und übersahen mich vollkommen. Wenn ich wegen dem, was ich tun wollte, nicht so verängstigt gewesen wäre, hätte ich gegrinst. Ich überragte die meisten Leute mindestens um einen Kopf und wurde nicht oft übersehen.

Sie teilten sich widerstrebend, und drei Reiter kamen durch die Reihen: die Kommandanten. Der Mann am nächsten zu mir war einer der zahmen Zauberer des Königs, der auf einer großen scheckigen Stute mit blauen Augen saß. Er zog es vor, seinen wahren Namen nicht zu verraten, und war als Jadeauge bekannt. Ich war ihm nie begegnet, aber andere hatten ihn mir beschrieben. Er hatte ein ausgesprochen schönes Gesicht, doch es waren seine Augen, die alle verblüfften. Sie hatten einen hellen Grünton, der bei Menschen noch seltener waren als blaue Augen bei einem Pferd. Sein dunkelrotes Haar ließ die Augenfarbe noch auffälliger wirken.

Beckram hatte mir erzählt, Jadeauge sei einer der Geliebten des Königs, aber das sei nicht der Grund für seinen Rang als Zauberer. Ich konnte spüren, wie seine Macht über mich hinwegspülte, als er mein Heim nach etwas durchsuchte. Was immer es sein mochte, er konnte es nicht finden. Nicht einmal der mächtigste Zauberer in den Fünf Königreichen konnte mit Magie in Hurog eindringen, solange sich Oreg in der Burg befand. Ich bezweifle, dass Jadeauge auch nur wusste, dass man ihn aufgehalten hatte.

An den meisten Tagen war Oreg einfach nur Oreg, und ich dachte nicht einmal an die Macht, über die er verfügte. Nur hin und wieder, wie zum Beispiel jetzt, als er den besten Zauberer des Königs zum Narren hielt, erfüllte mich das Wissen über das, was Oreg war, mit Ehrfurcht.

Ich wandte meine Aufmerksamkeit dem zweiten der beiden Männer zu. Ich kannte ihn nicht, aber den Rangabzeichen an seiner Rüstung nach zu schließen, war er einer der Generale des Königs.

Der dritte Mann war Garranon. Diese schlanke Gestalt und das lockige braune Haar konnte man nicht verwechseln, selbst wenn er auf der von mir abgewandten Seite der anderen beiden Männer ritt. Seine Anwesenheit überraschte mich.

Für mehr als ein Jahrzehnt war er der Favorit des Königs gewesen, bis er sich entschlossen hatte, lieber Oranstein, dem Land seiner Geburt, als den Launen des Königs zu dienen. Ich hörte, dass er bei Hofe immer noch über Einfluss verfügte, aber Jadeauge hatte ihn im Bett des Königs so gut wie ersetzt.

Ich mochte Garranon, was seltsam war, da er derjenige gewesen war, der damals das Dekret nach Hurog gebracht hatte, das mir mein Zuhause nehmen sollte. Aber er hatte Gründe dafür gehabt. Es gefiel mir nicht, dass er ein zweites Mal gekommen war.

Als sie an die Spitze ihres Heeres geritten waren, zügelten der General und der Zauberer ihre Pferde – aber Garranon ritt noch ein paar Schritte weiter.

»Wardwick von Hurog!«, rief er. Seine Stimme hallte vom Stein der Burg wider; sie hätte problemlos über das Schwerterklirren auf einem Schlachtfeld getragen.

»Willkommen, Lord Garranon«, sagte ich und versuchte, entspannt und ein wenig amüsiert zu klingen. Ich bin nicht sicher, ob ich damit Erfolg hatte, aber ich erschreckte tatsächlich zwei oder drei der Soldaten, die mir am nächsten waren. Ich war unbewaffnet, aber sie wichen trotzdem zurück, um mir Platz zu machen.

Garranon wendete sein Pferd und ritt zurück zu der Stelle, wo ich stand, um mir ein mehrfach gefaltetes Pergament zu überreichen. Er hatte eine bewusst ausdruckslose Miene aufgesetzt, aber sein Blick sagte mir, dass er nicht freiwillig gekommen war.

Mit lauter Stimme, die klar von allen auf dem Hof zu vernehmen war, die es hören wollten, sagte er: »Der König hat herausgefunden, dass sein Dekret nicht befolgt wurde. Er wünscht Euch, Euren Bruder Tosten, Lord Duraugh und dessen Sohn Beckram in dieser Sache zu sehen.«

»Aha«, sagte ich und reichte ihm das Dekret zurück. Ich fragte mich, was ich von dieser kleinen Ansprache gehalten hätte, hätte ich nicht zuvor mit Tisala gesprochen und gewusst, dass der König immer noch wütend auf meinen Vetter war. Hätte ich geglaubt, König Jakoven wolle tatsächlich eine legale Anhörung abhalten? Mag sein – aber wahrscheinlich nicht. Ich war nicht so dumm, wie ich manchmal aussah.

»Die anderen, die Ihr genannt habt, sind derzeit nicht hier.« Ich würde ihnen meinen Bruder nicht übergeben, wenn ich es verhindern konnte. »Ich bin stets der untertänige Diener des Königs und werde Euch selbstverständlich zu ihm nach Estian begleiten. Möchtet Ihr hereinkommen und Eure Abendmahlzeit einnehmen?« Tosten war offenbar vernünftig genug, sich aus dem Weg zu halten, wie ich ihm geraten hatte.

Garranon warf einen Blick zu dem General – ich würde herausfinden müssen, wer das war, da er offenbar diese Truppe befehligte.

Der General schüttelte den Kopf. »Unser König wünscht Eure Anwesenheit so bald wie möglich. Wir brechen sofort auf.«

Ich zog die Brauen hoch. »Ich werde einen Augenblick brauchen, um zu packen und mein Gefolge zusammenzustellen.«

»Meine Befehle lauten, dass es kein Gefolge geben wird. Wir haben ein Pferd für Euch dabei. Ihr werdet jetzt kommen und auch Euren Bruder mitbringen. Man hat uns informiert, dass er anwesend sei.«

Sie wollten mich nicht einmal packen lassen. So viel für den höflichen Schein einer »Diskussion« vor dem König. Ich sah nicht, was Jakoven dadurch gewinnen würde, außer die Feindschaft von ganz Shavig, aber ich würde es schon herausfinden. Gegen den Hurogmeten vorzugehen, war etwas ganz anderes, als sich gegen Beckram zu wenden, den Halb-Shavig-Sohn von Lord Duraugh von Iftahar. Es musste um etwas Größeres gehen als um schlichte Rache – obwohl man das bei Jakoven schwer sagen konnte.

»Hm«, sagte ich. »Tosten hat eine Freundin, die er besucht. Er ist nicht besonders gesprächig, was ihren Wohnort angeht – ich glaube, es ist irgendwo innerhalb eines Tagesritts von hier. Er ist recht entzückt von ihr. Ihr wisst ja, wie junge Männer sind.« Dank der Prügel, die mein Vater mir einmal verabreicht hatte, spreche ich sehr langsam. Es machte den General nervös, also redete ich weiter. »Dennoch, er verbringt für gewöhnlich nur ein paar Wochen am Stück bei ihr, also sollte er irgendwann in der nächsten Woche hier sein. Möchtet Ihr auf ihn warten?«

»Nein«, fauchte der Mann so schnell, dass ich seine Zähne zuschnappen hörte. »Der König kann, wenn nötig, einen anderen nach ihm schicken.« Hinter all dem politischen Getue war ich ein Gefangener, und er würde mir keine Gelegenheit zur Flucht geben. Er war auch ungeduldig genug, nicht nach Tosten zu suchen. Etwas in mir entspannte sich, als ich wusste, dass mein Bruder und Tisala sicher sein würden.

Garranon war immer noch näher bei mir als der General, und nur ich konnte sein Gesicht sehen. Er lächelte schief. Längst kannte er mich gut genug, um zu verstehen, was ich mit dem General machte, mischte sich aber nicht ein.

»Also gut«, sagte ich schließlich ungeduldig, als wäre es der General gewesen, der uns warten ließ. »Wenn Ihr es so eilig habt, worauf warten wir noch? Wo ist dieses Pferd, das Ihr für mich mitgebracht habt?«

Das Pferd, das sie vorwärtsführten, war kräftig genug, mein Gewicht zu tragen, aber es würde zweifellos so schnell niemanden überholen. Es hatte vielleicht vor fünfzehn Jahren zum letzten Mal einen Kanter angeschlagen.

Garranon erwartete offenbar, dass ich mich widersetzte, aber das tat ich nicht. Ich brauchte nicht unterwegs zu entkommen, denn Oreg, der so fanatisch zu mir stand, als wäre er immer noch durch den uralten Platinring an mich gebunden, würde mich in Estian finden.

Schulterzuckend überprüfte ich den Sattelgurt, schnellte ihn fester und stieg auf. Dann ritt ich durch das zerbrochene Tor, ohne auf sie zu warten. Ich hätte die Haltung eines sorglosen, ein wenig albernen jungen Adligen verloren, wenn ich zurückgeschaut hätte. Je dümmer sie glaubten, dass ich war, desto einfacher würde es für Oreg sein, mich zu befreien.

Wir ritten, bis es vollkommen dunkel war. Wir schafften es nicht bis nach Tyrfannig, was die nächste Stadt war, also errichteten sie ein Lager auf einem relativ flachen Feld. Ich protestierte leicht, als man mir die Handgelenke band, leistete aber keinen aktiven Widerstand. Während die Männer fluchend im Dunkeln herumstolperten und die Zelte errichteten, saß ich am Feuer und wartete.

Die Soldaten hielten mich nicht wirklich für eine Gefahr, also war das Seil um meine Handgelenke locker und bequem. Sie wussten alle, dass das Dekret erlassen worden war, weil ich dumm war. Sehr dumm. Falls sie Gerüchte gehört hatten, dass ich an Intelligenz gewonnen hatte, wurde dies mehr als ausgewogen von meiner Größe (die sie zu Anfang erschreckt hatte), meiner langsamen Art zu reden und der Tatsache, dass ich trotz der Fesseln an meinem Handgelenk weiterhin vorgab zu glauben, dass ich zu einer freundschaftlichen Diskussion geladen wurde. Garranon hätte sie warnen können, und ich fand es ausgesprochen interessant, dass er das nicht tat.

Ich lehnte die Stirn an die Knie und versuchte mich daran zu gewöhnen, nicht mehr auf Hurog-Land zu sein. Mein Kopf schmerzte, die Knochen taten weh, und meine Muskeln fühlten sich kraftlos an. Es würde in ein paar Tagen besser werden, aber nur wieder auf Hurog-Land zu sein, könnte dieses Gefühl vollkommen vertreiben.

Als ich mich zum Schlafen hinlegte, wurde mein Arm an das Handgelenk des Generals gebunden, und dieses Seil war fester verschnürt. Er nahm seinen Auftrag sehr ernst. Das war in Ordnung – ich hatte ohnehin nicht vorgehabt zu fliehen.

Als ich die Augen schloss, konnte ich spüren, dass Jadeauge mich beobachtete. Er hatte kein Wort gesagt, aber sein Blick war mir ununterbrochen gefolgt. Diese Überwachung beunruhigte mich, aber es war das Wissen, dass er ein Zauberer war, das mich wirklich störte. Oreg befand sich in einem nahen Hain, keine hundert Schritte entfernt.

Ich wusste, wo Oreg sich aufhielt, weil das Finden von Gegenständen und anderen Personen mithilfe der Magie meine beste Begabung war. Es war die einzige Magie, die mein Vater mir nicht gestohlen hatte, als er versucht hatte, mich totzuschlagen. Ich konnte jetzt auch andere Magie wirken, aber Finden war mir in Fleisch und Blut übergegangen.

Ich wünschte, Oreg wäre nicht so nahe gekommen. In seiner Drachengestalt strömte er deutlich Magie aus. Er verbarg es gut, aber ich wusste nicht, ob er sich der Fähigkeiten von Jadeauge bewusst war. Drachen, hatte ich gelernt, neigten zur Arroganz.

Als ich erwachte, sah ich als Erstes den eisgrünen Blick des Magiers.

»Was ist es«, fragte Jadeauge mit honigsüßer Stimme, »das Ihr tut, wenn Ihr träumt?«

Es war eine seltsame Frage, und ich verstand nicht, welche Antwort er erwartete.

Ohne bewusste Entscheidung fiel ich in meine alte Gewohnheit zurück, mich dumm zu stellen. »Ich schlafe, wenn ich träume«, sagte ich. Hatte ich im Schlaf etwas getan?

»Ich konnte Eure Magie die ganze Nacht neben uns im Wald spüren«, sagte er. »Sie schmeckt nach Euch, wie Eurer Zuhause nach Euch schmeckt. Aber als die Sonne heute Früh aufstieg und Ihr aufwachtet, verschwand die Magie. Wie kommt das?«

Er hatte es falsch verstanden, dachte ich. Oreg und ich schmeckten beide nach meiner Heimat, nicht anders herum. Mir wurde klar, dass ich mir umsonst Gedanken gemacht hatte. Niemand würde an einen Drachen glauben – Jadeauge fand es viel einfacher, eine neue Art von Magie zu vermuten, als anzunehmen, dass es wieder Drachen in Hurog gab. In seinen Augen stand eine Begierde, die nichts mit Sex und alles mit Machtgier zu tun hatte.

»Ich kann keine Magie mehr wirken«, sagte ich. Menschen, die nach Macht gierten, waren gefährlich; einer von ihnen hatte Hurog zerstört.

»Aber das bedeutet nicht, das die Magie verschwunden ist«, erwiderte er. »Magie tut das nicht. Sie kam hierher zu uns und wachte die ganze Nacht über Euch – ich konnte spüren, wie sie ganz in der Nähe lauerte. Ihr habt Eurer Magie eine eigene Intelligenz gegeben. Ist das geschehen, als Euer Vater Euch schlug?«

»Wenn es hier Magie gibt, dann kommt sie nicht von mir«, sagte ich. Ich wusste, was geschehen war: Als Oreg eingeschlafen war, hatte er vergessen, seine Macht zu verbergen. Aber Jadeauge hatte zweifellos eine interessante Erklärung entwickelt.

Jetzt ignorierte er mich, als hätte ich kein Wort gesagt, wiegte sich auf den Fersen und summte ein wenig vor sich hin. Als er schließlich aufstand, murmelte er: »Ich werde dem König davon erzählen müssen. Wie interessant.«

Garranon warf mir einen besorgten Blick zu. Ich zuckte die Achseln. Es war nicht gut, Jadeauges Aufmerksamkeit zu erregen, aber ich konnte nichts dagegen tun. Oreg sollte sich mit mir in Estian treffen, aber stattdessen folgte er mir, und ich hatte keine Möglichkeit, ihm zu sagen, er solle das nicht tun.

Nun gut, dachte ich. *Zumindest glaubt Jadeauge, dass ich es bin, den er spürt.* Nichts, was Hurog gefährden würde.

Jadeauge sprach für den Rest unserer Reise nicht mehr mit mir, aber er beobachtete mich den ganzen Tag, und wenn ich morgens aufwachte, saß er an meiner Seite und starrte mich an. Das Bedürfnis, die Augen zu verdrehen und ihm die Zunge herauszustrecken, wurde beinahe überwältigend. Aber ich war Hurogmeten und musste meine Würde wahren.

Ich war ein idealer Gefangener, schloss mich abends den Würfelspielen und bei Tag den rüpelhaften Liedern an. Der General, dessen Name Lawin lautete, band mich schließlich nur noch bei Nacht. Ich stellte mich nicht dumm, wie ich es früher einmal getan hatte, aber ich unternahm auch keine Anstrengung, Philosophie und Kampfstrategien zu diskutieren.

Garranon blieb für sich, wie ein Mann, der einen Freund verraten hatte. Ich hätte ihm gesagt, er solle sich keine Sorgen machen, aber es hätte einen seltsamen Eindruck gemacht, wenn ich mit ihm gesprochen hätte. Ich wusste, ihm war nicht viel anderes übrig geblieben; Jakoven sah es gern, wenn andere sich wanden. Tatsächlich war ich nicht unbedingt Garranons Freund; Männer in seiner Position konnten sich nicht erlauben, Freunde zu haben. Aber ich mochte ihn und hatte ihn immer gemocht.

Am Abend des dritten Tages setzte er sich neben mich. Er kniff die Augen zusammen und beobachtete zwei Männer, die rasch und geschickt ein Zelt aufstellten.

»Es tut mir so leid, Ward«, sagte er so leise, dass nur ich es hören konnte.

»Schon gut«, erwiderte ich. »Ich weiß, wessen Entscheidung es war.«

Wir saßen noch eine Weile in überraschend kameradschaftlichem Schweigen da.

»Er kann sich nicht entscheiden, was er mit mir machen soll«, berichtete Garranon mit bitterer Heiterkeit. Ein anderer hätte vielleicht geglaubt, die Bemerkung komme völlig überraschend.

»Jakoven?«

»Jadeauge ist sein neuer Favorit.«

Ich nickte. »Stört Euch das?«

Garranon lachte. »Nicht, wenn er mich gehen ließe. Wusstet Ihr, dass ich einen Sohn habe?« Er fuhr fort, ohne auf mein Nicken zu warten. »Er ist drei, und ich habe ihn nur zweimal gesehen. Wenn ich bitte, auf meine Ländereien zurückkehren zu dürfen, sagt Jakoven immer, dass er nicht ohne mich auskommt.«

»Jakoven bestraft Euch immer noch dafür, dass Ihr Euch Haverness angeschlossen habt, als er die Vorsag aus Oranstein vertrieb?« Das war nicht wirklich eine Frage.

Er zuckte die Achseln. »Ich weiß nicht, was er tut.« Er stützte den Kopf auf die Knie. »Ich bin mir nicht vollkommen sicher, ob er es selbst weiß.«

Da war ich anderer Ansicht. Ich glaubte, der König wusste genau, was er Garranon antat, aber ich sprach es nicht aus.

Wir saßen schweigend da, bis es Zeit war zu schlafen. Ich hoffte, dass ich ihm ebenso helfen konnte wie er mir, die Panik in Schach zu halten. Oreg war in der Nähe, aber ich konnte keinen Ausweg aus dieser Sache sehen, der nicht zu einem Krieg zwischen Hurog und dem König geführt hätte. Vielleicht würde mein Onkel besser mit der Situation zurechtkommen.

Es wurde schwieriger, meine joviale Haltung wahren, als wir näher nach Estian kamen. Am letzten Morgen der Reise legte General Lawin mir eiserne Handschellen an.

»Tut mir leid«, sagte er halb entschuldigend und reichte mir einen Wasserschlauch.

Da er mir ebenfalls leidtat, nahm ich sein Friedensangebot an und trank. Dann gab ich ihm den Schlauch zurück, und er nahm ihn vorsichtig entgegen.

Er sah mir in die Augen und sagte: »Es tut mir sehr leid. Ich muss meine Pflicht tun.«

Fremde Magie, besudelt und widerlich, brannte in mir, und ich erkannte, dass er nicht nur über die Handschellen gesprochen hatte.

»Das Wasser«, sagte ich heiser. »Etwas im Wasser.« Etwas mehr als die Kräuter, die meine Mutter so geliebt hatte.

Zwei Wachen mit gesenktem Blick und finsteren Mienen … ich blinzelte, und an ihrer Stelle standen zwei Feuerdämonen, die meine Handschellen mit ihren Klauenhänden packten. Ich wirbelte herum, und die Dämonen flogen vor mir weg und sackten gebrochen zu Boden.

Der Schmerz des magischen Elixiers ließ meine Arme zittern. Schweiß lief mir in die Augen und verzerrte meinen Blick, bis alles, was ich sah, verschwommen und rot gefärbt war.

Jemand rief: »Wir brauchen Hilfe!«

»Ich helfe bereits!«, sagte ein Ungeheuer mit glühenden Jadeaugen. »Wenn ich diese Schranke nicht aufrechterhalte, wird sein magischer Hüter im Wald uns alle vernichten. Deshalb musste ich warten bis jetzt, am Tag, wenn er am schwächsten ist. Geht und kämpft gegen ihn.«

Sie kamen mit Keulen und Schwertern, und ich warf sie in den Ozean, der irgendwo hinter ihnen klaffte. Nach den ersten paar waren die Dämonen jedoch bereit, und ihre Waffen fanden ihre Ziele.

»Ich dachte, der König wollte ihn lebendig«, rief jemand harsch. Einen Augenblick lang wusste ich, dass das Garranon war, aber dann verlor ich auch dieses Verständnis.

Es war schwer, so gefesselt zu kämpfen, also zog ich, als ich mir ein wenig Raum geschaffen hatte, an der Kette. Die Glieder bogen sich, aber nicht genug.

Jemand fluchte und sagte dann: »Seht nur, was er mit dieser Kette gemacht hat!«

Etwas traf mich gegen die Kniekehlen, und ich stolperte. Dann schlug mich jemand auf den Kopf, und ich sah gleißendes Licht.

Ich erwachte auf einem Strohhaufen in einem kleinen Raum, der trüb durch ein Fenster hoch droben beleuchtet wurde. Garranon hockte neben mir auf den Fersen.

»Die Dämonen haben Euch nicht erwischt«, flüsterte ich, weil ich sicher war, dass ich draußen das Scharren ihrer Füße hören konnte.

»Ich denke doch.« Er klang traurig.

Es gab etwas, was ich ihm sagen wollte, aber ich wusste nicht genau … »Ich habe ein Geheimnis«, vertraute ich ihm schließlich an.

»Verratet es niemandem«, erwiderte er und schien ein wenig besorgt zu sein.

»Es ist für Euch – Ward möchte, dass Ihr es wisst.«

»Ah.« Er schien ein wenig verwirrt zu sein, gab aber keinen weiteren Laut von sich.

»Es ist nicht Eure Schuld«, sagte ich. Es fiel mir schwerer zu sprechen als sonst; meine Zunge fühlte sich wie geschwollen an. »Jakoven hätte es ohnehin getan.«

»Wäret Ihr auch gekommen, wenn ich nicht dabei gewesen wäre?«, fragte er verbittert.

Ich nickte. »Hurog ist noch nicht vollendet. Kann es nicht mit dem König aufnehmen. Ward musste kommen, er wusste, dass es eine Falle war.«

Er kniete sich hin. »Ward?«

Aber als er sich niederkniete, verwandelte er sich in meinen Vater, und ich rollte mich zu einer Kugel zusammen. Vater war böse auf mich, und ich wusste, dass sein Zorn immer wehtat.

Nach einer Weile ging die Tür auf und schloss sich wieder, und ich war allein.

Wenn ich mich unter dem Stroh vergrub, das auf dem Boden lag, konnten die Dämonen mich nicht finden. Entsetzen war mein bester Freund, und dieser Raum stank geradezu danach. Die einzige Hoffnung, an die ich mich klammerte, war der Gedanke, dass mich, wenn ich mich lange genug verstecken könnte, der Drache retten würde.

4 TISALA

Stereotypen können auch nützlich sein. Ich bin jedenfalls noch nie einem ehrlosen Oransteiner begegnet oder einem Shavigmann, der nicht froh war, in den Kampf ziehen zu können.

Tisala ging in Wards Zimmer auf und ab. Hier zu warten, während andere sich um ihre Probleme kümmerten, war noch schwerer als die Rolle, die sie in der kleinen Intrige ihres Vaters angenommen hatte – und ja, ihre Aufgabe hatte genau in den Dingen bestanden, die Ward beschrieben hatte.

Es war ihr Vater gewesen, der diesen Vorschlag gemacht hatte. Alizon war nicht besonders froh darüber, dass sie alles erfuhr – *seine* Pläne umfassten mehr, als Ward erraten hatte. Genug, hoffte sie, dass ihr Vater und andere, die ihr nahestanden, über Jakoven triumphieren würden. Aber Ward hatte Alizons Rebellion brutal abgetan, und was er sagte, hatte wahr geklungen.

Sie hatte sich zu lange unter Menschen aufgehalten, die sich an jeden Strohhalm von Hoffnung klammerten und ein Haus daraus bauten. Alles, was sie über Ward wusste, sagte ihr, dass er die Welt klarer sah als die meisten. Wenn er eine Katastrophe auf sie zukommen sah, fürchtete sie, er könne recht haben.

Es war zu still.

In einer Burg gibt es immer Geräusche: Leute, die ihren Arbeiten nachgehen, das Klirren von Waffen, wenn die Soldaten üben, das Knarren von Wagenrädern. Nachdem die Leute des Königs nun hier waren, hätte es sogar noch lauter sein sollen. Aber Tisala konnte nichts hören, nicht mehr seit diesem lauten Krachen von Holz gegen Holz, und sie wurde immer nervöser.

Sie setzte sich abrupt hin und kämpfte gegen den Schwindel und die Erschöpfung an, die sie mitunter ganz unerwartet befielen. Eine Folge der Magie, die Oreg benutzt hatte, um ihr zu helfen, hatte Ward ihr erklärt.

Die Schmerzen waren überwiegend verschwunden, nur ihre linke Hand tat noch weh. Oreg hatte gesagt, sie werde vielleicht nicht mehr viel Kraft darin haben, aber er war erfreut, dass sie sie vollständig öffnen und zur Faust ballen konnte. Sie war froh, dass sich die Hand noch an ihrem Arm befand. Sie erinnerte sich, wie sie sich gefragt hatte, ob sie sie selbst abschneiden sollte, bevor diese Banditen sie angegriffen hatten. Da hatte sie nicht gewusst, wie nahe sie schon an Hurog war.

Müde schob sie ihr Haar zurück und hielt sich an einem der geschnitzten Bettpfosten fest, um aufrecht stehen zu können, denn sie wusste, wenn sie im Sessel sitzen bliebe, würde sie einschlafen, ganz gleich, wie nervös sie war.

Wards Waffenrock hing über dem Ende des Pfostens. Es hing ein salzig-süßer Geruch an dem Stoff, ein Duft, der auch in seinem Bett wahrzunehmen war.

Wäre sie auch hergekommen, wenn sie sich nicht an diesen einen Nachmittag erinnert hätte, also sie zu einem Dorf geritten waren und sich dabei die Zeit mit Scherzen und boshaften Bemerkungen vertrieben hatten?

Ward hatte wahrscheinlich oft solche Nachmittage. Aber kein Mann vor ihm hatte je Haverness' Tochter geneckt, die besser kämpfen, reiten und wahrscheinlich auch ringen konnte als die meisten von ihnen. Kein Mann hatte je zuvor mit ihr geliebäugelt. Vielleicht hatte sie es falsch gedeutet, vielleicht war er nur höflich gewesen. Aber zumindest sah er keine Abscheulichkeit, wenn er sie anschaute.

Nun, sie würde ihn nicht in Verlegenheit bringen, indem sie sich an ihn klammerte. Sie wusste, wie man eine Kameradin war, etwas, womit Männer sich wohler fühlten. Sie würde sich nicht zum Narren machen. Sie hielt den Stoff unter die Nase und atmete tief ein, aber noch während sie das tat, verspottete sie sich innerlich selbst dafür, sich zu benehmen wie ein albernes kleines Mädchen.

Die Tür ging auf, und Tisala ließ den Rock los. Sie war in Verteidigungsstellung, als Stala hereinkam. Dann entspannte sie sich wieder, als ihr klar wurde, dass Wards Tante nicht gesehen hatte, dass sie an seinen Kleidungsstücken schnupperte.

»Tisala«, begann Stala forsch. »Wir haben viel zu besprechen. Lord Duraugh wird in ein paar Tagen hier sein, und wir müssen entscheiden, was wir mit Euch machen. Ich nehme an, Duraugh wird alle Soldaten von Hurog mit nach Estian nehmen, aber wir müssen auch für Eure Sicherheit sorgen. Wie fühlt Ihr Euch?«

Wards Tante sprach schnell, und ihr Ton war eher scharf – aber nur aus Gewohnheit, dachte Tisala, und nicht, weil sie sich über etwas Bestimmtes geärgert hatte.

»Besser, als ich mich eigentlich fühlen sollte«, antwortete sie. »Was ist geschehen, dass Lord Duraugh Männer aus Hurog braucht? Wo ist Ward?«

»Die Soldaten des Königs haben ihn mit nach Estian genommen, wo ihm der Prozess gemacht werden soll – nein,

nein, Mädchen«, zischte Stala ungeduldig, »seht mich nicht so an. Soweit ich erkennen konnte, haben sie nicht die geringste Ahnung, dass Ihr hier seid, und Ward hat es ihnen nicht gesagt. Es hat nichts mit Euch zu tun.« Sie warf Tisala einen abschätzenden Blick zu. »Wisst Ihr, wieso Ward vor fünf Jahren in Oranstein gekämpft hat?«

»Vier Jahre«, verbesserte Tisala sie, bevor sie sich bremsen konnte. Dann räusperte sie sich und fuhr fort, bevor Stala sich fragen konnte, wieso Tisala so genau wusste, wie lange es her war, seit sie Ward zum letzten Mal gesehen hatte. »Weil der König drohte, ihn in seinem Irrenhaus einzusperren – er und Tosten sprachen gerade darüber.« Der Gedanke an Ward in einer dieser kargen kleinen Zellen, die sie nur zu gut kannte, bewirkte, dass Tisala sich krank fühlte.

Ihr Götter, dachte sie, *das wird er nicht lange überleben.*

Stala sagte: »Ward hat Kariarns Invasion aufgehalten, und das brachte ihm genügend Anerkennung ein, dass der König ihn schlecht für verrückt erklären konnte, jedenfalls damals. Aber inzwischen ist Zeit vergangen, und Ward hat nichts Bemerkenswertes mehr getan. Die Menschen vergessen schnell. Anders jedoch als die Allgemeinheit hat Jakoven ein gutes Gedächtnis und ohnehin etwas gegen die Familie von Hurog. Es hat nichts mit Euch zu tun, dass sie ihn mitgenommen haben. Wenn überhaupt, klang das, was Ward mir sagte, eher danach, als wäret Ihr ein Opfer von Jakovens Zorns auf Hurog als andersherum.«

Tisala machte einen Schritt vom Bett weg, gereizt über die Schwäche, die sie unsicher schwanken ließ. »Ihr dürft nicht zulassen, dass sie ihn ins Asyl bringen. Wart Ihr je dort?«

Stala zuckte die Achseln, aber Tisala sah ihr an, dass sie sich bei diesem Gedanken ebenfalls unbehaglich fühlte. »Ich lasse gar nichts zu. Ward hat beschlossen, dass er mit ihnen gehen wird, und uns anderen unsere Befehle gegeben. Ich soll dafür sorgen, dass Ihr in Sicherheit seid.« Sie kniff die Augen zusammen und packte Tisala just in dem Moment, als die Knie der jungen Frau nachgaben. In Stalas festem Griff stolperte sie zum Sessel zurück.

Die Stimme der älteren Frau wurde weicher. »Ihm wird nichts passieren, Mädchen. Oreg folgt ihnen bereits. Er wird nicht zulassen, dass sie Ward etwas antun – die Götter mögen ihnen helfen, wenn sie das versuchen! Oreg hat nicht Wards politisches Feingefühl. Tosten ist losgeritten, um Duraugh zu holen – und dieser Mann ist der tückischste Politiker, den die Familie je hervorgebracht hat. Wenn Duraugh Ward nicht durch Verhandlungen herausholen kann, dann wird Oreg es mithilfe seiner Macht schaffen. Ward ist in Sicherheit. Macht Euch keine Sorgen. Wir müssen jetzt nur feststellen, wie wir dafür sorgen können, dass auch Ihr in Sicherheit bleibt.«

In Sicherheit? Wäre Ward auch nur mit ihnen gegangen, wenn er sich nicht um sie sorgen müsste? Tisala schüttelte entschlossen den Kopf. »Ich bin hierhergekommen, weil ich verwundet war und einen Ort brauchte, an dem ich mich verstecken konnte, bis es mir wieder besser ging. Ich kann selbst auf mich aufpassen. Gebt mir ein wenig Proviant, und ich komme schon durch. Ihr braucht nichts weiter für mich zu tun – aber«, sie beugte sich vor, »vielleicht kann ich Euch helfen.«

»Ach?« Stala zog sich einen Stuhl heran und ließ sich nahe genug bei Tisala nieder, dass sie sich leise unterhalten konnten. »Was könntet Ihr denn für uns tun?«

»Ein großer Teil meiner Arbeit für Alizon in diesen letzten Jahren hat mich in Verbindung mit Leuten gebracht, die etwas gegen Jakoven haben – Leuten, die dazu neigen, im Asyl zu landen.« Das war der schmalste Grat zwischen einer Lüge und der Wahrheit, auf dem sie je gewandelt war. »Als Ergebnis weiß ich einiges über das Asyl und darüber, wie es dort zugeht. Wenn die Politik nicht funktionieren sollte und jemand einbrechen muss, um ihn herauszuholen, kann ich helfen.«

Wenn die Hurogs dem Königshaus loyaler waren, als Tisala glaubte, hatte sie vielleicht gerade alles verraten, wofür sie gearbeitet hatte. Die Hurog-Familie war stark an Traditionen gebunden, und die Tradition verlangte, dass sie den König unterstützten, ganz gleich, wie er sie behandelte. Tisala setzte darauf, dass Stala und Wards Onkel Ward mehr liebten als die Tradition.

»Die meisten dort sind Leute, die keine große Bedeutung oder Macht haben«, stellte Stala fest. »Zumindest im Augenblick.«

Tisala zwang sich zu einem Lächeln. »Die meisten Leute, die Alizon unterstützen, sind unbedeutend. Aber es werden immer mehr.«

Stala atmete aus. »Also gut. Ich werde Euch nicht aufhalten, wenn Ihr eher gehen wollt, aber es wäre vielleicht besser, noch auf Duraugh zu warten. Er weiß sogar, wann eine Maus in Estian niest. Er wird am besten einschätzen können, wie wir Eure Informationen nutzen.«

»Wann wird er eintreffen?«

»Tosten ist aufgebrochen, sobald Ward weg war. Vielleicht schon in vier Tagen.«

Ward konnte sicher eine so kurze Zeit im Asyl überleben. Es würde Tage brauchen, bis er auch nur in Estian war. Sie kannte einen Mann, der dort jahrelang überlebt hatte.

Tisala reckte den steifen Hals. »Also gut, ich warte auf Lord Duraugh.«

Tisala schlief den größten Teil des Tages, und als sie am nächsten Morgen erwachte, ging es ihr viel besser, besonders, nachdem sie das gewaltige Frühstück zu sich genommen hatte, das jemand neben ihr Bett gestellt hatte, wo es kalt geworden war. Als sie mit Essen fertig war, streckte sie sich vorsichtig. Ziemlich bald schon brach ihr der Schweiß aus, aber die Übungen vertrieben den größten Teil ihrer Steifheit.

Wards Stock, den sie von seinem Platz neben dem Schwert nahm, war für sie zu lang. Außerdem wollte ihre linke Hand nicht recht zupacken, wie Oreg schon vorhergesagt hatte, also musste sie ein paar Schritte abändern.

Stala kam ohne anzuklopfen herein, als Tisala gerade ein langsames Rad schlug und den Stab als Verlängerung ihrer Hände benutzte. Wenn die Decke niedriger oder der Raum kleiner gewesen wäre, hätte es nicht funktioniert.

»Keine besonders nützliche Bewegung«, stellte Stala trocken fest.

Tisala kam auf die Beine und lächelte neutral. »Ich fand sie bei der Arbeit, die ich tun musste, *sehr* nützlich. Im zweiten Akt lehrt die Kriegsgöttin den Helden, wie er den bösen Zauberer des Kaisers besiegen kann. Es hat nicht viel eingebracht, aber ich konnte wenigstens für Unterkunft und Essen zahlen.«

»Ihr habt als Schauspielerin gearbeitet?«

»Ward hat Euch doch sicher gesagt, was ich in Estian getan habe«, sagte Tisala. Das konnte sie mit einiger Sicherheit annehmen. Nun, da sie nicht mehr zurückkehren würde, konnte es nichts schaden, wenn Wards Tante von ihrer Rolle wusste. »Als Tochter von Haverness war es mir nicht möglich zu arbeiten – jedenfalls nicht, wenn ich weiter als Dame angesehen werden wollte. Aber es ist teuer, Spionin zu sein.«

Ihr Vater hatte ihr einmal Geld geschickt, aber sie hatte ihm ausrichten lassen, er solle so etwas nicht wieder tun. Die Gefahr, dass jemand die Verbindung durchschaute, war zu groß, und Jakoven hätte nur zu gern eine Ausrede gehabt, Haverness des Verrats anzuklagen.

»Einer der Gäste in dem Gasthaus, in dem ich übernachtete, war ein Schauspieler«, fuhr Tisala fort. »Er hat mir die Rolle besorgt. Ich trug eine Maske, und das Theaterviertel ist ohnehin nicht von Adligen überlaufen.«

Stala nickte. »Ward sagte mir schon, dass Ihr wisst, was man mit einem Schwert anfängt – hohes Lob! Könnt Ihr auch mit dem Stock kämpfen?«

Tisala schüttelte den Kopf. »Im Augenblick nicht. Dieser hier ist ohnehin zu lang, aber ich nehme an, dass meine linke Hand auch mit einem in der richtigen Größe nicht zurechtkommen würde.«

Stala untersuchte sorgfältig die Hand und drehte sie hin und her.

»Je eher Ihr anfangt zu üben, desto schneller wird sie sich erholen«, sagte sie schließlich und gab Tisalas Hand frei. »Ich denke, wir können etwas Passenderes für Euch finden als Wards Waffe. Der Junge hätte ebenso gut einen Baumstamm nehmen können. Die Garde arbeitet heute im Hof mit dem Stock. Ich habe einen Seefurter, mehrere Tallvens und ein paar Männer aus Avinhelle, aber wir hatten hier keine Oransteiner, seit ich denken kann. Es würde den Männern gut tun, die Unterschiede zwischen dem oransteinischen Stil und unserem zu sehen.«

Tisala spürte, wie sich ihre Lippen zu einem echten Lächeln verzogen. Es war so lange her, dass sie Gelegenheit gehabt hatte, mit ausgebildeten Kämpfern zu üben!

In den nächsten Tagen folgte der Übung mit dem Stock der mit dem Schwert, dann Nahkampf und schließlich der Bogen.

Tisala war mehr in ihrem Element als je zuvor. Hier hatten die Männer keine Angst sie anzufassen, weil sie eine Frau war. Es gab bessere Kämpfer als sie in der Garde, aber sie war wahrhaftig nicht die Schlechteste, und Stala konnte ihr ein paar neue Tricks beibringen. Was sie noch an Schwäche spürte, verging immer schneller. Wenn sie sich ins Bett legte, schenkte ihr die Erschöpfung jetzt traumlose Ruhe statt der Albträume, die sie geplagt hatten, seit sie ihren Folterer tot zurückgelassen hatte.

Drei Tage, nachdem Ward aufgebrochen war, fühle sie sich am Ende der Morgenarbeit gut genug, dass sie beschloss, an diesem Nachmittag allein nach Estian aufzubrechen und nicht auf Lord Duraugh zu warten.

Während sie sich noch den Schweiß abwischte und freundliche Beleidigungen mit dem Seefurter austauschte, mit dem sie gekämpft hatte, überlegte sie, um was sie Stala bitten sollte: ein Pferd, Proviant und etwas Geld für Bestechungen.

Der Stakkatoklang eines Horns vom frisch reparierten Tor ließ alle erstarren.

»Lord Duraugh«, sagt Stala. »Das wurde auch Zeit.«

Sie steckte die Finger in den Mund und stieß einen schrillen Pfiff aus, dem ein Horn antwortete. Bei diesem Geräusch beeilten sich die Männer, die das Tor bewachten, es zu öffnen. Ein zweiter Pfiff brachte die Blaue Garde in Formation. Tisala trat neben Stala und sah zu, wie Wards Onkel mit fünfzig Männern, darunter auch Tosten und Beckram, durchs Tor ritt.

Ihre Pferde waren so müde, dass sie stolperten, und Stala stellte ein paar von ihren Leuten ab, um den Stallknechten zu helfen.

Wards Onkel war ebenfalls hoch gewachsen, wenn auch nicht so groß wie Ward. Man sah ihm das Hurog-Blut deutlich an seiner Gesichtsform und den Farben an. Wie Tosten und Oreg hatte er strahlend blaue Augen, die beinahe lila wirkten. Er ließ den Blick über die Männer im Hof schweifen und kurz auf Tisala verharren, bevor er Stala zunickte.

Nachdem er abgestiegen war, überließ er seinen Wallach ohne ein weiteres Wort einem Stallknecht. »Die Männer des Königs sind uns auf den Fersen. Ich wagte nicht, mehr Männer aus Iftahar mitzunehmen – Ciarra wird jeden Tag meinen Enkel zur Welt bringen. Wenn wir nicht da sind, um zu verhandeln, werden sie sie wahrscheinlich in Ruhe lassen, aber ich musste ihr eine Streitmacht lassen, falls der König zu dem Schluss kommt, dass er alle Hurogs in Estian braucht, und nicht nur die Männer.«

Stala runzelte die Stirn. »Wie meinst du das – alle Hurogs? Und weshalb jagen die Männer des Königs dich?«

Beckram antwortete. »Am Tag, bevor Tosten zu uns kam, hörte ich von einem Freund, der König wolle uns alle zu sich rufen. Tosten sagte, Jakoven habe Ward bereits abholen lassen.«

Tisala, die unbemerkt hinter Stala stand, hatte vergessen, wie wirkungsvoll Wards Vetter seine Stimme und sein Gesicht einsetzen konnte. Der wohltönende Bariton bewirkte ein angenehmes Flattern ihres Herzens, und sein Gesicht verband die besten Züge der Hurogs mit ungewöhnlich goldfarbener Haut und rötlichem Haar. Anders als Ward sah Beckram sehr gut aus – sie hatte irgendwo gehört, dass er Wards Schwester geheiratet hatte.

»Wir haben beschlossen, sie von Ciarra wegzuführen und herauszufinden, ob Hurog noch in Sicherheit ist, bevor wir uns einholen lassen«, sagte Duraugh. »Hast du von Oreg gehört?«

Stala nickte, obwohl Tisala keine Boten gesehen hatte und es hier auch keinen Brieftaubenschlag zu geben schien. Vielleicht hatte Oreg als Zauberer andere Kommunikationsmöglichkeiten – obwohl der Zauberer ihres Vaters so etwas nicht konnte.

»Er sagt, sie seien zwei Tage vor Estian. Ward geht es gut. Oreg sagt, Ward habe den General bereits für sich gewonnen, obwohl keiner von ihnen, vielleicht mit Ausnahme von Garranon, weiß, womit sie es zu tun haben.«

»Er versucht doch nicht, sich wieder dumm zu stellen?«, fragte Beckram.

Stala verdrehte die Augen. »Natürlich nicht, aber du weißt doch, wie er ist. Selbst ohne das Theater halten die meisten Leute ihn nicht für besonders klug.«

»Es liegt an den Augen«, fügte Tisala hinzu, denn sie war zu dem Schluss gekommen, dass sie sich nun ebenfalls zu Wort melden sollte. »Sie sind reizend, aber es sind nicht die Augen eines intelligenten Mannes.«

Tosten grinste unter dem Dreck zu ihr hin. »Nein, es liegt daran, dass er so verdammt lange braucht, um irgendwas zu sagen. Onkel Duraugh, Beckram, darf ich euch Wards Kriegermaid und Haverness' Tochter Tisala vorstellen. Tisala, du bist Beckram sicher schon begegnet, obwohl du es vielleicht vergessen hast.« Sein Ton machte klar, dass ihm sehr bewusst war, dass keine Frau, die seinem Vetter je begegnet war, ihn vergessen würde. »Und das hier ist mein Onkel Lord Duraugh. Er sieht zwar aus wie ein Shavigmann, hat aber seinen Sitz in Tallven, was dem Kämmerer des Königs bei offiziellen Essen immer gewaltige Probleme macht – soll er ihn zu den Tallvens oder den Shavigleuten setzen?«

Lord Duraugh schob seine Müdigkeit beiseite und verbeugte sich mit gewohnter Höflichkeit. »Meine Dame.«

Tisala lächelte. Sie erwiderte die Verbeugung. Frauen, die größer als sechs Fuß waren, wirkten lächerlich, wenn sie auf und ab wackelten, also vermied sie es für gewöhnlich zu knicksen. Sie erinnerte sich, Lord Duraugh und seinen Sohn ein paarmal in Estian gesehen zu haben, aber sie bezweifelte, dass die beiden sich an sie erinnerten.

»Meine Dame«, sagte Beckram.

»Ich gratuliere Euch zu der bevorstehenden Geburt Eures Kinds, Lord Beckram.«

Ein strahlendes Lächeln erhellte sein müdes Gesicht. »Danke! Ich würde meinen rechten Arm dafür geben, jetzt bei Ciarra zu sein, aber ich will Ward nicht opfern – und Ciarra würde das auch nicht zulassen. Meine Mutter ist bei ihr, und sie ist meiner Frau vollkommen ergeben. Auch abgesehen von Wards Ärger hätten wir sie mehr in Gefahr gebracht, wenn wir geblieben wären – die Männer des Königs werden sich nicht in Iftahar herumtreiben, wenn sie uns verfolgen.« Er wandte sich Lord Duraugh zu. »Vater, wir haben nicht viel Zeit. Was tun wir jetzt?«

»Stala«, sagte Lord Duraugh. »Ich werde dich hier lassen müssen. Es hat keinen Sinn, den Jungen zu retten und währenddessen Hurog überrennen zu lassen. Wie viele Männer brauchst du?«

»Du hast fünfzig dabei, und wir können so viele und noch fünfzig mehr auf ausgebildeten, gut ausgeruhten Pferden stellen«, erwiderte Stala. Sie ließ sich nicht anmerken, ob es ihr etwas ausmachte, in der Burg zurückgelassen zu werden. »Danach blieben noch hundert hier – mehr, als ich brauche. Wenn ihr wollt, können wir noch ein paar mehr Pferde von der Weide holen …«

»Nein«, sagte Duraugh. »Ich will ohnehin nicht mehr als hundert in Estian unterbringen und durchfüttern müssen. Es ist zu teuer und unnötig. Ich muss einen gewissen Eindruck machen, aber wenn der König uns gefangen nehmen will, sind auch zweihundert noch zu wenig.«

»Was die Kosten angeht«, sagte Tosten, »so weiß ich, dass du nicht viel aus Iftahar mitgebracht hast. Hurog kann helfen, dieses Heer zu unterstützen – ich weiß, dass Ward ein wenig Gold beiseitegelegt hat. Wir werden es mitnehmen.«

Duraugh nickte. »Das könnte helfen. Ich habe selbstverständlich ein wenig in Estian auf der Bank, aber ich hatte nicht vor, dort ein Heer durchzufüttern.«

»Ich komme ebenfalls mit«, sagte Tisala. »Ich kenne das Asyl, und ich schulde Ward einen Gefallen.«

Duraugh zögerte und fragte sich offenbar, wieso Haverness' Tochter etwas über das Asyl wusste. Dann zuckte ein tückischer Ausdruck über seine Züge. »Es wäre uns ein Vergnügen.«

So schnell hatte er erkannt, was Stala entgangen war! Tisala sah es in seinen Augen. Haverness' Tochter, eine bekannte Anhängerin von Alizons Rebellion, konnte nur einen Grund haben, das Asyl so gut zu kennen: Es war ursprünglich gebaut worden, um den jüngeren Bruder des Königs aufzunehmen. Zu Stalas Verteidigung musste man allerdings anführen, dass schon lange Gerüchte kursierten, Kellen sei tot.

»Gut«, sagte sie, halb überrascht, dass Lord Duraughs Verdacht sie nicht beunruhigte. In Hurog zu sein hatte sie offenbar weniger misstrauisch werden lassen. »Ich werde mich in Estian bedeckt halten. Ihr werdet nicht wollen, dass Euer Name mit einer bekannten Rebellin in Verbindung gebracht wird.«

Er nickte und wandte sich wieder Stala zu. »Kannst du meine Leute heute Nacht unterbringen? Sie brauchen ein wenig Ruhe. Wir werden morgen beim ersten Tageslicht aufbrechen – so viel Vorsprung vor den Leuten des Königs haben wir.«

Am Morgen war es Tosten, der die Verteilung der frischen Pferde organisierte, während Stala sich um Männer und Ausrüstung kümmerte. Tisala half, wo sie konnte, sattelte Pferde und gab Botschaften weiter. Sie war gerade von einem solchen Auftrag zurückgekehrt, als Tosten eine recht große Dunkelfuchs-Stute mit einer Spur Weiß an der Stirn brachte und ihr die Zügel reichte.

Tisala sah an den Gesichtern der Wachen, die in der Nähe standen, dass etwas bevorstand, aber die Stute scheute nicht und machte keine Anzeichen zu bocken, als Tisala sich auf ihrem Rücken niederließ.

»Das hier ist Feder«, sagte Tosten und stieg in den Sattel seines eigenen frischen Pferdes.

»Was stimmt denn nicht mit ihr?«, fragte Tisala mit einem Blick zu den Zuschauern.

Tosten grinste. »Sie ist Wards Ersatzpferd – niemand sonst reitet sie, mit Ausnahme unserer Schwester Ciarra, in ihren wilderen Tagen. Keine Sorge, er würde wollen, dass du sie bekommst. Du musst sie gegebenenfalls nur ein wenig zurückhalten, dass sie bei uns anderen bleibt.«

Tisala war verblüfft, denn sie wusste, wie Ward für seine Pferde empfand. Waren ihre Gefühle für ihn so offensichtlich gewesen? Sie ließ nicht zu, dass man ihr ihre Gedanken ansah, aber sie fürchtete, dass Tosten es dennoch wusste. Er grinste sie an, dann ritt er weiter, um auch noch die letzten Reiter mit Pferden zu versorgen.

Stala trat neben Tisala und legte eine Hand an die Schulter der Stute. »Wenn das hier vorbei ist«, sagte sie ruhig, »solltet Ihr wieder hierher kommen. Ward würde Hurog gern mit Euch teilen.«

Stala grinste plötzlich, zweifellos über Tisalas Miene. »Er hat mir jeden einzelnen Schlag beschrieben, den Ihr gegen die Vorsag geführt habt, und jedes Wort wiederholt, das Ihr zu ihm gesagt habt. Ihr seid alles andere als offensichtlich, aber ich bin eine alte Frau – ich habe gesehen, wie Ihr die Dinge berührt, die ihm gehören. Kommt zurück.«

Tisala sah sich um, um sich zu überzeugen, dass niemand zuhörte. »Ich bin fünf Jahre älter als er und wohl kaum eine Schönheit, die das Herz eines Mannes schneller schlagen lässt. Er wäre besser dran, wenn er sich ein hübsches Mädchen aus Shavig suchte.«

Stala lächelte und trat von dem Pferd zurück. »Ihr lasst *sein* Herz schneller schlagen, und fünf Jahre sind weniger als nichts für eine Männerseele. Kommt wieder.«

Der Weg nach Estian schien länger zu sein als Tisalas Weg von dort nach Hurog. Ihre Hand schmerzte am Morgen, und sie war dankbar, dass Feders weiches Maul ihr gestattete, sie allein mit der rechten Hand zu lenken.

Am Abend waren sie an einem kleinen Marktflecken vorbeigekommen, und nun befanden sie sich in den niedrigeren Hügeln, durch die die Grenze zwischen Tallven und Shavig verlief. Sie lagerten an diesem Abend nahe einem Bach. Zu Tisalas Erleichterung hatten sie den Schnee in den Bergen von Shavig zurückgelassen.

Der Morgen des zweiten Tages dämmerte, ohne dass sie eine Spur von den Männern des Königs bemerkt hätten. Tisala spritzte sich eine Handvoll eiskaltes Bachwasser ins

Gesicht und hoffe, das würde sie aufwecken. Während sie sich das Gesicht wusch, wieherten mehrere Pferde warnend – und dann klang es plötzlich, als hätte jedes Tier im Lager den Verstand verloren.

Feder!, dachte sie. Selbst wenn sie Ward nicht mit seinen Pferden gesehen hätte, hätte die Haltung der Garde deutlich gemacht, dass die Stute ihm wichtig war. Tisala wollte auf keinen Fall erklären müssen, wie sie zugelassen hatte, dass die Stute verwundet wurde.

Sie fand Feder angepflockt. Die Stute verdrehte die Augen zu den anderen Tieren, schien aber nicht sonderlich beunruhigt. Die anderen Pferde traten um sich und bockten, als säße ihnen die Drachenangst im Nacken. Feder war leichter Schweiß ausgebrochen, aber sie beruhigte sich nach ein paar leisen Worten wieder. Nachdem das Schlimmste verhindert war, drehte sich Tisala um und suchte nach der Ursache für das Durcheinander. Sie erwartete, einen Bären oder eine der großen Bergkatzen zu sehen.

Das Blut floss ihr aus dem Kopf, und sie taumelte leicht gegen die Stute. Drachenangst – ja wirklich! Dort inmitten ihrer halb gepackten Zelte und der flüchtenden Männer stand ein Geschöpf, das nur ein Drache sein konnte.

Es war riesig und glitzerte in allen Schattierungen von Blau und Lila. Das dunkle Mitternachtsblau an seinen Extremitäten verblasste in Richtung des Körpers zu einem Lavendelton, der schimmerte wie eine Perle. Die Knochenstruktur der halb gefalteten Flügel war schwarz und leuchtete mit schwachen Mustern von Gold, die sich auch über die Membran mit ihren lavendelfarbenen Schuppen zog, aus denen die Flügel überwiegend bestanden. Helle, lilablaue Augen bildeten einen deutlichen Kontrast zu den unregelmäßigen dunkelblauen Schuppen seines Gesichts.

Tosten stand allein vor dem Tier, die Fäuste geballt, und brüllte es an. Sobald Tisala erkannte, dass alle anderen versuchten, die Pferde zu beruhigen, oder zu weit entfernt waren, um ihm zu helfen, zog sie ihr Schwert und ließ Feder, wo sie war. Der Drache hatte seine Aufmerksamkeit auf Tosten gerichtet, also näherte sich Tisala vorsichtig. Er hatte noch niemandem etwas getan, und sie wollte ihn nicht provozieren.

Als sie etwa die Hälfte der Entfernung zurückgelegt hatte, konnte sie hören, was Tosten sagte.

»… nicht hier!« Wilder Zorn prägte seine Stimme, obwohl sie auch die Angst auf seinen Zügen nicht falsch gedeutet hatte. »Niemand soll es wissen! Es ist zu gefährlich: Du weißt, was Ward sagt. Hier sind hundert Leute – irgendwer wird bestimmt reden. Willst du von tausend Möchtegern-Magiern gejagt werden, die hinter deiner Magie her sind?«

Tisala blieb stehen, wo sie war. Es handelte sich offenbar um ein Privatgespräch, obwohl Tosten so laut schrie, wie er konnte.

Der Kopf des Drachen zuckte mit tödlicher Geschwindigkeit vor, und Tostens Haar teilte sich von seinem Atem. Wards Bruder wurde bleich, wich aber nicht zurück.

»Ich werde aus dem Lager reiten und mich mit dir treffen, sobald ich mein Pferd gefunden habe«, sagte er. »Was dank dir eine Weile dauern könnte. Und jetzt verschwinde.«

Der Drache holte gewaltig Luft und schnaubte, dann drehte er den Kopf und warf einen kurzen Blick zu Tisala. Schnell erhob er sich auf die Hinterbeine, sprang in die Luft und verschwand über einem Bergkamm im Westen.

Tosten wandte sich ihr mit beinahe flehentlicher Miene zu.

Bevor er etwas sagen konnte, reagierte Tisala schon auf diesen Blick. *»Hurog* bedeutet Drache.« *Ich habe einen Drachen gesehen,* dachte sie verzückt.

»Und wenn der Rest der Welt herausfindet, dass wir einen haben, werden sie alle auf unserer Schwelle kampieren und auf eine Gelegenheit warten, ihn umzubringen.« Tosten fuhr sich besorgt durchs Haar. »Verdammt noch mal. Er sollte es besser wissen.«

Sie nickte. »Ich würde an deiner Stelle allen sagen, dass Ward sehr unglücklich sein wird, wenn jemand diese Geschichte weitererzählt. Und ich selbst stamme nicht aus Shavig, also käme ich nie auf die Idee zu behaupten, Drachen gesehen zu haben.«

Tosten lächelte müde, und sie erinnerte sich, dass er doppelt so weit geritten war wie Lord Duraugh und seine Männer.

Die geflohenen Pferde wurde eingefangen, und erste Gerüchte darüber, was sie erschreckt hatte, kamen auf. Es schien, als hätten nur wenige Männer den Drachen wirklich gesehen – sie waren überwiegend damit beschäftigt gewesen, die Pferde zu beruhigen, und die meisten hatten dabei erheblich größere Schwierigkeiten gehabt als Tisala. Die kalte Nacht mit einer Spur von Frost garantierte, dass nun alle um das kleine Feuer versammelt waren, wo Lord Duraughs Koch Schalen mit heißem Haferbrei ausgab.

Tosten räusperte sich und mied den Blick seines Onkels. »Das war tatsächlich eine seltsame Sturmbö heute Früh.«

»In der Tat«, antwortete Duraugh feierlich.

Tisala sah Tosten an, dass er eigentlich keine Reaktion von seinem Onkel erwartet hatte. Tosten hatte von dem Drachen gewusst, dachte Tisala, die ihre Gesichter beobachtete, aber sein Onkel und sein Vetter hatten es erst heute Früh erfahren. Hurog-blaue Augen wechselten in lautloser Übereinstimmung Blicke. Tosten flehte um Zeit. Tisala erinnerte sich daran, dass der Drache ebenfalls Hurog-blaue Augen gehabt hatte – genau wie Oreg, der Ward gefolgt war, um auf ihn aufzupassen.

»Hat die Pferde ganz schön erschreckt«, sagte Beckram. »Ich wette, ein Geschichtenerzähler würde ein wildes Garn über ein großes Ungeheuer erfinden – aber das könnte es schwerer für uns machen, den Hurogmeten aus dem Asyl zu bekommen. Diese Tiefländer gieren immer nach Dingen, die sie nicht verstehen; sie könnten sich einbilden, dass Ward etwas mit einem mythischen Ungeheuer zu tun hat.«

Tosten warf seinem Vetter einen dankbaren Blick zu.

Lord Duraugh sah sich unter seinen eigenen Leuten um. »Es würde mich sehr unglücklich machen, wenn ein Gerücht es erschweren würde, meinen Neffen zu befreien. Sehr unglücklich.« Er klang, als meinte er es ernst.

»Was für eine Sturmbö?«, fragte einer von der Blauen Garde, ein Mann namens Soren. »Es war Bethems Schnarchen, das die Pferde erschreckt hat!«

Bethem, den Tisala als einen der besten Schwertkämpfer in der Garde kennengelernt hatte, spuckte auf den Boden. »Wohl eher deine Frau – sie hat schon mutigere Tiere erschreckt als unsere Pferde.«

»Es war eine riesige Meeresschildkröte, hundert Fuß lang, die Flammen schnaubte«, sagte ein anderer Mann. »Sie hätte uns alle gefressen, wenn Bethem nicht geschnarcht hätte. Er klang, als wäre er ebenfalls eine Riesenschildkröte, noch größer und wilder, also hat sich das Ungeheuer umgedreht und ist wieder ins Meer geflüchtet.«

Nach einer Weile breitete sich eine etwas normalere Atmosphäre im Lager aus. Die Männer wischten ihre Schalen aus und brachen das Lager ab, ohne noch weitere Worte über den Vorfall zu verlieren, aber auf ihren Mienen stand eine stille, bewusst gedämpfte Freude. Drachen, sagte jedes vergnügte Pfeifen, jeder freudige Blick, waren gut für Hurogs.

Tisala packte ihre Sachen und ging zu Tosten und seinen Verwandten.

»Wir sind soweit«, sagte sie.

Lord Duraugh sah sie an, und mit der Haltung eines Mannes, der einen Streit beendete, erklärte er: »Ich setze sie in Marsch. Tosten und Beckram müssen sich um etwas kümmern, und ich möchte, dass Ihr sie begleitet.«

»Aber …«, sagte Tosten.

»Sie weiß bereits genug, um uns zu ruinieren, wenn sie das will. Wenn er aus dem Grund kam, den wir alle annehmen, kann sie ihm vielleicht helfen. Und jetzt geht, bevor er die Geduld verliert und noch mehr Chaos anrichtet.«

Tosten und Beckram stiegen ohne ein weiteres Wort in den Sattel. Tosten ritt im Trab aus dem Lager und drehte sich nicht um, um zu sehen, ob Beckram und Tisala ihm folgten.

Sobald sie das Lager hinter sich gelassen hatten, kam ihnen Wards Zauberer Oreg aus dem Wald entgegen.

»Ich habe schlechte Nachrichten«, sagte er.

Tisala sah ihm in die Augen, die lilablau waren, genau wie die von Tosten und seinem Onkel. Die gleiche Farbe, die die Augen des Drachen gehabt hatten. Und ihre Spekulation verfestigte sich – irgendwie waren Oreg und der Drache eins.

»Es muss wichtig sein«, sagte Beckram, der ganz und gar nicht wie er selbst klang. Sein Pferd tänzelte unruhig und sah sich nach dem um, was seinen Reiter so verstört hatte. »Was ist los?«

»Es tut mir leid«, sagte Oreg und schaute von Tosten zu Beckram. Das hier war nicht der reservierte, ein wenig einschüchternde junge Mann, den Tisala aus Hurog kannte. Dieser Oreg war erschüttert und besorgt – und er entschuldigte sich dafür, dass er in der Verkleidung als Drache mitten im Lager erschienen war.

Nein, keine Verkleidung, dachte sie und erinnerte sich an Tostens Reaktion. *Oreg war ein Drache. Ein Drache, der auf Ward aufpassen sollte.*

Tisala stieg vom Pferd und schnaubte angewidert, als sie zu den beiden Hurogs und dem Zauberer trat. »Oreg, du hast mir gerade das Schönste gezeigt, was ich in meinem ganzen Leben gesehen habe, aber wenn du uns nicht sofort sagst, was Ward zugestoßen ist, werde ich dich persönlich umbringen.«

Oreg hob beide Hände und sagte schlicht: »Ich kann ihn nicht finden! Er war da, als ich letzte Nacht eingeschlafen bin, aber als ich versucht habe, ihn heute Früh zu finden, war er weg. Ihr Lager war abgebrochen, und die Spuren führten in die Stadt. Ich habe das Asyl und die Burg des Königs überprüft, aber ich konnte ihn nicht finden. Ich kann ihn spüren, aber ich weiß nicht, wo er ist. Ich weiß sonst immer, wo Ward steckt!«

»Der König hat seine Zauberer einen Bereich im Asyl errichten lassen, in dem er Magier gefangen hält. Könnte so etwas verhindern, dass du Ward findest?«, fragte Tisala.

Oreg starrte sie an. »Das wäre möglich.«

»Der König sagte, er werde Ward ins Asyl bringen«, sagte sie. »Wir haben keinen wirklichen Grund, das zu bezweifeln. Ich kenne Leute in Estian, die mich nach drinnen bringen werden, damit ich dort nach ihm suchen kann.«

»Er hat Angst«, sagte Oreg, die Augen beinahe leer. »Ich kann seine Angst spüren. Und er ist niemand, der sich schnell fürchten würde.«

»Noch mehr Grund anzunehmen, dass er im Asyl ist. Wir werden ihn finden«, versprach sie. Sie warf einen Blick zu Tosten und Beckram. »Machen wir uns auf den Weg. Je eher wir nach Estian kommen, desto schneller werden wir Ward finden.«

»Ihr habt alle vollkommen falsche Vorstellungen von dieser Sache«, sagte Tisala zu Tosten, der an diesem Tag neben ihr ritt.

»Wie meinst du das?«, fragte er.

»Ich bin nicht Wards Frau, und das werde ich auch nie sein.« Sie hatte es unglücklich ausgedrückt, aber ihr fiel keine andere Möglichkeit ein, sich den Spekulationen von Wards Leuten zu widersetzen. Wards Stute zu reiten machte das Problem nur noch größer.

»Hm«, erwiderte Tosten ernst, obwohl ein dünnes Lächeln seine Mundwinkel umspielte. »Magst du meinen Bruder nicht?«

Sie wusste nicht, wie sie die Frage beantworten sollte, ohne zu lügen oder einen falschen Eindruck zu vermitteln, also drückte sie die Waden an Feders Seiten, und die große Stute wurde schneller und ließ Tosten hinter sich.

Er wartete beinahe eine Stunde, bevor er wieder näher kam.

»Ich weiß nicht, wie viel du über unseren Vater gehört hast«, sagte er, als er nahe genug war, um sich mit ihr zu unterhalten. »Aber als Oransteinerin weißt du wahrscheinlich das Schlimmste. Wenn Ward von ihm spricht, wird er dir sagen, dass er verrückt war. Aber ich fand immer, er war durch und durch böse.«

Er ritt schweigend weiter, bis sie schon glaubte, er habe alles gesagt. Aber dann fuhr er doch fort. »Als ich ein Junge war, hatten wir ein Küchenmädchen, die Tochter eines der

Stallknechte, in die alle verliebt waren. Ich war dreizehn und hielt sie für die schönste Frau, die ich je gesehen hatte. Es ging um mehr als um ihr Gesicht und ihre Gestalt – obwohl die bemerkenswert waren –, es war … Freude ist wohl das richtige Wort, obwohl Glück auch stimmen würde.« Tosten brachte seinen Wallach sanft davon ab, Gras abzurupfen. »Ich glaube nicht, dass sie und Ward Geliebte wurden bis zu dem Abend, als mein Vater versuchte, sie zu vergewaltigen.«

»Ward hat ihn aufgehalten?«, fragte sie.

»Ich dachte anfangs, es wäre Stala gewesen«, antwortete er. »Aber seitdem habe ich öfter darüber nachgedacht, und ich glaube, Ward hat Stala zu Vater geschickt. Das Mädchen trug ein Tablett aus dem Zimmer meiner Mutter, als Vater vorbeikam. Ich versteckte mich vor ihm – unter einem Möbelstück im Flur –, und als er stehen blieb, dachte ich, er hätte mich gefunden. Jedenfalls bis sie schrie.

Sie wehrte sich mit aller Kraft – und er ließ es zu. Wenn er gewollt hätte, hätte er dem leicht ein Ende machen können. Er war beinahe so groß wie Ward.« Tosten hörte wieder auf zu erzählen.

Sie aßen ihre Mittagsmahlzeit im Sattel, und Tisala versuchte nicht, Tosten zu drängen. Als er seine Geschichte fortsetzte, tat er es, als hätte es nie eine Unterbrechung in ihrem Gespräch gegeben.

»Tante Stala kam angerannt.« Tosten schloss die Augen. »Ich glaubte, sie hätte die Schreie gehört. Niemand sonst in der Burg wäre einer Frau zur Hilfe gekommen, die mein Vater in die Enge getrieben hatte. Stala stieß ihn von dem Mädchen weg, und dann hat sie ihr, glaube ich, eine Ohrfeige verpasst, denn sie hörte auf zu schreien. Ich bin nicht sicher, da mein Blickfeld von dem Flurtisch eingeschränkt wurde, unter dem ich mich versteckte.

Stala half dem Mädchen hoch und schickte sie ins Zimmer meines Bruders.« Tosten stieß ein Schnauben aus, das vielleicht ein Lachen war. »Ich glaube jetzt, dass das die erste Nacht war, die sie im Bett meines Bruders verbrachte. Damals kam ich mir wirklich verraten vor: wegen meiner Unfähigkeit, mich meinem Vater zu stellen und das Mädchen zu retten, und auch wegen der Beziehung meines Bruders zu der Frau, in die ich, ein Dreizehnjähriger, glaubte verliebt zu sein. Ich konnte mit meinen eigenen Mängeln nicht leben, also gab ich Ward an allem die Schuld. Ich hörte, wie Vater und Stala sich stritten – verbal und körperlich –, und dann hatten sie mitten im Flur Sex – und ich dachte die ganze Zeit daran, dass das Mädchen und mein Bruder das Gleiche taten, und hasste sie alle.«

Tosten hatte ein Lächeln auf den Lippen, als er Tisala ansah, aber seine Augen waren ausdruckslos. »Als die ganze Burg über die Ergebenheit meines dummen Bruders an seine kleine Dienerin lachte, lachte ich daher ebenfalls. Er folgte ihr den ganzen Tag, bei all ihren Arbeiten, trug die Wäschekörbe oder die Serviertabletts für sie, und nachts schlief sie in seinem Bett.«

Tisala wollte nicht über jemanden nachdenken, der Wards Bett geteilt hatte, aber sie schob das Gefühl beiseite und hörte weiter zu.

»Ward war zu dieser Zeit fünfzehn oder sechzehn und schon groß und stark. Vater hatte begonnen, ihm aus dem Weg zu gehen – ich glaube, er hatte Angst vor dem, was Ward tun könnte. Also unternahm er nichts gegen die unangemessene Anhänglichkeit meines Bruders, die etwas über ein Jahr andauerte, bevor das Mädchen einen anderen heiratete.«

Tostens Atemzüge waren unregelmäßig, und Tisala erkannte, dass es ihm nicht leicht fiel, diese Geschichte zu erzählen. »Eines Tages kam ich am Zimmer meines Bruders vorbei und blieb stehen, weil die Tür von selbst aufging. Es gab Gespenster in Hurog, also war es nicht ungewöhnlich, dass Türen sich von selbst bewegten. Ich hatte keine Angst, aber dann hörte ich Ward weinen. Er hätte sie geheiratet, glaube ich, wenn sie ihn hätte haben wollen. Aber sie kannte ihren Platz, selbst wenn er das nicht tat. Sie ging nach Tyrfannig und heiratete dort einen Kaufmann, einen Mann aus dem Bekanntenkreis ihres Vaters.« Tosten rieb den Hals des Wallachs. »Ein paar Wochen später hatte sie eine Fehlgeburt – es war dieser Tag, an dem ich Ward in seinem Zimmer weinen hörte. Ich glaube, es war Wards Kind. Ich wünschte, ich wäre zu ihm gegangen, als ich ihn hörte, statt nur die Tür zu schließen.

Ich wusste nicht, ob ich dir die ganze Geschichte erzählen sollte oder nicht«, sagte er. »Aber es scheint das Richtige zu sein. Keiner von uns hat Ward seitdem so gesehen. Er hat keine beiläufigen Beziehungen. Er tändelt nicht, er lebt nicht auf, wenn eine bestimmte Frau ins Zimmer kommt – das passiert nur bei dir.« Er grinste sie an. »Ich wollte dich wissen lassen, dass ich dich nicht nur als – wie hast du es ausgedrückt? Ah ja, als Wards Frau sehe. Ich glaube, es ist etwas viel Ernsteres.«

5 WARDWICK

Ciarra hatte eine Kinderfrau, die ihr Geschichten von schrecklichen Ungeheuern erzählte, die im Abflusssystem von Hurog lebten und unartige Kinder fraßen. Ciarra war alles andere als erschrocken und spielte selbst gern Ungeheuer. Einmal sprang sie hinter einer Tür hervor und erschreckte die Kinderfrau. Als Tante Stala davon hörte, sagte sie, die Ungeheuer, die uns die meiste Angst machten, seien jene, die wir selbst schufen.

Zwei Wachen kamen und holten mich aus meiner Zuflucht aus Stroh. In ihren Augen stand ein seltsames Glitzern, und Schlangenzungen aus Feuer züngelten aus ihren Körpern. Ich verstand nicht, was sie sagten, aber es genügte, dass sie mich an den Armen packten und versuchten, mich aus meiner Sicherheit herauszuzerren.

»Töte sie nicht«, riet die leise Stimme in meinem Hinterkopf, wo sich ein kleiner Teil von mir vor Drogen und Magie verbarg.

Ich ließ die Männer, wo sie lagen, und rollte mich wieder in meinem Nest zusammen, den kalten Stein tröstlich fest in meinem Rücken.

Mehr Wachen kamen und holten ihre schlaffen Kameraden ab. Nach einer Weile brachte Jadeauge ein kleines metallenes Kohlebecken und verbrannte darin Kräuter.

»Etwas im Rauch«, sagte die Stimme. Aber es war nicht möglich, mich aus meiner sicheren Nische zu bewegen, um das Feuer zu löschen. Schließlich ließ die Stimme mich in Ruhe.

Der Rauch war beißend und stach mir in die Nase. Aber nach ein paar Minuten schien die schreckliche Angst sich aufzulösen. Das Stroh wurde zu einer warmen Decke.

Als sie mich diesmal holen kamen, erlaubte ich ihnen, mich auf die Beine zu ziehen und mich zu stützen, als der Boden wackelte und bockte.

Sie brachten mich in einen großen Raum, an dessen Wänden sich Regale mit Steinguttiegeln befanden. In der Mitte des Raums stand ein seltsames Möbelstück, taillenhoch und flach wie ein Tisch, aber dick gepolstert und mit Riemen, die daran befestigt waren.

Jadeauge unterhielt sich ruhig mit Arten, dem Erzmagier des Königs. Ich kannte ihn nicht persönlich, aber jeder, der schon einmal am Hof gewesen war, wusste, wer er war. Um ehrlich zu sein, brauchte ich einen Augenblick, um ihn zu erkennen, denn er trug jetzt ebenso wie Jadeauge schlichtes Schwarz statt des bunten, glitzernden Hofgewands.

»Sei vorsichtig«, sagte meine geheime Stimme. Obwohl ich keine Angst mehr hatte, war ich froh, dass sie mich nicht verlassen hatte.

»Ward«, grüßte Jadeauge mich, »wie geht es Euch?«

Ich lächelte und spreizte die Finger. »Besser.«

»Ich werde Euch helfen, damit es so bleibt, in Ordnung?«

»Vorsicht!«, murmelte die Stimme, aber keine Spur von Sorge oder Angst konnte mich berühren, während ich unter dem Einfluss der Kräuter stand, die sie in meiner Zelle verbrannt hatten.

Jadeauge führte mich zum Tisch und bedeutete mir, mich daraufzulegen. Etwas an den Riemen machte meiner kleinen Stimme Angst, aber ich wollte unbedingt dem Mann, der mir geholfen hatte, eine Freude bereiten, also ignorierte ich sie. Ich lag still, während man mir eine Art Halsband umlegte. Sie zupften und schubsten und banden mich fest, bis ich mich überhaupt nicht mehr bewegen konnte.

»Ward«, sagte Jadeauge schließlich. »Ich werde Euch helfen – aber erst brauche ich Eure Hilfe.«

Das war vollkommen in Ordnung. Ich versuchte zu nicken, aber ich musste sprechen.

»Ja«, sagte ich. Es war schwierig, das Wort herauszubekommen, genau wie damals, nachdem Vater mir so sehr wehgetan hatte. Angst zog mir bei dieser Erinnerung den Bauch zusammen. Aber der Mann hatte gesagt, er werde mir helfen. Ich erinnerte mich daran und entspannte mich wieder – obwohl ich nicht wusste, wieso ich eigentlich Hilfe brauchte.

»Ich dachte, wir wollten ihn brechen und nicht erst eine Untersuchung anstellen«, sagte Arten. Seine Stimme war harsch, und sie bewirkte, dass sich mein Bauch wieder zusammenzog.

»Der Zauberer des Königs.« Meine lautlose Stimme lieferte die Identifikation, und ich erinnerte mich, dass ich Grund hatte, den König zu fürchten.

»Jakoven sagte, wir haben zwei Wochen. Ich möchte erst herausfinden, wie er dafür gesorgt hat, dass die Magie ihn die ganze Nacht bewachte. So etwas habe ich noch nie gehört.«

»Seid Ihr sicher, dass er es war?«, fragte Arten. »Ich habe gehört, er sei nur imstande, auf magische Weise Dinge zu finden.«

»Er hat eine gesamte Burg zerstört«, verteidigte mich Jadeauge vor der Verachtung in der Stimme des älteren Magiers. »Ziemlich beeindruckend für einen Finder. Und ja, ich bin sicher, dass er für den magischen Schutz gesorgt hat. Die Magie hatte einen bestimmten Geschmack an sich –

eine Signatur, und seine Aura fühlt sich genauso an. Ich würde Euch zeigen, was ich meine, wenn Ihr Auren deuten könntet.«

Jadeauge kam in mein Blickfeld. In einer Hand hielt er einen Stab, der vor Gold und kostbaren Edelsteinen glitzerte. Oben auf dem Stab war eine zerschlagene Klaue von der Größe meiner Hand befestigt, die irgendwie fehl am Platz wirkte.

»Drache«, sagte ich. Es kam leichter heraus, und das half gegen das kranke Gefühl in meinem Bauch, das darauf bestand, dass etwas nicht stimmte.

Jadeauge lächelte. »Ja, es ist eine Drachenklaue. Es heißt, Seleg selbst habe sie seinem König gegeben, und mein König gab sie mir.«

»Dazu hatte Seleg kein Recht!« Die Stimme war so laut, dass ich befürchtete, Jadeauge würde sie hören. *»Es war seine Pflicht, die Drachen zu beschützen. Verräter.«*

»Hurogmeten«, sagte ich. Die Kraft der Stimme half mir dabei. Aber ich vergaß, was ich sagen musste, und daher schwieg ich wieder.

»Ja, er war Hurogmeten. Genau wie Ihr.« Jadeauge beugte sich dichter zu mir. »Seleg war ein Magier, Ward. Seid Ihr auch ein Magier?«

Ich sah ihn stirnrunzelnd an. Jeder kannte diese Geschichte. »Ich war es einmal, aber mein Vater hat mich gebrochen.«

»Könnt Ihr jetzt Magie wirken?«

Ich konnte mich nicht erinnern, also versuchte ich es.

»O ja«, sagte meine Stimme eifrig. *»Feuer ist einfach, beinahe so einfach wie Dinge oder Leute zu finden. Ich kann Feuer machen, sogar ohne dass die Magie von Hurog mir hilft.«*

Sobald die Stimme das sagte, wusste ich, dass es leicht

sein würde. Es gab hier so vieles, was brennen würde. Ich konnte die Öle in den Steinguttiegeln spüren. Sie brannten als Erste, gingen in heftigen Explosionen in Flammen auf, die irdene Scherben aus allen Richtungen durchs Zimmer fliegen ließen. Es machte Spaß.

Vage hörte ich Schreie, gemischt mit dem scharfen Knacken der Tiegel, aber überwiegend war ich versunken in meiner Freude an der Magie. Kerzen brannten zu Stummeln nieder, ölgetränktes Holz suchte meine Magie eher, als dass sic es suchte. Macht begann, den Zugriff von Rauch und Drogen zu lockern, und ich hätte beinahe anfangen können zu planen.

Kalte Hände berührten meine Stirn mit weiß glühender Wut. Es gab keine Vorwarnung, es wurde nicht nach und nach schlimmer, ich spürte sofort schaudernde Bänder von Schmerzen, die meinen Körper schüttelten und mich hilflos zucken ließen, gefangen zwischen den Schmerzen und dem ledernen Halsband, das nicht zuließ, dass ich mich wegbewegte.

Aber ich wusste alles über Schmerzen.

Ich wusste, wenn die Schmerzen aufhörten, schloss man die Augen und stellte sich tot, denn manchmal hatte mein Vater aufgehört, wenn ich aufgehört hatte, mich zu bewegen.

Also lag ich schlaff da, während Jadeauge seinen Zorn über den Schaden austobte, den ich in seinem Labor angerichtet hatte. Kostbare Gegenstände, die zu beschaffen er Jahre gebraucht hatte, waren in einem Augenblick zu Asche verbrannt.

Als er sah, was ich mit seiner Drachenklaue gemacht hatte, tat er mir wieder weh. Er tat mir weh, bis Arten ihn wegriss. »Er ist bewusstlos. Verdammt, Mann, lasst ihn in Ruhe.«

Ich war zufrieden, dass sie mich für bewusstlos hielten. Es hatte mich schon zuvor gerettet. Aber es war die Schmerzen wert gewesen. Die Drachenklaue war zerstört, ihre Magie ungenutzt verstreut (obwohl ich mit ihrer Kraft das Gebäude hätte zum Einsturz bringen können), und niemand mehr würde Nutzen aus Selegs Verrat ziehen können. Ohne die Magie, die mich durchfloss, konnte ich mich nicht mehr erinnern, wieso das wichtig war, nur, dass es so war. Schweiß lief mir in die Augen, und zunächst dachte ich, es wäre Blut.

Jadeauge fauchte den anderen Magier an. »Sagt dem König, er wird bekommen, was er will. Sagt ihm, ich kann es in einer Woche machen.« Dann tat er mir wieder weh.

Schließlich kamen Männer, um mich in die Zelle zurückzubringen. Sie brachen mir Essen und Wasser und stellten es neben mich. Als sie weg waren und nicht sehen würden, dass ich wach war, griff ich nach der Karaffe und trank, bis ich merkte, dass der Welt in den Schatten Augen wuchsen. Ich stellte den Krug zurück, obwohl ich immer noch Durst hatte. Das Essen konnte ich leichter ignorieren. Ich wunderte mich eine Minute, wieso meine Haut ungezeichnet und nicht aufgerissen war von diesen alles verschlingenden Schmerzen, aber dann begannen die Schattendinge aus den Ecken zu kriechen, und ich versteckte mich in dem Loch im Stroh.

»Du bist nicht leicht zu finden, Wardwick von Hurog.«

Ich zuckte vor der Stimme zurück, denn es war nicht meine eigene. Mein Kopf tat weh, und die Lippen waren gerissen und trocken. Wenn ich die Augen schloss, konnte ich nur die seltsame Farbe von Jadeauges Augen sehen.

»Hurogmeten?«

Die Stimme riss mich aus den Erinnerungen. Es war die Stimme einer Frau, aber es lag ein Grollen darin, das keine Frauenstimme jemals haben sollte. Ich öffnete ängstlich die Augen und sah leuchtend geflecktes Fell in Orange und Gelb und strahlende Augen über fingerlangen Reißzähnen. Irgendwie schien das Fell ein wenig Licht abzugeben und trieb die Schatten zurück in die Ecken, wo sie hingehörten.

»Hurogmeten? Wie lange ist es her, seit du etwas gegessen hast?«

Die Tamerlain, Hüterin von Aethervons Tempel, saß vor mir. Noch eine Halluzination, dachte ich, also antwortete ich nicht. Sie lebte auf dem Hügel von Menogue in den Ruinen von Aethervons Tempel vor der Stadt Estian. Sie konnte nicht hier im Asyl sein.

Ich schloss die Augen und wartete darauf, dass sie verschwand. Nach einem Augenblick hörte ich, wie sie die Schale, die sie mir gegeben hatten, über den Boden zog, um sie forschend zu betrachten.

»Guter Junge, du hast heute Abend nicht gegessen«, stellte sie fest. »Garranon glaubt, dass man dir eher Drogen versetzt als dich verzaubert hat, und dagegen ist schwerer anzukommen.«

Das Wasser war das Gefährlichste; ich kam mir sehr schlau vor, weil ich das wusste. Ich hatte zuvor gewaltig geschwitzt und jetzt entsprechend großen Durst, aber ich wusste, dass das Wasser für mich ebenso gefährlich war wie der Zauberer. Ich hielt einen Strohhalm im Mund, und das hatte geholfen, dass mein Mund feucht blieb, aber nun funktionierte es nicht mehr besonders.

»Wardwick«, versuchte sie mich zu verlocken (ich hörte an ihrer Stimme, dass sie näher kam), »sieh mich an, Junge. Du kennst mich.«

Ich wandte den Blick widerstrebend von der Wand ab und starrte dem Ungeheuer ins Gesicht. Sie war so groß wie ein kleinerer Bär aus dem Norden; ihr Kopf hatte auch etwas Bärenhaftes, bis auf die großen goldenen Augen, die besser zu einem Tiger gepasst hätten. Ihr dichtes Fell bedeckte einen Körper, der nicht so kräftig war wie der eines Bären und nicht so geschmeidig wie eine der großen Katzen. Sie hatte den Schwanz um ihre Vorderpfoten drapiert, und sie schnurrte, als ich ihr in die Augen sah. Ich glaube, das Geräusch war beruhigend gemeint.

Die Luft fühlte sich plötzlich klarer an, ebenso wie meine Gedanken, aber ich wusste, dass ich weiter halluzinierte, denn die Hüterin der Ruinen von Menogue hatte in meiner Zelle nichts zu suchen.

Ich setzte mich gerader hin und strich das Stroh von meinen Schultern, um mir ein wenig Zeit zum Nachdenken zu verschaffen. Die Bewegung machte die Schmerzen schlimmer, die nach Jadeauges Zorn zurückgeblieben waren.

»Lass mich allein«, sagte ich. Als ich ihr das letzte Mal begegnet war, hatte ihr Gott Aethervon den Körper meiner Schwester übernommen und Oreg gequält. Niemand tat meinen Leuten weh, wenn ich etwas dagegen tun konnte.

»Beruhige deinen Zorn«, sagte sie. »Ich komme, um einem Freund einen Gefallen zu tun. Garranon machte sich Sorgen um dich. Er bat mich, zu dir zu gehen, wenn ich es könnte. Also habe ich seine Bitte Aethervon unterbreitet. Mein Herr interessiert sich für dich, seit er erwachte, als du seinen Tempel in Menogue besuchtest.«

»Geht weg«, sagte ich erneut. Wenn es nach mir ginge, hätte Aethervon hängen können. Er hatte meine Schwester ohne ihre Zustimmung benutzt und meinem Freund wehgetan. Zugegeben, die Tamerlain hatte an beidem keinen Anteil gehabt – aber ich verachtete ihren Herrn.

»Ich kann dir helfen«, sagte sie.

Ich stieß ein kurzes Lachen aus und versuchte zu verbergen, wie sehr selbst diese geringe Bewegung wehtat.

»Du sagst, Garranon sei dein Freund«, sagte ich.

»Garranon ist mein Freund«, bestätigte sie.

Ich starrte sie an, und sie begegnete meinem Blick ruhig. Ich hatte die Tamerlain für nichts anderes als eine Dienerin eines geschwächten, verräterischen Gottes gehalten. Dass Garranon ein Freund von ihr sein sollte, war einfach unglaubwürdig. Wenn er eine solch mächtige Verbündete hätte, hätte sie sich doch sicher schon früher gezeigt – seinen Bruder gerettet, seine Feinde vernichtet. Irgendetwas. Mein Leben hatte in den Händen meines Vaters gelegen, aber Garranons Leben war noch schlimmer gewesen.

»Wie lange seid ihr schon Freunde?«, fragte ich.

Mein Unglaube schien sie zu kränken, und sie riss den Kopf hoch und knurrte leise. »Er war mein Freund, seit er nach Estian kam, ein verängstigtes, einsames Kind. Er sah mich – niemand sonst an diesem Ort hat mich je gesehen –, und er fürchtete mich nicht. Seit dieser Nacht, als er sich neben mir zusammenrollte und schlief, ein Kind selbst nach euren kurzlebigen Maßstäben, war er mein Freund.«

Ich glaubte ihr plötzlich, aber das verbesserte meine Meinung von ihr nicht. »Eine Freundin, die zugesehen hat, als der König ein Kind vergewaltigte.«

»Es war keine Vergewaltigung – das geschah schon, bevor er herkam. Der König benutzte Kräuter … Magie.« Selbst in ihrem Tiergesicht konnte ich sehen, wie sehr sie das quälte. Sie hatte gewusst, dass Kräuter und Magie nichts an der Tatsache änderten, dass es eine Vergewaltigung war.

Während wir sprachen, hörte die letzte von Jadeauges Drogen auf zu wirken. Ohne ihre Hilfe waren mein Entsetzen vor dem Asyl und mein klaustrophobischer Zorn über meine Unfähigkeit, wirkungsvoll gegen Jadeauge anzukämpfen, in meinem Bauch gewachsen. Als nun noch unendlich tiefer Zorn über die Schmerzen eines Kindes hinzukam – obwohl er nun ein Erwachsener war und gut auf sich selbst aufpassen konnte –, lockerte das die Fesseln um meine böse Zunge.

»Und jetzt soll ich dir also erlauben, *mir* zu helfen?«, fragte ich erbost.

Sie sprang auf, als hätte ich sie geschlagen, und einen Augenblick ließ mich der Zorn in ihren Augen denken, dass meine Sorgen wegen meiner derzeitigen Situation ein schnelleres Ende finden würden, als ich für möglich gehalten hätte – obwohl ich doch eher auf Oreg als auf den Tod wartete.

Sie fauchte lautlos, dann ging sie von mir weg. Mit dem Gesicht zur Wand sagte sie: »Du weißt *nichts* darüber. Ich unterlag Zwängen, ebenso wie mein Herr. Ich musste zusehen und konnte nichts tun.« Die Spannung war verschwand plötzlich, und als sie sich mir wieder zuwandte, sah ich nur noch Kummer in ihren Augen.

»Dem Stoff dieser Welt ist solcher Schaden zugefügt worden, dass mein Herr sie bei all seiner Anstrengung nur mit Mühe zusammenhalten konnte. Glaubst du denn, er hätte seinen Tempel Opfer fremder Heere werden lassen, wenn er sie mit einer einzigen Berührung hätte zerstören können? Aber selbst das hätte genügt, um den Damm brechen zu lassen, der die Menschheit am Leben erhielt. Er … er konnte nicht einmal ein Kind retten.«

Ich hatte mich meiner Worte schon geschämt, sobald ich sie ausgesprochen hatte. »Es tut mir leid«, sagte ich.

»Mir ebenfalls«, flüsterte sie, aber ich glaube nicht, dass sie von den letzten Minuten sprach.

Sie seufzte und schüttelte sich wie ein nasser Hund. »Das alles ist geschehen. Aber du solltest eins wissen: Ich war nicht die Einzige, die zornig war, weil wir so wenig zu tun vermochten. Aethervon konnte nur Visionen schenken und hoffen, dass sie den Menschen, denen er sie gab, dabei halfen, bessere Entscheidungen zu treffen. Und dann kamst du nach Menogue.«

»Er gab mir meine Magie zurück«, sagte ich.

»Er sah in dir eine Gelegenheit, einen der größten Brüche zu heilen – also tat er, was er konnte, um dir zu helfen«, erwiderte sie. »Als du das Land von der gewaltigen Untat geläutert hast, die in Hurog geschehen war, hast du einige der Zwänge gebrochen, die ihm auferlegt waren. Es gibt nun zum ersten Mal seit Jahrhunderten wieder Mönche in Menogue. Durch mich kann er ein wenig mehr tun, um dir zu helfen.«

»Ich dachte, Aethervon hätte geschworen, den Königen von Tallven zu helfen«, sagte ich. »Es war ein König von Tallven, der mich hierhergebracht hat.«

»Er hat geschworen, den Tallvens zu dienen, so weit ein Gott Menschen dient«, stimmte sie zu. »Er hat nur einen anderen Tallven erwählt, dem er dienen will.«

Ich zog eine Braue hoch. »Aethervon steht auf Alizons Seite?«

Ihre Augen verschleierten sich vor Freude, und sie schnurrte. »Diese Wendung der Ereignisse erfreut mich! Oh, nicht dass du hier bist, und in diesem Zustand – aber dass Aethervon sich gegen den stellt, der meinem Garranon wehtut. Ja, das erfreut mich. Wenn ich dürfte, würde ich ihm das Fleisch von den Knochen reißen und ihn verfaulen lassen …«

Ihr Schwanz zuckte wie der einer jagenden Katze. Bewusst beruhigte sie ihn und wickelte ihn wieder um die

Vorderpfoten. »Aber das wird vielleicht noch kommen. Die Götter müssen es immer noch den Menschen überlassen, ihr eigenes Schicksal zu bestimmen. Du solltest dich erinnern, dass Aethervon dazu neigt, eine Gunst zu erweisen, wenn man ihn auf die richtige Art darum bittet.« Sie schnurrte. »Garranon, mein Freund, bat mich, dich aufzusuchen, und ich werde ihm sagen, wie er dich finden kann. Aber es erfreut auch Aethervon, dass ich dir helfe. Der König wartet darauf, dass deine Verwandten kommen, damit er sie und dich seinem Hof vorführen kann. Er hat aus Iftahar gehört, dass dein Onkel in Hurog ist. Also werden sie Zeit brauchen, um hierher zu kommen. Wenn du vor ihnen stehst, werde ich das Gift aus deinem Fleisch entfernen – so gut ich das kann. Es liegt an dir, bis dahin zu verhindern, dass sie dich vernichten.«

Sie ging. Sie verschwand einfach, und ich dachte, ich hätte sie mir vielleicht nur eingebildet, aber meine Gedanken blieben klar.

Aha, dachte ich. *Die Tamerlain will mir helfen.*

Der König wollte mich gebrochen sehen. Er wollte seinem Hof einen Verrückten vorführen. Hier ging es um mehr als um ein Machtspiel zwischen Jakoven und meinem Onkel, um mehr als nur einen schlichten Angriff gegen mich. Aber mein missbrauchter Geist konnte nichts weiter begreifen, als dass Jakoven sich gegen meine ganze Familie wandte.

Die Tamerlain hatte mir eine Möglichkeit versprochen, mich zu retten. Ich musste nur bei Verstand bleiben, bis mein Onkel kam. Oder bis Oreg mich fand und rettete.

Der Gedanke an Oreg versetzte mich in solche Erleichterung, dass ich zitterte. Er wusste, wohin sie mich bringen wollten – er würde mich herausholen. Ich holte tief Luft und kam zu dem Schluss, dass ich mich dennoch verhalten musste, als werde er nicht kommen. Man musste immer auf das Schlimmste vorbereitet sein, sagte meine Tante.

Also überlegte ich, wie ich Jadeauge dazu bringen konnte zu glauben, er hätte mich gebrochen.

In den letzten Jahren war es Oreg gelungen, mir ein wenig über die Magie beizubringen, die immer noch zu mir zurückkehrte, wie Tröpfchen aus einem Eimer. Ich entzündete ein trübes magisches Licht, gerade genug, damit ich klar sehen konnte, und schaute mir meinen Körper an. Es tat weh, wenn ich mich bewegte. Es war schlimmer als an den Tagen, wenn Stala mir eine Lektion beibringen wollte und mich beim Übungskampf in Grund und Boden schlug. Aber ich hatte nirgendwo eine Prellung, als hätte Jakoven befohlen, mich ungezeichnet zu lassen.

Wenn Jadeauge also auf die gleiche Weise weitermachte, wie er begonnen hatte, brauchte ich mir nur wegen der Schmerzen Sorgen zu machen. Das war in Ordnung; Schmerzen und ich waren alte Freunde – dafür hatte mein Vater gesorgt. Ich konnte alles einstecken, was Jadeauge und die anderen Magier taten, solange ich wusste, dass ich keinen wirklichen Schaden nehmen würde.

Es war allerdings möglich, dass sie auch andere Wege fanden, um mich zu brechen. Dagegen würde am besten helfen, wenn ich sie glauben ließe, dass ihre Methoden funktionierten. Ein kleiner arroganter Teil von mir wollte widersprechen, aber Stala hatte mich gut geschult. Jeder konnte gebrochen werden. Mir blieb nur, sie zu überzeugen, dass es bereits geschehen war, bevor es wirklich passierte.

Der Krug mit dem mit Drogen versehenen Wasser stand aufrecht auf dem Boden – ich konnte den Arm ausstrecken und ihn umwerfen, aber dann würde ich so tun müssen, als hätten die Drogen mich überwältigt. Das war machbar, aber ich wusste nicht, ob es auch möglich war, wenn ich solche Schmerzen hatte und selbst die Erinnerung daran schon bewirkte, dass mir der Schweiß ausbrach. Und wer wusste denn, ob sie mir jedes Mal die gleichen Kräuter geben würden? Was passierte, wenn sie sie wechselten?

Die ersten neunzehn Jahre meines Lebens waren ein Wettbewerb zwischen meinem Vater und mir gewesen. Ich hatte gewonnen, weil ich Beherrschung von einer Meisterin gelernt hatte. Beherrschung, sagte Stala, war das, was einen am Leben erhielt. Wenn man seine Gefühle und seinen Körper beherrschte, hatte man erheblich größere Aussichten, lebend aus einer Schlacht hervorzugehen, als jene, die das nicht konnten. Beherrschung war für mich zu so etwas wie einer Religion geworden – ein Mittel, um zu überleben, und ein Weg, um mich von meinem Vater abzusetzen.

Ich starrte den Steingutkrug an.

Um zu überleben, würde ich diese Beherrschung aufgeben und mich auf meine Instinkte verlassen müssen. Mich darauf verlassen, dass ich selbst unter Drogen gegen die Schmerzen ankämpfen konnte.

Ich hörte Gemurmel vor der Tür. »... diesmal vier Männer. Jerron wird seine Hand einen ganzen Monat lang nicht gebrauchen können.«

Wachen.

Ich griff nach dem Krug in meiner Hand, erinnerte mich an den säuerlichen Geschmack der Angst und wusste, dass ich zwei Zauberern vortäuschen musste, dass sie mich vollkommen gebrochen hatten. Oder ich würde verlieren.

Dieses Wasser zu trinken gehörte zu den schwierigsten Dingen, die ich je getan hatte. Nur Verlieren wäre noch schlimmer gewesen.

Sich windende Ungeheuer krochen in meine Zelle. Einem wuchsen gelbe Schlangen mit schwarzen Augen aus dem Kopf. Sie starrten mich mit toten Augen an, die über meine Anstrengung lachten, mich aus den unzähligen Händen loszureißen, die mich packten.

Die Ungeheuer brachten mich zu dem grünäugigen Magier. Er tat Dinge mit meinen Kopf und meinem Körper, Dinge, die mich schaudern ließen, die bewirkten, dass mir übel wurde, und die nicht einen einzigen blauen Fleck hinterließen.

Er benutzte Magie, um mir wehzutun, aber es waren nur Schmerzen. Ich kannte ihr Wesen und ihren Namen; was das anging, konnte er mir nichts Neues beibringen. Wenn der Zauberer Qualen in flüssigen Wellen über meinen Körper hereinbrechen ließ, akzeptierte ich sie und verband mich mit ihnen. Mein Körper schrie und kämpfte, aber mein Geist ritt den feurigen Dämon und blieb ungerührt. Ich hatte meine Grenzen. Ich wusste, dass die Schmerzen mich irgendwann verschlingen würden, aber im Augenblick war ich in Sicherheit.

Der Zauberer *sah* nicht. Er beobachtete die Niederlage meines Körpers, ohne die Geduld zu erkennen, die darunter wartete.

Nach ein paar Tagen hatten die Dämonen, die mich aus der Zelle zum Raum des Zauberers und wieder zurück brachten, keine Angst mehr vor mir. Wenn ich weinte, schien sie das traurig zu machen.

»Das war ein Kämpfer, wie man sie selten sieht«, sagte einer. »Ich ließe mir von einem wie ihm jederzeit den Rücken freihalten.«

»Du willst, dass dir ein Verrückter Deckung gibt?«, blökte ein kleines Schaf …

»Junge«, verbesserte meine kleine Stimme. *»Nur ein Junge, kein Schaf.«* Wie immer hatten die Schmerzen bewirkt, dass die Stimme näher kam – wenn ich wollte, konnte ich sogar klar sehen, wie es die Stimme tat. Später würden die Überbleibsel dessen, was Jadeauge mir antat, es schwierig machen, mein lautloses, verborgenes Ich zu hören. Ich blinzelte vorsichtig und sah einen Jungen, der noch jünger als Tosten war.

Das Ungeheuer unter meiner linken Schulter grunzte. »Wenn du glaubst, dass das hier Verrückte sind, dann hast du nicht aufgepasst, Junge.«

Frisches Wasser wartete, und nachdem die Ungeheuer gegangen waren, hob ich den Krug mit zitternden Händen.

»Trink«, drängte meine kleine Stimme und wurde dabei bereits schwächer. Ich drückte den Steingutrand gegen meine Lippen und trank, bis der Krug leer war.

6 TISALA

Meine Tante sagt, wenn gemeinsame Ziele eine Freundschaft verbessern, dann tun das gemeinsame Feinde noch mehr.

Tisala saß im Privatzimmer der Taverne und behielt die Tür im Auge. Sie hatte vor über einer Stunde eine Botschaft geschickt, aber sie wusste nicht, wann Rosem sie erhalten würde. Sie nippte an ihrem Getränk und lehnte dann den Kopf gegen die Wand. Die Kapuze ihres Umhangs schützte ihre Augen vor dem Kerzenlicht, und sie döste ein.

»Ich dachte, Ihr wäret tot«, weckte sie der Klang einer leisen Stimme auf. »Lasst mich Euer Gesicht sehen.«

Tisala blinzelte den Mann an, der neben dem Tisch stand. Er war kleiner als sie, hatte aber breite Schultern. Ein struppiger, leuchtend roter Bart verbarg seine Züge bis auf eine breite Nase, die mehr als nur einmal gebrochen worden war.

Sie zog die Kapuze zurück. »Hallo, Rosem.«

»Ihr Götter, Mädchen«, sagte er und setzte sich ihr gegenüber. »Als das Haus, in dem Ihr gewohnt habt, niedergebrannt ist, habe ich eine ganze Woche darauf gewartet, dass Ihr wieder auftauchtet. Dann habe ich Eurem Vater geschrieben.«

»Das Haus ist abgebrannt?«, fragte sie. »Konnten alle entkommen?«

Er kniff die Lippen zusammen und schüttelte den Kopf. Tisala schluckte und rieb sich das Gesicht, als könnte das die Gesichter der Menschen vertreiben, mit denen sie in den letzten Jahren zusammengewohnt hatte. Jakoven hatte das Haus offenbar niederbrennen lassen, um ihr Verschwinden zu verheimlichen.

Rosem streckte den Arm aus, griff nach ihrer Hand und zog sie ins trübe Licht der Talgkerze.

»Wer hat Euch geholt?«, fragte er.

Sie zog die Hand zurück. »Jakoven.« Dann erklärte sie, wie sie entkommen war und wohin. »Ihr seht also, dass ich dem Hurogmeten etwas schulde. Könnt Ihr mich ins Asyl bringen?«

Das Asyl war ein stattliches Gebäude, etwa eine Meile von Jakovens Schloss entfernt. Der mit Pyrit gesprenkelte Marmor ließ es eher wie einen Tempel aussehen als wie einen Pferch für die Peinlichkeiten der Gesellschaft. Es gab sogar einen Teich in dem kleinen, aber hervorragend gepflegten Rasen, der gerade so eben groß genug war für zwei Schwäne.

Tisala bekam eine Gänsehaut, als sie neben Rosem hineinschlurfte. Sie hatten eine gesunde Bestechungssumme an die Frau zahlen müssen, deren Platz sie einnahm, um sie hereinzubringen. Niemand würde die Veränderung bemerken, denn die Reinigungskräfte waren so gut wie austauschbar. Die Wollgewänder, die sie trugen, sollten sie unauffällig machen, während sie ihre Arbeit verrichteten. Sie sprachen nur miteinander, niemals mit den Insassen oder den Wachen. Dieses System diente dazu, dass die Reinigungskräfte nicht erfuhren, was im Asyl vorging, aber es bedeutete auch, dass die Wachen nicht viel über die Reinigungskräfte wussten.

Sie durchquerten leise die marmorne Einganghalle, wobei sie sich weit links nahe den samtenen Wandbehängen hielten. Wenn es einen anderen Eingang ins Asyl gegeben hätte, hätte man sie sicherlich diesen nehmen lassen, aber es gab nur einen Weg ins Gebäude und wieder hinaus.

Hinter der Eingangshalle kamen sie an den Modellzellen vorbei. Sechs große Räume, drei auf der einen Seite, drei auf der anderen, wurden hier zur Schau gestellt. Jede Zelle hatte einen Teppich, einen gepolsterten Sessel und ein Bett mit Brokatdecke. Die Möbel waren so ausgewählt, dass die Insassen sich damit nicht wehtun konnten, aber sie zeigten dennoch eine gewisse Opulenz. In vier Zellen befanden sich Schauspieler, die dafür bezahlt wurden, sich verrückt zu stellen, wenn auch nur geringfügig – nichts, das eine Familie verstören würde, die vorbeikam, um zu sehen, ob das Asyl ein sicherer Aufenthaltsort für den alten Onkel oder die Mutter war, die so schwierig geworden war. Zwei ließ man leer, für den Fall, dass eine Familie einen Patienten besuchen wollte. Diese Patienten wurden gewaschen und mit Drogen oder Magie behandelt, damit sie halbwegs glücklich wirkten, und etwa eine Stunde vor Eintreffen der Besucher in eine der Zellen gesetzt. Unangekündigte Besuche waren nicht gestattet.

Tisala fragte sich, wie viele Leute, die ihre Probleme hier im Asyl einsperrten, wirklich glaubten, was man ihnen vorführte. Wie viele von ihnen würden entsetzt sein, wenn Alizon das Asyl schloss, weil sie wussten, dass ihnen niemand die Schuld geben konnte, solange sie sich unwissend stellten?

Leise ging Tisala zusammen mit ihrem Führer durch das Holztor ins eigentliche Asyl. Wie immer war das Erste, was sie traf, der Gestank: Kot, Urin und über allem der intensive Gewürzgeruch des Gebräus, mit dem die Reiniger die Zellen schrubbten.

Ohne ein Wort zu ihrem Mitverschwörer wandte sie sich nach links zu einem Schrank mit Eimern und Schrubbern und nahm sich jeweils einen davon. Dann stellte sie sich im Flur in die Reihe von Leuten, die schweigend darauf warteten, dass ihre Eimer gefüllt wurden.

Nicht, dass es im Flur still gewesen wäre. Schreie und Stöhnen drang hinter den vergitterten Türen hervor. Tisala wusste, dass sie sich irgendwann daran gewöhnen würde. Aber wie immer waren die ersten Minuten schwierig. Sie hätte sich am liebsten die Ohren zugehalten, aber das hätte andere nur auf sie aufmerksam gemacht. Schließlich füllte sie ihren Eimer an dem Steinbehälter, der voll war mit etwas, das Jakovens Zauberer zusammengebraut hatten. Es hatte nichts Magisches an sich, hatte man ihr gesagt, sondern bestand überwiegend aus Kräutern und Alkohol.

Der zuständige Wärter gab ihr die erwarteten Zellennummern, wie es immer geschah. Sie wusste nicht, ob er ein Rebell war oder von Rosem bestochen, und sie fragte nicht danach.

Mit ihrem Eimer und dem Schrubber stapfte sie durch die nächste Tür und schlurfte weiter durch den Irrgarten von Fluren. Sie hatte sich einen Bauplan eingeprägt, bevor sie zum ersten Mal hierhergekommen war, und jetzt brauchte sie die Flure nicht einmal mehr zu zählen. Sie brauchte nicht stehen zu bleiben, als sie an den verriegelten Türen vorbeikam, die in den Magierflügel führten, wo Ward sein musste, obwohl sie das gern getan hätte. Das gehörte heute nicht zu ihren Aufgaben.

Schließlich blieb sie vor der festen Tür einer Zelle stehen, die genauso aussah wie die benachbarte, wenn man von der Nummer über der Tür einmal absah. Sie stellte den Eimer ab und nahm den Querriegel aus der Halterung. Mehrere Türen entfernt sah eine Wache zu. Solange sie nicht schrie oder der Patient nicht herausgerannt kam, würden die Wachen sich nicht einmischen.

Sie ließ ihren Schrubber neben dem Eimer stehen, nahm einen klapprigen hölzernen Heurechen von der Wand im Flur und betrat die Zelle. In dem kleinen Raum gab es nichts, womit ein Patient sich verletzten konnte, aber das war auch die einzige Ähnlichkeit mit den Vorführzellen am Eingang. Auf dem Boden lagen keine Teppiche, sondern Stroh. Eine harte Holzbank war an der Wand befestigt, gerade eben lang und breit genug, dass man darauf schlafen konnte, wenn man vorsichtig war. Und unter diesem Bett stand kein diskreter Nachttopf.

Tisala, deren Nase sich bereits an den Geruch des Asyls gewöhnt hatte, rechte das stinkende Stroh heraus. Sie fand das nicht schwieriger, als einen Stall auszumisten – obwohl sie wusste, dass der Mann, der mit dem Rücken zu ihr auf der Bank lag, nicht so dachte. Rosem sorgte dafür, dass jeder, der in diese Zelle kam, wusste, wie dieser Insasse über solche Dinge empfand, und sich entsprechend benahm.

Sie leistete gute Arbeit und häufte das schmutzige Stroh mitten im Flur auf, wo einer ihrer Kollegen es später einsammeln würde. Dann griff sie nach Schrubber und Eimer und schloss die Tür hinter sich, während sie den Boden wischte. Sie hörte das dumpfe Geräusch, als die Wache den Riegel wieder in die Halterung legte.

Der Mann regte sich nicht, also begann sie, den Boden zu schrubben und den Gestank menschlicher Ausscheidungen zu entfernen. Schließlich setzte der Gefangene sich, aber sie hörte nicht auf zu putzen, bis er etwas sagte.

»Tisala, ich war froh, als ich hörte, dass Ihr noch lebt.«

Sie stellte den Mopp ab und sank vor dem elenden, in Lumpen gekleideten, quälend dünnen Mann, der im Schneidersitz auf der Bank saß, auf die Knie.

»Euer Majestät.« Dieser Mann war die Wahrheit der Rebellion. Es war Jakovens jüngerer Bruder Kellen, den Alizon auf den Thron bringen wollte.

Obwohl er saß, wusste sie von früheren Besuchen, dass er einen halben Kopf kleiner war als sie, und in besseren Zeiten hätte er einen untersetzen Körperbau gehabt. Ihr Vater hätte gesagt: »Gebaut wie eine Mauer.« Sein Haar war dunkel und lockig und hatte eine Spur von Grau. Er war nicht einmal sechsundzwanzig. Er war fünfzehn gewesen, als sein erheblich älterer Bruder ihn ins Asyl sperren ließ.

Die offizielle Geschichte lautete, Kellen sei von einer geheimnisvollen Krankheit befallen. Obwohl er sich körperlich wieder erholt hatte, hatten die Schmerzen ihn um den Verstand gebracht. Jakoven ließ das Asyl für seinen Bruder errichten, einen äußerlich friedvollen Ort, an dem die Aristokratie ungefährdet ihre unerwünschten Angehörigen unterbringen konnte. In den letzten zehn Jahren hatte sich Kellen in dieser Zelle befunden – aber einige hatten ihn nicht vergessen.

Kellen hatte ihr einmal erzählt, einer von Jakovens Zauberern sei nach Menogue gegangen und habe eine Vision erhalten, wenn der König seinen Bruder töte, werde Jakoven selbst eines schauerlichen, schmerzhaften Todes sterben. Als der König seinen charismatischen jüngeren Bruder immer beunruhigender gefunden hatte, hatte er daher das Asyl geschaffen.

»Tisala«, sagte Kellen wieder. »Rosem sagte, mein Bruder habe Euch abholen lassen?«

Es war nicht wirklich eine Frage, aber sie erzählte dennoch ihre Geschichte, eingeschlossen aller Fragen des Folterknechts, an die sie sich erinnern konnte. Sie erzählte, wieso sie zu Ward von Hurog geflohen war – nicht nur wegen der Gefahr für Beckram, sondern auch die persönlicheren Gründe. Als sie fertig war, schwieg er. Sie wartete geduldig.

»Es scheint Euch gut zu gehen.« Es war keine beiläufige Bemerkung; die Jahre im Asyl hatten ihn misstrauisch gemacht.

»Sire, der Hurogmeten hat einen Zauberer, der ein hervorragender Heiler ist. Er konnte zwar nicht allen Schaden beheben, aber seine Arbeit hat meine Gesundung zweifellos beschleunigt.« Sie zeigte ihm ihre Hände, an denen die Nägel zum Teil nachgewachsen waren, und drehte die linke Hand so, dass er das hässliche neue Narbengewebe sehen konnte.

Er bedachte sie mit einem seltenen Lächeln. An all den Tagen, an denen er sie hierher gerufen hatte, hatte sie ihn nur ein- oder zweimal lächeln sehen. »Es gibt also immer noch Magie in Hurog. Man hat mir gesagt, es sei so, aber ich bin froh, es auch von Euch zu hören. Wir brauchen alle Magie, die wir bekommen können.«

»Sire, Ward hat sich Eurer Sache nicht angeschworen.« Es tat weh, das zu sagen, aber es war ihre Pflicht, ihm nichts vorzumachen.

»Das weiß ich, Tisala, aber Jakoven wird das für uns erledigen – wenn sein Mord an Erdrick es nicht bereits bewirkt hat.« Er hielt inne. »Ich mochte Erdrick. Aber Ward …« Kellen schüttelte den Kopf, die Augen verloren sich im Schatten. »Wer hätte gedacht, dass seine Dummheit nur Theater war? Ich kannte ihn, bevor sein Vater ihn ruinierte – ich hätte nicht geglaubt, dass er zu einer solchen Täuschung fähig sei.«

»Wenn man überleben will, kann man sich die Methoden nicht immer aussuchen«, sagte sie.

Er nickte, und das Lächeln erstarb. »Ich hätte mich vielleicht erinnern sollen, dass Ward der Einzige war, der mich beim Schach schlagen konnte … und da wir gerade davon sprechen, wir müssen ein Spiel beenden.«

Tisala stand auf und setzte sich auf ein Ende der Bank. Kellen rutscht zurück, bis sein Rücken die Wand berührte.

Er hatte mit einem scharfkantigen Stein ein Schachbrett in die Bank geschnitzt, und nun holte er aus einem Beutel, den er an sich trug, schön gemeißelte Schachfiguren aus Jade und Jaspis. Er stellte sie rasch auf und erinnerte sie dabei an die Züge, die sie bei ihrem letzten Besuch hier vor Monaten gemacht hatten. Rosem hatte ihr erzählt, dass Kellen mit vielen seiner Besucher Schach spielte und sich an jedes Spiel so gut erinnerte wie an das mit ihr. Es beschäftigte ihn und half ihm, nicht den Verstand zu verlieren.

Sie hatten Zeit für drei Züge, bevor Kellen die Figuren wieder in den Beutel steckte.

»Ich spiele gern mit einer so guten Gegnerin, wie Ihr es seid«, sagte er nachdenklich. »Es gibt nicht viele, die so gut spielen.«

»Mein Vater hat es mir beigebracht«, erinnerte sie ihn.

»Rosem erwähnte gestern, dass Ihr hier nach Ward sucht«, sagte er.

»Ja, Sire.«

»Niemand, den ich kenne, hat herausfinden können, wo sie ihn hingebracht haben. Aber irgendetwas ist im Magierbereich im Gange. Jadeauge war jeden Tag hier, und der Erzmagier ebenfalls.«

»Ich nehme an, dass er sich dort aufhält. Sein Zauberer hat ihn nicht finden können.«

»Ward ist zur Magie geboren«, sagte Kellen. »Ich erinnere mich, dass er auf magische Weise Gegenstände wiederfinden konnte, die man verloren hatte.« Einen Augenblick starrte er das leere Schachbrett an. »Ich werde sehen, ob wir Euch in den nächsten Tagen in den neuen Bereich bringen können. Was habt Ihr vor, wenn Ihr ihn findet?«

»Sein Zauberer glaubt, er kann Ward herausholen, wenn ich ihn gefunden habe.«

»Er wird Hurog verlieren«, sagte Kellen leise. »Wenn Ihr nicht sehr vorsichtig seid, werden Lord Duraugh und Beckram wegen dieser Sache sterben. Ich kann es mir nicht leisten, Hurog zu verlieren – ich hatte auf ihre Unterstützung gerechnet.«

»Wenn Ihr wollt, Sire, werde ich ihnen sagen, dass ich nicht herausfinden konnte, wo er ist.« Aber schon als sie es aussprach, wusste sie, dass sie log – und sie hatte Kellen nie zuvor angelogen. »Wenn Jakoven Ward hat, wird Duraugh sich jedem anschließen, der sich dem König widersetzt.«

Kellen dachte einen Augenblick nach, aber dann schüttelte er den Kopf. »Ihr könnt einen Adler nicht lange einsperren, ohne ihm zu schaden. Holt Ward heraus. Ich werde darüber nachdenken, wie ich das nutzen kann; es wird mir etwas zu tun geben. Und nun geht und seht, was Ihr tun könnt. Ich werde Rosem anweisen, Euch jede erdenkliche Hilfe zu geben.« Er nickte zum Zeichen, dass sie entlassen war, und sie verbeugte sich und wischte den Boden fertig auf, während er sich wieder auf die Bank legte und ihr den Rücken zuwandte.

Sie hatte schon an die Tür geklopft, um der Wache mitzuteilen, dass sie fertig war, als sie ihn leise sagen hörte: »Ich mochte Ward.«

»Ich mag ihn auch«, flüsterte sie zurück. Dann nahm der Wächter den Riegel weg und öffnete die Tür.

»Das hat lange genug gedauert«, sagte er barsch.

Es war verboten, miteinander zu reden, also senkte sie nur den Kopf und nickte. Sie musste fünfmal in die Strohkammer gehen, um eine dichte Schicht in Kellens Zelle zu legen. Sie beendete ihre Arbeit, dann schloss sie ohne einen Blick zu dem stillen Mann auf der Bank die Tür und verriegelte sie hinter sich.

Nach dem Asyl ging Tisala zunächst in ein öffentliches Badehaus, um sich den Gestank abzuwaschen, bevor sie sich mit Oreg traf. Es war gerade erst vollkommen dunkel geworden, als sie zu der Schänke kam, die sie vereinbart hatten – etwa der Zeitpunkt, den sie angegeben hatte, aber wenn man nach den leeren Bechern ging, die vor ihm standen, war Oreg schon einige Zeit dort.

Er warf einen Blick auf ihr Gesicht und wandte sich dann ab, um einen weiteren Becher zu leeren.

»Ich werde morgen wieder hingehen«, murmelte sie. »Dann kann ich in den Magierbereich kommen. Ich werde ihn finden.«

»Es ist schlimm«, sagte er beinahe zu sich selbst. »Er hat Schmerzen.«

Tisala spürte, wie sie bleich wurde. Sie wusste von einigen Dingen, die im Asyl vor sich gingen – aber für gewöhnlich wählten sie ihre Opfer sorgfältig unter denen, deren Verwandte sich nicht daran stören würden. Sie hatte angenommen, dass Ward, da Lord Duraugh und Beckram zur Audienz erwartet wurden, einigermaßen sicher wäre, selbst wenn Jadeauge sich seiner annahm.

»Wir werden ihn herausholen, Oreg. Das verspreche ich.«

Er sah sie an, und seine Augen waren viel, viel älter als sein Gesicht. »Du bist nicht in der Position, etwas zu versprechen. Und ich bin zu alt, um an Versprechen zu glauben. Wir werden unser Bestes tun, und nur die Götter wissen, ob unser Bestes genügt. Jetzt komm mit, Lord Duraugh erwartet uns.«

»Uns?«

Er nickte. »Der König wird uns warten lassen, während seine ›Heiler‹ Ward näher untersuchen. Also hat Lord Duraugh beschlossen, ein Haus zu mieten und nicht in den ihm zugewiesenen Räumen in der Residenz zu bleiben, da man im Schloss deutlich machte, nicht genug Platz für all seine Männer zu haben. Es ist uns gelungen, die Wachen und Spione des Königs loszuwerden. Wenn wir beim Betreten und Verlassen des Hauses vorsichtig sind, solltest du dort bleiben können. Lord Duraugh will sicher alles selbst hören.«

Sie war bei Rosem untergekommen, aber wenn sie zu Duraugh ginge, würde das die Gefahr für Rosem sehr verringern. Sollte jemand ihn sich zu genau ansehen, würde ihm vielleicht auffallen, dass der bescheidene Mann, der in den letzten zehn Jahren im Asyl gearbeitet hatte, einmal Prinz Kellens Kammerdiener und Leibwächter gewesen war.

»Gib mir die Adresse von Duraughs Haus, und ich werde es finden«, sagte sie. »Ich muss noch den Leuten, bei denen ich untergekommen bin, sagen, dass ich eine andere Bleibe gefunden habe.«

»Soll ich mitkommen?«, fragte er.

Sie schüttelte den Kopf. »Ich gehe lieber allein. Die Leute, zu denen ich gehe, mögen keine Fremden.«

Er ratterte eine Adresse in einem vornehmen Wohnviertel nahe der Residenz herunter. »In der Nähe gibt es einen

Park mit einem Eichbaum, auf den die Kinder klettern. Wir treffen uns dort, und ich sorge dafür, dass du unentdeckt ins Haus kommst.«

»Es könnte eine Weile dauern«, warnte sie.

»Das ist egal. Komm, wenn du soweit bist.« Er bezahlte ihre Zeche mit ein paar Münzen, dann ging er.

Rosems Haus war weit von der Schänke entfernt, aber als sie es erreichte, ging sie zunächst daran vorbei. Sie hatte noch etwas anderes zu erledigen.

Die Häuser an den Straßen wurden kleiner und ungepflegter. Läden waren jetzt überwiegend einzelne Räume ohne eine Lizenz oder ein Schild. Hier verkaufte eine alte Frau angefaultes Obst, das sie billig von einem regulären Händler erworben hatte, und auf der anderen Straßenseite machte eine jüngere Frau mit nackten Brüsten und klimpernden Wimpern Reklame für ihr Gewerbe.

Tisala zog die Kapuze hoch, als wäre ihr kalt, und bog in eine Gasse ein, um ihren ehemaligen Wohnort zu finden. Es war ein kleines Gebäude hinter einem schmalen zweistöckigen Haus gewesen, das an der Straße stand. Man konnte nur durch die Gasse hingelangen, und selbst dann war es nicht leicht hinter dem hohen alten Steinwall zu finden, der einmal Teil einer Stadtmauer gewesen war.

Nun trat sie hinter diese Mauer und starrte die verkohlten Balken an, denn mehr war von ihrem Heim und den Menschen, die dort gelebt hatten, nicht übrig geblieben. Sie würde Haverness eine Botschaft schicken, dass sie noch lebte, aber er würde sie noch wochenlang nicht erhalten.

Tod hing über den verkohlten Trümmern.

Sie hatte hier mit neun anderen Personen – überwiegend Schauspielern oder Huren – zusammengewohnt. Sie hatten gemeinsam gekocht und sauber gemacht, hatten die kleinen

Alltagsarbeiten geteilt. Tisalas Nase brannte, und sie rieb sie wütend. Sie würde nicht um sie weinen. Der Tod dieser Menschen würde keine Kleinigkeit sein, an die man sich kaum erinnerte, sondern ein weiterer Riss im Sockel von Jakovens Thron. Aber ihre Entschlossenheit tröstete sie kaum.

Frierend und deprimiert kehrte Tisala zu Rosems Heim zurück, einer Tiefparterrewohnung unter einem Krämerladen. Sie öffnete die Tür, ohne zu klopfen, und sah, dass er vor der winzigen Feuerstellte stand und in einem Topf rührte, der über dem Feuer hing.

»Habt Ihr den Mann gefunden?«, fragte er, ohne aufzublicken.

»Nein, aber er sagte, er würde mich morgen in den Magierbereich bringen.« Außerhalb des Asyls sprachen sie Kellens Namen nicht aus.

Rosem nickte. »Er freut sich über Eure Besuche.« Er hörte auf zu rühren und legte den Löffel beiseite. »Glaubt Ihr wirklich, dass dieser Magier den Hurogmeten herausholen kann?«

»Er scheint das zu denken«, sagte sie.

»Würde er vielleicht auch einen anderen herausholen?«

Ihr Herz begann schneller zu schlagen, aber sie sagte nur: »Ist dies denn der richtige Zeitpunkt? Ich dachte, wir müssten warten, bis wir mehr Unterstützung haben, damit nicht das ganze Gebäude in sich zusammenbricht.« Wie Kellens Name wurde auch die Rebellion nur angedeutet. Es gab Zauber, die auf bestimmte Schlüsselworte – wie »Alizon« oder »Kellen« – reagierten, falls ein Zauberer solche Anstrengung auf einen armen Mann verwenden wollte, der zur Putzkolonne des Asyls gehörte.

»Es hieß, wir würden Bescheid erhalten, wenn der Tag gekommen ist«, sagte sie. Alizon hatte geschworen, er werde

Rosem Bescheid sagen, sobald es Hoffnung auf einen Erfolg bei der Rebellion gab.

»Ich glaube nicht, dass er dort drinnen noch viel länger überleben wird«, erklärte Rosem ernst.

In all den Jahren, in denen sie Kellens Kammerdiener gekannt hatte, hatte sie ihn niemals nervös gesehen, aber nun zitterten die Hände mit den stumpfen Nägeln, mit denen er nach einem Handtuch griff und den Topf vom Feuer nahm. »Vor einiger Zeit konnte ich ihn noch dazu bringen, mit mir zu ringen, aber jetzt will er das nicht mehr. Ich denke, er glaubt nicht mehr, dass er je herauskommt. Ich denke, er spielt nur noch mit, weil er mir nicht wehtun will. Er ist noch dünner geworden, ist Euch das aufgefallen?«

Sie nickte. »Wards Mann würde es tun, denke ich. Aber er wird wissen müssen, worum es geht. Ich will nicht, dass er nichts von der Größenordnung dessen weiß, worauf er sich einlässt.«

»Ich möchte mit diesem Zauberer sprechen«, sagte Rosem.

»Wenn ich morgen aus dem Asyl komme«, stimmte Tisala zu, »werde ich mit ihm sprechen.«

»Bittet ihn einfach, sich mit mir zu treffen. Sagt nichts weiter. Ich will ihn mir ansehen, bevor ich ihm vertraue.«

Tisala ging stirnrunzelnd zu dem Treffpunkt nahe Duraughs Haus. Oreg in diese Sache hineinzuziehen beunruhigte sie, und sie dachte nach, bis sie den Grund gefunden hatte.

Oreg stichelte gern. Sie hatte beobachtet, wie er es besonders mit Tosten tat, und Tosten schluckte den Köder beinahe jedes Mal. Ward amüsierte sich überwiegend darüber. Aber wenn Oreg das mit Rosem versuchen sollte, würde Kellens Leibdiener, so angespannt, wie er jetzt war, versuchen, Oreg zu töten.

Rosem konnte hervorragend mit Waffen umgehen, aber Oreg war ein Zauberer – ein Drache.

Tisala seufzte und rieb sich die Stirn.

Oreg wartete an dem Baum im Park, als sie dort eintraf. Sein Gesicht wirkte friedlich im Mondlicht, alle Anzeichen von Anspannung, die sie in der Schänke gesehen hatte, waren verschwunden, als hätte er eine ausdruckslose Maske aufgesetzt.

»Oreg«, sagte sie, als sie nahe genug war. Sie war zu dem Schluss gekommen, dass sie jetzt gleich mit ihm sprechen würde und nicht erst in Duraughs Haus. »Mein Kontaktmann im Asyl möchte sich morgen mit dir treffen.«

»Wieso das?« Die Augen des Zauberers lagen im Schatten verborgen. Einen Augenblick verspürte Tisala so etwas wie Angst. In Gegenwart von Ward und den anderen Hurogs strengte Oreg sich an, jungenhaft zu wirken – aber sie war eine zu gute Jägerin, um auf seine Tarnung hereinzufallen.

»Das darf ich dir nicht sagen«, erklärte sie. »Aber es steht dir frei zu verweigern, worum er dich bittet. Nur bitte spiele nicht mit ihm.«

»Spielen?« Er lächelte und zeigte die Zähne. »Warum sollte ich so etwas tun?«

Nein, dachte sie nervös, sie bildete sich die Bedrohlichkeit nicht ein, die er ausstrahlte. Er wollte, dass sie Angst hatte. »Ich habe ihn gern, und ich möchte keine Freunde verlieren. Rosem hat nicht viel Humor. Wenn er denkt, dass du uns verraten wirst, wird er versuchen, etwas dagegen zu tun.«

»Du glaubst, ich würde ihn bewusst hinters Licht führen?« Er streckte die Hand aus und berührte ihren Hals dort, wo ihr Pulsschlag heftig zuckte.

»Ja.« Die Berührung ließ sie die Nerven verlieren. »Ich

denke, du würdest Spaß daran haben. Du hast vielleicht alle anderen hinters Licht geführt, aber ich weiß, was du bist.«

»Das tust du«, stimmte er zu.

Sie winkte ab. »Ich spreche nicht von dem Drachen. Ward behandelt dich, als müsste er dich beschützen – wie er es mit jedem anderen tut. Stala hält dich für einen nur auf seine Arbeit fixierten Zauberer, mächtig, aber schüchtern. Und Tosten …« Sie dachte kurz nach. »Tosten hat Angst, dass du Ward wehtun wirst.«

Er hatte sie ruhig angesehen, aber bei diesen letzten Worten kniff er die Augen zusammen. »Ward wehtun?«

Sie nickte. »Er weiß, dass Ward dich als einen seiner Streuner betrachtet – wie mich oder dieses Mädchen mit dem Geburtsmal im Gesicht und den kleinen Jungen mit dem verkrüppelten Fuß, dessen Vater in der Blauen Garde dient. Aber er glaubt, das bedeutet, dass Ward nicht weiß, wer du bist und wozu du fähig bist.«

»Ich würde Ward niemals verletzen«, sagte Oreg leise.

»Das weiß ich«, sagte sie. »Tosten weiß es inzwischen, glaube ich, ebenfalls. Niemand konnte übersehen, was du für Ward empfindest, als du uns sagtest, dass du ihn verloren hast.«

Oreg ging mehrere Schritte von ihr weg. Einen Augenblick später kehrte er zurück, Gesicht und Körper wieder entspannt.

»Du kennst mich also besser als alle anderen?« Wieder klang sein Tonfall beinahe drohend.

Sie reckte das Kinn und lächelte kalt. »Du bist ein Raubtier – ebenso wie ich. Ich denke, du würdest für die Leute in Hurog dein Leben geben – aber alle anderen sind dir egal.« Sie konnte spüren, wie die Aura der Bedrohlichkeit sich um ihn sammelte. Ein kalter Wind wehte durch die Bäume und brachte das alte Laub zum Rascheln, das darauf wartete, dass erste Frühlingsknospen sich entwickelten. »Ich bringe dich nur ungern zu Rosem«, sagte sie. »Du bist zu achtlos mit anderen Menschen. Aber ich will das, worum er dich bitten wird, dringend genug, um ihn der Gefahr auszusetzen.«

Er lachte plötzlich und ließ sich schlaff gegen die Eiche sinken. »Lass uns einen Handel abschließen. Du wirst Ward finden, und ich höre mir an, was dein Freund zu sagen hat. Ich werde für dich ein ehrlicher, unschuldiger, halb verrückter Zauberer sein. Immer vorausgesetzt«, er hob einen Finger, »du ersparst mir weitere Vorträge.«

Sie sah ihn misstrauisch an. Wahrscheinlich, dachte sie, war sie nie wirklich in Gefahr gewesen. »Also gut, ich verspreche zu versuchen, dir keine Vorträge mehr zu halten. Ich habe eine Schwäche dafür, aber ich werde mich bemühen, ihr in deiner Gegenwart nicht nachzugeben.«

Er grinste sie an und zeigte die Zähne. »Dann lass uns in die Drachenhöhle gehen und Lord Duraugh erzählen, was wir wissen. Er erwartet uns sicher schon.«

Sie rechnete halb damit, dass er sie mithilfe von Magie ins Haus bringen würde, aber er bot ihr nur einladend seinen Ellbogen. Als sie sich bei ihm einhängte, tätschelte er ihre Hand und lachte noch einmal schnaubend.

»Wenn du mich für so gefährlich hältst, warum bist du dann so unbeschwert mit mir?«

Sie lächelte. »Weil ich keine Gefahr für Ward darstelle, und das weißt du.«

Sie gingen in die Gasse hinter dem Haus und durch das Gartentor. Die Hintertür war nicht abgeschlossen, was Oreg änderte, sobald sie sich im Haus befanden.

Das Haus war karg eingerichtet, aber es gab einige gute Möbelstücke. Tisala fuhr mit der Hand über einen kleinen

Tisch. Alles wirkte ein wenig unpersönlich, als wäre dieses Haus schon lange für niemanden mehr ein Zuhause gewesen.

Oreg führte sie schweigend die Hintertreppe hinauf und durch einen trüb beleuchteten Flur. Es gab mehrere Türen, aber nur unter einer fiel Licht hindurch. Oreg blieb davor stehen und klopfte an.

»Herein«, sagte Wards Onkel, und sie betraten das Zimmer.

Der Raum war als Bibliothek gedacht gewesen, aber Bücher waren teuer, und daher standen die Regale, die sich an einer Wand entlangzogen, leer. Ein paar bescheidene, aber geschmackvolle Vasen und eine kleine Schnitzerei oder zwei ließen den Raum ein bisschen wohnlicher wirken.

Lord Duraugh und sein Sohn Beckram saßen vor einem schmalen, langen Tisch. Beckram wirkte eindeutig erleichtert, Oreg und Tisala zu sehen.

Der Krieger, der von Hurog zur Hauptstadt gereist war, war verschwunden: Duraugh trug nun elegante Hofkleidung wie eine zweite Haut, und er wirkte beinahe unmännlich. Beckram war zwar noch aufwändiger gekleidet, aber von einer mühsam gebügelten Entschlossenheit umgeben wie von einem Umhang. Niemand hätte ihn für einen schlichten Stutzer gehalten.

»Habt Ihr Ward gefunden?«, fragte Duraugh.

Tisala schüttelte den Kopf. »Nein. Aber ich weiß mit Sicherheit, dass er sich nicht im regulären Teil des Asyls befindet. Morgen wird mein Freund mich in den Bereich bringen, in dem Magier gefangen gehalten werden. Wenn sie ihn dort eingesperrt haben, werde ich ihn finden. Der Bereich ist nicht besonders groß, nur ein paar Zellen und das Labor.«

»Er braucht nicht besonders groß zu sein«, sagte Beckram. »Wie viele Zauberer kann es schon geben?«

»Zu viele«, erwiderte Tisala finster. »Und sie arbeiten alle für den König.«

»Wo ist Tosten?«, fragte Oreg.

Es war Beckram, der antwortete. »Er war ruhelos und wollte ein paar Nachforschungen anstellen. Da er die Harfe mitgenommen hat, nehme ich an, er will herausfinden, was er in den Schänken aufschnappen kann.«

»Oreg sagte mir, der König habe Euch verweigert, Ward zu sehen«, sagte Tisala und setzte sich auf eine Bank, die an einer Wand des Zimmers stand. Sie lehnte sich gegen die Wand und schloss die Augen. Es war ein langer Tag gewesen.

»Der König behauptet, er habe gehört, dass Ward wieder zu Verstand gekommen sei, und wolle nun die Meinung von Fachleuten einholen, bevor eine wichtige Burg einem Jungen anvertraut, dessen eigener Vater ihn für verblödet hielt«, sagte Duraugh.

Beckram schnaubte.

Die Tür ging auf, und als Tisala die Augen öffnete, sah sie, wie Wards Bruder hereinkam, den Harfenkasten über der Schulter.

»Der König weiß, dass es Ward gut geht«, erklärte Tosten und zeigte damit, dass er schon eine Weile gelauscht hatte, bevor er hereingekommen war. »Ward ist mir die letzten beiden Male an den Hof gefolgt, als ich hergekommen bin, weil er Angst hatte, dass ich mir Ärger einhandle. Ich hätte ihm nie erzählen dürfen, dass jemand mich aushorchen wollte …«

»Dich aushorchen wollte?«, fragte Duraugh.

Tosten nickte, stellte den Kasten auf den Boden und setzte sich an den Tisch. »Jemand erzählte mir, dass Alizon nur Gutes über mich zu sagen wisse – das war, bevor Jakoven gegen seinen Bruder vorging, also handelte es sich nach außen hin um ein einigermaßen sicheres Kompliment. Dann fragte er mich, wie es meinem Vetter gehe und ob es nicht schrecklich sei, dass ein Meuchelmörder Erdrick im Garten des Königs umgebracht habe und ob ich nicht auch der Ansicht sei, dass der König etwas unternehmen müsse, um für die Sicherheit seiner loyalen Untertanen zu sorgen … solche Dinge. Ich habe ihn weggeschickt. Freundlich.«

»Wer war es?«, fragte Beckram.

Tosten zog die Brauen hoch, antwortete aber nicht. »Ich habe ihn weggeschickt, damit ich nicht mehr erfahren musste, als ich ohnehin schon wusste. Als ich Ward davon erzählte, machte er sich Sorgen, dass ich ebenso leicht von einer Seite angegriffen werden könnte wie von der anderen. Als ich nicht in Hurog bleiben wollte, folgte er mir.« Tostens Stimme wurde angespannter, obwohl sich sein Gesichtsausdruck nicht veränderte. »Er wusste, wenn er sich bei Hof zeigte, würde er den König damit zwingen, ihn entweder als Hurogmeten anzuerkennen oder das Dekret vollstrecken zu lassen, und das benutzte er, um mich zu erpressen, damit ich mich dem Hof fernhielt.«

Duraugh nickte, aber er sagte: »Wenn ich ehrlich sein soll, überrascht es mich, dass Jakoven ihn nicht einfach in Frieden gelassen hat. Wards Ruf seit dem Tod des Königs von Vorsag in Hurog hätte ihn politisch unverwundbar machen sollen. Wie es ihm tatsächlich gelungen ist, Hurog über König Kariarn einstürzen zu lassen, ist ein gut gewahrtes Geheimnis – aber alle wissen, dass Ward dafür verantwortlich war.«

»Vielleicht befürchtet Jakoven, dass Ward sich bereits auf Alizons Seite geschlagen hat«, sagte Tisala leise und setzte sich gerader hin. »Der König hat viele Ohren am Hof, er hat vielleicht gehört, dass man Tosten angesprochen hat. Danach kehrte Tosten nach Hurog zurück, und beim nächsten Mal brachte er Ward mit. Zweimal. Der König glaubt vielleicht, dass eine Rebellion näher bevorsteht, als es der Fall ist, und dass Ward dazugehört.«

Beckram schüttelte den Kopf. »Hurog ist nicht so wichtig. Das hier ist etwas Persönliches. Jakoven konnte mich nicht erwischen, also hat er sich stattdessen Ward geholt.«

Tisala hätte beinahe den Mund gehalten, aber sie wollte nicht, dass sie unvorbereitet zum Hof gingen. »Alizon denkt, dass ganz Shavig dem Beispiel von Hurog folgen wird. Der König hatte beinahe einen Anfall, als er die Steuern der letzten Ernte erhielt. Ein paar Adlige aus Shavig haben mit ihrem Tribut auch verhüllte Andeutungen über Hurog abgegeben. Colwick von Cornen ging so weit, als ›Lehensmann von Hurog‹ zu unterschreiben.«

Duraugh nickte. »Davon habe ich gehört. Ich glaube, sie versuchen, Ward zu schützen, indem sie den König wissen lassen, dass sie Ward unterstützen werden. Shavig hatte seit dem alten Seleg keinen Helden mehr wie meinen Neffen, und das ist schon ein paar Jahrhunderte her. Sie wollen ihn nicht verlieren.«

Tosten packte den Tisch mit beiden Händen. »Also glaubt der König, dass Wards Meinung Shavig mitziehen wird, was durchaus der Wahrheit entspricht.« Er starrte Beckram herausfordernd an. »Aber er glaubt auch, dass Ward bereits Alizons Lager zuneigt – und das ist inzwischen wohl erheblich wahrscheinlicher geworden. Also muss er Ward Hurog abnehmen.«

»Und daher«, Tisala flüsterte nur noch, denn die Angst schnürte ihr die Kahle zu, »stellt er *Ermittlungen* an. Um der Sicherheit seiner Untertanen willen ruft er alle Hurogs an den Hof.«

Sie sah die Männer im Raum blicklos an, als sich alles zusammenfügte. »Seine Zauberer werden Ward untersuchen.

Dann führt er Euch vor, was die Zauberer übrig gelassen haben. Der Hof wird nur sehen, dass Ward körperlich unversehrt ist, aber Ihr kennt ihn. Ihr werdet sehen, was der König ihm angetan hat, selbst wenn sein Körper unberührt ist. Unvorbereitet auf Wards Zustand, werdet Ihr Jakoven eine Ausrede liefern, Euch alle zu Verrätern zu erklären – er braucht nicht viel, nur einen Griff zum Schwert oder ein falsches Wort. Dann kann er nach Hurog schicken, wen er will. Es wird Shavig gegen ihn aufbringen – aber nicht vollkommen unverzeihlich sein. Ein König hat das Recht, sich zu verteidigen. Shavig verliert Ward und Lord Duraugh mit einem Schlag und zieht sich zurück, um seine Wunden zu lecken. Ohne Ward ist es unwahrscheinlich, dass sich die Adligen von Shavig gegen den König stellen werden.«

Die Hurog-Männer starrten sie mit unterschiedlichen Graden des Entsetzens an, aber es war Oreg, der flüsterte: »Was tun sie Ward an?«

»Bis jetzt«, sagte sie, »dachte ich, Jakoven werde dafür sorgen, dass Ward in einem guten Zustand ist, weil er fürchtet, dass Ihr Euch gegen ihn stellt – aber nun sieht es so aus, als wäre dies genau das, was er will. Aus dem Magierflügel werden in Sackleinen gewickelte Leichen herausgetragen und verbrannt. Ich weiß, dass die beiden, die ich persönlich sehen konnte … verändert waren. Ein Mann hatte kein Gesicht, keine Haut, kein …« Sie musste aufhören, und das war wahrscheinlich besser so, denn Oregs Augen begannen im Schatten der Bibliothek zu glühen.

»Und die andere Leiche?« Tostens Stimme war nicht lauter, als die von Oreg gewesen war.

»Sie war tot«, sagte Tisala. »Aber sie bewegte sich immer noch. Wir sahen sie, weil die Reiniger, die sie ins Krematorium bringen sollten, das Bündel fallen ließen und davonliefen. Sie war tot. Es gab keine Intelligenz mehr in ihr, aber Magie erlaubte ihrem Körper immer noch, sich zu bewegen.«

»Ich kenne diesen Zauber«, sagte Oreg, der aussah, als wünschte er sich, es wäre anders. »Ich dachte, er wäre verloren gegangen, als der letzte Kaiser umgebracht wurde.«

Lord Duraugh sah Tisala an. »Ihr müsst Ward morgen finden. Sobald Ihr genau wisst, wo er sich aufhält, holen wir ihn heraus – auf die eine oder andere Weise. Wenn Hurog gegen den König rebellieren muss, dann soll es eben so sein.«

7 TISALA

Überzeugung ist ebenso eine Waffe wie ein Schwert. Aber ebenso wie ein Schwert kann sie an der Klinge eines Gegners brechen.

Der Bereich des Asyls, in dem Magier untergebracht wurden, war nicht besonders groß, und Tisala fand Ward schon in der zweiten Zelle, die sie sauber machte. Er kauerte in der Ecke des Raums, halb mit Stroh bedeckt.

Sie sagte zögernd seinen Namen, denn trotz des Oberlichts war es hier dunkler als im fackelbeleuchteten Flur, und obwohl es schwer zu glauben war, dass sich zwei blonde Männer von dieser Größe in diesem Teil des Asyls befinden sollten, war es noch unglaubwürdiger, dass sich Ward so vor etwas ducken und verstecken würde.

Sie schloss die Tür, und er stand sofort auf, mit dieser Geschwindigkeit und Geschicklichkeit, die sie wegen seiner Größe immer überraschte. Die Bewegung ließ sein Gesicht kurz ins Licht geraten, und sie konnte nicht mehr leugnen, dass er es war. Er trug kaum mehr als einen Lendenschurz, und in kaum mehr als einer Woche hatte er über zehn Pfund abgenommen.

»Ward«, sagte sie ein zweites Mal und erkannte, dass er

sich verstellt hatte. Sie hatte nie zuvor gesehen, wie er eine Rolle spielte, obwohl sie wusste, dass er es sehr gut konnte. Der extreme Gewichtsverlust beunruhigte sie, aber zumindest war er äußerlich unverletzt. Ihre eigene, nicht lange zurückliegende Erfahrung in Jakovens Gewalt ließ sie den Blick zu seinen Händen senken, aber er hatte immer noch fünf Finger an jeder Hand, und jeder verfügte über einen schmutzigen Nagel.

Aber er sprach immer noch nicht, sondern starrte sie nur an. Gänsehaut breitete sich über ihren Nacken aus, als ihr klar wurde, dass er kein Theater spielte. Die Angst, die sie in seinen Augen sah, war echt. Ward hatte Angst vor *ihr*. Diese Erkenntnis erschütterte sie so, dass sie beinahe geweint hätte. *Ihr* Ward fürchtete sich vor gar nichts! Instinktiv ging sie auf ihn zu.

Er hob eine Hand, die ein wenig zitterte, aber die Geste mit der Handfläche nach oben war allgemein verständlich.

»Tis.« Seine Stimme war ein träges Grollen, das mehr als nur ein wenig gefährlich klang. »Bleib zurück.« Und dann leiser, beinahe im Flüsterton: »Bitte.«

Einen Augenblick war sie gekränkt, aber dann kam sie zur Vernunft. Was immer sie Ward angetan hatten, es hatte ihn nicht langsamer gemacht. Er war sehr schnell auf die Beine gekommen. Sie hatte in zu vielen Kämpfen gestanden, als dass ihr der schwere Atem und die vibrierende Bereitschaft entgangen wären. Was immer der Grund sein mochte, sie machte ihm Angst. Sie hatte ihn in die Enge gedrängt. Sie glaubte nicht wirklich, dass er ihr wehtun würde, aber sie wich zurück.

Sie sah ihm auch nicht mehr ins Gesicht, weil Augenkontakt vielleicht ebenfalls bedrohlich wirkte. Etwas tief in ihr widersetzte sich der Bewegung und erkannte die Gefahr, die er darstellte. Aber aus dem Augenwinkel bemerkte sie, wie er sich kaum merklich entspannte.

Als sie anfing, die Zelle sauber zu machen, rutschte Ward wieder an der Wand herunter, bis er in der gleichen Haltung dahockte wie zu Anfang. Er zog das Stroh um sich, bis es seine Beine bedeckte und über den größten Teil des Rests von ihm verstreut war.

Tisala achtete darauf, sich die Augen zu wischen und ein ausdrucksloses Gesicht aufzusetzen, bevor sie Wards Zelle verließ. Die anderen Bewohner des Magierblocks waren offensichtlicher verwundet, hatten Schnittwunden und fehlende Glieder. In einer Zelle hielten die Wachen den Gefangenen fest, der abwechselnd weinte und lachte, während sie sauber machte.

Es gab viele Dinge an Jakoven, die sie verabscheute, Dinge, die zu der schmerzlichen Entscheidung geführt hatten, die sie von ihrem Vater entfernt hatte. Aber obwohl seine Sünden Legion waren, hatte sie ihn nicht wirklich gehasst. Bis zu diesem Tag.

Tisala ging durch die trüb beleuchtete Schänke auf die hintere Ecke zu, in der Oreg auf sie wartete.

Sie setzte sich ihm gegenüber und beugte sich vor. »Du musst ihn dort rausholen.«

Oreg senkte die Lider, sodass sie seine Reaktion nicht deuten konnte, aber seine Stimme war freundlich. »Wenn du ihn gefunden hast, kann ich ihn rausholen.«

Erleichterung erfasste sie. Oreg würde ihn befreien. Selbstverständlich würde er das.

»Ich dachte nicht, dass jemand so schnell so viel Gewicht verlieren kann«, sagte sie. »Er ist mindestens zehn Pfund leichter.«

»Magie kann das bewirken«, sagte Oreg. »Erzähl mir, was du gesehen hast.«

Mit einer Handvoll Fragen holte er mehr aus ihr heraus, als sie geglaubt hatte zu wissen – Wards Augen hatten eher schwarz als braun ausgesehen, und seine raschen, koordinierten Bewegungen hatten in deutlichem Kontrast zu der schleppenden, angestrengten Art zu sprechen gestanden.

Schließlich warf Oreg eine Silbermünze auf den Tisch – zu viel, aber Tisala protestierte nicht. Sie nahm nur den Arm, den er ihr bot, und verließ die Schänke an seiner Seite.

Er bewegte sich mit beherrschter Gewalt. Tisala störte ihn nicht mit Konversation, denn sie verspürte das gleiche Bedürfnis, etwas zu tun, und die gleiche Wut. Sie hatte nicht vergessen, dass sie sich in der Schänke getroffen hatten, damit sie Oreg zu Rosem bringen konnte, aber sie wollte das nicht tun, solange er in dieser Stimmung war.

Sie gingen durch ein kleines Ladenviertel, und er blieb vor einem Gebäude stehen, über dessen Tür ein Mörser und ein Stößel hingen – eine Apotheke. Sie war um diese Abendzeit selbstverständlich geschlossen, aber droben, wo der Inhaber offenbar wohnte, brannte noch Licht.

»Kräuter«, sagte Oreg plötzlich. »Es gibt Kräuter, die bewirken können, dass jemand so überreizt und verwirrt ist. Du sagtest, er war ansonsten nicht verletzt?«

Kräuter bedeuteten, dass die Verfassung, in der Ward sich befand, nicht von Dauer sein musste.

»Wie ich schon sagte, die Zelle war nicht gut beleuchtet«, erklärte sie, »aber ich hätte alle größeren Wunden oder Prellungen bemerkt. Sie sorgen dafür, dass der Schaden sich äußerlich nicht zeigt.« *Vielleicht haben sie ausschließlich Kräuter eingesetzt,* dachte sie hoffnungsvoll.

»Ich werde ihn heute Nacht holen«, erklärte Oreg. Er ging

weiter. Er bewegte sich immer noch schnell, aber nicht mehr so dringlich.

Es roch nach Pferdeäpfeln und anderen, weniger angenehmen Stadtdüften, aber diese Luft war sauber und rein verglichen mit dem, was sie den ganzen Tag gerochen hatte.

»Erzähl mir mehr«, sagte Oreg, »über den Flügel des Asyls, in dem Ward sich befindet. Du sagtest, die Zauberer des Königs hätten ein Labor dort.«

»Ja, aber ich konnte nicht hineinschauen. Es ist immer abgeschlossen.«

Er fragte sie nach kleinen Einzelheiten, auf welcher Seite des Flurs sich Wards Zelle befand, wie viele Zellen es insgesamt gab, wie groß jede war. Einiges wusste sie, anderes musste sie schätzen, und bei wieder anderen Fragen konnte sie nur die Achseln zucken.

»Hast du Zeit, dich mit meinem Freund zu treffen?«, warf sie ein, als sie glaubte, dass er mit seinen Fragen fertig war.

Sein Blick wurde vage, und sie wusste, dass er es vollkommen vergessen hatte.

»Ich würde nicht fragen, wenn es nicht wichtig wäre«, sagte sie.

»Gut«, erwiderte Oreg abrupt.

Sie gingen ein paar Ecken weiter, bis Tisala eine Straße wiedererkannte, und es war einige Zeit nach Einbruch der Dunkelheit, als sie Rosems Haus erreichten.

Sie klopfte an die Tür, dreimal schnell hintereinander, sodass Rosem wusste, wer es war, dann ging sie hinein, ohne auf seine Aufforderung zu warten.

Rosem saß am Tisch vor dem Feuer und aß einen Eintopf aus einer Holschale. Er blickte kurz auf, ein Blick, der sie und Oreg erfasste, und deutete dann auf die Bank, die seinem Stuhl gegenüberstand.

Tisala setzte sich, und Oreg ließ sich neben ihr nieder. Rosem aß weiter und sagte kein Wort, bis er den letzten Rest Eintopf mit einem Stück trockenem Brot aufgewischt hatte. Tisala wusste, dass er die Zeit nutzte, um Oreg einzuschätzen, obwohl es aussah, als konzentriere er sich vollkommen auf sein Mahl.

Schließlich schob er die Schale beiseite und verschränkte die Arme. Ohne Oreg direkt anzusehen, sprach er Tisala an. »Er ist ein Hurog.«

»Der alte Lord hat viele Kinder gezeugt«, sagte Oreg. »Ebenso wie sein Vater vor ihm.«

»Ward war der erste Zauberer in dieser Familie seit Menschengedenken«, fuhr Rosem fort. »Seid Ihr der zweite?«

Tisala sah ihn stirnrunzelnd an. Was tat er da? Sie hatte ihm doch gesagt, dass Oreg ein Magier war.

Oreg lächelte jungenhaft. »So heißt es.«

»Rosem will wissen, ob du noch eine andere Person aus dem Asyl holen kannst«, sagte Tisala, bevor Rosem Gelegenheit hatte, Oreg gegen sich aufzubringen – oder umgekehrt. »Er befindet sich nicht im gleichen Bereich wie Ward«

Oregs Lächeln veränderte sich nicht, also fügte Tisala hinzu: »Vergiss nicht, dass ich Ward ohne Rosem nicht hätte finden können.«

Das Lächeln ging aus wie eine Kerze, und Oreg sagte: »Ich kann eine andere Person herausholen, wenn Ward das erlaubt. Aber wenn ich Ward herausgeholt habe, werden wir nicht hierbleiben. Euer Mann soll sich das hier umhängen.« Oreg öffnete den Beutel an seinem Gürtel und legte eine Holzperle auf den Tisch.

Sie war etwa so groß wie ein Pflaumenkern, bemalt mit gelben und roten Mustern und auf eine Lederschur gezogen.

Tisala hatte schon einige Barbaren – *Shavigleute,* verbesserte sie sich schnell – mit einem solchen Amulett gesehen, als sie in Hurog gewesen war.

Rosem schüttelte den Kopf. »Man wird ihm nicht erlauben, es zu behalten.«

»Kann er es dann in seiner Zelle verstecken? Das ist die einzige Möglichkeit für mich zu wissen, wo ich ihn finden kann, es sei denn, Ihr wollt warten, bis Ihr selbst bei ihm seid.« Oregs Stimme war makellos höflich.

»Ich werde ein Versteck finden. Wollt Ihr nicht wissen, wen wir herausholen wollen?« Rosems Misstrauen war nicht zu übersehen.

Oreg schüttelte den Kopf. »Es zählt nicht. Wenn ich Ward aus dem Asyl hole, wird ein anderer, den wir herausholen, seine Position beim König nicht verschlechtern.«

»Kellen«, sagte Tisala. »Jakovens jüngerer Bruder.«

»Ich habe mich geirrt«, sagte Oreg beinahe sofort. »Wenn wir Kellen Tallven retten, wird Jakoven Ward zweifellos von seiner Liste für gesellschaftliche Anlässe streichen – Wards Hinrichtung selbstverständlich ausgeschlossen.«

Tisala konnte sich ein rasches Grinsen nicht verkneifen.

Rosem, der weder Oreg noch Ward kannte, sagte: »Eure Antwort lautet also nein.«

»Das habe ich nicht gesagt«, erwiderte Oreg. »Es wird Wards Entscheidung sein, aber da er, wenn es um Recht und Unrecht geht, über eine störrische Dummheit verfügt, die selbst ein Maultier beeindrucken würde, denke ich, er wird einverstanden sein. Ihr versteht, dass ich es nicht sicher sagen kann, bevor ich Ward herausgeholt habe. Sobald das der Fall ist, werde ich Kellen sofort holen, bevor die Sicherheitsmaßnahmen verstärkt werden.«

»Es wäre mir lieber, wenn Ihr seinen Namen nicht so

offen ausspráchet«, sagte Rosem. »Da Ihr ein Zauberer seid, wisst Ihr, dass andere es vielleicht hören.«

Oreg schnaubte. »Da ich ein *kompetenter* Zauberer bin, kann ich Jakovens zahme Magier davon abhalten, meine Gespräche zu belauschen. Sie werden von mir nichts von Euren Plänen bezüglich Kellen erfahren.«

»Sagt mir, wo wir uns treffen sollen, wenn Ihr ihn habt«, erwiderte Rosem.

Oreg zögerte. »In Menogue«, sagte er schließlich. »Am Weg, bevor er sich den Hügel hinaufzieht. Wir treffen uns dort am Abend nach der Flucht Eures Mannes. Es sollte bald geschehen, also sorgt dafür, dass er das Amulett erhält.«

»Gleich morgen Früh«, stimmte Rosem zu und schloss die Hand so fest um die kleine Perle, dass seine Knöchel weiß wurden.

Tisala schloss Rosems Tür hinter ihnen und schlang die Arme um den Oberkörper, als der kalte Nachtwind durch ihre Kleidung drang.

»Gewöhnlich ist er nicht so kurz angebunden«, sagte sie, als sie sich wieder auf den Weg zu dem Haus machten, wo Wards Familie warten würde. »Er macht sich nur große Sorgen.«

»Er ist eifersüchtig«, verbesserte Oreg mit einer Spur von Bosheit in der Stimme.

»Eifersüchtig?«

»Rosem ist ein so typischer Leibdiener aus Tallven, dass ich es auch blind erkennen könnte. Seine Pflicht und Ehre liegt darin, seinen Herrn zu schützen, aber jetzt muss er sich dafür an einen Magier um Hilfe wenden.«

Sie dachte einen Augenblick darüber nach. »Vielleicht ein wenig«, sagte sie.

Rosem hatte vor Jahren einmal einen Fluchtversuch organisiert. Sie hatten versagt, und das resultierende Chaos hatte jedem, der damit zu tun gehabt hatte, deutlich gemacht, dass Jakoven, sobald er glauben musste, dass eine wirkliche Fluchtmöglichkeit für seinen Bruder bestand, alles über Orakel vergessen und Kellen umbringen würde. Wenn Oreg keinen Erfolg haben sollte, würde Kellen sterben, und es wäre Rosems Schuld. Aber wenn Kellen in dieser kleinen Zelle blieb, war sein Tod sicher.

»Ich glaube dennoch, die Sorgen waren der Hauptgrund«, sagte sie.

Als Tisala und Oreg in die Bibliothek von Lord Duraughs gemietetem Herrenhaus kamen, wartete Tosten dort auf sie. Er hatte dunkle Ringe unter den Augen, und als Tisala und der Magier hereinkamen, setzte er die alte Harfe ab, an der er herumgenestelt hatte, und rieb sich das Gesicht.

»Ich habe ihn gefunden.« Tisala sprach sehr leise, damit sie im Haus keine Schlafenden weckte.

»Wie geht es ihm?«

Sie wandte den Blick ab und sagte: »Oreg glaubt, dass sie Kräuter benutzen – er war nicht er selbst.« Das Bild von Ward, wie er versucht hatte, sich unter dem Stroh zu verstecken, quälte sie, und sie sah keinen Grund, das seinem Bruder mitzuteilen – besonders, wenn die Auswirkungen der Kräuter, wie sie hoffte, nur kurzfristig sein würden.

Tosten wandte sich Oreg zu. »Aber er wird wieder in Ordnung kommen?«

»Ich hole ihn heute Nacht.« Auch Oreg wich einer direkten Antwort aus. »Helft mir, die Möbel zu verschieben, ich brauche einen leeren Raum am Boden.«

Bis sie mit Räumen fertig waren, war auch Lord Duraugh, der noch müder aussah als Tosten, hereingekommen, um nachzusehen, was den Lärm verursachte.

Oreg holte ein Stück Pergament heraus und bat Tisala, ihn zu korrigieren, als er den Teil des Asyls zeichnete, in dem Ward sich befand. Als er fertig war, hatte er einen recht brauchbaren Grundriss. Dann zerpflückte er Tisalas Gedächtnis noch einmal. Sie stellte fest, dass sie sich an Einzelheiten erinnerte, die sie unmöglich wissen konnte: wie viele Steinblöcke sich zwischen den Zellentüren befanden, wo die Farbe innen an Wards Zellentür abgekratzt war, welche Form das Schloss hatte.

Erst als er mit ihr fertig war und sie auf eine Bank sackte, erkannte sie, dass er Magie angewandt hatte – sie konnte ihre Abwesenheit spüren, nachdem sie geendet hatte.

Ohne ein weiteres Wort nahm Oreg ein Stück Holzkohle und begann, auf den gebohnerten Holzboden zu zeichnen.

»Was tust du da?« Tostens Stimme ließ Tisala aufschrecken. Sie hatte vergessen, dass er und Duraugh sich ebenfalls im Zimmer befanden.

»Transportzauber ohne ein genaues Ziel sind immer schwierig«, erwiderte Oreg. »Das hier«, er hielt inne, um auf das zu zeigen, was er bereits auf den Boden gezeichnet hatte, »wird bei meiner Rückkehr helfen, falls etwas schiefgehen sollte. Ich werde mich hoffentlich zu dem Ort bringen können, wo sie Ward festhalten, und dann kann ich uns beide nach draußen schaffen.«

»Sie haben den Bereich verzaubert, um zu verhindern, dass jemand so etwas tut«, sagte Duraugh. »Ich habe ein paar Freunde danach gefragt, selbstverständlich diskret.«

»Jakovens zahme Zauberer haben nicht die Macht, es gegen mich zu schützen«, sagte Oreg verächtlich.

Tisala hatte schon zuvor gesehen, wie der Zauberer ihres

Vaters Symbole benutzt hatte, um Magie zu wirken, aber die Art, wie Oreg sich bewegte, war vollkommen anders – es kam ihr so vor, als hätte sie zuvor begabte Amateure bei der Arbeit beobachtet und sähe nun zum ersten Mal einen wahren Künstler. Oreg hielt nie inne, um etwas in einem Buch nachzuschlagen, und geriet nicht ins Stocken, als er genaue Linien auf den Boden zeichnete, die Tisala im schlechten Licht kaum erkennen konnte. Er musste nicht aufhören und noch einmal von vorne anfangen. Aber er brauchte trotzdem eine ganze Weile, bis er zufrieden war.

Nachdem er die Kohle hingelegt hatte, sprang er leichtfüßig über sein Kunstwerk hinweg und ließ sich im Schneidersitz in dem Bereich nieder, den er in der Mitte freigelassen hatte. Er schloss die Augen und rührte sich nicht mehr.

Lange Zeit schien überhaupt nichts zu geschehen, und als die ersten Funken von den Markierungen am Boden ausgingen, glaubte Tisala zunächst, dass sie sich das nur einbildete.

Dann schlug die Temperatur im Raum zwischen einem Atemzug und dem nächsten von Winterkälte zu unerträglicher Hitze um. Blaue und goldene Funken sprühten von den schwarzen Markierungen und machten den Raum so hell, dass Tisala den Arm heben musste, um ihre Augen zu schützen.

Als sie ihn wieder senkte, war das Zimmer voller Qualm, und ein Drache lag aufgerollt dort, wo Oreg gesessen hatte, und füllte beinahe den gesamten Raum.

Dann verwandelte sich der Drache zurück in Oreg, der ein paar Schritte vorwärtstaumelte und auf die Knie fiel. Duraugh eilte an seine Seite und half ihm auf einen Stuhl.

»Oreg?«, fragte er. »Was ist passiert?«

Der Zauberer atmete schwer. »Ich kann nicht zu ihm gelangen«, sagte er mit bebender Stimme. »Solche Schutzzauber habe ich nicht mehr erlebt seit … Es ist mit Drachenmagie geschützt. Ich konnte nicht durchkommen. Wenn ich drinnen wäre, bei ihm, würde ich ihn wahrscheinlich herausbekommen – aber nicht von hier aus.«

»Sie haben einen Drachen?«, fragte Tosten angespannt.

Oreg schüttelte den Kopf. »Eher einen Überrest – ein Zahn oder eine Schuppe würden genügen.«

»Und du bist sicher, du könntest ihn von innen herausbringen?«, fragte Tisala.

Oreg lächelte finster. »Ja.«

Sie rieb sich die Augen. »Ich werde sehen, was wir tun können. Es gibt nur eine Person, die für diesen Bereich zum Putzen eingeteilt ist. Es wird schwierig sein, sie wieder auszutauschen, ohne dass Fragen gestellt werden – nicht zu reden von der Anwesenheit von Magiern, die es vielleicht bemerken, wenn ein anderer Magier durch die Tür kommt, und wenn er hundertmal aussieht wie jemand vom Reinigungstrupp.«

8 WARDWICK

Was man tut, wenn niemand zusieht, enthüllt den wahren Charakter.

Tag um Tag wurde ich schwächer, und es wurde stündlich schwieriger, die Schmerzen zu ertragen. Der größere Teil der Panik, die mich schüttelte, hatte nichts mit den Kräutern in dem Wasser zu tun, das ich trank – ich hatte begonnen, die Hoffnung zu verlieren.

Oreg, wo bist du?

Manchmal brachten mich die Dämonen zurück in meine Zelle, wenn die Morgensonne durch das kleine vergitterte Fenster hoch über mir fiel, und ich starrte das blasse Licht auf dem Stroh an, weil es meinen Augen wehtat, direkt zum Fenster zu schauen. In meinen klareren Momenten erkannte ich, dass sie mich absichtlich nicht schlafen ließen.

Irgendwann hörte ich auf, das Essen, das sie mir brachten, zu mir zu nehmen, aber es gelang mir, mich zu erinnern, dass das Wasser wichtig war, also trank ich es, bevor ich wieder in meine Höhle aus Stroh kroch.

Ich wusste, dass es beinahe Zeit für die Ungeheuer war, denn meine Gedanken waren relativ klar. Die Tür ging auf, und ich versuchte, so zu tun, als wäre ich nicht da, vergrub mich im Stroh, damit sie mich nicht finden konnten.

Aber es waren nicht die üblichen Ungeheuer, denn die Tür ging wieder zu und schloss den Eindringling mit mir ein. Dieser Bruch in der Routine war beängstigend, und der Adrenalinrausch, den das bewirkte, ließ mich aufspringen.

Eine Frau in einem schlichten Wollkleid stand direkt hinter der Tür. In der rechten Hand hielt sie einen Holzrechen.

»Tisala.« Die kleine Stimme sprach zum ersten Mal seit langer Zeit, aber sie ging beinahe unter in dem Meer von Entsetzen, das mich überschwemmte. Ich hatte nicht lange gebraucht, um zu begreifen, dass alles Neue schlecht war.

Sie kam zögernd auf mich zu, ein schreckliches Geschöpf mit sieben Köpfen, das mich mit den Tränen, die über seine Wangen liefen, vergiften würde. Ich zog mich so weit ich konnte zurück, aber sie kam immer näher.

»Tis«, sagte ich, obwohl ich nicht geplant hatte, etwas zu sagen. »Bleib zurück. Bitte.« Ich wusste, wenn sie versuchte, mich zu berühren, würde ich sterben. Aber die kleine Stimme war aus ihrem Versteck getrieben worden, und zwar aus Angst, dass *ich ihr* wehtun würde.

Sie trat zurück und ließ mich in meine Zuflucht kriechen, während sie das Stroh wegrechte, das nicht zu meinem Nest gehörte. Ich duckte mich an die Wand und zitterte.

Als sie weg war, weinte ich, wie sie geweint hatte, aber ich wusste nicht, warum. Ich hörte nicht auf, bis die Ungeheuer wiederkamen.

Diesmal hielten sie meinen Kopf unter Wasser, aber ich wehrte mich nicht, weil Jadeauge mir befahl, es nicht zu tun.

Ich hielt den Atem an, bis ich das Bewusstsein verlor. Dann taten sie – und ich – es noch einmal.

Das hier war etwas Neues, und in meiner betäubten Erschöpfung kam es mir vollkommen vernünftig vor, in die Tiefe des Wassers zu spähen und dort nach … Sicherheit, Klarheit, was auch immer Ausschau zu halten. Es kam mir so vor, als könnte ich sie so gerade eben außerhalb meines Blickfelds erkennen.

»Was erkennen?«, fragte Jadeauge, nachdem ich zum zweiten Mal hustend und würgend aufgewacht war.

Ich blinzelte ihn an wie ein Idiot; selbst nach vier Jahren war die Maske der Dummheit, die ich meine ganze Jugend getragen hatte, auf meinem Gesicht noch zu Hause. Tosten hatte mich oft deshalb geneckt.

Tosten. Hurog.

»Etwas, was die Leere in mir füllt«, sagte ich und erkannte, nachdem ich es gesagt hatte, dass es wahr war. Diesmal rollte ich von der nassen Bank ins Wasser, ohne dass sie mir halfen.

Hurog, dachte ich. *Drache, komm und hole mich.*

Drachenklauen rissen an mir, Drachenmagie erfüllte mich einen Augenblick. Ich kannte diesen Drachen.

»Oreg!«, schrie ich unter Wasser.

Dann war er wieder verschwunden, und die Leere, die die Trennung von Hurog stets in mir bewirkte, war umso unerträglicher, weil sie für kurze Zeit nicht mehr leer gewesen war. Es war unendlich viel schlimmer als die Schmerzen in meinem Kopf, und ein Teil von mir glaubte, dass ich nie wieder ganz sein würde. Dass es ihnen diesmal gelingen würde, mir Hurog wegzunehmen.

Hände, keine Drachenklauen, zogen mich aus dem Wasser und schnallten mich auf den Tisch in der Mitte des Raums.

»Habt Ihr das gespürt?«, fragte Jadeauge aufgeregt den anderen Magier. »So fühlte sich seine Magie auf dem Weg hierher an. Habt Ihr jemals so etwas erlebt?«

Ich weinte, weil Oreg weg war. Selbst in meinem verstörten Zustand wurde mir klar, dass Oreg versucht hatte, mich zu retten – und er hatte versagt. Es würde keine Rettung geben. Und wenn Oreg mich nicht retten konnte, dann konnte es niemand.

»Es war ungewöhnlich«, gab Arten zu. »Aber Jakoven hat sehr eindeutig befohlen, dass wir ihn brechen, und ich denke, das ist uns gelungen. Die Drogen sollten einigermaßen aus seinem Körper verschwunden sein, und dennoch hat er sich das letzte Mal freiwillig ins Wasser geworfen. Es könnte sein, dass er versucht, sich umzubringen, aber dieses Aufflackern von Magie …«

»Er suchte nach etwas«, sagte Jadeauge und tätschelte mir die Stirn. »Nicht wahr, Ward?«

Seine Stimme war so sanft und beruhigend, ich musste einfach antworten. »Drachen«, schluchzte ich. »Der Drache ist weg.«

Arten nickte abrupt. »Ich werde mit Jakoven zurückkehren«, sagte er. »Amüsiert Euch, bis ich wiederkomme. Bringt ihn nicht zurück in die Zelle. Ich werde Jakoven sagen, dass es Euch gelungen ist, den Effekt erneut zu erzeugen, den Ihr auf dem Weg hierher bemerkt habt. Aber ich glaube, er will seine Pläne unbedingt bald ausführen.« Mit diesen Worten ließ er mich mit Jadeauge allein.

Und Jadeauge amüsierte sich. Diesmal war es anders. Das Wissen, dass nicht einmal Oreg mich herausholen konnte, hatte einen harten Kern des Widerstands zerbrochen. Das bisschen Tünche, dieser Schatten meiner alten Maske, den ich trug, um mich zu schützen, zerriss, und es gab nichts mehr, was mich schützte. Ich schrie, wenn die Schmerzen durch meinen Körper rasten und mir alle Beherrschung nahmen. Ich schluchzte, er solle aufhören, dann schluchzte und zitterte ich, wenn er es tat und auf die Schmerzen seine streichelnden Hände folgten. Ich wünschte mir sehnlichst, die Schmerzen sollten weitergehen – alles war besser als dieses sichere Wissen, dass sie wieder beginnen würden, und wieder und wieder, bis mein Wunsch erfüllt wurde.

Es war während einer dieser »Ruhe«-Perioden, als Jakoven endlich kam. Ich hörte nicht, dass er hereinkam, bemerkte ihn nicht, bis er mich leicht ins Gesicht schlug.

»Ah, Ward, mein Junge. Gut, Euch zu sehen«, sagte er.

Ich starrte ihn ausdruckslos an. Ich machte mir schon lange keine Gedanken mehr wegen der inzwischen vertrauten Gerüche, die Jadeauges Unterhaltung begleiteten: Kot und Urin, Blut und Schweiß. Auch die Tränen, die mir weiterhin über die Wangen liefen, störten mich nicht, obwohl mir bewusst war, dass all diese Dinge mich früher einmal verlegen gemacht hätten – besonders die Tränen.

»Hurogs weinen nicht.« Es war nicht meine innere Stimme, die da sprach, sondern eine ältere. Ich brauchte einen Moment, um mich zu erinnern, dass mein Vater tot war und dass ich ihn nicht mehr zu hassen brauchte.

Ich glaube, Jakoven nahm an, dass mein hasserfüllter Blick ihm galt, und begriff nicht, dass ich beinahe jenseits aller Möglichkeit war zu erkennen, wer er war.

»Wisst Ihr, wieso Ihr hier seid?«

Nein, dachte ich. »Hurog«, sagte ich mit einer Stimme, die so heiser und tief war, dass man sie sicher kaum verstehen konnte. Dann zog sich das Gewebe in meinem Hals, geschwollen vom Schreien, so fest zusammen, dass ich kein Wort mehr herausbrachte.

Jakoven wandte sich von mir ab und sagte: »Verlasst uns. Du bleibst, Jadeauge.«

Die anderen gingen. Mir war bis dahin nicht klar gewesen, dass außer dem König, Jadeauge und mir noch andere im Labor gewesen waren, aber eine Anzahl von Magiergewändern kam an mir vorbei.

Als sie weg waren, zog sich Jakoven einen Hocker heran und setzte sich neben meinen Kopf, sodass ich ihn sehen konnte. Der König von Tallven, der über die Fünf Königreiche eingeschlossen meines eigenen Shavig herrschte, war in vielerlei Hinsicht die Verkörperung dessen, was ein König sein sollte. Seine Stimme war wohltönend und trug weit, die Art von Stimme, die Heere in einer Schlacht ermutigen konnte. Sein Gesicht war regelmäßig, ohne gut auszusehen – das Gesicht eines Generals vielleicht, oder eines … nun ja, eines Königs eben.

»Arten erzählt mir, dass Ihr meinen Jadeauge verblüfft habt, bis er glaubte, Ihr wäret auf eine neue Form der Magie gestoßen.« Der König schüttelte mit einem königlichen Lächeln den Kopf. »Er ist noch jung und noch nicht vielen Magiern begegnet, die sich selbst unterrichtet haben – wie ich es getan habe.« Er streckte die Hand aus und wischte mir mit einem sauberen weißen Tuch die Wangen ab, aber ich weinte weiter, ohne zu wissen, warum. »Wenn ein Magier sich selbst Magie beibringt, hat er wenig Kontrolle darüber, und ihm entschlüpft manchmal Macht, die er eigentlich einfangen und benutzen sollte. Euer Vater hätte Euch wirklich ausbilden lassen sollen. Ich bezweifle, dass Ihr auch nur wisst, dass Ihr einen magischen Beschützer erzeugt, um Euren Schlaf zu bewachen – daher kommt auch das Gefühl einer eigenen Intelligenz, die Jadeauge gespürt hat.«

»Aber …«, widersprach Jadeauge.

»Still, mein Junge. Du bist noch jung und überzeugt, dass du alle Antworten kennst. Ich weiß, dass dieser Hüterzauber ein fortgeschrittener ist – aber jemand muss sich ihn irgendwann ausgedacht haben. Ich nehme an, wer immer es tat, ging ganz ähnlich vor wie unser junger Freund hier. Armer Junge«, gurrte er und küsste mich.

Ich würgte und zuckte, aber der König war sorgfältig, und die Riemen, die mich hielten, gaben nicht nach. Angst erfasste mich, stieg von meinen Füßen bis in meinen Kopf und bewirkte, dass mir schwindlig wurde. Angst vor dem König, Angst vor den Schmerzen, Angst davor, was sie nun Neues tun würden.

Ich hörte, wie Jadeauge etwas sagte, aber ich achtete nicht darauf.

»Eifersüchtig?«, fragte der König und zog sich zurück. »Dummer Junge. Und jetzt hol mir diesen Beutel auf dem obersten Regal – nein, nicht diesen. Den kleinen. Danke.«

Ich konnte den Beutel nicht sehen, weil mein Kopf festgebunden war. Und der König hatte sich zurückgelehnt, sodass ich ihn auch nicht hören konnte; ich spürte nur die federleichte Berührung seiner Finger an meiner Stirn.

»Wusstet Ihr, dass *Hurog* in altem Shavig Drache bedeutet?«, fragte der König. Mein Magen zog sich zu einem weiteren Knoten zusammen. »Was glaubt Ihr wohl, weshalb das so ist?«

Ich sagte nichts, aber Jadeauge antwortete: »Ich nehme an, weil die Drachen, als es noch welche gab, in der Nähe von Hurog nisteten.«

»Mmm«, sagte der König. »Es gibt Geschichten über Hurog. Es heißt, die Drachen wurden von einem magischen Stein angezogen, der tief im Herzen von Hurog begraben liegt.«

Das Einzige, was ich tief im Herzen von Hurog gefunden hatte, waren die Knochen eines Drachen gewesen, und darum hatte ich mich gekümmert, als ich eben diese Knochen hernahm, um die kranke Erde zu heilen.

»Das habe ich auch schon gehört«, sagte Jadeauge.

»Als ich den Hurogmeten danach fragte – den echten Hurogmeten, den Vater von diesem hier –, lachte er nur und sagte, es gäbe nichts in Hurog, was einen Drachen anziehen würde. Ich bin seitdem zu dem Schluss gekommen, dass er recht hatte – aber in alten Geschichten liegt dennoch oft ein Körnchen Wahrheit. Vor ein paar Jahren, während Renovierungsarbeiten hier im Schloss in Estian, stieß mein Steinmetz, möge seine Seele Ruhe finden, auf etwas Seltsames. Er zeigte es mir, kurz bevor er starb.«

So gebrochen ich war, fragte ich mich doch, wieso Jakoven es für nötig hielt, Jadeauge daran zu erinnern, dass er jeden töten konnte, den er wollte.

Vielleicht, dachte ich und konnte zum ersten Mal Tostens frühere Neigung zum Selbstmord nachfühlen, *vielleicht wird Jakoven mich ja auch umbringen.* Aber ich glaubte es nicht wirklich, ich hoffte es nur.

Ich hörte Tuch rascheln. Jadeauge keuchte, und ein kalter Nebel dunkler Magie kroch durch meine Haut und besudelte mich von innen und außen.

»Ich habe es hier in diesem besonderen Beutel aufbewahrt, damit niemand je neugierig darauf wurde – dir ist vielleicht aufgefallen, wie schwer es dir fiel, ihn zu finden, selbst nachdem ich darauf gezeigt hatte. Erkennst du, was es ist?«

»Nein, Sire«, sagte Jadeauge mit vor Angst oder Aufregung belegter Stimme. »Es ist sehr alt – und machtvoll.«

»Was ist mit Euch, Junge?«

Eine Hand erschien in meinem Blickfeld und zeigte mir einen bronzenen Stabkopf. Magier schmückten ihre Stäbe oft mit kunstvollen Metallskulpturen, aber das waren für gewöhnlich nichts als teure, mit Edelsteinen und Glasperlen besetzte Spielzeuge. Das hier sah nicht einmal beeindruckend aus, es war nur das primitive Abbild eines Drachen, der einen kleinen Edelstein im offenen Maul trug. Auf eine Körperlänge Abstand hätte niemand den matten, wolkigen Stein von Erbsengröße auch nur bemerkt, und noch weniger, dass er zwischen den Kiefern des Drachen schwebte, ohne das Metall irgendwo zu berühren. Und einer, der nicht zur Magie geboren war, hätte auch nicht diese schwarze Macht spüren können, die von dem Stein ausging. Ich konnte die Welle von Elend beinahe sehen, die mich wie dicker Sirup überzog.

Ich wusste, was es war, wenn auch nicht, wie es überlebt hatte. Jeder, der je die Geschichte vom Sturz des Kaiserreichs gehört hatte, hätte es erkannt. Jadeauge hatte offenbar nichts für Musik oder alte Geschichten übrig.

»Sagt ihm, was es ist, Ward, wenn Ihr es wisst.« Ich brauchte Jakoven nicht zu sehen, um das Lächeln in seiner Stimme zu hören.

Wenn meine Kehle sich nicht vom Schreien geschlossen hätte, hätte ich gehorcht. Aber wenn meine Kehle nicht schon vom Schreien geschlossen gewesen wäre, hätte sie sich jetzt vielleicht vor Angst zusammengezogen. Nicht von der namenlosen Angst um mich selbst, die mich vor ein paar Augenblicken noch so erschüttert hatte, sondern vor herzzerreißender Angst um alles, was ich liebte.

»Ah, Kinder! Wie ungebildet ihr doch seid. Das hier ist der Fluch des Kaiserreichs, Zerstörer von Städten, auch Farsons Fluch genannt. Der größte Magier aller Zeiten, Farson

Weißhaar, nahm das Blut von drei Drachen und konzentrierte es in diesem kleinen Stein – ein Experiment. Jahre später wurde Farsons Fluch gestohlen, und Feinde des Kaiserreichs nutzen ihn, um die Steingebäude und Mauern der großen Städte niederzureißen und sie zu Asche zu machen. Farson holte ihn zurück, versteckte ihn und schwor, dass niemand ihn je wieder benutzen würde.«

Ich hatte gehört, der letzte Kaiser, ein Junge von zwölf, habe Farsons Fluch gestohlen und versteckt, weil er ihn später wieder aus dem Versteck holen und verwenden wollte. Aber der Junge und seine Leibwächter wurden entdeckt. Sie starben, ohne zu verraten, wo der Fluch sich befand. Wie auch immer, es war eine gute Geschichte.

»Farsons Fluch?« Jadeauges Stimme war ungläubig, aber nicht wirklich zweifelnd – die Macht dieses Dings war deutlich spürbar. »Ich dachte, er bestünde aus Gold, und der Edelstein sollte so groß sein wie meine Faust. Mein Diener hat beeindruckendere Edelsteine als den da.«

Die Magie, die sich um den Fluch sammelte, wuchs nicht einfach und breitete sich aus, hatte ich schließlich erkannt, sie erforschte. Ich schauderte, als die dichte Dunkelheit durch meine Verteidigungen schlüpfte und gierig meine Magie schmeckte. Es lag eine gewisse Ironie darin, dass Jadeauge Oreg für eine Art intelligenter Magie hielt und das hier nicht einmal bemerkte. Ich hatte schon zuvor Magie wie diese gespürt, in Menogue und Hurog.

»Nur, dass die Edelsteine deines Dieners keine Stadt von der Größe Estians mit einem einzigen Wort dem Erdboden gleich machen könnten. Zeige gefälligst Respekt.« Der König nahm den Stabkopf aus meinem Blickfeld, aber die Magie blieb.

»Zu schade, dass Ihr es nicht benutzen könnt«, sagte Jadeauge. »Es muss mit Drachenblut genährt werden, und es gibt keine Drachen mehr.«

Der Hocker des Königs knarrte, und er sagte: »Ich bin bei meinen Nachforschungen auf etwas Interessantes gestoßen. Es war so unbedeutend, dass ich es beinahe nicht beachtet hätte. Wie alt ist die Burg von Hurog?«

Ich konnte das Achselzucken in Jadeauges Stimme beinahe hören. »Sie ist alt, vielleicht aus dem fünften Jahrhundert nach dem Kaiserreich. Dann wäre sie achthundert Jahre alt.«

Älter als das, dachte ich. *Viel älter.*

»Es gibt Bücher in meiner Privatbibliothek, die zur Zeit des Kaiserreichs verfasst wurden, und in einem davon wird Hurog erwähnt. Sie nennen es die Drachenburg.« Ich konnte hören, wie Jakovens Fingernagel gegen etwas Metallisches tippte, vielleicht war es der Stabkopf. »Es gibt eine Geschichte darüber, dass die ersten Kaiser einen Magier hatten, der ein Drache war. Es gibt auch alte Geschichten, in denen behauptet wird, der Herr von Hurog sei ein Drache. Was glaubt Ihr, Ward? Stammt Ihr von dieser Magie ab? Habt Ihr Drachenblut?«

Er schnitt mich in den Arm, nur ein wenig, und wischte das Blut dann mit dem gleichen Tuch ab, mit dem er zuvor mein Gesicht getrocknet hatte. Ich sah nicht, was er damit tat, aber wahrscheinlich rieb er die blutige Stelle des Tuchs an den Edelstein, denn etwas geschah.

Jadeauge schrie laut, und der Hocker des Königs fiel um. Die Macht, die mich untersucht hatte, veränderte sich ein kleines bisschen. Für einen Augenblick erkannte sie mich.

»Hurog?«, fragte sie, eine Stimme, die lautlos in meinem Kopf widerhallte. *»Drache?«*

Und etwas tief in mir antwortete auf diesen Ruf, bevor die Magie von Farsons Fluch abrupt abgeschnitten wurde.

»Das sollte es nicht tun!«, rief Jakoven. »Die Aufzeichnungen sagen sehr deutlich, dass der Stein rot leuchtete, wenn er Drachenblut berührte. Dennoch, das hier ist die erste Reaktion, die ich je von ihm erhalten habe.«

»Blau«, stellte Jadeauge fest. Er trat neben mich, bis er mich sehen konnte. »Euer Blut hat den Stein von Schwarz zu Blau verfärbt.« Er schaute über mich hinweg Jakoven an. »Habt Ihr Euer eigenes schon versucht? Vielleicht reagiert es auf Magierblut.«

»Mein Blut bewirkt nichts«, erwiderte Jakoven. »Ich habe es versucht.« Ich sah das Flattern von Stoff aus dem Augenwinkel, als der König an mir vorbeiging. Ich hörte, wie er dem Beutel wieder auf das Regal schob.

»Ah, Ward«, sagte er und küsste mich auf die Stirn. »Ihr habt mir meinen größten Wunsch erfüllt. Seit zehn Jahren lag dieses Artefakt auf meinem Regal und wartete darauf, geweckt zu werden.«

Er entfernte sich von mir, und ich hörte, wie er seinen Hocker aufhob und ihn wieder hinstellte.

»Also gut«, fuhr er forsch fort, als wäre die rohe Begierde in seiner Stimme nie vorhanden gewesen. »Arten sagt, du seiest bereit, Jadeauge. Und jeder Narr kann sehen, dass er gebrochen ist. Aber ich will ihn dumm und glücklich. Und sorge dafür, dass er sprechen kann.«

»In Ordnung«, sagte Jadeauge. »Wir haben mit Drogen experimentiert, um die richtige Wirkung zu erzielen. Wir werden ihm ein wenig Zaubererwurzel geben, um dafür zu sorgen, dass ihn bestimmt keiner für normal hält, und außerdem ein paar Dinge, die ihn glücklich machen.«

Es war ein schöner Tag, und die frische Kälte des Spätherbsts drang sauber und rein in meine Luge. Ich erwähnte das den

Wachen gegenüber, als sie halfen, mich in einen zweirädrigen Wagen zu laden, der uns zum Hof bringen sollte.

Ich sagte es auch der Tamerlain, die grollend auf meinen Füßen saß. Es beunruhigte die Wachen, dass ich mit ihr redete, weil sie sie nicht sehen konnten.

»Die Götter sollen dich holen, sei endlich still«, sagte einer. »Müssen wir uns das jetzt den ganzen Weg bis zum Schloss anhören?«

Überrascht blickte ich von dem großen Tier auf, das sich am Boden des Wagens ausgestreckt hatte.

»Sieh ihn dir doch an«, sagte er zu seinem Kameraden. »So zu lächeln, wenn einem Tränen über die Wangen laufen …«

»Immer mit der Ruhe«, knurrte der andere Mann. »Er hat jetzt beinahe eine Woche im Asyl gesessen. Er ist nicht ans Licht gewöhnt, und seine Augen tränen. Es wird bald aufhören.«

Die Tamerlain setzte sich und platzierte ihre Vorderpfoten zu beiden Seiten von mir. Der Wagen wackelte nicht von ihren Bewegungen, wie er es von meinen tat – es war, als hätte sie überhaupt kein Gewicht.

»Es tut mir leid, Ward«, sagte sie in mein Lächeln. »Aber die Zeit ist gekommen.«

Bei diesen Worten brachte Feuer mein Blut zum Glühen und leckte über meinen Körper, eisiges Feuer, das Verunreinigungen ebenso wie Nerven verbannte. Schweiß brach mir aus und brannte in meinen Augen, Schleim in der Lunge ließ mich um Atem ringen.

»Verdammt, er hat Zuckungen«, knurrte der zweite Mann, unternahm aber keinen Versuch, mir auch nur nahe zu kommen. »Wenn diese dummen Magier ihm etwas angetan haben, das ihn umbringt – du weißt schon, wem sie am Ende die Schuld geben werden.«

Als die Pferde stehen blieben, war das Schlimmste vorbei. Ich stolperte zitternd aus dem Wagen und fand mich einem Hintereingang des Palasts gegenüber. Zum ersten Mal, seit ich aus dem Wasserschlauch des Generals getrunken hatte, stand ich nicht mehr unter dem Einfluss der Kräuter.

Die Wachen zerrten mich unsanft eine schmale Treppe hinauf und in ein Hinterzimmer, wo ein heißes Bad wartete. Sie zogen meine schmutzige Kleidung aus und schrubbten mich mit rauen Tüchern ab. Schaudernd und in ein Badehandtuch gewickelt, saß ich auf einem Hocker, während einer von ihnen mich rasierte. Es gab eine kurze Diskussion über mein Haar, aber sie kamen zu dem Schluss, dass es wohl ein Brauch aus Shavig war, rieben es trocken und bürsteten es zu einem Zopf. Die Tamerlain beobachtete das alles, ohne für die Männer sichtbar zu sein, ebenso wie Oreg manchmal nur für mich, aber nicht für andere zu sehen war. Ich achtete darauf, sie nicht direkt anzusehen. Und ich lächelte die ganze Zeit, bis mir die Wangen wehtaten.

Sie zogen mir schlichte, aber teure Kleidung in Schwarz an. Die Stiefel waren meine eigenen, aber sie hatten sie inzwischen poliert. Dann legten sie mir einen Kapuzenumhang um die Schultern und brachten mich durch die Tür in den Flur. Die Kapuze verhinderte, dass ich sonderlich viel von meiner Umgebung sah, aber das war schon in Ordnung. Es gab mir mehr Zeit nachzudenken. Und Nachdenken war jetzt überlebenswichtig.

Der König wollte mich haben, damit er Farsons Fluch benutzen konnte. Er würde mich nicht aufgeben.

Aber es gab noch etwas anderes, was er wollte. Er hatte Jadeauge angewiesen, dafür zu sorgen, dass ich glücklich und dumm war. Die Tamerlain hatte gesagt, Jakoven werde mich vor seinem Hof präsentieren – nein, das war es nicht.

Ich blieb abrupt stehen, und jemand schob mich weiter.

Ganz plötzlich brach mir der Schweiß aus, und eine Hitzewelle bewegte sich von meinen Füßen bis zum Kopf und nahm meinen Gelenken die Kraft. Ich sackte auf den Boden. Die Tamerlain schubste mich besorgt mit dem Kopf.

»Was ist mit mir los?«, flüsterte ich.

»Dein Körper hat angefangen, die Drogen zu verlangen, die sie dir gegeben haben«, sagte sie. »Dagegen kann ich nichts tun.«

Jakovens Männer wussten nicht, was sie tun sollten. Aus ihren Worten schloss ich, dass Jakoven befohlen hatte, ich solle in präsentablem Zustand sein, wenn man mich vor den Hof brachte. Er wollte dem Hof demonstrieren, dass mein Geist gebrochen war – nicht mein Körper.

Sie brachten einen Eimer Wasser und wuschen mein Gesicht mit kalten, feuchten Tüchern, bemüht, meine Kleidung nicht nass zu machen. Ich entriss ihnen den Eimer und trank, um das Brennen in meiner Kehle zu beruhigen. Als sie mir aufhalfen, ließ ich mich von ihnen stützen.

Ich war schwach, also ließ ich mir auch weiterhin von ihnen helfen und sparte meine Kraft für später auf. Die Tamerlain ging vor uns her und blieb alle paar Schritte stehen, um mich besorgt anzusehen. Die Flure, durch die wir kamen, waren mir nicht vertraut, aber es war schließlich auch wichtiger, dass ich auf die Bühne von Jakovens Drama gelangte, als das Schloss zu besichtigen. Ich hatte schon viele Rollen gespielt, aber das hier würde die Vorstellung meines Lebens werden – wenn es mir denn gelingen würde.

Meine Wachen blieben vor einer unauffälligen Tür stehen, und einer der Männer ging hindurch und schloss sie wieder hinter sich – aber nicht, bevor ich das Durcheinander von Personen in dem Raum dahinter gesehen hatte. Ich holte tief Luft, um mich zu beruhigen, als ich König Jakovens Stimme hörte, die von der Tür nur geringfügig gedämpft wurde.

»Lord Duraugh, mein Kämmerer sagt mir, dass Ihr schon seit einiger Zeit wartet. Wir bedauern das. Bitte tretet nun mit Eurer Familie vor und nehmt unsere Entschuldigung entgegen.« Es gab eine Pause, und ich nahm an, dass mein Onkel den Anweisungen des Königs folgte.

»Nun, Duraugh, was bringt Euch hierher?«

»Ich bin hier, mein König, auf Eure Anweisung und um mich nach meinem Neffen, dem Hurogmeten, zu erkundigen.« Die Stimme meines Onkels drang so leicht durch die geschlossene Tür, wie sie über ein Schlachtfeld getragen hatte.

Und nun wurde mir endlich klar, was Jakoven vorhatte. Er wollte dem Hof einen Hurogmeten vorfuhren, der dumm war, sodass alle erkannten, warum er Hurog nicht in meinen Händen lassen konnte. Damit würde ich ihm ausgeliefert bleiben. Aber die Magie der Tamerlain hatte mir die Möglichkeit gegeben, diese Verschwörung zu durchkreuzen.

Mein Onkel *wusste* jedoch, dass ich kein Idiot war. Ohne Vorwarnung würde er vielleicht etwas Unpolitisches tun – wie den König anzuklagen, dass er mir etwas angetan habe.

Aber ich würde unbeeinflusst von Jadeauges Drogen vor dem Hof stehen.

»Ah ja. Ward von Hurog.« Jakoven tat, als hätte er mich vergessen, weil ich für ihn nur von geringem Interesse war. »Man hat uns daran erinnert, dass der Junge zu einem bestimmten Zeitpunkt für untauglich gehalten wurde. Wir haben ihn nicht gesehen, seid Ihr ihm Hurog überlassen habt, und sind zu dem Schluss gekommen, dass eine solch wichtige Position nicht von einem Schwachsinnigen eingenommen werden kann.«

»Mein Bruder ist nicht schwachsinnig«, fauchte Tosten. Die Pause, bevor er »mein König« hinzufügte, war zu lang.

Panik ließ mich erstarren. Tosten war ebenfalls hier!

Mein Onkel kannte sich mit Hofpolitik aus. Solange er kein Blut und keine Zeichen von Folter sah, konnte ich mich darauf verlassen, dass er einen kühlen Kopf bewahrte. Mein Bruder würde einen einzigen Blick auf mich werfen, erkennen, dass ich zu dünn und kaum imstande war, aufrecht zu stehen, und etwas Übereiltes tun.

»Ich bin sicher, Ihr habt recht«, gurrte Jakoven.

Mein Bruder gab ein leises Knurren von sich, das klang, als käme es von einem Hund.

Wenn ich hier noch länger wartete, würde der König Tosten anstacheln zu revoltieren, auch ohne mein abgehärmtes Aussehen als Hilfe. Ich musste mich darauf verlassen, dass Onkel Duraugh Tosten zurückhalten konnte.

Die Männer, auf die ich mich so schwer gestützt hatte, waren nicht auf meinen plötzlichen Schubs vorbereitet. Ich ging um sie herum und durch die Tür, die sich direkt unterhalb des königlichen Podiums öffnete.

»Selbstverständlich bin ich nicht schwachsinnig«, sagte ich fröhlich und trat in den Raum. »Wie unsere huldvolle Majestät bereits selbst herausgefunden hat.«

Ich verbeugte mich tief vor dem König und wandte mich dann dem Hof zu. Die Tamerlain stand dicht neben mir, und ich ließ mich von ihr stützen.

»Unser König war in der vergangenen Woche ein sehr großzügiger Gastgeber.« Das mit der Woche hatte ich einer Bemerkung der Wachen entnommen, als wir vom Asyl hierhergefahren waren. Was meine eigene Wahrnehmung anging, hätten es Monate oder Jahre sein können, seit ich Hurog verlassen hatte. »Und ich hoffe, ihn bezüglich meiner

Eignung als Burgherr zufrieden gestellt zu haben. Wie er mir zuvor an diesem Tag bereits sagte, hätte ich mich ihm schon vor längerer Zeit in aller Form präsentieren sollen, aber ich hatte beide Hände voll damit zu tun, meine Burg wieder aufzubauen. Ich nehme an, ich hätte es den Zwergen überlassen können«, ich hielt inne, um Jakoven daran zu erinnern, dass ich über Verbündete verfügte, an die er nicht gedacht hatte, »aber es war meine Schuld, dass Hurog einstürzte. Es schien meine Pflicht zu sein, mich auch persönlich um den Wiederaufbau zu kümmern.«

Ich warf einen Blick zu meinen Verwandten, die angespannt und reglos vor König und Hof standen, und lächelte ihnen überzeugend zu. Das gewaltige Rauschen des Schlachtenfiebers und die Tamerlain waren das Einzige, was mich auf den Beinen hielt.

Die anwesenden Adligen, darunter viele Shavigleute, nickten und lächelten, als ich sie an meine Rolle bei der Beendigung der Invasion aus Vorsag und an den Preis erinnerte, den Hurog dafür bezahlt hatte. Ich hatte auch die Zwerge erwähnt, die aus dem Nebel der Legende getreten waren, um wieder in Hurog aufzutauchen. Zumindest in Shavig waren ihnen viele schon begegnet. Dann sah ich, dass sich mehrere mächtigere Shavigmänner durch die Menge drängten, um sich zu meinem Onkel zu stellen. Wenn ich jetzt einen Fehler machte, würde nicht nur meine Familie darunter leiden. Ich schaltete das Lächeln in meinen Augen ein und fragte mich, wie ich aus diesem Raum herauskommen und meine Verwandten mitnehmen könnte.

»Ich sehe Euch, Hurogmeten«, grollte eine tiefe Stimme, und als ich mich umdrehte, fand ich mich dem Wächter des Meeres gegenüber, dem höchstrangigen Seefurter, den ich nur vom Sehen her kannte. Er kam selten an den Hof, denn er bestand darauf, sein Handelsimperium persönlich zu verwalten. »Die Vorsag hätten Seefurt als Nächstes verschlungen, nachdem sie Oranstein verdaut hatten. Wir erinnern uns alle an das, was Ihr getan habt.« Er verbeugte sich zweimal tief. Einmal vor dem König und einmal vor mir.

Ich fragte mich, ob er wusste, dass ich den König überlisten wollte, und versuchte, mir dabei zu helfen, oder ob seine Worte tatsächlich nichts weiter bedeuteten als das, was er sagte. Wie auch immer, ich war ihm dankbar, denn der Jubel, der seiner Erklärung folgte, ließ Jakoven keine andere Wahl.

Mit nun ausdrucksloser Miene wandte ich mich wieder dem König zu. »Ich hoffe, dass ich alle Zweifel, die Ihr hattet, beruhigen konnte, mein König.«

Er schaute von mir zu dem lächelnden Hof. »Ich habe keine Zweifel an Euch, Wardwick von Hurog«, sagte er gütig.

Ich verbeugte mich noch einmal, sorgfältig bemüht, mein gefährdetes Gleichgewicht nicht zu verlieren. Als ich mich wieder aufrichtete, begegnete mein Blick dem von Jadeauge, und Blutgier stieg in mir auf. Sohn meines Vaters, der ich war, wurde ich einen Augenblick von dem Bedürfnis verzehrt, Jadeauge umzubringen.

Der König machte eine Geste, mit der er uns entließ, und wandte sich an seinen Kämmerer, um sich den nächsten Fall präsentieren zu lassen, als hätte er mich bereits vergessen. Aber als ich an ihm vorbei zu meiner Familie ging, sah ich, wie weiß die Knöchel seiner Finger waren, mit denen er sich an die Armlehnen des Throns krallte. Lässig legte ich den Arm um Tostens Schultern und flüsterte um mein strahlendes Lächeln herum: »Raus jetzt.«

Tosten ließ den Arm unter meinen Umhang gleiten und half mir unauffällig. Beckram und Duraugh wehrten alle

Gratulanten ab, sodass wir allein waren, als Tosten mich in den Flur zerrte.

»Schnell, an einen Ort, wo man uns nicht sieht«, sagte ich, denn ich spürte, wie die Schwäche in meinen Knien größer wurde.

Tosten lehnte mich gegen die Wand und riss mehrere Türen auf. Er zog mich durch die letzte und schloss sie hinter uns. Licht fiel durch die offenen Fenster herein, und ich konnte den leichten Duft der Herbstrosen im Garten riechen. Ich setzte mich sehr schnell hin und konzentrierte mich einen Augenblick nur darauf zu atmen.

»Du hast abgenommen«, stellte Tosten fest und hockte sich neben mich auf den Boden. »Aber du bist immer noch zu schwer, als dass ich dich tragen könnte.«

Ich nickte, aber statt zu sprechen, schlang ich nur die Arme um meinen Oberkörper und versuchte, nicht mehr zu zittern. Mein Bruder sagte noch etwas, aber ich konnte es nicht hören, weil das Geräusch meiner Herzschläge es übertönte. Nach ein paar Minuten ließ das Zittern nach, und ich lehnte erleichtert den Kopf gegen die Wand.

»Wir können hier nicht mehr lange bleiben«, sagte Tosten. »Jemand wird es bemerken.«

»Wir weit sind wir von euren Gemächern entfernt?«, fragte ich.

»Wir sind nicht hier abgestiegen. Duraugh hat ein Haus gemietet – ich habe ihm das Geld aus der Truhe in deinem Arbeitszimmer gegeben, um zu den Kosten für deine Rettung beizutragen. Ich hoffe, das war in Ordnung.«

Ich wollte nicht unter Jakovens Dach schlafen, aber ich wusste auch nicht, wie ich von hier zu dem gemieteten Haus gelangen sollte, ohne eine Szene zu verursachen.

»Wie sehe ich aus?«, fragte ich.

»Als hätte man dich vergiftet und als wartetest du nur darauf zu sterben«, sagte Tosten. »Aber in dem schlechten Licht der Flure wird es keinem auffallen, der dich nicht kennt. Und draußen wird es langsam dunkel. Ich denke, wir können dich rausschaffen, ohne Aufmerksamkeit zu erregen.«

Mit Tostens Hilfe und der Wand richtete ich mich wieder auf. Als meine Beine nicht sofort einknickten, ging ich langsam zur Tür. »Habt ihr Pferde gebracht, oder muss ich den ganzen Weg zu dem Haus kriechen?«

»Pferde«, sagte Toten und schob die Schulter unter meinen Arm. »Onkel Duraugh hat in einem Anfall von Optimismus oder als Demonstration für die Zuschauer – bei ihm bin ich nie sicher – sogar eins für dich mitgebracht.«

Als wir wieder in den Flur kamen, warteten Duraugh und Beckram dort. Keiner sagte ein Wort, aber ich hatte gelernt, die Anspannung in Duraughs Zügen zu erkennen, die auf weiß glühenden Zorn hinwies, und Beckram bebte davon.

»Ich bin in Ordnung«, sagte ich, obwohl das offensichtlich nicht stimmte. Beckram schob sich unter meine andere Schulter und half dabei, meinen unwilligen Körper aus dem Schloss zu schaffen.

Es gab Dinge, die ich wissen musste, Dinge, die ich ihnen allen erzählen musste, aber ich gab mich damit zufrieden, zum Stall zu stolpern. Die Stallknechte ignorierten taktvoll, dass ich mich an die Wand lehnen musste, während mein Bruder angab, welche Pferde gesattelt werden sollten. Sie nahmen vermutlich an, dass ich zu viel getrunken hatte, und solange keiner von ihnen Fragen stellte, würden sie es am nächsten Tag schon vergessen haben.

Als Tosten mit Feder erschien, vergrub ich meinen Kopf an ihrem Hals und ließ den sauberen Pferdegeruch den Gestank des Asyls für einen Augenblick wegwehen. Ich versuchte zweimal, selbst in den Sattel zu kommen, und wenn Feder leichter gewesen wäre, hätte ich sie wahrscheinlich umgerissen. Schließlich schob Beckram die Schulter unter meinen Hintern und sorgte dafür, dass ich beim dritten Versuch nach oben kam.

Ich erinnere mich nicht an den Ritt durch die Tore oder die Ankunft im Haus. Ich weiß allerdings, dass Oreg mir an der Tür entgegenkam, mich hochhob und die Treppe hinauftrug, als wöge ich nicht anderthalb mal so viel wie er.

Eine Weile drängten sie sich um mich, mein Bruder, mein Vetter und Onkel, während ich mich in einem Eichenzuber schrubbte, dann setzten sie sich hin, während Oreg mit einem Kamm durch mein Haar fuhr, um mich der Läuse und Nissen zu entledigen – darum hatten sich die Wachen nicht gekümmert.

»Ciarra und ich haben eine Tochter«, berichtete Beckram, der sich auf dem Hocker zurücklehnte, um Oreg nicht im Weg zu sein. »Vor drei Tagen. Ich habe es erst heute erfahren.«

Ich spähte unter dem sauberen nassen Haar hervor, das Oreg über meine Augen hatte fallen lassen. Eine Minute grinsten wir einander an.

»Hat sie schon einen Namen?«, fragte ich ein wenig stotternd.

»Leehan«, antwortete er. »Nach dem Waldgeist.«

»Hier sind viele von deinen Leuten. Ist sie in Hurog?« Sie hatten sie doch sicher nicht den ganzen Weg nach Hurog gebracht, wenn sie so kurz vor der Geburt stand?

»Nein. Wir haben die halbe Wache bei ihr in Iftahar gelassen – sie sagte, das sei in Ordnung. Die Männer des Königs sind wieder verschwunden, sobald Mutter sie überzeugt hatte, dass Vater und ich uns auf dem Weg nach Hurog befanden.«

Ich rieb mir müde das Gesicht. Es war so schwer, mich zu konzentrieren, von der Beherrschung meiner Zunge nicht zu reden.

»Ich denke, das ist gefährlich«, sagte ich. »Du musst sie nach Hurog bringen.«

»Ward«, sagte Duraugh, »sie hat gerade ein Kind zur Welt gebracht. Sie wird den Ritt nach Hurog nicht durchhalten. Was bringt dich darauf, sie könne in Gefahr sein?«

»Jakoven«, sagte ich. »Bringt alle von unserem Blut aus Iftahar weg – es ist keine Festung. Hurog ist schon jetzt besser zu verteidigen.«

»Ich nehme an, dass Jakoven jetzt erst einmal seine Wunden lecken wird«, sagte mein Onkel.

»Nein«, widersprach ich und rieb mir die Stirn. »Es ist für ihn jetzt noch wichtiger. Er wird sofort handeln. Wir müssen Ciarra und das Kind nach Hurog bringen.«

»Ich werde gehen«, erklärte Beckram, der die Dringlichkeit in meiner Stimme bemerkte. Er stand auf, als sein Vater zum Widerspruch ansetzte. »Wenn Ward sagt, dass sie in Gefahr sind, werde ich sie in Sicherheit bringen.«

Duraugh schüttelte den Kopf über uns beide, sagte aber nur: »Schlafe heute Nacht und brich dann beim ersten Morgenlicht auf. Es wird ihr nicht helfen, wenn du dir beim Galopp durch die dunkle Nacht das Genick brichst.«

Oreg half mir aufzustehen und goss warmes Wasser über meinen Kopf, während Duraugh und Beckram die Einzelheiten besprachen. Ich schauderte selbst in dem warmen Zimmer, also zog ich die Handtücher, die Oreg mir brachte, fest um mich und wünschte mir, ich würde mich sauber fühlen. Tosten reichte mir frische Kleidung, und ich kämpfte mich hinein.

Es gelang ihnen, mich in ein anderes Zimmer zu bringen,

wo es ein Bett und ein Feuer gab, und Oreg drängte alle anderen hinaus. Er selbst blieb, eine schweigende Wache. Aber auch seine Anwesenheit half nicht, dass ich mich sicherer fühlte.

Ich schlief nicht, wollte nicht schlafen. Zu viele Dinge gingen mir durch den Kopf. Ich lag einfach nur mit geschlossenen Augen da.

Jakoven wollte Macht, und er glaubte, mein Blut könne der Schlüssel zur Verwendung von Farsons Fluch sein. Mein Blut oder das Blut von anderen aus meiner Familie – immerhin stammten wir von Drachen ab. Oreg hatte mir das gesagt.

Jakoven würde nicht zulassen, dass wir uns lange in Frieden zurückzogen. Und die Götter mochten verhindern, dass er herausfand, wer Oreg war.

Allein konnte sich Hurog nicht gegen den König stellen, aber wenn ich mich auf die Seite von Alizon schlug, würden einige Shavigmänner mir folgen. Und wenn die Rebellion an Schwung gewänne, bevor es Jakoven gelang, mich oder anderes Hurog-Blut in seine Krallen zu bekommen, um den Fluch zu aktivieren, konnten wir dem König vielleicht ein paar Monate standhalten.

Meine Bedenken gegenüber der Rebellion galten jedoch immer noch. Es gab einfach zu viele Adlige, die auf der Seite des Königs bleiben würden. Am Ende würden wir verlieren.

Während ich versuchte, einen Kurs zu finden, der zumindest die Möglichkeit des Überlebens beinhaltete, war ich mir trüb bewusst, dass jemand die Tür leise öffnete und es einen Streit im Flüsterton gab. Die Tür wurde wieder geschlossen, und ich war erneut mit meinen Ängsten in der Stille, aber nicht allein.

Jeder Plan, den ich ausheckte, würde früher oder später zur Katastrophe führen. Ich dachte gerade darüber nach, ob es vielleicht möglich wäre, die Seefurter für Alizons Sache zu gewinnen (etwas, was ich mir ohne die kleine Ansprache des Wächters des Meeres nicht hätte träumen lassen), als ich wieder einen dieser jämmerlichen Zitteranfälle erlitt. Diesmal juckte es mich auch am ganzen Körper.

Jemand wischte mit einem kühlen, feuchten Tuch mein Gesicht und den Rest meines Körpers ab, und die Heere eingebildeter Käfer, die über meine Haut kletterten, wurden vertrieben von dem sauberen Wasser und von Tisalas sanfter Stimme.

Sie wartete, bis der Anfall vorüber war, bevor sie mehr sagte. »Ward? Geht es dir gut?«

»Was tust du hier?«, fragte ich. Sie sollte in Hurog in Sicherheit sein. Jakoven hatte sie schon einmal abholen lassen.

Sie zündete am abgedeckten Feuer eine kleine Kerze an und stellte sie in einen Kerzenhalter auf dem Tisch neben meinem Bett. Das flackernde Licht ließ Rottöne in ihrem dunklen Haar aufschimmern. Die Dunkelheit hinter den Vorhängen sagte mir, dass ich länger mit geschlossenen Augen wach gelegen hatte, als mir klar gewesen war – oder vielleicht war ich doch eingeschlafen.

»Als ob ich an einem sicheren Ort hocken bliebe, wenn ich helfen kann«, sagte sie forsch. »Ich bin gekommen, um bei deiner Befreiung aus dem Asyl zu helfen – obwohl du dich am Ende selbst befreit hast.«

Das Asyl. Die Drogen hatten mir nur eine jämmerlich geringe Handvoll von Erinnerungen zwischen den Albtraumbildern gelassen. Ich schloss verlegen die Augen. »Du warst dort, in meiner Zelle. Ich glaubte, ich hätte es mir vielleicht nur eingebildet.« Ich dachte daran, wie dumm ich gewirkt haben musste, als ich mich unter dem Stroh versteckt hatte, und lachte.

»Was?«, fragte sie.

»Ich wünschte mir nur gerade, ich hätte ein bisschen Stroh, um meinen Kopf darunter zu verstecken«, sagte ich mit mehr Bitterkeit als Humor.

Ihre Hand, so schwielig wie meine, berührte meine Schläfe und dann meine verschwitzte Wange. »Oreg sagt, du solltest dich in ein paar Tagen besser fühlen.«

»Das hat er mir auch gesagt.«

»Nachdem ich herausgefunden hatte, wo du warst, hat Oreg versucht, dich zu holen.« Sie zog plötzlich die Hand weg, als wäre ihr erst jetzt aufgefallen, dass sie mich berührte.

Obwohl die Männer des Königs mich geschrubbt und gereinigt hatten und ich es in Duraughs Haus noch einmal gründlicher wiederholt hatte, hing vielleicht immer noch der Gestank des Asyls an mir. »Das weiß ich.« Ich erinnerte mich daran, wie die Hurog-Magie mich gerufen hatte, als ich versucht hatte, mich zu ertränken – war das heute Früh oder am Abend zuvor gewesen? »Die Tamerlain konnte mich auch nicht herausholen. Der Teil des Asyls, in dem ich war, wurde entworfen, um auch Magie gefangen zu halten.«

»Die Tamerlain?«

Sie wusste selbstverständlich, was die Tamerlain war, aber ich bezweifelte, dass sie wirklich an ihre Existenz glaubte. Ich hätte das Geschöpf nicht erwähnen sollen – immerhin kam ich gerade aus einem Asyl für Verrückte. Ich sah mich um, aber die Tamerlain war verschwunden, nachdem sie getan hatte, was sie konnte.

»Du hast wirklich die Tamerlain gesehen?« Sie klang eher staunend als zweifelnd.

»Sie hat es mir möglich gemacht, diese kleine Posse vor Jakovens Hof aufzuführen«, erwiderte ich.

»Wer bist du, dass Aethervon selbst sich für dich interessiert?«, fragte sie.

Ich war nicht bereit, mir solch unverdiente Bewunderung zuteil werden zu lassen. Ich fühlte mich besudelt und klein, also schnaubte ich und sagte die Wahrheit. »Eine Spielfigur. Mach dir keine Hoffnungen, Aethervon hat alles getan, was er tun wollte.«

Tisala hockte sich neben mein Bett und sah mir fest in die Augen. »Sag mir noch einmal, was du von Alizons Rebellion hältst.«

Ich setzte mich hin und rieb mir müde das Gesicht. »Wenn das hier ein ernsthaftes Gespräch werden soll, würdest du dann bitte ein paar mehr Kerzen anzünden, damit ich dich sehen kann, wenn ich mit dir spreche?« Die Schatten im Raum erinnerten mich an die Zelle im Asyl.

Als sie fertig war, zog sie sich einen Sessel ans Bett. Das Anzünden der Kerzen und Herumzerren der Möbel hatte mir genug Zeit verschafft, um zu dem Schluss zu kommen, dass ich zwar nicht verpflichtet war, ihr gegenüber vollkommen ehrlich zu sein, es aber trotzdem sein würde.

»Der Zeitpunkt ist immer noch falsch für eine Rebellion«, sagte ich. »Die Ernte war dieses Jahr gut, nicht nur in Shavig, sondern auch in Tallven und Oranstein. Mein Vater sagte immer, dass volle Bäuche gute Untertanen machen, und er hatte recht. Jakovens Steuern sind gerecht. Er hat niemanden übermäßig unterdrückt. Es ist unwahrscheinlich, dass Alizon mehr Adlige aus Avinhelle von Jakoven weglocken kann, und die Adligen aus Tallven und Avinhelle können größere, besser ausgebildete Heere aufstellen, als Shavig, Seefurt und Oranstein zusammen, selbst wenn Alizon sie wirklich alle zusammenbringen könnte – was nicht der Fall ist. Als Belohnung für den Kampf gegen eine überlegene Streitmacht verspricht Alizon, einen König aus Tallven durch einen anderen zu ersetzen, nämlich ihn selbst. Und er ist von niederer Geburt. Ich fürchte, dein Vater ist nicht der einzige Oransteiner, der sich weigert, ihm zu folgen.«

Sie lauschte mir mit angestrengt ausdrucksloser Miene. Gegen Ende meiner Ansprache wandte sie sich ab.

Ich zuckte die Achseln. »Aber ich sage dir auch, was sich verändert hat. Jakoven hat es für mich unmöglich gemacht, mich der Rebellion nicht anzuschließen.«

Sie riss den Kopf wieder zu mir herum und hielt auf meiner nackten Brust und den Schultern Ausschau nach Wunden, die nicht da waren. Bei allen Schmerzen, die ich erduldet hatte, hatte ich im Asyl nur Blut an die Läuse verloren – und an den Fluch.

»Was hat er dir angetan?«

Ich lächelte sie an, aber das schien sie nicht zu trösten, also hörte ich auf. »Er hat Farsons Fluch gefunden.«

Sie wirkte zunächst verwirrt, dann fiel es ihr ein. »Ich dachte, Farson hätte ihn zerstört – er oder der Kindkaiser.«

Ich schüttelte den Kopf. »Jakoven hat ihn gefunden, als er das Schloss renovieren ließ. Er braucht Drachenblut, um ihn zu aktivieren.«

»Oreg«, flüsterte sie.

Ich spürte, wie ich die Brauen hochzog. Woher wusste sie von Oreg? Kein Wunder, dass sie meine Begegnung mit der Tamerlain akzeptiert hatte. Von Drachen zu den Dienern von Göttern war es nur ein kleiner Schritt.

Ich hätte an dieser Stelle aufhören können. Sie hätte geglaubt, dass ich mich Alizon um Oregs willen anschließen würde.

»Mein Blut hat an dem Fluch ebenfalls etwas bewirkt«,

sagte ich. »Ich muss jede Person mit Hurog-Blut von ihm fernhalten. Wenn Alizon bereit ist, werde ich mich offen auf seine Seite stellen. Wenn nicht, wird Hurog allein rebellieren. Entweder das, oder wir erlauben Jakoven Zugang zu der gleichen Macht, die das Kaiserreich stürzte.«

Sie starrte mich einen Augenblick an, dann sagte sie schlicht: »Der Grund, weshalb ich wusste, wie man ins Asyl gelangt, bestand darin, dass nicht Alizon das Herz der Rebellion ist, sondern Kellen.«

»Kellen?«, fragte ich verblüfft. Der Bruder des Königs – ich erinnerte mich an einen stillen, klugen Jungen, der ein paar Jahre älter war als ich. Mein Herz begann zu rasen, denn das gab mir tatsächlich eine Spur von Hoffnung. Kellen war legitim, und noch mehr, Jakoven hatte ihm schreckliches Unrecht angetan, und er hatte allen Grund zur Rebellion. Mit Kellen würde die Rebellion, die Alizon anführte, eine viel größere Aussicht auf Erfolg haben.

»Er ist schon sehr lange dort, Ward«, sagte Tisala. »Seit das Asyl gebaut wurde. Wir haben ihn bisher da gelassen, weil es der sicherste Ort für ihn war – Alizon wusste, dass wir auf Erfolge warten mussten. Aber er war zu lange dort. Er ist bei Verstand, aber …« Ihre Stimme verklang.

»Aber nicht gerade gesund«, schloss ich und schauderte innerlich bei dem Gedanken an Jahre im Asyl. »Wie lange ist es her?« Kellen war irgendwann, nachdem mein Vater mich dumm geprügelt hatte, verschwunden; ich konnte mich nicht genau erinnern, wann. Aber ich wusste, dass es lange her war.

»Über zehn Jahre«, sagte sie.

Meine Gedanken mussten sich wohl auf meinem Gesicht gezeigt haben, denn sie fuhr fort: »Es ist nicht so schlimm wie das, was sie dir angetan haben. Sie lassen ihn überwiegend in Ruhe. Wir haben nach einer sicheren Möglichkeit gesucht, ihn herauszuholen. Oreg sagte, er werde es versuchen, wenn du einverstanden bist.«

Sie klang flehentlich, und mir wurde klar, dass sie sich Sorgen machte, ich könnte mich weigern. »Wenn Oreg ihn herausholen kann, werden wir das tun. Wir nehmen ihn mit nach Hurog, wenn niemand einen besseren Plan hat. Ich denke, die Zwerge werden einverstanden sein, ihn von dort aus an einen sichereren Ort zu bringen.«

Ich schwang die Beine auf den Boden, aber dann erlitt ich einen neuen Anfall und konnte eine Weile nichts mehr tun. Als ich mich genug beruhigt hatte, um wieder aufmerksam zu sein, hatte Tisala mich aufs Bett zurückgedrückt und sang leise für mich.

»Es geht mir wieder besser«, sagte ich schließlich. »Würdest du bitte Oreg finden und ihn herbringen?«

Sie sah mich an, aber ich konnte nicht erkennen, was sie dachte. Einen Augenblick später ging sie.

Ich musste wohl eingeschlafen sein, denn es kam mir vor, als hätte ich nur geblinzelt, und dann stand Oreg vor mir. Tisala war nicht da.

Als er sah, dass ich ihn bemerkt hatte, sagte er: »Tisala hat dir von dem Mann erzählt, den ich für sie aus dem Asyl holen soll.«

Ich nickte. »Es muss geschehen – wenn du es ohne Gefahr für dich tun kannst.«

»Es ist die Gefahr für dich, an die ich denke«, erwiderte er ganz offen. »Wenn ein Mann am selben Tag, an dem du herauskommst, aus dem Asyl verschwindet, wird der König annehmen, du hättest etwas damit zu tun.«

»Ich bin sowieso nicht gerade sein liebster Shavigmann. Es zählt jetzt nicht mehr. Am Ende steigen die Aussichten, dass ich bis ins hohe Alter überlebe, gewaltig, wenn wir Kellen herausholen.«

Ich wartete einen Augenblick, dann fuhr ich zögernder fort: »Ich bitte dich ungern, aber ich denke, es ist unsere einzige Gelegenheit. Die Rebellion braucht einen Helden – und Kellen könnte, wenn ich ihn richtig in Erinnerung habe, genau der passende Mann sein.«

Er bedachte mich mit einem seltsamem Blick und sagte: »Ich erwarte nicht, dass du mich wieder umbringst und meine Knochen benutzt, um Jakoven zu vernichten, Ward. Hör auf, dich wegen einer Tat schuldig zu fühlen, die Jahrhunderte vor deiner Geburt geschah. Du kannst mich um alles bitten, ohne dass du dich schuldig fühlen musst. Ich bin alt genug, um mich zu weigern, wenn ich das will.«

Ich nickte, dann sagte ich: »Jakoven hat Farsons Fluch gefunden.«

Oreg riss den Kopf hoch, und seine Augen begannen zu blitzen, wie sie es immer taten, wenn er aufgeregt war. »Bist du sicher?«

Ich beschrieb den Stabkopf rasch, dann sagte ich: »Ich weiß nicht, was er damit vorhat – ich bin nicht wirklich sicher, wofür er gut ist. Aber als er mich im Asyl hatte, hat er mein Blut benutzt, um die Magie zu wecken. Etwas ist tatsächlich passiert, aber es war nicht das, was er erwartete.«

Stück für Stück holte Oreg die ganze Geschichte aus mir heraus. Er tat meine Überzeugung ab, dass einiges von den Dingen, die ich in Gegenwart des Fluchs gespürt hatte, auf die Drogen zurückzuführen war.

»Blau!«, rief er. »Und die Magie hat sich verändert?«

Ich wand mich ein wenig, aber dann sagte ich es ihm. »Sie hat mich erkannt.«

»Blau«, murmelte er und rieb sich zerstreut die Wange. »Ich habe noch nie gehört, dass so etwas geschehen wäre.«

»Jakoven ebenfalls nicht. Deshalb bin ich sicher, dass er mich jagen wird – oder einen anderen Hurog. Ich nehme an, es ist gleich, welcher von uns es ist.« Mir kam ein schrecklicher Gedanke. »Vater und Großvater haben überall in Hurog Kinder gezeugt. Ich muss sie warnen!«

»Wie hat er den Stein mit deinem Blut gesalbt?«, fragte Oreg. »Hat er eine Zeremonie …«

»Nein«, sagte ich. »Er hat mich einfach in den Arm geschnitten, das Blut auf ein Tuch tröpfeln lassen und es auf den Stein gerieben.«

Oreg verzog das Gesicht und setzte sich neben mich. »Was für eine Art Tuch? Leinen, Baumwolle, Seide?«

»Ich weiß es nicht«, sagte ich, aber dann schloss ich die Augen und versuchte mich an das Gefühl des Tuchs an meiner Wange zu erinnern. »Keine Seide. Vielleicht Leinen.«

»War noch etwas an dem Tuch? War es sauber?«

»Sauber«, erklärte ich zunächst, aber dann fiel mir etwas ein. »Oder zumindest war es das am Anfang. Er hat mir das Gesicht damit abgewischt – und ich war ziemlich schmutzig.«

»Schweiß«, murmelte Oreg, dann erstarrte er. »Kein Schweiß. *Tränen.* Tränen. Ward, hatte er deine Tränen an dem Tuch?«

Oreg würde nicht schlecht von mir denken – er hatte in seinem langen Leben so viel Schmerz erfahren –, also gab ich zu, was kein Sohn meines Vaters einem anderen gegenüber zugegeben hätte. »Ja.«

»Ha!«, sagte Oreg triumphierend, stand auf und stieß melodramatisch die Faust in Richtung Decke. »Nimm dies, du Bastard! Ha!« Grinsend wandte er sich mir zu. »Ich wette,

Jakoven hat vergessen, dass er dir das Gesicht abgewischt hatte – oder moderne Magier wissen nicht mehr, wie groß die Kraft einer Träne sein kann.«

»Was hat es also bewirkt?«, fragte ich.

Oreg, immer noch grinsend, schüttelte den Kopf. »Ich habe keine Ahnung. Aber es wird das Wesen des Fluchs ändern – du sagtest, er habe dich erkannt.«

Ich nickte. »Beinahe so, wie Hurog mich erkennt, wenn ich nach Hause komme.«

Er schwieg eine Weile, dann sagte er ernst: »Farson war der Enkel meines Halbbruders. Wusstest du das?«

Es ist eine Sache zu wissen, dass Oreg uralt ist, aber etwas anderes zu begreifen, was das bedeutet. Mit ein wenig Anstrengung gelang es mir, nicht den Mund aufzureißen.

»Er war dumm und rücksichtslos, und er hat sich immer darüber geärgert, Drachenblut zu haben, aber nichts weiter als ein wenig Magie daraus beziehen zu können«, sagte Oreg. »Er war der erste Hurog, der keine Drachengestalt annehmen konnte, und daher besessen von Drachen. Farson hat drei Drachen getötet, um sein Spielzeug herzustellen, und ihren Geist für alle Ewigkeit an den Blutstein gebunden – ich dachte immer, es könnte sich um eine Variation des Banns gehandelt haben, der mich an Hurog band, aber Farson war kein so guter Zauberer wie mein Vater. Wenn ich diesen Stein hätte, würde ich mir Gedanken machen, ob die Geister der Drachen immer noch so fest an Gehorsam gebunden sind.« Oreg grinste boshaft. »Vielleicht werden wir uns nicht mehr lange wegen Jakoven sorgen müssen.«

»Kannst du Kellen aus dem Asyl holen?«, fragte ich.

Oreg nickte. »Wenn er sich nicht in dem gleichen Flügel befindet wie du, werde ich es irgendwie schaffen. Ich habe seinem Diener gesagt, er soll sich mit uns an der Straße nach

Menogue treffen, nachdem er von Kellens Verschwinden gehört hat.« Er hielt inne. »Kellen wird die gleichen Probleme haben, sich als das zu erkennen zu geben, was er ist, wie du sie hattest.«

Ich lachte. »Nein. Niemand hat Kellen je bezichtigt, dumm zu sein – nur verrückt. Das ist nicht das Gleiche. Ein dummer Herrscher ist ein viel größeres Problem als ein verrückter.«

»Wir müssen warten, bis du reisen kannst, bis wir ihn rausholen«, sagte Oreg. »Das wird Beckram die Gelegenheit geben, Ciarra aus Iftahar zu holen.«

»Er wird mehr holen müssen als Ciarra, Oreg«, sagte ich. »Du musst Duraugh und Beckram von Kellen erzählen. Hurog ist jetzt eingeschneit, und bis zum Frühling wird es schwer zu belagern sein. Iftahar jedoch wird an Jakoven fallen, sobald er daran denkt, es einzunehmen – was nicht lange nach Kellens Verschwinden der Fall sein wird.« Ich dachte kurz nach. »Sag ihnen, es gibt in Hurog genug Getreide, um tausend Personen sechs Monate zu ernähren. Wenn Duraugh glaubt, dass wir mehr brauchen, wird Beckram es mitbringen müssen.«

»Ich werde es ihnen sagen«, versprach Oreg. »Da wir hier festsitzen, bis du reisen kannst, werden sie wahrscheinlich vor uns in Hurog sein. Wir sollten einen Boten nach Hurog schicken und Stala vorwarnen.«

»Ja«, stimmte ich zu. Der Gedanke, noch länger in Estian zu bleiben, verwandelte meine Knie in Wasser. Ich versuchte, meine Angst zu verbergen und mir eine Alternative einfallen zu lassen, aber ich hatte kein größeres Vertrauen in meine Fähigkeiten als Oreg.

»Der König wird sich wundern, wenn Beckram morgen allein aufbricht«, sagte ich. »Wenn wir Estian gemeinsam verlassen, wird er nicht wissen, dass Beckram sich später von uns trennt und in eine andere Richtung reitet. Wir können in Menogue lagern. Niemand wagt sich dorthin, also sollte es sicher sein, solange Jakoven uns nicht verfolgen lässt.«

Oregs Nasenlöcher zuckten, das konnte ich selbst im trüben Kerzenlicht sehen. Er hatte keine angenehmen Erinnerungen an Menogue. »Was ist mit Aethervon?«

»Es war die Tamerlain, die mir gestattete, Jakoven ohne die Auswirkungen der Kräuter seiner Magier gegenüberzutreten. Ich denke, Aethervon wird uns Zuflucht gewähren. Die Tamerlain sagte, es gebe dort nun ein paar Leute. Es klingt, als sammele Aethervon aus irgendwelchen Gründen neue Anhänger.«

»Verlass dich nicht auf die Götter«, sagte Oreg.

»Nein«, stimmte ich zu. »Ich erwarte nicht, dass er uns beim Kampf gegen Jakoven hilft, aber das sollte auch nicht notwendig sein. Jakoven wird eine angemessene Rache planen – uns zu verfolgen, wird für ihn nicht an erster Stelle stehen, bis wir Kellen befreien.«

Ich gähnte. Oreg scheuchte mich wieder unter die Decke, und ich schickte ihn in sein eigenes Bett. Ich hatte seit meiner Gefangenschaft im Asyl nicht viel geschlafen und war zu müde, um noch wach zu bleiben.

Der Traum begann harmlos. *Ich wartete in einem großen Raum, der noch großartiger war als der, den die Zwerge in Hurog für mich eingerichtet hatten. Meine Füße ruhten auf einem dicken Teppich, der auf einem mit Malachit eingelegten Marmorboden lag.*

Die Tür vor mir ging auf, und ein bleicher Adliger aus Tallven, den ich vage vom Hof her kannte, kam herein und fiel sofort vor mir auf ein Knie.

»Ah«, sagte ich. »Es war sehr freundlich von Euch, meinem Ruf sofort zu folgen. Ihr erzähltet mir einmal von einer Hure von Hurog-Blut, die Ihr hin und wieder aufsuchtet.«

»Ja, Sire«, sagte der Mann. »Sie starb vor ein paar Jahren.«

Es lag keine Untertänigkeit in seiner Stimme, und ich kam zu dem Schluss, es könnte notwendig sein, ihn besser zu erziehen – aber im Augenblick hatte ich Verwendung für ihn. »Sie hatte ein Kind vom alten Hurogmeten.«

»Das behauptete sie, Sire. Der Hurogmeten hat sie ein paarmal aufgesucht, Sire. Ich sah ihn dort selbst.«

»Ein Hurog-Junge von einer Mutter, die selbst Hurog-Blut hatte, sollte das Blut konzentrieren«, murmelte ich, dann wandte ich die Aufmerksamkeit wieder meinem Informanten zu. »Wie alt ist dieses Kind jetzt?«

Der Blick des Mannes wurde ausdruckslos. »Das weiß ich nicht, Sire. Er war vielleicht zehn, als ich ihn zu letzten Mal sah.«

Ein Junge, *dachte ich.* Hervorragend. *Ich mochte Jungen.*

Die Gedanken, die diese Worte begleiteten, weckten mich, und dann übergab ich mich in den Nachttopf neben dem Bett. Ich setzte mich auf den kalten Boden, und Schweiß lief mir über die Stirn.

Jakoven. Ich war in Jakovens Kopf gewesen. Obwohl der Geruch sich langsam auflöste, konnte ich immer noch die Magie riechen, die sich in meinem Zimmer befunden hatte, als ich aufgewacht war. Wessen Magie das war, wusste ich nicht, aber ich kam zu dem Schluss, dass ich einen Wahrtraum gehabt hatte. Diese Gedanken waren nicht aus meinem eigenen Kopf gekommen.

»Nein, das sind sie nicht«, sagte die Tamerlain aus der Zimmerecke. »Du träumst wahre Träume, die Aethervon dir schickt. Sie sollen dir helfen.«

Ihr Götter, dachte ich. *Jakoven ist hinter einem Kind her!*

»Ich schulde dir Dank für deine Hilfe«, sagte ich und wischte mir den Mund mit einem Tuch ab, das auf einem kleinen Tisch neben einer Schüssel mit Wasser lag. »Und für die Träume, wenn ich den Jungen vor Jakoven finden kann.«

Sie schnurrte und rollte sich herum wie ein verspieltes Kätzchen. »Nichts zu danken. Wir sind es, die in deiner Schuld stehen.«

Sie verschwand, bevor ich antworten konnte, und ich starrte die Stelle an, wo sie gewesen war. Ich wollte nichts so sehr, wie mich nach Hurog zurückschleichen und in den nun vom Schnee überzogenen Hügeln verkriechen, bis die Götter mich riefen – aber ich würde nicht erlauben, dass ein Junge in Jakovens Klauen geriet, und Jakoven würde mich auch nicht in Frieden lassen.

Es dauerte lange, bis ich wieder unter die Decke kroch und versuchte, noch ein wenig zu schlafen.

Wieder hatte ich Träume, aber diesmal waren es normale Albträume, die das Asyl bewirkt hatte. Ich träumte von schrecklichen Ungeheuern, die mich wieder und wieder angriffen, während ich versuchte, mich in Stroh zu verstecken, das mir aus der Hand fiel. Dann jedoch vertrieb eine leise Stimme, die mich an grüne Äpfel und sauberen Regen erinnerte, die Ungeheuer und bewachte mich, sodass ich mich in Sicherheit bringen und verstecken konnte.

Ich träumte von einem Edelstein, der über mir in der Luft hing und von dem rotes Blut auf meine Brust tropfte. Ich versuchte, mich wegzurollen, aber ich war auf dem mit Leder bezogenen Tisch festgebunden. Das Blut wurde zu einer Flut, die mich zu ertränken drohte, und ich erwachte keuchend.

»Du bist in Sicherheit, Ward«, erklang Tisalas Stimme aus

dem Schatten des kleinen Zimmers. Sie verlagerte unbehaglich das Gewicht, und ich bemerkte den Umriss eines Holzstuhls, der gegenüber von meinem Bett an der Wand stand. »Schlaf weiter.«

Irgendwie gestattete mir das Wissen um ihre Anwesenheit, genau das zu tun.

9 WARDWICK

Überleben ist kein angenehmes Geschäft.

Ich erwachte in finsterer Stimmung. Am Tag zuvor war mir alles unwirklich erschienen, aber an diesem Morgen erinnerte ich mich an die Demütigungen meiner Gefangenschaft.

Ich wusste nicht alles vollkommen klar, es waren überwiegend Einzelheiten, aber es genügte. Ich erinnerte mich daran, in jeder erdenklichen Weise die Kontrolle über meinen Körper verloren zu haben, erinnerte mich, Jadeauge angefleht zu haben, er solle aufhören und nicht aufhören. Ich fühlte mich schmutzig und benutzt.

Tisala schlief rücklings auf dem Stuhl, die Arme auf der Rückenlehne gefaltet, das Kinn auf die Unterarme gestützt. Ich wollte nicht, dass sie mich sah, denn ich war irgendwie überzeugt, dass das, was ich unter Jadeauges Händen getan hatte, mir auf die Haut geschrieben stand.

Rasch zog ich an der Decke, bis sie meine jämmerliche Person vollkommen bedeckte. Wenn ich ein Messer gehabt hätte, hätte ich mir die Kehle durchgeschnitten.

Die Tür ging auf, und Oreg, dessen leichter Schritt unverkennbar war, kam herein.

»Also gut, Tisala«, sagte er. »Zeit für einen Wachwechsel. Auf der anderen Seite dieser Wand gibt es ein Bett, auf dem dein Name steht.«

»Autsch«, beschwerte sie sich, und ich hörte, wie die Stuhlbeine über den Holzboden rutschten. »Obwohl jeder, der im Wachdienst einschläft, es verdient hat, steif zu sein.«

»Geh schlafen«, murmelte Oreg, und ich hörte ihm an, wie gern er sie hatte. »Ich habe dir doch gesagt, dass ich direkt auf der anderen Flurseite schlafe. Du hättest nicht hierbleiben müssen.«

»Doch«, sagte sie und gähnte. »Er hat auch über mich gewacht, als es mir schlecht ging.«

Er wartete, bis sie hinausgeschlurft war und die Tür hinter sich geschlossen hatte.

»Also gut, Ward«, verkündete er. »Zeit aufzuwachen und sich dem Tag zu stellen.«

Ich holte tief Luft und zog die Decke ein wenig weg. »Guten Morgen«, sagte ich und versuchte, normal zu klingen.

Oreg setzte sich ans Fußende. »Wie hast du geschlafen?«

Ich setzte dazu an, ihn anzulügen und zu behaupten, dass ich mich gut ausgeruht hatte, als mir einfiel, dass zumindest einer meiner Albträume wichtig war. »Die Tamerlain war hier – ich weiß nicht, ob ich dir schon von ihrer Rolle in dieser Angelegenheit erzählt habe. Gestern ist ein bisschen verschwommen.«

Oreg nickte. »Du hast uns allen erzählt, dass sie deinen Kopf klargebrannt hat, damit du vernünftig denken und Jakovens Pläne vereiteln konntest. Aber es war eine knappe Sache. Ich habe mit dem Gardisten gesprochen, der Zeuge der Szene im Thronsaal wurde, weil er dort postiert war, um nötigenfalls die Leute deines Onkels zu rufen. Er sagte, wenn dein Onkel Tosten nicht festgehalten hätte, wäre er dem König an die Kehle gegangen.«

Ich wollte nicht daran denken, wie dicht ich daran gewesen war, dass meine ganze Familie wegen Verrats hingerichtet worden wäre. »Die Tamerlain ist letzte Nacht hier erschienen und sagte mir, Aethervon habe mir das Geschenk eines Wachtraums gemacht – aus Dankbarkeit für die Reinigung des Lands, sagte sie, glaube ich. Ich träumte, dass der König nach einem Jungen suchte, dem Sohn meines Vaters und einer Hure mit Hurog-Blut. Die Mutter des Jungen ist tot. Aber er hat Hurog-Blut von beiden Seiten.«

»Kannst du ihn mithilfe deiner Magie finden?«, fragte Oreg.

Ich schüttelte den Kopf. »Der Traum hat mir nur die Seite des Königs gezeigt. Ich muss den Jungen sehen, bevor ich ihn mit meiner Magie finden kann.« Dann überfiel mich ein Gefühl der Schwäche, das mir immer vertrauter wurde. »Ah, ihr Götter«, flüsterte ich, bevor mein Körper sich wieder schüttelte, als werde er auseinanderfallen.

Es folgte ein ausgesprochen unangenehmes Zwischenspiel. Oreg hielt mich im Arm, bis es vorbei war, dann transportiere er mich zum Stuhl, verbrannte meine Kleidung und die Laken und säuberte das Zimmer. Er ging hinaus, und als er wiederkam – in sauberer Kleidung, denn ich hatte es geschafft, ihn ebenfalls zu beschmutzen – brachte er frische Laken und Kleidung für mich. Während ich mich anzog, machte er das Bett.

»Sehr effizient«, sagte ich und setzte mich steif aufs Bett.

»Glaubst du, du bist der erste Hurog, dessen Körper gegen die Gifte rebelliert, die in ihn hineingepumpt wurden?«, fragte er. »Wenn ich nach all diesen Jahren nicht effizient wäre,

wäre es wirklich eine Schande. Die meisten haben sich diesem Laster sogar freiwillig hingegeben. Schlaf weiter, Ward. Duraugh muss Befehle schreiben, die Beckram zum Seneschall von Iftahar bringt, also werden wir erst in ein paar Stunden aufbrechen. Ich werde mit Tisala über deinen neuesten Streuner sprechen. Sie hat gute Kontakte in Estian. Wenn es auf diesen Straßen einen jungen Hurog gibt, wird sie ihn finden.«

Er ging, und ich lehnte mich zurück. Ich fühlte mich sogar noch schlimmer als beim Aufwachen. Als ich an die Decke starte, öffnete Tosten die Tür, die zerschlagene Schoßharfe in der Hand.

Er warf mir einen abschätzenden Blick zu. »Du siehst schlimmer aus als gestern. Oreg fand, du müsstest aufgeheitert werden – und ich sollte herkommen und mich nützlich machen.«

Ich wusste nicht, was ich sagen sollte, also schwieg ich.

»Sieht aus, als hätte er recht gehabt.« Tosten nickte. »Du musst unbedingt *Die Ballade von Hurogs Drachen* hören, ein Lied, das in den Schänken von Estian immer beliebter wird.«

Er zog sich Tisalas Stuhl zurecht, setzte sich und begann ein Lied zu spielen, das angeblich die Geschichte eines Bewaffneten aus Shavig war, der sie in einer Schänke in Tallven seinen Zuhörern erzählte. Für mich war es offensichtlich, dass es sich um eine von Tostens eigenen Kompositionen handelte.

Etwa auf halbem Weg sprang ich ungläubig auf. »Er tat was?«

Tosten hörte auf zu spielen. »Oreg hat sich wirklich Sorgen um dich gemacht, Ward. Es war nicht seine Schuld. Keines der Pferde wurde verletzt, und er machte diese Sache, die die Leute wegschauen lässt. Ich wette, nicht einmal ein halbes Dutzend Männer haben wirklich einen guten Blick auf ihn werfen können.«

»Und du singst darüber in den Schänken? Niemand sollte etwas von unserem Drachen wissen.«

»Oh«, sagte er. »Darum haben wir uns gekümmert. Tatsächlich war es Tisalas Vorschlag, und ich habe ein bisschen daran gearbeitet. Hör dir den Rest an.«

Der Erzähler und sein Kamerad nutzten ihre Geschichte, um einen Adligen aus Tallven (der Ähnlichkeit mit mehreren von Jakovens Kumpanen hatte) von seinen Freunden weg und in den Wald zu locken. Dort zogen die Shavigmänner ihn aus und fesselten ihn. Sie nahmen seine Sachen mit und brachten sie in die Schänke zurück mit einem Brief, der ihn warnte, dass er eine gewisse Erbin aus Shavig in Ruhe lassen sollte, oder sie würden die Geschichte seiner Demütigung überall verbreiten.

Mit einem Lachen sank ich wieder aufs Bett. »Ein mitreißendes Lied.«

Tosten war erfreut. »Das dachte ich auch. Ich habe schon mehrere andere Sänger gehört, die es spielten – oder eine Version davon.«

»Danach wird niemand mehr zugeben, dass er an Drachen in Hurog glaubt«, sagte ich.

»Darum ging es überwiegend«, stimmte er mir zu. »Geht es dir jetzt besser?«

»Überwiegend«, sagte ich. »Danke, Tosten.«

Ich hatte noch einen Zitteranfall am Nachmittag dieses Tages, aber er war nicht annähernd so schlimm. Oder wäre nicht so schlimm gewesen, hätte ich nicht auf halbem Weg den steilen Pfad nach Menogue hinauf auf Feder gesessen. Ich blieb nicht im Sattel, und einen Augenblick lang dachte ich, jemand zwänge die arme Feder, auf mich zu fallen, als sie versuchten, sie an dem steilen Hang von mir wegzubewegen, und sie ins Rutschen geriet.

Also kam ich direkt unter Feders Bauch wieder zu Kräften.

»Verdammt«, sagte ich nachdrücklich, als ich mich vorsichtig unter meinem Pferd wegrollte. »Braves Mädchen, du hast alles richtig gemacht. Es war nicht deine Schuld.« Nachdem ich sie über den Verlust ihres Stolzes hinweggetröstet hatte, stieg ich mit Tostens Hilfe wieder auf und protestierte nicht, als Oreg und Tosten ihre Pferde von anderen führen ließen und auf beiden Seiten neben mir hergingen.

Während Feder sich den Pfad hinaufarbeitete, dachte ich, wenn das Heer des Königs uns diesen Hügel mit den steilen Hängen und der flachen Kuppe – hier im Flachland hielten sie so etwas schon für einen Berg – hinaufjagen wollten, sollte es das ruhig tun. Ein Heer, das diesen Aufstieg hinter sich hatte, würde oben nicht in kampffähigem Zustand eintreffen.

Wie die Tamerlain mir gesagt hatte, waren inzwischen einige Anhänger von Aethervon in Zelten zwischen den Ruinen des Tempels zu finden. Sie hießen uns willkommen, als wir eintrafen, als hätten sie uns erwartet.

Ich verschlief den größten Teil des restlichen Tags. Oreg entdeckte diverse Gründe, wieso er Kellen unmöglich vor dem nächsten Abend retten konnte. Unausgesprochen blieb seine Überzeugung, dass ich zumindest einen weiteren Tag Ruhe brauchte, bis wir nach Hurog weiterzogen.

Als die Sonne nach unserer ersten Nacht in Menogue aufging, frühstückte ich zusammen mit den neuen Anhängern von Aethervon, zwei jungen Männern und einer alten Frau, und sah mich dann um. Es gab nichts zu tun, ehe es dunkel wurde, und herumzuliegen gab mir zu viel Zeit, um an das Asyl zu denken.

Meine Füße führten mich zu den Ruinen auf dem alten Tempelgelände. Es war ein Weg, den ich schon einmal zurückgelegt hatte, und ich konnte die Unterschiede erkennen, die die neuen Priester bewirkt hatten. Das Gras war geschnitten und Blumen waren gepflanzt worden, aber die Holzhütte, die Menogue als neuer Tempel diente, stand immer noch im Schatten der halb eingestürzten Mauern, die hinter ihr aufragten und sie vor der Sonne verbargen. Das schlichte Holzgebäude verblasste im Kontrast zu den kunstvollen Steinmetzarbeiten der Handwerker der alten Zeit. Ein paar heruntergefallene Steinblöcke waren weggeschafft worden, und dort, wo sie vor zwei Jahrhunderten gefallen waren, gab es nun leere Flecke auf der Erde.

Ich setzte mich in den Schatten der alten Ruine und schauderte. Inzwischen würde es in den Bergen von Shavig wohl schneien. Ich schloss die Augen und tastete in Gedanken nach außen, wie Oreg es mir in Hurog beigebracht hatte. Ich wollte sehen, ob die Magie hier tatsächlich so war, wie ich sie in Erinnerung hatte. Als ich Hand ausstreckte und die morgenkalten Wände des alten Tempels berührte, fand ich, was ich gesucht hatte.

Sie war uralt, diese Magie, und anders als die von Hurog enthielt sie Erinnerungen. Ich sah Dinge, die ich mir nicht erklären konnte, Schlachten und große Siege oder Niederlagen, aber noch viel mehr alltägliche Erinnerungen, einen Mann, der einen schwarzen Stein in der Hand hielt und ihn gegen die Rinde eines Baums schleuderte, sodass er zerbrach, und eine Frau, die lachend eine reife Frucht aß. Mir lief das Wasser im Mund zusammen, und ich wusste, dass die Frucht säuerlich und saftig war. Tätowierungen zeichneten meine Handgelenke, und ich hasste sie bitterlich, weil sie mich als Dieb kennzeichneten – obwohl ein Teil von mir sicher war, dass ich nie von einem Ort gehört hatte, wo man Diebe tätowierte. Das hier waren Erinnerungen der Menschen, die sich in der Vergangenheit um den Tempel gekümmert und die Magie mithilfe von Aethervon geformt und sie gebunden hatten, bis sie seinen Tempel schützte, es sei denn, Aethervon selbst hielt sie zurück – wie er es getan hatte, als sie überrannt wurden. Es war dieser Teil der Magie von Menogue, der mich an die ölig-schwarze Magie erinnerte, die aus Farsons Fluch gedrungen war: Magie ohne Richtung, aber stark und mit einem Bewusstsein.

Ich zog die Hand von der Wand zurück und bemerkte, dass der Schatten, in dem ich saß, verschwunden war – ebenso wie die innere Finsternis, die das Asyl mir auferlegt hatte. Zum ersten Mal, seit ich Hurog verlassen hatte, fühlte ich mich in Frieden.

»Oreg war vor einer Weile hier«, sagte Tisala. Sie hatte sich auf einem der massiven Steine niedergelassen, die einmal die Wölbung der Kuppel gebildet hatten. Nahe genug, um Wache zu halten, dachte ich, aber nicht so nahe, dass es mich gestört hätte. »Er sagte, du hingest Tagträumen nach, und ich solle ihn holen, wenn du bis zum Mittag nicht aufwachen würdest.« Sie warf einen Blick zur Sonne, die direkt über unseren Köpfen stand. »Er hat mich auch gebeten, dich zu fragen, ob du etwas erfahren hast.«

Ich nickte bedächtig. »Ich habe erfahren, dass es nicht gut ist, denn ganzen Morgen zu sitzen – bitte hilf mir hoch.«

Sie grinste und kam näher, um mich hochzuziehen. Ich ließ sie ein wenig arbeiten, bevor ich ächzend und mit protestierenden Gelenken aufstand.

»Du wirst alt«, stellte sie kopfschüttelnd fest. »Ich konnte deine Gelenke knacken hören.«

Ich lachte, und das fühlte sich gut an. Sie zu küssen war noch besser. Als ich mich von ihr löste, waren ihre Augen dunkel, und sie atmete schwer.

Ich beugte mich wieder vor, bis meine Stirn an ihrem Haar ruhte, das von der Sonne warm war und süß roch. Als ich zurücktrat, sah sie mich wild an, wie ein Falke seine Beute.

»Ich bin älter als du«, sagte sie. »Ich bin zu groß, zu stark und zu sehr daran gewöhnt, meinen eigenen Willen zu haben. Ich bin Oransteinerin und dazu erzogen, Nordländer ebenso zu verachten, wie wir die Vorsag fürchten. Ich habe Narben und bin hässlich. Meine Nase ist zu groß.«

Ich wartete, aber das schien alles zu sein, was sie zu sagen hatte. »Mein Vater hat versucht, mich immer wieder umzubringen, bis er starb – das lässt einen Menschen schneller altern. Ich bin größer als du, stärker als du und daran gewöhnt, meinen Willen zu bekommen. Aber die Bäume sind noch größer, und an Kraft, die über die von Muskeln und Knochen hinausgeht, sind wir einander ziemlich gleich, glaube ich. Ich bin ein Shavigmann, was mich arrogant genug macht zu lachen, wenn Oransteiner Witze über mein großes Pferd und mein gelbes Haar machen. Und ich kann es Narbe um Narbe mit dir aufnehmen und wette, ich habe ein paar mehr.« Ich zögerte um der Wirkung willen und strengte mich gewaltig an, meinen inneren Jubel zu verbergen, denn wenn ich lachte, würde ich die Dinge, die ich sagen musste, nicht mehr aussprechen können. »Also sehen wir mal«, ich fuhr mit dem Finger über ihre Lippen, »damit bleiben nur noch deine beiden letzten Einwände. Tisala, weißt du denn nicht, dass du solche Schönheit in dir hast, dass sie

Männer zittern lässt? Es ist nicht die Schönheit einer Blüte im Garten des Königs, sondern die einer Tigerin mit scharfen Zähnen und …«

Sie lachte plötzlich. »Schnurrhaaren?«

Ich lächelte. »Wenn deine Nase auch nur ein winziges bisschen kleiner wäre, wäre sie zu klein.« Dann küsste ich ihre gebogene, arrogante Nase. »Willst du mich heiraten?«

Ich trat ein wenig zurück, um ihr in die Augen zu sehen, aber sie hielt sie geschlossen.

Dann schüttelte sie langsam den Kopf. »Nein. Du rettest Leute, Ward.« Sie öffnete ihre Augen wieder, ich glaube, in der Hoffnung, mich davon zu überzeugen, wie ernst sie es meinte. »Du hast mich gerettet. Es ist natürlich für uns, eine solche Verbindung zu spüren – aber echt ist es nicht. Eines Tages wirst du aufblicken, mich ansehen und dich fragen, wo die Frau, die deinen Schutz brauchte, geblieben ist. Männer heiraten keine Frauen wie mich, Ward.«

Ich setzte dazu an, ihr zu widersprechen, als mir mehrere Dinge einfielen. Das Erste war, dass Worte sie nicht von der Echtheit meiner Gefühle überzeugen würden. Nur die Zeit konnte das leisten. Das Zweite war, dass auch sie etwas empfand – sowohl ihre Worte als auch ihre Reaktion auf meinen Kuss hatten mir das deutlich gemacht. Zu wissen, dass sie mich mochte, gab mir die Hoffnung, die ich brauchte, um geduldig zu sein.

Also lächelte ich sie nur an und kehrte ins Lager zurück.

Solange sie mir nicht sagte, ich solle sie in Ruhe lassen, würde ich sie bis ans Ende der Welt verfolgen.

Kellens Diener Rosem sah aus wie ein Soldat. Etwas an der Art, wie er sich hielt, sprach von langen Stunden in Reihen und auf Paradeplätzen. Stala hatte nicht viel übrig für kunstvolle Aufmärsche, aber ich wusste, wie das Ergebnis aussah. Er war misstrauisch und unglücklich, weil er jemand anderem trauen musste, um Kellen zu retten, und noch unglücklicher darüber, wie wir es anfangen wollten.

»Warum muss er allein gehen – warum kann er die Magie nicht hier wirken?«

Ich zuckte die Achseln, denn ich wusste, dass Oreg vorhatte, im Schutz der Nacht zum Asyl zu fliegen und sich genau anzusehen, mit welchen Zaubern Kellens Zelle belegt war. »Weil«, wie er mir geraten hatte zu sagen, »Kellen eine zu wichtige Person ist, als dass man ihn einfach bei den gewöhnlichen Abgeschobenen ließe. Sie werden andere Schutzvorrichtungen für ihn haben, selbst wenn er sich nicht im Zaubererflügel befindet.«

»Oreg weiß, was er tut, Rosem«, wiederholte Tisala zum zweiten oder dritten Mal geduldig. »Vertraut ihm.«

»Habe ich denn eine Wahl?«, sagte er schließlich. Verzweiflung schwang in seinem Ton mit.

»Nein«, erwiderte Duraugh. »Aber Hurogs zahlen ihre Schulden.«

»Der Hurogmeten hat sich selbst befreit«, erwiderte Rosem.

Duraugh zuckte die Achseln. »Mag sein, aber Ihr habt viel aufs Spiel gesetzt, um uns zu helfen – wir können nicht weniger als das tun.«

Ich fand, dass die Atmosphäre von Menogue nach Einbruch der Dunkelheit auch nicht gerade dazu beitrug, uns ruhiger zu fühlen. Wären wir mitten im Lager bei den Männern gewesen, dann hätten die vertrauten Geräusche und die Geschäftigkeit Rosem nicht so deutlich erkennen lassen, dass er sich an einem Ort befand, an dem es angeblich spukte. Kein guter Tallven hätte sich nach Einbruch der Dunkelheit noch in Menogue sehen lassen – es sie denn, er wartete darauf, dass ein paar wildäugige Nordmänner seinen Lehnsherrn retteten.

Es berührte uns alle. Duraugh hatte sich gegen einen Baum gelehnt, damit sich nichts von hinten anschleichen konnte. Tosten starrte in die Dunkelheit des Waldes, als erwarte er, dort jeden Augenblick etwas zu sehen. Tisala spielte mit dem Griff ihres Schwerts.

Ich schloss die Augen und setzte mich etwas bequemer auf dem taillenhohen Stein zurecht, den ich als Sitzgelegenheit gefunden hatte. Wenn irgendwer da draußen uns schaden wollte, würde uns die Tamerlain warnen, die sich für die anderen unsichtbar hinter mir zusammengerollt hatte.

Plötzlich kam aus dem Nichts Wind auf, stark genug, um die Espenschösslinge aneinanderschlagen zu lassen. Tosten zog sein Schwert halb und wandte sich dem Wind zu, aber als ich die Hand an seinen Ellbogen legte, steckte er die Klinge wieder ein.

»Es ist Oreg«, sagte ich. Wenn Rosem glaubte, der Wind sei magisch gewesen – nun, Drachenflügel sind ebenfalls etwas Magisches.

Der Wind erstarb plötzlich, und dann kam Oreg in seiner Menschengestalt unter den Bäumen hervor. »Ward, du musst mit mir kommen.«

Er hätte ein Dutzend unterschiedlicher Plätze meinen können, eine Wiese, zu der er Kellen gebracht hatte, oder vielleicht brauchte er meine Hilfe bei einem Zauber, aber mir stieg Galle in die Kehle, weil ich es sofort wusste. Er wollte, dass ich mit ins Asyl kam.

Nachdem Kellen so lange in seiner Zelle gewesen war, konnte er Fremden nicht mehr vertrauen. Er musste jemanden sehen, den er kannte.

Rosem hätte genügt – aber das hätte bedeutet, ihm Hurogs Geheimnis anzuvertrauen. Und ich war noch nicht bereit, der ganzen Welt zu verkünden, dass es immer noch Drachen gab.

Tisala hätte es tun können, aber ich musste mich meinen Ängsten stellen.

»Also gut«, sagte ich und hoffte, dass meine Stimme nicht zitterte.

»Wo geht Ihr hin?«, fragte Rosem, und heftiges Missrauen ließ seine Stimme eine halbe Oktave heller werden.

»Ich werde Oreg helfen«, erklärte ich und folgte ihm in den Wald.

Nachdem wir uns genügend weit entfernt hatten, um zu verbergen, was er tat, verwandelte sich Oreg in den Drachen. Im Dunkeln konnte ich nicht viel von ihm erkennen, aber selbst in meiner Angst empfand ich die vertraute Ehrfurcht darüber, dass ein so wunderschönes Geschöpf immer noch auf Erden wandelte.

»Steig auf«, flüsterte er wie das Rascheln der gelben und roten Blätter der Herbstbäume.

Ich hatte bisher nur zweimal auf einem Drachenrücken gesessen. Es schien eine sehr persönliche Sache zu sein, also bat ich nie darum und tat es nur, wenn er es mir anbot. Bei all dem Adrenalin, das von dem Wissen kam, wohin wir fliegen würden, und der generellen Aufregung eines Ritts befürchtete ich, mir könnte übel werden.

Ich legte die Hand auf Oregs kühle und überraschend weiche Nackenschuppen und kletterte auf seine Schulter, wobei ich vorsichtig der zarten Haut seiner Flügel auswich. Nachdem ich mich hinter seinem Hals, aber noch vor den Flügeln niedergelassen hatte, sprang Oreg in die Luft.

Ich war nie nachts geflogen, und die klaffende Dunkelheit drunten beunruhigte mich mehr, als es der Anblick der winzigen Gebäude und Flickwerkfelder getan hatte. Es war etwas Erschreckendes an der Dunkelheit, und ich war froh, als wir die Stadt erreichten.

Als Oreg mich zum ersten Mal mit auf einen Flug genommen hatte, hatte ich gefragt, ob uns niemand sehen könne. Er hatte geantwortet, niemand sehe einen Drachen, es sei denn, der Drache wolle gesehen werden. Die Wachen am Stadttor blickten nicht auf, als wir über sie hinwegflogen.

Estian leuchtete von tausend Fackeln, als wir näher kamen. Von oben gesehen schienen die verwirrenden Windungen der Hauptstraßen, die vom Palast aus spiralförmig ausgingen, ein Muster zu haben. Ich konnte erkennen, welche Straßen in früheren Zeiten abgesperrt oder neu gebaut worden waren, aber der ursprüngliche Entwurf der Stadt hatte seinen Mittelpunkt an einem Ort nicht weit vom derzeitigen Schloss, wo sich nun ein Marktplatz befand.

Ich konnte die niedrigen Steinmauern des Markts erkennen, auf denen am Tag Kinder hockten, um ihre Fleischpasteten oder Bratäpfel zu essen. Von oben wirkte das Muster der Mauern wie eine dreitürmige Burg, und ich fragte mich, vor wie langer Zeit diese Burg zerstört worden war.

Oreg ging plötzlich in den Sturzflug und brachte uns direkt hinter das Asyl in einen kleinen Park, der zum Haus eines reichen Kaufmanns gehörte. Ich schlüpfte von seinem Rücken, und er nahm wieder Menschengestalt an.

»Ich muss uns hineintransportieren«, sagte er.

Ich nickte. Er trat hinter mich und legte mir die Hände auf die Schultern. Hurog-Magie, Drachenmagie durchflutete mich und blockierte meine Sinne für alles andere außer ihrer Gegenwart. Als ich wieder sehen konnte, befanden wir uns in einer Zelle im Asyl. Der Gestank dieses Orts bewirkte, dass sich mir die Nackenhaare sträubten, also konzentrierte ich mich auf andere Dinge.

Ein kalt leuchtendes kristallenes Magierlicht hing an der Decke, zu weit entfernt, als dass der Bewohner der Zelle es erreichen und zudecken konnte, um sich ein wenig Abgeschiedenheit zu verschaffen. Wachen konnten jederzeit durch den Schlitz in der Tür schauen und die gesamte kleine Zelle überblicken. Plötzlich fiel mir ein, dass das Labor auf die gleiche Weise beleuchtet gewesen war.

»Ward?«, sagte Kellen, der auf der Bank saß.

Ich wandte mich von der Tür ab und sank auf ein Knie. Oreg blieb, wie ich bemerkte, stehen. »Herr.«

Kellen stand auf und kam zu mir. Ich biss mir auf die Lippe, um meine Sorge nicht auszusprechen – ich hatte schon gesündere Männer als ihn verhungern sehen.

»Sie haben Euch also rausgeholt.«

Ich konnte nichts an seiner Stimme wahrnehmen, aber ich fragte mich, wie es sein würde, ein Jahrzehnt eingesperrt gewesen zu sein und dann freigelassen zu werden. Ein Mann, der so lange gefangen gewesen war, würde seine Angst sehr gut verbergen können, aber das bedeutete nicht, dass er keine empfand.

»Ja, Herr. Und wir sind hergekommen, um Euch zu befreien, wie wir es schon lange hätten tun sollen.«

Er winkte ab bei meiner Entschuldigung und begann, leise murmelnd auf und ab zu gehen. Jeder Augenblick erhöhte die Gefahr, dass wir die Aufmerksamkeit der Wache erregten, aber ich schwieg.

Schließlich wandte er sich Oreg zu und sagte: »Nach dem, was Rosem mir gesagt hat, müsst Ihr der Zauberer Oreg sein. Könnt Ihr dieses Brett zerstören?« Er deutete auf das Brett, das ihm als Bank, Bett und als Spielbrett gedient hatte »Ich möchte es nicht zurücklassen.«

Oreg nickte. Mit dem Messer schnitt er einen Splitter von dem Holz ab und nahm ihn in die Hand. Er schloss die Faust darum, dann wischte er sich den Staub von der Handfläche, während die Bank sich in dunkelgrauen Mulch auflöste.

Kellen starrte den Mulch an, als hätte das grob bearbeitete Brett ihm viel bedeutet. Er atmete schwer, und ich konnte sehen, wie der Pulsschlag an seinem Hals zuckte. »Ich bin bereit.«

»Ich kann Euch nicht auf dem gleichen Weg nach draußen bringen, wie wir hereingekommen sind«, sagte Oreg. »Menschen zu transportieren ist beinahe unmöglich, wenn die Person, die ich trage, mir nicht vertraut.«

»Was schlägst du also vor?«, fragte ich und stand auf, da Kellen nicht mehr auf mich achtete.

»Fliegen.« Oreg deutete auf die Steinmauer zwischen uns und der Außenwelt. Ich konnte spüren, wie er die Angst nutzte, mit denen die Gefangenen des Asyls die Mauern getränkt hatten. Oreg nahm das wortlose Sehnen eines jeden Gefangenen und verlieh ihm Gestalt, als die Mauer zu reißen begann und große Steine auf den Boden fielen.

Es war gut, dass sich Kellens Zelle im höchsten Stockwerk befand, dachte ich und schaute über den Rand zum Boden drunten, sonst hätte Oreg vielleicht das gesamte Gebäude zum Einsturz gebracht.

Am Ende war das Loch in der Wand mehr als groß genug für einen Drachen, obwohl Oreg dazu auch noch die Wand neben uns herausreißen musste. Die Nachbarzelle war entweder leer, oder ihr Bewohner war von herunterfallenden Steinen erschlagen worden. Ich schaute näher hin und stellte erleichtert fest, dass kein Stroh auf dem Boden lag.

Ich wandte mich wieder Kellen zu, aber er hatte sich in eine Ecke geduckt, so weit entfernt von der herausgebrochenen Außenwand, wie es ging. Ich sah Oreg an, aber er schüttelte den Kopf und machte eine Geste zu mir.

Mein alter Stallmeister hatte Pferde nie gerne länger als einen oder zwei Tage im Stall gelassen. Er erzählte mir einmal von einem Tier, das von dem Augenblick seiner Geburt bis zu den Tag, an dem seine Ausbildung beginnen sollte, im Stall gehalten worden war. Es hatte vier Männer gebraucht, es aus seiner Box zu zerren.

Der Steinschlag war laut gewesen; jemand würde bald kommen und nach Kellen sehen.

Wir hatten keine Zeit, ihn lange zu überreden. Ich erinnerte mich daran, wie beunruhigend ich die Dunkelheit unter Oregs Flügeln gefunden hatte, und schnitt mit dem Messer einen Streifen Stoff von meinem Hemdsaum.

»Ganz ruhig«, sagte ich und wickelte die behelfsmäßige Augenbinde um Kellens Kopf. »Es ist nur der Schock. Mein Drache und ich werden Euch in Sicherheit bringen, und alles wird gut.«

Oreg nahm aufs Stichwort seine Drachengestalt an. Ich hörte die Geräusche von Wachen im Flur, die zweifellos den Lärm der einstürzenden Mauern bemerkt hatten.

Wie bei Pferden beruhigte die Augenbinde auch Kellen. Er sagte nichts, als ich von dem Drachen sprach. Ich glaube, er konzentrierte sich zu sehr darauf, seine Rettung zu überleben, um sich noch wegen legendärer Geschöpfe Gedanken zu machen. Mit meiner Hilfe kletterte Kellen auf Oregs Rücken. Ich setzte mich hinter ihn, um ihn festzuhalten. Oreg schlurfte ungeschickt zum Rand des Raums und sprang.

Ich fürchtete schon, wir würden landen müssen, aber drei rasche Flügelschläge brachten uns in die Luft.

Als wir uns Menogue näherten, sagte ich: »Oreg, kannst du uns an eine Stelle bringen, wo Kellen sich ein wenig erholen kann, bevor wir uns mit den anderen treffen?«

Oreg bewegte zur Antwort die Flügelspitzen. Er brachte uns zur anderen Seite von Menogue und landete auf einer Lichtung, wo jemand vor langer Zeit einen kleinen Teich mit Steinen eingefasst hatte. Das Licht des Vollmonds beleuchtete unsere Umgebung.

Ich nahm Kellen die Augenbinde ab und rutschte von Oregs Schultern auf den Boden. Nach kurzem Zögern folgte Kellen ebenfalls. Als wir sicher abgestiegen waren, rollte Oreg sich zusammen und legte den großen Kopf auf den Boden. Er sah so harmlos aus, wie er konnte.

»Hurog hat also tatsächlich Drachen«, sagte Kellen. Er war starr vor Anspannung, aber er klammerte sich so fest er konnte an seine geistige Gesundheit – ich wusste, wie sich das anfühlte.

»Einen«, sagte ich.

»Wo ist Euer Magier?«

Ich deutete auf den Drachen. »Er ist kein Vollblutdrache. Er sagt, beide Gestalten seien ihm gleich angenehm.«

Kellen nickte langsam und zeigte auf den Teich. »Ist es sicher, sich darin zu waschen?«

»Ja«, erwiderte die Tamerlain von der anderen Seite des Teichs her. »Willkommen in Menogue, Kellen Tallven.«

Kellen sah erst sie an, dann den Drachen, und fing an zu lachen.

»Ich bin kein Traum«, sagte sie, denn sie hatte die Spur von Hysterie in seiner Heiterkeit bemerkt. »Ich bin lange hier gewesen und habe den Königen von Tallven gedient. Die Welt hat sich verändert, seit du in Stein gebunden wurdest, Tallven, aber die meisten Menschen wissen das noch nicht. Drachen fliegen, die alten Götter regen sich, und Magier werden mächtiger, weil ein altes Unrecht wieder gutgemacht wurde.«

Kellens Miene war trotz seines vorherigen Lachens seltsam ausdruckslos.

»Geh weg, Tamerlain«, sagte ich und starrte Kellen besorgt an. »Wir werden später noch genug Zeit für diese Dinge haben.« Die Tamerlain warf mir einen amüsierten Blick zu und verschwand mit einem unnötig theatralischen leisen Knall. »Lasst uns den Gestank dieses Orts von uns abwaschen und etwas essen, bevor wir weiterdenken. Oreg?«

Der Drachenkopf hob sich, und Oreg sah mich freundlich an.

»Bitte sag den anderen, dass Kellen in Sicherheit ist, und bring seinen Diener her – nur ihn –, zusammen mit sauberer Kleidung. Lass uns ein wenig Zeit zum Waschen.« Wenn Kellen sich ebenso fühlte, wie ich mich gefühlt hatte, würde es eine Weile brauchen, bis er glaubte, sauber zu sein. Ich hatte mich diesmal nur ein paar Minuten in dem Gebäude aufgehalten, aber es war mir bereits, als klebe der Gestank des Asyls wieder an mir.

Oreg stand auf, gähnte und schüttelte sich, dann nahm er wieder Menschengestalt an. »Klingt nach einer guten Idee.« Er deutete eine kurze Verbeugung vor Kellen an, eine Geste des Respekts, zu der er sich nicht oft herabließ, und verschwand in den Bäumen.

Kellen schien nicht ins Wasser gehen zu wollen, er stand nur da und starrte mich an, als wüsste er nicht, was er tun sollte. Oder als traute er mir nicht. Ich nehme an, von meinem eigenen Bruder gefangen genommen zu werden, würde mich auch nicht gerade vertrauensselig machen.

»Rosem wird bald hier sein«, sagte ich. »Ihr könnt auf ihn warten, wenn Ihr wollt – aber ich werde es nicht tun.« Ich zog mich aus und watete in den Teich.

Es war nicht kalt, wie das Wasser in einem solchen Teich sein sollte, sondern lauwarm. Ich spürte allerdings keine stärkere Magie hier, also wurde es wohl von unterirdischen heißen Quellen gespeist. Im Dunkeln ließ sich schwer sagen, wie tief das Wasser sein würde, aber ich hätte mir keine Gedanken machen müssen, denn als sich der Boden schließlich weiter nach unten zog, tat er es sanft. Ich schwamm von Kellen weg und ließ ihn entscheiden, ob er mir folgen wollte oder nicht. Nach ein paar Minuten waren vom Ende des Teichs Geräusche zu hören, also nahm ich an, dass er es getan hatte.

Als ich nichts weiter hörte, schwamm ich zurück zu ihm.

Er stand taillentief im warmen Wasser und zitterte.

»Wisst Ihr«, sagte er und beobachtete seine zitternden Finger, »dass ich Aethervon ebenso hasste wie meinen Bruder, weil er mich ins Asyl gebracht hat? Wenn Aethervon Jakovens Magier nicht diese Vision geschenkt hätte, hätte mein Bruder mich einfach umgebracht.«

Er stand kurz davor zu zerbrechen, und vielleicht musste er einfach jemandem erzählen, was er empfand. Aber wenn er diesen Gefühlen jetzt nachgab, würde er sich vielleicht nicht wieder zusammennehmen können. Wartet, wollte ich ihn drängen, wartet ein wenig, bis die Zeit Euch zu etwas mehr als einem Jungen gemacht hat, der keine andere Vergangenheit hat als eine dunkle Zelle. Ich wünschte, ich hätte Beckrams Beredsamkeit, aber meine eigenen Worte mussten genügen.

»Ich bin selbst ebenfalls ziemlich gespalten, was Aethervon angeht«, sagte ich und ignorierte Kellens Aufregung. »Als ich das letzte Mal hier war, hat er ohne jede Entschuldigung oder Ankündigung den Körper meiner Schwester übernommen und sie benutzt, um Prophezeiungen abzugeben, die nicht einmal sonderlich hilfreich waren.«

»Wenn ich dir mehr verraten hätte, hättest du nicht getan, was du tun musstest«, sagte eine leise geschlechtslose Stimme.

Ich sah mich um und bemerkte die alte Frau, die zu Aethervons Leuten gehörte und nun auf einem Stein saß – aber ich bezweifelte nicht, dass die Stimme selbst dem Gott gehörte.

»Warum hast du dann überhaupt etwas gesagt?«, fragte ich Aethervon.

»Weil meine Prophezeiung gesucht wurde.« Wie zuvor veränderte sich die Stimme von einem Augenblick zum anderen. »Ich habe geschworen, solange die Menschen mich hier aufsuchen, werde ich ihnen etwas über die Zukunft sagen.«

»Wer hat Prophezeiungen gesucht und dir damit die Gelegenheit gegeben, dich in meine Angelegenheiten einzumischen?«, fragte ich.

Der Mund der alten Frau lächelte, obwohl ihre Augen ausdruckslos blieben. »Einmischen? Nun gut, dieses Wort passt ebenso gut wie jedes andere.« Der Klang der Stimme eines jungen Mädchens aus dem Mund der alten Frau bewirkte, dass sich meine Nackenhaare sträubten. »Dein Drache machte sich Sorgen, du könntest nicht sein, was er glaubte. Er bat um meine Weisheit und hatte dann Probleme mit dem Preis, den ich verlangte. Ich habe dir die Möglichkeit gegeben, die Barrieren zu durchbrechen, die zwischen dir und deinem Magier bestanden.«

Ich war ein Shavigmann und diente keinen Göttern außer Siphern, dessen Gerechtigkeit das Nordland beherrschte. Obwohl Aethervon uns nun half, mochte ich ihn nicht.

Ich verzog verächtlich den Mund. »Du hast Oregs Wünsche benutzt, um ihn zu bestrafen. Er bat um Sicherheit, und du hast meine Schwester genommen, die zu schützen er geschworen hatte, und ihn gezwungen, den Schmerz seines Eidbruchs zu ertragen. Oreg hatte schon genug Schmerzen erlitten, du brauchtest ihm nicht noch mehr zu bereiten.«

»Es erinnerte ihn daran, wer er war – dein Sklave und nicht dein Herr.«

»Oreg gehört niemandem«, fauchte ich. »Und hätte auch nie jemandem gehören sollen.«

Die Stimme des Gottes war nun ein tiefes Grollen, so viel mächtiger als die Stimme der alten Frau je sein könnte. Er klang verärgert. »Oreg gehört dir ebenso, wie Hurog dir gehört. Wenn man ihn nicht daran erinnert hätte, hätte sich dein Wille vor ihm gebeugt, wie sich der Setzling vor einem uralten Wind beugt, und das Böse, das die Welt verzerrte, hätte vielleicht weiterbestanden.«

»Du spielst mit dem Leben von Menschen«, sagte ich und erinnerte mich an die Augen meiner Schwester, die ausdruckslos gewesen waren wie die der alten Frau, und an Oreg, der sich am Fuß der Steinmauer, auf der sie stand, gewunden hatte. »Du vergisst, wie zerbrechlich sie sind.«

Der Gott lachte, weich wie Disteldaunen in der Nacht, und antwortete mir mit dem üppigen Samt der geübten Stimme einer Hure. »Zerbrechlich beschreibt dich nicht sonderlich gut, Hüter des Drachen. Dreimal in Feuer geschmiedet bist du und gingst stärker daraus hervor – ebenso wie der, der König sein soll. Als der Junge, der er war, hatte er keine Gelegenheit, seinem Bruder zu trotzen. Aber mit der Kraft, von Jakovens Händen geschmiedet worden zu sein, wird er eine Schneise durch die Leichen seiner Feinde schneiden – oder zerbrechen wie eine Klinge, die zu sehr gehärtet wurde.«

Die Frau stand auf und verbeugte sich knapp, wie Stala mir beigebracht hatte, mich vor meinen Gegnern zu verbeugen. Dann drehte sie sich um und verschwand im Wald.

Ich fluchte und wandte mich Kellen zu. »Seht Ihr, was ich meinte? Siphern rette mich vor den Launen der Götter von Tallven!«

Kellen lächelte, und diesmal lag eine Spur echter Heiterkeit darin. »Ich fühle mich nicht stark«, sagte er. »Aber anders als du neige ich auch nicht dazu, mich mit Göttern zu streiten. Also werde ich mich fertig waschen und sehen, ob es mir morgen besser geht.«

Das ist es, dachte ich. *Lass dir Zeit, dich neu zu erfinden. Und wenn das nicht funktioniert, versuche es wieder.* Genau, wie ich es getan hatte.

Genau, wie ich es tat.

Entschlossen schob ich die kranke, gestaltlose Angst zurück, die mir aus der Zeit im Asyl erhalten geblieben war.

»Herr«, sagte ich, »ich wäre sehr dankbar, wenn Ihr meinen Drachen im Augenblick geheim halten würdet. Hurog wurde bereits einmal von einem Machtgierigen angegriffen, weil er hoffte, dort Drachenknochen zu finden – wer weiß, was solche Leute tun würden, wenn sie wüssten, dass wir einen echten Drachen haben.«

Kellen zog die Brauen hoch, aber er nickte. Nachdem er sich so gut wie möglich abgeschrubbt hatte, legte er sich ins Wasser und begann zu schwimmen. Ich hielt ein wachsames Auge auf ihn, denn er war nicht in der Verfassung, viel zu tun, aber er hörte nach einer Länge wieder auf, als Rosem und Oreg mit Kleidung und Handtüchern auf die Lichtung kamen.

Ich trocknete mich rasch ab, zog mich an und ließ Kellen dann mit seinem Diener zurück. Es sah aus, als hätten sie viel zu erzählen. Menogue war nicht so groß, dass es ihnen schwerfallen würde, uns andere zu finden, wenn sie bereit waren.

Es war spät, aber nur wenige im Lager schliefen. Die Nachricht davon, was wir versuchten, hatte sich unter unseren Männern verbreitet und zu vielen Diskussionen, wenn auch nicht zu Widerspruch geführt. König Jakoven war unter uns nicht sehr beliebt, seit Erdrick von seiner Hand gestorben war. Meine eigene Gefangennahme hatte diese Gefühle offenbar noch gefestigt.

Als ich auf das Hauptfeuer zukam, an dem Duraugh Hof hielt, brachte Tisala mir einen Becher Tee. Sie ließ den Blick über mich wandern, als wolle sie sich überzeugen, dass ich noch heil war, dann zog sie sich ohne ein Wort ans Feuer zurück.

Kellen und Rosem folgten mir kurz darauf. Sauber und in frischer Kleidung sah Kellen besser aus, aber mein Onkel sorgte dafür, dass er sofort eine Holzplatte mit Reisebrot und Käse bekam, als er sich hinsetzte.

»Ihr glaubt also, Hurog sei der beste Ort, um mich zu beherbergen?«, fragte Kellen. Rosem hatte offenbar keine Zeit verschwendet, nachdem ich die beiden verlassen hatte.

Mein Onkel nickte. »Selbst wenn Jakoven weiß, dass wir es waren, die Euch herausgeholt haben, wird er erwarten, dass wir Euch nach Iftahar bringen, zu meinem eigenen Besitz, oder zu einem der oransteinischen Adligen, die Euren Bruder unterstützen.«

»Ich habe dafür gesorgt, dass Alizon weiß, wohin wir Euch bringen«, sagte Rosem. »Er wird wahrscheinlich noch vor uns dort sein.«

Kellen runzelte die Stirn, als er Rosem anstarrte. »Ja, vielleicht werde ich tatsächlich nach Hurog gehen, Rosem. Es klingt so, als wäre das im Augenblick das Beste. Aber wenn ich gehe, dann nicht, weil man mich dorthin bringt.« Der verängstigte Gefangene, der zitternd im Wasser gestanden hatte, hatte sich in einen Mann verwandelt, der als Angehöriger des Königshauses aufgewachsen war.

Geschmiedet und gehärtet, dachte ich erfreut.

»Es gib Probleme in Hurog«, sagte Tosten. »Ihr solltet wissen, dass die Burg noch nicht vollständig wieder aufgebaut wurde. Wenn der König entdeckt, wo Ihr seid, werden die Mauern ihn nicht fernhalten können.«

Oder zumindest die Tore werden es nicht, dachte ich und erinnerte mich daran, wie wenig Zeit es Jakovens Männer gekostet hatte, sie zu öffnen.

Plötzlich lächelte Kellen. »Ich muss zugeben, ein Grund, wieso ich nach Hurog gehen möchte, besteht darin, dass ich es gerne einmal sehen würde.« Er wandte sich mir zu. »Rosem hat mich über die Dinge informiert, und ich habe viel darüber gehört, was geschah, als Ihr die Burg über den Vorsag einstürzen ließet.«

»Es könnte möglich sein«, sagte Duraugh bedächtig, »dass wir viele der Adligen von Shavig hinter Eure Standarte bringen können, während Ihr Euch in Hurog aufhaltet. Wenn der Hurogmeten Euch folgt, dann werden auch sie es tun.«

»Ihr geht also davon aus, dass ich den Thron haben will?«, fragte Kellen mit einer Spur von Bitterkeit.

Alle erstarrten – selbst Tisala, die sich aus dem Gespräch herausgehalten und nur Tee getrunken hatte, verharrte mit der Tasse am Mund.

»Nein«, erwiderte ich scharf, als es aussah, als wolle sonst niemand etwas sagen. »Wir nehmen an, dass Ihr tun werdet, wozu Ihr geboren wurdet: Euer Volk zu schützen, nachdem Jakoven bei dieser Aufgabe versagte. Aber wenn Eure Zeit im Asyl Euch zum Herrschen untauglich gemacht hat, wäre es mir lieber, wenn Ihr Euch jetzt gleich zurückzieht, als dort weiterzumachen, wo Euer Bruder angefangen hat.«

Oreg starrte in die Nacht und lächelte ins Nichts.

Rosem hatte die Hand am Schwert und wäre zwischen uns getreten, hätte Kellen ihm nicht eine Hand auf die Schulter gelegt. »Frieden, alter Freund. Er hat recht.« Er nickte mir respektvoll zu. »Wenn man in einer Zelle eingeschlossen ist«, sagte er, »ist es viel zu einfach zu vergessen, wofür man gekämpft hat. Ich möchte allerdings, dass alle hier begreifen, was uns bevorsteht. Statt Ungerechtigkeit wird es Krieg geben. Bürgerkrieg. Bruder wird gegen Bruder kämpfen.« Er machte eine elegante Geste, die uns bat, ihn in die letzte Aussage mit einzubeziehen. »Verbindungen, die uns bisher zusammenhielten, könnten für immer zerstört werden, und dann liegen die Fünf Königreiche gebrochen vor dem Schwert ihrer Feinde. Und nach dem, was Alizons Briefe und Botschaften mir sagten, werden wir vielleicht nicht siegen. Ihr solltet Eurer Sache sehr sicher sein, bevor wir etwas beginnen, was nicht mehr rückgängig gemacht werden kann. Ihr solltet ganz sicher sein, dass Jakovens Sünden tatsächlich den Preis wert sind, den Ihr bezahlen werdet.«

Ich zuckte die Achseln, und bevor mein Onkel sprechen konnte, sagte ich: »Jakoven hat Hurog den Krieg erklärt, und wir müssen kämpfen. Wenn Eure Fahne uns voranflattert, haben wir Hoffnung zu gewinnen; ansonsten werden wir versagen. Ich möchte lieber für meinen rechtmäßigen König kämpfen als ums Überleben. Aber Lord Duraugh, Tosten, Beckram, meiner Schwester, mir selbst und allen, in deren Adern das Blut von Hurog fließ, bleibt keine andere Wahl.« Ich setzte dazu an, ihnen zu sagen warum, aber Oreg kam mir zuvor. Das war gut so, denn meine langsame Art zu reden machte meine Zuhörer ruhelos.

»Der Preis dafür, nichts zu tun, könnte noch höher sein. Jakoven hat vor, eine Katastrophe über uns zu bringen, die ebenso schlimm oder schlimmer ist als jene, die das erste Kaiserreich vernichtete.« In Oregs Stimme schwangen die Geheimnisse von Zeitaltern mit. Wenn er wollte, konnte er den Mantel seiner Jahre um sich ziehen, bis das Gewicht der Zeit auf seine Zuhörer einschlug wie ein Hammer. »Er hat versucht, die Geheimnisse der kaiserlichen Magier zu lüften, und er wagt sich an Dinge, von denen er nichts versteht. Farsons Fluch hat die Zivilisation auf diesem Kontinent schon einmal zerstört, sodass die Menschen ihre Städte verließen und ins Ödland flüchteten. Neuneinhalb Jahrhunderte lag der Fluch verborgen, aber Jakoven hat ihn gefunden. Wenn er lange genug lebt, um seine Geheimnisse zu erschließen, werden wir uns wünschen, die Vorsag hätten uns erobert und alle als Sklaven verkauft.«

Na wunderbar, dachte ich und sah die Gesichter an, auf die das Feuerlicht fiel. *Als brauchten sie etwas, wovor sie sich noch mehr fürchten können.*

»Er weiß noch nicht, wie er den Fluch nutzen soll«, sagte ich. »Aber er ist überzeugt, dass die Antwort im Blut von Hurog liegt. Ihr seht also, dass es nicht der Gedanke ist, dass Ihr der rechtmäßige König seid, der Hurog auf Eure Seite bringt. Nichts ist so gefährlich wie Ehre oder der Glaube an eine Sache. Hurogs kämpfen um ihr Überleben – was uns zu Euren zuverlässigsten Anhängern macht.«

Kellen lächelte mich an. »Euer Schwert wird meine Feinde ebenso gut töten wie das jedes Eiferers. Ich wünschte nur, ich hätte hundert mehr Adlige, die Grund haben, Jakoven zu fürchten.«

»Ward kann den größten Teil von Shavig und Oranstein auf Eure Seite bringen«, erklärte mein Onkel mit unbegründetem Selbstvertrauen.

Kellen starrte Duraugh neugierig an. In meinem Blick lag Unglaube.

»Shavigleute haben ein gutes Gedächtnis«, fuhr Duraugh fort. »Sie haben in der Rebellion gegen Oranstein gekämpft, weil Fen dabei war, Wards Vater. Die meisten werden Schulter an Schulter mit Ward stehen, weil er der Hurogmeten ist – und weil kein Shavigmann, der sein Salz wert ist, je einen guten Kampf abgelehnt hat.«

»Mythen«, widersprach ich tonlos. Es war gefährlich zu erlauben, dass Kellen das glaubte. »Shavigleute sind Menschen wie alle anderen auch. Sie kämpfen, wenn sie müssen, und werden nicht einfach blind einem grünen Jungen folgen. Du warst offenbar nicht auf den gleichen Sitzungen des Shavig-Rats wie ich.«

Tosten lachte. »Wenn man respektvolle Worte von einem Adligen aus Shavig hört, ist es Zeit zu fliehen«, zitierte er selbstzufrieden. »Ward, weißt du denn nicht, dass du Shavig zum ersten Mal seit dem Tod des alten Seleg und der Drachen, die mit ihm starben, wieder einen Helden gegeben hast?«

»Held?« Ich musste husten. »Wenn Orvidin mich noch ein einziges Mal Welpe nennt, werde ich ihn beißen!«

Kellen starrte mich an. »Der Rat tritt, glaube ich, im nächsten Monat zusammen. Könnt Ihr sie früher zusammenrufen?«

»Ihr seid gut informiert«, sagte mein Onkel anerkennend. »Und mein Sohn Beckram und Wards Schwester Ciarra haben gerade eine Tochter bekommen – das erste Kind ihrer Generation. Grund genug, in Hurog eine kleine Feier zu veranstalten.«

»Also gut«, sagte ich. »Ich werde dafür sorgen, dass die Adligen von Shavig nach Hurog kommen, um die Geburt meiner Nichte zu feiern. Wenn sie verstehen, womit Jakoven droht, wird ihnen klar werden, dass sie keine andere Wahl haben.«

»Alizon wird vom größten Teil Oransteins unterstützt – aber die Leute dort sind der Kriege müde«, warf Rosem ein. »Es geht dem Land besser, seit die Vorsag vertrieben wurden, aber es gibt immer noch viele oransteinische Adlige, die kaum Macht über ihren eigenen Besitz haben.«

»Avinhelle steht hinter Jakoven«, sagte Tisala. »Aber es gibt ein paar Männer, von denen ich glaube, dass sie Kellen unterstützen werden, selbst wenn sie sich nicht auf Alizons Seite geschlagen haben.« Sie wandte sich Kellen zu. »Erinnert Ihr Euch, wir haben ihnen noch nicht gesagt, dass wir vorhaben, Euch auf den Thron zu setzen und nicht Alizon. Seefurt wird sich spalten, nach dem, was meine Leute belauscht haben. Und es gibt mehrere mächtige oransteinische Adlige, die so tun, als stünden sie auf Alizons Seite, aber Kellen nicht unterstützen werden.«

Kellen prostete mir mit seinem Becher zu und sagte: »Auf dass wir alle dieses Jahr überleben!«

Ernst hoben wir die Becher und tranken.

Ich träumte in dieser Nacht, dass ich wieder im Asyl war, aber zum Glück wachte ich auf, bevor ich die anderen weckte. Das Lager war still, als ich mich vom Lager erhob und zu einem Spaziergang aufmachte.

Als ich die halb eingestürzte Mauer erreichte, von der aus man Estian sehen konnte, war Tisala schon dort.

»Was hält dich so lange wach?«, fragte ich und achtete darauf, dass mein Gesicht in tiefem Schatten blieb, damit sie dort nicht die Überreste meines Albtraums sehen konnte.

Sie warf mir einen Blick zu und wandte sich dann wieder der Stadt unter uns zu. Sie schüttelte den Kopf. »Hattest du je das Gefühl, plötzlich in die Geschichte eines anderen gestolpert zu sein?«

»Nein«, sagte ich fasziniert. »In wessen Geschichte bist du denn gestolpert?«

»Im Augenblick weiß ich es nicht genau. Die von Kellen? Oreg? Deine Geschichte?« Sie betrachtete ihre Hände, die sie auf einen geborstenen Steinblock gelegt hatte, fähige Hände, die ein Schwert mit seltener Geschicklichkeit schwingen konnten.

Aber sie sah nicht, was ich sah. Sie betrachtete ihre linke Hand. Die Narben dort waren schlimm – selbst in dem trüben Licht von Sternen und Mond konnte ich das sehen.

Ich nahm ihre Hand in meine; sie war feucht und schmeckte salzig, als ich sie küsste. Ich glaubte nicht, dass sie im Dunkeln gesessen und geschwitzt hatte.

»Es hat dir etwas genommen, nicht wahr?«, sagte ich zu ihrer tränennassen Hand. »Das habe ich zuvor nicht verstanden.«

»Was? Was hast du nicht verstanden?«, fragte sie und versuchte, ihre Hand zurückzubekommen.

Ich hielt sie fester. »Wie es ist, festgeschnallt zu sein, wenn dir jemand wehtut. Hilflos zu sein. Selbst außerhalb der Wände dieser Zelle bin ich nicht frei vom Asyl – nicht mehr, als der Tod des Folterknechts dich von seiner Folter befreite.«

Sie hörte auf, sich zu wehren, und starrte mir ins Gesicht. Schließlich hob sie die Hand und berührte meine Wange, folgte dem Weg meiner Tränen, die im Dunkeln nicht zu sehen waren.

Einen Augenblick später wandte sie sich wieder den Lichtern zu.

»Man fühlt sich schmutzig und klein«, sagte ich, dann lachte ich schmerzlich. »Ich bin nicht daran gewöhnt, mich klein zu fühlen.«

»Und schuldig«, flüsterte sie. »Als hätte ich imstande sein sollen, es aufzuhalten, wie der Held in einem von Tostens Liedern.«

Sie packte meine Hand mit ihrer vernarbten, und die Stärke dieses Griffs war ein Beweis für Oregs Heilkräfte. Gemeinsam schauten wir in die Nacht und fühlten uns ein wenig besser, weil wir nicht allein warn.

Als ich schließlich wieder einschlief, träumte ich, dass ich klein war, mit schmutzigen Händen und zerlumpter Kleidung. Hunger trieb mich dazu an, den Müll zu durchwühlen, der in der kopfsteingepflasterten Gasse lag, in der Hoffnung, dort ein Stück trockenes Brot zu finden, das die Ratten und herrenlosen Hunde zurückgelassen hatten. Ich konzentrierte mich so sehr auf meine Suche, dass ich sie erst hörte, als eine große Hand mich im Nacken packte.

Ich schrie und trat um mich, aber sie zerrten mich zu einem Mann mit einem brutalen Gesicht, der sagte: »Lila Augen. Das ist er.«

Ich erwachte in den frühen Morgenstunden und nutzte den Traum, um meinen Bruder mithilfe meiner Magie zu finden.

10 GARRANON IN ESTIAN

Erst als Erwachsene verstehen wir unsere Kindheit.

Der Himmel war noch dunkel, als Garranon in seinem Übergangsquartier aufstand, durch die Flure des Schlosses ging und die Gemächer betrat, die die seinen gewesen waren, seit er zum ersten Mal nach Estian gekommen war. Seine Sachen waren am Tag zuvor auf Befehl des Königs weggebracht worden – Jakoven glaubte, sie befänden sich in anderen Räumen, aber Garranon hatte sie nach Hause nach Oranstein schicken lassen.

Der Malachitboden schimmerte im Licht der Fackel, die er aus dem Flur mitgebracht hatte. Der Boden war älter als die Wände, eines der wenigen Dinge, die Jakoven nicht verändert hatte, als er das Schloss renovieren ließ. Grün, dachte Garranon, grün für den Favoriten des Königs, die Farbe, die in Oranstein Huren trugen, die ihrem Gewerbe nachgingen. Angemessen.

Der König hatte ihn aus diesen Räumen entlassen, den Räumen, die der Hure des Königs gehörten.

Allein in dem Zimmer, das einmal ihm gehört hatte,

schloss Garranon die Augen. Er war so müde. Zwei Jahrzehnte war er nun Geisel für seinen Bruder und für seine Heimat gewesen, und nun war er unnütz geworden. Wenn der richtige Zeitpunkt kam, würde er sich auf seinen Besitz zurückziehen, wie Haverness das getan hatte, und nicht wieder an den Hof zurückkehren. Der König würde ihm das nach all diesen Jahren doch sicher erlauben.

Er kam sich hohl und nutzlos vor. Alle Opfer, die er gebracht hatte, hatten zu nichts geführt. Er war für den König nicht mehr wichtig, und aus diesem Grund war er auch nicht mehr wichtig für Oranstein.

Die Zimmerflucht, in der er die letzten zwei Jahrzehnte verbracht hatte, fühlte sich ohne seine Sachen seltsam verlassen an. Garranon nahm an, er sollte die Schubladen und Schränke öffnen und sich davon überzeugen, dass die Schlossdiener auch alles herausgenommen hatten, aber stattdessen ging er von einem Zimmer ins andere und beobachtete, wie sich das Fackellicht im polierten Boden spiegelte.

Der König hatte einen neuen Favoriten gefunden. Jemanden, der ihm wichtiger war als Jadeauge – der ebenso sehr eine Waffe gewesen war, die er gegen Garranon nutzte, wie ein ernsthafter Rivale um die Position des Favoriten. Der König war sehr böse auf Garranon gewesen, weil dieser sich entschlossen hatte, für Oranstein zu kämpfen, obwohl Jakoven gewollt hätte, dass Oranstein an die Vorsag fiel, bevor er mit der Verteidigung begann. Dass Haverness' Hundert die Eindringlinge tatsächlich zurückgeschlagen hatte, rieb Salz in die Wunden, die der Stolz des Königs erlitten hatte.

Jadeauge war eine Strafe für Garranon gewesen, und eine Warnung. Dieser neue Favorit unterschied sich von allen anderen zuvor – Jadeauge hatte nicht gerade triumphierend gewirkt, als er Garranon die Nachricht überbracht hatte, er solle seine Wohnung räumen.

Garranons Tage als Favorit des Königs waren zu Ende, und mit ihnen alle Hoffnung, die er gehabt hatte, seinem Volk zu helfen. Nicht, dass er das in diesen letzten Jahren oft hätte tun können. Es war Zeit, nach Hause zu gehen und Jakoven seinem neuen Spielzeug zu überlassen.

Warum tat es so weh?

Er berührte zerstreut ein besticktes Sofa, und eine Erinnerung kam ihm. Er war im Garten gewesen und hatte sich ruhig mit der Königin unterhalten; also musste es vor ein paar Jahren gewesen sein, noch vor dem Tod des jungen Hurog, der sie dazu getrieben hatte, sich einsam auf ihren Familienbesitz zurückzuziehen.

Ein Diener hatte ein Tablett mit Essen fallen lassen und ihn von dem Gespräch abgelenkt. Als er aufblickte, war sein Blick an dem Gesicht eines geringeren Adligen hängen geblieben, einem Mann, den er im Lauf der Jahre häufig gesehen hatte, und für einen Augenblick war Garranon wieder ein entsetzter kleiner Junge in den Überresten des Gartens seiner Mutter gewesen, der sich gefürchtet hatte, vergewaltigt zu werden, und der unbedeutende Adlige aus Avinhelle hatte seine Handgelenke festgehalten.

Er war unfähig gewesen, mit der unerwarteten Erinnerung fertig zu werden, hatte sich ohne ein Wort umgedreht und auf dieses bestickte Sofa zurückgezogen. Er hatte den König im Garten nicht bemerkt, aber Jakoven war ihm nur einen Augenblick später gefolgt.

Auf das beharrliche Drängen des Königs hatte Garranon zögernd gestanden, was an diesem Tag vor so langer Zeit geschehen war, während der König ihn im Arm gehalten hatte.

In dieser Nacht war er sehr liebevoll und sanft zu Garranon gewesen.

Nun riss Garranon den Kopf herum, um das Sofa nicht mehr sehen zu müssen.

Er hasste Jakoven. Er wusste, dass er es tat. Er hatte Jakoven insgeheim gehasst, seit man ihn als verängstigten Jungen in das Schlafzimmer des Königs gebracht hatte. Hatte ihn jedes Mal mehr gehasst, wenn er nach Oranstein ging und dann schon nach wenigen Wochen gezwungen war, seine Frau, sein Kind und den Besitz wieder zu verlassen, um im Schlafzimmer des Königs zu dienen.

Garranon legte sich aufs Bett, das mit neuen Laken und Decken versehen war, und starrte die bemalte Zimmerdecke zwei Stockwerke über dem Boden an.

Es war nur Stolz, sagte er sich. Oranstein würde auch überleben, ohne dass er die Befehle des Königs versüßte, aber es lag in seinem Wesen, sich Gedanken zu machen, dass es ohne ihn nicht bestehen könnte. Jakoven würde ihm nicht fehlen. Er ballte die Hände zu Fäusten.

Als das Bett unter dem Gewicht von etwas anderem einsank, streckte er die Hand aus, um das weiche Fell der Tamerlain zu streicheln, ohne den Blick von den Sternen und dem Mond an der Decke abzuwenden.

»Danke, dass du Ward geholfen hast«, sagte er. »Er war großartig – ich dachte, Jadeauge würde vor Zorn über die Vereitelung seiner Pläne auf der Stelle tot umfallen.«

Sie schnurrte und rieb ihr breites Gesicht an seiner Schulter, bevor sie sich gegen ihn lehnte. »Was beunruhigt dich?«

Er lachte freudlos. »Ich.« Er rieb mit der Hand über die neue Tagesdecke. Der Tamerlain konnte er sagen, was er nicht einmal sich selbst gegenüber zugeben konnte. »Ich hasse ihn. Warum tut es also so weh, ihn zu verlassen?«

Sie schwieg einen Moment, dann sagte sie: »Du warst zwanzig Jahre lang Jakovens Geliebter.«

»Neunzehn.«

»Das ist mehr als die Hälfte deines Lebens. Kein Wunder, dass es sich seltsam anfühlt, das zurückzulassen.«

Er lächelte sie an.

»Vielleicht«, sagte sie träge, »solltest du herausfinden, wen er in diese Räume bringen wird. Es könnte dir helfen. Ja, ich denke, das wäre eine gute Idee.«

Sie rollte sich vom Bett. »Komm mit.«

Die Tamerlain führte ihn zu dem vertrauten Durchgang zwischen seinen Räumen und den Gemächern des Königs und blieb vor den Holzpaneelen stehen, die sich zu Jakovens Zimmern öffneten.

»Du musst still sein. Sie werden uns nicht sehen, aber es ist schwieriger, Geräusche zu maskieren«, sagte sie und schnaubte das Paneel an, das schimmerte und sich dann vor ihr auflöste. Als sie hindurchging, folgte Garranon ihr.

Der Durchgang öffnete sich ins Empfangszimmer des Königs. Das einzige Möbelstück hier war sein Sessel, der auf einem Podest stand, sodass Jakoven, wenn er saß, die gleiche Höhe hatte wie ein stehender Mann.

Er saß auch jetzt auf seinem Sessel, während Jadeauge, nur in ein meerblaues Nachtgewand gehüllt, sich dagegenlehnte. Auf dem Läufer vor dem Podium hielt eine Wache einen um sich schlagenden Jungen fest. Keiner von ihnen ahnte, dass Garranon und die Tamerlain sie beobachteten.

Jemand hatte das Kind gewaschen, aber Wasser und Seife konnten gegen den Dreck von Jahren nur begrenzt etwas ausrichten. Seine Haut war grau und das Haar so ordentlich geschnitten, dass es gerade erst passiert sein musste. Es war extrem kurz – wahrscheinlich, um ihn von dem Ungeziefer zu befreien, das die geringeren Einwohner von Estian plagte. Hunger ließ ihn älter aussehen als seine Jahre, aber Garranon schätzte, dass er kaum mehr als zwölf sein konnte.

»Halte ihn still«, befahl Jakoven. Das erregte Tremolo in seiner Stimme ließ Garranon aufschrecken, als der Soldat einen Arm um den Jungen schlang, sein Kinn packte und ihn damit zwang, den König anzusehen.

»Hurog-Blau«, sagte der König zufrieden. »Dein Herr wird belohnt werden, wie ich es versprochen habe. Jadeauge, nimm den Jungen.«

Der Magier des Königs packte den Jungen unsanft am Arm, und der Soldat ging. Der Junge zuckte einmal, dann schrie er auf und hörte auf sich zu bewegen, als Jadeauge seinen Griff veränderte.

»Ein bisschen mager, wie?«, stellte der Magier angewidert fest.

»Wir werden ihn füttern«, sagte Jakoven und stand auf.

»Junge«, sagte er mit samtiger Stimme, die Garranon so vertraut war wie seine eigene. »Sag mir deinen Namen.«

»Nein«, erwiderte der Junge und spuckte auf den Boden.

Jakoven lächelte und berührte die schmale Wange des Jungen. Garranon sah nicht mehr als das, aber Jadeauge ließ die Hände sinken und trat zurück.

Magie, dachte Garranon.

Der Junge stand still, gefangen von Jakovens Berührung. Sein Gesicht was ausdruckslos.

Vekkes Atem, dachte Garranon. Er erinnerte sich daran, wie der König ihn mit nichts als einer Bewegung gehalten hatte. Bis jetzt war ihm nicht klar gewesen, dass Jakoven Magie angewandt hatte. Er erkannte es erst, als er sah, wie der König das Gleiche mit einem anderen Jungen tat.

»Sag mir deinen Namen, Junge.«

»Tychis.« Die Art, wie er die Konsonanten aussprach, zeigte deutlich seine Herkunft aus den Elensvierteln von Estian.

»Wer war deine Mutter?«

»Illeya aus Hurog.«

»Kennst du deinen Vater?«

Der Körper des Jungen begann vor Anspannung zu beben, als er gegen den Zwang zu antworten ankämpfte. »Fenwick, der alte Hurogmeten.«

»Auf welche Weise war er mit deiner Mutter verwandt?«

Tränen liefen über das Gesicht des Jungen. »Meine Mutter war ein Bastard seines Onkels.«

Jadeauge verzog angewidert den Mund. Jakoven sah das und lächelte. »Hier mag so etwas Inzest sein, aber in Shavig heiraten Vettern und Basen häufig, wenn es keine Schwäche in der Familie gibt. Der alte Mistkerl hielt es wahrscheinlich für vollkommen normal, mit seiner Base zu schlafen – und er hat dafür gesorgt, dass dieser Junge von zwei Seiten Drachenblut hat. Beim jungen Hurogmeten war es nicht stark genug – vielleicht hat sich der Fluch deshalb blau und nicht rot gefärbt. Ich denke, das Blut dieses Jungen ist der Schlüssel, um Farsons Fluch einzusetzen.«

Der König lächelte den Jungen erfreut an und schüttelte dann zu Jadeauge gewandt den Kopf. »Du wirst nicht zulassen, dass deine Ansichten über seine Herkunft den Jungen beunruhigen.«

Jadeauge deutete den Tonfall des Königs ebenso gut wie Garranon und nickte gehorsam. Jakoven wandte sich wieder dem Jungen zu.

»Tychis, mehr als alles andere wirst du mir loyal sein und mir dienen.«

»Ich werde loyal sein«, sagte der Junge ausdruckslos.

»Einige Dinge, die dir angetan werden, wirst du hassen.

Andere bereiten dir vielleicht Vergnügen. Aber du wirst mir dienen und tun, was ich dir befehle.«

»Ich diene Euch.«

Ihr Götter. Garranon fand auch die Erinnerung an diese Worte in seiner Seele. *Wie lange habe ich diese Befehle befolgt? Tue ich es immer noch?*

Der König zog die Hand weg. »Bring ihn in den grünen Raum, Jadeauge. Geh mit ihm, Junge. Du wirst dort ein Bett finden. Schlafe, bis ich dich aufwecke.«

Garranon warf einen Blick zu Tür des Durchgangs hinter ihnen und sah, dass sie so solide wirkte, als hätte die Tamerlain sie niemals durchlässig gemacht. Er trat beiseite, als Jadeauge und der Junge an ihm vorbeiliefen, die Tür öffneten und den Gang betraten, ohne Garranon oder die Tamerlain zu sehen, obwohl Garranon nur den Arm hätte ausstrecken müssen, um Jadeauges Gewand zu berühren.

»Mir ist es bisher nur gelungen, diese Art Magie bei einem Hund zu wirken«, stellte Jadeauge fest, als er ohne den Jungen ins Empfangszimmer zurückkehrte. »Danach habe ich es nicht mehr versucht, denn die Ergebenheit des Hundes wurde zu ärgerlich, und ich musste ihn töten.«

Jakoven lächelte. »Du wirst bemerkt haben, dass ich ihm nicht befohlen habe, mich zu lieben. Hass ist so viel unterhaltsamer.«

Garranon starrte Jakoven an und wusste, dass der König von ihm sprach. Und dieses Wissen verzerrte die Einschätzung seines gesamten Lebens. Er hörte nicht mehr, was Jakoven und Jadeauge sagten, bevor sie die Privatgemächer des Königs betraten und die Tür hinter sich schlossen.

»Garranon«, sagte die Tamerlain ungeduldig, wenn auch leise, sodass ihre Stimme nicht über den Raum hinaus zu hören war.

Er wandte sich ihr zu.

»Der Bann ist nicht so stark, wie er glaubt. Er wird einen Erwachsenen nicht halten wie ein Kind, das schwach und verängstigt ist – oder verletzt, wie du es warst. Aber die Überreste des Banns bewirken vielleicht, dass es dich traurig macht, seinen Dienst zu verlassen, selbst nach all dieser Zeit.«

Garranon musste an sein schrecklichstes Geheimnis denken und schauderte. »Habe ich ihm etwas verraten – ist Callis deshalb gefallen?«

»Er hat dich nicht um Informationen gebeten«, sagte sie. »Du hast es ihm erzählt, weil er nichts von dir wollte. Die Idee, Kinder als Boten zu verwenden, wäre den Tallvens nie gekommen. Oranstein hatte dem Heer nichts entgegenzusetzen, das Jakovens Vater gegen das Land ausschickte.«

Garranon nickte und durchquerte den Gang, der zu seinen ehemaligen Gemächern führte. Der Junge lag oben auf der Bettdecke und schlief friedlich.

»Was wirst du tun?«, fragte die Tamerlain.

»Wie lange stand ich auf diese Weise in Jakovens Bann?«, fragte Garranon.

»Vier Jahre«, sagte sie. »Beinahe fünf.«

Er wandte den Blick dem Jungen zu, denn die Antworten auf die nächste Frage waren ihm sehr wichtig, und er wollte nicht, dass sie das wusste.

»Du hast gehört, wofür der König ihn haben will?«, fragte sie. »Jakoven hat Farsons Fluch gefunden, und mit dem Hurog-Blut dieses Jungen verfügt er auch über den Schlüssel dazu.«

»Farsons Fluch?« Garranon starrte sie einen Augenblick an. »Ich nehme an, mein Anteil an deinem Spiel besteht darin, den Jungen zu retten und ihn zu seinen Brüdern zu bringen. Sag mir, was hat es mit diesem Bann auf sich, den Jakoven über ihn verhängt hat?«

Die Tamerlain schwieg kurz, bevor sie antwortete. »Ich kann ihn brechen.«

»Du hättest mich befreien können?«

Sie antwortete nicht.

Er fuhr herum und starte sie an. »Glaubst du, ich hätte so lange an diesem Hof überleben können, ohne genau zu wissen, wann ich manipuliert werde?«, fragte er verbittert. Ihr Verrat tat mehr weh als das Wissen, dass er die Marionette des Königs gewesen war, genau, wie es alle immer gedacht hatten. Neunzehn Jahre lang war sie seine einzige Freundin, seine einzige Vertraute gewesen. »Wie freundlich von dir, mir nach all diesen Jahren zu zeigen, dass der König mich mit Magie belegt hatte. Ich nehme an, du wirst den Bann des Königs brechen, damit sich dieser Junge nicht auf dem ganzen Weg nach Hurog wehrt?«

Die Tamerlain trat zurück. »Es wäre besser zu warten, bis ihr unterwegs seid. Er wird in Estian nicht sicher sein, und wenn er Gelegenheit hat, wird er zweifellos versuchen zu fliehen. Er wird schlafen, bis ich den Bann breche, mit dem der König ihn belegt hat.« Sie zögerte. »Ich hätte es auch bei dir getan, aber Jakoven hätte es bemerkt. Es hätte dir nicht geholfen, und Aethervon sind Grenzen auferlegt, wie weit er sich dem König widersetzen kann.«

Das entsprach vielleicht sogar der Wahrheit. Garranon zuckte die Achseln. »Das ist jetzt gleich. Wir haben keine Zeit für solche Dinge, wenn ich den Jungen aus dem Schloss bringen soll, bevor alle aufwachen.«

Er hätte sie gern gefragt, ob sie verstand, was diese Aufgabe, die sie ihm übertragen hatte, für seinen Besitz, seine Frau und seinen Sohn bedeutete. Der König würde wissen, wer den Jungen genommen hatte, sobald er bemerkte, dass auch Garranon verschwunden war. Aber er wusste auch, dass seine Frau es ihm nicht danken würde, dieses Kind in Gefahr gelassen zu haben, weil er um sie und um Buril, sein Zuhause, fürchtete.

Der Junge wachte nicht auf, als Garranon ihn aufhob und durch die Gemächer trug, die einmal die seinen gewesen waren.

Er benutzte die Dienstbotenflure. Als er ein paar Zofen begegnete, knicksten sie vor ihm und wandten sich dann rasch wieder ab. Garranon hatte schon einige Kinder aus dem Palast weggebracht, die die Spielzeuge hoher Adliger gewesen waren, und die Diener würden ihn nicht freiwillig melden, bis sie erfuhren, aus wessen Bett er diesen Jungen genommen hatte.

Ein Stalljunge brachte ihm ohne Kommentar sein Pferd, dessen Satteltaschen schon für den Ritt nach Oranstein gefüllt waren, den er am nächsten Tag hatte antreten wollen. Als er darum bat, brachten sie ihm noch ein zweites Pferd, das der Junge reiten konnte, wenn er wieder wach war.

Der Stallmeister hielt den schlafenden Jungen, bis Garranon im Sattel war, dann übergab er ihn.

»Armer kleiner Kerl«, sagte der Mann. »Er kann froh sein, dass sie ihn mit ihren Drogen nicht umgebracht haben, so tief, wie er schläft.«

Garranon nickte; der Stallmeister brauchte nicht zu erfahren, dass Magie und keine Droge diesen unnatürlichen Schlaf bewirkt hatte. Seine eigene Stute war die Gesellschaft der Tamerlain gewöhnt, aber das zweite Pferd schnaubte und versuchte auszuweichen, als man es zu Garranon führte, damit er die Zügel nehmen konnte.

Der Stallmeister runzelte die Stirn. »Ich werde ein Stück

mit Euch kommen, wenn Ihr eine zusätzliche Hand braucht. Ich habe eine Tante im Süden, der es jeden Augenblick schlechter gehen könnte.«

Garranon rückte den Jungen vor sich zurecht und sortierte die Zügel, bis er beide Pferde unter Kontrolle hatte, dann schüttelte er den Kopf. »Es wäre besser, Euch nicht tiefer in diese Sache zu verwickeln. Ich bin nicht sicher, ob ich meine Beteiligung überleben werde.«

»Jadeauge«, sagte der Stallmeister finster. »Er ist wahrhaft böse. Ich verstehe nicht, was der König in ihm sieht.«

Garranon bedachte ihn mit einem dünnen Lächeln und lenkte die Pferde aus dem Stall. Die Wachen an den Eingangstürmen öffneten das Tor für ihn, ohne Fragen zu stellen, wie sie es schon öfter bei ähnlichen Gelegenheiten getan hatten. Garranon nickte ihnen zu und hoffte, dass keiner dafür bestraft würde, ihn so einfach aus dem Schloss gelassen zu haben. Die Tamerlain hielt Abstand und sprach erst wieder, als sie die Stadt hinter sich hatte.

»Es ist nicht notwendig, ihn den ganzen Weg nach Hurog zu bringen«, sagte sie. »Der Hurogmeten hat sein Lager in Menogue aufgeschlagen, um sich dort von seiner Gefangenschaft zu erholen. Aethervon hat ihm Träume geschickt; er weiß, dass er nach dem Jungen Ausschau halten soll.«

Ohne ein Wort wendete Garranon den Kopf seines Pferdes zu dem wenig benutzten Weg, der zu dem alten Tempel führte.

»Es ist gleich, wohin du gehst«, sagte sie. »Er verfügt über magische Fähigkeiten, Menschen und Dinge zu finden. Er wird auch dich finden.«

Nicht lange nach diesen Worten kam eine große Stute in Sicht, auf deren Rücken Ward von Hurog saß. Er sah erheblich besser aus als bei seinem kurzen Auftritt im Thronsaal.

Als Garranon ihn sah, zügelte er das Pferd und wartete, dass der Shavigmann näher kam.

»Hurogmeten«, grüßte er ihn. »Ich habe ein Geschenk für Euch. Ich glaube, er ist Euer Halbbruder. Er nennt sich Tychis.«

Die große rote Stute schnaubte sein Pferd an und ignorierte die Tamerlain. Ward kam näher und berührte das Gesicht des schlafenden Jungen. Er wirkte erleichtert.

»Das sind jetzt schon zwei Gefallen, die mein Haus Euch schuldet«, sagte er.

Garranon schüttelte den Kopf. »Ich glaube, ich bin immer noch derjenige, der Euch etwas schuldig ist. Was ich getan habe, hat Euch mehr geschadet, als ich Euch bisher helfen konnte. Nehmt ihn.« Er warf einen Blick zur Tamerlain, aber er wusste nicht, ob Ward sie sehen konnte, also sagte er: »Ich glaube, er wird bald aufwachen«, statt ihren Anteil an der Rettung des Jungen zu erklären. Selbst jetzt schützte er ihre Geheimnisse. »Er könnte ein wenig durcheinander und ziemlich feindselig sein, aber er muss aus Estian verschwinden.«

»Er ist mein Bruder«, antwortete Ward freundlich. »Mein Bruder Tychis. Er gehört nach Hurog.« Kurz sah er Garranon an, und es fiel dem Oransteiner schwer, hinter dieser freundlichen Maske zu erkennen, was im Kopf des Hurogmeten vorging.

»Wie steht Ihr in der Gunst des Königs?«

Garranon zuckte die Achseln. »Etwa so hoch wie jeder andere, der Jakoven bezichtigt, ein Kinderschänder zu sein. Nein. Niedriger als das, denn ich habe den Jungen gestohlen, der angeblich der Schlüssel ist – ich will lieber nicht wissen, weshalb –, dass Jakoven Farsons Fluch benutzen kann.«

Ward zeigte keine Reaktion, also wusste Garranon nun, dass der Hurogmeten über den Fluch informiert war.

»Also etwa so beliebt wie ich«, sagte Ward. Er sah Garranon eine Weile an, dann fragte er leise: »Und wie steht der König in Eurer Gunst?«

Garranon wandte den Blick ab. »Wie immer«, brachte er schließlich hervor. »Ihr solltet den Jungen lieber nehmen und aufbrechen – ich habe ein Pferd für ihn. Ich weiß nicht, wann Jakoven Leute schicken wird, um ihn zurückzuholen. Ihr habt vielleicht einen halben Tag, vielleicht auch nur eine halbe Stunde.«

Ward zuckte die Achseln und sagte: »Was würdet Ihr tun, wenn Ihr ein Messer hättet und dem König in einer dunklen Gasse begegnen würdet, wo es keine Zeugen gäbe?«

Garranon antwortete nicht, aber Ward lächelte und ritt um ihn herum, um die Zügel des reiterlosen Wallachs zu nehmen. Den Jungen ließ er in Garranons Armen.

»Dann kommt mit uns nach Hurog«, sagte er. »Das wird den König ein wenig durcheinanderbringen – ich nehme an, er erwartet, dass Ihr auf dem Rückweg nach Buril seid. Aber der König wird ihnen nichts tun, bis er Euch hat, wo er Euch haben will. Sie werden sicherer sein, wenn Ihr nicht dort seid. Also kommt mit uns«, wiederholte er. »Und auf dem Weg werde ich versuchen, Euch zu zeigen, wieso Euer Schicksal – und das meine – vielleicht nicht so hoffnungslos ist, wie Ihr denkt. Finster, ja. Aber nicht hoffnungslos.«

»Geh«, sagte die Tamerlain zu Garranon, und Ward schaute zu ihr hinab.

Garranon sah sie ebenfalls einen Augenblick an, dann lenkte er sein Pferd in die Richtung, aus der Ward gekommen war.

11 WARD

Heimat heilt das Herz.

Ich beobachtete Garranon genau, als er sich in dem engen Lager umsah, Gesichter betrachtete und schließlich erschrocken nach Luft schnappte, als er Jakovens Bruder erkannte. »Kellen?«

Als ich abstieg, bemerkte ich, wie Kellens Mienespiel zu wechselhaft wurde, als dass ich es noch deuten konnte, aber der einzige Ausdruck, der schließlich blieb, war der reiner Freude.

Garranon zog die Brauen hoch, drehte sich zu mir um und sagte mit gekünstelter Ehrfurcht: »Und ich dachte, Jakoven würde *mich* mit Brandeisen und Häutemessern jagen. Aber ich habe nur sein neues Spielzeug gestohlen – Ihr hingegen habt seinen Bruder genommen.«

Kellen hatte ein paar Schritte vorwärtsgemacht, aber bei Garranons Worten war er vorsichtig wieder stehen geblieben.

Garranon schüttelte grinsend den Kopf. »Ich dachte, der König hätte vielleicht ein bisschen mehr abgebissen, als er schlucken könnte, whrend er sich mit den Hurogs anlegte – aber so weit gingen meine Träume nicht.« Er stieg ab, ohne seine Last zu stören, und reichte mir dann den Jungen. »Was habt Ihr vor, Kellen? Werdet Ihr vor Jakoven davonlaufen und Euch in der Wildnis des Nordens verstecken?« In seiner Stimme lag nichts als Neugier.

Ich schaute ins schlafende Gesicht meines Halbbruders und wünschte mir, ich hätte ihn früher kennengelernt – und dass der einzige Grund dafür, ihn in Hurog zu behalten, darin bestünde, dass er mein Bruder war. Es hätte seine Aufnahme in den Haushalt für alle Beteiligten einfacher gemacht. Ich bemerkte auch, dass er einen Verband ums Handgelenk trug, und fragte mich, wie viel Blut Jakoven ihm bereits abgenommen hatte.

»Ich habe vor, Jakoven zu stürzen und an seiner Stelle König zu werden«, antwortete Kellen.

Garranon reckte den Hals, erst in die eine, dann in die andere Richtung. Ich stand nahe genug bei ihm, um das Knacken seiner Wirbelsäule zu hören. Dann machte er einen Schritt vor und fiel in einer anmutigen Bewegung vor Kellen auf die Knie.

»Ich bin Euer Mann«, sagte er.

Kellen wirkte verblüfft und warf Rosem einen Blick zu, dann sah er Tisala an, und schließlich bezog er von irgendwo so etwas wie königliche Haltung und umhüllte sich damit.

»Erhebt Euch. Ich werde niemanden bitten, vor mir zu knien, bis ich wirklich auf dem Thron sitze.«

Garranon stand auf und sah Kellen forschend an. »Ihr könntet ein paar hundert Mahlzeiten brauchen, mein Freund. Aber Ihr seht immer noch besser aus als bei meinem letzten Besuch.«

Kellen sah mich an. »Garranon kommt – *kam* trotz Jakovens Missbilligung einmal in der Woche, um mich zu besuchen. Wir haben Schach gespielt.«

Ich erinnerte mich an das Schachbrett, dass Oreg zerstört hatte, und lächelte, als ich den Jungen auf den Boden legte. Oreg kam zu uns und sah sich das schlafende Kind an. Ich hatte mir schon Sorgen gemacht, was man Tychis gegeben hatte, damit er so tief schlief. Was immer sie ihm angetan hatten, ich hoffte, Oreg könnte es wieder richtig stellen.

»Gestattet mir«, sagte die Tamerlain und erschien auf der anderen Seite des Jungen. »Ich weiß, mit welchem Bann man ihn belegt hat, also wird es mir leichter fallen, ihn zu brechen.«

Ich spürte, wie ihre Macht anschwoll, bis sie den Jungen umgab, aber ich hätte nicht wirklich sagen können, was sie tat. Das Ergebnis war allerdings offensichtlich. Der Junge kam auf die Beine und sah sich mit weit aufgerissenen Augen um. Dann rief er etwas in der Gossensprache von Estian, das Kellens und Garranons Gespräch verstummen ließ und ihm die Aufmerksamkeit der meisten Leute in der Nähe einbrachte. Er griff nach unten, packte einen Stein und richtete sich wieder auf.

»Beeindruckend«, sagte ich trocken in der Sprache von Tallven – die wir ohnehin aus Höflichkeit gegenüber Kellen gebrauchten. Wenn ich mich recht an die Zeit vor seiner Gefangenschaft erinnerte, kam er auf Shavig zwar zurecht, konnte sich aber in seiner Muttersprache besser ausdrücken. »Was, glaubst du, wird passieren, nachdem du einen von uns mit dem Stein getroffen hast – immer vorausgesetzt, du kannst fest genug werfen, dass es etwas ausmacht?«

Er hörte auf zu fluchen und schaute ängstlich von mir zu Oreg und dem Rest der Männer (Tisala war ein Stück weiter weg damit beschäftigt, ein Pferd zu satteln), die ihn beobachteten. Ein paar kamen näher, die Hände am Schwert.

Ich scheuchte sie mit einer Geste weg. »Macht weiter mit dem Abschlagen des Lagers. Ich brauche ein wenig Zeit, um meinem Bruder hier zu erklären, worum es geht«, sagte ich erst auf Shavig für die Männer und dann noch einmal auf Tallvenisch.

Dann wandte ich mich wieder Tychis zu und nickte zum Gruß. »Ich bin Ward von Hurog, dein Halbbruder. Neben mir steht mein Magier Oreg, der ebenfalls eine Art Verwandter ist. Dein Onkel Duraugh und Tosten – ein weiterer Halbbruder von dir – sind dort drüben. Tosten ist der bei der Eiche, der die Hand am Schwert hat. Duraugh ist der Mann«, sagte ich und zeigte hinter Kellen, »der mich stirnrunzelnd ansieht.«

»Ich bin nicht Euer Bruder«, erklärte Tychis erbost in gebrochenem Shavig. Dann wiederholte er das noch einmal in der Gossensprache von Estian, zusammen mit ein paar weiteren schmutzigen Adjektiven.

Ich schüttelte traurig den Kopf und ließ mich auf dem Boden nieder, wo ich mehr auf einer Höhe mit ihm war und nicht so bedrohlich wirkte. »Es tut mir leid, wenn dich das quält, aber dein Vater war Fenwick von Hurog, ebenso wie der meine. Du hast in Hurog noch ein halbes Dutzend weiterer Halbgeschwister. Ein paar von denen sind wahrscheinlich auch nicht gerade, was du dir wünschen würdest.«

Der Stein wurde schwerer; ich konnte sehen, wie er die Hand senkte. Weder Oreg noch ich hatten ihm Grund gegeben zu werfen. Ich befand mich in sicherem Abstand, weil ich auf dem Boden saß, und Oreg lehnte sich lässig gegen drei Espenschösslinge. Alle anderen waren weiter entfernt. Die Tamerlain war, wie ich bemerkte, ebenfalls verschwunden.

»Du könntest den Stein auch gleich fallen lassen«, sagte Oreg. »Er wird den ganzen Tag hier sitzen bleiben, falls es notwendig sein sollte.« Er sah den Jungen an, der zurückstarrte. »Und falls du nicht an Vergeblichkeit glaubst, könntest du dir auch die Feindseligkeit sparen. Es ist einfacher, wütend auf einen Welpen zu sein, als auf Ward. Du kannst Tosten fragen, wenn du mir nicht glaubst.«

Endlich fiel der Stein, und die raue Fassade bekam einen kleinen Riss, als dem Jungen Tränen in die Augen traten. »Was wollt ihr mit mir machen?«

Ich richtete mich gerade auf und starrte ihm in die Augen. »Ich will dich in Sicherheit bringen. Ich möchte dich mit mir zurück nach Hurog nehmen – wie mein Vater es hätte tun sollen.«

»Ich bin ein Bastard. Der Sohn einer Hure und Eures Vaters«, fauchte er, dann fügte er den Teil hinzu, den er zweifellos für den Verwerflichsten hielt: »Und die Hure war die Base Eures Vaters.«

Oreg schnalzte missbilligend mit der Zunge. »Die Tallvens haben wirklich gute Arbeit bei dir geleistet, wie? In Shavig heiraten Vettern und Basen oft.« Das war ein wenig übertrieben ausgedrückt, würde aber helfen. »Duraughs Sohn ist mit Wards Schwester verheiratet – die auch deine Schwester ist –, und keiner hat sich dabei etwas gedacht.«

Tychis sah ein wenig erschrocken aus – was alle Mal besser war als der verängstigte Trotz, den er zuvor an den Tag gelegt hatte.

»Niemand sagt, dass du deine Base heiraten *musst*«, versuchte ich ihn zu beruhigen. »Aber du solltest höflich zu Beckram und Ciarra sein – darauf werde ich bestehen.« Da Höflichkeit das Letzte war, um das er sich Gedanken machte, half es, um ihn abzulenken.

»Weißt du, wie man reitet?«, fragte ich ihn und kam damit noch mehr vom ursprünglichen Thema ab.

Er schüttelte den Kopf. Ich stand auf und streckte die Hand aus. »Dann komm, lerne dein Pferd kennen, und ich werde dir erklären, wie es geht. Wenn wir erst in Hurog sind, wird niemand mehr wissen, dass du nicht im Sattel zur Welt gekommen bist.«

Die Verlockung war zu groß. Bald schon saß er auf dem braunen Wallach, den er in Todesbringer umgetauft hatte. Ich hatte Tychis die Auswahl zwischen mehreren Namen gelassen. Der Umfang des Wallachs hätte eher einen Namen wie Heumäher nahe gelegt. Aber Todesbringer war dem Jungen lieber, und die Höhe des Pferds gab ihm eine Illusion von Sicherheit.

Während ich Tychis beibrachte, wie man am besten auf einem Pferd saß (vorzugsweise oben), es lenkte (es allen anderen folgen ließ) und zum Stehen brachte (die Zügel anzog), winkte mir mein Onkel zu, der sich in angeregtem Gespräch mit Kellen und Garranon befunden hatte. Ich reichte Oreg Todesbringers Zügel und schloss mich dem Gespräch an.

»Garranon hält es für möglich, dass Jakoven Hurog sofort angreifen wird«, sagte Duraugh. »Ist es wirklich anzuraten, Kellen dorthin zu bringen? Das Tor war nicht einmal an der Mauer befestigt, als ich auf dem Weg zu deiner Rettung dort übernachtet habe.«

»Das ist wahr«, stimmte ich zu. »Aber ich habe zwei gute Männer, die sich um die Schmiedearbeiten für Hurog kümmern – ich nehme an, das Tor und ein Torhaus oder zumindest ein Fallgitter werden inzwischen ganz oben auf der Liste stehen. Stala erwartet das Schlimmste. Sie hat sich sicher schon etwas ausgedacht, bis wir eintreffen. Wenn es Sommer wäre, könnte es Schwierigkeiten geben, aber inzwischen liegt der Schnee in Hurog wahrscheinlich schon knietief. Mit deinen Männern aus Iftahar können wir ein Heer eine Woche lang abwehren – und Männer aus dem Süden, die in Zelten lagern, werden keine Woche in Hurog überleben.«

»Ich kann ebenfalls helfen«, murmelte Oreg, der den Jungen nahe genug herangeführt hatte, um das Gespräch belauschen zu können.

Ich warf ihm einen warnenden Blick zu. »*Magier* sind in solchen Situationen immer nützlich.«

»Wenn das Wetter in Hurog nicht zu schlecht ist«, sagte Duraugh, »wirst du herausfinden müssen, ob deine Zwerge Kellen vielleicht in Sicherheit bringen können. Aber sie wollen sich vielleicht nicht in einen Disput unter Menschen einmischen.«

»Zwerge?«, fragte Kellen verblüfft.

Tosten grinste. »Sie schulden Ward noch einen oder zwei Gefallen.«

Mein Onkel führte uns durch ein paar abgeerntete Felder und auf einen Weg, den ich noch nie nach Hurog genommen hatte.

Stalas Stellvertreter, ein Shavigmann namens Ydelbrot, kommandierte die Männer und organisierte den Marsch. Auf die Bitte meines Onkels hin lenkte ich Feder zu Ydelbrot und sagte ihm, wir müssten so schnell wie möglich weiterkommen, da der König »vielleicht ein wenig verärgert sein könnte, weil wir Kellen und Tychis mit uns genommen haben«.

Er nickte grinsend. »Ja, es wäre wirklich besser, wenn wir nicht hier in Tallven von einem Heer überrannt würden.«

Ich lächelte, aber tatsächlich machte ich mir mehr Gedanken darum, wie viel Blut Jakoven Tychis abgezapft hatte und wozu er Farsons Fluch damit veranlassen konnte.

Die ganze Reihe trabte los. Ich ließ Feder stillstehen, während die anderen an mir vorbeizogen, und schloss mich dann meinem Bruder an – der zufällig hinter Tisala ritt. Sie leistete Tychis Gesellschaft.

»Er sieht aus wie Tosten in diesem Alter.« Auch Oreg kam nun zu uns und deutete auf Tychis, der so gewaltig auf dem trabenden Pferd auf und ab hüpfte, dass ich mitleidig das Gesicht verzog. Tisala beugte sich zu ihm und sagte etwas, und er stellte sich in den Steigbügeln auf. Ich konnte den erleichterten Seufzer seines Pferds beinahe hören.

»Ich war nie so dünn«, widersprach Tosten entschieden, aber gut gelaunt. Ich drehte mich im Sattel um und starrte ihn an. Er und Oreg schienen viel besser miteinander auszukommen, seit sie meine Rettung organisiert hatten.

Es ist schwierig, beim Traben zu reden, also schwiegen wir in der nächsten Stunde überwiegend. Ich beobachtete Tisala und genoss die frische Luft. Schließlich ließen wir die Pferde wieder im Schritt gehen. Sie waren noch nicht zu müde, aber wenn sie erst bis nach Hurog gestolpert waren, würden sie einen Monat oder länger zu nichts mehr gut sein.

Ich stieg ab, als es Zeit war zu gehen, um Feder so viel wie möglich zu ersparen – ich wog beinahe anderthalb mal so viel wie die meisten Männer.

»Ha«, sagte Tisala, die immer noch zu Pferd saß, obwohl auch andere abgestiegen waren. »Wenn ihr Pferde aus Oranstein hättet, könntet ihr noch eine Meile oder mehr weitertraben, bevor ihr zum Schritt übergehen müsstet.«

»Nein.« Ich schüttelte ernst den Kopf. »Wenn ich ein Pferd aus Oranstein hätte, müsste ich die ganze Zeit laufen, weil meine Beine auf beiden Seiten bis zum Boden hingen.«

Sie lachte, und wir sprachen von alltäglichen Dingen – Dankbarkeit für den letzten Frost, der die meisten Mücken umgebracht hatte, obwohl die letzten beiden Nächte im Lager ein wenig kühl gewesen waren; und die Hoffnung, dass die Wolken über unseren Köpfen noch ein paar Tage warten würden, bevor sie sich ausregneten oder -schneiten. Wir sprachen über alles, nur nicht darüber, was vor uns lag. Solche Gespräche verkürzten den Weg.

»Wie geht es Kellen?«, fragte ich. »Ich habe heute noch nicht viel mit ihm gesprochen.«

»Er gibt eine gute Vorstellung«, sagte sie und nickte nach vorn, wo Kellen neben meinem Onkel ritt.

»Manchmal wird eine Rolle, die man lange genug spielt, ein Teil der Person«, sagte ich. »Ich werde ihm mein Zimmer in Hurog geben – nicht nur, weil es das einzige Zimmer ist, das für ihn passt, sondern weil es sich so sehr von einer Zelle im Asyl und sogar von einem der königlichen Gemächer in Estian unterscheidet, wie es nur ein Haufen Zwerge schaffen kann.«

»Es ist ziemlich vollgestopft«, meinte Tisala.

Ich grinste sie an und freute mich an ihrer scharfen Zunge. »Es gibt noch nicht viele Räume in der Burg mit Türen, die sich schließen lassen, und Dächern, durch die es nicht hereinregnet«, sagte ich. »Viele Dinge werden dort für kurze Zeit abgestellt und bleiben dann ein paar Jahre.«

Wir schlugen das Lager vor Anbruch der Dunkelheit auf. Ich starrte unter meiner Decke her die Sterne an, um mich zu erinnern, wo ich war, bevor ich die Augen schloss – aber das half nicht gegen meine Träume.

Ich befand mich wieder im Laborraum des Asyls, aber diesmal war ich nicht an den fleckigen Ledertisch geschnallt. Ich stand vor einem anderen Tisch, einem, auf dem Tiegel mit Kräutertränken und Giften aufgereiht waren und Folterwerkzeuge lagen. Ich hielt einen Samtbeutel in den Händen, und ich musste mich zwingen, ihn zu öffnen und hineinzuschauen. Ich zog den Samt zurück, nahm den Stabkopf heraus, der Farsons Fluch genannt wurde, und legte ihn auf einen Ständer auf dem Tisch.

Ich denke, es war die Art, wie ich den Fluch betrachtete, die mich erkennen ließ, dass ich ihn durch Jakovens Augen sah. Die Wolke der Dunkelheit, die ich bei dem Fluch so deutlich bemerkt hatte, war nicht da, obwohl meine Hand, Jakovens Hand, immer noch von seiner Macht vibrierte.

Ich nahm ein Fläschchen heraus und ließ einen sehr kleinen Blutstropfen auf den schwarzen Edelstein fallen. Der Stein flackerte rot auf. Ich berührte den Drachenkopf leicht, nutzte die Macht und schuf ein magisches Licht daraus – und hatte immer noch Magie übrig.

Ich nahm einen sauberen Wildschweinborstenpinsel, wie ihn die Künstler verwenden, und bemalte den Stein mit Blut. Sofort erfüllte Macht meinen Körper, wie in der Nacht, als ich, Ward, Hurog zerstört hatte. Ich streckte die Hand aus, und der Ledertisch, die Eisenfesseln und der Metallsockel verschwanden, und zurück blieb nur ein leerer Fleck auf dem Steinboden.

»Die Hurogs stammen also tatsächlich von Drachen ab«, murmelte Artens Stimme hinter mir. »Wisst Ihr, was mit dem Jungen passiert ist?«

Ich verzog den Mund, als ich dem Erzmagier antwortete. »Garranon ist passiert. Er ist heute Früh mit dem Jungen und einem zweiten Pferd nach Norden geritten.«

»Nach Norden?« In Artens Frage lag keine Dringlichkeit.

»Wohin sonst sollten sie ein Hurogbalg bringen und sicher sein, dass ich sie nicht für seine Rückkehr bezahlen lasse? Garranon ist nicht dumm.«

»Tatsächlich? Er hat Euch verraten.«

»Der Bann hält ihn nicht mehr sonderlich gut«, sagte ich und starrte die Macht an, die durch meine Hand drang, nicht sonderlich verringert durch die Energie, die es gebraucht hatte, um den Tisch zu zerstören. »Es hat immer so viel Spaß gemacht, den Körper zu verführen, während sich der Geist vor Schuldgefühlen wand.«

»Jadeauge weiß nicht einmal, was Schuldgefühle sind«, erwiderte Arten trocken.

Ich lachte. »Ja, er würde sich zweifellos lieber in Blut winden. Jadeauge hat seinen eigenen Reiz, daran besteht kein Zweifel. Aber ich dachte immer, wenn der Bann, mit dem ich mir Garranons Loyalität gesichert habe, verblassen würde, so würde es ihn zerbrechen.«

»Das wird vielleicht auch noch geschehen«, spekulierte Arten. »Ich frage mich, wie ihm zumute ist, wenn er den Mann verrät, den er so lange geliebt hat.«

Ich lächelte bei dem Gedanken. »Ich hoffe, er weint und hasst sich dafür, denn das hat er als Junge getan. Ich hoffe, er denkt an mich, wenn er es mit seiner Frau treibt. Ich …«

»Jakoven?«

»Ich hatte gerade eine wunderbare Idee«, erklärte ich. »Sagt meinen Wachen, sie sollen mir den Stallmeister bringen, der Garranon durchs Tor reiten ließ.«

»Ward!«

Ich setzte mich keuchend hin und sah im Licht der ersten Dämmerung, wie mein Atem sich vor meinem Gesicht sammelte. Tosten hockte neben mir, ein Becher mit etwas Heißem in der Hand.

»Hast du vom Asyl geträumt?«, fragte er.

Ich schauderte, nahm den Becher mit dünnem Tee, den er mir reichte, und trank einen Schluck, um mir Körper und

Seele zu wärmen. »Ja. Wahrträume, denke ich. Ich werde froh sein, wenn wir weit genug von Menogue entfernt sind, dass Aethervon mich in Ruhe lässt.«

Später sprach ich mit Oreg über den Traum und hoffte, dass er mir sagen könnte, wie viel Macht Jakoven aus einem halben Becher von Tychis' Blut beziehen könnte.

»Ich weiß es nicht«, sagte er schließlich. »Du musst verstehen, dass ich Farsons Fluch nie gesehen habe – ich spürte nur seine Schaffung und die Störung, die er bewirkte. Es ist so lange her. Nach so vielen Jahren vergeht die Erinnerung, und bei mir läuft so etwas eher noch schneller ab, weil ich nie zurückblicken und sehen wollte, wie lange ich schon versklavt war. Ich kann mich nicht mehr erinnern, ob etwas tatsächlich geschehen ist oder sich die Leute nur eine Geschichte bei einem Krug Bier erzählt haben, ohne sich viel um die Wahrheit zu scheren.«

»Das ist auch gleich«, sagte ich und rieb Feders Nase, als ich neben ihr herging. »Wir müssen Kellen nach Hurog bringen, müssten Shavig veranlassen, ihn zu unterstützen, und ihn dann an einen sichereren Ort schaffen. Wir können nicht riskieren, dass jemand auszieht, um den Fluch oder das Blut zu vernichten …« Ich zögerte. »Ich würde den Fluch finden«, sagte ich – und schon als ich es aussprach, konnte ich beinahe spüren, wie er mich rief. »Wenn ich ihn zerstören könnte … oder Tychis' Blut weggießen …«

»Sei nicht dumm«, fauchte Oreg. »Selbst *ich* konnte nicht in diesen Teil des Asyls gelangen. Du würdest dich nur als Jakovens Gast wiederfinden – und diesmal würde er dich nicht mehr unterschätzen.«

»Stimmt«, sagte ich. »Also hoffen wir, dass Jakoven nicht so viel Macht hat, wie es aussieht.«

Ich kannte den Stallmeister, den er hatte zu sich holen

lassen. Er war ein guter Mann. Ich hoffte, dass er schnell sterben würde, aber ich erwartete es nicht wirklich. Ich würde es Garranon nicht sagen. Er konnte nichts tun, um dem armen Mann zu helfen, und würde sich nur schuldig fühlen. Ebenso wie ich mich schuldig fühlte. Aber ich konnte es nicht wagen, zurückzukehren.

Ein Jagdhorn blies drei klare Töne, und ich zog Feders Sattelgurt fester und schwang mich wieder in den Sattel. Es hatte noch etwas an dem Traum gegeben, das mich beunruhigte. Ich rang damit, während Feder über die flache Landschaft trabte.

Als wir wieder zum Schritt übergingen, blieb ich im Sattel. Die Tage im Asyl hatten mir meine Ausdauer genommen. Ich würde mich auf Feder verlassen müssen.

Zufällig fand ich mich neben Garranon wieder. Er lief neben seinem Pferd her, in einiger Entfernung von den anderen. Wir zogen ein paar Meilen schweigend weiter, Feder so zufrieden, ihren Schritt Garranons Pferd anpassen zu können, wie ich es war, mit ihm zu schweigen.

Aber offensichtlich wirkte das auf mich beruhigender als auf ihn, denn er sagte schließlich zornig: »Habt Ihr keine Angst, Euch ebenfalls damit anzustecken?«

Verblüfft fragte ich mich, ob ich eingedöst war und einen Teil des Gesprächs verpasst hatte, oder ob meine Erschöpfung mich begriffsstutzig machte.

»Womit anstecken?«, fragte ich.

»Mit dem Wunsch, mit Männern statt mit Frauen zu schlafen«, grollte er mit großer Bitterkeit.

Verblüfft starrte ich auf seinen Kopf hinab. Dann räusperte ich mich und sagte: »Nein.«

Meine Antwort schien ihn zu verstören, und er ging ein wenig schneller weiter. Gehorsam bewegte sich Feder ebenfalls schneller. Trotz Garranons offensichtlichem Bedürfnis, mich abzuschütteln, hielt ich sie nicht auf, denn nun erkannte ich, worin sein Problem bestand.

»Mein Onkel hat nicht deshalb etwas gegen Euch, weil Ihr mit dem König geschlafen habt«, erklärte ich. »Er lehnt Euch ab, weil Ihr das Dekret des Königs überbrachtet, während ich unter seinem Schutz stand, und er nichts dagegen tun konnte. Tosten geht es ganz ähnlich. Die anderen«, ich wies mit dem Kinn auf die Blaue Garde, »mögen Euch wahrscheinlich deshalb nicht, weil Ihr ein Oransteiner seid. Aber es kann selbstverständlich auch sein, dass sie Homosexualität für ansteckend halten.«

Garranon wandte sich kurz ab, dann entspannte er sich und lachte.

»Was mich selbst angeht«, fuhr ich fort, »habe ich eine Frau im Kopf, und es ist mir vollkommen egal, in welchem Bett Ihr Eure Zeit verbringt.«

Er blickte auf, als wolle er etwas sagen, überlegte es sich aber noch einmal, als er mich genauer ansah. »Ich habe Leute auf dem Scheiterhaufen gesehen, die gesunder wirkten als Ihr.«

»So sagt man mir.« Ich hatte seit meiner Rückkehr aus dem Asyl mehr gestottert als zuvor. Ich trank einen kleinen Schluck aus der Wasserblase, die ich am Sattel trug, und versuchte, nicht an Jadeauges Berührung zu denken.

Meine Erfahrung im Asyl hatte ein paar Fragen hinterlassen, und nun fiel mir ein, dass Garranon sie vielleicht beantworten konnte.

»Im Asyl«, sagte ich und rang sowohl mit der Auswahl der Worte als auch damit, meine störrische Zunge richtig zu bewegen. »Jadeauge …« Meine Kehle schnürte sich zu, und ich wandte den Blick ab.

Garranons Hand ruhte auf meinem Arm. »Vergewaltigung ist Vergewaltigung«, sagte er. »Ob Euer Körper reagiert oder nicht.«

Ich lief rot an und schüttelte den Kopf. »Er hat mich nicht wirklich …«

Garranon wartete darauf, dass ich weiter sprach, aber als ich das nicht konnte, sagte er: »Es ist Vergewaltigung, wenn eine Person eine andere verwundet, weil sie es tun kann. Manchmal verwundet ein Vergewaltiger Euren Körper, manchmal Eure Seele.«

Nach einer Weile fügte er hinzu: »Jemanden zu lieben, sei es einen Mann oder eine Frau, hat mit Zuneigung, Leidenschaft und Freude zu tun, nicht nur mit körperlichem Vergnügen.« Als ich ihn ansah, grinste er und fuhr unbeschwert fort: »Selbstverständlich fühlt es sich auch sehr gut an, wenn man es richtig macht.«

Das Signal zum Aufsteigen erklang. Garranon stieg in den Sattel.

»Danke«, sagte ich.

Er lächelte mir zu und deutete eine Verbeugung an, dann brachten wir die Pferde wieder zum Trab.

Am nächsten Nachmittag versuchte ich nicht einmal mehr, so zu tun, als wäre ich imstande, ein Gespräch zu führen, und an diesem Abend musste Oreg meine Finger von den Zügeln wegbiegen und Feder selbst führen. Am Morgen war es besser, aber spät am Nachmittag konnte ich mich kaum im Sattel halten. Tosten gab Befehl anzuhalten und die wollenen Reitgewänder aus dem Gepäck zu verteilen. Oreg sorgte dafür, dass ich meins anzog. Tisala ritt neben mir und unterhielt sich leise mit Oreg.

Von Kellen bekam ich nicht viel zu sehen, wahrscheinlich, weil er in ähnlicher Verfassung war wie ich. Ich fragte, und Tisala sagte mir, dass Rosem sich um ihn kümmere.

Als es zu schneien begann, war ich viel zu erledigt, um mehr zu tun als mein Gesicht zum Himmel zu heben, denn ich wusste, dass wir meiner Heimat jetzt nahe waren. Ich nehme an, ich war der Einzige in dieser frierenden Gruppe von Männern (und Tisala), der sich freute, als die bitteren Temperaturen der Nacht Feders Hufe am Morgen auf dem Schnee knirschen ließen. Ich erwähnte das Tisala gegenüber, als sie meine Hände auf Frostbeulen hin untersuchte – inzwischen war ich zu ungeschickt, um selbst meine Handschuhe an- und ausziehen zu können.

»Es stimmt wirklich, was man über Shavigmänner hört«, sagte sie und drehte meine Hand herum.

»Was? Dass wir zäh sind?«, fragte Tosten grinsend, während er Feders Sattelgurt überprüfte und sich bereithielt, um meine unkooperative Person in den Sattel zu heben.

Tisala schüttelte traurig den Kopf und erklärte die Inspektion meiner Hände für beendet. »Nein, dumm. Nur jemand sehr Dummes würde solches Wetter genießen.«

Auch die Pferde spürten, dass sie näher an ihrem Zuhause waren, und hoben die müden Hufe schneller. Der Schnee reichte bis an ihre Sprunggelenke, als wir sehr spät am Nachmittag die Mauern von Hurog in der Ferne erkennen konnten.

Feder wieherte und ging vom Trab zum Kanter über, und dann, als ich sie nicht zügelte, zu einem echten Galopp. Macht erfüllte mich, fegte meine Müdigkeit hinweg und hieß mich zu Hause willkommen.

Als ich näher kam, sah ich, dass die Tore richtig angebracht und verstärkt worden waren, sodass sie jedes Heer aufhalten würden. Es gab zwei Wachen, und als sie mich sahen, rannten sie die Treppen hinunter, um die Türe zu öffnen, aber das war unnötig.

Hurog öffnete sie für mich.

Ich brachte Feder zum Stehen und starrte die Tore an. Ich hatte das nicht bewirkt. Magie zu wirken ist immer auch Arbeit. Aber ich hatte nicht einmal daran gedacht, die Tore zu öffnen, obwohl ich das Aufwallen von Macht gespürt hatte, mit dem es geschehen war. Angeleitet von Hurog.

Hurog wollte, dass ich nach Hause kam. Es hätte mir Angst machen sollen, aber wie kann ein Mann sein eigenes Zuhause fürchten?

Feder und ich durchquerten das Tor feierlich. Die diensthabenden Wachen hießen mich höflich willkommen – mit einer kleinen Spur von Ehrfurcht, die mir sagte, dass sie glaubten, ich hätte die Tore mithilfe meiner Magie geöffnet. Ich ließ sie in dem Glauben.

Schon am Tor erfuhren wir, dass mein Vetter und seine Frau erst an diesem Morgen aus Iftahar gekommen waren. Ciarra ruhte bequem mit ihrer kleinen Tochter in einem der unteren Vorratsräume, wo man ihr ein Bett aufgeschlagen hatte. Ich stieg ab und begann Befehle zu geben. Die Erschöpfung der Reise wurde im Augenblick von der Freude darüber, wieder zu Hause zu sein, in den Hintergrund gedrängt. Ich schickte einen Boten zum Bergfried. Kellen und sein Diener würden sich mein Zimmer teilen. Ich gab Tisala das Zimmer daneben, den einzigen anderen vollendeten Raum auf diesem Stockwerk. Garranon, Oreg, Tosten und ich würden in der Bibliothek schlafen. Mein Onkel würde sich meiner Tante in ihrem üblichen Zimmer anschließen.

Dann schickte ich einen weiteren Mann aus, um die Stallburschen zu holen, damit sie sich um die erschöpften Pferde kümmerten, die gerade durch das Tor hereinkamen.

»Es gibt also Krieg?«, fragte Stala, nachdem sie sich durch das allgemeine Durcheinander an meine Seite gedrängt hatte.

Ich umarmte sie kurz und fest. »Nicht sofort«, antwortete ich. »Aber ja.«

»Selbst wenn ganz Shavig hinter uns steht, werden wir immer noch verlieren«, sagte sie – die Bemerkung einer Lehrerin an ihren Schüler, keine Kritik. »Aber wir können ihm wehtun.«

Ich schüttelte den Kopf. »Vielleicht auch mehr als das. Ich weiß nicht, ob Beckram es dir gesagt hat – ich bringe einen königlichen Gast nach Hurog. Wir haben Kellen aus dem Asyl gerettet, damit Alizon ihn auf den Thron setzen kann.«

Sie holte tief Luft, dann lachte sie. »Das ändert die Dinge tatsächlich.«

»Vielleicht nicht genug«, antwortete ich.

»Wir werden dafür sorgen, dass es ausreicht«, sagte sie. »Und jetzt gib mir dieses Pferd; ich werde jemanden finden, der sich um Feder kümmert. Du gehst rein und wärmst dich auf.«

Ich verbrachte die Nacht auf einem Strohsack in der Bibliothek zusammen mit Oreg, Tosten, Garranon und einer misstrauischen Straßenratte mit Hurog-Augen. Ich würde etwas finden müssen, womit Tychis sich beschäftigen konnte, etwas, das ihm das Gefühl gab, zu uns zu gehören.

Darüber dachte ich immer noch nach, als ich in einen zum Glück traumlosen Schlaf fiel. Ich erwachte beim ersten Morgenlicht und fühlte mich seit langer Zeit endlich wieder wie ich selbst. Ich atmete Hurog-Luft und spürte die vertrauten Strömungen von Magie, die mich durchflossen und die schreckliche Leere füllten, die ich fern von Hurog immer empfand. Sie säuberten mich von den immer noch vorhandenen Auswirkungen der Zaubertränke und Kräuter, die mir Jakovens Magier eingegeben hatten.

Ich ging um meine schlafenden Kameraden herum und verließ die Bibliothek, ohne jemanden zu wecken.

Ich würde eine Beratung einberufen und Räume dafür vorbereiten müssen. Aber zuerst musste ich ausreiten.

Im großen Pferch waren vier Pferde. Eine mondfarbene Stute mit sanften Augen, zwei braune Matronen, denen man Jahre des Fohlens an ihren erweiterten Brustkörben und der schlaksigen Haltung ansah, und ein schlammdunkler, grobknochiger Hengst, der trompetete und auf mich zustürmte, als ich nach ihm pfiff.

»Hast du mich vermisst, Blümchen?«, fragte ich, öffnete das Tor und legte ihm ein Halfter an. Er schubste mich mit der Nase und untersuchte mich mit flatternden Nüstern, als wolle er sich überzeugen, dass man mir auch nichts getan hatte.

»Nichts, was du sehen oder riechen könntest, Blümchen. Nichts Äußerliches«, versicherte ich ihm und führte ihn zum Stall, wo Sattel und Zaumzeug auf uns warteten. *Seine* Narben waren deutlich zu sehen, weißes Haar an Rippen und Flanken und Kerben in der weichen Haut in seinen Maulwinkeln.

Er zeigte mir seine Begeisterung, als wir über die Bergpfade eilten. In den letzten Jahren hatte ich weniger Gelegenheit zu diesen wilden Ritten gehabt; ich hatte sie auch weniger gebraucht, weil ich mich daran erfreut hatte, Hurog wieder zu einem wohlhabenden Land zu machen. Aber Blümchens Gedächtnis war gut, und seine Hufe zögerten nicht, als er den steilen, schneebedeckten Wildpfad hinaufeilte. In Hurog gab es *echte* Berge.

Als wir bei den zerbrochenen Bronzetoren am Berghang

standen, starrten wir auf Hurog hinab. Es sah nicht mehr so beeindruckend aus wie früher. Die klaren schwarzen Linien wirkten weicher durch den Granit und durch die Stellen, an denen wir die Mauern noch nicht wieder hatten ersetzen können. Aber die Aura des Verfalls, die die Burg umgeben hatte, war verschwunden.

Blümchen legte ein Ohr zurück, also drehte ich mich um, um zu sehen, was er gehört hatte.

Der Drache, der mich anstarrte, war nicht Oreg. Seine Schuppen glitzerten grün und schwarz, nicht lila, und er war nicht einmal halb so groß.

Blümchen, inzwischen an lange Ritte mit Oreg gewöhnt, zuckte nicht mit der Wimper, als der Kopf des Drachen plötzlich an ihm vorbeischoss, sodass sein rechtes Auge auf gleicher Höhe war wie meins.

»Hurogmeten«, sagte er in einer Stimme, die klang wie Tostens, als mein Bruder zehn Jahre alt gewesen war.

»Drache«, erwiderte ich. Oreg hatte mir gesagt, dass er nicht der einzige Drache in dieser Region war, aber ich hatte nie einen anderen gesehen. Bis jetzt.

Er legte den Kopf schief und stieß fest mit einem knochigen Wulst gegen meine Schulter. Dann zog er den Kopf wieder zurück. »Sie singt in dir«, verkündete er. »Sie haben es mir erzählt, aber ich wollte nicht glauben, dass Magie in einem Menschen singen könnte.«

»Das hier ist Hurog«, sagte ich. »Und ich bin Hurogmeten.«

»Hurog«, sagte er nach kurzem Schweigen, »bedeutet Drache.«

»Ja«, stimmte ich lächelnd zu.

Das schien ihn zufrieden zu stellen. Nach zwei raschen Schritten den Hang hinab erhob er sich ein wenig ungelenk in die Luft.

»Er ist noch sehr jung«, sagte ich vergnügt zu Blümchen. Ich hatte Oreg nicht wirklich geglaubt, als er mir sagte, es gebe noch mehr Dachen – immerhin hatte man seit langer Zeit keine mehr gesehen.

»Tosten kocht vor Wut«, erklang Ciarras Stimme auf der anderen Seite meines Pferds. »Er sagte, gestern hätten sie beinahe einen Reiter hinter dich gesetzt, um dich im Sattel zu halten – und dennoch sah einer der Stallknechte heute Früh, wie du den Berg hinaufgeritten bist.«

Ich legte Blümchens Bürste aufs Regal und wandte mich der offenen Stalltür zu. Meine Schwester, in dicke Winterkleidung gehüllt und umrissen von der Morgensonne, sah aus wie der Geist, nach dem sie ihre kleine Tochter benannt hatte. Ihr helles Haar schien sich nicht verändert zu haben, seit sie ein Kleinkind gewesen war.

Ich umarmte sie und hob sie sanft von den Füßen, um sie herumzuwirbeln. »Wie geht es dir? Ich höre, du bist auf dem Weg hierher in besserer Verfassung gewesen als Beckram, und dein Kind ebenfalls.«

Sie küsste mich auf die Wange, und ich setzte sie ab.

»Beckram war sehr besorgt«, stimmte sie zu. »Aber Leehan hat den größten Teil des Wegs geschlafen. Geht es dir gut?« In ihren Augen stand mehr Sorge, als ein ermüdender Ritt von Estian hierher gerechtfertigt hätte. Aber sie kannte mich ebenso gut wie ich sie. Sie würde nicht weiterbohren, solange ich nicht reden wollte.

»Es geht mir gut«, sagte er. »Wirklich. Ich war ein bisschen steif, als ich aufwachte. Tosten hat nicht übertrieben – die letzten beiden Tage mussten er und Oreg mich in den Sattel stemmen –, aber ich fühlte mich gleich besser, als ich nach Hurog kam.«

»Ich hörte von deinem triumphierenden Einzug«, sagte sie. »Haben sich die Tore wirklich für dich geöffnet? Und was ist mit deinem neuesten Streuner? Tosten sagt, er sei ein Kind unseres Vaters.«

Ich nickte, denn das genügte für die meisten ihrer Fragen. Für eine Frau, die den größten Teil ihres Lebens stumm gewesen war, kamen ihr die Worte nun oft in einem überschäumenden Fluss von den Lippen. Aber was sie sagte, erinnerte mich daran, dass ich etwas mit Tychis anfangen sollte – und als ich meine Schwester sah, wusste ich plötzlich, worin die Lösung dieses Problems bestand.

»Was ist?«, fragte sie, denn sie hatte mir zweifellos meine Zufriedenheit angesehen.

»Eine junge Mutter braucht Hilfe«, sagte ich. »Ich denke, ich werde dir jemanden schicken, der sich um dich und Leehan kümmern kann.«

Sie verdrehte die Augen. »O bitte, nicht du auch noch! Man sollte meinen, dass ich mich gerade vom Totenbett erhoben habe. Nicht, dass es einfach ist, ein Kind zur Welt zu bringen, aber ich brauche nicht noch mehr Pflege.«

»Mag sein«, erklärte ich lächelnd. »Aber wir haben einen neu gefundenen Bruder, der auf den Straßen von Estian aufwuchs, und er braucht jemanden, um den er sich kümmern kann. Ich denke, ich werde ihm dich und dein Kind überlassen.«

12 WARDWICK

Ich hätte gedacht, es wäre einfacher, Leute zu etwas zu überreden, was sie ohnehin tun wollen.

Wir brauchten zwei Wochen, um eine Sitzung des Shavig-Rats zu organisieren. Zwei Wochen, in denen ich meine Börse erleichterte und jeden vorhandenen Arbeiter und derzeit arbeitslosen Bauern für Arbeiten an der Burg bezahlte, hatten uns drei weitere brauchbare Räume beschert und die große Halle bis zu dem Punkt vollendet, dass unsere Ratssitzung wahrscheinlich nicht von hereinschlendernden Pferden unterbrochen würde.

Die Leute meines Onkels arbeiteten ebenfalls angestrengt. Einige wohnten in der Burg, aber die meisten waren auf Bauernhöfe ausquartiert, damit wir Platz für die Ratsteilnehmer haben würden, wenn sie kamen – was sie trotz des Schneesturms, der ihnen voranging, auch taten. Shavigmänner wussten, wie man auch im Winter reiste.

Die Ratsherren, überwiegend Adlige und der eine oder andere wohlhabende Bauer oder Gildenmeister, brachten Geschenke für meine neue Nichte, aber die sorgfältig formulierte Einladung war von Boten überbracht worden, die die

Empfänger mündlich über Kellens Flucht und Jakovens Eroberung von Iftahar informiert hatten – Beckram hatte berichtet, dass sie nur Stunden vor dem Eintreffen von Jakovens Truppen aufgebrochen waren.

Obwohl sie wussten, dass es ihnen sehr wahrscheinlich den Zorn des Königs einbringen würde, überhaupt nach Hurog zu kommen, erschienen beinahe alle, und die wenigen, die nicht auftauchten, waren entweder krank oder vollkommen eingeschneit. Wir aßen und jagten und lauschten Tostens Liedern, und keiner erwähnte Kellens Flucht oder Jakovens Versuch, mich ins Asyl zu stecken. Kellen und Rosem blieben in meinem Zimmer und warteten auf den geeignetsten Augenblick, sich dem Rat zu präsentieren.

Am Abend des zweiten Tages, als die Abendmahlzeit abgeräumt war, stand ich auf dem Podium, das ebenso wie die meisten Tische und Bänke in der Halle neu gebaut worden war, und wartete darauf, dass die Gespräche leiser wurden. Alles – bis hin zu der Kleidung, die ich trug – war sorgfältig von meinem Onkel ausgewählt worden.

Ich trug die traditionelle Kleidung der Shavigleute, die anderswo schon seit Jahrzehnten nicht mehr in Mode war: enge Reithosen, ein Hemd mit weiten Ärmeln und ein knielanger Waffenrock mit Schlitzen an den Seiten – alles in Schattierungen von Braun. Auf meiner linken Schulter war ein Hurog-blauer Drache eingestickt.

»Adlige Herren, Handelsmänner, Bauern, wir heißen Euch alle auf Hurog willkommen und danken Euch für die Geschenke, die Ihr gebracht habt. Nun ist es Zeit, über ernstere Dinge zu reden.« Ich holte tief Luft.

Die erste Ansprache, die Duraugh und Rosem verfasst hatten, war viel zu wortreich gewesen. Ich hätte über eine Stunde gebraucht, um durch den ursprünglichen Entwurf zu kommen. Auf meine Bitte hatte Duraugh sie zusammengestrichen, aber sie war immer noch sehr umfangreich. Ich hoffte, dass alle lange genug wach bleiben würden, um nach meiner Rede noch die von Kellen zu hören.

»Ihr kennt die Gründe, wieso ich in den vergangenen Jahren hier in Hurog geblieben bin. Ihr wisst wahrscheinlich auch, dass Jakoven mich vor Kurzem nach Estian rief. Er behauptete, ich sei unfähig, über Hurog zu herrschen, und hatte vor, diese Behauptung zu beweisen und damit eine Möglichkeit zu finden, Hurog für die Krone von Tallven zu beanspruchen.«

Ich hielt inne, damit das wütende Knurren mehrerer Adliger deutlich zu hören war. Hurog war Shavig und gehörte in die Hände von Shavigleuten. Niemals durfte es von Flachländern beherrscht werden – Bemerkungen wie diese und ähnliche wurden laut. Ich fuhr fort, bevor die Flut der Empörung verebben konnte.

»Es hat nicht so funktioniert, wie er es geplant hatte.« Meine Stimme setzte sich leicht über die letzten leisen Gespräche im Raum hinweg.

Colwick, einer der Adligen aus dem östlichen Shavig und der einzige Shavig-Lord, der noch jünger war als ich, lachte, sprang auf und berichtete: »Ich war dabei. Jakoven wartete zufrieden darauf, dass seine Männer einen Verrückten brachten, damit er ihn dem Hof vorführen konnte. Ward kam herein und schüttelte die Wachen ab, die herumlagen wie gepflückte Blumen. Er verbeugte sich wie ein Höfling und dankte dem König für seine Gastfreundschaft.« Colwick schien mich für so etwas wie einen Helden zu halten; ich glaube, er hat als junger Mann zu viele Bardenlieder gehört.

Dann lächelte er nicht mehr. Er sah sich um, schaute dann mich an und sagte: »Es war offensichtlich, dass der

König glaubte, dem Hof einen Idioten präsentieren zu können. Warum? Was hat er Euch angetan?«

Er klang jetzt sehr zornig. Ich stellte mir vor, was aus Colwick geworden wäre, wenn Jakovens Pläne aufgegangen wären. Ich fragte mich, wie viele andere Shavig-Lords an diesem Tag im Audienzsaal gewesen waren, wo Jakoven sie zu Verrätern erklären und töten wollte.

Mit einem unbeschwerten Lächeln sagte ich: »Oh, der König hat seine Methoden. Aber ich wurde von meinem Vater ausgebildet und hatte viele Jahre Zeit zu lernen, wie man Leute glauben lässt, etwas zu sein, was man nicht ist.« Die Einzelheiten zu erwähnen, hätte nur zu Mitleid geführt. Sollten sie sich selbst ausmalen, was geschehen war.

»Also habt Ihr beschossen, es ihm ein bisschen zurückzuzahlen, Welpe?«, rief Orvidin aus dem hinteren Teil der Halle. Seine Stimme war ein leises Grollen, das die Schatten des Raums mühelos durchdrang, und alle drehten sich zu ihm um. Der alternde Krieger stützte sich auf einen Stock. Sein schneeweißes Haar fiel ihm offen bis zur Taille, ein scharfer Kontrast zum Eisengrau seines kurz geschnittenen Barts. Orvidin war ein Zeitgenosse meines Großvaters.

»Und daher habt Ihr den Bruder des Königs mit nach Hause gebracht, um Jakoven zu ärgern, und Euren Onkel hat es dadurch Iftahar gekostet«, fuhr er fort.

Ich nickte bedächtig. »Man könnte sicher behaupten, dass Kellens Rettung etwas mit dem Verlust meines Onkels zu tun hatte – ja«, stimmte ich zu. Die Spannung im Raum war deutlich zu spüren. »Oder vielleicht haben auch mehrere Leute alles aufs Spiel gesetzt, um mir zu helfen, und die einzige Bezahlung, um die sie baten, bestand darin, Kellen aus dem Asyl zu holen, wo er ohnehin niemals hätte sein sollen.

Als sie mich darum baten, schämte ich mich, weil ich nie zuvor daran gedacht hatte, seine Entlassung zu fordern, obwohl ich ebenso gut wusste wie Ihr, dass er dort nicht hingehörte.«

Nun schwiegen alle. Wie viele von ihnen hatten in den letzten Jahren an Kellen gedacht? Kellen, der ein stiller, freundlicher Junge gewesen war, verurteilt, in einer kleinen, feuchten Zelle zu leben. Hatten sie gelogen, um sich selbst davon zu überzeugen, dass die *Krankheit*, die Jakoven vorgetäuscht hatte, um Kellens Gefangenschaft zu rechtfertigen, tatsächlich existiert hatte?

Als ich der Ansicht war, dass sie genug Zeit gehabt hatten, ein schlechtes Gewissen zu haben, fuhr ich fort: »Beide Gründe entsprechen der Wahrheit. Aber darüber hinaus weiß ich auch, dass Jakoven mich und die meinen nicht wieder in Frieden lassen wird. Ich kann mir den Luxus nicht mehr leisten, mich hier in Hurog zu verstecken und zu hoffen, dass der König mich vergessen wird. – Alizons Rebellion ist zum Untergang verurteilt«, fuhr ich fort. Ich ließ den Blick durch den Raum schweifen und sah Zustimmung in einigen Gesichtern und unterdrücken Zorn in ein paar anderen. »Das dachte ich zumindest. Aber es sieht so aus, als wäre es niemals wirklich Alizons Rebellion gewesen – es ist die von Kellen.«

Ich ließ das Murmeln einen Herzschlag oder zwei anschwellen, dann sprach ich weiter. »Indem ich Kellen also aus diesem höllischen Ort heraushalf …« Jemand lächelte, und ich hielt inne.

»Keiner von Euch sollte die Lügen glauben, die Jakoven über Luxus und gute Behandlung im Asyl verbreitet«, sagte ich. »Ich war dort, und ich würde nicht einmal einen Hund, den ich gern habe, der ›sanften‹ Obhut der Männer überlassen, die das Asyl des Königs für adlige Peinlichkeiten und Unbequemlichkeiten betreiben.«

Ich hatte zu viel Gefühl in diese Äußerung gelegt. Ich sollte sie lieber glauben lassen, dass Jakovens Zauberer nichts weiter getan hatten, als mich zu verhören, während ich mich dumm stellte.

Ich schluckte und fuhr mit tödlichem Ernst fort, ohne noch an meine sorgfältig auswendig gelernte Ansprache zu denken. »Wie Orvidin also bereits vermutete, war es nichts als mein eigenes Interesse, das mich veranlasste, Kellen zu helfen und mich seiner Rebellion anzuschließen. Aber ich glaube, das ist ein Interesse, das alle Shavigleute mit mir teilen.«

Ich nahm meinen Bierkrug vom Tisch und ließ das süße Gebräu durch meine Kehle rinnen. Mein Onkel lächelte ermutigend, auf eine Art, die andere, die weiter entfernt saßen, nicht einmal bemerkt hätten. Ich stellte den leeren Krug ab, wandte mich wieder meinen Zuhörern zu und versuchte nicht zu bemerken, wie das Geräusch vom Absetzen des Krugs in der Stille des Raums hallte.

Sie wollen überzeugt werden, hatte mein Onkel gesagt. Sie werden so lange zuhören, wie du brauchst, um es zu tun.

»Ich will Euch sagen, warum es so wichtig für Eurer Überleben ist, dass Ihr uns bei dieser Sache helft«, sagte ich. »Und was der Grund ist, wieso Jakoven meine Familie nicht in Ruhe lassen wird.« Ich holte tief Luft. »Als ich im Asyl war, sah ich, wie Jakoven ein Artefakt benutzte, das er gefunden hatte, als er sein Schloss in Estian renovierte: einen Stabkopf in Form eines Drachen mit einem schwarzen Edelstein.«

»Wollt Ihr etwa behauten, Jakoven hätte Farsons Fluch gefunden, Welpe?«, fragte Orvidin.

»Ich sage Euch, was ich gesehen habe«, erklärte ich. »Und ja, Jakoven behauptete, Farsons Fluch gefunden zu haben, und ich, ein Zauberer, glaubte ihm.«

»Aber wozu?«, wandte ein anderer ein. Er saß nahe der östlichen Shavig-Gruppe, aber der Raum war nicht besonders hell, und ich konnte nicht genau erkennen, wer gesprochen hatte. »Es gibt keine Dachen mehr, um ihn zu aktivieren.«

»Jakoven stellte fest, dass der Fluch ein wenig auf mein Blut reagierte, als er mich gefangen hielt«, sagte ich. »Sobald ich fliehen konnte, holte er sich einen meiner Halbbrüder – den Garranon anschließend hierher brachte.«

»Ihr behauptet, ein Drache zu sein?«, fragte Orvidin ungläubig und sprang mit solchem Schwung auf, dass die Bank, auf der er gesessen hatte, schaukelte. »Ihr erwartet doch wohl nicht, dass wir das glauben! Ich sage Euch eins, Welpe, ich bin hierhergekommen, um Kellen meine Unterstützung zu geben – aber ich werde keinem Mann folgen, der dumm genug ist zu denken, dass ich eine Geschichte über ein mythisches Artefakt glaube, und es dann noch schlimmer macht, indem er ernsthaft behauptet, das Blut von Drachen zu haben.« Er drehte sich auf dem Absatz um und machte eine Geste zu seinen Freunden, die sich mit demonstrativem Lärm erhoben, um ihm zu folgen.

Ich hatte gehofft, dass niemand hinterfragen würde, wieso mein Blut den Fluch wecken konnte. Ich hatte vorgehabt, ein paar Verbindungen zwischen dem Namen Hurog und der Legende zu spinnen, dass der Fluch seine Macht aus Drachenblut bezog. Aber Orvidin war zu schnell gewesen. Nun hatte ich die Wahl, entweder ganz offen zu lügen oder ihnen eine unglaubliche Wahrheit zu berichten – und ich würde den Shavig-Rat nicht anlügen.

Die Rolle, die man mir an diesem Abend zugedacht hatte, bestand darin, die Anwesenden an unser Shavig-Erbe zu erinnern. Ich stand als Hurogmeten vor ihnen und nicht als Zauberer. In Duraughs Ansprache wurde Farsons Fluch nicht erwähnt. Aber während ich sprach, war ich zu der Ansicht gekommen, dass der Rat wissen müsse, was ihm drohte. Zu spät erkannte ich, dass der Hurog-Krieger, den ich ihnen gezeigt hatte, so prosaisch wirkte, dass es ihnen unmöglich war, an den Fluch und an Drachen zu glauben. Mythen gehörten in die Dunkelheit, in den wilden Wald, zu Magiern, die phantastische Roben trugen – und nicht zu einem zu groß geratenen Mann in schlichter Kleidung.

»Ich habe nie behauptet, ein Drache zu sein«, erklärte ich, laut genug, um immer noch über den Lärm hinweg hörbar zu sein. »Nur ein Hurog.«

Aber es war nicht meine Stimme, die Orvidin aufhielt. Im flackernden Schatten der Fackeln erschien in dem breiten Gang, der vom Podium des Burgherrn, auf dem ich stand, zum Tor auf der anderen Seite der großen Halle führte, ein Drache.

Ich warf einen Blick zu der Stelle am Tisch, wo Oreg gesessen hatte, und tatsächlich, er war verschwunden.

Seine lavendelfarbenen Schuppen wirken in dem trüben Licht purpurn, und das dunkle Blauviolett an seiner Schnauze passte zu dem Schwarz seiner Flügel. Er erhob sich auf die Hinterbeine, bis sein Kopf zur Wölbung der Decke reichte. Ich hielt den Atem an und hoffte, dass er keine Steine herausschlug. Seine Flügel breiteten sich aus und wischten Tische und die, die an ihnen saßen, achtlos beiseite. Dann setzte er die Vorderfüße langsam wieder auf dem Boden ab. Er verharrte einen Moment reglos, dann reckte er den Kopf vor, bis seine Schnauze nur noch ein paar Zoll von Orvidins Gesicht entfernt war.

»Beherrscht Ihr denn Eure eigene Sprache nicht?«, fragte Oreg. Er sprach mit einem altertümlichen Akzent, sodass niemand außer mir, der zuvor schon ein paarmal gehört hatte, wie er auf diese Weise die Stimme erhob, wissen würde, wer er war. »*Hurog* bedeutet Drache – habt Ihr das für Zufall gehalten?«

Einige der Anwesenden gingen auf Oreg zu. Ich beobachtete sie sehr genau, aber keiner versuchte, ein Schwert oder Messer zu ziehen. Bevor Oreg meine Aufmerksamkeit wieder auf sich lenken konnte, bemerkte ich das schmale Gesicht von Charva, dem die nördlichste Burg in Shavig gehörte. Dass er ein sehr fähiger Zauberer war, half ihm vielleicht dabei, Ländereien zu halten, wo es keiner vor ihm geschafft hatte. Im Norden von Shavig gab es eine Menge interessanter Geschöpfe, die Menschen fraßen, wo sie nur konnten. Auf seiner Miene bemerkte ich einen Ausdruck von Ehrfurcht, der mich daran erinnerte, wie ich mich gefühlt hatte, als ich zum ersten Mal gesehen hatte, wie Oreg Drachengestalt annahm.

»Ich bin ein Uralter meiner Art«, sagte Oreg. Ich weiß nicht, ob er die Wahrheit sagte oder nicht. Ich bin nicht sicher, wie lange Drachen leben – oder ob Oreg sich nun mehr für einen Drachen als für einen Menschen hielt. Aber es klang beeindruckend. »Ich war hier, als die Familie Hurog aus dieser unglücklichen Ehe zwischen Drachenblut und Menschenblut entstand, noch vor dem Sturz des Kaiserreiches«, sagte er.

Er wartete, bis die Stille sich noch weiter ausbreitete, und hob dann den Kopf und ließ den Blick über die Shavigleute schweifen, die in meiner Halle standen. Als er wieder sprach, war seine Stimme noch leiser als zuvor, aber es gab niemanden, der ihn nicht hören konnte. »Ich war hier, als das Kaiserreich der Menschen das Land vom westlichen bis zum östlichen Meer umfasste, von den Bergen im Norden bis zu den Gletschern des Südens, und Magier Kräfte hatten, die Ihr für legendär haltet. Ich war hier, als Farson der Menschheit seinen Fluch brachte. Ich wurde Zeuge, wie die wenigen Menschen, die überlebten, sich in verstreuten Siedlungen niederließen, in denen es kaum mehr Spuren von Zivilisation gab, und lange Zeit kaum mehr als Tiere waren, die um ihr Überleben kämpften.«

Im Feuerlicht der Halle war einiges von der Schönheit seiner Farben gedämpft, aber nichts verringerte den Eindruck dessen, was er war und was er sagte. Er musste sich zusammenrollen, um zwischen Orvidin und die Tür zu passen. Abrupt faltete er die Flügel, verbarg ihre helleren, reflektierenden Unterseiten und rief damit den Eindruck hervor, als wäre mit den dunkleren Schuppen seines Körpers mehr Dunkelheit auf die Halle herniedergegangen.

»Und nun wittere ich erneut die widerwärtige Magie, die von Farsons Fluch ausgeht. Und ich sage, hütet Euch.« Bei diesen Worten waren seine Schatten nach und nach dunkler geworden, bis er kaum mehr zu sehen war. Nach dem letzten Satz löste sich der Schatten, der ein Drache war, langsam im flackernden Licht der Fackeln auf.

»Woher wissen wir, dass das nicht nur eine Illusion war?«, fragte Orvidin – aber in seiner Stimme, als er sich mir wieder zuwandte, lag Widerstreben, das mir sagte, dass er sich aus ganzem Herzen wünschte, wirklich einen Drachen gesehen zu haben. Seine Stimme wurde jedoch fester, als er zu den anderen sagte: »Ward ist ein Zauberer.«

»Ist das denn wichtig?«, fragte Kellen und trat aus dem Gang, in dem er auf sein Stichwort gewartet hatte – zu dem ich noch nicht gekommen war. »Ihr wisst alle, was mein Bruder ist. In Euren Herzen wisst Ihr, dass er aufgehalten werden muss. Nur dass die Not nun noch größer ist, als Ihr gewusst habt.«

»Darf ich all Euch Shavigleuten Kellen Tallven vorstellen, bis vor Kurzem Insasse des königlichen Asyls?«, sprach ich.

Er verbeugte sich knapp vor mir, und als er sich wieder aufrichtete, trat ich vom Podium und sank vor ihm auf die Knie. Das war wichtig, hatte mein Onkel mir erklärt. Das größte Problem bestand nicht darin, die Shavigleute zum Rebellieren zu veranlassen, sondern darin, Kellen zu unterstützen und nicht nur mich. Das war ein weiterer Grund für meine schlichte Kleidung – ich befürchtete, dass Oreg in dieser Sache alles andere als hilfreich gewesen war.

Kellen trug die besten Stoffe, die wir hatten finden können, überwiegend Samt und gute Wolle. Das Grün und Grau seines Hauses stand ihm gut, und in den letzten paar Wochen, die er vor allem draußen verbracht hatte, hatte er die Gefängnisblässe verloren. Er sah aus, wie ein König aussehen sollte, und hielt sich auch so.

»Meine Herren«, sagte er, berührte meine Schulter und bedeutete mir aufzustehen. »Ihr habe eine Geschichte gehört, aus der Legenden gemacht werden. Aber wie bei all diesen Legenden, gibt es einen Kern, der so grundlegend wahr ist, wie es Recht und Unrecht sind.«

Ich stand auf und trat neben ihn, wobei ich bemerkte, dass Orvidin sich gebückt hatte, um etwas vom Boden aufzuheben. Ich sah es im unsicheren Licht glitzern und dachte, dass es sich um sein Messer handelte, das er fallen gelassen hatte, als Oreg erschienen war.

»Mein Bruder kümmert sich nicht um sein Königreich. Er sammelt Steuern ein, die an seine Heere gehen sollen, damit er die Königreiche verteidigen kann. Aber wo waren diese

Heere, als die Vorsag Oranstein angriffen? Was hat er getan, um den Adligen zu helfen, wieder auf die Beine zu kommen, nachdem sie die Vorsag selbst vertrieben haben? Hat er den oransteinischen Adligen erlaubt, auf ihre Besitzungen zurückzukehren? Haverness hat sich in Callis verschanzt, weil er bei einer Rückkehr nach Estian – wie sie das Gesetz des Königs eigentlich verlangt – mit Sicherheit einem Attentäter Jakovens zum Opfer fallen würde. Und warum? Weil er Oranstein gerettet hat, als der König das nicht wollte, und meinen Bruder dabei auch noch dumm aussehen ließ. Haverness' Hundert wird unserem Volk in Erinnerung bleiben, noch lange nachdem unsere Enkel ihren Enkeln die Geschichte erzählen. Und das kann mein Bruder nicht zulassen.«

Das Land zupfte an meiner Aufmerksamkeit, als führe jemand mit einer kleinen magischen Feder über meinen Rücken. Eine Person hatte Hurog-Land betreten, eine von finsterer Magie berührte Person. Ich nutzte meine Magie, um besser hinzuschauen, und wusste bald, dass es sich um einen einzelnen Mann handelte, der zu Fuß unterwegs war. Die Magie, über die er verfügte, war gering. Er würde nicht viel Schaden anrichten können, wenn überhaupt. Solange er Hurog nur durchquerte, würde ich ihn nicht aufhalten.

Kellen hatte seine Zuhörer inzwischen vollkommen in der Hand, und ich wandte meine Aufmerksamkeit wieder ihm zu.

»Mein Bruder«, sagte er gerade, »hat seine Pflichten nicht erfüllt, und ich muss mich gegen ihn stellen – das ist genau, wovor Aethervon ihn schon vor zehn Jahren warnte. Er hat sich entschieden, dunkle Wege zu gehen, also muss ich ihm die Stirn bieten. Ward von Hurog steht hinter mir. Wer wird es ihm nachtun?«

Es waren nicht nur die Worte, die er sagte, sondern die Art, wie er es tat. Bei seiner letzten Frage standen die Männer auf und fielen auf die Knie, bis nur noch ein alter Mann als Einziger in der Halle aufrecht stand. Orvidin ging den Mittelgang entlang, bis er nur mehr ein paar Fuß von Kellen entfernt war. Ich sah, wie Rosems Hand sich unauffällig in Richtung seines Schwerts bewegte.

»Ich kenne Euch nicht«, sagte der alte Mann, seine Stimme belegt vor Gefühlen. »Aber ich kenne diesen Welpen hier.« Er wies ruckartig mit dem Kinn zu mir. »Und ich weiß, dass das, was Ihr über Jakoven sagt, der Wahrheit entspricht. Ich weiß auch, dass das hier …«, er hielt das glitzernde Ding hoch, das er vom Boden aufgehoben hatte und das, wie ich nun sah, kein Messer war, »dass diese Schuppe hier keine Illusion ist.« Tränen liefen über seine faltigen Wangen, als er weitersprach. »Wenn es Drachen in Hurog gibt, werde ich dem Blau folgen, wie es Shavigmänner getan haben, so lange es Shavig gibt. Und wenn der Hurogmeten Eurer Fahne folgt, kann ich nichts anderes tun.«

Selbstverständlich konnte ein solch dramatischer Augenblick nicht ewig andauern. Aber alle schienen zufrieden zu sein. Ganz Shavig, vertreten durch die Männer unter meinem Dach, würde Kellens Anspruch auf den Thron seines Bruders unterstützen, sei es, weil sie es für richtig hielten, weil sie einen Platz in einer Legende suchten oder einfach, weil es ihnen einen Grund für einen guten Kampf lieferte.

Weitere Tabletts kamen aus der Küche, überwiegend mit kleinen Kuchen und Gebäck, und mit ihnen brachten die Diener mehr Bier herein. Tosten setzte sich ans Feuer und verbrachte eine Weile damit, die Harfe zu spielen. Mit seinem üblichen guten Instinkt mied er Legenden und hielt sich an Liebes- und Kriegslieder. Wir brauchten alle eine gute Dosis Normalität, und ein paar traurige Lieder über sterbende Liebende und Soldaten konnten sie uns liefern.

Mein Onkel Duraugh machte sich daran, die Einzelheiten des Bündnisses herauszulocken und zu zementieren, als er von einer kleinen Gruppe von Shavigmännern zur nächsten ging, mit Kellen an seiner Seite. Beckram tätschelte ermutigend meine Schulter und machte sich dann auf, um Ciarra und Tychis zu erzählen, was geschehen war.

Als ich Tychis zu Ciarra geschickt hatte, um ihr zu helfen, war der Junge alles andere als begeistert gewesen. Aber Ciarra konnte mit Menschen umgehen, und schon bald war er ihr treuer Sklave – wie auch die meisten anderen männlichen Hurogs, Oreg eingeschlossen.

Hurogs Drache war eine Weile, nachdem wir uns alle Kellens Sache angeschworen hatten, wieder in seiner Menschengestalt in die Halle zurückgekehrt. Ich hatte nicht gesehen, wie er es getan hatte, und ich hoffte, dass es auch den anderen entgangen war. Ich brauchte Oreg an meiner Seite, aber ich wollte nicht, dass jemand ausnutzte, was er war. Die Hilfe, die er mir freiwillig gab, genügte.

Tisala blieb in meiner Nähe. Wie mir schon zuvor aufgefallen war, fühlte sie sich in weiblichem Putz ebenso zu Hause wie in Jagdkleidung. Das Kleid, das sie trug, hatte Oreg ihr gefertigt – ich erkannte den Stil der Stickerei. Oreg liebte es, bunte Tiere auf Ärmel und Schultern zu sticken. Die Herstellung von Kleidung gehörte zu seinen Hobbys, und er teilte die Ergebnisse mit nur wenigen von uns. Die bunten Tiger auf den schwarzen Seidenärmeln passten zu ihr, denn sie waren leidenschaftlich und stark. Das Kleid schmiegte sich an ihre Gestalt wie eine einzige Lobpreisung der Kraft ihres Körpers, aber ich war zu klug, ihr das zu sagen.

In den letzten Wochen war sie freundlich und hilfreich gewesen, aber jede Andeutung von Leidenschaft hätte sie in die Flucht gejagt. Also sagte ich ihr nicht, wie sehr ich es liebte, wie ihr Haar im Feuerlicht schimmerte, und dass ich davon träumte, dass sie nackt in meinem Bett lag. Aber ich dachte oft daran und sorgte dafür, dass sie das wusste. Das hatte ich von meiner Schwester gelernt, die bis vor ein paar Jahren stumm gewesen war und mir beigebracht hatte, dass es außer Sprache auch noch andere Möglichkeiten gab, sich mitzuteilen.

»Beeindruckend«, sagte Garranon leise auf meiner anderen Seite.

»Was?«, fragte ich.

Er zuckte die Achseln. »Drachen und Legenden ... Es wäre sicher jedem schwergefallen, nicht an der Seite eines Drachen kämpfen zu wollen.«

»Ich hätte ihn lieber geheim gehalten«, sagte ich. »Aber wenn Orvidin gegangen wäre, hätten wir auch den größten Teil der anderen verloren. Am Ende war es jedoch Kellen selbst, der diese Leute zu den Seinen machte.«

Garranon lächelte mir auf seltsame Art zu. »Ah ja. Sie sind Kellens Leute. Solange Ihr ...« Er brach ab, als Magie wild aufflackerte, und ich mein kurzes Zeremonialschwert im Reflex auf den Angriff auf Hurog zog. Es war mein Griff zum Schwert, der Garranons Worte abgeschnitten hatte, nicht die Magie, denn die Tore, die zerrissen worden waren, befanden sich an der Außenmauer und waren zu weit entfernt, als dass er etwas hätte hören können.

Die Menge, die überwiegend nichts gespürt hatte, starrte mich schweigend an – ich glaube, sie dachten, ich wollte Garranon angreifen. Selbst Tosten hielt die Saiten seiner Harfe fest.

»Weg von der Tür«, sagte ich. Als ich Hurog meine Sinne öffnete, wusste ich, dass die Tore in der Außenmauer weit offen standen und die Querriegel, die sie gehalten hatten, zersplittert waren.

Der Mann, vor dem mich meine Hurog-Magie zuvor gewarnt hatte, näherte sich nun dem Bergfried, während die Wachen versuchten, die Tore wieder zu schließen. Magie, hatte Stala ihnen gesagt, war etwas, worum sich lieber die Magier kümmern sollten, nicht Soldaten. Sie würden auf ihrem Posten bleiben und Oreg und mich mit der Situation zurechtkommen lassen.

Ich konnte kein Anzeichen der Macht erkennen, die die äußeren Tore aufgerissen hatte, nichts als die Überreste finsterer Magie und des Zaubers, der die äußeren Verteidigungsanlagen durchbrochen hatte.

Ich spürte, wie der Mann das Tor des Bergfrieds leicht berührte, und das Holz sprang von seiner Haut weg, als wäre es von einer Ramme getroffen worden. Die Torflügel prallten gegen die Wände, sodass Staub von den Steinen rieselte. Hätte jemand neben dem Tor gestanden, wäre er zerdrückt worden.

Ich konnte den Mann sehr deutlich sehen, als er in den Raum kam. Ich weiß nicht, was ich erwartet hatte, Jadeauge oder Arten oder vielleicht auch einen der geringeren Hofzauberer – sicher nicht Jakoven selbst. Aber es war keiner von ihnen.

Stattdessen sah ich einen Mann von mittlerer Größe, gekleidet in Lumpen und in Stiefel, die mehr Löcher als Leder waren. Die Luft, die mit ihm hereindrang, war kalt, aber er schien die Kälte nicht zu spüren. Er bewegte sich vornübergebeugt und auf seltsame Art, nicht schlaksig wie ein Betrunkener, und auch nicht mit der Ungeschicklichkeit eines erschöpften Mannes, aber es war etwas, das beidem ähnelte. Wo seine Haut durch die Lumpen zu sehen war, war sie fleckig von Prellungen, Frostbeulen und vielleicht vor Dreck, aber die dunklen Flecke schienen sich auszubreiten, während er näher kam. Ohne nach links oder rechts zu schauen, ging er direkt auf mich zu.

Ich erkannte ihn nicht

»Kann ich Euch helfen?«, fragte ich, und gleichzeitig drängte sich Garranon an mir vorbei und machte mehrere Schritte vorwärts.

»Valsilva? Was wollt Ihr denn hier?«

Sobald Garranon seinen Namen nannte, erkannte ich, dass diese schlurfende Gestalt tatsächlich Jakovens Stallmeister war, aber so wenig Ähnlichkeit mit dem leutseligen Mann hatte, dem ich begegnet war, dass es sich auch um eine vollkommen andere Spezies hätte handeln können. Nun fiel mir auch mein Traum wieder ein, in dem Jakoven nach dem Stallmeister verlangte, der zugelassen hatte, dass Garranon zusammen mit meinem Bruder davonritt.

Ich packte Garranon an der Schulter und hielt ihn fest. »Wartet«, sagte ich. »Hier stimmt etwas nicht.«

Auch andere spürten, dass etwas nicht in Ordnung war. Der Raum um den Stallmeister wurde größer, als er weiter auf Garranon und mich zukam. Etwas fiel aus seiner Hand und rollte in einen heller beleuchteten Bereich, sodass ich deutlich erkennen konnte, dass es sich um einen Finger handelte. Jemand fluchte.

Ich zog Garranon ein paar Schritte zurück.

»Valsilva? Was wollt Ihr?«, fragte Garranon wieder.

Die Gestalt blieb stehen, wo sie war – nahe genug, dass ich ihr Gesicht deutlich sehen konnte. Die dunklen Flecke waren kein Dreck und nicht einmal Prellungen, sondern verfaulendes Fleisch, dessen Gestank sich nun langsam in der Halle ausbreitete. Ich hörte, wie jemand würgte.

»Garranon«, sagte das Wesen deutlich.

Garranons Schulter wurde unter meiner Hand noch steifer, weil er es ebenfalls hörte. Ich weiß nicht, ob ich die Stimme des Stallmeisters des Königs erkannt hätte, aber die Stimme des Königs, mit der der Mann nun sprach, war mir vertraut genug.

»Jakoven«, erwiderte Garranon ruhig.

Ich bemerkte, dass Tisala jemandes Schwert in der Hand hatte (sie hatte keins getragen) und nun hinter das Ding schlich. Ihr Schwert sah nützlicher aus als das zeremoniale Kurzschwert, das ich trug.

Der Körper des Stallmeisters schüttelte traurig den Kopf, und noch während ich zusah, begann die Fäulnis, sich über die linke Wange auszubreiten »Zwanzig *Jahre*, Garranon. Ich habe dir *zwanzig Jahre* gegeben, und du verrätst mich.«

Ich beobachtete die Augen des Stallmeisters genau. Sie sahen nur Garranon. Ich bezweifelte, ob Jakoven auch nur wusste, wo sich sein Geschöpf befand.

»Ja«, stimmte Garranon zu.

Das Wesen schlurfte vorwärts und sagte: »Siehst du, was aus denen wird, die mich verraten? Siehst du, was du diesem Mann angetan hast?«

Bevor es Garranon berühren konnte, warf ich einen magischen Schild um ihn. Nachdem ich den Trick mit dem Tor gesehen hatte, hätte mich das, was danach geschah, eigentlich nicht überraschen sollen – aber zu meiner Verteidigung muss ich anführen, dass die beschleunigte Fäulnis des Stallmeisters mich ablenkte.

Der magische Schlag, der mein Schild traf, war stärker als alles, was Oreg mir je entgegengeschleudert hatte. Rote Funken sprühten und ließen kleine Brände an den großen Balken ausbrechen, die sich drei Stockwerke über unseren Köpfen befanden. Krüge mit Alkohol gingen rings um uns herum in Flammen auf, bis die Halle beinahe taghell beleuchtet war.

Ich schrie vor Schmerz, den der Schlag bewirkte, und verlor die Kontrolle über meinen Zauber. Aber Tisala durchbohrte das Geschöpf mit ihrem Schwert und brachte es aus dem Gleichgewicht, sodass es Garranon nicht erreichte. Stattdessen brach es in die Knie und keuchte vor Schmerz.

Tisala hatte es direkt in die Wirbelsäule getroffen, aber es schleppte sich weiter auf Garranon zu. Sie riss ihr Schwert für einen weiteren Versuch los, hielt aber inne, als es wieder zu sprechen begann.

»Es geht mir gut«, sagte es mit veränderter Stimme, die wohl die des Stallmeisters selbst war. »Ich habe nur großen Hunger. Ich werde etwas essen, und dann geht es mir wieder gut.« Bei diesen Worten fielen Büschel von Haar mit verfaulender Kopfhaut von seinem Kopf.

Ich zog Garranon zurück auf das Podium, weil er vor Schrecken oder Schuldgefühlen vollkommen erstarrt war. Ich konnte spüren, dass das Zerbrechen meines Schilds das Geschöpf irgendwie verändert hatte. Die Magie, die es festhielt, war nicht mehr so konzentriert wie zuvor. Es hielt inne, um eine Brotrinde zu essen, die an seinem Weg lag. Krümel fielen wie Schneeflocken aus den Seiten seines Gesichts, wo die Kiefermuskeln verfault waren. Falls ich diesen Tag überlebte, würde ich noch von anderen Dingen träumen können als vom Asyl.

»Zurück«, befahl Oreg von der anderen Seite des Raums, nahe der offenen Tür. Und die Männer, die ihre Schwerter gezogen hatten, als Tisala angriff, blieben, wo sie waren.

»Wenn Ihr es berührt, könnte Euer Fleisch ebenso schnell verfaulen wie das seine. Überlasst es Ward und mir.«

»Was ist es?«, fragte ich Oreg, aber es war Orvidin, der antwortete, das Gesicht grau und angespannt.

»Ein Golem«, sagte er und spuckte auf den Boden, um böse Geister abzuwehren – eine Gewohnheit, die mit dazu beigetragen hatte, dass die Oransteiner uns als Barbaren bezeichneten. »So etwas habe ich nicht mehr gesehen, seit mein Vater sich gegen die Cholynn in Avinhelle stellte, und ich hatte gehofft, nie wieder einen erleben zu müssen.«

»Vielleicht«, sagte Oreg, der das Ding umgangen hatte und sich nun neben mich stellte, ohne die Überreste des Stallmeisters aus den Augen zu lassen, der schließlich mit dem Essen auf dem Boden fertig war und begonnen hatte, wieder vorwärtszukriechen, wobei er die Beine hinter sich herzog.

»Garranon?« Das Wesen wirkte verblüfft, aber es kam weiterhin stetig, wenn auch langsam, näher. »Der König sagte, ich hätte Euch nicht gehen lassen sollen. Habe ich etwas falsch gemacht?«

Tisala hob erneut das Schwert, aber Oreg bedeutete ihr, nicht anzugreifen.

»Feuer, Ward. Nicht die Art, mit der du das Küchenfeuer anzündest, sondern das, was du in Silbermoor genutzt hast.«

In Silbermoor hatte ich Siphern heraufbeschworen, den Gott der Gerechtigkeit, um die Seelen der Dorfbewohner davonzutragen, die von den Vorsag niedergemetzelt worden waren. Es war nichts, was ich oft genug wiederholt hatte, dass ich sofort gewusst hätte, wie man es tat.

Ich versuchte, den Gott zu rufen, während ich meine Magie nach dem Stallmeister schleuderte. Flammen überzogen den lebendigen Leichnam, als hätte man ihn mit Branntwein getränkt, aber ich wusste, dass nichts auf meinen Ruf geantwortet hatte.

Als die Flammen die Reste des Fleischs an ihrem Skelett verzehrten, hielt die Kreatur zögernd inne. Sie schüttelte den Kopf und murmelte etwas – diesmal in gebrochenem Flüsterton. »Hunger«, sagte sie.

Tisala trat vor und stieß die Klinge durch die Flammen in den geschwärzten Kopf, wo sie durch die Schläfe in ein Auge drang und dort stecken blieb. Es war ein Schwert mit metallenem Griff, also musste sie es loslassen, als meine magischen Flammen daran entlangzüngelten, als wäre es ein Baumast.

Der Golem wandte sich zum ersten Mal von Garranon ab. Mit seinem unverletzten Auge starrte er direkt Tisala an.

»Hunger«, sagte er.

»Jakoven hat die Beherrschung darüber verloren«, sagte Oreg und fügte sein Feuer dem meinen hinzu, aber der Golem folgte nun Tisala. Sie wich durch den Gang zurück, weiter den Blick auf das Ding gerichtet. Der Golem, dem weder das Schwert in seinem Schädel noch das Feuer etwas auszumachen schienen, bewegte sich schneller, bis Tisala im Laufschritt zurückwich und Oreg und ich folgten.

Die Adligen aus Shavig drängten sich angespannt um uns herum, von Oregs Befehl nur mühsam in Schach gehalten. Ich entdeckte Rosem, der Kellen mit festem Ringergriff zurückhielt, und segnete ihn dafür. Dass Jakovens Spielzeug unter den Adligen von Shavig Amok lief, war das Letzte, was ich brauchte. Keiner von ihnen, vielleicht mit Ausnahme von Charva, dem Zauberer, würde das überstehen.

Orvidin, dem es gelungen war, eine der dekorativen Piken von der Wand zu reißen, drängte sich durch die Menge, schob die Waffe unter den kriechenden Stallmeister und drehte ihn auf den Rücken. Aber das Geschöpf bewegte sich so schnell wie eine Schlange wieder auf den Bauch und begann nun, Orvidin zu verfolgen.

»Ihr Götter«, murmelte Garranon neben mir – ich hatte gehofft, er wäre so vernünftig gewesen, auf dem Podium zurückzubleiben.

»Valsilva«, rief Garranon und versuchte, die Aufmerksamkeit des Wesens auf sich zu lenken.

Der Bodenbelag schwelte neben dem brennenden Ungeheuer. Aus einem umgekippten Bierkrug floss Feuer wie Wasser von einem Tisch herunter.

»Ward, es funktioniert nicht!«, fauchte Oreg, obwohl seine Magie mich bei meinen Anstrengungen unterstützte.

Ich rief nach Siphern und *griff zu* – aber es war Hurog, nicht Siphern, das auf meinen Ruf antwortete.

Macht durchflutete mich, und wenn ich sie nicht sofort weitergeleitet hätte, hätte sie mich zu Asche gemacht, so, wie sie jetzt das arme Wesen verschlang, das einmal ein Mensch gewesen war. Schnell nutzte ich die Magie weiter und löschte die Flammen in der Halle.

»Oreg!«, rief ich und, gesegnet sollte er sein, er erkannte sofort, was los war. Er legte die Hände auf meine Schultern und begann, die Magie zu absorbieren, die ich nirgendwo mehr hinleiten konnte.

Die Macht verschwand so schnell, wie sie gekommen war, und meine Knie begannen zu zittern. Der Gestank nach verfaulendem Fleisch war verschwunden, nur ein säuerlicher Rauchgeruch hing in der Luft. Orvidin brach die seltsame Stille.

»Siphern segne ihn«, sagte er und stützte sich auf die alte Pike. Wieder spuckte er auf den Boden. »Ich kannte Valsilva.«

»Jakoven hat ihn den ganzen Weg aus Estian hierhergeschickt«, sagte Oreg. »Um Garranon eine Botschaft zu überbringen – und ihn wenn möglich umzubringen. Eine Strafe, weil er Wards Bruder gerettet hat.«

Kellen drängte sich vor. Er sah zornig und zerzaust aus, und Rosem, der dafür gesorgt hatte, dass Hurogs Hoffnung auf Rettung sich nicht auf das erstbeste von Jakovens Ungeheuern warf, folgte ihm auf dem Fuß. Ich war Rosem zu großem Dank verpflichtet.

Garranon betrachtete die Asche auf dem Boden und schluckte angestrengt. »Er war ein guter Mann«, sagte er, dann drehte er sich abrupt um und verließ die Halle.

Der Zorn verschwand so schnell aus Kellens Gesicht, als hätte man ihn mit einem Tuch von einer Schieferplatte gewischt. »Ich werde mit ihm reden«, sagte er. »Auf mich hört er vielleicht. Ward, sprecht mit Eurem Zauberer und haltet Euch bereit, mich genau darüber zu informieren, was hier gerade geschehen ist, bevor einer von uns heute Abend zu Bett geht.«

Kellen folgte Garranon, und ich wünschte ihm in Gedanken Glück.

Oreg ließ meine Schultern mit einem zerstreuten Tätscheln los und sagte: »Ich brauche mich nicht mit jemandem zu besprechen – ich weiß, was das ist.«

»Ein Golem«, sagte ich. »Aber warum hat normales Feuer ihn nicht getötet?«

»Kein Golem«, widersprach Oreg. »Das dachte ich zunächst auch, aber er atmete – hast du das nicht bemerkt? Ein Golem ist etwas, das nicht lebt. Jakoven hat diesem Mann durch Magie einen Auftrag auferlegt.«

»Einen magischen Auftrag, der ihn dazu bringen konnte, den ganzen Weg von Estian hierher zu laufen und nebenbei verbarrikadierte Tore zu sprengen?«, fragte Charva der Zauberer. Er klang müde, und mir wurde klar, dass etwas von der Kraft, die Oreg mir zugeführt hatte, die von Charva gewesen war. »Und er klang wie Jakoven! So etwas kann man durch einen magischen Auftrag nicht bewirken.«

Oreg lächelte. »Bitte verzeiht, wenn ich Euch widerspreche – es ist durchaus möglich, dass so etwas durch Magie bewirkt wird, wenn nur genügend Macht hinter dem Bann liegt. Und im Augenblick hat Jakoven genügend Macht, um ganze Städte zu verwüsten, wenn er das will.«

Also ist es ihm gelungen, den Fluch zu aktivieren, dachte ich, und ein Schauder überlief mich.

»Das behauptet Ihr«, sagte Porshall, ein Landbesitzer aus dem Westen, den ich nicht besonders gut kannte. Er kam selten zu den Ratssitzungen, da sich sein Land in einem Bereich befand, dessen Zugehörigkeit zu Shavig umstritten war, und er es schützen musste. »Ich finde den Zeitpunkt dieses Angriffs sehr interessant.«

»Bezichtigt Ihr etwa meinen Neffen, dahinterzustecken?«, fragte Duraugh mit eisiger Höflichkeit.

Porshall streckte beschwichtigend die Hände aus. »Ich stelle nur fest, dass Euer Neffe, wie er so eindeutig demonstriert hat, ein Zauberer ist. Und dass diese Demonstration die Unterstützung aller Shavigleute, die vielleicht noch Zweifel hatten, zementierte.«

Orvidin, der immer noch mit seiner Pike spielte, stieß ein Bellen von einem Lachen aus, dann sagte er: »Nur jemand, der Ward nicht kennt, würde so etwas denken. Eines der größten Probleme, die wir mit dem Welpen im Rat hatten, bestand in seiner Ehrlichkeit … Nein, das ist nicht ganz das richtige Wort.« Er sah mich aus zusammengekniffenen Augen an. »Er ist zu ehrenhaft. Er wird lügen, wenn es seinem

Ziel dient, aber sein Ziel *und* seine Mittel liegen nie in faulen Gewässern. Er würde vielleicht die Illusion eines Drachen schaffen, aber Ihr werdet niemals erleben, dass dieser Welpe einen Unschuldigen verletzt.«

Porshall schüttelte abrupt den Kopf. »Ich sage immer noch …«

»Genug davon«, warf Charva ein. »Das hier war nicht Wards Magie. Die unter Euch, die über keine Magie verfügen, werden mir glauben müssen, dass Wards Magie eine unverwechselbare Signatur hat – und das hier wurde von einem anderen bewirkt. Die wahrscheinlichste Quelle ist Jakoven.« Der Zauberer sah sich um. »Vergessen wir nicht, wogegen wir hier antreten. Wenn wir Jakoven nicht aufhalten, wird das Schicksal des Stallmeisters freundlicher sein als alles, was uns droht.«

13 WARDWICK

Handeln ist das beste Mittel gegen Verzweiflung.

»Ich dachte, Ihr hättet geschworen, nie wieder in den Krieg zu ziehen, Orvidin«, sagte jemand, den ich nicht sehen konnte.

Ich blieb zwischen den beiden Pferden, die ich hielt, stehen, um zu hören, was der alte Krieger antworten würde. Da die meisten Ratsmitglieder gleichzeitig aufbrachen, hatte mein Stallmeister, als er mich untätig herumstehen sah, mir die Pferde gereicht und die Anweisung gegeben, ihre Besitzer zu finden, die im Hof umherwanderten.

»Ein Mann sagt im Sommer vieles, was er im Winter nicht mehr ernst meint«, erwiderte Orvidin. »Winter ist eine gute Zeit, um Kriege zu führen. Die Felder sind abgeerntet, also kann der Ernte nichts mehr zustoßen. Und es gibt nichts anderes, womit man richtig Spaß haben könnte.«

Ich lachte nur innerlich, denn ich wusste, dass er das vollkommen ernst meinte. Dann führte ich meine Schutzbefohlenen nach draußen, nickte Orvidin und seinem Diener zu und fand schließlich die beiden Männer, denen die Pferde gehörten.

Lärm und Durcheinander erfüllten noch eine Weile mein Zuhause, dann waren die Besucher wieder weg. Ich schauderte in der kalten Luft und warf einen Blick auf das grüne Holz, mit dem das Tor in der Außenmauer repariert wurde. Ich wusste, dass unser Grobschmied schon mit neuen Trägern beschäftigt war.

Der Hof fühlte sich kaum leerer an, da die zusätzlichen Leute aus Iftahar die Burg und ihre Umgebung immer noch füllten, aber nachdem die Adligen aus Shavig aufgebrochen waren, ging es zumindest wieder leiser zu.

»Ich hatte noch keine Gelegenheit, dir zu danken«, riss mich Tisala aus meiner Nachdenklichkeit. Ihr Atem stieg als kleine Wolke in die Morgenluft, und ich bemerkte, dass von ihrem Haar ein schwacher Geruch nach Blüten ausging.

»Wofür?«, fragte ich und atmete tief ein, als könnte ich ihren Duft bis in meine Seele saugen – und dann hoffte ich, dass ihr das nicht auffiel. Es war unhöflich, Leute zu beschnuppern, selbst wenn sie gut rochen.

»Dass du gestern Abend nicht zu meiner Rettung geeilt bist.«

Ich zog in ehrlicher Überraschung die Brauen hoch. »Du bist doch gut allein zurechtgekommen«, sagte ich. »Obwohl ich denke, dass es sehr klug von Orvidin war, eine Pike zu benutzen. Aber überwiegend war dieses Ding hinter Garranon her, also habe ich ihn geschützt und dir die Offensive überlassen.«

»Aber er ist ein Mann«, sagte sie.

Ich starrte sie an, und sie grinste über mein Staunen. »Du hast recht, wir sind dem logischsten Angriffsplan gefolgt. Ich hatte ein Schwert und befand mich hinter dem armen Ding. Garranon war viel zu erschüttert, um sich zu verteidigen, und außerdem unbewaffnet. Aber ich bin eine Frau, und die meisten Männer hätten mich für noch hilfloser gehalten, als Garranon es war.«

Ich stellte mir vor, was sie getan hätte, wenn ich Garranon stehen gelassen hätte, um sie zu verteidigen, und lachte. »Also gut – hast du den letzten Mann, der dich verteidigen wollte, mit deiner Zunge zu einem Haufen Jämmerlichkeit reduziert? Oder hast du ihn einfach mit dem Schwert durchbohrt?«

Sie zog eine Braue hoch. »Was denkst du denn?«

Ich schüttelte den Kopf. »Armer fehlgeleiteter Narr.«

»Ward, hast du Kellen heute Früh beim Frühstück gehört? Er ist wirklich wütend auf Rosem, weil er ihn zurückgehalten hat.«

»'Ein Mädchen und ein alter Mann haben gegen dieses Geschöpf gekämpft, und du glaubtest, es wäre zu gefährlich für mich.' Das waren, glaube ich, seine Worte. Zum Glück haben er und Rosem später gefrühstückt als der größte Teil des Rats.«

»Ich habe Kellen noch nie so wütend gesehen«, sagte sie.

»Rosem hatte recht«, erklärte ich. »Wir können es uns nicht leisten, Kellen zu verlieren. Und er ist noch nicht bereit, gegen Ungeheuer zu kämpfen. Er hat noch nicht das Durchhaltevermögen.«

»Ich hoffte, dass du deshalb etwas unternehmen könntest.« Sie kam näher, als sie weitersprach, und ich holte noch einmal tief Luft, bevor ich mich bremsen konnte; Flieder, ja, genau, danach roch sie. »Es geht nicht nur um die körperliche Gefahr, in die er sich begibt – die Zeit im Asyl hat ihn zutiefst misstrauisch werden lassen. Wenn er nicht einmal mehr Rosem traut, wem dann? Ein König, der niemandem vertraut, ist schwach.«

»Warum kommst du damit ausgerechnet zu mir?«, fragte ich. »Er wird eher auf meinen Onkel hören – und Beckram stand ihm ebenfalls einmal nahe. Oder Garranon.«

»Ich habe Garranon heute Früh noch nicht gesehen – aber ich denke auch nicht, dass Reden helfen wird. Jemand wird ihm zeigen müssen, dass er noch nicht bereit für einen ernsthaften Kampf ist.«

»Du willst, dass ich meinen zukünftigen König angreife?«, fragte ich ungläubig. »In der Hoffnung, dass ich damit beweise, dass Rosem recht hatte, und er sich künftig auf Rosems Urteil verlässt?«

Sie lief rot an, ganz ähnlich wie eine Woche zuvor, als ich mein Hemd ausgezogen hatte, als sie sich uns bei Stalas täglichen Übungskämpfen angeschlossen hatte. Ich hatte gefroren, als ich ohne Hemd weitergekämpft hatte, aber Tisala erröten zu sehen, war es wert gewesen. Diesmal war es nicht Verwirrung, sondern Zorn, der ihre Wangen zum Glühen brachte.

»Beckram könnte ihn schlagen – *ich* könnte ihn schlagen«, fauchte sie und brachte meine Aufmerksamkeit wieder aufs Thema zurück. »Aber das würde ihn nur demütigen. Von einem Mann von deinem Ruf und deiner Größe geschlagen zu werden, erniedrigt hingegen niemanden – es könnte ihm aber genügend Vernunft beibringen, dass er sich anhört, was du zu sagen hast.«

So ausgedrückt, klang es recht sinnvoll.

»Ich werde tun, was ich kann.«

Ich konnte vor allem mit meiner Tante sprechen. Stala würde wissen, wann und wo Kellen übte. Wenn ich mit ihm kämpfte, dann müsste es weit entfernt von den Leuten sein, die mich vielleicht aufhalten würden – wie mein Onkel.

Ich fand Stala in ihrem Zimmer in dem neu errichteten Gebäude der Blauen Garde. Die mit Haut bespannten Fenster hielten die Kälte des frühen Wintermorgens nicht wirklich fern, aber das Feuer im gemauerten Kamin war warm.

»Was hast du denn mit ihm vor?«, fragte meine Tante, ohne von ihrer Handarbeit aufzublicken.

»Ich werde ihm die gleiche Art Lektion erteilen, wie du sie mir so oft erteilst«, sagte ich. »Ich würde es dir überlassen, aber sein Ego ist erschüttert. Von jemandem geschlagen zu werden, der einen Kopf größer und viele Kilo schwerer ist, wird ihm nicht so wehtun. Wenn ihn aber eine Frau besiegt, die halb so groß ist wie er und seine Mutter sein könnte, könnte ihm das ernsthaft schaden.«

Sie grinste mich an und legte den Rock – Ciarras Rock –, den sie geflickt hatte, beiseite. Meine Tante brachte all ihren Männern bei, wie man nähte; sie sagte immer, man wisse nie, wann man diese Fähigkeit einmal bei Zaumzeug oder Haut brauchen könne. »Er kämpft für gewöhnlich zweimal am Tag, morgens und abends, aber nicht mit der Garde. Er hat den Ring neben dem Stall benutzt und kämpft nur mit Rosem. Er will keine Zuschauer.«

Ich fragte nicht, woher sie das wusste. »Aber heute Früh war er nicht dort.«

Sie schüttelte den Kopf.

»Danke«, sagte ich, und dann griff ich einem Impuls folgend nach ihrer Hand und küsste sie, als wären wir am Hof.

Sie stand auf, zog meinen Kopf nach unten und küsste mich auf die Wange. »Dafür gebe ich dir einen Rat, der dir nicht gefallen wird. Du wirst ihn schnell und gnadenlos schlagen müssen. Bring ihn dazu zu verstehen, dass es sein Tod gewesen wäre, sich gestern Abend diesem Ding zu stellen. Dann nimmst du seinen Kampfstil auseinander …« Sie verriet mir, wonach ich Ausschau halten sollte.

»Das ist nicht viel.«

»Sag ihm das ebenfalls. Sein Problem ist, dass er so lange in einem Kasten saß und sich die letzte Zeit kaum mehr bewegt hat. Das ist seine eigene Schuld – er war bis dahin gut in Form, wie mir Rosem sagte.«

»Rosem hat mit dir gesprochen?« Das überraschte mich; ich hatte ihn kaum zu sehen bekommen und ihn noch weniger gehört.

»Rosem hat in der Blauen Garde angefangen«, sagte sie. »Er kämpfte in Oranstein unter deinem Vater – einer der Gründe, wieso er dich nicht besonders mag. Kellen ist gut ausgebildet, er kennt sich aus mit dem Stil von Shavig und dem von Oranstein, sowohl, was Schwertkampf angeht, als auch den unbewaffneten Kampf. Versuche, ihn mit Axiels Zwergenstil zu bekämpfen.«

»Der ist eigentlich eher für jemanden geeignet, der ein bisschen kleiner ist als ich«, erwiderte ich.

Sie schnaubte. »Mag sein – aber du hast mich trotzdem ein- oder zweimal damit überraschen können. Und nun geh und suche ihn. Ich glaube, er sitzt immer noch im östlichen Mauerturm und schmollt.«

Der östliche Mauerturm in Hurog war der einzige Ort, von dem aus man das Meer sehen konnte. Auch andere suchten ihn gern auf und starrten die Wellen an, wo der Weiße Fluss ins Meer mündete, aber Kellen war allein, als ich ihn fand. So, wie er mich anschaute, als ich näher kam, wäre er offenbar auch gern allein geblieben.

»Kommt und kämpft mit mir«, sagte ich.

»Nein.« Er wandte sich wieder dem offenen Fenster zu. »Aber vielen Dank.«

Seit wir Estian verlassen hatten, war sein Gesicht nicht mehr so blass gewesen. Sein Haar, so dunkel wie üppige

Erde, war gezähmt und geschnitten worden. Nur seine Magerkeit unter der eleganten Tunika und dem Obergewand ließ vermuten, dass er bis vor einem knappen Monat Insasse von Jakovens Asyl gewesen war.

Aber innerlich ... Ich wusste, wie täuschend eine Fassade sein konnte. Wenn er nicht stark war und wir nicht vorsichtig mit ihm umgingen, würden wir niemanden haben, den wir auf den Thron setzen konnten. Tisala hatte recht gehabt: *Rosem* war die Krücke gewesen, die ihm erlaubte zu überleben. Kellen brauchte jemanden, der ihn mochte, weil er Kellen war und nicht seine einzige Hoffnung, Jakoven zu besiegen.

»Das war kein Vorschlag«, erwiderte ich freundlich. »Ihr müsst auf etwas einschlagen, und ich ebenfalls. Im Übungsring bei den Ställen ist niemand.« Wir nutzten den Ring nur im Frühling für ein paar Monate zur Ausbildung der jungen Pferde. »Und Ihr könnt es Euch nicht leisten, dass Euer Schwertarm noch schwächer wird.«

Seine Augen blitzten wütend. »Jetzt nehmt Ihr Euch zu viel heraus, Wardwick von Hurog.«

Ich zog die Brauen hoch. »Tatsächlich?«

Zorn erfasste mich, weil ich es nicht hatte vermeiden können, das Schicksal von Hurog in die Hände dieses Mannes zu legen. Er hatte solchen Schaden genommen, dass er uns vielleicht alle mit in den Abgrund ziehen würde. Er *musste* einfach stark sein.

Ich beugte mich vor, sodass mein Gesicht nahe an seinem war und er unwillkürlich zurückwich.

»Ich denke, Ihr seid schwach«, schnauzte ich. »Ein schwacher Mann kann Hurog nicht für mich retten. Ich werde nicht zulassen, dass mein Volk vernichtet wird, weil ich Angst hatte, auf königliche Zehen zu treten. Und jetzt schafft

Euch diese Treppe hinunter und nehmt Eure Feindseligkeit mit in den Ring.« Ich hätte die Stimme, mit der ich sprach, beinahe nicht als meine eigene erkannt, so sehr klang ich wie mein Vater bei einem seiner Anfälle von mörderischer Wut.

Seine Lider senkten sich, bis die Wimpern seine Augen verschleierten, aber es war Zorn, nicht Angst, was seine Schultern beben ließ, als er die Treppe hinunter voranging. Ich blieb auf dem Hof dicht hinter ihm, bis wir durch das innere Tor und vorbei am Stall zum Übungsring gelangten.

Der Zaun hier war fest, sodass ein junges Pferd von nichts abgelenkt wurde, und höher als ich, damit ein verängstigtes Tier sich nicht versucht fühlte, darüber hinwegzuspringen. Dieser Pferch war ein hervorragender Ort zum Kämpfen, wenn man nicht beobachtet werden wollte.

Der Ring war nach den schweren Schneefällen frei geschaufelt worden, aber es hatte inzwischen wieder ein wenig geschneit, und ich konnte die Spuren von Kellens früheren Übungskämpfen auf dem gefrorenen Boden erkennen.

Kellen zog sein schweres Obergewand aus und warf es über den Zaun. Langsam streifte er die Handschuhe ab und griff nach seinem Schwert. Er trat in die Mitte des Rings, bevor er sich mir mit der entspannten Haltung eines Mannes zuwandte, der schon in vielen solchen Kämpfen gestanden hatte.

Ich hatte kein Obergewand und keine Handschuhe, die ich lässig abstreifen konnte, um meinen Gegner einzuschüchtern, also zog ich einfach mein Schwert und folgte dem Mann, dem ich als meinem Hochkönig dienen wollte.

Mach es schnell und hart, hatte Stala geraten. Also tat ich das.

Zwerge mochten klein sein, aber ihre Kraft war wie die meine gewaltig. Ich habe Leute sagen hören, Zwerge seien langsam – aber das behaupten sie nur, weil sie zu viele Bänkelsängerlieder gehört haben. Niemand, der je einem Zwerg mit einer Axt oder einem Schwert gegenübergestanden hat, würde behaupten, dass sie langsam sind – ebenso wenig, wie ich langsam war. Ich hatte mir ein paar von ihren Bewegungen angeeignet – einen Mann zu köpfen, der einen Fuß größer war als ich, schien zum Beispiel auf den ersten Blick vollkommen nutzlos für mich zu sein, aber mit ein paar Veränderungen funktionierte es hervorragend bei einem berittenen Gegner.

Axiel behauptete, ich sei besser mit einer Kampfaxt als mit einem Schwert, aber ich zog das Schwert vor, weil ich mich damit weniger barbarisch fühlte. Es gab einen Teil von mir, der es liebte, wenn sich Fleisch unter meiner Waffe spaltete, wenn Metall auf Metall klirrte und Männer schrien. Und wenn ich eine Axt oder einen Morgenstern benutzte, steigerte sich dieses Gefühl noch, und zwar auf eine Weise, dass ich keinesfalls angenehm damit leben konnte. Ich hielt das Schwert für eine sauberere Waffe.

Als meine Klinge das erste Mal die von Kellen traf, flogen Funken. Wenn er sein Schwert nicht gedreht hätte und ausgewichen wäre, hätte ich seine Waffe zerbrochen. Stala hatte recht getan, mich zu warnen; er war gut ausgebildet. Ich konnte es an der Linie erkennen, die er mit Körper und Schwert bildete, und an der Art, wie er seine Klinge gegen meine längere, schwerere Waffe richtete.

Aber die Schwäche seiner Gefangenschaft verhinderte, dass er den Vorteil seines Tempos nutzen konnte, den er ansonsten vielleicht gehabt hätte. Dass ich Zwergentechnik einsetzte, verhinderte, dass er sich für einen bestimmten Stil entschied. Ich beherrschte die Situation vom ersten Schlag an, und er war Kämpfer genug, um das zu wissen. Ich ließ acht Zusammenstöße der Klingen zu, bevor ich sein Schwert durch den Ring schleuderte. Ein fester Stoß mit meiner Schulter, und er lag auf dem kalten Boden, mit meiner Klinge an der Kehle.

Ich ließ ihn dort, während ich die Beobachtungen meiner Tante nutzte und ihm einen Vortrag darüber hielt, woran er arbeiten musste, alles in einem trockenen Tonfall, den ich ebenfalls von meiner Tante gestohlen hatte. Und wie sie es bei ihren neuen Rekruten tat, die etwas dagegen hatten, unter einer Frau zu dienen, ließ ich ihm kein Fitzelchen seines Stolzes. Er lag vollkommen geschlagen im Staub.

Als ich zurücktrat, kam er auf die Beine und hob sein Schwert auf, um es bebend vor Zorn wieder einzustecken.

»Der Kammerdiener meines Vaters war der Bastardsohn des Zwergenkönigs«, sagte ich freundlich. »Er hat mir den Zwergenstil beigebracht, der gut für mich funktioniert. Deshalb hattet Ihr das Gefühl, Euer Gleichgewicht nie richtig finden zu können.«

»Und wozu soll das alles gut gewesen sein?«, fragte er mit mühsam beherrschtem Zorn. Er hielt sich in einem halben Ring Abstand von mir. Wahrscheinlich, um sich vor seinem eigenen Impuls zurückzuhalten, mir den Kopf abzuschlagen – ich habe manchmal diese Auswirkung auf andere. »Warum der Vortrag?«

»An Eurem Stil und Eurer Technik ist nicht viel auszusetzen«, sagte ich. »Die Liste, die ich Euch gegeben habe, ist sehr kurz für meine Tante – sie hat sie mir geliefert, als ich darum bat. Was Euch fehlt, sind Kraft und Ausdauer. Die einzige Möglichkeit, Euch beides zu verschaffen, besteht in Zeit und schwerer Arbeit. Rosem hatte recht, als er Euch gestern Abend zurückhielt. Wir wussten nicht, was dieses Ding war oder was es anrichten konnte.«

»Ich sollte es also einem alten Mann und einer Frau überlassen?«

Ich zog die Brauen hoch und sagte mit kalter Stimme: »Dieser alte Mann ist der zäheste Kämpfer, den Shavig je hervorbrachte. Er ist ein Veteran der oransteinischen Rebellion und hat in hundert geringeren Schlachten gestanden – hättet Ihr daran gedacht, eine Pike zu benutzen? Die Waffe eines Bauern, wo doch Schwerter zur Verfügung standen? Ich auch nicht. Und was Tisala angeht, so habe ich an ihrer Seite gekämpft, und sie ist besser als die Hälfte der Blauen Garde. Habt Ihr gesehen, wie sie den Schädel des Mannes durchbohrte? Dazu braucht man Geschicklichkeit und Kraft.«

»Ich soll mich also im Hintergrund halten, während Ihr anderen meine Kämpfe für mich ausfechtet?« Der Zorn war verschwunden, und ich konnte die Leere der Niederlage in seinen Augen sehen.

Ich schüttelte den Kopf und fuhr in schärferem Ton fort: »Nein. Wir erwarten, dass Ihr klug seid. Nutzt das. Nutzt die Menschen in Eurer Umgebung. Rosem ist nicht dumm oder übermäßig beschützerisch.« Nicht, wenn Stala ihn ausgebildet hatte. »Er wird Euch nicht im Weg stehen, wenn Ihr erst bereit seid, Euch allein zu verteidigen. Aber wenn er Euch sagt, Ihr solltet Euch zurückhalten, dann hört auf ihn. Wir wussten alle nicht, wozu dieses Ding in der Lage war. Wenn Tisala umgekommen wäre, hätte es mir das Herz gebrochen, aber nicht die Seele des Königsreichs. Wenn ich gestorben wäre, hätte mein Onkel Euch als Hurogmeten ebenso gut gedient wie ich. Vergesst Eure Ziele nicht. Es liegen mehr als genug Schlachten vor uns.«

»Ihr denkt also, ich sollte Rosem verzeihen, dass er mich zurückgehalten hat?« In seinem Gesichtsausdruck und seiner Stimme war nun nichts mehr von aufbrausendem Zorn zu vernehmen, aber sein Tonfall war ätzend höflich.

Ich kniff die Augen zusammen. »Nein, das denke ich nicht.«

Er starrte mich einen Moment an, und dann fiel ihm die königliche Maske vom Gesicht, und er lächelte mich verlegen an. »Ihr denkt, ich soll mich entschuldigen.«

Ich nickte langsam. »Ich denke, Ihr seid ihm zu Dank verpflichtet.«

»Ich glaube, Ihr habt recht.« Sein Lächeln verschwand, und nun sah er nur noch müde aus. »Danke.«

»Wir verlangen viel von Euch«, sagte ich. »Wenn Ihr nicht stark seid, droht uns allen der Untergang. Ihr müsst für uns ein Held sein, der sich Jakoven stellt und über seine Macht und seine Spielchen auf eine Weise triumphiert, wie wir es nicht konnten. Aber Rosem liebt Euch mehr, als er uns liebt. Er wird verhindern, dass wir Euch mit unseren Forderungen zerstören. Sorgt dafür, dass er an Eurer Seite bleibt.«

Er starrte mich an, einen seltsamen Ausdruck auf dem Gesicht. »Ihr klingt wie ein bescheidener Mann«, sagte er. »Ihr seid groß und sprecht langsam – das führt dazu, dass die Leute Euch unterschätzen. Aber irgendwie tun wir am Ende immer, was Ihr von uns wollt.«

Ich grinste. »Es wird mir ein Vergnügen sein, Euch Vernunft beizubringen, wann immer Ihr das Bedürfnis danach verspürt.«

Oreg wartete in der Bibliothek auf mich.

»König Lorekoth wird heute Abend mit dir sprechen«, sagte er und blickte von dem Buch auf, in dem er gelesen hatte, um mir eine Nachricht zu reichen.

Ich hatte Oreg zum Zwergenkönig geschickt.

Jakoven hatte bewiesen, dass er Hurog trotz des Winters angreifen konnte, solange er Farsons Fluch beherrschte. Er hatte dieses Geschöpf aus reiner Bosheit geschickt, um Garranon zu töten, aber der Fluch konnte viel größeren Schaden anrichten. Also musste Kellen Hurog verlassen, und der schnellste Weg, das zu tun, waren die Wasserwege der Zwerge unter der Erde. Dazu brauchte ich die Erlaubnis des Zwergenkönigs.

Die verborgene Treppe, die zu den Zwergenwegen führte, war immer noch halb unter Geröll verborgen. Es gab nicht viele Eingänge, die von der Oberfläche zu den Wasserwegen führten; ich kannte nur noch einen anderen in Shavig und drei in Oranstein, obwohl ich annahm, dass mindestens fünf weitere existierten – in anderen Burgen, die bekannt für ihren Handel mit den Zwergen waren.

Als wir uns dem Zwergenweg näherten, wurde das Geräusch des Wassers ohrenbetäubend laut, ein Beweis, dass eine Delegation wartete, um uns zum Heim der Zwerge zu bringen, wo der König Hof hielt. Ohne die Magie der Zwerge oder die von Oreg floss das Wasser still und ruhig. Nur wenn ein Floß durch die Tunnel fuhr, toste es.

Das Tor öffnete sich, bevor wir es erreichten, und ein schlanker Mann kam hindurch. Sein Bart und das Haar waren dunkel, und es gab nur eine geringe Spur von Grau darin, obwohl ich wusste, dass er schon vor meinem Großvater zur Welt gekommen war.

»Axiel«, sagte ich und umarmte ihn fest. »Schön, dich wiederzusehen.«

Er lachte und schlug mir auf den Rücken. »Setz mich ab, du zu groß geratener Zwerg, bevor du meinen Bruder mit deinen schlechten Manieren ansteckst.«

Ich setzte ihn ab und wandte mich seinem Begleiter zu, der uns mit großen Augen beobachtet hatte.

»Ward, das hier ist mein Bruder Yoleg. Yoleg, Wardwick von Hurog.«

Der Mann, dem er mich vorstellte, war eine Handbreit kleiner als Axiel, aber über zehn Pfund schwerer als er. Axiel ging als Mensch durch, wenn er das wollte, aber dieser Mann konnte nichts anderes sein als ein Zwerg. Er hatte keinen Bart und war daher nicht viel älter als ein Jahrhundert – für die Zwerge noch ein Jüngling. Yoleg, wusste ich aus Gesprächen mit Axiel, war der Thronebene.

Ich verbeugte mich. »Prinz Yoleg, es ist sehr freundlich von Euch, hierher zu kommen und mich zu eskortieren.«

Er erwiderte die Verbeugung. »Hurogmeten. Es ist uns eine Ehre, Euch zu unserem Vater zu begleiten.«

Prinzen oder nicht, das Floß, auf das wir uns setzten, wirkte nicht seetüchtiger als die anderen, die ich auf diesen Wasserwegen gesehen hatte. Axiel hatte mir erzählt, die meisten Flöße seien schon vor der Seuche gebaut worden, die sein Volk befallen hatte – also mindestens vor zweihundert Jahren.

Ich ließ mich auf einem Sitz nieder, der nicht dazu gedacht war, einen Mann von meiner Größe aufzunehmen, und zog den ledernen Gurt um meine Mitte. Die Wasserwege waren rau, und vom Floß zu fallen bedeutete, dass man sehr lange schwimmen musste.

Ich konnte das Pulsieren uralter Magie spüren, als sie unser Floß erfasste und es rasch in einen engen Gang schleuderte, sodass ich kaum zu Atem kam. Gischt flog mir ins Gesicht und fühlte sich an wie die erste Berührung des Frostes. Manchmal war der Gang von einer Million von Sternen erleuchtet – Zwergensteine, die verzaubert waren, um diese Wege zu beleuchten. Aber die Zwerge waren in Hunderten von Jahren immer schwächer geworden, also war an anderen Stellen die Magie verschwunden, und wir befanden uns in vollkommener Dunkelheit. In diesen Abschnitten war das Geräusch von Wasser, das gegen Steine rauschte, beinahe schmerzhaft.

Es gab Kammern in diesem System, Kreuzungen, wo Yoleg entschied, welchem Gang wir folgen sollten. Wir mussten warten, bis das Wasser sich beruhigte und die Magie verging, bevor wir in die gewünschte Richtung weiterfahren konnten. Ich hatte diese Wege schon öfter benutzt, aber der Anblick der Höhlen ließ mich jedes Mal verstummen.

Eine Höhle war vollkommen mit Kristallen überzogen. Beleuchtet von Zwergensteinen, erhoben sich Smaragdsäulen vom Boden und kreuzten sich über unseren Köpfen. Es war schwierig, hier unten Entfernungen abzuschätzen, aber die Säulen wirkten gewaltig; der Sockel der nächstgelegenen war breiter, als unser Floß lang war.

Eine weitere Kammer bestand aus grauem Stein, der in zahllose Formen gemeißelt war. Kleine Statuen drängten sich an den Rand des Wassers und füllten die gesamte Höhle. Ich hätte einen ganzen Tag hier verbringen können, aber wieder fuhren wir weiter, getragen vom Rauschen der Wassermagie.

Während wir an einem Ort warteten, der nach Minze roch und von Gold glitzerte, stieß etwas Großes zweimal gegen unser Boot. Yoleg wirkte besorgt, und Axiel hob die Hand, um Stille zu verlangen. Wir duckten uns alle und warteten reglos, bis was immer es war aufgab und in Wellen mitternachtsdunkler Flossen davonschwamm.

Schließlich erreichte das Floß eine Reihe von Steindocks in einer Höhle, die ich nie zuvor gesehen hatte – obwohl ich schon mehrere Male im Zwergenheim gewesen war. Unser Floß lag ganz allein in diesem Hafen, der offensichtlich für

Hunderte solcher Gefährte gebaut war, und der Kai, an dem wir angelegt hatten, war der Einzige, dem ich bei meinem Gewicht getraut hätte.

»Das hier ist der offizielle Kai«, beantwortete Axiel meine unausgesprochene Frage. »Zuvor warst du ein Besucher meiner Familie. Aber heute Abend kommst du als Hurogmeten, der den König um etwas bitten möchte, und das verlangt, dass wir hier anlegen.«

Axiel gruppierte uns so, dass Yoleg voranging und ich mich einen halben Schritt rechts hinter ihm hielt. Axiel und Oreg flankierten mich.

Yoleg brachte uns in eine große Kammer von unregelmäßigem Grundriss, aber mit flachem Boden und geraden Wänden. Mir fiel auf, dass hier weder Gold und noch Edelsteine zu sehen waren – die Zwerge trennen Vergnügen und Geschäft streng voneinander. Dass diese Halle im Zwergenheim bis auf kleine Steinhaufen, die als Sitzgelegenheiten dienten, vollkommen kahl war, betonte, dass es um sehr ernste geschäftliche Dinge gehen würde.

Zwerge in schlichter Kleidung drängten sich auf eine Weise in dem Raum, die mich deutlich an meine eigene große Halle am Vortag erinnerte. Aber in diesem Raum hing eine Stille, die man nie bei einer Versammlung wilder Nordmänner finden würde. Es fühlte sich an, als hätten die Zwerge etwas von dem Stein der Höhle in ihr Wesen aufgenommen.

Auf der anderen Seite des Raums erhob sich Lorekoth, der Zwergenkönig, von seinem Sitz und sah mich an, als hätte er nie an meinem Tisch gelacht oder sich durch die geborstenen Steine von Hurog gegraben, um vorsichtig Bücher darunter hervorzuziehen.

Er war jung für einen König, erst vierhundert Jahre alt, aber sein Vater hatte zu den Ersten gehört, die an der Reihe von Seuchen starben, welche die Zwerge beinahe vernichtet hatten. Seine rote Haarmähne war so lang, dass sie über den Boden fegte. Er trug das Haar offen, weil Zwerge es nur flochten, wenn sie in den Krieg zogen. In seinem ordentlich gestutzten Bart gab es nur eine winzige Spur von Grau. König Lorekot trug ein schlichtes graues Gewand mit schwarzen Paspeln, bei dem nur die Stoffe, Seide und Leinen, auf seinen Rang schließen ließen.

»Wer da?«, fragte er langsam – die einzige Person, die ich je gehört hatte, deren Stimme tiefer war als meine. Axiel sagte, er könne die tieferen Töne benutzen, um allen, die sie hörten, Angst einzujagen – ein nützlicher Trick auf dem Schlachtfeld.

Ich verbeugte mich, ein Herrscher vor einem anderen. »Ich bin Wardwick, Hurogmeten von Burg Hurog, wo nun wieder Drachen fliegen.«

»Was bringt Euch hierher, Held von Hurog?«

Ich zeigte nicht, wie verlegen mich dieser Titel machte, aber es war nicht einfach. »Ich bitte um die Zahlung der Schuld, in der Euer Volk steht. In der Oberwelt gibt es Krieg. Etwas sehr Böses wurde wieder entdeckt und wirkt seine Magie unter den Menschen. Jakoven, Hochkönig der Fünf Königreiche, hat Farsons Fluch in seiner Gewalt.«

»Streitet jemand hier unsere Schuld ab?«, fragte der König.

Schweigen antwortete ihm.

»Was wünscht Ihr von uns?«

»Ich brauche ein Heer«, sagte ich. »Welches menschliche Heer könnte den Dunklen, den Steinmännern, widerstehen?«

Und so begannen die Verhandlungen. Zwerge tun nichts eilig, es sei denn, bittere Not treibt sie dazu. Das hängt wahrscheinlich mit ihrer Langlebigkeit zusammen. Meine müden

Knochen sagten mir, dass sich die Sonne schon wieder am Himmel erhoben hatte, bevor jemand beiläufig die Zwergenwege erwähnte.

Viele Geschichten über den Mut von Zwergen wurden erzählt, und Oreg und Axiel berichteten über mein Leben auf eine Weise, die so aufgebläht war, dass die Geschichten beinahe keine Ähnlichkeit mehr mit meinen eigenen Erinnerungen hatten. Nicht, dass sie vollkommen falsch gewesen wären … nur übertrieben. Ich hatte tatsächlich einmal in einem Schneesturm ein Pferd zwei Meilen weit getragen, aber es war ein neu geborenes Fohlen gewesen. Blut und abgetrennte Körperteile spielten in den meisten Geschichten eine große Rolle, und die Erzähler wurden mit jeder Stunde, die verging, wilder in ihren Übertreibungen.

Am Ende hatte ich eine Übereinkunft erzielt, bis zu zehn Personen gleichzeitig über die Zwergenwege transportieren zu dürfen. Die Liste der Personen, die sie benutzen konnten, war nicht lang – niemand wollte, dass die Wege allgemein bekannt wurden –, aber Kellen und sein Diener, alle, die direkt von Hurog abstammten und die ich für vertrauenswürdig hielt, Alizon, Haverness, Tisala, Stala und Garranon befanden sich darauf. Axiel würde mit mir kommen, denn er wusste, wie man die Wege nahm.

»Großzügigste Majestät«, sagte ich mit einer Verbeugung, die ruckartiger ausfiel, als mir lieb war, aber zumindest hatten meine steifen Muskeln mir noch erlaubt aufzustehen. »Ich habe ein kleines Geschenk für Euch, um Euch für diese Audienz zu danken.«

Ein Geschenk, hatte die Botschaft des Königs gesagt, würde es unmöglich machen, dass seine Höflinge sich über die schlechten Manieren der Menschen beschwerten. Ein exotisches Tier, hatte er nahegelegt, denn seine Menagerie war bei seinen Leuten berühmt. Ich hatte etwa fünf Minuten gebraucht, um das perfekte Tier zu finden.

»Ich habe auf meinem Land«, sagte ich, »einen Basilisken – manchmal werden diese Tiere auch Steindrachen genannt. Oreg, mein Zauberer, hat ihn tatsächlich in Stein verwandelt, um für seine Sicherheit zu sorgen. Wenn Ihr eine angemessene Zuflucht für ihn habt, werde ich ihn zu Euch bringen lassen. Oreg kann ihn entzaubern, wann und wo Ihr es wünscht.«

Die Zwerge schwiegen – eher staunend als nachdenklich, dachte ich. Der Basilisk war das Tier ihrer königlichen Familie, ein Wappen, das nur dem Drachen nachstand, der nicht einer einzelnen Familie gehörte, sondern dem gesamten Zwergenvolk. Axiel hatte mir das auf dem Weg hierher erzählt, als ich erklärt hatte, was ich zu tun gedachte – ich war nicht so dumm, dem König ein Geschenk anzubieten, das vielleicht peinlich für mich sein würde, also hatte ich zuvor mit seinem Sohn darüber gesprochen. Der König verfügte über einen geeigneten Platz, um den Basilisken frei zu lassen, eine riesige Insel ohne Hafen, die nur über die Zwergenwege zu erreichen war.

Ein träges Lächeln breitete sich nun auf dem Gesicht des Königs aus. »Ein großzügiges Geschenk, Lord Wardwick. Es ist mir eine Ehre, es anzunehmen.«

Ich verbeugte mich noch einmal und ging, bevor ich aus Versehen etwas tun würde, das alles rückgängig machte, was ich an diesen Tag erreicht hatte.

»Ich hätte nicht gedacht, dass sie erlauben würden, dass Menschen sich frei auf den Zwergenwegen bewegen – nicht einmal mit meinem Vater auf deiner Seite«, stellte Axiel fest, als wir in einer Kreuzungshöhle darauf warten, dass das Wasser sich wieder beruhigte. Sein jüngerer Bruder war nicht mehr bei uns, denn das Floß würde in Hurog Passagiere aufnehmen.

»Euer Vater glaubte das auch nicht«, sagte Oreg mit erfreutem Lächeln. »Daher habe ich ihm vorgeschlagen, dass Ward mit einer sehr hohen Forderung beginnen sollte – einer, die wirklich die Schuld der Zwerge tilgen würde –, und danach waren die anderen eher bereit, ihm kleinere Zugeständnisse zu machen.«

»Und noch besser ist«, warf ich ein, »dass dein Vater den Basilisken nehmen und Oreg endlich aufhören wird, mich zu fragen, wann wir das arme Tier befreien können.«

Tychis wartete am Fuß der ersten Treppe zu den Zwergenwegen auf uns, an der Stelle, wo Oregs Schutzzauber ihn festhielten. Er hatte in den Wochen zuvor ein wenig zugenommen, sah aber immer noch aus wie ein halb verhungerter Wolf – ein frierender, halb verhungerter Wolf. Ich weiß nicht, wie lange er schon gewartet hatte, aber er war blass und zitterte.

»Was hat Ciarra angestellt?«, fragte ich und wickelte ihn rasch in meinen Umhang. »Hat sie dir einfach aufgetragen, mich zu finden, und den Rest dir überlassen?«

Meine Kritik an Ciarra ärgerte ihn, obwohl er sich fest in den Umhang wickelte. »Sie sagte, du solltest so schnell kommen, wie du kannst.«

»Tychis?« Die Stimme meiner Schwester eilte ihr voraus. »Bist du da unten?« Sie bog um die Ecke und sah uns vier. Ciarra wirkte nun respektabler als noch als junges Mädchen und trug Kleider statt zerrissener Jagdkleidung – aber ich nahm an, sie würde selbst mit fünfundachtzig noch einen Raum zum Leuchten bringen. »Ah, da bist du, Ward. Nett von dir, den Leuten zu sagen, wohin du gehst. Wenn Tosten und ich nicht wären, hätte Onkel Duraugh bereits Suchtrupps ausgeschickt.«

Ich schaute sie verärgert an. Es war lange her, seit ich jemandem hatte sagen müssen, wohin ich ging. Als Tychis meine Miene sah, bewegte er sich langsam, bis er zwischen Ciarra und mir stand.

Ciarra kam weiter die Treppe hinunter und umarmte ihn. »Mach dir wegen dem da keine Sorgen«, sagte sie zu unserem kleinen Bruder und zeigte dabei unhöflich auf mich. »Er hat keine Hand mehr gegen mich erhoben, seit ich sein liebstes Jagdmesser verlor, als ich etwa so alt war wie du.«

Ich schnaubte empört. »Sie verschweigt dir dabei, dass sie das Messer verlor, als sie auf einen Baum kletterte, um zu sehen, ob der Adler in dem Nest dort schon Küken hatte. Der dumme Vogel hätte mich fast vom Baum gestoßen, als ich ihr hinterherkletterte – ich habe immer noch Narben von den Krallen auf meinem Rücken. Wenn sie schlau genug gewesen wäre zu fragen, hätte ich ihr gleich sagen können, dass Adler im Winter keine Jungen haben.«

Es war richtig gewesen, Tychis zu ihr zu schicken. Nun hatte er einen Platz hier – und jemanden, um den er sich kümmern konnte.

»Tychis, lauf zu Beckram und sag ihm, dass wir Ward gefunden haben und er bald nachkommen wird.« Ciarra nahm ihr Schultertuch ab und löste meinen Umhang von ihm. »Nimm das hier. Es ist nicht ganz so warm, aber wenigstens wirst du nicht darüberstolpern und die Treppe runterfallen. Und nachdem du Beckram gefunden hast, setzt du dich an ein Feuer, bis dir wieder warm ist.«

Tychis verbeugte sich korrekt und rannte dann die Treppe hinauf, wobei er Ciarras Tuch fest um sich schlang, damit es nicht auf den Boden hing.

»Ich muss auf ihn aufpassen«, sagte sie, als er weg war. »Er ist so eifrig, dass er mir nicht sagen würde, wann er genug hat.«

Ich küsste sie auf die Stirn. »Danke. Ich wusste, dass du genau die Richtige bist, um mit ihm zurechtzukommen.«

Sie lächelte und schüttelte den Kopf. »Ich werde froh sein, wenn ich ihn endlich überzeugen kann, dass wir ihn ganz bestimmt nicht verhungern lassen und der Hort von Essen, den er sich angelegt hat, nur die Ratten anlockt. Der arme Junge, Ward! Er spricht nicht viel, aber man kann sehen, was für ein Leben er bisher geführt hat.«

Dann wandte sie sich Axiel zu, streckte die Hände aus und griff nach den seinen. »Wie schön, dich wiederzusehen, Axiel.«

Nachdem die Begrüßungen erledigt waren, sprach sie mich wieder an. »Alizon ist letzte Nacht mit einer kleinen Gruppe von Oransteinern in einem Boot hierhergekommen.« Sie lachte, als ich stöhnte. »Das geschieht dir ganz recht, alter Eremit.«

Oreg legte sich schlafen. Axiel begleitete Ciarra, um sich das Kind anzusehen, während ich die Treppe hinauf zu einem der neu vollendeten Zimmer neben der Bibliothek ging, in dem Alizon nun Hof hielt. Als ich eintraf, war die Tür geschlossen. Mein Vetter Beckram lehnte lässig an der Flurwand und starrte Tychis an.

Ich blieb stehen, wo ich war, denn ich erkannte Beckrams demonstrativ lässige Pose, die er gern einnahm, um angespannte Situationen zu entschärfen. Ein Blick auf Tychis' trotzige Haltung sagte mir, von wem die Spannung ausging.

Beckram entdeckte mich, ließ es sich aber nicht anmerken; stattdessen erklärte er mir indirekt, worin der Ärger bestand. »Du denkst also, du hättest dich von diesem oransteinischen Lord da drinnen anschreien lassen sollen, weil du einen Auftrag ordnungsgemäß ausgeführt hast?«

»Ich bin ein Bastard«, sagte Tychis.«

»Da bist du nicht der Einzige«, erwiderte mein Vetter. »Das ist kein Grund, dass ein Mann einen Jungen so verächtlich behandelt.«

»Ja, es gibt hier auch andere Bastard-Hurogs«, stimmte Tychis zu. »Ich habe sie gesehen. Sie arbeiten im Stall oder kämpfen in der Garde. Sie leben nicht in der Burg – vielleicht mit Ausnahme von Oreg, aber der ist ein Zauberer. Was wollt ihr also von mir?«

»Du und ich, wir haben vierzehn Brüder und Schwestern, die nicht Kinder meiner Mutter sind«, sagte ich.

Tychis zuckte nicht zusammen, sondern bewegte sich nur ein wenig, sodass er Beckram und mich gleichzeitig im Auge behalten konnte. Ich hatte halb erwartet, Tränen zu sehen, aber er war nur blass. Wahrscheinlich lernten Kinder, die auf der Straße überlebten, nicht zu weinen.

»Bis mein Vater starb, konnte ich nicht viel für meine Familie tun«, fuhr ich fort. »Bis dahin waren die meisten erwachsen.« Einen nach dem anderen nannte ich sie beim Namen und berichtete, was Hurog tat, um ihnen zu helfen. Den meisten hatte ich Geld gegeben, einigen Land, ich hatte für ihre Erziehung und für Mitgiften bezahlt, für ein Fischerboot, für Waffen und ein gutes Pferd.

»Von allen«, sagte ich, »bist du der Einzige, von dem ich weiß, der nicht in Hurog geboren wurde. Man hat dich dir selbst überlassen, und du musstest dich auf den Straßen von Estian durchkämpfen, bis der König dich auflas. Mein Vater schuldete dir mehr als das. In ein paar Jahren werden wir darüber reden, was du vom Leben erwartest. Aber eins solltest du jetzt schon wissen, Tychis. Solange ich in Hurog herrsche, wird keiner von meinem Blute je allein sein. Wenn du ein Mann bist, erwarte ich, dass auch du für deine Familie einstehst, wie Beckram es hier getan hat. Ciarra ist in ihrem Zimmer mit Axiel, der ein halb-zwergischer Prinz ist. Tatsächlich glaube ich, er ist ebenfalls ein Bastard. Wenn du dich gut benimmst, wird Ciarra ihn dazu bringen, dir Geschichten zu erzählen.«

Auf meine Geste schoss er an mir vorbei und die Treppe hinunter – Ciarra und Beckram teilten sich einen Raum auf der unteren Ebene von Hurog, der halb mit dem Getreide von der letzten Ernte gefüllt war. Wenn ich verheiratet wäre, würde ich auch einen Grund haben, eine Nische oder einen Schrank zu finden, die weitab von allen anderen lagen, statt zusammen mit einem Heer anderer Männer in einen Raum gestopft zu werden.

»Er glaubt dir nicht«, sagte Beckram, der Tychis hinterherschaute. »Er hat gewartet, bis wir das Zimmer verließen; dann erst sagte er mir, ich hätte ihn nicht verteidigen sollen, als der alte Farrawell ihn anfauchte, weil er die Besprechung störte. Er will nicht, dass ich seinetwegen Ärger bekomme.«

»Er wird es schon verstehen«, sagte ich. »Lass Ciarra ein bisschen Zeit, und bald wird er hier so arrogant umherstolzieren wie ein Adliger aus Avinhelle.«

Beckrams höfliche Miene wich einem Grinsen. »Sie hat diese Auswirkung auf Männer, nicht wahr?«

14 WARDWICK

Mein Vater sagte, wenn es den Oransteinern ebenso gut gefallen hätte, gegen den Hochkönig in die Schlacht zu ziehen, wie gegeneinander zu kämpfen, hätten sie die Rebellion gewonnen.

Sechs oransteinische Adlige hatten Alizon begleitet. Farrawell, den Mann, der Tychis angeraunzt hatte, kannte ich nur dem Ruf nach, nicht vom Sehen. Er war jedoch der Einzige aus der Gruppe, dem ich noch nicht begegnet war, also fiel es mir nicht schwer, ihn zu identifizieren.

Farrawell hatte sich nach der Rebellion gut geschlagen und nicht durch Diplomatie überlebt, wie viele der älteren oransteinischen Lords – zum Beispiel Haverness –, sondern weil er im Gefängnis gesessen hatte, als die Oransteiner sich ergeben mussten. Ich hatte gehört, dass er ein Mann von hitzigem Temperament und geringer Einsicht sei. Er hatte zu Haverness' Hundert gehört und wie Haverness den Sieg über die Vorsag als ein Zeichen betrachtet, auf seinem Besitz bleiben zu können – der nach allen Maßstäben gewaltig war.

Beckrams Freund Kirkovenal war ebenfalls anwesend, eine Generation jünger als die anderen Oransteiner. Er saß neben Garranon, der sein übliches ausdrucksloses Hofgesicht aufgesetzt hatte. Nur die Ringe unter seinen Augen erzählten noch von Jakovens Angriff.

Danerra, Levenstein, Revenell und Willettem hatten alle in der Rebellion und bei den Hundert gekämpft – was das Einzige war, was ich über sie wusste. Zwischen Willettem und Kirkovenal gab es einen leeren Stuhl, und Beckram ließ sich dort nieder. Ich lehnte mich gegen die Wand. Wenn ich mich jetzt hinsetzte, würde ich innerhalb von fünf Minuten einschlafen, es sei denn, jemand tat etwas Interessanteres, als zu reden.

Als ich Alizon am Hof kennengelernt hatte, war er berüchtigt für seine exotische Kleidung und sein gefärbtes Haar gewesen. Nun jedoch war sein Haar grau gesträhnt und kurz geschnitten, was keiner der herrschenden Moden entsprach. Wenn ich auf einem Marktplatz an ihm vorbeigegangen wäre, hätte ich ihn nicht erkannt.

Kellen und Rosem waren auffallend abwesend, aber mein Onkel saß rechts von Alizon und beobachtete die Gesichter im Raum genau. Tosten war ebenfalls nicht da.

Mein Onkel grüßte mich mit einem Blick und ergriff dann mit der Haltung eines Mannes, der sich zum zwanzigsten Mal wiederholt, das Wort.

»Ihr sagt, Ihr wollt Estian angreifen«, sprach er und schaute von einem Oransteiner zum anderen. »Aber das wäre zu diesem Zeitpunkt vollkommen verrückt.«

»Auf den Straßen von Estian zu kämpfen, wo jede Hand sich gegen uns wenden könnte, wird uns in der Tat zu viele Männer kosten«, stimmte Alizon zu. »Wir müssen unsere Ziele sorgfältig auswählen.«

»Wenn nicht Estian, wo sollen wir dann zuschlagen?«, fragte Kirkovenal. »Würden die Adligen aus Shavig nach Avinhelle marschieren? Dann könnten wir Tallven angreifen, während Jakoven seine Anstrengungen im Norden konzentriert.«

Garranon schüttelte den Kopf. »Verbessert mich bitte, wenn ich mich irren sollte, aber ich bezweifle, dass mehr als ein Zehntel des Adels von Oranstein bereit ist, ein Heer zu schicken, das in Tallven kämpft. So etwas würde uns gegenüber einem Angriff der Vorsag an unserer Südgrenze zu verwundbar machen.«

Revenell beugte sich vor und sagte: »Wenn wir unsere Streitkräfte aufteilen und das halbe Heer zurücklassen, um unsere Heimat zu schützen …«

Beckram schüttelte den Kopf »Jakoven hat bereits mehr Männer als wir. Wenn wir unsere Truppen auch noch aufteilen, wird er eine Schneise mitten durch die Heere von Oranstein schlagen, während die Shavig damit beschäftigt sind, gegen Avinhelle zu kämpfen – gegen ein Heer, das seine Heimat verteidigt und nicht nur einem Befehl folgt. Und wenn Oranstein erst niedergeschlagen wurde, wird der König umkehren und sich hinter Avinhelle stellen, und sie werden Shavig noch vor dem Frühling überrollen. Es gibt ein Bergvolk in Avinhelle, das ebenso gut weiß, wie man im Winter kämpft wie wir.«

Duraugh nickte. »Er hat recht.«

»Tallven besteht nur aus Grasland«, sagte Farrawell. Er war seltsam haarlos, wenn man von dem graurötlichen Schnurrbart auf seiner Oberlippe einmal absah. »Es gibt nur zwei oder drei nennenswerte Städte. Die Burgen können das Land nicht schützen, nur die Menschen. Es wäre leicht mit einem Heer zu überrennen. Deshalb haben sich die Tallvens ja so angestrengt, die anderen vier Königreiche zu übernehmen, damit sie Barrieren um ihre Getreidefelder haben.«

»Aber wir kämpfen nicht, um von Tallven unabhängig zu werden, meine Herren«, sagte Danerra, der aussah, als wäre er in einer Bibliothek mehr zu Hause als in einem Krieg – während der Rebellion hatten seine Leute ihn den Dachs genannt. Freundlich fuhr er fort: »Wir versuchen, Jakoven durch Kellen zu ersetzen und nicht, den wichtigsten Lebensmittellieferanten der Königreiche zu zerstören.«

»Ich sprach auch nicht davon, die Felder abzubrennen«, sagte Farrawell. »So etwas wäre dumm – zumindest bis zum Frühling.«

»Im Frühling wäre es genauso dumm«, warf Levenstern hitzig ein. »Kellen will seine Leute ernähren können, wenn wir fertig sind.«

Die Besprechung ging langsam in Chaos über. Hocker wurden beiseitegeschoben, Männer schrien aufeinander ein, während Alizon und mein Onkel versuchten, wieder ein wenig Ordnung zu schaffen. Nur Garranon schien gegen all das immun zu sein. Er schloss die Augen und lehnte den Kopf gegen die Steinwand.

Ich bewegte mich um den bis dahin noch ausschließlich verbalen Kampf herum bis zur Garranon und lehnte mich ebenfalls an. »Wo ist Kellen?«, fragte ich.

»Er hat aufgegeben und ihnen gesagt, sie sollten ihn wissen lassen, wenn sie einen Plan haben.«

»Was will er denn tun?«

Garranon schüttelte den Kopf. »Er wollte warten und sich mit allen Adligen aus Oranstein treffen, so, wie wir uns gerade mit Euren Leuten getroffen haben. Aber in Oranstein gibt es nichts, was Eurem Rat entspricht. Nicht mehr seit der Rebellion. Alizon hat eine ziemlich gute Vorstellung davon, wer gegen Jakoven ist, aber das Problem besteht darin, dass sich die meisten nicht dafür interessieren, Jakoven durch

Kellen zu ersetzen: Für sie ist ein Tallven so schlimm wie der andere.« Er hielt inne, als jemand Farrawell einen Schlag versetzte – ich wusste nicht, wer, weil ich Garranon angesehen hatte.

Garranon hob die Stimme und sagte scharf: »Es gibt Leute, die nicht wissen, gegen wen sie kämpfen sollen.« Aber die Streithammel achteten nicht auf ihn.

»Hat Haverness immer noch genügend Macht, um die wichtigsten Oransteiner in Callis zusammenzuholen?«, fragte ich und hielt ein wachsames Auge auf den eskalierenden Kampf.

Garranon schüttelte den Kopf. »Sicher hat er die Macht dazu – aber er ist der Anführer der Fraktion, die sich gegen einen Krieg mit Jakoven stellt.«

»Seid Ihr sicher?«, fragte ich. »Wo ist Tisala?«

Garranon zog überrascht die Brauen hoch und schüttelte den Kopf. »Das weiß ich nicht. Was hat Tisala damit zu tun?«

Die Tür zum Zimmer ging auf, und Kellen stand in der Tür, gerade, als Beckram und Kirkovenal Farrawell von Danerra wegzerrten.

»Nun«, sagte Kellen in eisigem Ton, »wenn wir genug davon haben, gegen meinen Bruder zu kämpfen, können wir uns immer noch gegenseitig umbringen.«

Verlegenes Schweigen senkte sich über den Raum, und mein Onkel half Danerra auf die Beine, während Beckram und Kirkovenal Farrawell vorsichtig losließen. Erst nachdem sich alle wieder hingesetzt hatten, trat Kellen in den Raum, begleitet von Rosem und Tisala.

»Wir werden Folgendes tun«, sagte Kellen. »Tisalas Vater, Haverness, wird ein Treffen der Oransteiner einberufen. Sie glaubt, er kann die meisten zu seiner Burg in Callis bringen, ohne Jakoven zu alarmieren, da die oransteinischen Adligen inzwischen sehr gut gelernt haben, die Spione meines Bruders abzuschütteln. Tisala sagt mir auch, dass Haverness Tauben hält. Sie glaubt, er kann sie innerhalb von zwei Wochen zusammenbringen.«

»Sie übertreibt die Wichtigkeit ihres Vaters«, sagte Farrawell. »Und überhaupt, warum sollten wir auf eine Frau hören?«

»Keine Ahnung«, sagte ich. Ich weiß nicht, was sie in meiner Stimme hörten, aber sie entfernten sich ein Stück von mir. »Vielleicht, weil sie weiß, wovon sie spricht – anders als die meisten anderen, die ich an diesem Nachmittag hörte.« Ich warf Farrawell einen Blick zu. »Und sie ist kompetent. Wenn sie Danerra geschlagen hätte, wäre er am Boden geblieben, bis er wieder aufwachte. Nur, dass sie ihn nicht geschlagen hätte – nicht, wenn es keinem anderen Zweck diente, als sich aufzuplustern, *meine Herren.*«

Farrawells Hand zuckte zu seiner Hüfte, wo sich normalerweise sein Schwert befunden hätte.

Kellen sah mich an. »Das genügt«, sagte er.

Ich verbeugte mich. »Wie Ihr wünscht, Sire.« Ich sah, wie Tisala hinter ihm die Augen verdrehte.

Kellen wandte sich wieder den anderen zu. »Tisala sagt, Haverness habe die radikaleren Adligen – Leute wie Euch – bisher gemieden, aber ich glaube, dass Alizon und seine Tochter ihn überreden können, uns zu helfen.«

Alizon nickte mit einem dünnen Lächeln. »Ich denke schon, dass der alte Fuchs uns bei Verhandlungen helfen wird.«

»Danke«, sagte Kellen.

»Ihr werdet die Unterstützung der Mehrheit nicht gewinnen, Sire«, sagte Kirkovenal ernst. »Den meisten Oransteinern wäre es lieber, wenn das gesamte Königshaus von Tallven vom Erdboden verschwände. Sie wollen nicht einfach einen anderen tallvenischen König.«

»Ich denke, daran kann ich einiges ändern«, sagte Kellen. »Dank meinem Bruder hier«, er nickte Alizon zu, »verstehe ich, was sie wollen. Ich kann zumindest einige davon überzeugen, dass sie besser dran wären, mir zu folgen, und jeder Mann in diesem Raum weiß, dass sogar tausend weitere Soldaten den Unterschied zwischen einer Niederlage und einem Sieg bedeuten könnten. Ich werde den Hurogmeten mitnehmen«, er deutete auf mich, »und das wird ebenfalls helfen.«

Farrawell riss den Mund auf. »*Der da* ist der Hurogmeten? Er ist zu jung, um der Riese von Shavig zu sein.«

Ich verbeugte mich vor den Versammelten. »Ihr wart alle beschäftigt, als ich hereinkam – erlaubt mir, mich vorzustellen. Ich bin Wardwick von Hurog.«

Danerra bedachte mich mit einem nachdenklichen Blick, dessen Echo ich in mehreren anderen Augenpaaren sah. »Das könnte tatsächlich funktionieren«, sagte er. »Ich hätte es nicht geglaubt, bis ich ihm begegnete – aber der Riese von Shavig ist in Oranstein ein Held.«

Garranon sah mich and und grinste plötzlich. »Wir Oransteiner sind ein musikalisches Volk«, erklärte er mir. »Es gibt zwanzig oder dreißig sehr beliebte Lieder über Haverness' Hundert – und in den meisten wird der Riese von Shavig gelobt, der einen Berg auf die Vorsag niederstürzen ließ. Und wie Danerra schon sagte, Ihr könntet genauso gut gleich *Held* auf der Stirn stehen haben.«

Ich konnte spüren, wie ich vor Verlegenheit rot anlief.

Kellen lächelte angespannt. »Er hat Charisma«, sagte er. Etwas an seinem Blick machte mich nervös.

»Aber wo sollen wir als Erstes angreifen?«, fragte Farrawell.

»Nirgendwo«, erwiderte Kellen. »Wenn Jakoven als Erster angreift, wird das einigen Adligen in Oranstein Angst einjagen. Sie wissen, dass Jakoven nur auf eine Ausrede gewartet hat, auch noch den letzten Rest ihrer Macht zu vernichten. Er hat eine Bande von landlosen Adelssöhnen aus Tallven um sich versammelt, die ihm im Austausch für eine Burg in Oranstein vollkommene Loyalität geschworen haben. Wir werden warten, und dann vernichten wir ihn.«

Mein Bruder komponierte gleich mehrere Lieder über den Riesen von Shavig, die er am Abend nach dem Essen sang. Ich drohte allen, die ihm von dem Namen der Oransteiner für mich erzählt hatten, mit sofortiger Enthauptung, aber keiner gestand. Es war vermutlich Beckram gewesen, aber vielleicht auch Kirkovenal, der offenbar gut mit meinem Bruder auskam.

Alizon blieb noch einen Tag, um die Pferde auszuruhen, dann brach er zusammen mit seinen oransteinischen Adligen wieder auf. Wir verließen Hurog zwölf Tage nach ihm – wir, das waren Kellen, Rosem, mein Onkel, Garranon, Oreg, Tisala, Tosten und Axiel als Steuermann. Beckram blieb in Hurog, um sich um die Burg zu kümmern.

»Wie viele wissen hiervon?«, fragte Kellen, als er sich auf dem sanft schaukelnden Floß anschnallte.

Ich zuckte die Achseln. »Ich habe keine Ahnung. Nicht viele.«

Es gab mehr Passagiere, als das Floß Sitze hatte; ich hatte vor, mir auf dem Boden einen Platz zu suchen und mich an den Riemen festzuhalten, die zu diesem Zweck am Floß befestigt waren. Tisala hatte einen Sitz am Heck gefunden, und ich war dorthin unterwegs, als Kellen, der vorn saß, meinen Arm berührte.

»Bleibt bitte hier bei mir«, sagte er. »Ich muss mit Euch reden.«

Also setzte sich mich zwischen Kellens Sitz und den, den Rosem eingenommen hatte.

Kellen deutete auf den Tunnel, durch den wir fahren würden. »Selbst ein einziger Mensch, der davon weiß, ist zu viel.« Er hatte leise gesprochen, aber nicht so leise, dass Axiel es nicht hörte.

»Nur Zwerge können auf diesen Wassern Flöße benutzen. Noch ein paar Wochen, dann werden die Zauber fertig sein, und nur ein Mann von Zwergenblut, der das Zeichen des Königs trägt, wird die Schutzzauber durchdringen und andere hierher bringen können. Dann wird es gleich sein, wer es weiß«, sagte Axiel.

Ich sah ihn an und zog die Brauen hoch.

»Was glaubst du, wieso der Rat dich zugelassen hat?«, fragte er und überzeugte sich, dass Rosem und Kellen richtig angeschnallt waren. »Sie wussten, dass sie die Möglichkeit hätten zu kontrollieren, wozu du unsere Wege verwendest.«

»Du meinst, du wirst es kontrollieren«, sagte ich.

Axiel lächelte träge. »Ja, aber sie glauben, dass das das Gleiche ist.«

»Was bedeutet, dass es sich nicht so verhält?«, fragte Kellen.

Axiel grinste Kellen vergnügt an. »Es bedeutet, dass ich Ward ein wenig mehr vertraue, als es der Rat meines Vaters tut.« Er ging an mir vorbei, um die nächsten Sitze zu überprüfen.

»Ward«, sagte Kellen mit angenehm lässiger Stimme, die nicht weiter als bis zu Rosem neben mir drang. »Eure Shavigleute haben klargemacht, dass sie Euch folgen, nicht mir. Ihr habt die Zwerge und die Drachen als Verbündete. Und

Ihr habt das Auge von Haverness' Tochter. Der alte Fuchs würde ganz Callis für seine Tochter geben, wenn er könnte. Warum nehmt Ihr Euch den Thron meines Bruders nicht selbst?«

Ich hätte mich beinahe verschluckt. »Verzeiht mir, wenn ich das sage, aber die Götter mögen mich vor einem solchen Schicksal bewahren! Außer vielleicht vor der Sache mit Tisala.« Der Gedanke daran, verantwortlich für alle Fünf Königreiche zu sein, ließ mich erblassen. »Es genügt, dass ich mich um meine eigenen Leute sorgen muss, nicht zu reden von Euren. Nein, vielen Dank.«

Er verlagerte das Gewicht. »Ich fürchte, ich werde einen besseren Grund von Euch brauchen, Ward.«

»Also gut«, sagte ich. »Die Königreiche von Tallven, Avinhelle und Seefurt werden sich niemals einen Hochkönig aus Shavig bieten lassen. Ebenso wenig wie Oranstein – sie halten uns für Barbaren.«

In diesen Worten lagen Wahrheit und Sicherheit. Wäre ich an Kellens Stelle gewesen, dann hätte ich mir einen anderen gesucht, dem ich die Fünf Königreiche zuwerfen könnte, und ich war froh, dass ich nicht taugte.

»Warum sollte Shavig dann nicht unter Euch unabhängig werden?«, fragte er. »Das könntet Ihr als Preis für Eure Unterstützung verlangen.«

Ich schüttelte den Kopf und lehnte mich entspannt an Rosems Sitz, als wäre mir nicht aufgefallen, dass er die Hand am Messer hielt. Rosem machte sich Sorgen, dass ich mich aufregen könnte, denn Kellen bezichtigte mich beinahe des Verrats. Aber ich hatte dieses Gespräch schon seit dem Abend erwartet, als der Rat zugestimmt hatte, Kellen zu folgen.

Denn an diesem Abend hatte ich herausgefunden, dass mein Onkel recht hatte. Ich verfügte tatsächlich über Macht.

»Shavig könnte allein nicht überleben«, erklärte ich. »Der Grund für die Vereinigung der Fünf Königreiche bestand darin, dass sie vereint stärker sind als je zuvor. Gemeinsam können wir durch frühe Winter im Norden kommen, indem Getreide aus Tallven und Vieh aus Avinhelle nach Shavig geschickt werden. Wir nehmen Fisch aus Seefurt und Reis aus Oranstein, um zu helfen, wenn die Ernten in Tallven und Avinhelle schlecht ausfallen. Oranstein-Erz, gemischt mit Eisen aus Shavig, ergibt guten Stahl für Schwerter. Unsere Weber verwenden Wolle und Flachs aus Avinhelle für ihr Tuch. Gemeinsam können unsere Heere Eroberer aus Übersee oder die Vorsag im Süden vertreiben. Allein ist Shavig nichts weiter als reiche Beute für Überfälle.«

»Das klingt alles sehr nett«, sagte Kellen und deutete damit an, dass er genau das Gegenteil meinte. »Ihr habt also keine Absichten auf den Thron, und Shavig will keine Unabhängigkeit. Warum habt Ihr dann den Drachen geholt? Nachdem er sich gezeigt hatte, wusstet Ihr, dass sie keinem anderen als Euch folgen würden.«

Meine Geduld für dieses Verhör ließ rasch nach. Er war an jenem Abend selbst in der Halle gewesen und wusste sehr genau, warum Oreg gekommen war.

»Wenn der Drache sich nicht gezeigt hätte«, erwiderte ich kühl, »wäre Orvidin gegangen und hätte den größten Teil des Rats mitgenommen. Es ist zu lange her, seit große Magie in unserem Land gewirkt wurde, als dass die Menschen es einfach glauben würden. Sie mussten eine Legende sehen, um an eine andere glauben zu können.«

Inzwischen war ich ernsthaft zornig. Mich nach meinen Motiven zu befragen, war in Ordnung, aber diese letzte Frage machte klar, dass er meine Antworten nicht geglaubt hatte. Ich schaute über die Schulter und sah, dass Axiel sich gerade hinsetzte.

»Wenn Ihr mich jetzt entschuldigen würdet«, sagte ich, »ich muss mich um eine Dame kümmern.« Ich stand auf, verbeugte mich, als wären wir bei Hof, und ging zum Heck, um mich auf die Bretter neben Tisala zu setzen.

Ich hatte mich nicht sonderlich angestrengt, um leise zu sein, und Tosten hatte wohl etwas von unserem Gespräch mitgehört, denn er tätschelte mein Bein, als ich über ihn hinwegkletterte, wo er auf dem Boden zwischen Garranons und Oregs Plätzen saß.

»Halte dich gut fest«, sagte ich zu Tisala, als ich mich neben sie setzte. »Das hier wird eine wilde Fahrt.«

Als wir in einer Höhle anhielten, wo seltsame Steinkristallformationen von der Decke hingen und sich wie Vorhänge über den dunklen Stein am Ufer zogen, beugte sich Kellen mit einem überraschten Ausruf über die Schönheit dieser Höhle vor.

Tisala wartete, bis das folgende Gespräch unsere Stimmen übertönte, berührte dann meinen Kopf leicht mit der Hand und sagte leise: »Ärgere dich nicht über seine Fragen. Es liegt nur daran, dass er so oft schon verraten wurde. Also hinterfragt er jeden.«

Ich zog die Brauen hoch. »Du hast es gehört?«

Zu meiner Überraschung errötete sie wie ein viel jüngeres Mädchen. Ich verlagerte mein Gewicht, damit ich sie besser sehen konnte, und wandte Oreg den Rücken zu, während ich versuchte, mich zu erinnern, was wir gesagt hatten, das sie zum Erröten veranlassen würde.

Als es mir einfiel, hätte ich es beinahe auf sich beruhen lassen, aber etwas sagte mir, dass es an der Zeit war, meine Werbung ein wenig voranzutreiben – vielleicht, weil sie Kellens Behauptung, dass sie sich für mich interessierte, nicht abstritt.

Während sie blicklos zu der Kristallhöhle hinausstarrte, sagte ich also: »Mit einer Sache hatte er jedoch tatsächlich recht. Ich hätte nichts dagegen, mein Haus mit dem deines Vaters zu verbinden.«

Unterschiedliche Gefühle jagten einander auf ihrer Miene, bevor sie alles mit einer höflichen Maske verdeckte. Als sie schließlich sprach, tat sie es wie jemand, der eine auswendig gelernte Rede wiederholt: »Das schmeichelt mir, Ward. Aber du musst eine jüngere Frau nehmen, ein Mädchen aus Shavig, das sich um deine Burg kümmert …«

»Bah«, unterbrach ich sie mit unhöflicher Verachtung, die ich nicht wirklich verspürte. Dass sie sich genug Gedanken gemacht hatte, um eine solche Ansprache auswendig zu lernen, war doch sicher etwas Gutes. Wenn Tisala sich wirklich gegen unerwünschte Schmeicheleien wehren wollte, hätte sie das erheblich besser gemacht. »Hast du ein Problem damit, wie mein Heim verwaltet wird? Ich halte es nicht für notwendig, mir eine Frau zu suchen, damit sie alles dort noch besser macht. Das Essen ist genießbar, und die Burg ist einigermaßen sauber. Ich brauche keine zarte Blüte. Mein Vater hat eine von denen geheiratet, und als ihre Kinder ihren Schutz brauchten, hat sie sich ihrem Traumkraut und ihrem Schlafpulver zugewandt, um sich vor ihren Pflichten zu verstecken.«

Plötzlich und unerwartet stand mir vor Augen, wie mein Vater mich zum ersten Mal blutig geschlagen hatte. Ich wusste nicht mehr, wieso er mich so fest geschlagen hatte, ich erinnerte mich nur daran, das Blut an meiner Hand angestarrt und erkannt zu haben, dass es von meinem eigenen Ohr stammte. Meine Mutter hatte das Blut ebenfalls angestarrt, und dann war sie aus der Halle gerannt – weg von mir. Diese Vision war der Grund, dass ich jetzt meinen Schwur, geduldig zu sein, vergaß, und mit plötzlicher Leidenschaft weitersprach. »Ich brauche kein hübsches Mädchen, Tisala, ich brauche eine Gefährtin, die ihre Kinder ebenso mit ihrem Schwert wie mit dem Versand schützen kann. Eine, die nicht zulassen wird, dass ihre Tochter in Schrecken lebt, weil sie nicht einmal schreien kann, wenn man sie angreift, oder die erlaubt, dass ihr Sohn immer wieder erniedrigt wird, bis er glaubt, der einzige Ausweg bestünde darin, sich die Pulsadern aufzuschneiden und damit seine Gelegenheit zu versäumen, in der Nachwelt für Siphern zu kämpfen. Und wenn der Mistkerl, den sie geheiratet hat, seinen Sohn mit der flachen Seite des Schwerts schlägt, brauche ich eine Frau, die ihm Arme und Beine ausreißt, damit er es nie wieder tun kann.«

Als die Intensität des Augenblicks nachließ, fühlte ich mich wie nach einem plötzlichen Sturz von einem Baum: außer Atem, erschrocken und schrecklich bewusst, dass das Gemurmel der anderen Gespräche aufgehört hatte und alle mich anstarrten. Hastig setzte ich mich wieder und starrte das dunkle Wasser an, das sanft gegen die Kante des Floßes schwappte. »Wie alt warst du?«, fragte Tisala mit belegter Stimme.

»Acht«, antwortete Oreg, als ich nicht antwortete. »Zumindest glaube ich, dass das das erste Mal war. Danach wurde es erheblich heftiger.« Seine leise Stimme klang sehr laut in meinen Ohren.

»Ich wusste nicht, dass es so schlimm war«, sagte mein Onkel neben mir.

»Tut mir leid«, murmelte ich verlegen. Dann wurde mir klar, dass ich nicht der Einzige war, den ich so entblößt hatte. »Entschuldige, Tosten.« Er mochte es nicht, wenn jemand über seinen Selbstmordversuch vor vielen Jahren sprach.

»Wenn sie dich gehen lässt«, wich er einer direkten Antwort aus, »dann muss sie verrückt sein.«

Ich spürte, wie Tisalas Finger einen Augenblick liebevoll über meine Schulter strichen, dann beugte sie sich näher und flüsterte: »Vielleicht brauchst du mich wirklich so sehr, wie ich dich brauche.«

Ich nahm ihre schwielige, verunstaltete Hand in meine freie, und mein Blick begegnete Kellens nachdenklichen Augen, als Axiel mir so etwas wie einen Aufschub verschaffte, indem er einen weiteren Abschnitt der wilden Fahrt durch die Gänge begann.

Am Kai in der unterirdischen Höhle begannen bei unserer Ankunft die Lichter zu glühen, aber es war niemand da, um uns zu begrüßen.

»Vielleicht konnte Alizon niemanden informieren, auf welche Weise wir eintreffen«, murmelte mein Onkel, als er Axiel half, das Boot zu vertäuen.

»Mein Vater hätte es doch sicher vermutet«, sagte Tisala besorgt und stieg vom Floß auf das uralte Steindock. »Selbst wenn er nicht vorhätte, Euch zu unterstützen, Sire, hätte er eine Ehrenwache hier gelassen, um Euch zu begrüßen.«

Oreg stand zerstreut auf dem Floß, und ich streckte die Hand aus, um ihn festzuhalten, als eine Welle ihn aus dem Gleichgewicht brachte. Er wandte sich mir nicht zu, sondern starrte nur weiter ins Leere.

»Hast du das auch gespürt?«, fragte er mich.

Selbstverständlich spürte ich es, nachdem er mich darauf aufmerksam gemacht hatte. Es war nur ein Überrest, wie

Rauch nach einem Feuer, aber der Geruch nach großer Magie hing in der Luft.

»Ist es der Fluch?«, fragte ich, obwohl ich den gleichen Geschmack von Magie wahrnahm wie in Jakovens Asyl. Erwartung ließ mir plötzlich hundert schreckliche Dinge einfallen, die bewirkt haben könnten, dass Haverness seine Männer an seiner Seite brauchte.

Oreg nickte. »Aber was hat er mit ihm gemacht?«

»Ward?«, fragte Kellen.

»Jakoven hat den Fluch benutzt«, sagte ich.

»Ich erinnere mich, dass der Geschmack noch jahrhundertelang erhalten blieb, nachdem Farson den Fluch losgelassen hatte«, sagte Oreg verträumt, als ich ihm auf den Kai half. »Es lässt sich nicht sagen, wie lange es her ist, dass die Magie benutzt wurde.«

»Oreg«, sagte ich scharf, und er konzentrierte sich wieder auf mein Gesicht.

»Oreg ist gegangen, kurz bevor der Drache erschien«, sagte Garranon plötzlich. »Ich fragte mich, wo er hinwollte. Ist Oreg Euer Drache, Ward?«

Ich sah mich um und erkannte, dass er der Einzige war, der nicht wusste, was Oreg war. Zu viele hatten es schon gesehen oder erraten, aber ich konnte nichts dagegen tun.

»Ein Drache und mein Freund, mein Bruder«, sagte ich. »Aber niemals *mein* Drache.«

Garranon lachte. »Kein Wunder, dass Ihr mir so schnell entflohen seid, als ich versuchte, Euch nach dem Tod Eures Vaters in Hurog festzuhalten.«

»Tatsächlich brauchte es Oreg *und* Axiel«, erklärte ich, und Oreg sagte gleichzeitig: »Das hat er alleine getan.«

Tisalas nervöser Blick zu dem offenen Metalltor, das von der Anlegestelle zu den Steinstufen hin zum eigentlichen

Callis führte, erinnerte mich, dass im Augenblick andere Dinge wichtiger waren.

»Wir sollten die Vergangenheit lieber lassen, wo sie hingehört, und herausfinden, was Haverness so sehr beunruhigt hat, dass er vergisst, Reisende aus königlichen Familien zu begrüßen«, sagte ich, aber wie auf mein Stichwort hin kamen Haverness und ein nach Atem ringender Soldat durch den Eingang.

»Lord Kellen«, sagte er höflich. »Willkommen in Callis. Ihr müsst Rosem sein – seid ebenfalls willkommen. Und Ihr ebenfalls, Lord Duraugh. Garranon, es ist schön Euch wiederzusehen, alter Freund. Und Euch, Lord Wardwick, Lord Tosten und Oreg.« Ich fand beeindruckend, dass er sich nach vier Jahren immer noch an Oregs Namen erinnerte. »Es tut mir leid, dass ich so spät komme, meine Herren – aber Ihr seid gleichzeitig mit einer Gruppe anderer Gäste eingetroffen, und ich brauchte einen Moment, um mich entziehen zu können, als meine Wachen mir sagten, dass Ihr da seid.«

Dann wandte er sich seiner Tochter zu. »Alizon sagte mir, du und der junge Hurogmeten hättet beschlossen, unsere sorgfältigen Pläne zu beschleunigen.«

Sie griff nach seinen Händen und hielt sie einen Moment fest. »Vater, es ist schön, dich zu sehen.« Dann trat sie einen Schritt zurück und erklärte förmlich: »Die Situation selbst ist eskaliert. Wie Alizon Euch zweifellos berichtet hat.«

»In der Tat«, sagte er mit einem nachdenklichen Blick zu Kellen. »Aber nun kommt und gestattet mir, Euch meine Gastfreundschaft anzubieten. Heute Abend werden wir noch Zeit genug für Politik haben«

Als wir nach oben gingen, bemerkte ich, dass die Steine am Zwergenweg hier in Callis rauer behauen waren als die in Hurog. Bedeutete das, dass die Gänge in Hurog älter waren?

Callis war größer und luxuriöser als Hurog. Kellen und Rosem erhielten selbstverständlich eine große Zimmerflucht nahe den Familiengemächern, aber selbst ich bekam ein Zimmer für mich, auch wenn es klein und karg war. Mit einem ironischen Grinsen erkannte ich, dass ich keinen Raum für mich mehr gehabt hatte, seit ich im Asyl des Königs gewesen war. Zu dem Raum gehörte auch eine kalte Mahlzeit auf einem niedrigen Tisch – dem einzigen anderen Möbelstück außer dem Bett.

Ich aß, ging im Zimmer auf und ab und begann, über seine Ausmaße nachzudenken. Wenn wir einen kleinen Anbau an der Südseite von Hurog vornahmen, würden wir sechs weitere Räume für Gäste erhalten. Sie würden sie sich immer noch teilen müssen, wenn der gesamte Rat anwesend war, aber jede kleine Gruppe von Adligen …

»Wenn du eine zusätzliche Tür an der Seite der großen Halle anbringst, könntest du ein paar von diesen an die Südseite anbauen, ohne die Sicherheit des Bergfrieds zu verringern«, sagte Oreg, der in der Tür stand und an einem Apfel kaute.

»Kannst du jetzt auch Gedanken lesen?«, fragte ich und leckte mir das Fett von den Fingern. »Ich dachte, du hättest gesagt, dass das nicht zu deinen Talenten zählt.«

Er grinste. »Ich sah, wie du mit Schritten Maß nahmst. Das machte deine Gedanken ziemlich deutlich. Ich bin gekommen, um dir zu deiner erfolgreichen Werbung um die Kriegermaid zu gratulieren.«

Ich lachte. »Erfolgreich? Vor allem ist es mir gelungen, mich zum Narren zu machen.«

Er lächelte wie eine Katze und schüttelte den Kopf. »Da bin ich anderer Meinung. Du hast Tisala überzeugt, dass du weißt, was du willst und was du brauchst – und dass sie es ist und keine andere.«

»Glaubst du?« Ich war immer noch skeptisch. »Ich war eher der Meinung, dass ich mich anhörte wie ein Held aus einer jämmerlich traurigen Geschichte, der in der letzten Strophe stirbt, und alle haben ein schlechtes Gewissen, weil sie ihn nicht besser behandelt haben.«

»Glaub mir«, erwiderte Oreg unbeschwert. »Es war kein Mitleid, das in ihren Augen stand, sondern Erkenntnis.«

Ich starrte ihn an und bemerkte, dass er es ernst meinte.

»Wenn das so ist«, erwiderte ich langsam, »dann macht es mir nichts aus, mich vor allen blamiert zu haben. Ich würde erheblich mehr ertragen als ein wenig Demütigung, um Tisala für mich zu gewinnen.«

Durch das Pfeilschlitz-Fenster an der Seite des Raums hörte ich Lärm draußen. Wahrscheinlich waren weitere Gäste eingetroffen, die Alizon und Haverness nach Callis gerufen hatten. Ich ging zur Tür.

Dann erlebte ich einen Augenblick der Unsicherheit, denn als ich im Flur stand, wurde mir klar, dass ich nicht wusste, in welche Richtung ich gehen sollte.

»Wie kommen wir zur großen Halle?«, fragte ich Oreg.

»Ich habe nicht die geringste Ahnung«, antwortete er grinsend.

Also wandte ich mich nach rechts und erforschte, gefolgt von dem wenig hilfreichen Oreg, die Abzweigungen und Windungen, bis ich einen Bereich fand, der mir bekannt vorkam. Wahrscheinlich gab es kürzere Wege von meinem Raum hierher, aber immerhin schafften wir es zur großen Halle, bevor die neuen Gäste willkommen geheißen wurden.

Haverness saß bereits im Raum, an der Feuerstelle, wo man ein paar Sessel und Bänke aufgestellt hatte, um einen Bereich für Gespräche zu schaffen. Er schüttelte den Kopf, als Alizon sich vorbeugte und mit ernster Miene auf ihn einredete. Garranon hatte sich an die Wand gelehnt und hörte mit ausdruckslosem Blick zu.

Mein Onkel saß zurückgelehnt auf einem Holzstuhl, die Ellbogen auf die Armlehnen gestützt, die Hände nachdenklich unter dem Kinn gefaltet. Ich kannte diese Pose und fragte mich, wann sein erster Angriff in dieser Gesprächsschlacht erfolgen würde. Axiel hatte allen den Rücken zugekehrt und sah zu, wie das Feuer tanzte. Tosten saß ein wenig entfernt mit seiner zerschlagenen Harfe und spielte, damit das Gespräch nicht belauscht werden konnte. Ich hatte ihn schon zuvor auf diese Weise eingesetzt – warum sollten wir es den Spionen des Königs, die es zweifellos in Callis ebenso gab wie in Hurog, so einfach machen?

Tisala saß auf dem mit Stein gefliesten Boden, die Schulter an Haverness' Knie gelehnt. Ich begegnete ihrem stetigen Blick und bemerkte etwas, das mich denken ließ, dass Oreg vielleicht wirklich recht hatte. Weder sie noch ich lächelten, aber die Verbindung zwischen uns war deutlich zu spüren. Mein Herz begann einen jubilierenden Rhythmus, als ich erkannte, dass es keine Frage mehr war, *ob* sie zustimmen würde, mich zu heiraten, sondern *wann.*

»Mache ich denn wirklich einen so dummen Eindruck?«, fragte Haverness leise zur Antwort auf eine Aussage von Alizon, die mir wegen des Blickwechsels mit Tisala entgangen war. »Wir wissen beide, dass die Geschichten aus dem Kaiserreich gewaltig übertrieben sind. Ihr habt gehört, was die Bänkelsänger aus den Schlachten der Rebellion gemacht haben, und die liegen gerade erst zwei Jahrzehnte zurück. Falls dieser Fluch jemals existierte, was ich bezweifle, war er wahrscheinlich nicht mächtiger als das, was unsere Zauberer heutzutage heraufbeschworen können.«

»Wenn *ich* meine Burg mit meiner Magie zum Einsturz bringen konnte«, sagte ich freundlich, »warum sollen die Alten kein Werkzeug hergestellt haben, welches das Gleiche leisten könnte?«

Haverness verdrehte die Augen, was mich intensiv an seine Tochter erinnerte. »Ich versuche nur, diesen alten Narren zu überzeugen, dass er den Fluch den Leuten gegenüber, die herkommen werden, lieber nicht erwähnen sollte. Sagt ihnen, Jakoven sei ein Magier, wenn das denn stimmt – und meine Tochter bestätigt es mir. Aber wenn Ihr ihnen sagt, dass er über Farsons Fluch verfügt, werdet Ihr sie verlieren.«

»Er hat den Fluch«, sagte Oreg leise. »Etwas anderes zu behaupten, ist eine gefährliche Lüge. Sie müssen wissen, worauf sie sich einlassen.«

Haverness schüttelte den Kopf. »Gestern, nachdem Alizon mir die Geschichte erzählte, die ihr zusammengesponnen habt, habe ich meinen eigenen Zauberer gefragt. Wenn nicht einmal er es glaubt, wie soll ich dann meine Oransteiner überzeugen?«

»Oransteiner glauben an Magie«, erwiderte Oreg. »Sie beten Meron die Heilerin an, die Opfer magischer Art erbittet.«

»Die Bauern beten die Göttin an«, verbesserte Duraugh ihn sanft. »Haverness hat recht. Es war schon schwierig genug, unsere Shavigleute zu überzeugen, dass es diesen Fluch gibt.«

»Ich hörte bereits von dem Drachen, der praktischerweise zum richtigen Zeitpunkt erschien, und von Eurem wandelnden Toten«, sagte Haverness trocken.

»Er lebte noch«, meldete sich Garranon zu Wort. »Er war ein guter Mann, der wegen meiner Nachlässigkeit schrecklich gelitten hat und gestorben ist.«

»Er starb wegen Jakoven«, verbesserte mein Onkel ihn. »Das solltet Ihr niemals vergessen, Garranon.«

»Ich muss mich entschuldigen«, sagte Haverness. »Ich wusste nur, was Alizon mir erzählt hat; mir war nicht klar, dass Ihr den Mann kanntet. Ich hätte nicht so leichtfertig davon gesprochen, wenn ich gewusst hätte, dass es mehr war als eine Illusion, so wie der Drache.«

»Oh, der Drache ist ziemlich echt, Vater«, sagte Tisala, ohne Oreg anzuschauen. »Genau wie der Fluch.«

»Hast du ihn gesehen?«, fragte Haverness. »Zweifelt irgendwer von Euch daran, dass Farsons Fluch eine geniale Idee wäre, wenn Jakoven ein magisches Artefakt aus alten Zeiten fälschen wollte?«

»Der Fluch ist echt«, sagte ich. »Ich habe ihn gesehen und seine Macht gespürt. Und nur ein Narr würde versuchen, eine Kopie davon zu schaffen, um andere zu beeindrucken. Zu viele würden sich weigern, einem Mann zu dienen, der so etwas benutzt, es sei denn, sie wären überzeugt von seiner Macht und hätten Angst davor.«

»Werdet Ihr jetzt einen Drachen herbeirufen, um die Männer davon zu überzeugen?«, fragte Haverness ungeduldig.

»Wenn es sein muss …«, begann Duraugh, als eine Wache die Türen der Halle öffnete und Licht, frische Luft und eine erschöpfte Frau mit einem Kleinkind auf der Hüfte hereinließ. Ihr folgte eine Handvoll leicht bewaffneter Wachen, die ebenso erschüttert wirkten wie sie.

Garranons lässige Pose verschwand, und er sprang auf und eilte auf die Dame zu, die zögernd stehen geblieben war, damit sich ihre Augen an das trübe Licht anpassten.

»Allysaian von Buril«, verkündete die Wache zur gleichen Zeit, als Garranon »Lys!« rief.

Ich verglich das Bild, das ich von Garranons Gemahlin im Kopf hatte, mit dieser Frau, deren blasses und unansehnliches Gesicht von Anspannung gezeichnet war. Ich erkannte sie nicht wieder, aber ich hatte sie auch nur zweimal gesehen, und beide Male hatten andere Dinge meine Aufmerksamkeit verlangt.

»Garranon«, sagte sie mit solcher Erleichterung, dass ich wusste, nur etwas wirklich sehr, sehr Schlimmes hatte sie hierher bringen können. Etwas, wie ich fürchtete, das mit Farsons Fluch und dem Überrest an Magie zu tun hatte, den ich immer noch in der Luft schmecken konnte.

Als Garranon sie erreichte, brach sie in seinen Armen zusammen.

Die Mienen ihrer Wachen waren nicht weniger erleichtert als die der Frau. Garranons Männer hatten erstaunlich großes Vertrauen zu ihm, wenn man bedachte, wie wenig Zeit er auf seinem Besitz hatte verbringen können.

Haverness setzte dazu an aufzustehen, hielt aber abrupt inne. »Warten wir ein wenig«, sagte er. »Wir werden nicht viel erfahren können, solange sie sich nicht beruhigt. Ich hoffe, sie ist nicht irgendwelchen Banditen begegnet, nachdem sie Buril verlassen hatte. Ich dachte, wir wären die meisten auf der Straße zwischen hier und Garranons Besitz losgeworden.«

Garranon erstarrte, als der Bewaffnete leise auf ihn einredete. Was er sagte, war über Tostens leise Musik hinweg nicht zu vernehmen.

Garranon beugte sich vor, sagte etwas zu seiner Frau und nahm das schlafende Kind aus ihren Armen. Sie nickte und wischte sich die Augen. Dann nahm sie seinen Arm, und sie kamen auf uns zu.

»Meine Herren«, begann Garranon, sein Gesicht eine ausdruckslose Maske, die ich vom Hof her kannte. »Jakoven hat den Fluch erfolgreich getestet – ich glaube, nun werden wir keine Drachen und keine wandelnden Toten mehr brauchen, um die anderen Oransteiner zu überzeugen, dass es eine Gefahr gibt, gegen die wir uns alle wenden müssen.«

»Was ist passiert?«, fragte Haverness.

»Gestern Nachmittag«, sagte Garranon, »nahm meine Frau meinen Sohn und eine Handvoll Wachen mit, um sich ein paar abgelegene Bauernhöfe anzusehen. Als sie zur Burg zurückkehrten, waren dort alle tot.«

»Alle Bewaffneten auf der Mauer, alle Diener in der Halle, alle Pferde im Stall«, sagte Allysaian mit leiser, tonloser Stimme. Ich sah, wie ihre Knöchel an Garranons Arm weiß wurden. »Selbst die Pflanzen waren verwelkt und gestorben.«

Alizon warf Haverness einen Blick zu, der ungläubig den Kopf schüttelte, wenn auch seine Miene zeigte, dass er noch während dieses Kopfschüttelns seine Meinung änderte.

»Ihr Götter«, murmelte Duraugh. »Es tut mir so leid, Garranon.«

»Wie viel Blut hat er noch? Könnte er aus all diesen Toden Macht erlangen?«, fragte ich Oreg leise.

»Ich weiß es nicht«, erwiderte er, die Arme um den Oberkörper geschlungen, als hätte man ihm einen Schlag versetzt. Ich fragte mich, was ich jetzt empfinden würde, wenn ich bereits einmal Zeuge geworden wäre, wie der Fluch die Zivilisation zerstört hatte. »Ich weiß nicht, wie viel es braucht, um den Stein zu benutzen. Ich würde annehmen, dass er mehr benötigt, weil das Blut unrein ist. Aber vielleicht hat er einen anderen mit Hurog-Blut gefunden, den er benutzen kann. Und was deine andere Frage angeht, er kann dem Stein nicht mit Todesmagie mehr Macht verleihen, sich selbst jedoch schon. Ich bezweifle das allerdings in diesem Fall, weil so etwas für gewöhnlich eine Zeremonie braucht – und die Leichen. Es hätte Tage gedauert, nicht Stunden.«

Garranon wandte sich Oreg zu, denn er hatte offenbar seine Antworten gehört. Die Augen in seinem bleichen Gesicht waren wild vor Zorn. »Wie nahe müsste er sein, um so etwas zu tun?«

Oreg schüttelte den Kopf. »Es tut mir leid, aber das weiß ich nicht. Ich war in Hurog, als die Welt unterging, aber ich war jung und … es war keine angenehme Zeit. Meine Erinnerungen an den Sturz des Kaiserreichs sind nicht vollständig.«

Alizon und Haverness starrten Oreg an.

»Bei diesem Tempo wird es bald keine Seele in den Fünf Königreichen mehr geben, die Hurogs Geheimnisse nicht kennt, Oreg«, sagte ich gereizt.

Er sah mich an, den Blick in der Vergangenheit gefangen, und sagte mit dieser trostlosen Stimme, von der ich gehofft hatte, dass ich sie niemals wieder von ihm hören würde: »Es tut mir leid.«

Ich schüttelte den Kopf. »Es macht nichts, Oreg. Es ist dein Geheimnis, das du wahren kannst oder auch nicht, ganz wie du willst.« Ich warf Alizon einen Blick zu. »Das meinte ich ernst. Ihr werdet *ihn* danach fragen müssen – später.«

Garranon fuhr abrupt zu Alizon herum. »Das gibt Euch den Anlass, den Ihr brauchtet, um Oranstein hinter Kellen zu vereinen. Ich hoffe nur, dass der Tod meiner Leute Jakovens Vernichtung erkaufen wird.«

»Kellen wird dafür sorgen«, versprach Alizon.

Während des gesamten Austauschs hatte Allysaian neben Garranon gestanden, die Arme um ihren Oberköper geschlungen, und leise etwas vor sich hin gemurmelt. Als Garranon nun den freien Arm um sie legte und sie an uns vorbeiführte, um sie auf sein Zimmer zu bringen, hörte ich, was sie sagte.

»Die Kinder, die Kinder … Ihr Götter, so viele Kinder sind tot!«

Galle stieg mir in die Kehle.

»Entschuldigt«, sagte ich. »Ich fühle mich nicht gut.« Ich drehte mich um und verließ die Halle hinter Garranon.

15 WARDWICK

Mein Vater lehrte mich, dass Rache sinnlos ist. Es zählt nur, seine Feinde zu überleben.

Unbemerkt folgte ich Garranon durch den Irrgarten von Fluren, die zu den Gästezimmern führten. Anders als ich hatte er kein Problem, den Weg zu dem Raum zu finden, den man ihm zugewiesen hatte, drei Türen von meinem entfernt.

Ich ging in mein Zimmer und schloss die Tür hinter mir. Kälte kroch über meinen Rücken und verschwand nicht wieder. Nicht wegen des Schicksals von Buril, obwohl das zweifellos dazu beigetragen hatte. Und nicht aus Angst wegen dem, was ich plante, obwohl schon der Gedanke daran mich zu Tode erschreckte.

Ich hatte nachgedacht, während die anderen sich drunten in der Halle unterhielten.

Jakovens erste Angriffe hatten Garranon gegolten. Der König hatte Rache gesucht, dachte ich, weil Garranon ihn schließlich doch verlassen hatte. Aber diese Angriffe waren Experimente gewesen. Jakoven würde nicht seinen letzten Tropfen von Tychis' Blut auf Experimente verschwenden, also nahm ich an, das er zumindest noch genug hatte, um ein weiteres Mal zuzuschlagen – und diesmal würde es ein richtiger Angriff sein. Nur wenn eine Waffe wirklich erprobt war, sagte meine Tante, sollte man sie im Kampf benutzen.

Mein Vater hatte Jakoven wegen seiner Fähigkeiten als Stratege geachtet. Und gute Strategie würde verlangen, dass Jakoven als Nächstes Hurog angriff. Der König würde ebenso wie mein Onkel die Macht erkennen, die Hurog über den Rest von Shavig hatte. Wenn er Hurog auf der Stelle angriff, noch bevor wir etwas unternehmen konnten, würde Shavig keine vereinte Front mehr gegen ihn bilden. Und all die Menschen in Hurog, die Drachenblut hatten, machten es zu einem noch einladenderen Ziel. Außerdem würde er inzwischen wissen, dass wir Kellen dorthin gebracht hatten.

Wir hatten uns darauf verlassen, dass der Winter Hurog schützen würde, bis das Tor und die Mauern vollendet waren, aber den Fluch hatten wir nicht in diese Berechnungen einbezogen. Jakoven würde kein Belagerungsheer brauchen, um Hurog mithilfe von Farsons Fluch einzunehmen – nicht, wenn es ihm gelungen war, innerhalb von Stunden jede lebende Seele in Buril umzubringen.

Wenn ich Jakoven wäre, würde ich Hurog als Nächstes einnehmen. Da ich stattdessen der Hurogmeten war, musste ich ihn aufhalten – und Garranon hatte mir gerade gesagt, wie ich das tun könnte.

Garranon hatte gefragt, wie weit der Fluch von Buril entfernt gewesen war. Und mir war eine interessante Antwort eingefallen.

Magie funktionierte nicht gut auf lange Strecken. Meine eigenen Schmerzen, die ich jedes Mal erlitt, wenn ich Hurog verließ, sagten mir das immer wieder. Jakoven hatte nicht in Hurog sein müssen, als das Geschöpf angriff – er hatte einen magischen Auftrag über den armen Stallmeister verhängt. Und es gab andere Möglichkeiten, Magie über größere Entfernungen zu wirken. Runen funktionierten manchmal, und ein Edelstein konnte einen Zauber beinahe ewig bewahren, bis er losgelassen wurde. Oreg hatte sich einmal einen Tagesritt weit zu einem Ort transportiert, an dem er nie zuvor gewesen war – aber, wie er später erklärte, war ihm das nur gelungen, weil die Magie, die ihn an mich band, viel stärker an ihm zog als sein Körper. Es gab also Ausnahmen. Ich glaubte allerdings nicht, dass Buril dazugehörte.

Ich glaubte, dass Jakoven Farsons Fluch nach Buril gebracht hatte – und ich hatte die Möglichkeit, meine Theorie zu überprüfen.

Ich setzte mich aufs Bett und schloss die Augen. Ich würde nicht nach Jakoven suchen. Wenn ich versucht hätte, ihn mithilfe meiner Fähigkeiten zu finden, hätte die Möglichkeit bestanden, dass der König, selbst ein Magier, die Magie spürte, die ich benutzte. Also suchte ich nach Farsons Fluch.

Ich dachte an den Fluch, wie ich ihn gesehen hatte, einen vom Alter dunklen Bronzedrachen, grob und schlecht gearbeitet. Der Gegenstand an sich war nicht bemerkenswert, nur die Macht, die ihn umgab, und der kleine Edelstein, der im Maul des Drachen schwebte.

Ich entdecke den Fluch einen halben Tagesritt nördlich von Callis.

Als ich die Augen öffnete, konnte ich kaum atmen, so aufgeregt war ich über die Möglichkeiten, die ich entdeckt hatte. Ich hatte eine Gelegenheit.

Wie ich zuvor schon versucht hatte, Haverness zu erklären – niemand würde öffentlich verkünden, dass er Farsons Fluch benutzte, nicht, wenn er in der Position war, in der Jakoven sich befand. Er wollte eine Welt, die er beherrschen konnte, keine unfruchtbare Wüste. Also musste er den Fluch geheim halten, bis sich alle vor ihm duckten und nicht mehr gegen ihn ankämpften – sagen wir, bis er Hurog in Trümmer gelegt hatte, auf spektakulärere Art als die schlichten Tode, die er in Buril hinter sich gelassen hatte. Aber im Augenblick musste er dies geheim halten, oder seine eigenen Männer würden sich gegen ihn wenden.

Wenn Jakoven ein Heer mitgebracht hätte, würde es sich gegen ihn wenden, sobald er den Fluch herausholte und ihn benutzte. Wenn er ein Heer mitgebracht hätte, wäre die Verwendung des Fluchs, um Buril zu zerstören, kein Geheimnis mehr. Ich wusste mit absoluter Sicherheit, dass der König nicht so dumm wäre, ein Heer mitzubringen.

Er würde im Geheimen herkommen und auf die gleiche Weise wieder gehen. Und ich wusste, dass er Jadeauge bei sich hatte.

Das kalte Kribbeln an meinem Rücken sprach von Erwartung. Ich gab es ungern zu, aber der Gedanke, eine Axt oder eine Klinge in Jadeauges Fleisch zu versenken, hatte für mich zweifellos etwas Berauschendes an sich. Blutgier gehörte zum Erbe meines Vaters, und ich war alles andere als stolz darauf. Aber ich zog die Gier nach Jadeauges Tod der knochentiefen Angst vor, die der Rest von mir empfand.

Wenn ich Jakoven suchen wollte, durften Kellen und die Oransteiner nicht wissen, was ich vorhatte. Der Kellen, der gegen Rosem angekämpft hatte, um sich auf das arme, von Magie getriebene Ding zu stürzen, das Jakoven hinter Garranon hergeschickt hatte, würde sich niemals zurückhalten, wenn er Gelegenheit hätte, seinem Bruder von Angesicht zu Angesicht gegenüberzutreten. Das war etwas, das ich nicht zulassen durfte. Wenn ich versuchte, Jakoven den Fluch abzunehmen, und dabei versagte, würde Kellen Shavigs einzige Hoffnung sein.

Mithilfe des Fluchs konnte Jakoven jedes Heer töten, das ihm entgegengeschickt wurde, wenn er eine gewisse Vorwarnung erhielt – und diese Vorwarnung würden ihm schon die Geräusche einer sich nähernden Truppe liefern. Aber ein Angriff aus dem Hinterhalt könnte funktionieren. Wenn Jakoven nur einen halben Tagesritt von Callis entfernt und auf dem Weg nach Estian war, würden wir ihn innerhalb von zwei anstrengenden Tagen einholen können.

Ich konnte nicht allein gehen. Jakoven hatte kein Heer dabei, aber ich war sicher, dass er sich von einer Gruppe von Zauberern und vertrauten Wachen begleiten ließ. Ich würde Axiel mitnehmen …

Es klopfte leise an meiner Tür.

»Wer ist da?«, fragte ich und rang dabei immer noch mit dem Problem, wen ich mitnehmen und wie ich mich mit ihnen in Verbindung setzen sollte.

»Tisala«, sagte sie. »Geht es dir besser, Ward?«

»Komm herein.« Ein Teil von mir hätte sie gern zurückgelassen, wenn ich die Wahl gehabt hätte, aber der Rest von mir war klüger als das. Unsere Liebe würde niemals überleben, wenn ich mich zu sehr anstrengte, für ihre Sicherheit zu sorgen. Ich würde ihr Wesen entweder so verzerren und verbiegen, bis sie nicht mehr meine Tisala war, oder sie würde mich verlassen. Also war ich froh, dass sie zu mir gekommen war, denn ansonsten hätte ich sie vielleicht nicht gefragt.

Aber es gab noch ein paar andere Dinge, die ich ihr sagen wollte, bevor ich über Jakoven sprach.

»Du hast nicht gut ausgesehen, aber jetzt scheint es dir wieder besser zu gehen«, stellte sie fest. »Mein Vater erwartet, dass es mindestens bis übermorgen dauern wird, bis alle, die er eingeladen hat, hier sein werden – also dachte ich, du möchtest vielleicht mit mir ausreiten. Das ist besser, als hier zu sitzen und zu warten.«

Sie sah mich nicht an, als sie das Letztere sagte, und tat so, als schaue sie aus dem Fenster. Als hätte ich keine besseren Gründe, mit ihr auszureiten, als um der Langeweile zu entgehen.

»Ich bin froh, dass du gekommen bist«, erwiderte ich. »Ich muss dir ein paar Dinge sagen.«

Sie drehte sich zu mir um, die Miene sorgfältig neutral.

Es war mir nie leicht gefallen zu reden, und ihr Blick schnürte mir beinahe die Kehle zu.

»Sieh mal«, begann ich, »ich habe versucht, dir Zeit zu lassen, aber ich glaube nicht, dass ich das noch länger tun kann.«

Es schien irgendwie ungerecht, dass ich erklären musste, wie ich empfand, wenn sie auf der anderen Zimmerseite stand. Ich dachte sehnsuchtsvoll daran, wie viel einfacher das hier wäre, wenn sie es zuerst gesagt hätte oder wenn sie mich so fest hielte, wie ich sie halten wollte. Aber es war niemals einfach mit Tisala.

»Ich liebe dich«, sagte ich also und achtete darauf, sie dabei anzusehen. Sie verdiente es, die Wahrheit in meinem Gesicht zu sehen. Als sie etwas erwidern wollte, hob ich abwehrend die Hand. »Das sage ich nicht, weil ich etwas von dir erwarte. Falls du nicht erheblich dümmer bist, als ich denke, weißt du bereits, wie ich empfinde – aber ich musste es aussprechen. Ich habe vor, dich zu bitten, mich zu heiraten, und wenn wir die nächsten Wochen überleben, werde ich das tun. Noch einmal: Ich brauche keine Antwort. Aber ich musste es dir sagen.«

Sie antwortete lange nicht auf meine letzten Worte. Ich konnte ihr nicht ansehen, was sie dachte, und als sie schließlich sprach, ging es nicht direkt um das, was ich ihr gesagt hatte.

»Was ist los?«, fragte sie.

Also erzählte ich ihr von Jakoven, dem Fluch und davon, was ich tun wollte. Sie hörte mich an, dann fragte sie: »Wen willst du sonst noch mitnehmen?«

»Du kennst das Land besser als ich«, erwiderte ich. »Wie viele Leute könnte ich mitnehmen, ohne die Gruppc des Königs zu alarmieren?«

»Was glaubst du, wie viele Leute Jakoven hat?«, wollte sie im Gegenzug wissen.

Ich zuckte die Achseln. »Nicht viele, würde ich sagen. Mindestens zehn, aber nicht mehr als zwanzig. Wahrscheinlich weniger als das. Seine Zauberer und ein paar Soldaten, denen er mit seinen Geheimnissen vertraut. Er ist vielleicht mit mehr Soldaten aufgebrochen, hat sie aber eliminiert, bevor sie Gelegenheit hatten, jemandem zu erzählen, was sie gesehen haben.«

Sie fluchte leise. »Ihr Götter, Ward, mit einer so kleinen Gruppe wird er alles hören, was sich ihm nähert. Wir werden Pferde brauchen, oder wir können ihn niemals einholen. Und das wird uns laut machen. Nicht mehr als zehn, würde ich sagen.«

»Das dachte ich ebenfalls«, stimmte ich zu. »Wir brauchen Axiel. Er kennt sich ein wenig mit Magie aus – das könnte den Unterschied zwischen Überleben und Tod bedeuten.«

»Ich habe ihn kämpfen sehen«, sagte sie anerkennend. »Ich kann ihn für dich holen. Und auch Tosten. Er weiß, welches Ende der Klinge wohin gehört.«

»Ich wollte auch Garranon fragen«, sagte ich. »Ich weiß nicht, ob er seine Frau jetzt verlassen will, aber ich dachte, er hat eine Gelegenheit verdient, Buril zu rächen, wenn er das will.«

»Lys ist zäh«, sagte Tisala. »Sie wird sich zusammenreißen, wenn er gehen muss.«

»Wenn er nicht mitkommt, werde ich mit Duraugh sprechen«, sagte ich. »Aber ich will das nicht wirklich. Wenn ich es nicht schaffe, werden Kellen und Beckram seine Erfahrung brauchen. Wir sollten allerdings mehr als vier sein. Es wäre angenehm, wenn Rosem mitkommen könnte, aber ich will ihn nicht von Kellen trennen.«

»Was ist mit Oreg?«, fragte Tisala.

»Nein«, erwiderte ich. »Du weißt, was er ist. Er war länger der Sklave des Hurogmeten, als ich auch nur denken möchte. Als ich ihn kennenlernte …« Ich suchte nach einer Möglichkeit, die erschrockene, trotzige Seele zu beschreiben, die sich mir mit dem Platinring angeboten hatte, den ich immer noch trug, obwohl der Bann gebrochen war.

Am Ende kam ich zu dem Schluss, dass sein Zustand nach tausend Jahren der Sklaverei nichts war, was ich anderen mitteilen wollte, nicht einmal Tisala. »Als ich ihn kennenlernte, stellte er mir eine Frage, als wir vor den Knochen eines Drachen standen, den einer meiner Ahnen getötet hatte. Er wollte wissen, ob ich den Drachen frei gelassen hätte, trotz des Wissens, dass ich Hurog retten könnte, indem ich ihn ankettete.«

Ich wandte kurz den Blick ab, weil ich mich an die Ketten erinnerte, die den Drachen noch lange nach seinem Tod hielten. »Ich sagte Nein. Aber er, weise, wie er ist, glaubte mir nicht. Am Ende habe ich bewiesen, dass ich, um die Welt zu retten, nicht nur Hurog opfern würde, das zu schützen ich geschworen hatte, sondern auch Oreg selbst.« Nun schaute ich ihr wieder in die Augen. »Aber das werde ich nicht noch einmal tun. Das hier ist nicht Oregs Kampf. Ich werde ihn nicht benutzen, wie mein Ahne diesen armen Drachen benutzte, der in den Ketten starb.«

»Du willst die Welt also wieder allein retten, Ward?«, fragte sie.

Ich zuckte zusammen, weil ihre Worte so wahr waren, aber dann antwortete ich so ehrlich, wie ich konnte. »Ich bin der Hurogmeten. Es ist meine Aufgabe, die Drachen zu schützen, die es noch gibt – nicht, sie in Gefahr zu bringen. Selbst wenn Jakoven den Fluch benutzt, um die Welt zu verwüsten, wird Oreg überleben.«

»Wird er das?«, fragte sie leise. »Ich glaube nicht, dass er deinen Tod überleben würde. Jeder braucht etwas, wofür er leben kann, Ward, selbst ein Drache. Du hast ihn nicht gesehen, als du im Asyl warst und er nicht zu dir gelangen konnte. Ich denke, wenn du Oreg zurücklässt, selbst wenn du siegst und überlebst, wird Oreg die Trennung von dir nicht überleben. Den Drachen frei zu lassen bedeutet mehr, als für seine Sicherheit zu sorgen.«

»Ich werde ihn nicht benutzen«, sagte ich, aber ich hatte die Schlacht bereits verloren, und ich wusste es.

Die Tür hinter mir ging auf, und ich drehte mich auf dem Absatz um, um zu sehen, wie Oreg verlegen hereinschlüpfte. Er wandte sich an Tisala, ohne mich auch nur eines Blickes zu würdigen. »Ich habe viel Zeit damit verbracht, Leute zu belauschen und Dinge zu hören, die mich nichts angingen«, begann er. »In den letzten Jahren habe ich versucht, diese alten Angewohnheiten aufzugeben. Als ich daher in mein Zimmer ging und müde meinen Kopf gegen die Tür zu Wards Zimmer lehnte, ging es mir nicht darum zu lauschen. Aber du kannst dir meine Überraschung vorstellen, als ich nicht hörte, wie er dir seine unendliche Liebe schwor, sondern mein eigener Name erwähnt wurde. Dann musste ich *natürlich* lauschen, was ihr zu sagen hattet.«

»Natürlich«, stimmte Tisala lächelnd zu.

Er streckte die Hand aus, und sie reichte ihm ihre Hand, die er an die Lippen führte. »Wie gut ist es zu hören, dass auch andere ihn für seine Neigung ausschimpfen, die Rechte anderer an sich zu reißen, unter dem Vorwand, sie zu schützen.«

Dann endlich sah er mich an, und ich bemerkte eine Spur von Zorn in seinem Blick. »Ward, wenn ich dich in diesen Jahren, in denen du in Hurog zum Mann herangewachsen bist, genauer beobachtet hätte, hätte ich dir die Frage vor ein paar Jahren nicht zu stellen brauchen. Du hast niemals etwas anders als dich selbst geopfert. Ich habe mich dafür entschuldigt, dich gezwungen zu haben, zu tun, was du tun musstest, um die Drachenknochen vor den Vorsag zu bewahren. Du hast gelitten, und ich wurde befreit.«

Er holte tief Luft und schluckte seinen Zorn herunter. »Aber es ist ein Unterschied, ob man jemanden *benutzt* oder jemanden *um Hilfe bittet.* Was du sehr genau weißt. Du kannst nicht alle beschützen, Ward.« Seine Stimme wurde noch sanfter. »Ich bin kein Kind, obwohl ich jünger aussehe als du. Ich bin nicht Ciarra oder Tosten, die dich brauchten, damit du sie schütztest.«

Er legte die Hand in meinen Nacken und zog mich zu sich, bis meine Stirn an seiner ruhte, und dann sagte er leise: »Ich bin der Drache, der dich fressen würde, wenn es dir wirklich gelänge, Jakoven zu besiegen, ohne dass du mich dabei mitspielen ließest.«

Ich entzog mich ihm und lachte wehmütig. »Also gut. Wenn du mitkommst, haben wir vielleicht eine echte Aussicht zu überleben.«

»Und nun«, sagte er, »will ich wissen, wieso du Tisala keinen Heiratsantrag gemacht hast, wenn ich es dir doch so gut wie gesagt habe? Ja, du hättest sie verschrecken können, wenn du sie gefragt hättest, als du es tun wolltest« – er sah Tisala an –, »das war etwa zehn Minuten, nachdem er zum ersten Mal sah, wie du mit dem Schwert umgehst.« Er wandte sich wieder mir zu. »Aber wenn du weiterhin versuchst, sie zu verführen, ohne ihr zu sagen, wie du empfindest, wird sie noch denken, dass deine Absichten unehrenhaft sind. Du stellst dich doch sonst bei der Jagd nicht so dumm an! Wenn du zu lange zögerst, wird das Kaninchen der Schlinge entkommen.«

Tisala lachte und hob die Hände hinter den Kopf, als wären sie ihre Kaninchenohren.

»Das reicht jetzt, Oreg«, sagte ich. Aber die Röte meiner Wangen nahm meiner Stimme etwas von ihrer Kraft.

»Es ist schon in Ordnung.« Tisala lachte immer noch. »Das ist das erste Mal, dass mich jemand mit einem Kaninchen verglichen hat. Und wenn du etwa fünf Minuten früher angefangen hättest zu lauschen, Oreg, hättest du Wards Hälfte von genau diesem Gespräch gehört. Ich bin noch nicht zu meiner Hälfte gekommen. Warum gehst du nicht und siehst, ob du Axiel und Tosten finden und sie bitten kannst, sich mit uns im Stall zu treffen? Sag allen, die dich fragen, ich hätte euch drei gebeten, mit Ward und mir jagen zu gehen.«

»Wie Ihr befehlt, Herrin«, sagte Oreg grinsend. Er drehte sich mit militärischer Präzision auf dem Absatz um und schloss die Tür hinter sich.

»Er lauscht vielleicht immer noch«, sagte ich, nachdem sich die Tür hinter Oreg geschlossen hatte.

»Ich bin älter als du«, sagte sie schlicht.

Ich wartete.

»Ich werde nie eine Schönheit sein.«

»Meine Liebe«, erklärte ich entnervt, »ich weiß nicht, ob ich ärgerlich sein sollte, dass du mich für so seicht hältst zu glauben, ich brauchte ein Schmuckstück an meiner Seite, um glücklich zu sein, oder ob ich dir sagen soll, dass du schon beim ersten Mal, als ich dich in deinem Hofkleid am Tisch deines Vaters sah, die anderen Damen verblassen ließest. Oder soll ich dir erzählen, wie mein Blut jedes Mal zu wallen beginnt, wenn ich sehe, wie du dein Schwert benutzt?«

»Zumindest lasse ich beim Kämpfen mein Hemd an«, sagte sie anklagend. »Hast du wirklich geglaubt, ich denke, dass dir warm ist? Es lag Schnee am Boden.«

Ich grinste sie an, und die Schmetterlinge in meinem Bauch ließen sich wieder dort nieder, wo sie sein sollten. Oreg, gesegnet sollte er sein, hatte recht gehabt, was die Auswirkungen meines peinlichen Ausbruchs auf dem Floß anging.

»Du hättest nicht hinzusehen brauchen«, schlug ich vor.

Zu meinem Entzücken schnaubte sie und hörte sich dabei ganz ähnlich an wie Feder. »Du unterbrichst mich«, bezichtigte sie mich ungerechterweise.

Dennoch schloss ich gehorsam den Mund. Die Heiterkeit verschwand aus ihren Zügen, und an ihre Stelle trat etwas, das mein Herz heftiger schlagen ließ. Sie kam näher und berührte die Seite meines Gesichts. Ich schloss kurz die Augen und drehte den Kopf unter ihrer Berührung, bis sie die Hand wieder wegzog.

»Ich habe mich so angestrengt, dich nicht zu lieben«, flüsterte sie. »Ich wollte keinen Barbaren aus Shavig lieben. Die Winter in Shavig sind zu kalt.«

»Zumindest regnet es nicht dauernd«, sagte ich heiser.

»Ward, ich liebe dich. Wenn wir beide diese Sache überleben, werde ich dich heiraten – die Götter mögen dir helfen! –, wenn du mich dann immer noch haben willst.«

Ja! Ich hielt meinen Triumphschrei zurück, bevor er mir über die Lippen kam, aber ich packte sie um die Taille und wirbelte sie herum. Lachend hielt sie sich an meinen Schultern fest. Die Freude in meinem Herzen fand ihr Echo im Ausdruck ihrer Augen.

Ich ließ sie an meinem Körper nach unten rutschen und genoss das Gefühl ihrer Muskeln an Oberschenken und Bauch, und die weichere Berührung ihrer Brüste. Ich hielt inne, als ihr Mund auf gleicher Höhe war wie meiner, und schmeckte ihre Lippen mit mehr Erleichterung als Leidenschaft – obwohl sich das schnell änderte.

Sie war nicht oft geküsst worden. Das erkannte ich an den gelegentlichen überraschten Geräuschen, die sie von sich gab. Ich war außer Übung und biss ihre Unterlippe einmal ein wenig zu fest. Aber als ich mich von ihr lösen wollte, erwiderte sie den Gefallen.

Schließlich sagte sie, während sie an meinem Mundwinkel nagte: »Ich bin zu schwer für so etwas.«

Ich lachte. Erregt wie ich war, hätte ich sie eine Ewigkeit festhalten können, aber ich nutzte die Ausrede, um sie abzusetzen, bevor ich etwas tat, was wir beide bedauern würden.

»Wenn wir uns nicht beeilen, wird Oreg bald wieder hier sein«, sagte ich.

Sie berührte leicht meine Brust, und das Gefühl brannte sich in meine Haut. »Ich werde meinem Vater sagen, dass wir auf die Jagd gehen.«

Ich klopfte leise.

Garranon öffnete die Tür. »Ward?«

»Wenn Ihr mir eine Minute Zeit gebt«, sagte ich, »habe ich einen Vorschlag, der Euch interessieren könnte.«

»Lass ihn rein«, sagte seine Frau irgendwo hinter ihm.

Garranon trat zurück und ließ mich ins Zimmer, dann schloss er die Tür hinter uns dreien – vieren, wenn ich das erschöpfte Kind mitzählte, das schlafend im Bett lag.

»Mein Mann sagt, Ihr glaubt, dass Jakoven Farsons Fluch hat und ihn benutzte, unsere Leute umzubringen.« Allysaian saß aufrecht auf der Bettkante, und Garranon stellte sich ans Fenster. Der Abstand zwischen ihnen war so fest wie Eis und kein bisschen wärmer.

»Ja«, sagte ich.

»Habt Ihr oder hat Euer Zauberer eine Idee, wie man ihn aufhalten könnte?«, fragte sie.

»Ja. Genau deshalb bin ich gekommen, um mit Garranon zu sprechen«, sagte ich und berichtete so knapp wie möglich über unsere Pläne.

Als ich fertig war, schüttelte Garranon den Kopf, und seine Miene verriet nichts anderes als mildes Bedauern. »Ich habe meiner Frau gesagt, dass ich sie nicht wieder verlassen werde.«

»Es tut ihm leid, dass er mich all diese Jahre allein gelassen und mich gezwungen hat, eher Herr seiner Besitzungen zu sein als Herrin«, sagte Allysaian ausdruckslos.

Ein Muskel in Garranons Gesicht spannte sich an.

Ich wandte mich ihm zu. »Glaubt Ihr, Ihr hättet den Tod Eurer Leute verhindern können, als Eure Frau es nicht konnte?«

Garranon zog die Brauen hoch. »Selbstverständlich nicht.« Er machte eine scharfe, abwehrende Geste. »Die einzige Möglichkeit, es zu verhindern, hätte darin bestanden, den Mut aufzubringen, Jakoven umzubringen, wenn er schlief.«

»Wenn du das getan hättest«, sagte seine Frau hitzig, »wärest du jetzt tot. Buril wäre als der Besitz eines Königsmörders geschleift und unsere Leute den Banditen überlassen worden. Was geschehen ist, ist nicht deine Schuld.«

»Nein?«, fragte er.

»Nein«, sagte sie. »Nicht mehr, als es meine Schuld ist.«

»Wenn ich nicht sein Geliebter gewesen wäre …«, begann er.

»Solche Gedanken sind sinnlos«, unterbrach ich ihn. »Mein Vater hat sich bitterlich über Euch beschwert. Er sagte immer, wenn Ihr nicht gewesen wäret, hätte der König Oranstein unter seinen loyalen Anhängern aufgeteilt, zu denen natürlich auch er gehörte. Ich bezweifle, dass das vollkommen der Wahrheit entsprach – aber ich weiß nicht, wie weit Jakoven sich um Euretwillen zurückgehalten hat, und Ihr wisst es ebenso wenig.«

»Mein Vater«, griff Allysaian das Thema auf, erhob sich und berührte Garranons angespannte Schulter, »sagte mir, der König habe die Kinder der Rebellen zusammenholen lassen, um sie zu töten und Oransteins Herz zu brechen, aber er änderte seine Ansicht plötzlich, nachdem er durch die Zellen gegangen war, wo man die Kinder festhielt – nachdem er dich gesehen hatte.«

Garranon umklammerte fest die Hand seiner Frau und sah mich an. »Jakoven wird nicht allein sein – wie kommt Ihr auf die Idee, dass wir ihn überwältigen können?«

»Oreg kommt mit allem zurecht, was die Zauberer tun können«, erwiderte ich. »Und während Ihr, Tisala, Tosten und Axiel Euch um die Schwertarbeit kümmert, kümmere ich mich um den Fluch. Es war mein Blut, das ihn weckte, und ich glaube, ich weiß ein wenig darüber, wie er hergestellt wurde. Vielleicht genug, um ihn nichtig zu machen.«

Allysaian stellte sich auf die Zehenspitzen und küsste Garranon auf den Mund. »Geh«, sagte sie. »Tu, was getan werden muss, und dann kehre zu mir zurück.«

Er beugte sich vor und küsste sie, kein sanfter Abschiedskuss, sondern einer, der voller Versprechen war.

Axiel, Oreg und Tosten saßen bereits zu Pferd, jeweils mit einem zweiten Pferd an ihren Sattel gebunden, als wir zum Stall kamen. Tisala stritt sich mit einem der Stallknechte. Als sie uns sah, zeigte sie auf mich. Der Mann folgte ihrem Finger mit dem Blick, dann runzelte er die Stirn, drehte sich um und verschwand im Stall.

Tisala reichte die Zügel der beiden Tiere, die sie gehalten hatte, Garranon, und folgte dem Stallknecht. Sie kehrte mit einem weiteren Paar von Pferden zurück.

»Ist es schwierig, ein Pferd zu finden, das mein Gewicht tragen kann?«, fragte ich mit einem Blick auf die schmalbrüstigen, feinknochigen Pferde, die sie hielt.

Tisala grinste mich an. »Das hier sind meine. Sie könnten dich den ganzen Weg bis nach Hurog tragen, ohne dass du es ihnen anmerken würdest«, sagte sie und tätschelte liebevoll einen gebogenen Hals. »Aber ich weiß, dass du lieber vor Verlegenheit sterben würdest, als eine Meile mit den Füßen im Schlamm zu reiten. Wir haben ein Paar, das dir besser dienen wird.«

Der Stallknecht brachte eine junge graue Stute heraus, die viel größer und kräftiger war als die anderen Pferde. Etwas an ihrer Hinterhand wirkte vertraut, aber ihr grobknochiger Kopf passte zu den anderen Pferden aus Oranstein.

»Sie ist kein ausgebildetes Schlachtross«, warnte Tisala mich. »Sie wird gerade erst vier und ist noch ziemlich grün.«

Ich nickte, stieg auf und blieb ruhig im Sattel sitzen, damit die Stute sich an mein Gewicht gewöhnen konnte. Der

Stallknecht brachte mein zweites Pferd heraus, und nachdem ich es mir gut angesehen hatte, bedachte ich Tisala mit einem tadelnden Blick. Die Stute, die der Stallknecht hielt, sah Blümchen so ähnlich wie ein Spiegelbild, nur dass sie nicht seinen dicken Hengsthals hatte.

Tisala lachte über mein Gesicht. »Wir hatten deinen Hengst beinahe einen Monat hier«, sagte sie. »Glaubst du wirklich, wir hätten das nicht ausgenutzt? Vater war entsetzt, dass ich es getan habe, ohne zu fragen.«

»Seid vorsichtig mit der dunklen Stute, Herr«, riet der Stallknecht, als er mir widerstrebend die Zügel reichte. »Sie verliert schnell die Geduld, wenn sie nicht versteht, was Ihr von ihr wollt.«

»Ihr Vater ist genauso«, erwiderte ich. An der Art, wie seine Hände an ihrem Hals verharrten, wusste ich sofort, dass sie eines seiner Lieblingspferde war. »Ich werde gut auf sie aufpassen.«

Wir verließen Callis ohne Zwischenfälle und ritten in stetigem Trab. Die Stute, auf der ich saß, war empfindsam, so jung sie auch sein mochte, und sie brauchte nicht lange, bis sie sich unter mir beruhigte und die Mätzchen ihrer dunklen Schwester ignorierte.

»Ich dachte, du hieltest Blümchen für eine Kuh«, sagte ich.

Tisala kicherte. »Das war, bevor ich ihn im Kampf gesehen hatte. Aber es hat wehgetan, diesen Namen in den Stammbaum zu schreiben.«

Tosten, der neben uns ritt, grinste. »Unser Vater hat ihn Bestie getauft, wenn dir das lieber ist. Das ist der Name, den wir in unseren Zuchtpapieren benutzen.«

Sie schüttelte den Kopf. »Der Stallmeister meines Vaters spricht kein Shavig, und ich habe ihm nicht verraten, was Blümchen bedeutet.«

Es regnete, was niemanden überraschte. Winter in Oranstein war ein einziger langer Regen. Aber als es Abend wurde, fing es an zu schütten, als gösse eine Riesin ihren Putzeimer über unseren Köpfen aus – so beschrieb Oreg es jedenfalls.

»Zumindest werden wir nicht erfrieren«, erwiderte Garranon gereizt, als Oreg sich beschwerte.

Oreg grinste. Er hatte schon die letzten zehn Meilen daran gearbeitet, Garranon eine Reaktion abzuringen. »Aber gegen den Schnee gibt es warme Kleidung«, erklärte der Drache in Menschengestalt nun kläglich. »Diese Feuchtigkeit dringt überall ein, und man kann einfach nicht warm werden. Alles ist mit Schlamm überzogen.«

»Er versucht, Garranon aufzuheitern«, sagte ich zu Tisala, als das Gespräch in eine Reihe kindischer Vergleiche zwischen Oranstein und Shavig abglitt.

Sie lachte und trieb ihren Wallach voran, bis sie Schulter an Schulter mit Oreg war. »Wie viele Shavigleute braucht es, um ein Pferd zu satteln?«, fragte sie.

»In Shavig haben wir zumindest Pferde und keine Ponys«, erklärte Tosten und ritt ebenfalls zu ihnen.

»Ich hoffe, du weißt, was du tust«, sagte Axiel im Schutz der allgemeinen Heiterkeit zu mir.

Ich schüttelte den Kopf. »Aber wenn ich nichts unternehme, wird Hurog das nächste Opfer des Fluchs.« Ich erklärte Axiel, wie ich zu diesem Schluss gekommen war, und er nickte zustimmend.

»Der Fluch wird von Hurog-Blut angetrieben, Axiel«, sagte ich. »Ich weiß nicht, ob ein anderer als Oreg oder ich eine Aussicht auf Erfolg hat. Ich dachte daran, Haverness' Zauberer um Hilfe zu bitten – aber er ist der mächtigste Magier, der nicht an den König gebunden ist. Wenn wir versagen, ist er die letzte Aussicht, die sie haben.«

»Wenn wir versagen«, erklärte Axiel ernst, »wird mein Vater sich dem Kampf anschließen. Wenn wir die Kraft hätten, die wir vor einem halben Jahrtausend noch hatten, würde das genügen, um die Gezeiten zu wenden. Aber ich fürchte, die Zwerge werden ebenso leicht fallen, wie das Kaiserreich fiel.«

»Daran hatte ich nicht gedacht«, sagte ich. »Ich dachte nur daran, jemanden im Rücken zu haben, dem ich vertraue.« Ich überlegte kurz. »Ich wünschte, ich wüsste, wie viele Leute er bei sich hat. Aber ich kenne Jakovens private Wachen nicht gut genug, um sie mithilfe der Magie zu finden, und ich kann nicht versuchen, seine Zauberer auf diese Weise zu orten, weil sie das alarmieren könnte. Wenn du glaubst, dass dieses Unternehmen dein Volk in Gefahr bringt, Axiel, dann musst du nach Callis zurückkehren.«

Er schüttelte den Kopf. »Nein. Wenn der Fluch uns überlebt, müssen sich alle dem Kampf anschließen. Zumindest wird meinem Vater auf diesem Weg eine endlose Debatte erspart bleiben. Wenn ich sterbe, ist es sein Recht, den Krieg zu erklären, ohne die anderen zu fragen.«

Ich bedachte ihn mit einem angespannten Lächeln. »Dann hoffen wir, dass es nicht dazu kommt.«

Er nickte.

Wir ritten noch mehrere Stunden im Dunkeln weiter, als Jakovens Gruppe sicher schon lange Halt gemacht hatte. Wir zügelten die Pferde erst, als Tisala zu dem Schluss kam, dass der Sumpf, der vor uns lag, nicht in der Nacht durchquert werden konnte.

Axiel, Tosten und Oreg errichteten das Lager – wenn man denn von einem Lager sprechen konnte –, während Garranon, Tisala und ich uns die Karten ihres Vaters ansahen, die ich mit meinem magischen Licht beleuchtete. Tisala zeigte mir, wo wir waren, und richtete die Landkarte nach unserer Position aus. Dann begannen sie und Garranon zu spekulieren, welchen Weg Jakoven nehmen würde.

Es gab nur zwei Pässe über die Berge nach Tallven, die er benutzen konnte. Der erste war der Pass, den ich vor fünf Jahren nach Oranstein genommen hatte, der zweite schwieriger und einsamer.

Wenn wir Jakoven mit unserem derzeitigen Tempo weiter folgten, würden wir ihn erst weit in Tallven einholen, aber immer noch eine Tagesreise von Estian entfernt. Wenn wir jedoch den richtigen Pass fanden, hatten wir die Gelegenheit, ihn viel eher zu erwischen, weil die direkte Route zu beiden Pässen voller Sümpfe war. Jakoven würde darum herumreiten müssen, und Tisala kannte die schnelleren Wege zu beiden Pässen. Wenn wir uns für den falschen entschieden, bestand die Möglichkeit, dass Jakoven nach Estian gelangte, bevor wir ihn einholten.

Ich überließ es Garranon und Tisala, über die relativen Vorzüge beider Pässe zu diskutieren, und ging zu Oreg, der mit einer der Ölhaut-Zeltplanen rang. Mit meiner Hilfe konnte er das Problem schneller lösen.

»Ich muss mit dir sprechen«, sagte ich.

Oreg fand einen Platz auf der Wurzel eines Walnussbaums; ich hockte mich vor ihn.

»Jakoven hat wahrscheinlich seine Zauberer dabei«, sagte ich. »Er hat Farsons Fluch, und er ist selbst ein Magier. Ich weiß nicht, wie gut er ist, aber Jadeauge und Arten sind beide sehr stark – wenn auch nicht nach deinen Maßstäben.«

»Du willst, dass ich mich um die Zauberer kümmere, während du den Fluch angreifst«, stellte er kühl fest.

»Zwischen dem Fluch und mir besteht eine Verbindung«, erklärte ich. Und außerdem machte ich mir Sorgen, dass sich bei einem Kampf mit Jadeauge meine Angst vor ihm über meinen Wunsch nach seinem Tod hinwegsetzen würde.

Er nickte. »Hast du daran gedacht, dass diese Verbindung nach beiden Seiten funktioniert? Sie könnte dich zu einem leichteren Oper machen.«

»Ja«, antwortete ich. »Was denkst du?«

»Du sagtest, es fühlte sich an, als hätte er dich erkannt?«

Ich nickte. »Es fühlte sich ein wenig an wie die Magie von Hurog, aber intelligenter. Ich denke, es ist wie Menogue – sie verfügen immer noch über eine gewisse Erinnerung daran, dass sie einmal Drachen waren. Ich habe sie neugierig gemacht.«

Oreg rieb sich die Hände, als wären sie kalt. »Fühlte es sich an wie ein einziges Geschöpf oder wie drei?«

Ich schloss die Augen und versuchte, mich zu erinnern. »Es hatte so etwas wie … Struktur, ja das war es. Nicht wirklich getrennt, mehr wie bei einem Teppich, bei dem mehrere Stränge von Garn miteinander verflochten sind.«

»Nachdem dein Blut es berührte, hat es dich also erkannt«, murmelte er.

»Nein.« Ich schüttelte den Kopf. »Das geschah schon vorher. Es ist schwer zu erklären. Ich glaube nicht, dass der Fluch jemals vollkommen untätig war – nur machtlos. Sobald Jakoven ihn aus der Tasche holte, die er verzaubert hatte, um ihn zu verstecken, konnte ich *sehen*, wie Schwärze von ihm ausging, obwohl weder Jakoven noch Jadeauge etwas zu bemerken schienen. Als die schwarze Macht mich berührte, kannte sie mich – oder vielleicht erkannte sie die Magie von Hurog.«

»Fühlte sie sich böse an?«

Ich schüttelte den Kopf. »Nicht mehr als Menogue oder Hurog.«

»Und nachdem er dein Blut benutzt hatte?«

Ich versuchte mich zu erinnern, wie es sich angefühlt hatte. »Der Stein verfärbte sich blau, und ich spürte ein wildes Aufwallen von Magie.« Ich erinnerte mich noch an etwas anderes. »Ich denke, es war irgendwie mit Jakoven verbunden – die blaue Magie des Steins. Aber die Schwärze war etwas davon Getrenntes.«

»Wenn wir können, werden wir es so machen, wie du willst«, sagte Oreg schließlich. »Ich werde versuchen, Jakovens Zauberer aufzuhalten, und dir den Fluch überlassen.«

Ich gab das Hocken auf und setzte mich auf eine andere Wurzel. Sie war nass, aber nicht sonderlich schlammig. »Du hast von deinen Überlegungen gesprochen, dass der Zauber, der die Magie der Drachen an den Stein bindet, dem ähneln könnte, den dein Vater benutzte, um dich an die Burg zu binden.«

Oreg nickte. »Das könnte sein.«

»Als ich den Bann brach, der dich an Hurog band«, sagte ich mit dem Aufblitzen einer sehr deutlichen Erinnerung daran, wie mein Messer in Oregs Nacken gesunken war, »habe ich gespürt, wie sich die Verflechtungen einer magischen Bindung anfühlen. Ich bin vielleicht imstande, sie zu lösen.«

»Das könnte ein Fehler sein«, erwiderte Oreg nach einem Augenblick des Nachdenkens. »Es ist nicht nur Magie, die an den Stein gebunden wurde, es handelt sich auch um den Geist von drei Drachen, die im Augenblick nicht besonders gut auf Menschen zu sprechen sind. Farson versuchte, den Fluch auf die gleiche Weise zu benutzen wie andere Magier einen Ebereschenstab – aber er konnte mit ihm nur zerstörerische Magie wirken, und das selbst zu dem Zeitpunkt, als der Zauber noch neu war.«

»Was schlägst du vor?«, fragte ich.

Er schüttelte den Kopf. »Ich bin dem Fluch nie so nahe gekommen wie du. Du musst improvisieren. Aber sei bitte vorsichtig.«

Wir aßen den Eintopf, den Axiel aus Trockenfleisch und Stücken von diesem und jenem zusammengekocht hatte. Gewürzt durch unseren Hunger und die Kälte, schmeckte er besser, als er tatsächlich war. Tisala und Garranon hatten inzwischen den Schluss gezogen, dass Jakoven zu dem weniger bekannten Pass unterwegs sein musste.

»Ich hätte nicht gedacht, dass ein Tallven auch nur von diesem Pass weiß, aber Garranon sagte mir, dass Jakoven sich mit Geographie auskennt.« Tisala pustete auf ein wenig vom Eintopf, der auf dem kleinen Stück Fladenbrot dampfte.

Garranon nickte. »Er ist klüger, als er sich anmerken lässt. Auf dem bekannteren Pass nach Estian sind um diese Jahreszeit immer noch ein paar Kaufleute unterwegs. Er wird niemandem begegnen wollen. Der andere Pass wird nur von Jägern und Banditen benutzt. Mit dem Fluch und seinen Zauberern hat er von den Banditen wenig zu fürchten, und die Jäger dort sind ein misstrauischer Haufen. Sie werden sich einer Gruppe von Fremden nicht nähern.«

»Ich kenne einen Weg, der einen großen Teil des Sumpfs umgeht, durch den Jakoven offenbar reist«, sagte Tisala. »Wenn er dort ist, wo Ward glaubt, dass er ist, werden wir vor ihm am Pass sein und können auf ihn warten.«

Tosten hatte seine Harfe mitgebracht, und er spielte am niederbrennenden Feuer. Wir fielen in die Lieder ein, die er kannte, und dann überraschte er Axiel mit einem traurigen Lied in der Zwergensprache. Axiel sang den Refrain mit ihm und fügte eine oder zwei Strophen hinzu.

»Ich wusste nicht, dass du die Zwergensprache beherrschst, Tosten«, sagte Axiel, als sie fertig waren.

Tosten schüttelte den Kopf. »Das tue ich nicht. Aber einer deiner entfernten Vettern hat mir dieses Lied beigebracht, als deine Leute uns halfen, die Burg wieder aufzubauen. Und hier ist ein etwas weniger trauriges Lied.« Seine Finger zupften eine schnelle, eingängige Melodie, und er begann mit einem seiner »Riese von Shavig«-Lieder – ein wenig mehr bearbeitet als das letzte Mal, als wir es hörten.

Als er fertig war, deckte ich das Feuer zu, und Oreg sah nach den Pferden. Tisala verschwand in dem kleineren Zelt, während Axiel und Garranon in das größere gingen.

Tosten verschnürte seinen Harfenkasten und sah mich nachdenklich an. »Oreg hat mir erzählt, dass Tisala deinen Antrag angenommen hat.«

Ich nickte.

»Ward, unsere Aussichten, aus dieser Sache heil herauszukommen, sind nicht besonders gut, oder?«

Ich hörte auf mit dem, was ich tat. »Nein«, sagte ich.

Er war fertig mit Verschüren. »Wir – Oreg, Garranon, Axiel und ich – sind zu dem Schluss gekommen, dass es in dem großen Zelt nur Platz für vier gibt.« Er stand auf und warf einen Blick zu dem kleineren Zelt, das ein Stück von den anderen entfernt stand. »Und selbst dann wird es eng werden. Da du der Größte von uns bist, sind wir der Ansicht, dass du ein Zelt mit Tisala teilen musst.«

Ich lächelte träge, und er erwiderte das Lächeln für einen Augenblick. Dann wurde er wieder ernst und legte die Hand auf meine Schulter. »Ward …«, begann er, dann verklang seine Stimme unsicher, weil er die Worte einfach nicht herausbrachte. Also sagte er schließlich etwas anderes. »Ward, ich bin froh, dass du mein Bruder bist.«

»Ich auch«, erwiderte ich. Erst als er in dem größeren Zelt verschwunden war, sprach ich die Worte aus, die ein

Sohn meines Vaters einem anderen nicht direkt sagen konnte. »Ich liebe dich auch, Tosten.«

»Er weiß das«, sagte Oreg, der aus dem Dunkeln kam, wo die Pferde leise Geräusche von sich gaben. Er warf mir mein Bettzeug zu, das er von meinem Sattel genommen hatte, nahm mir die Schaufel ab und deckte das Feuer fertig zu.

Wortlos und ungeschickt legte ich die Hand auf seine Schulter.

Oreg hörte auf zu schaufeln und tätschelte meine Hand. »Ich weiß es ebenfalls.«

Er ließ mich allein am abgedeckten Feuer. Ich hielt auf magische Weise nach dem Fluch Ausschau und fand ihn an dem gleichen Ort, an dem er sich die letzten Stunden aufgehalten hatte, in einem Lager, das weit genug von unserem entfernt war, dass niemand dort unser Lagerfeuer riechen würde.

Dann streckte ich den Kopf in Tisalas Zelt, die Bettrolle unter dem Arm.

»Sie behaupten, es gebe in dem anderen Zelt keinen Platz mehr für mich«, sagte ich zaghaft.

»Komm rein, Ward«, erwiderte sie.

Im goldenen Schimmer meines magischen Lichts zog ich die Stiefel aus und stellte sie neben den Zelteingang, wo ihre bereits standen. Sie wartete, bis ich damit fertig war und mein Bettzeug neben ihren Decken abgelegt hatte, bevor sie ihr Wollhemd auszog. Darunter trug sie nur ein dünnes seidenes Unterhemd. Ich sah das Glänzen von rosafarbener Haut an ihrem Trizeps, wo ein Schwert sie verwundet hatte. Sie sah mich nicht an, als sie ihre Hose aufschnürte und sie für den nächsten Tag faltete. Wie ein Junge trug sie Unterhosen, aber ganz wie das Hemd waren sie seiden, und man konnte die Haut darunter sehen.

»Ich kann meine Sachen anlassen«, sagte ich mit heiserem Flüstern. »Wir können uns zusammenkuscheln, damit wir es warm haben.«

Dann wandte sie sich mir zu und errötete so heftig, dass es selbst in dem trüben Licht zu erkennen war. »Ist es das, was du willst?«

Nein! Ganz bestimmt nicht, dachte ich.

»Ich werde diese Situation nicht ausnutzen, um dich zu etwas zu drängen, was du nicht willst«, sagte ich stattdessen.

»Das habe ich dich nicht gefragt«, stellte sie fest. Sie griff nach dem Saum ihres Hemds und zog es sich über den Kopf. Ich hätte mich vielleicht immer noch widersetzt, aber die Hände, die den Hemdsaum hielten, als sie halbnackt vor mir saß, hatten weiße Knöchel und zitterten.

Ich kam näher und zog ihren Kopf an meine Schulter. »Bevor wir anfangen«, sagte ich dicht an ihrem Ohr, »muss ich wissen, ob du so etwas schon einmal getan hast.« Ich erinnerte mich an die Prellungen, die der Folterknecht des Königs an ihren Oberschenkeln hinterlassen hatte, und hoffte, dass sie davor ein Dutzend Geliebte gehabt hatte.

Sie nickte gegen mich und flüsterte. »Einmal, und ich habe geschworen, dass ich es nicht wieder tun würde. Ich hielt es nie für wert, es zu wiederholen. Bis jetzt.«

Sie ahnte offensichtlich nicht, dass ich von ihrer Vergewaltigung wusste. Mit ihrer trockenen Art versuchte sie zu verhindern, dass sie mir leidtat, und wollte den Vorfall beiseiteschieben. Ich verstand es. Ich fuhr mit der Hand über ihren nackten Rücken und in ihr Haar, und ich spürte, wie sie zitterte, als meine Finger ihren Nacken erreichten.

»Ah«, sagte ich. »Das Wichtigste ist, nicht zu vergessen, dass Liebe gleichzeitig der albernste und heiligste Akt ist, den Menschen vollziehen können. Zwischen uns gibt es nichts

Falsches, Tisala, nur Dinge, die sich gut anfühlen, und andere, die das nicht tun. Wenn dir etwas gefällt oder nicht gefällt, musst du es mir sagen. Bitte, es ist sehr wichtig, dass du es mir sagst, besonders, wenn etwas wehtut.«

»Also gut«, versprach sie angespannt.

Ich ließ sie los und legte unsere Decken zurecht, so gut ich konnte. Nervosität hatte mir viel von meiner Leidenschaft genommen. Ich wünschte, wir hätten etwas Besseres als ein Bett aus rauen Decken auf sumpfigem Boden gehabt.

Das erste Mal war voller schüchterner Liebkosungen und Dringlichkeit. Es tat ihr immer noch ein wenig weh, dachte ich, obwohl sie es mir nicht sagte, außer mit ein paar unwillkürlichen Muskelzuckungen in ihrem Gesicht. Beim zweiten Mal war es besser.

Ich hielt Tisala im Arm, als sie einschlief, und hörte draußen, wie Oreg Garranon bei der Wache ablöste. Ich hatte drei Wachen für je zwei Leute eingeteilt, aber niemand versuchte, einen von uns zu wecken. Ich schloss die Augen und genoss ihre Wärme neben mir.

Tisala lauschte seinem leisen Atem und blieb reglos liegen, damit sie ihn nicht weckte.

Er hielt sie für eine Kriegerin, für tapfer und … Sie fragte sich, ob er wusste, wie verängstigt sie gewesen war. Er hatte nichts gesagt, aber er war sehr vorsichtig gewesen, als er dafür gesorgt hatte, dass sie sich von nun an an seine Liebkosungen erinnern würde und nicht mehr an diesen Albtraum.

Es verblüffte sie, wie unterschiedlich sich die gleichen Berührungen anfühlen konnten, wenn sie von unterschiedlichen Männern vollzogen wurden, und wie sanft diese großen Hände sein konnten, wenn sie ihr Vergnügen bereiteten.

Eine dieser Hände bog sich nun hinter ihr und zog sie ein wenig näher. Das mochte für ihren schlafenden Geliebten eine angenehmere Position sein, aber nun war ihr Hals auf unbequeme Art gebogen.

Sie lächelte, als sie sich ihm entzog, bis sie wieder so lag wie zuvor. Sollte er nur schlafen, aber wenn das hier die einzige Nacht sein würde, die sie mit ihm hatte, würde sie wach bleiben.

Sein Arm glitt von seinem Ruheplatz an ihrer Taille bis zu ihrer Hüfte, dann zog er einmal fest, und sie landete ein wenig überrascht auf ihm. Er sah sie mit verschlafenen Augen an.

»Immer noch wach, wie?«, fragte er, die Stimme tief vom Schlaf und anderen, intimeren Dingen. »Das kann ich nicht zulassen.«

Als sie fertig waren, schlief sie ein, bevor sie sich daran erinnern konnte, dass sie doch eigentlich wach bleiben wollte.

16 WARD

Eine dieser Lektionen, die jedes Kind lernen sollte: Spiele nicht mit Feuer, scharfen Gegenständen und alten Artefakten.

Wir standen auf, bevor die Wintersonne aufging, aßen und packten, bis es hell genug war, dass wir sehen konnten, wohin wir uns bewegten. Es hatte aufgehört zu regnen, aber ringsumher war alles immer noch nass. Der Weg, auf dem Tisala uns führte, war wenig mehr als ein Wildpfad, und ich auf meinem hohen Pferd litt am meisten unter dem Unterholz und tief hängenden, nassen Ästen. Landkarten und die Ergebnisse einer magischen Suche nach dem Fluch teilten uns mit, dass wir den richtigen Weg eingeschlagen hatten: Jakoven war eindeutig auf dem Weg zu dem unbekannteren Pass.

Kurz vor Sonnenuntergang erreichten wie die Stelle, wo die Bergausläufer begannen. Wir zogen uns ein paar hundert Schritte vom Weg zurück und fanden einen ebenen Bereich für unser Lager. Jakoven hatte etwa sechs Meilen entfernt Halt gemacht, und wir nahmen an, dass er dort lagern würde.

»Oreg«, sagte ich, als ich ihm half, die Zelte aufzustellen. »Als du mir nach Estian gefolgt bist, hat Jadeauge dich gespürt – er dachte, ich wäre es. Kannst du etwas tun, damit er uns hier nicht wahrnehmen kann?«

»Wie wäre es damit?«, fragte er, und das beruhigende Gefühl seiner Magie verschwand.

Ich holte tief Luft. Mir war nicht klar gewesen, wie sehr ich mich auf die Präsenz von Oregs Magie verließ, um diese Leere zu füllen, die die Abwesenheit von Hurog in meinem Geist klaffen ließ. Als ich allerdings ein wenig Macht zu meiner Suche benutzte, konnte ich ihn immer noch schwach spüren.

»Besser«, sagte ich. »Muss ich etwas Ähnliches tun?«

Oreg schüttelte den Kopf. »Du bist stets abgeschirmt. Dein Problem bestand immer darin, dass nicht viel durch deine Schilde dringt. Deshalb konntest du lange Zeit keine Magie mehr wirken.«

»Wenn wir sie wirklich überraschen wollen«, sagte Axiel, »sollten wir es jetzt tun. Wir können die Pferde hier anpflocken und uns an Jakovens Lager anschleichen, während sie schlafen.«

»Also gehen wir«, stimmte ich zu. Ein Teil von mir hatte auf eine weitere Nacht gehofft, aber Axiel hatte recht. Wenn wir sie überraschen konnten, würden wir einen Vorteil haben. Wenn sie wussten, dass wir kamen, waren wir tot.

Wir banden die Pferde am Weg an, wo jemand sie finden würde, falls wir es nicht zurückschaffen würden. Wir nahmen die Rüstungen ab und alles andere, was Lärm machen könnte, und beschmierten uns die Gesichter mit dem allgegenwärtigen Schlamm. Dann machten wir uns auf den Weg.

Sich nachts heimlich fortzubewegen, ist eine langsame Angelegenheit. Als wir ihr Lagerfeuer rochen, war es bereits Zeit zur zweiten Wache. Ich schickte Axiel mit seinen guten Zwergenaugen aus, um das Lager auszuspionieren, und hockte mich mit den anderen in den Schutz einer kleinen Fichte.

Etwas Kaltes, Nasses berührte meinen Unterarm. Ich schaute nach unten und bemerkte, dass es sich um Tisalas Hand handelte. Ich zog sie sanft an meine Seite und wärmte sie.

Axiel kam nur zu bald mit einem Bericht zurück. »Ich denke, sie sind zu zwölft«, sagte er. »Zumindest gibt es ein Dutzend Pferde mit Reitsätteln. Sie haben vier Zelte, in denen jeweils bis zu fünf Männer schlafen könnten. Er hat drci Wachen aufgestellt, zwei Bewaffnete in den Farben seiner Wache und einen in dunkler Kleidung, der nach übler Magie stinkt.«

»Konntest du herausbekommen, in welchem Zelt sich Jakoven befindet?«, fragte ich. »Wir müssen Jakoven zuerst erreichen, damit er den Fluch nicht einsetzen kann.«

Axiel schüttelte den Kopf »Sie sehen alle gleich aus.«

»Er wird allein in einem Zelt sein«, erklärte Garranon überzeugt. »Er vertraut Jadeauge nicht genug, um ihn bei sich schlafen zu lassen. Alle Zauberer werden zusammen in einem anderen Zelt schlafen. Die Wachen teilen sich die beiden anderen. Wenn es irgendwie möglich ist, dann ist sein Zelt von den anderen umgeben.«

Axiel griff nach ein paar Steinen und formte wortlos damit das Lager nach. Garranons Hand verharrte zögernd über den beiden mittleren Zelten.

»Eins davon wird das der Zauberer sein und das andere das von Jakoven«, stellte er fest.

»Also gut«, sagte ich. »Wir schleichen alle zusammen rein, und zwar so leise wie möglich. Oreg wird dieses Zelt übernehmen.« Ich zeigte auf eins der Zelte, das Garranon verdächtig fand. »Ich nehme das hier. Damit fallen die Magier hoffentlich uns beiden zu. Axiel, Garranon, Tisala und Tosten, ihr bleibt zusammen und wartet hier.« Ich deutete zwischen die beiden Zelte mit den Wachen, sodass die Männer dort sich an meinen Leuten vorbeikämpfen mussten, wenn sie zu den Zauberern gelangen wollten. »Wartet, bis die Angriffe auf die Zauberer beginnen oder die Wachen Alarm geben. Wenn wir die Magier umbringen können, bevor sie etwas Unangenehmes tun, wird das besser für uns sein.«

»Wir sollten alle töten«, sagte Garranon. »Es wird nicht gut für Kellens Sache aussehen – eher ein Attentat als Gerechtigkeit. Aber wir wollen nicht, dass andere, die danach gieren könnten, von dem Fluch erfahren.«

»In Ordnung«, sagte ich, denn ich war zu dem gleichen Schluss gekommen. »Hat jemand einen besseren Vorschlag? Fragen oder Kritik? Sobald wir diesen Baum verlassen, müssen wir schweigen, bis wir das Lager erreichen.«

»Was ist mit den Wachen, Ward?«, fragte Tosten. »Ich mache mir keine Gedanken wegen der Soldaten, aber es gefällt mir nicht, dass sich ein Magier dort draußen herumtreibt.«

»Mir auch nicht«, stimmte ich zu. »Aber wie sind unsere Aussichten, ihn als Ersten zu erledigen, ohne das Lager zu alarmieren?«

»Schlecht«, antwortete Axiel. »Er ist zu dicht am Lager. Selbst das Geräusch, wenn er umfällt, wird wahrscheinlich jemanden wecken.«

»Unser erstes Ziel besteht darin, den Fluch zu stehlen«, sagte ich. »Und das bedeutet beinahe mit Sicherheit, uns Jakoven zu stellen. Vergesst nicht, er ist ebenfalls ein Zauberer, und nur ein toter Zauberer ist ein sicherer Zauberer. Wenn Oreg als Erstes sein Ziel erreicht, wird er sich danach um den Magier kümmern, der Wache hält, andernfalls werde ich es tun. Ihr anderen vergesst ihn nicht und haltet euch im

Schatten, bis die Wachen herauskommen. Vielleicht wird der Magier euch nicht angreifen, weil er fürchtet, sie zu verwunden.«

»Ich kann den Magier erledigen, bevor wir ins Lager gehen«, sagte Oreg nachdenklich. »Man hat mich schon öfter als Attentäter benutzt.«

Ich schüttelte den Kopf. »Nein.«

Er schnaubte und wandte sich an Tisala. »Es ist das ›benutzt‹, was ihn stört. Wenn ich ihm einfach gesagt hätte, dass ich weiß, wie man lautlos tötet, hätte er es mich tun lassen.«

»Nein«, wiederholte ich, obwohl er tatsächlich recht hatte. Aber es gab noch einen besseren Grund. »Wenn Axiel sagt, dass es nicht möglich ist, werde ich es nicht wagen. Wir brauchen das Überraschungsmoment.«

Wir krochen weiter durch den Schlamm und das Unterholz. Ich segnete lautlos die Feuchtigkeit, die verhinderte, dass die Blätter auf dem Boden raschelten, und verfluchte sie gleichzeitig, weil sie durch Leder und Tuch drang. Bald schon verlor ich alle außer Tosten aus den Augen, als wir uns einzeln durch das Gehölz schlichen, das Jakovens Lager umgab.

Eine der Wachen kam nur eine Handspanne von Tostens ausgestreckter Hand aus dem Schatten. Mein Bruder und ich erstarrten atemlos und warteten darauf, dass der Mann nach unten schaute und Tosten im Schlamm auf dem Bauch liegen sah. Aber schließlich ging er weiter.

Meine Tante postierte Wachen an einer bestimmten Stelle und ließ sie nicht umhergehen. Sie sagte, es sei zu einfach, jemanden zu bemerken, der sich hin und her bewegte, und schwieriger, beim Gehen die Bewegung eines Feinds zu bemerken. Umhergehende Wachen, sagte sie, ließen sich bestenfalls dann rechtfertigen, wenn die Soldaten alle müde waren und das Gehen notwendig wurde, um wach zu bleiben.

Tosten und ich schlichen weiter, nachdem wir ein erleichtertes Grinsen ausgetauscht hatten. Ich verlor meinen Bruder aus den Augen, kurz bevor ich bedeckt mit Schlamm und Laub auf die Lichtung kam, wo Jakoven sein Lager aufgeschlagen hatte.

Ich schickte meine Magie aus, um nach dem Fluch zu suchen, und fand ihn in dem Zelt, das ich mir selbst zugewiesen hatte. Oreg würde demnach Jadeauge gegenüberstehen. Erleichterung und Bedauern erfassten mich zu gleichen Teilen.

Langsam schlich ich weiter, von einem Schatten zum anderen. Der wolkige Himmel hüllte das Lager in Dunkelheit, wenn man von dem Bereich direkt rings um das abgedeckte Lagerfeuer absah, also war es nicht schwer, einen schattigen Weg zu meinem Zelt zu finden.

Ich zog das Messer und schlitzte die Seite des Zelts auf, statt mir die Zeit zu nehmen, die Klappe zu finden. Das Messer war scharf und glitt lautlos durch den nassen Stoff.

Im Zelt war es noch dunkler als draußen. Ich duckte mich in den Schlitz und lauschte auf Jakovens Atem. Aber ich hörte nichts, weil niemand dort war.

Nur der Fluch lauerte unsichtbar in der Dunkelheit. Nun konnte ich ihn problemlos auch ohne meine magische Fähigkeit lokalisieren. Seine Macht erfüllte das Zelt und rief nach mir.

Spät im ersten Sommer, als wir Hurog wiederaufgebaut hatten, kurz nachdem Oreg zurückgekehrt war, hatten wir unter einem Haufen geborstener Steine das Versteck eines Zauberers entdeckt. Ich hatte die Hand nach einem hölzernen Stab mit verblichenem Anstrich ausgestreckt, der mich fasziniert hatte. Oreg hatte mein Handgelenk gepackt und festgehalten.

»Keine gute Idee«, hatte er gemurmelt, »die Spielzeuge eines anderen Magiers zu berühren. Besonders, wenn sie nach dir rufen. Ich werde dir demnächst ein paar unangenehme Dinge beibringen, mit denen du deine eigenen Schätze schützen kannst.«

Das war der Anfang seines Unterrichts für mich gewesen.

Hätte Jakoven den Fluch hier einfach schutzlos zurückgelassen, wo er nicht vor dem Rest seiner Magier bewacht wurde? Das glaubte ich nicht, und ich zog die Hand zurück. Ich nahm nicht an, dass Jakoven das Ding aus der Ferne aktivieren konnte, aber es wäre hier sicherer, bis Oreg oder ich Gelegenheit hatten, es uns näher anzusehen – nachdem ich Jakoven gefunden hatte.

Also steckte ich das Messer wieder ein, zog mein Schwert und suchte mit meiner Magie nach Jakoven. Wenn er mich jetzt spürte, wäre das egal, er würde einen Augenblick später ohnehin wissen, dass wir hier waren – sobald Jakovens Zauberer den Drachen in ihrer Mitte spürten. Oreg mochte einen einzelnen Mann lautlos töten können, aber ich bezweifelte, dass es ihm bei allen gelingen würde.

Ich fand den König nahe dem Waldrand. Lautlos über mich selbst fluchend, sprang ich aus dem Zelt und eilte so schnell wie möglich durch die Bäume. Nun war Eile wichtiger als Heimlichkeit.

Jakoven selbst war der Magier auf Wache. Axiel hatte ihn nicht erkannt. Ich konnte es ihm nicht vorwerfen – es war dunkel, und wer hätte schon gedacht, dass der Hochkönig mit seinen Männern Wache halten würde? Ich bestimmt nicht.

Ich hatte keine fünf Schritte gemacht, als das Lager in Lärm und Rauch aufging. Oregs Zelt schien zu explodieren und begann dann zu brennen, und ich erhaschte einen raschen Blick auf dunkle Umrisse und Funken, als Stahl auf Stahl traf, bevor das Unterholz das Lager verdunkelte.

Ich erhielt die Verbindung zu Jakoven aufrecht, nicht nur, um ihn sofort finden zu können, sondern auch um sicher zu sein, dass er dem Fluch nicht näher kam. Einer der Magier hatte das Lager beleuchtet, und ich konnte das Glühen durch die Äste sehen, als ich mich weiterkrallte.

Ich brach durch einen Bereich klammernder Äste und wäre beinahe mit einem der normalen Wachtposten zusammengestoßen, der gerade mit einer Armbrust auf das Lager geschossen hatte. Mein Schwert nahm seinen Kopf, ohne dass ich langsamer wurde, und ich versuchte, nicht daran zu denken, auf wen er geschossen hatte.

Ich konnte nichts tun, um meinen Freunden zu helfen, ehe ich mit Jakoven fertig war. Ich befand mich jetzt hinter ihm. Es bestand die Möglichkeit, dass er den Lärm, den ich machte, für den seines Wächters hielt – des Mannes, den ich umgebracht hatte.

Jakoven bewegte sich seinerseits leise auf das Lager zu – ich nahm an, er wollte erst zuschlagen, wenn er seine Männer eindeutig von meinen unterscheiden konnte. Ich hatte ihn beinahe erreicht, als ich ein Brüllen hörte, das ich fast nicht als die Stimme des Königs erkannt hätte.

»Garranon!«, röhrte er.

Es gab ein Lied, das Tosten gern sang und das ich für albern hielt, in dem es um einen Soldaten ging, der herausfand, dass seine Frau eine Verräterin war. Einer der Sätze, die ich kritisierte, beschrieb, wie die Stimme des Mannes von Verrat und Unglauben zitterte.

»Wie«, hatte ich gefragt, »darf man sich denn den Klang von Verrat und Unglauben vorstellen?«

Nun hörte ich beides in Jakovens Stimme. Ich spürte es in dem Donner von Macht und Magie, die sich um ihn sammelte.

Ich war nahe genug, um mein Schwert zu benutzen, aber die Äste waren im Weg und hätten meinen Schlag behindert, und mein Schwert war zum Werfen nicht geeignet. Also brüllte ich wie ein Elchbulle, stürzte durch das Gehölz und rammte die Schulter in Jakovens Magen, noch bevor ich ihn wirklich richtig sehen konnte.

Mein Angriff ließ uns beide eine steile Böschung hinunter und ins Lager rollen. Es unterbrach auch jeden Zauber, den er nach Garranon schleudern wollte.

Ich kam auf die Füße und schlug in der gleichen Bewegung zu, aber Jakovens Klinge fing meine ab und drehte sie. Er ließ meine Waffe an seiner entlanggleiten und reagierte auf meinen Stoß mit einer Reihe knapper Bewegungen, die eher schneiden als ernsthaft verletzen oder töten sollten.

Es war ein unerwarteter und wirkungsvoller Stil. Er verursachte mir mehrere flache Schnittwunden an den Armen und eine ernstere am Bauch. Sein Schwert war kürzer als meins, was ein Nachteil hätte sein sollen, aber er blieb dicht an mir, sodass die Länge meiner eigenen Waffe mir in den Weg geriet.

Dennoch, ich war stärker als er. Nach einem gelungenen Abwehrmanöver zwang ich ihn mit einem Vorstoß zurück, den er nicht abwenden konnte. Von da an hielt ich ihn mit der überlegenen Reichweite meines Schwerts und meines Arms auf Abstand und machte seine Manöver zu meinem Spiel.

Die Schnitte an meinem Arm bluteten heftig, und ich konnte die Feuchtigkeit von dem Schnitt in meinem Bauch bis zu den Knien spüren. Ich wusste, dass mir nur wenig Zeit blieb, diesen Kampf zu gewinnen, bevor der Blutverlust mich ernsthaft schwächte.

Noch während ich das dachte, kam Garranon hinter mich und rief: »Zurück, Ward. Ich übernehme ihn. Verbindet Eure Wunden, bevor wir Euch von hier wegtragen müssen.«

Wir wechselten die Plätze, als hätten wir das tausend Mal geübt. Ich sah mich um, konnte aber den Rest des Kampfs nicht erkennen, weil die Zelte im Weg waren. Rasch riss ich mein Hemd ab, wickelte es direkt über dem Nabel fest um meine Taille und band die Ärmel zusammeln, um es dort zu halten. Das würde hoffentlich die schlimmste Blutung stillen.

Während ich diesen Behelfsverband anlegte, beobachtete ich, wie Garranon gegen Jakoven kämpfte. Das Zischen, das von meinen Lippen kam, hatte mehr mit meiner Bewunderung der Schwertarbeit zu tun als mit dem brennenden Schmerz in meinem Bauch. Sie standen einander in nichts nach. Ich war fasziniert von dem Tempo und der Wildheit des Kampfes.

»Verräter«, flüsterte Jakoven. »Ich habe dich *gerettet.* Ich habe deinen Bruder gerettet und dir erlaubt, deinen Besitz zu behalten, als die Ländereien anderer Leute, die geringere Rollen in der Rebellion gespielt hatten als dein Vater, meinen Getreuen zufielen.«

»Du hast mich benutzt«, verbesserte Garranon, ganz Kälte gegenüber Jakovens Hitzigkeit. »Und ich habe es zugelassen. Ich wusste, dass ich meine Familie nicht mit dem Schwert retten konnte, also habe ich es mit meinem Körper versucht.«

»Du hast mich geliebt«, sagte Jakoven.

»Niemals«, erwiderte Garranon. »Hätte ich den Atem aus deinem Körper rauben können, ohne dabei etwas zu verlieren, dann hätte ich das getan. Ich habe Spione bezahlt und selbst spioniert, und ich habe Alizon Informationen verschafft, als er sich von deinem Hof löste.«

»Du lügst.« Jakovens Stimme war selbstsicher. »Ich hatte nie einen leidenschaftlicheren Bettgefährten. Warum, glaubst du, habe ich dich all diese Jahre behalten?«

»Für Sex braucht man keine Liebe«, erwiderte Garranon ruhig. »Und es war niemals mehr als Sex – ganz gleich, wie gut es sich anfühlte. Verglichen mit dem, was du meinem Heim und den Fünf Königreichen angetan hast, ist das weniger als nichts.«

»Du lügst«, erwiderte Jakoven, und eine Abwehr misslang ihm. Garranons Klinge glitt problemlos durch das einfache Seidenhemd, das der König trug. Der Treffer war jedoch zu tief am Körper, um sofort tödlich zu sein.

»Ich habe dich geliebt.« Jakoven sank auf die Knie, und Blut verfärbte seine Hände zu einem glitzernden Schwarz. Garranon zog die Waffe heraus und schlug erneut zu. Die blutdunkle Klinge glitt durch die Kehle des Hochkönigs, und das sprühende Blut überzog Garranon und lief wie Tränen über sein Gesicht.

Ich wandte mich ab, um die schlimmsten Wunden an meinem Unterarm zu untersuchen und Garranon einen Moment der Abgeschiedenheit zu geben. Auf seinen Zügen stand solche Trauer – ich glaubte nicht, dass er das einen anderen sehen lassen wollte.

»Hier«, sagte er schließlich, riss einen Stoffstreifen vom Rand seines Hemds und wickelte ihn um meinen rechten Oberarm. Diese Wunde hatte ich überhaupt nicht bemerkt.

»Wir sollten lieber nachsehen, wie es den anderen geht«, fügte er dann hinzu.

Ich nickte, warf aber unwillkürlich noch einen letzten Blick auf Jakovens leblosen Körper. Ich hatte schon in einigen Schlachten gestanden und wusste, wie schnell ein Mann vom Leben zum Tod gelangen konnte. Es brauchte nur einen einzigen Fehler. Aber es wirkte beinahe enttäuschend, nun die Leiche des Mannes zu betrachten, der in seinem Leben so vielen wehgetan hatte. Als wäre sein Tod nicht Strafe genug.

Ich folgte Garranon und holte ihn ein. Wir kamen an den Zelten vorbei, und ich hatte gerade eben Gelegenheit zu erkennen, dass Tisala noch auf den Beinen war, bevor das magische Licht über uns erlosch.

Meine Nackenhaare sträubten sich von der Magie, die über uns hinwegrauschte wie eine riesige Welle in der Brandung. Ich glaube, ich trat sogar einen Schritt zurück, weil ich gegen Garranon stieß.

»Was ist das?«, fragte er.

»Farsons Fluch«, sagte ich. Dann brüllte ich: »Oreg!« und drehte mich suchend um, als meine Nachtsicht langsam zurückkehrte und Schatten zu den vertrauteren Formen von Zelten und Menschen auflöste.

Niemand antwortete mir.

Garranon schien besser zu sehen als ich, denn er verließ mich plötzlich, um eine der schattenhaften Gestalten anzugreifen, bevor sie ihren Schlag auf jemanden, der am Boden lag, vollenden konnte.

Ich rannte zu dem Zelt, aus dem der Fluch nach mir rief, hungrig nach dem, womit ich ihn füttern konnte.

»Oreg?«, rief ich im Laufen.

Oreg war doch sicher der Einzige, der an Jakovens Schutzzaubern vorbeikommen konnte, aber er gab immer noch keine Antwort. Ich suchte mit meiner Magie nach ihm und fand ihn so nahe am Fluch, dass ich einen Augenblick dachte, die Magie des Artefakts habe mich getäuscht.

Dann stolperte ich über eine verbrannte, zerfetzte Leiche und verlor ein paar kostbare Momente damit, die Stirn und das Auge zu betrachten, die noch ganz geblieben waren. Die Angst, dass es Oreg sein könnte, verhinderte beinahe, dass ich Arten, Jakovens Erzmagier, an der Form der Stirn erkannte.

Ein paar Fuß weiter fand ich eine weitere Leiche, die nicht zu erkennen war. Aber das Feuer, das sich immer noch an ihrem Fleisch nährte, war voll von Oregs vertrauter Magie – es war einer der Zauberer des Hochkönigs.

Jakovens Zelt war dunkel und still, doch die Eingangsklappe stand offen. Ich versuchte, Oregs Magie zu spüren; falls er sie einsetzte, wurde sie von der Magie des Fluchs verschlungen.

Ihr Götter, dachte ich, während sich vor meinem geistigen Auge die schrecklichsten Szenen abspielten, als ich langsamer wurde und mich ans Zelt anschlich. Oreg hatte die von Jakoven gestellte Falle entschärft, dann versucht, den Zauber des Fluchs zu brechen – und versagt. Oder er war ermüdet und in eine von Jakovens Fallen gegangen.

Ich duckte mich unter der Klappe hindurch, und magisches Licht flackerte im Zelt auf. Draußen lagen so viele Leichen am Boden, dass ich nie daran gedacht hätte, dass sich außer Oreg noch jemand im Zelt aufhalten könnte. Aber nun stand mir Jadeauge gegenüber und bedachte mich mit seinem wundeschönen Lächeln.

Einen Augenblick sah ich nur ihn. Mein Körper, der sich daran erinnerte, was er ihm angetan hatte, während er auf diese Weise lächelte, brach in kalten Schweiß aus. Dann bemerkte ich Oregs schlaffe Gestalt auf den Zeltboden.

Ich ignorierte Jadeauge, machte zwei Schritte vorwärts und tastete an Oregs Hals nach seinem Puls. Ich seufzte erleichtert, als ich ihn fand. Die Beule, die an seinem Hinterkopf anschwoll, gefiel mir jedoch ganz und gar nicht. Stala sagte immer, wenn man einen Mann fest genug auf den Kopf schlug, um ihn bewusstlos zu machen, bestand eine gute Möglichkeit, ihn damit auch zu töten.

»Willkommen, Ward«, flüsterte Jadeauge. »Ich habe auf meine Gelegenheit gewartet, mir den Fluch zu nehmen, seit ich ihn zum ersten Mal sah. Es ist nur angemessen, dass Ihr dabei seid, genau wie damals, als ich ihn zum ersten Mal sah.«

Ich hockte immer noch neben Oreg. Nun schaute ich auf zu Jadeauge und erkannte den Wahnsinn in seinem Blick. Ich fragte mich, ob er wie meine Mutter seine eigenen Zaubertränke getrunken oder einfach den Verstand verloren hatte. Wie auch immer, der schlanke Stab in seiner Hand, auf dem ein Drache angebracht war, der einen glühenden Rubin im Maul hielt, bewirkte, dass mir übel wurde.

Die zornige rote Magie des Fluchs blies mir das Haar aus dem Gesicht und kehrte dann zurück, um mich an der Schulter zu treffen. Der Schlag war fester als alle, die ich je hatte hinnehmen müssen, und kam vollkommen unerwartet, weil sich an Jadeauges Gesicht und seiner Haltung nichts änderte, was mich vor seinen Absichten gewarnt hätte. Ich fiel nach vorn auf meine Arme, und einer der Schnitte, die sich geschlossen hatten, ging wieder auf. Ich spürte, dass die Brise zurückkehrte, um mein Blut zu schmecken.

»Oh«, hauchte er. »Sie mögen Euch. Könnt Ihr sie hören? Sie haben mich immer wieder gerufen. Ich habe sie jede Nacht besucht, konnte aber Jakovens Schutzzauber nicht brechen. Dann kam ich heute Nacht hierher und stellte fest, dass Euer Zauberer alle Arbeit für mich erledigt hatte.«

»Wer?«, fragte eine Stimme in meinem Kopf heiser und leise. Jadeauges Worte verhinderten beinahe, dass ich sie hörte. *»Wer bist du?«*

Hurog, dachte ich.

»Wir kennen dich.« Diesmal waren es mehrere Stimmen, und viel stärker. Ich sah drei Drachen, obwohl meine Augen geschlossen waren. *»Erkenne uns ebenfalls.«*

»… an einem Bann gearbeitet, um sie loszulassen«, fuhr Jadeauge fort, der offenbar das andere Gespräch, an dem ich Anteil hatte, nichts bemerkte. »Drachen sind unsterblich. Wenn ich sie von einigen Einschränkungen befreien kann, die Farson ihnen auferlegte, können sie wieder in Wahrheit Drachen sein. Sie werden mir dienen, wie Drachen schon dem Kaiser dienten. Alizon hat recht«, erklärte er eindringlich. »Jakoven sollte nicht Hochkönig sein.«

Die Schwärze floss unter dem intensiven Rot des Edelsteins heraus, genau wie beim ersten Mal, als ich den Fluch gesehen hatte. Ich erkannte, dass dieser Teil der Magie des Fluchs mir deshalb schwarz vorkam, weil er so dicht war, nicht, weil er böse gewesen wäre. Er floss in einem trägen, schweren Gleiten den Stab entlang und sammelte sich am Boden des Zelts, bedeckte meine Hände und schwappte über Oregs Körper.

Das hier war etwas anderes, das sich von der roten Magie unterschied, und der Unterschied wuchs. Es schmeckte nach Drache, obwohl mir bis dahin nicht klar gewesen war, dass Drachenmagie einen bestimmten Geschmack an sich hatte und damit eine Gemeinsamkeit bestand zwischen der Magie von Oreg, der von Hurog und der des Fluchs.

»Er ist nun beinahe leer«, stellte Jadeauge fest – und irrte sich meiner Ansicht nach dabei.

Farsons Fluch verbarg seine Macht vor ihm. Ich schauderte, als mir klar wurde, dass ich den Fluch verstand, weil

Jakoven mit meinem Blut und meinen Tränen eine Verbindung zwischen uns geschaffen hatte. Die Magie, die ich rot wahrnahm, war die Macht, die ein Magier, der den Fluch benutzte, einsetzen konnte. Das wusste ich, weil der Fluch es mir sagte. Die dunkle Magie war Macht, die der Fluch selbst gehortet hatte, in Schach gehalten von den Fesseln, die Farson ihm vor so langer Zeit auferlegt hatte.

»Jakoven hat den größten Teil der Magie für Buril verwendet – nachdem er sich überzeugt hatte, dass Garranon nicht dort war«, fuhr Jadeauge fort, der immer noch nichts von der Kommunikation zwischen mir und dem Fluch wahrnahm. »Seltsam von ihm, findet Ihr nicht auch? Ich dachte, er wäre mit Garranon fertig. Er hat Garranon nicht mehr in sein Bett geholt, seit er mich im vergangenen Jahr fand. Aber ich weiß etwas, was Jakoven nicht wusste.«

»Und das wäre?«, fragte ich und sah zu, wie die Schwärze Jadeauges Füße berührte und zurücklief wie das Meer am Strand.

»Dass es Eure Tränen sind, was die Drachen brauchen – sie haben es mir selbst verraten. *Hurog* bedeutet Dache, sagte Jakoven. Aber er ist nicht weit genug gegangen. Ich habe es nachgeschlagen. Wusstet Ihr, dass *Hurogmeten* Hüter der Dachen bedeutet?« Er hockte sich hin, ahnte nichts von der Schwärze, die im Zelt umherfloss. »Eure Tränen werden meinen unsterblichen Drachen ihr Leben zurückgeben, und sie werden mir dienen.«

Er irrte sich. Der Fluch enthielt die Überreste von Drachen, und Toten konnte man nichts weiter geben als einen Schein von Leben.

»Drachen sind nicht unsterblich«, sagte ich und berührte den Hals meines Drachen erneut, denn ich konnte ihn unter der Schicht von Schwärze nicht atmen sehen. Jadeauge nahm die Schwärze immer noch nicht wahr: Er war kein Hurog. An meinen Fingern schlug Oregs Puls stetig. »Drachen leben sehr lange, noch länger als Zwerge. Aber sie sind nicht unsterblich.«

Sein Lächeln wurde intensiver. »Ihr wisst nicht viel«, sagte er und richtete den Stab auf mich.

Schmerzen erfassten mich, und ich verlor die Kontrolle über meine Muskeln, unfähig, auch nur den Kopf zur Seite zu drehen und den schmerzhaften Kontakt von Nase und fest gestampfter Erde zu vermeiden.

»Immer so still, mein Ward«, flüsterte Jadeauge, und er drehte meinen Kopf vom Boden weg und schnalzte missbilligend mit der Zunge, als er das Blut sah, das aus meiner Nase floss. »Das hat mir an Euch gefallen. Einige mögen die Schreie, aber ich genieße Euren Schmerz, nicht den Lärm.« Er befühlte mit den Fingern meine Oberlippe und hob die Hand einen Moment, um mir die Feuchtigkeit meiner Tränen an seinen Fingerspitzen zu zeigen. »Es tut mir Leid, dass Ihr sterben müsst. Aber ich fürchte, Ihr würdet sie mir abnehmen, wenn ich Euch nicht umbringe, bevor ich sie freilasse.«

»Ein Drache ist niemandes Sklave«, brachte ich unter Schmerzen hervor. »Und er sollte es auch niemals sein. Ich denke, es wird Euch ergehen wie meinem Vater, und Ihr werdet feststellen, dass es mehr ist, als Ihr wirklich verkraften könnt.«

»Euer Vater hatte einen *Drachen?«*, fragte er, und die Schmerzen wurden zu Erinnerung. »Es heißt, es gäbe jetzt einen Drachen auf Hurog. Jakoven behauptete, es sei nur eine Illusion.«

Ich holte tief Luft. »Hört mir gut zu, Jadeauge. Die Drachen sind gestorben, um diesen Edelstein herzustellen. Ihr könnt sie nicht ins Leben zurückrufen. Die erste Regel der Magie besteht darin, sich nicht in die natürliche Ordnung der Dinge einzumischen. Wenn Ihr Farsons Bindungen brecht, werdet Ihr nichts als Tod auf die Welt loslassen.«

»Ja«, sagte die rote Flut von Magie. *»Lass mich zerstören!«*

Aber sie fühlte sich nicht so lebendig an wie die schwarze Magie, die mich überzog und die Tränen von meinen Wangen trank. Sie war nur Zerstörungsmagie, kalt und mächtig.

Jadeauge wich zurück.

»Habt Ihr das gehört?«, fragte ich. »Es wird kein neues Kaiserreich geben, über das Ihr herrschen könnt, wenn Ihr sie frei lasst.«

Seine Miene veränderte sich abrupt zu einem hasserfüllten Zähnefletschen, und er sprang auf. »Ihr glaubt, Ihr wisst alles.«

Er stieß mir das Ende des Stabs in den Bauch, und ich rollte mich zusammen und versuchte verzweifelt und vergeblich, Luft zu bekommen. Dunkelheit lauerte vor meinen Augen, aber ich erinnerte mich an die Stimme meiner Tante. »Nicht krümmen; bleib gerade, Junge. Lass der Lunge Platz, um zu arbeiten.« Und ich zwang meinen Körper gerade und bekam ein klein wenig Luft. Der nächste Atemzug war schon tiefer.

Ich öffnete die Augen gerade rechtzeitig, um zu sehen, wie Jadeauge den Edelstein mit seinen tränenfeuchten Fingern berührte. Der schwarze Nebel der Magie verharrte reglos, als warte er.

Jadeauge schnippte mit den Fingern. »Offenbar braucht er auch Blut«, sagte er.

Er drehte mich flach auf den Rücken und zog sein Messer. Dann bückte er sich, schnitt den fleckigen Verband von meiner Taille, riss den Stoff ab und damit die Wunde wieder auf. Er nahm den Stab und drückte den Fluch in meine Wunde.

Ich spürte die eisige Berührung des Edelsteins, spürte, wie er sich von mir nährte. Es sandte schmerzhafte Stiche durch meine Knochen und warme Zuckungen der Ekstase durch meine Muskeln, bis ich nicht mehr wusste, was was war.

»Hoch mit dir, Ward, verdammt noch mal. Wenn du wie ein Klotz liegen bleibst, weil dir jemand einen blauen Fleck verpasst hat, wirst du eines Tages mit einer durchgeschnittenen Kehle enden.« Die Erinnerung an die Stimme meiner Tante schien irgendwie mit dem Nebel verbunden zu sein, der meine Wangen mit eisigen Ranken berührte und meinen Kopf ein wenig klarer machte.

Mit der Willenskraft, die sowohl mein Vater als auch meine Tante gestärkt hatten, wenn auch aus unterschiedlichen Gründen, griff ich nach oben, packte den Stab mit beiden Händen und riss ihn Jadeauge aus den Händen.

Er hatte offenbar nicht nur mein Blut bei dem Fluch benutzt, sondern auch seine eigene Magie, denn er begann zu zucken, als er den Kontakt mit dem Stab verlor. Er fiel, einen Augenblick bewusstlos, halb über Oreg.

Ich zog den Fluch von meiner Wunde weg, und das war schwerer, als es hätte sein sollen. Mithilfe des Stabs kam ich auf die Beine und stieß mir den Kopf an der Stange, die diesen Teil des Zeltdachs geradehielt. Dann erkannte ich, dass Jadeauge dem Stab einen Befehl gegeben haben musste, bevor er ihn losgelassen hatte.

Er wollte, dass ich starb, damit niemand sonst einen Anspruch auf den Fluch erheben konnte, und die rote Flut der Magie, gestärkt von meinem Blut, überflutete meinen Körper in einem Versuch, die Anweisung des Magiers auszuführen.

Ich kannte mehrere Bindungszauber. Oreg hatte mir die meisten beigebracht.

»Wenn du sie nicht kennst«, hatte er gesagt, *»wirst du sie nicht brechen können.«*

Ich konnte die Bindungen an dem Edelstein erkennen, wenn ich mich darauf konzentrierte. Die Fesseln, die den Fluch zwangen, Jadeauges Befehl auszuführen, verblassten unter meiner zustoßenden Magie, aber nicht schnell genug. Eine rote Flut von Schmerzen schüttelte mich, und es wurde sehr schwer zu atmen.

Hurog-Blut hatte den Fluch Jadeauges Kontrolle übergeben. Ich ließ die Finger meiner rechten Hand auf der blutigen Beule an Oregs Hinterkopf ruhen. Echtes Drachenblut, oder doch unverdünnter als das meine.

Rote Hitze versengte meine Haut, leere Schwärze ließ mich taub und stumm werden, und kühle, blaue Macht berührte meine Haut mit Eis. Blau für Tränen, dachte ich. Ich konnte nicht atmen, konnte nicht sehen, konnte nichts hören als das Geräusch des Drachenatems in meinen Ohren. Blind hob ich die rechte Hand und tastete nach dem Edelstein. Ich konnte den Stab und den Fluch nicht spüren, aber der Stein glühte mit einem Überfluss an Macht, und ich bedeckte ihn mit meiner Hand.

Einen Augenblick kämpfte ich noch gegen den Fluch an, und im nächsten war der Rausch der Macht vorüber. Ich bekam wieder Luft, und meine Sehkraft kehrte zurück, als wäre sie nie verschwunden gewesen.

Der Edelstein im Maul des Bronzedrachen leuchtete mit kühlem, lila-blauem Licht. Die schwere Schwärze der gefangenen Überreste war ebenso wenig zu spüren oder zu sehen wie die rote Magie, die dem Herrn des Fluchs gehorcht hatte.

Ich stützte mich auf den Stab, der das Einzige war, was mich aufrecht hielt.

Bis auf das leichte Pulsieren, das den Stein leuchten ließ und das Zelt mit seinem bläulichen Licht erhellte, konnte ich keine Magie mehr wahrnehmen. Ich war zu müde, um das Wesen der Magie zu erforschen, die dieses Leuchten bewirkte, aber es hätte durchaus ein Überrest der Freisetzung von Farsons Zauber sein können. Blut und Tränen, dachte ich und erinnerte mich an Oregs Idee, dass Magie sich losreißen konnte.

Oreg hatte mich gezwungen, ihn zu töten, um den Bann zu brechen, der ihn an Hurog band. Es kam mir nicht sonderlich seltsam vor, dass diese Drachengeister, die an den Fluch gebunden waren, willens waren, ein ähnliches Opfer zu bringen.

Ich würde später Zeit haben, um alles zu analysieren. Jetzt tobte vor dem Zelt ein Kampf, und sobald ich wieder aufrecht stehen konnte, musste ich nach draußen gehen und helfen. Aber noch während ich daran dachte, stellte ich fest, dass es draußen zwar ziemlich laut war, aber keine Kampfgeräusche mehr erklangen und diese schon vergangen waren, während ich noch mit Jadeauge und dem Fluch rang.

Jadeauge.

Ich setzte dazu an, mich hinzuknien und nach dem Magier zu sehen, aber in diesem Augenblick rollte er von Oreg herunter. Einen Augenblick machte ich mir Sorgen, denn in meinem derzeitigen Zustand hätte mich auch ein Kätzchen umwerfen können, aber Jadeauge blieb schlaff liegen, und Oreg setzte sich hin.

Er sah sich um, eine Hand am Kopf. Sein erster Blick galt dem Fluch, der zweite Jadeauge, dann sagte er: »Ich hab den ganzen Spaß verpasst, wie? Ich kann nicht glauben, dass ich wirklich zugelassen habe, dass er mich von hinten niederschlug.«

»Ebenso wenig wie ich«, stimmte ich zu, immer noch auf den Stab gestützt. »Wir müssen nachsehen, was da draußen passiert.« Ich deutete vage zur Zeltklappe. »Aber erst sollten wir dafür sorgen, dass Jadeauge nichts tut, was wir bedauern würden, wenn er aufwacht. Es muss hier irgendwo ein Seil geben. Da ich ein wenig angeschlagen bin – immerhin habe ich nicht die ganze Aufregung verschlafen wie andere hier –, fällt diese Aufgabe wohl dir zu.«

»Jadeauge?«, fragte Oreg nachdenklich. Seine rechte Hand bewegte sich, er nahm das Messer aus dem Gürtel und hatte es schon über Jadeauges Kehle gezogen, bevor ich ein verspätetes »Nein!« herauswürgen konnte.

Dann stand er auf und sah mich aus zusammengekniffenen Augen an – oder vielleicht kniff er sie auch nur wegen der Kopfschmerzen zusammen. »Ich habe deine Albträume gehört«, sagte er. »Ich konnte nicht zulassen, dass er lebt – und ich habe ihm einen gnädigeren Tod gegeben, als er verdient hat.« Um das Thema zu wechseln, zeigte er auf den Fluch. »Was hast du mit dem da vor?«

»Ich will damit nichts zu tun haben«, sagte ich ziemlich entschlossen für jemanden, der ohne den Stab mit Farsons Fluch umgefallen wäre.

»Wartet, bis sie herauskommen«, erklang nun Haverness' Stimme vor dem Zelt. »Zauberer sollte man nicht unterbrechen.«

Oreg und ich wechselten einen Blick. Wie auch immer es unserer Gruppe ergangen sein mochte, offenbar hatten wir unerwartet Verstärkung erhalten.

Schwer auf den Stab gestützt, verließ ich das Zelt. Eine schwache Spur von Licht im Osten sagte mir, dass während meines Kampfs gegen den Fluch einige Zeit vergangen sein musste. Im Dunkel des frühen Morgens leuchtete der Edelstein wie eine Faust voller Zwergensteine, und in seinem Licht erkannte ich, dass Haverness ein kleines Heer mitgebracht hatte.

Ich sah mich nach Tisala um, entdeckte aber als Ersten Kellen. Er stand Oreg und mir auf Schwertlänge gegenüber, die Waffe gezogen, Rosem zu seiner Rechten. Haverness wartete hinter ihm, und dann endlich erspähte ich Tisala an seiner Seite, zerschlagen, aber lebendig. Die anderen wurden von der Dunkelheit verborgen, aber es schien viele von ihnen zu geben. Als ich mich umschaute, erkannte ich, dass sie das Zelt umstellt hatten.

Sie hatten offenbar die halbe Nacht auf das Ergebnis des Kampfs in Jakovens Zelt gewartet. Mich und Oreg zu sehen, beruhigte Kellen nicht. Ich fragte mich, auf welches Ergebnis er gehofft hatte.

»Sire«, sagte ich, aber ohne mich zu verbeugen, weil ich fürchtete, mich dann nicht mehr aufrichten zu können. »Ich hatte Euch nicht hier erwartet.«

»Ja«, antwortete er. »Ich dachte mir schon, dass wir Euch überraschen würden. Es war Garranon, der uns misstrauisch machte – habt Ihr wirklich angenommen, ich würde glauben, dass er nach dem Angriff auf Buril auf die Jagd gehen würde?«

»Nein.« Ich schüttelte den Kopf. »Aber wir brauchten genügend Vorsprung, um Jakoven zu erwischen, bevor er von Eurer Anwesenheit hier wusste. Wir mussten ihn überraschen, bevor er den Fluch noch einmal einsetzen konnte.« Ich nickte zu dem Stab hin, und schon diese Bewegung brachte mich ein wenig ins Schwanken.

»Tatsächlich?«, fragte Kellen leise. »Oder habt Ihr eine Gelegenheit gesehen, die Macht zu ergreifen?«

»Kellen macht sich Gedanken, dass Jakovens Sturz eine gute Gelegenheit zum Wiedererwecken alter Traditionen sein könnte«, erklärte Haverness mit sorgfältig neutraler Stimme. »Die Hurogs sind die Letzten aus der alten königlichen Familie von Shavig.«

Ich war zu erschöpft, um mich mit dummen Verdächtigungen abzugeben, besonders, da mir in diesem Zustand das Reden noch schwerer fiel als sonst. Ich versuchte, mich zu sammeln, und musste den Stab fester packen, um auf den Beinen bleiben zu können.

»Ward?« Das war Tisalas Stimme. Ich schaute zu ihr hin, und nun konnte ich sie klarer erkennen. Mit einem unbehaglichen Gefühl bemerkte ich, dass das Licht des Edelsteins meinem Blick ohne jeden Befehl gefolgt war, aber meine Hauptaufmerksamkeit gehörte Tisala. Abrupt richtete ich mich auf; Zorn stärkte meine Wirbelsäule. Dass sie zerschlagen aussah, war nach dem Kampf mit Jakovens Männern zu erwarten, aber nun hatte man ihre Hände gebunden, und sie war offenbar eine Gefangene.

Ich schaute zurück zu Kellen, der ruhig fragte: »Ist das der Fluch, Ward?« Sein Blick versuchte, mir eine Botschaft zu übermitteln, aber ich war zu müde und zornig, um es zu begreifen.

»Es ist nicht Kellen, der an dir zweifelt.« Das war mein Onkel. Mir wurde erst jetzt klar, dass er ebenfalls hier war. »Aber als wir begriffen, wohin du unterwegs warst, verliehen einige oransteinische Adlige, die deinen Vater kannten, ihrem Zweifel Ausdruck. Fen hätte, wenn er an deiner Stelle gewesen wäre, den Fluch tatsächlich genommen und ihn benutzt, um den Thron zu besteigen – und sie kennen dich nicht.«

Seine Worte wurden von der aufsteigenden Flut meines Zorns weggewaschen, die nur noch größer wurde, als ich sah, dass man auch ihn gefesselt hatte.

Ich fuchtelte mit der Hand und nutzte die Macht des Stabs (*»Welche Macht?«*, fragte ein kleiner, vernünftiger Teil von mir, der unter dem tobenden Zorn begraben war), und das Seil fiel von Tisalas Handgelenken. »Tosten, Axiel, Garranon«, sagte ich mit einer Stimme, die ich kaum erkannte.

»Hier, Ward«, sagte Garranon hinter mir. »Es geht mir gut.«

»Mir ebenfalls«, ließ sich Axiel vernehmen.

»Mir fehlt nichts, was sich nicht heilen ließe«, erklärte mein Bruder. »Sei vorsichtig, Ward. Bewahre einen kühlen Kopf.«

Ich brauchte sie nicht einmal anzusehen, um ihre Fesseln abfallen zu lassen, und das Gleiche galt für die von Duraugh. Die Macht des Stabs erfüllte mich und stärkte meine magische Fähigkeit, andere zu finden, bis ich jeden Mann im Lager hätte identifizieren können, obwohl ich die meisten von ihnen nie zuvor gesehen hatte.

»Warum waren meine Leute gefesselt?«, fragte ich leise. »Sie haben nichts falsch gemacht. Mit diesem Ding hier«, ich schüttelte den Stab, »hätte Jakoven ein ganzes Schlachtfeld dem Erdboden gleichmachen können. Heimlichkeit war unsere einzige Möglichkeit. Also haben diese Leute ihr Leben für Euch aufs Spiel gesetzt, und Ihr macht sie zu Gefangenen?«

Als Tisala zu mir kam, versuchte niemand, sie aufzuhalten. »Mein Liebster«, sagte sie, als hätte sie mich immer so angesprochen. »Ward, hör mich an. Niemand wurde verletzt. Farrawell und ein paar von seinen Freunden glaubten, dass du von Anfang an nichts anderes wolltest, als den Fluch für dich zu behalten. Es sind genug von ihnen hier, also blieb Kellen nichts anderes übrig, als dir gegenüberzutreten.«

Ich hörte sie an, behielt aber Kellen im Auge. Sie mochte glauben, dass Kellen keine Wahl hatte, aber ich wusste es besser. Die Macht, die mich erfüllte, bebte vor Zorn bei dem

Gedanken. Und sie sagte mir genau, was ich mit Kellen und den Oransteinern anfangen sollte, die meine Leute gefesselt hatten.

»Ward«, hörte ich nun Oregs Stimme laut und deutlich. »Deine Augen leuchten Hurog-blau – wie der Stab.«

Ich wandte mich dem Drachenmagier zu, und das Bewusstsein, das Teil der Magie des Fluchs war, erkannte ihn als *Drachen.* Es beruhigte sich in seiner Gegenwart und ließ mir genug Raum, um zu verstehen, was er gesagt hatte. Und als es schwächer wurde, ließ auch das Bedürfnis, Farrawell und Kellen zu töten, ein wenig nach. Aber es war nicht verschwunden, nur verborgen, wie es sich zuvor vor mir verborgen hatte.

Ich holte tief, aber ein wenig zittrig Luft. »Siphern rette mich«, flüsterte ich. »Ich dachte, es wäre fort.« Der Fluch hatte sich nur verborgen und wartete darauf, mich mit seinem Wahnsinn anzustecken.

Nun wusste ich, dass Jadeauge recht gehabt hatte, und doch wieder nicht. Blut und Tränen hatten den Fluch in der Tat befreit, hatten ihn außer Kontrolle geraten lassen. Und ich wusste auch, was er vorhatte, denn Vernichtung war alles, was er kannte: Der Fluch war ein erheblich fähigerer *Todesbringer* als der fette Wallach meines kleinen Bruders.

»Oreg, hilf mir«, wollte ich sagen, aber der Fluch erkannte, was ich vorhatte, bevor ich es tun konnte, und griff an – nicht mich, sondern Tisala, die meinen Arm hielt und keinen Schutz gegen Magie hatte.

Ich warf einen Schutztauber um den bronzenen Drachenkopf und schob Tisala gleichzeitig von mir weg. Aber der Fluch hatte schon lange Macht gesammelt und war getränkt mit Drachenblut. Mein Schutzzauber geriet ins Wanken, und Tisala brach zusammen.

Oregs Hände schlossen sich um meine Schultern, und die Schranke stabilisierte sich und hielt den Fluch einen Augenblick im Zaum.

Das gab mir Zeit genug zu sagen: »Weg von uns. Zurück! Der Fluch ist frei.«

Kellen machte eine scharfe Geste, und die Leute, die sich um uns gedrängt hatten, wichen zurück zwischen die Bäume. Haverness jedoch kam näher und hob Tisala hoch. Sie stöhnte, als er sie wegtrug, und ich verspürte einen Augenblick der Erleichterung, dass der Fluch sie nicht getötet hatte.

Dann begann der Fluch sich aufs Neue zu wehren, und ich musste mich konzentrieren.

»Was können wir tun?«, fragte ich, als ich den Schutzzauber verstärkte. »Wir können ihn nicht ewig halten.«

»Du hattest recht«, sagte Oreg. »Er ist mit dir verbunden. Du verstehst ihn am besten – ich leihe dir meine Kraft. Tu, was du kannst.«

»Ich glaube, ich könnte ihn wieder binden«, sagte ich.

Als hätte der Fluch das verstanden, verdoppelte er seine Angriffe gegen unsere Barriere. Langsam übergab ich die Herrschaft über den Schutzzauber an Oreg, was mich befreite, um eine dauerhaftere Lösung zu weben.

»Wenn du es kannst«, fügte Oreg hinzu.

Ich kannte einen Bindungszauber, der den Fluch binden würde, wie er Oreg an Hurog gebunden hatte – als Sklave für die Launen der Hurogmeten. Mit der freien Hand zog ich mein Messer und schnitt mich ungeschickt, ohne den Stab loszulassen, denn dieser Bann begann mit einem Blutopfer.

Drachenstimmen klagten in flehentlichem Entsetzen, als ich mit dem Zauber begann, und das ließ mich zögern. Wie konnte ich so etwas tun?

Ich hielt in der Bewegung inne. Oregs Vater hatte seinen Sohn an Hurog gebunden, und die Schlechtigkeit dieser Tat hatte die ganze Welt besudelt. Erst nachdem die Bindung zerstört worden war, hatte die Erde wieder heilen können. Wenn ich diese Geschöpfe band, sosehr sie auch tobten, würde ich damit nicht nur das Böse fortsetzen, das Farson begonnen hatte?

Noch während ich innerlich rang, schlug der Fluch mit plötzlich gewaltiger Macht auf die Schutzzauber ein – als wären seine vorherigen Versuche das, was eine Eichel im Vergleich zu einer hundertjährigen Eiche war. Seine Energie brannte durch Oregs Zauber, als wäre er kein uralter Drache, aber seine Kraft verlangsamte sie genug, dass ich die zerfasernden Enden des Schutzzaubers packen und ihn zusammenhalten konnte.

Ich spürte jedoch bereits, wie der Fluch seine Magie für den nächsten Versuch sammelte. Er hatte Oregs Magie ausgebrannt – der Drachenmagier würde jetzt stundenlang keine Zauber mehr wirken können. Damit blieb nur noch ich.

Wieder traf der Fluch meine Barriere. Ich heulte vor Schmerzen auf und wand mich, während ich Magie in den Schutzzauber entsandte, bis mir nichts mehr blieb. Voller Entsetzen suchte ich nach mehr, denn wenn ich den Fluch nicht aufhielt, würde er alles vernichten, was ich liebte.

Wenn ich nicht in Jakovens Lager gekommen wäre, hätte Jadeauge sich den Fluch nie verschaffen können. Ich vermochte die in den Edelstein gewobenen Muster der Möglichkeiten zu spüren, gewahrte die Magie, die einmal an diesen Stein gebunden gewesen war, und wusste, dass Jadeauge recht gehabt hatte. Ohne meine Tränen hätte die Bindung noch Jahrhunderte gehalten. Aber Magie wird wirksamer durch Absichten und Symbole, denen sie sich verwandt oder gleichgesinnt fühlt; Tore lassen sich leichter auf magische Art aufreißen als Wände, weil Tore eben dazu gedacht sind, sich zu öffnen, und Mauern fest stehen sollen. Die Tränen und das Blut des Hüters der Drachen hatten ein scharfes Messer dargestellt, um die Zauber zu durchtrennen, welche die Drachen fesselten.

Haverness hatte seinen Magier mitgebracht, und ich saugte auch die gesamte Magie dieses Mannes auf. Er wehrte sich nicht, aber seine Kraft war ein Tropfen verglichen mit Oregs Ozean, und nichts von beidem genügte. Also warf ich mein Netz weiter aus.

Nichts.

Ich schrie ein zweites Mal, nicht nur vor Schmerzen, sondern vor Anstrengung und Frustration. Mein Griff glitt ab, und ich konnte den Triumph des Fluches hören.

»Endlich frei zu sein, um zu brennen und zu verschlingen, bis nichts mehr übrig ist.«

Dann spürte ich es. Hurog. Über fünfhundert Meilen entfernt, hatte die Magie von Hurog meinen Ruf vernommen und kam zu mir, weil ich sie brauchte. Ein dünner, kühler Strom von Macht ergoss sich über den Schutzzauber und nahm mir sanft die Beherrschung des Banns aus den Händen. Hurog berührte mich und erkannte mein Bedürfnis, den Fluch zu neutralisieren.

Der Schutzzauber löste sich auf, ersetzt durch Hurog-Magie, die den Fluch umschlang und ihn von Zorn und Zerstörungswut reinigte. Drachenmagie nahm den Fluch mit und verließ mich wieder, bis auf einen seidendünnen Faden, der mich mit meinem Heim verband.

Ein erbsengroßer Stein aus schwarzem Glas fiel aus dem Stab und landete auf einem flachen Stein. Ohne groß darüber nachzudenken, zerdrückte ich ihn mit dem unteren

Ende des Stabs, und der kleine Stein löste sich zu Pulver auf, das davonflog, als eine Brise über die Lichtung wehte.

Ich räusperte mich und blickte in Kellens grimmiges Gesicht.

»Es tut mir leid, Sire«, sagte ich zu ihm. »Es scheint, als wäre der Fluch gefährlicher gewesen, als ich dachte.« Dann ließ ich den Stab durch meinen Griff gleiten, kniete vor Kellen nieder und senkte den Kopf. »Alle sollen Zeugen sein, dass die Drachen von Hurog Kellen Tallven folgen, dem Hochkönig der Fünf Königreiche.«

Die Welt kippte auf merkwürdige Weise, und jemand schrie auf; ich glaube, es war mein Bruder.

»Idiot«, murmelte Oreg, als er und Kellen mich hochzogen. »Hast du vergessen, was ich dir über das Zerstören magischer Gegenstände gesagt habe? Du hattest Glück, dass du uns nicht alle umgebracht hast, als du den Edelstein zerstörtest.«

Ich war einen Augenblick verwirrt über den abrupten Szenenwechsel, dann erkannte ich, dass ich wohl das Bewusstsein verloren hatte, denn nun saß ich an einen Baum gelehnt, und das Lager wurde von der Morgensonne und nicht mehr von einem blauen Edelstein beleuchtet.

»Immer noch Gefangene?«, fragte ich.

»Nein«, sagte Tisala rasch. »Du hast zur allgemeinen Zufriedenheit bewiesen, dass du nicht vorhattest, die Macht des Fluchs für dich zu behalten. Kellen hat dich zum Helden erklärt, und nach diesem beeindruckenden Theater mit Feuer und Funken, das du veranstaltet hast, konnte sich niemand dazu durchringen, ihm zu widersprechen. Das nächste Mal wäre es mir allerdings sehr lieb, wenn du dich nur mit einem einzigen tödlichen Feind am Tag anlegen würdest. Ein oder zwei paranoide Könige, böse Zauberer, ein uraltes böses Artefakt – gut. Aber nicht alles auf einmal. Es macht es irgendwie schwer, dich zu verteidigen.«

Ich erkannte, dass der schlanke Baum, der mich aufrecht hielt, Tisala selbst war. Ihr Knie drückte unbequem gegen eine Prellung an meinem Rücken, aber ich war zu müde, um mich wegzubewegen. Es war den kleinen Schmerz wert zu wissen, dass sie in Sicherheit war. Garranon lenkte mich von der Prellung ab, als er einen weiteren Stich machte.

»Und du hast nicht einmal jemanden umgebracht«, sagte Oreg, dann fügte er hinzu: »Zumindest keinen unserer Verbündeten.« Ich sah, dass er neben mir lag, die Augen gegen das Licht geschlossen.

»Geht es dir gut, Oreg?«

»Verdammt, hört auf zu zappeln«, fauchte Garranon. »Es sei denn, Ihr wollt Euren Wunden ein paar weitere Stiche hinzufügen.«

»Ich habe nur Kopfschmerzen«, beantwortete Oreg meine Frage, als Garranon seinen Protest beendet hatte. »Axiel sagt, ich würde mich in einer Woche oder so wieder lebendig fühlen – bis dahin verfüge ich vielleicht sogar wieder über genügend Magie, um eine Kerze anzuzünden. Tosten ist in einem der Zelte mit Axiel, der einen ekligen Schnitt am Oberschenkel hat und schon von jemandem zusammengeflickt wurde.«

»Mein Vater«, erklärte Tisala hinter mir. »Er hat auch Tostens Rücken genäht. Er – mein Vater, nicht Tosten – sagt, dass sie beide heilen werden. Er sagt, du leidest zusätzlich zu dem Schaden, den der Kampf mit dem Fluch dir zugefügt hat, auch unter Blutverlust, aber er denkt, da du bisher noch nicht gestorben bist, wirst du es vermutlich auch jetzt nicht mehr tun. Immer vorausgesetzt natürlich, deine Wunden infizieren sich nicht.« Es klang nicht so, als wäre sie beunruhigt.

»Da wir gerade vom Sterben sprechen«, warf Oreg ein, »habe ich dir schon gesagt, dass ich wirklich unzufrieden mit dir bin? Etwas so Mächtiges zu zerstören wie den Edelstein des Fluchs hätte ein neues Tal schaffen können, wo diese Berge stehen.«

Garranons stetiger Fortschritt an meinem wunden Bauch wurde einen Moment langsamer, dann nahm er sein altes Tempo wieder auf.

»Ich habe daran gedacht«, sagte ich und entspannte mich gegen Tisala. »Aber die Magie war weg, gefressen von den Drachen von Hurog.«

»Wie meint Ihr das?« Kellen kam um den liegenden Oreg herum und hockte sich hinter Garranon.

»Ihr seid mir im Licht«, knurrte Garranon, und Kellen bewegte sich gehorsam nach links.

»Was meint Ihr mit ›gefressen von Hurog‹?«, fragte Kellen noch einmal.

»Magie«, sagte ich, »ist eine seltsame Sache.

Tisala lachte gegen meinen Nacken. »Die meisten Leute sind dieser Ansicht.«

»Die meisten Zauberer denken, sie sei wie Wind oder Regen«, fuhr ich fort. »Eine Naturgewalt, die sich um nichts kümmert. Und überwiegend haben sie auch recht. Aber ich war an Orten, wo das nicht zutrifft. Wo die Magie so lebendig ist wie die Bäume hier, oder noch lebendiger. Menogue ist einer dieser Orte«, sagte ich zu Kellen. »Es lebt ebenso wie Ihr oder ich.« Ich sog zischend die Luft ein, als Garranon die Nadel in eine besonders empfindliche Stelle stieß.

»Ich könnte es stattdessen auch ausbrennen«, bot er an.

»Nein«, erwiderte ich eilig. »Macht weiter. Ihr habt mich nur überrascht. – Der Fluch war ein wenig verwirrender«, fuhr ich dann fort. »Ich denke, die Geister der Drachen waren in den ursprünglichen Zauber verwoben, und Jadeauge …« Ich hielt inne.

»Ja«, sagte Kellen. »Wir fanden seine Leiche in Jakovens Zelt. Oreg sagte uns, dass es ihm gelungen war, den Fluch vor Euch zu erreichen.«

»Jadeauge war verrückt«, sagte ich. »Er hatte mit den Geistern gesprochen, und sie hatten ihm gesagt, wie er sie befreien könnte. Er glaubte, sie würden sich wieder in Drachen verwandeln. Aber sie waren nur noch tobende Geister, keine Drachen mehr, und nur der Bindungszauber verhinderte, dass sie alles zerstörten. Ich hatte geglaubt, ihn aufgehalten zu haben, aber ich war zu spät gekommen. Wäre Hurog nicht gewesen, dann hätten sie uns alle umgebracht.«

Die Wunde an meinem Bauch ging tiefer, als ich geahnt hatte, was Garranon zwang, erst die Muskeln zu nähen und dann die Haut. Ich wandte den Blick ab und sprach weiter, um mich abzulenken. »Hurog lebt ebenfalls. Als ich mehr Magie brauchte, um den Fluch von Euch fernzuhalten, kam es und … fraß den Fluch. Das machen Drachen so mit ihren Toten, wisst Ihr.«

»Nein, das wusste ich nicht. Ward …«, begann Kellen wieder.

Ich hörte ihm an, dass er ein schlechtes Gewissen hatte, und winkte ab. »Würdet Ihr jedem barbarischen Shavigmann trauen, der Euch zufällig begegnet, wäret Ihr als König zu nicht viel nütze«, sagte ich. »Aber ich hoffe, Ihr erwartet nicht, dass ich regelmäßig uralte Artefakte zerstöre, um meine Loyalität zu beweisen.«

»Also gut«, erwiderte er grinsend. Jemand rief nach ihm, und er entschuldigte sich.

Garranon nähte weiter und verband meine Mitte schließlich mit einem Tuch, das aussah, als hätte es zu jemandes

Bettrolle gehört. Als er fertig war, rutschte Tisala nach hinten, bis mein Kopf an ihrem Knie ruhte.

Ich schaute ihr von diesem neuen Aussichtspunkt aus ins Gesicht. Ihr linkes Auge war zugeschwollen, und am Oberarm trug sie einen blutfleckigen Verband. Sie war wunderschön, und das sagte ich ihr auch.

Sie lachte und küsste mich auf die Stirn. »Sei nicht so ein Idiot«, sagte sie. Sie liebte mich ebenfalls.

Ich schloss die Augen, zufrieden, hier zu ruhen. Die politischen Aspekte dieser Angelegenheit würden zweifellos noch weite Kreise ziehen, aber meine Aufgabe war getan. Hurog war in Sicherheit, und sein Drache hatte sich neben mir ausgestreckt, friedvoll und gesund. Die Sonne schien durch die Regenwolken, und Tisalas Bein fühlte sich warm an unter meinem Kopf. Ich schlief ein.

DANKSAGUNG

Für Mike Briggs, Kaye Roberson, Anne Sowards, Nanci McCloskey und die Wordos von Eugene, die den Rohentwurf gelesen und mir Ratschläge gegeben haben. Für Virginia Kidd, Jim Allen, Linn Prentis und alle anderen in der Virginia Kidd Agency für ihre Geduld und ihre Weisheit. Für Big Cesar (Engine # 9), Sirocco, Scratch, Skipper W, Teddy, Hussan, MonAmi, Meekum und den Rest der Terra Verde Crowd, für Gazania und meinen eigenen Nahero, die mir gestatten, aus meinen erfundenen Pferden Charaktere zu machen. Wie immer kommen die Fehler von mir, aber wegen dieser Leute gibt es weniger davon.